HEYNE<

Zum Buch

Zwei Leichen, eingemauert in ein Kriegerdenkmal, sind nur der Anfang eines Albtraums. Reporter Paul Wagner und Historiker Georg Sina sind einem Geheimnis auf der Spur, das am Fundament der katholischen Kirche rüttelt. Gesucht wird ein brisantes Archiv, das in den letzten Kriegstagen von Himmlers Wewelsburg in die Alpenfestung transportiert werden sollte, dort jedoch nie ankam. Irgendwo in Österreich ist es verschwunden ... Der vatikanische Geheimdienst und eine geheimnisvolle Bruderschaft sind nicht zimperlich, wenn es darum geht, dieses Wissen wiederzuerlangen – und eines wird schnell klar: Alle, die jemals mit dem Archiv zu tun hatten, sind eines gewaltsamen Todes gestorben. Doch da ist noch etwas Älteres ... viel Gefährlicheres ... seit Urzeiten ein Spiel spielend. Als Sina und Wagner das erkennen, scheint es schon zu spät zu sein.

Teufel ist das atemberaubende Finale der Trilogie um den Reporter Paul Wagner und den Gelehrten Georg Sina.

Zu den Autoren

Gerd Schilddorfer, 1953 in Wien geboren und aufgewachsen, ist freier Journalist und Fotograf. Er lebt und arbeitet in Wien, Berlin, Niederösterreich und wo immer es ihn hinverschlägt. Schilddorfer ist Reisender und Weltenbummler. Wenn er nicht schreibt, restauriert und fährt er mit Hingabe alte Rennmotorräder.

David G. L. Weiss, geboren 1978, lebt und arbeitet in Wien und im Waldviertel in Niederösterreich. Studium der Kultur- und Sozialanthropologie an der Universität Wien, danach regelmäßige Veröffentlichungen im Österreichischen Rundfunk. Er ist Mitverfasser mehrerer wissenschaftlicher Publikationen (unter anderem für den ORF) sowie eines Theaterstücks.

Besuchen Sie den Blog der Autoren unter http://schilddorfer-weiss.blogspot.com

Lieferbare Titel
Ewig - Narr

SCHILDDORFER & WEISS

Teufel

THRILLER

WILHELM HEYNE VERLAG
MÜNCHEN

Gewidmet unseren Freunden, die schon vorausgegangen sind:

Paul Rusch
2.12.1954 – 14.8.2009
Nous prendrons la route vers l'horizon
Encore une fois ensemble, mon vieux!
Promis! Attends-moi…

Gerhard Schweiger
20.10.1977-18.2.2003
Von Bruder zu Bruder
Der Eure bis in den Tod.

Verlagsgruppe Random House FSC® N001967
Das für dieses Buch verwendete FSC®-zertifizierte Papier
Holmen Book Cream liefert Holmen Paper, Hallstavik, Schweden.

2. Auflage
Vollständige Taschenbuchausgabe 07/2013
Copyright © 2011 by LangenMüller
in der F.A. Herbig Verlagsbuchhandlung GmbH, München
Copyright © 2013 dieser Ausgabe by Wilhelm Heyne Verlag, München,
in der Verlagsgruppe Random House GmbH
Printed in Germany 2013
Umschlaggestaltung: Nele Schütz Design
unter Verwendung der Originalgestaltung von Wolfgang Heinzel
Umschlagillustration von © Stefanie Bemmann
Druck und Bindung: GGP Media GmbH, Pößneck
ISBN: 978-3-453-43603-9

www.heyne.de

Prolog I

21. Januar 2010, Burg Grub, Waldviertel/Österreich

Es hatte fast eine Woche lang Tag und Nacht geschneit. Der Schnee türmte sich in meterhohen Schichten auf den Häusern der kleinen Ortschaften und hatte sich wie ein Leichentuch über die Landschaft gelegt. Er verschluckte Bäume, kleine Bäche, Straßen und jedes Geräusch.

Der Mann, der nach Mitternacht mit dem steilen Anstieg zur Burg Grub kämpfte, versank bis zu den Hüften in der eisigen weißen Flut. Rund um ihn war es stockdunkel, kein Licht drang aus den Fenstern des kleinen Ortes, den er gerade hinter sich gelassen hatte.

Alles schlief.

Der schwere, schwarze Rucksack drückte ihn immer wieder tiefer in den Schnee. Trotzdem, wie von einer unsichtbaren Kraft getrieben, strebte er unbeirrt dem Gipfel des steilen Hügels zu, auf dem die Burg hochragte. Die rohen, dunklen Steinmauern, auf denen dick und schwer der Schnee lastete, wuchsen schroff und abweisend in die Nacht. Irgendwo in der Ferne heulte ein Hund.

Der Mann war an einer Weggabelung angelangt, die durch eine tief verschneite Buche gekennzeichnet war. An den Stamm war ein Kruzifix genagelt. Der Heiland trug eine Krone aus Schnee. Mit einem schiefen Lächeln blickte der Unbekannte auf. Die Wolken teilten sich und gaben mit einem Mal den Blick auf den kalt strahlenden Abendstern frei, das Gestirn des Teufels. Die Wolkendecke schloss sich erneut, wie von Geisterhand. Der Mann schüttelte leicht den Kopf und wandte sich dann nach rechts. Durch die Wand aus Schneeflocken glaubte er die Umrisse einer Zugbrücke zu erkennen. So tastete er sich weiter.

Mühsam pflügte er durch den Schnee, immer näher an die Burg und damit an sein Ziel heran. Als er schließlich am Rand des Grabens stand, setzte er den Rucksack ab und holte tief Luft. »Verfluchter Schnee«, murmelte er und wischte sich den Schweiß vom Gesicht.

Dann warf er einen Blick auf seine Armbanduhr. Es war genau 1.30 Uhr. Er war im Zeitplan.

Die Zugbrücke war heruntergelassen. Meterhoher Schnee, der unter seinen Schritten knirschte, lag auf den Planken. Je näher er den Mauern kam, umso höher erschienen sie ihm. Eine Eigernordwand aus Eis, Schnee und einigen vorspringenden Steinen.

Als er mit den Handflächen über das raue Holz des Tores glitt, überlegte er seine nächsten Aktionen. Sollte er versuchen, das Schloss aufzubrechen? Oder würde ihm der Weg über die Mauer nicht erspart bleiben?

Seine Augen suchten nach einem Schloss. Doch es gab keines. Das Tor war eine massive Fläche aus dicken Holzbohlen. Da war kein Ansatzpunkt, kein Schlüsselloch. Die beiden Flügel fügten sich fast nahtlos aneinander.

Er blickte hoch zur Mauerkrone und fluchte. Dann griff er in seinen Rucksack, nahm das schwarze Seil mit dem Wurfhaken heraus und wog es in seiner Hand. Nach einigen Schritten zurück über die Brücke wandte er sich um und warf. Mit einem leisen Zischen entrollte sich das Seil. Der Haken prallte von der Mauer ab und fiel wieder zurück.

Nach dem fünften Versuch verhakte er sich endlich. Der Mann riss versuchsweise am Seil, es hielt. Zufrieden schulterte er den Rucksack und begann zu klettern.

Professor Georg Sina war in seinem Lehnsessel eingeschlafen, eine Tasse mit einem kalten Teerest noch in der Hand. Das Feuer im Kamin war auf Glutnester heruntergebrannt, und es war kühl geworden in der großen Wohnküche der Burg. Auf Sinas Schoß lag ein aufgeschlagenes Buch über die Michaelskirchen in Niederösterreich. Eine Mappe mit dem Titel »Il Diavolo in Torino« und einem seltsamen Zeichen auf dem Umschlag lag auf einem kleinen Tischchen neben dem Lehnstuhl. Die Kerzen in dem alten Messingleuchter flackerten nur noch schwach. Vom Sofa her kam wohliges Stöhnen. Tschak, der kleine tibetische Hirtenhund, träumte von langen Spaziergängen durch die winterliche Landschaft und von flüchtenden Hasen.

Die Träume seines Herrchens waren weit weniger erfreulich. Eine grinsende Fratze, deren Züge sich ständig wandelten, materialisierte sich aus dem Nichts, huschte über rohe Wände, verwandelte sich in einen Zwerg, der, auf einen Stock gestützt, dem Wissenschaftler höhnisch ins Gesicht lachte. Doch plötzlich war die kleine Gestalt verschwunden, und an ihre Stelle traten drei gackernde Hühner, die bedrohlich wirkten und sich wie auf ein unhörbares Kommando in Bewegung setzten. Sie kamen direkt auf ihn zu und wurden größer und größer ...

Keuchend zog sich der Unbekannte auf die breite Mauerkrone und ließ sich in den Schnee fallen. Es schneite unvermindert. Die dicken Flocken tanzten vor seinen Augen. Der Gedanke an den Abstieg auf der anderen Seite über die rutschigen Steine war kein erfreulicher. Doch dann sah er genauer hin. Da stand ein massives Eisengerüst, das fast bis zur Mauerkrone reichte.

Der Mann grinste und richtete sich auf. »Herzlichen Dank, Professor«, murmelte er, »für das verspätete Weihnachtsgeschenk.«

Die Planken unter seinen Füßen waren rutschig und trügerisch. Als er gegen etwas stieß, das laut klappernd in der Tiefe verschwand, hielt er den Atem an. Vielleicht war das Gerüst doch keine so gute Idee gewesen.

Zwei Etagen später geschah es. Sein Rucksack blieb an einer der Querstreben hängen und riss ihn zurück. Er verlor das Gleichgewicht, stolperte über eine Schubkarre voller Werkzeug und schlug der Länge nach hin. Mit Getöse stürzten Hämmer, Steine, Haken, leere Bierflaschen in die Tiefe. Der Lärm hätte Tote geweckt.

»Verdammt, verdammt, verdammt«, zischte der Unbekannte und schaute über den Rand der Planke in den Burghof. Ein helles Quadrat aus Licht erschien auf der unberührten Schneefläche. Dann schoss ein kleiner Hund bellend aus der Tür und verschwand sofort bis zur Schwanzspitze im Schnee.

Ein verschlafener Professor Sina lugte um die Ecke. Der Eindringling blieb regungslos liegen. Er schob sich etwas vom Rand des Gerüsts zurück, näher in den Schatten der Mauer. Dabei stieß er eine Kelle an, die scheppernd an den Stützen entlang zu Boden fiel.

Das Geräusch schallte durch die Nacht und weckte Sina vollständig. Er stürzte in die Wohnküche zurück, griff nach seinem Bogen und riss eine Handvoll vorbereiteter Pfeile aus dem bereitstehenden Köcher.

Seit ihm am Neujahrsmorgen ein steter Touristenstrom den letzten Nerv geraubt hatte, war er für den Ernstfall gerüstet. Er war schließlich in die Einschicht gezogen und wollte nicht als Geheimtipp in einschlägigen Reiseführern enden.

Aber wer oder was war da draußen auf dem Gerüst?

Georg schnappte sich drei Brandpfeile, hielt sie in die Glut des Kamins und rannte auf den Burghof. Mit einem fauchenden Geräusch zog der erste Pfeil seine Lichtspur durch die Nacht und blieb in einem der Holzbretter des Gerüsts stecken.

Sina versuchte etwas zu erkennen, dann schickte er den nächsten Pfeil hinterher.

Mit großen Augen beobachtete der Eindringling den halb bekleideten Mann mit dem Bogen. »Der ist ja völlig irre«, flüsterte er entsetzt, als die Brandpfeile in seine Richtung rasten und wenige Meter von ihm entfernt im Holz stecken blieben. »Der fackelt noch das ganze Gerüst ab...«

Bevor er weiter darüber nachdenken konnte, war Sina bereits wieder verschwunden. An ein unentdecktes Eindringen war nicht mehr zu denken. Sein eigentliches Ziel, die Akte des Balthasar Jauerling, schien mit einem Mal unerreichbar. Der Unbekannte überlegte, sich wieder über die Mauerkrone zurückzuziehen. Oder sollte er es doch auf einen Kampf ankommen lassen? Und wo war der Hund?

In diesem Augenblick erschien Sina wieder auf dem Burghof, mit einem entschiedenen Gesichtsausdruck und einer Handvoll lodernder Pfeile. Von irgendwoher unter dem Gerüst ertönte gedämpftes Bellen.

Der Angreifer kramte kurz in seinem Rucksack, zog eine Handgranate hervor und entsicherte sie. Nach einem kurzen Moment entschied er sich für einen offenen Angriff. Er richtete sich auf und sah Sina im tiefen Schnee stehen und den nächsten Pfeil auf die Sehne legen.

»Das würde ich nicht tun, Herr Professor«, rief er, und seine Stimme brach sich an den Burgmauern. Georg erstarrte. Er sah eine dunkle Gestalt auf dem Gerüst kauern, eine Hand erhoben.

»Wir können uns wie zwei zivilisierte Menschen unterhalten, oder diese Handgranate wirft Sie bei der Renovierung dieser Ruine um mindestens drei Monate zurück.« Die Stimme des Mannes klang spöttisch. »Und von Ihrem Hund können Sie sich gleich verabschieden.«

»Diese Mauern haben bereits andere Kugeln gesehen und schlimmere Explosionen überstanden. Selbst Friedrich III. hat Monate gebraucht, um die Burg zu erstürmen«, gab Sina zurück und spannte ungerührt den Bogen. »Ich bin schneller in Sicherheit als Sie. Was Tschak betrifft, der ist längst im nächsten Hof. Werfen Sie!«

Stille senkte sich über den Hof. Fast lautlos stieg der Angreifer in Richtung Mauerkrone das Gerüst empor. Die Handgranate ließ er dabei nicht los. Er wollte weg von den Brandpfeilen, deren Flammen seine Position verraten könnten.

Sina sah die schemenhafte Bewegung im Dunkel und überlegte nicht lange. Mit einem Zischen schnellte ein schwarzer Jagdpfeil von der Sehne und raste durch die Nacht.

Als die breite, geschmiedete Spitze seinen Unterarm mit einem hässlichen Geräusch durchbohrte und am Knochen abprallte, jagte eine Schmerzwelle durch den Körper des Angreifers. Erschrocken ließ er die Handgranate fallen. Sie polterte das Gerüst hinab und verschwand im Schnee. Sekunden später zerriss eine Explosion die Stille, Feuerzungen schossen das Gerüst empor, die Streben knickten ein, und die Konstruktion stürzte kreischend in sich zusammen.

Im letzten Augenblick hielt sich der Eindringling am Mauerhaken fest und zog sich ächzend hoch. Ein weiterer Pfeil, der ihn nur um Zentimeter verfehlte, verriet ihm, dass Sina es persönlich genommen hatte. Nun galt es, so schnell wie möglich zu verschwinden.

Wütend griff er mit der unverletzten Hand nach dem Seil und schwang sich über die Mauerkrone, während zwei weitere Pfeile über ihn hinwegzischten.

Auf der Hälfte des Abstiegs entglitt ihm das Seil.

Er stürzte ins Dunkel.

Prolog II

*Kenet-el-Jalil, Provinz Galiläa/
Römisches Reich unter Kaiser Tiberius*

In dem kleinen Ort Kenet-el-Jalil in der römischen Provinz ging es hoch her. Drei Tage lang dauerte das Fest bereits, und der Lärm der Feiernden drang weit über den Buschwald in die staubige Ebene hinaus. Es schien, als wollten die gute Laune, das Lachen und das Tanzen gar kein Ende nehmen.

Die schneeweißen Lehmziegelhäuser, die nun im hereinbrechenden Abend ganz rosa leuchteten, schmiegten sich an den Hang des Hügels, und der heiße, trockene Wind trug Gelächter und Musik über die Haine und Gärten. Im Westen dämmerte die Nacht herauf, und der Abendstern strahlte hell über den steinigen Hügeln und den knorrigen Olivenbäumen. Auf dem kleinen Marktplatz tummelte sich ein buntes, zusammengewürfeltes Völkchen. Nomaden und Kaufleute kochten Tee im Staub der Lagerplätze, während Frauen an den Zisternen ihre Krüge mit Wasser füllten. Zwei Geschichtenerzähler saßen unter einem ausgebleichten Vordach und hatten eine große Schar von Zuhörern um sich versammelt. Manchen kam es so vor, als seien die beiden Männer in ihren staubigen Burnussen schon immer da gesessen, seit ewigen Zeiten.

Die ersten Feuer flammten auf. Einige der Reisenden, die mit ihren Waren und Herden auf der Straße nach Tiberias oder Jerusalem unterwegs waren, hoben ihre Köpfe in Richtung des hell erleuchteten Hauses an der Stirnseite des Platzes und lächelten. Eine Hochzeit war etwas Besonderes, dachten sie, als sie die geschmückte Chuppa im Hof stehen sahen, und sie klatschten gelegentlich den Takt der Musik mit. Der geschmückte Hochzeitsbaldachin vor dem Haus machte jetzt einen verlassenen Eindruck, nachdem sich alle Aktivitäten ins Innere verlagert hatten. Blütenblätter fielen vertrocknet von den Girlanden zu Boden, aber das tat der Feierlichkeit, die er ausstrahlte, keinen Abbruch. Einige der Männer am Marktplatz schwelgten in Erinnerungen und bei einigen weckte der Baldachin auch die Sehnsucht auf einen Neubeginn.

»Heirate oder heirate nicht, beides wirst du bereuen«, scherzte ein römischer Händler und stieß seinem arabischen Sitznachbarn am Lagerfeuer mit dem Ellenbogen in die Seite. Dann zog er den Mantel fester über seiner Tunika zusammen, und seine Gedanken wanderten zu seiner Frau, seinem warmen Haus und seinen Sklaven daheim.

Der Nomade schmunzelte in sich hinein, sah zu der ausgelassenen Feierlichkeit hinüber und nickte nachdenklich. »Wer hat das gesagt?«, fragte er dann.

»Sokrates!«, sagte der Römer. »Ein hellenischer Philosoph.«

»Na, der musste es ja wissen, mit seiner Xanthippe daheim«, antwortete der Araber, und alles begann zu lachen.

Auf dem Fest, bei dem gerade das Abendessen zu Ende gegangen war, schwankten Braut und Bräutigam zum wiederholten Mal auf zwei Stühlen über die lachenden Köpfe der Feiernden hinweg. Alle riefen aus voller Kehle ihre Segenswünsche und prosteten den jungen Leuten so begeistert zu, dass der Wein über die Ränder ihrer Becher schwappte. Wie eine Insel im Sturm der Fröhlichkeit stand eine Gruppe älterer Schriftgelehrter etwas abseits und beobachtete ihrerseits den jungen Kohen, den Priester, der die Trauung begleitet hatte.

»Gelobt, Du Ewiger, der erfreut Bräutigam und Braut!«, rezitierte der junge Geistliche laut den letzten der sieben Segenssprüche. Die Menge brach in Jubel aus, und die älteren Kohanim nickten sich zufrieden zu.

»Bis jetzt macht er seine Sache gut«, kommentierte einer der Männer.

»Ja, das finde ich auch«, bestätigte der älteste seiner Kollegen. »Er hat weder beim Gottesdienst noch beim Verlesen des Ehevertrages einen Fehler gemacht, noch etwas Unerhörtes getan. Der Junge hat immerhin im Tempel studiert! Er hat seine Studien der Thora auch nur für diese Feier unterbrochen. Ich verstehe daher das dumme Gerede nicht, dass er die Trauung...« Der Alte wollte seinen Satz noch zu Ende bringen, wurde aber jäh unterbrochen. Ein kleiner Tumult, eine ziemlich laute Unterhaltung ganz in seiner Nähe ließ ihn verstummen. Er ging rasch zu den Streitenden hinüber.

»Das ist eine Katastrophe...«, japste die Frau und starrte ihren Diener fassungslos an.

»Was ist denn eine Katastrophe, Rebekka?«, lächelte der alte Priester und berührte beruhigend die Schulter der Frau, die den Tränen nahe war. Rebekka wandte sich um, und ihr Haussklave nutzte blitzschnell die Gelegenheit, sich nach einer kurzen Verbeugung aus dem Staub zu machen.

»Es ist mir so unglaublich peinlich...«, schluchzte sie. »Ich weiß gar nicht, wie ich das meinem Sohn... Wo es doch sein großer Tag ist...«

»Aber Rebekka, bei einer so festlichen Chuppa wird es doch kein Problem geben, das die gute Stimmung verderben könnte«, beruhigte sie der Priester und legte den Arm um ihre Schulter.

»Danke, Onkel Jakob«, presste Rebekka hervor, aber sie konnte das Lächeln des alten Mannes nur mit Mühe erwidern. »Der Wein ist uns ausgegangen«, gestand sie schließlich.

Jakob zog die Brauen zusammen. »Das ist allerdings nicht gut... Nein, das ist gar nicht gut«, brummelte er und überlegte bereits, wie er seiner Nichte aus dem Schlamassel helfen könnte. Aber es wollte ihm nichts Vernünftiges einfallen.

»Was ist gar nicht gut, Onkel Jakob?« Wie aus dem Nichts war eine Frau neben dem alten Priester aufgetaucht. Ihre Stimme war autoritär und ihre Augen neugierig. »Was ist mit Rebekka los an diesem Freudentag für ihr Haus?« Die dunklen Pupillen in ihrem Gesicht musterten fragend die Verzweifelte und bekamen einen sanften Ausdruck.

»Mirjam«, wandte sich der Alte freundlich an sie. »Stell dir vor, alle Krüge sind geleert, der Wein im Haus ist verbraucht.«

»Tja, das ist bitter«, gab Mirjam knapp zur Antwort und lächelte dünn. »Die Gäste trinken aber auch wie die Kamele...« Sie ließ ihre Augen über die Feier wandern, über die lauten Gruppen der Singenden und Tanzenden, und schüttelte dann den Kopf. »Nun ja, es ist heiß... Die Leute haben Durst, und der Wein steigt ihnen zu Kopf...« Sie wandte sich ihrer Cousine zu. »Für die Bewirtung ist der Bräutigam zuständig. Hast du schon mit ihm darüber geredet?«

»Nein!«, stieß Rebekka krächzend hervor. »Nur das nicht! Gerade heute kann ich das nicht... Wie steht er denn, wie stehe *ich* dann vor seinen Freunden da?«

»Also gut, dann werde eben ich gehen!« Mirjam drehte sich entschlossen um und wollte loslaufen, aber ihre Cousine hielt sie am Arm fest.

»Nein, das wirst du nicht! Mein Sohn darf das nicht erfahren. Niemand soll mir nachsagen können, ich wäre eine schlechte Gastgeberin«, fauchte Rebekka, und ihre dunklen Augen funkelten.

»Aber Rebekka...«, schaltete sich Jakob beschwichtigend ein. »Der Weinvorrat ist zu Ende. Das ist nach drei durchzechten Tagen auch nicht anders zu erwarten. Niemand wird dir das verübeln.« Er lächelte verständnisvoll. »Sag ihnen doch am besten ganz einfach die Wahrheit. Ein jedes Ding hat seine Zeit, lehrt uns die Schrift. Und wenn der Wein getrunken ist, so muss auch diese Feier einmal enden, wie alles in der Welt.«

»Nein!« Rebekka stemmte die Fäuste in die Hüften. »Wir werden mit Wasser strecken, was noch da ist! Die sind alle viel zu betrunken, um den Unterschied zu schmecken.« Sie war fest entschlossen und wollte ihren Plan sofort umsetzen. Mit einer Handbewegung rief sie den Sklaven zurück. »Wie viel Wein haben wir noch?« Der Mann blickte seine Herrin ängstlich an und schaffte es nur, den Kopf zu schütteln.

Mirjam sah es und verdrehte die Augen. »Rebekka, es ist gar nichts mehr da, und du kannst nichts mehr verdünnen«, stellte sie dann lakonisch fest. »Hast du das immer noch nicht begriffen?« Sie sah der anderen fest in die Augen und wartete auf ihre Antwort.

Rebekka begann zu schluchzen und verbarg ihr Gesicht an der Brust ihres Onkels, der ihr ratlos und halbherzig auf den Rücken klopfte, während er Hilfe suchend zu Mirjam schaute. Aber die ließ nur ein verächtliches Schnaufen hören. »Dann sollen sie doch zu feiern aufhören«, murmelte sie, aber ein Blick auf Rebekka und Jakob zeigte ihr, dass dies keine Option war. »Also gut, ich rede mit meinem Sohn. Der wird das Problem schon lösen.« Sie drehte sich auf dem Fleck um und ging energisch auf den jungen Kohen zu.

Rebekka schniefte und sah ihr nach. »Verstehst du das, Onkel Jakob? Was soll dieser Bücherwurm schon groß ausrichten?«, fragte sie den alten Priester. Doch Jakob bedeutete ihr zu schweigen und beobachtete Mirjam, die sich ihren Weg durch die Feiernden bahnte und direkt auf ihren Sohn zueilte. Sie unterbrach ihn, ohne die üblichen Höflichkeiten auszutauschen, und riss ihn aus einem Gespräch. Jakob beobachtete, wie der junge Kohen gehorsam und respektvoll aufstand und seiner Mutter zuhörte, wie es sich für einen Mann geziemte, der sein Leben Gott geweiht hatte. Er überragte seine inzwischen heftig gestikulierende Mutter fast um zwei Köpfe und hatte breite Schultern. Seine dunklen, aufmerksamen Augen waren konzentriert auf Mirjam gerichtet. Doch nach und nach, im Verlauf des Gesprächs, legte sich ein Schatten auf sein Gesicht. Schließlich schüttelte er so heftig den Kopf, dass der Pferdeschwanz, den er zum Zeichen seines Gelöbnisses trug, hin und her schaukelte. Dann hob er den Arm und bedeutete seiner Mutter mit dem Zeigefinger, sie solle sich entfernen. Und seiner zornigen Miene nach ziemlich schnell.

»Unerhört...«, flüsterte Rebekka. »Er ist und bleibt ein Rabauke, er weiß nicht, dass er Vater und Mutter ehren soll, wie das Gesetz es verlangt.« Sie machte ein empörtes Gesicht. »Wer ist er denn schon?«, fuhr sie fort. »Ja, wer ist denn überhaupt sein Vater? Ich frage mich, warum mein Sohn unbedingt einen römischen Bastard als Rabbi auf seiner Hochzeit...«

»Hüte deine Zunge, Rebekka!«, unterbrach sie Jakob streng. »Wir wissen, wer sein Vater ist. Und zwar Mirjams Ehemann. Auf das dumme Gerede gebe ich nichts. Tiberius Julius Abdes Pantera ist tot, gefallen im fernen Germanien. Gott ist gerecht!« Der alte Priester wollte gehen, aber er drehte sich doch nochmals zu Rebekka um. »Und du solltest besser deine Zunge im Zaum halten. Du sollst nicht falsches Zeugnis reden wider deine Nächsten. Auch das ist Gesetz, vergiss das nicht, mein Kind.« Dann kehrte er an seinen Platz bei den anderen Schriftgelehrten zurück und verfolgte von dort aufmerksam das weitere Geschehen.

Nachdem seine Mutter gegangen war, hatte sich der junge Kohen mit einigen schnell hingeworfenen Worten bei seinen Freunden entschuldigt. Eine Zeit lang schlenderte er noch zwischen den Tischen umher und rieb sich mit den Fingern seine schlanke Nase, in Gedanken versunken. Dann fuhr er sich über den Bart, so als hätte er eine Entscheidung gefällt, und verschwand mit großen Schritten ins Freie.

Er sieht überhaupt nicht wie ein Römer aus, dachte Jakob beim Anblick seines dunkelhaarigen Verwandten. Er ist Jude, so wie ich. Er hat sich gut entwickelt, hat den Weg seiner Väter eingeschlagen, aber kann sich noch nicht unterordnen oder zur rechten Zeit seinen Mund halten. Ein Lächeln spielte um die Lippen des alten Mannes. Dieser Überschwang, Vorrecht der Jugend! Ach was, aus dem Jungen wird noch einmal ein guter Priester werden, wie auch sein Großvater einer gewesen ist. Jakob streckte die müden Knochen und ließ seine Blicke über die Hochzeitsgesellschaft schweifen, entdeckte auch Mirjam in der Menge, die wiederum ihren Sohn nicht aus den Augen ließ. Sie hatte zufrieden gelächelt und genickt, als er das Fest verlassen hatte. Nun plötzlich drehte sie überraschend den Kopf und zwinkerte Jakob zu, der sich ertappt fühlte, wie ein kleiner Junge, der durch ein Schlüsselloch geblinzelt hatte.

Nach einiger Zeit kam der junge Priester wieder zurück. Er sah ein wenig erschöpft aus, ging zu seinem Tisch und leerte den Becher auf einen Zug. Aus den Augenwinkeln beobachtete er noch, wie die Domestiken sechs Krüge in den Saal trugen, dann wandte er sich wieder an seine Freunde und stimmte in ihr Lachen und Scherzen ein, als wäre nichts geschehen.

»Lechajim!«, riefen junge Männer dem Bräutigam zu und fielen ihm ausgelassen um den Hals. Gierig stürzten sie den Wein hinunter.

»Eines musst du mir aber erklären…«, lallte einer von ihnen, dem die Tropfen des Rebensaftes im Bart glitzerten. »Warum hast du den besten Wein bis zum Schluss aufgehoben, du Gauner?«

Alle lachten lauthals, nur der Bräutigam sah sich fragend nach seiner Mutter um.

Rebekka zuckte mit den Achseln. Da spürte sie plötzlich Mirjam neben sich.

»Habe ich dir nicht gesagt, mein Jeschua hat eine Lösung?«, fragte Mirjam nicht ohne Triumph in ihrer Stimme. »Er ist ein guter Junge, auch wenn er öfters ziemlich halsstarrig sein kann.« Sie machte eine kurze Pause, rückte etwas näher an die andere Frau heran und fügte eindringlich hinzu: »Aber das ist ja eine Eigenart unseres Volkes, seit den Tagen mit Mose in der Wüste. Und, Rebekka, ich kann dich beruhigen: Er ist ganz sicher kein Römer! Ich muss es schließlich wissen, ich bin seine Mutter.«

Mirjam unterdrückte ein Lachen über das entsetzte Gesicht ihrer Cousine, klopfte ihr zum Abschied auf den Arm und verschwand zufrieden zwischen den Tanzenden.

Dies geschah in dem kleinen Ort Kenet-el-Jalil, der bei den Hebräern Kana heißt, damals, als C. Fufius Geminus und L. Rubellius Geminus Konsuln von Rom waren und Tiberius Iulius Caesar Augustus als Kaiser über das riesige Reich herrschte.

Prolog III

8. März 1790, Herberge »Tre Galline«, Turin/Piemont

Die Abenddämmerung war früh über Turin hereingebrochen. Auffrischender Wind jagte Wolkenfetzen tief und schwarz über die norditalienische Stadt mit ihren zahllosen Kirchen und rechtwinkeligen Straßen. Der bedrohliche Himmel und die zunehmende Kälte trieben die Passanten rasch in ihre warmen Stuben, während der Sturm um die alten Häuser heulte, durch jede Ritze und in die hintersten Kammern drang. Er ließ selbst die Kerzen in der holzvertäfelten, separaten Stube des Gasthauses »Tre Galline« unweit des Turiner Domes flackern. Die Flämmchen zitterten und die Dochte zischten leise, als die Windsbraut durch die Schankräume schlich, Vorhänge und Wandbehänge bauschte.

Außer dem einzelnen Reisenden aus dem weit entfernten Wien befand sich niemand in der Extrastube des alteingesessenen Wirtshauses. Der einsame Gast, kaum mehr als vier Fuß groß, war vornehm gekleidet, doch wer ihn genauer beobachtete, der sah hinter der eleganten Fassade einen verzweifelten Menschen. Balthasar Jauerling zitterte vor Todesangst, zum ersten Mal in seinem Leben. Sein Magen verkrampfte sich, und Schmerzwellen rasten durch seinen Körper. Um sich Abkühlung von der quälenden inneren Hitze zu verschaffen, hatte er seine gepuderte Perücke abgelegt und sie vor sich auf dem Tisch drapiert. Mit einem Taschentuch, gesäumt mit Brüsseler Spitze, wischte er sich immer wieder den Schweiß vom Gesicht. Aufgrund seiner schwarzen, kurz geschorenen Haare und den dunkelbraunen Augen hätte man ihn so ohne Weiteres für einen Sizilianer oder Neapolitaner halten können. Wäre da nicht seine blasse Hautfarbe gewesen, die unter seiner verwischten Schminke zum Vorschein kam.

Misstrauisch blickte er sich immer wieder um, wenn die alten Fußbodenbretter knarrten oder irgendwo im Haus eine Türe zuschlug. Er sah die Schatten vor den Fenstern vorbeihuschen wie die Schemen aus seinen Albträumen, und sein Magen krampfte sich in einer dunklen Vorahnung wieder und wieder zusammen.

Von den Gipfeln der Haute-Savoie im Westen kroch die klirrende Kälte immer tiefer in die Stadt, beflügelt von Sturmböen, so unerbittlich wie ein Tross unbarmherziger Husaren, der alles überrannte, was sich ihm in den Weg stellte.

Für Jauerling waren es die Reiter der Apokalypse, und ihnen folgte der Tod auf seinem fahlen Pferd. Er hätte nicht hierherkommen dürfen, niemals. Es war ein völlig wahnsinniges Vorhaben und trotzdem... Er war immer noch Balthasar Jauerling, der Leiter des kaiserlichen Geheimdienstes, des berüchtigten Schwarzen Bureaus, und Geheimer Rat des vor wenigen Tagen verstorbenen Kaisers Joseph II. Doch er war sich auch bewusst, dass er weit weg war von den zivilisierten höfischen Szenen und den manierierten, in ihrer Strenge erstarrten Gesten der Hofschranzen, die das Zeremoniell am Wiener Kaiserhof bestimmten. Niemand dort wusste, wohin er gereist war, nachdem er bei dem prunkvollen Staatsbegräbnis dem einfachen Kupfersarg des Monarchen bis zur Kapuzinergruft gefolgt war. Mit jenen kurzen, trippelnden Schritten, die so typisch für ihn waren, wie immer gestützt auf seinen Stock. Jauerling lächelte und drehte den Knauf zwischen seinen Fingern. Er spürte beruhigt die zwei ineinander verschlungenen Figuren, die, aus Silber gegossen, einen ewigen Reigen tanzten und über das Geheimnis des Stocks wachten.

Jauerling erinnerte sich mit Wehmut an diesen düsteren Tag, an dem der einstmals hoffnungsvolle, junge Kaiser und seine Reformen zu Grabe getragen worden waren. Der Zwerg, ganz in Schwarz, war von einem Unbekannten flankiert worden, einem Mann, den es eigentlich nicht geben durfte.

Aber das war eine andere Geschichte.

Dann, noch am Tag des Begräbnisses, war Jauerling untergetaucht, verschwunden, wie vom Erdboden verschluckt. Er hatte inkognito eine Kutsche gemietet und davon profitiert, dass er in der Öffentlichkeit völlig unbekannt war. Jeder im Reich fürchtete das Schwarze Bureau und seine Agenten, und Jauerling, der Krüppel, der es zu etwas gebracht hatte, stand an dessen Spitze. Er und nur er war dem Kaiser persönlich Rechenschaft schuldig. Sein Name wurde hinter vorgehaltener Hand geflüstert, mit angstvoll aufgerissenen Augen. Alle hofften, dass sie ihm und seinen Leuten nie begegnen würden. Aber sie kannten keine Gesichter, konnten nicht mit dem Finger auf Personen aus Fleisch und Blut zeigen, nur auf geisterhafte Schatten, die sich in der Dunkelheit auflösten wie Nebelschwaden.

Das Schwarze Bureau hinterließ keine Spuren und erst recht keine Zeugen.

So war Jauerling überstürzt, aber nicht unvorbereitet aufgebrochen. Er hatte sich westwärts gewandt, war durch das Fürsterzbistum Salzburg und die Grafschaft Tirol gereist, dann über den Brenner nach Verona und schließlich nach Turin, in die Hauptstadt des Herzogtums Savoyen. Die Pferde wurden auf der Reise nicht geschont, mussten oft gewechselt werden, der Fahrgast hatte es eilig gehabt, sehr eilig sogar.

Und nun? Nun saß der kleine große Mann in Turin, im Gasthaus zu den drei Hühnern, und zweifelte. War er am Ende seiner Reise angelangt oder erst an ihrem Anfang?

Er hatte all die Strapazen auf sich genommen, nur um gegen horrende Summen von Bestechungsgeld einen Fetzen uraltes Leinen zu betrachten. Ein Stück Stoff, auf dem schemenhaft die Umrisse eines bärtigen, nackten Mann zu erkennen waren. War dieser Schatten eines geschundenen Körpers wirklich, wie es der heilige Karl Borromeo behauptet hatte, das wahre Grabtuch mit dem Abbild von Jesus Christus? Eingebrannt im Moment seiner Auferstehung?

Das Haus Savoyen glaubte es.

Jauerling glaubte es nicht.

Zwar hatte auch er sich dem Zauber, der von dieser besonderen Reliquie ausging, nicht gänzlich entziehen können. Aber weder das Bild auf dem Leinen noch das Brimborium, das die Beamten und Priester im Palast gegen klingende Münze darum gemacht hatten, hatten ihn überzeugen können. Jauerling erinnerte sich, dass es in der Region schon zu viele Grabtücher gegeben hatte. Alle, jedes einzelne, hatten sich bei näherer Betrachtung als Fälschung, als plumpe Pinseleien entpuppt. Warum sollte es gerade bei diesem anders sein?

Er nahm einen tiefen Zug aus dem geschliffenen Glas mit dem schweren sizilianischen Rotwein, den ihm der Wirt so ans Herz gelegt hatte, bevor er mit glänzenden Augen den Mariatheresientaler eingesackt und sich mit zahllosen Verbeugungen rückwärts aus der Stube gedienert hatte. Vor Jauerling lagen mehrere Blätter über den Tisch verteilt, einige eng beschrieben, die meisten aber noch leer. Er hatte die Zeit genutzt, während der holprigen Fahrt nachgedacht, sein messerscharfer Verstand hatte die Ergebnisse der monatelangen Recherchen analysiert, hin und her gewendet, verknüpft. Das Ergebnis jagte ihm eine unsägliche Angst ein, vor allem, seit er begonnen hatte, das Unaussprechliche aufzuschreiben. Nur der Kaiser war unbeeindruckt geblieben und hatte begonnen, Klöster aufzulösen und Kirchen zu schleifen, hatte es sogar gewagt, den Papst zu brüskieren. Doch dann wurde er krank, siechte bis zum Tod, und alles ging wieder verloren...

Der Leiter des Schwarzen Bureaus fuhr sich mit der Hand über die schweißnasse Stirn. Irgendetwas in ihm war gestorben auf dieser Reise. Wo einmal sein Glauben gewohnt hatte, war jetzt ein gähnendes Loch. An Gott zu glauben, an den einen, der diese Welt geschaffen hatte, das war für ihn niemals ein Problem gewesen und war es auch heute in Turin nicht. Das hatte er schon mit der Muttermilch aufgesogen, bei der Amme, die sich seiner erbarmt hatte. Er, die Missgeburt, hätte in diesem zugigen österreichischen Waisenhaus ohne viel Aufsehen krepieren sollen. Aber sie hatte es nicht zugelassen, hatte diesen ständig vor Hunger brüllenden Kümmerling mitgenommen und ihm ein Leben geschenkt. Sie hatte ihn gegen alle Widerstände vor der Bosheit und dem Aberglauben der Leute beschützt, ihm eine gute Erziehung und Bildung ermöglicht.

Jauerling erinnerte sich mit Wehmut an seine Ziehmutter. An ihre Nähe, ihre Umarmungen und ihre allabendlichen Geschichten am Herdfeuer. Sie hatte ihm einen Glauben mitgegeben, der viel älter gewesen war als das Geschwätz der Pfaffen von der Kanzel. Sie hatte an die Ahnen, die Gottesmutter Maria und an den Vater im Himmel geglaubt, wie es bei ihr daheim schon Generationen vor ihr getan hatten. Ein einfacher Glaube, fest verwurzelt in Tradition und Alltag.

Aber wer war Jesus, dieser angebliche Sohn Gottes?

Ein Mensch wie du und ich.

Gekreuzigt, gestorben und begraben.

Daran konnte auch ein Bild auf einem Tuch für Jauerling nichts ändern.

Die Feder in seiner Hand zitterte, und er wusste, es war nicht die Kälte. Er, der nüchterne Taktierer auf dem politischen Parkett, der Verwalter des Schreckens, die dunkle Seite der Macht, wie ihn Joseph II. einmal genannt hatte, der geniale Krüppel mit dem untrüglichen Instinkt, er hatte einen schweren Fehler gemacht. Er war ein einziges Mal in seinem Leben zu neugierig, zu vermessen gewesen.

Als er den Auftrag erhalten hatte, dieser unglaublichen Fährte nachzuspüren, einer jahrtausendealten Spur zu folgen, hatte er zum ersten Mal Hoffnung gespürt. Doch nun lag genau diese Hoffnung mumifiziert in einem Kupfersarg in der Kapuzinergruft. Der tote Kaiser hatte sich nicht, wie all die anderen vor ihm, von Legenden und Märchen blenden lassen oder sich Macht von einer verschollenen Reliquie versprochen, sondern die Freiheit von der Knute und dem Joch der römischen Kirche sowie von der Unvernunft. Und Jauerling war voller Idealismus aufgebrochen und hatte nicht bemerkt, dass er auf seiner Spurensuche einen Verfolger hinauf ins Licht gelockt hatte, der besser weiter in der Finsternis geschlafen hätte.

Es gibt Dinge, die sollte man nicht einmal denken, schoss es ihm durch den Kopf.

Aus der Gaststube drangen laute Stimmen, und Jauerling horchte auf, lauernd, wie ein wildes Tier, das sein Versteck in Gefahr wusste. Er umklammerte seinen Stock fester und schob langsam den Daumennagel in den feinen Spalt zwischen Knauf und Holz. Seine Gedanken rasten. Hatte er alle Optionen bedacht? In seinem dicken Wintermantel und dem seidenen Schal, mit den ledernen Spangenschuhen und der voluminösen Tasche, die nun neben seinem Dreispitz auf der langen hölzernen Bank der Stube lag, sah er aus wie Hunderte andere Reisende auch, die um diese Jahreszeit nach Turin kamen, in diesem viel zu kalten Frühling.

Aber er war kein gewöhnlicher Reisender.

Er war ein Suchender.

Vielleicht würde die Hauptstadt von Savoyen, die Stadt »am Fuße der Berge«, für ihn zur Endstation werden, so oder so.

Der meistgefürchtete Mann des Reiches runzelte die Stirn. Er musste mit einem Mal an seinen weit entfernten Heimatort denken, an das kleine Nussdorf im Traisental bei Stift Göttweig, unweit von Krems, von dem aus man die Donau und ihre Nebenarme wie glitzernde Bänder sah, die sich im flachen Tal durch die Auwälder wanden. All das erschien ihm plötzlich, angesichts des nahen Todes, wie ein längst verlorenes Paradies. Vergessen waren die krähenden Jungen, die Pferdeäpfel nach ihm schmissen, und der bigotte Pfarrer, der ihm das Sakrament der Kommunion verwehrte.

Jauerling schloss die Augen. Er hörte schon das Lied des lustigen Pfeifers, spürte seine knöchernen Finger in seiner Hand. Bald würde er sich ihm anschließen, im ewigen Reigentanz über den Kirchhof.

Die Schatten kamen näher.

Nur einen falschen Schritt vom bewährten Pfad abgekommen, einen einzigen Irrtum zugelassen, sagte er sich immer wieder verzweifelt, und schon war alles vorbei.

»Ich bin mit meinen künstlichen Flügeln höher und höher gestiegen. Aber ich bin durch meinen Stolz und meine Vermessenheit der Sonne zu nahe gekommen. Ihre Hitze hat das Wachs zwischen den Federn meiner Schwingen geschmolzen, und gleich dem Ikarus stürze ich jetzt in die Tiefe... in die pechschwarze Nacht...«, philosophierte er halblaut. Ganz in Gedanken verloren stocherte er mit dem Federkiel im Wachs der Kerze vor ihm auf dem Tisch. »Von ganz oben kann es nur mehr bergab gehen«, murmelte er noch. Dann stützte er erneut den Kopf in die Hand, und seine Augen irrten über die Notizen, die er in den letzten Stunden wieder und immer wieder überarbeitet hatte. Einzelne Worte und manchmal sogar ganze Sätze waren durchgestrichen, überschrieben, mit kühnen Strichen zerfetzt worden. Die tiefrote Tinte ergoss sich wie aus Dutzenden kleiner Wunden über die Seiten.

Das Papier schien unter seinen Federstrichen zu bluten.

Jede Station auf seinem Weg zur Erkenntnis hatte nicht nur ihm einen tiefen Schnitt versetzt. Jede dieser Kerben war ein Schlag gegen den letzten gemeinsamen Stützbalken, der die christliche Welt zusammenhielt. Diese christliche Welt, die gerade dabei war, den Planeten zu erobern.

Doch Glaube hin oder her, die feinen Herren im bestickten Diplomatenfrack lauerten nur darauf, sich im nächsten Augenblick gegenseitig auf den Schlachtfeldern zu zerfleischen, am besten weit weg von ihren gepflegten Parks und beheizten Schlössern. Das Sterben beim

Spiel um die Macht war Sache des einfachen und blöden Volkes, unter der Knute gehalten durch ein Lügenkonstrukt, das Jauerling nur allzu gern beim Teufel wüsste.

»Himmel und Erde werden vergehen, aber meine Worte nicht...«, zitierte Jauerling flüsternd das Neue Testament. Dann verfinsterte sich seine Miene und ein bösartiges Lächeln erschien darin. »Wegfegen werde ich beides, ein für alle Mal! Jesus ist tot! Und ich werde es beweisen...«

Der Sturm hatte noch einmal an Stärke zugelegt. Draußen war es vollends dunkel geworden. Es klopfte an der Tür. Drei Mal und dann noch einmal.

Der Kopf des Zwerges fuhr herum. Mit einer instinktiven Handbewegung, seit Jahren in Fleisch und Blut übergegangen, drehte Jauerling rasch die obersten Blätter um, wollte laut und selbstsicher »Herein« rufen. Doch seine Stimme war nur ein Krächzen, das beinahe vom Heulen des Windes übertönt wurde.

»Benötigen Exzellenz noch etwas?« Der Wirt stand in der Tür und sah den seltsamen, vornehm gekleideten Besucher besorgt und neugierig an. Er spürte die Angst, die in der Luft lag. War der kleine Mann etwa auf der Flucht? War er ein Hofzwerg, der wegen eines Ehrenhandels das Reich verlassen musste? War diese kleine Monstrosität etwa einer widernatürlich veranlagten, adeligen Mätresse zu nahe getreten? War er deshalb in das Herzogtum gekommen, um über die Pässe in den Schutz der französischen Fürstentümer zu gelangen? Oder war er gar ein Venediger? Einer dieser geheimnisumwitterten Zwerge, die für die Venezianer in den Alpen nach Goldadern suchten, der das gefundene Vermögen nun nicht bei seinen Auftraggebern abliefern wollte?

Die Augen des Mannes, der zu Mittag aus der staubigen Kutsche ausgestiegen und direkt in die Governäume des »Tre Galline« geeilt war, musterten ihrerseits misstrauisch den untersetzten Wirt. Stämmig, mit blütenweißer Schürze und roten Bäckchen, seine Hände an einem blauen Tuch abtrocknend, erwiderte der Mann ruhig seinen forschenden Blick.

»Darf es für Ihro Gnaden Kehle vielleicht noch etwas mehr von diesem Sizilianer sein? Oder ein warmer Punsch, um sich die kalten Knochen zu wärmen?« Der Wirt bekam keine Antwort. Es war nicht die offensichtliche Nervosität des Zwerges, es war der Besucher selbst, der dem Gastgeber Kopfzerbrechen bereitete. Der Wirt wollte keinesfalls mit der Stadtgarde Probleme bekommen, das war ihm keiner seiner Gäste wert. Durchsuchungen und überraschende Besuche der Polizei waren keine gute Empfehlung für sein Lokal.

Andererseits waren die Silbertaler, mit denen der Unbekannte nicht geizte und von denen er offenbar eine ausreichende Reserve in seiner bestickten Börse mitführte, eine große Verlockung für jeden geschäftstüchtigen Gastwirt.

»Oder verlangt es Euren Gaumen nach etwas Handfestem, Exzellenz? Unsere Küche ist weit über die Stadtgrenzen hinaus berühmt«, ließ der Wirt nicht locker. »Darf ich Euch etwas Pasta a l'olio e Parmeggiano oder frisches Kalbfleisch aufwarten?«

»Sorge Er nur dafür, dass ich in Ruhe arbeiten kann!«, gab der Zwerg unwirsch zurück. »Oder warte Er ... das Kalbfleisch wäre vielleicht kein schlechter Gedanke. Aber erst in etwa einer Stunde. Und jetzt schick Er sich!«

Der Wirt verneigte sich und verschwand.

Jauerling machte sich erneut an die Arbeit.

Als sich zum vereinbarten Glockenschlag die Türe öffnete und der Gastwirt mit dampfenden Tellern und Schüsseln mit Beilagen den Raum betrat, fand er den Zwerg am Boden liegend, von Krämpfen geschüttelt. Er war schweißüberströmt, vom Fieber gepackt.

Rasch bettete man ihn auf die Bank, und der Wirt gebot der Magd, sie sollte den Medico holen, der um die Ecke ordinierte, als im gleichen Augenblick ein Doktor mit einer großen Arzttasche das Lokal betrat. Man bat ihn sofort um Hilfe, und ohne einen Augenblick zu zögern, eilte der blonde, elegant gekleidete Mann zu dem Kranken. Seine blauen Augen blickten nachdenklich, als er Jauerling untersuchte und rasch eine allgemeine körperliche Erschöpfung in Verbindung mit einer schweren Erkältung diagnostizierte. Er bestellte eine Hühnerbouillon sowie eine weitere Flasche sizilianischen Rotweins zur Stärkung für seinen Patienten und etwas Piccata für sich selbst. Er bot an, Jauerling zur Ader zu lassen oder ihm ein Klistier zu verabreichen, aber der winkte nur schwach ab.

»Helft mir bitte aufzustehen«, forderte der Zwerg den Arzt auf und reichte ihm seine kleine Hand. Nach nur wenigen Schritten ließ er sich schwer in den Stuhl am Tisch fallen. Der Raum schien kleiner zu werden, nahm ihm die Luft.

Die Schatten rückten näher.

Während er seine Serviette über seinem Schoß entfaltete, sah der Arzt den Patienten neugierig an. »Ihr solltet Euch ausruhen und schonen, Messere«, meinte er dünn lächelnd und füllte die Gläser. »Zu dieser Jahreszeit spaßt man nicht mit seiner Gesundheit. Der Tod ist in der Stadt.«

Jauerling, den Teller dampfende Bouillon vor sich, sah erschrocken auf, und sein Löffel mit der kräftigen Suppe stockte, ein paar Zentimeter von seinem Mund entfernt.

»Wie meint Ihr das, Medicus?«, fragte er mit gerunzelter Stirn und lehnte sich ein wenig zurück.

Der Arzt sah ihn nachsichtig an. »Ihr seid nicht von hier, das merkt man. Wenn die eisigen Winde von den Bergen wehen, so wie heute, dann kommen die schweren Krankheiten mit ihnen, dann zieht der Tod in Turin ein. Menschen erfrieren, andere werden vom Fieber dahingerafft.« Er schien kurz nachzudenken. »Und es gibt mehr Selbstmorde als gewöhnlich.«

Jauerling glaubte, ein ironisches Lächeln um die Mundwinkel des Arztes spielen zu sehen. Der Medicus zog eine kleine rote Pille aus seiner Brusttasche, brach sie entzwei und ließ eine Hälfte in das Rotweinglas Jauerlings fallen. »Das wird Euch helfen, die Stürme zu überleben, Eure Erkältung zu kurieren und Euren Magen zu beruhigen.«

Das Misstrauen Jauerlings flammte auf wie ein Strohfeuer.

Der Arzt spürte den Zweifel und griff nach Jauerlings Glas. »Soll ich es für Ihro Gnaden leeren?«, fragte er ironisch.

»Nein, nein, es ist nur...« Jauerling schüttelte schwach den Kopf, und seine Stimme versagte fast. Dann hatte er sich wieder im Griff und nahm das Weinglas in die Hand.

Der Arzt hob sein Glas. »Salute! Auf Eure Gesundheit, den guten Ausgang Eurer Reise und ein ewiges Leben, Exzellenz«, prostete er dem Reisenden leise zu, sah dem Mann auf der anderen Seite des Tisches in die Augen und trank den Großteil des schweren Rotweins in einem Zug.

Jauerling zögerte, fühlte eine unbestimmte Gefahr. Sein Instinkt hatte ihn noch nie getrogen... Aber dann setzte er das Glas an die

Lippen und tat es dem Medicus gleich. Er leerte es bis auf den Grund.

Meine Aufzeichnungen sind vollendet, dachte er dabei und warf einen flüchtigen Blick auf seine Reisetasche. Jetzt musste er sich nur noch Gewissheit verschaffen. Und den Kampf auf Leben und Tod irgendwie überstehen.

Denn eines wusste er: Gewinnen konnte er ihn nicht.

Der erste Kreis –
LASST JEDE HOFFNUNG,
WENN IHR EINGETRETEN

25.5.2010

Unterretzbach, Weinviertel/Österreich

Das ist nicht dein Ernst!« Kommissar Berner legte den Kopf in den Nacken und schaute auf das kaputte Dach mit den fehlenden Schindeln, den abblätternden Verputz, die zerbrochenen Fenster und die breiten Risse in den Mauern. Sein Blick blieb schließlich an seinem Kollegen Burghardt hängen, der sich in einem schmutzigen, vor langer Zeit einmal weißen T-Shirt aus einer der Fensterhöhlen im ersten Stock lehnte und erwartungsvoll auf ihn herunterblickte.

»Und deshalb holst du mich aus Wien hierher ins Nirgendwo? Heruntergekommene Mauern hätte ich an einem attraktiveren Platz auch besichtigen können. Etwa in Italien.« Berner verzog das Gesicht und fragte sich nach einem Blick über das halbverfallene Ensemble, ob Burghardt den Verstand verloren hatte.

»Hast du dafür auch noch etwas bezahlt?«, rief Berner hinauf zu seinem Freund. »Oder kam gerechterweise ein gut gefülltes Sparbuch mit dem hochherrschaftlichen Besitz? Oder haben sie dich etwa glücklich lächelnd im Schnellverfahren in den Gemeinderat aufgenommen, nachdem sie erfahren haben, dass du dich jetzt auf den Wiederaufbau von Ruinen im Ortsgebiet spezialisiert hast?«

Der Kommissar sah sich nochmals um, betrachtete die schmalen, geduckten Nachbarhäuser, die anlehnungsbedürftig und wie in stiller Komplizenschaft Mauer an Mauer standen, und beschloss, so schnell wie möglich wieder heim nach Wien zu fahren. In seiner neuen Wohnung, die er sich seit einigen Monaten mit seinem ebenfalls pensionierten Kollegen Gerald Ruzicka teilte, wartete nach seinem Griechenland-Urlaub jede Menge unerledigter Arbeit auf ihn. Die hatte er bisher erfolgreich vor sich hergeschoben, aber alles war besser als *das*.

Burghardt schaute beleidigt zu ihm herunter und schwieg demonstrativ, was Berner ziemlich unbeeindruckt ließ.

»Das ist kein Lebenswerk, das ist eine gemauerte Zumutung«, brummte der Kommissar, zog seinen Mantel aus und warf ihn mit einer verzweifelten Geste auf den Rücksitz seines Wagens. Irgendein sentimentales Gefühl der Freundschaft und eine angeborene Hartnäckigkeit sagten ihm, dass er Burghardt nicht mit diesem Haufen loser Steine alleine lassen konnte. Auch wenn die Mauern des alten Presshauses nur noch vom Willen des neuen Besitzers und jahrhundertelanger Gewohnheit zusammengehalten wurden.

»Ach komm, Bernhard, so schlimm ist es doch nicht«, wagte Burghardt zögernd einen schüchternen Einwurf von seiner luftigen Position im ersten Stock herab. Berner stand mitten auf der Straße, hatte die Hände in die Hüften gestemmt und schaute vorwurfsvoll zu ihm hinauf. Genau in diesem Augenblick löste sich das Fensterbrett, auf das sich Burghardt stützte, aus seiner Verankerung und krachte mit zwei Lagen Ziegel zwei Schritte vor dem Kommissar auf die Fahrbahn. Um ein Haar hätte Burghardt die Balance verloren und wäre dem Konglomerat aus Steinen, Stroh, Lehm und Holz kopfüber in die Tiefe gefolgt.

»Danke, dass du mich jetzt auch noch umbringen willst«, rief Berner ungerührt dem blass gewordenen Burghardt zu, der sich krampfhaft an dem übrig gebliebenen Fensterstock festhielt. »An deiner Stelle würde ich Schadenersatz vom Verkäufer verlangen, aber der hat sich sicher auf einem besonders schnellen Boot nach Indonesien eingeschifft«, lästerte der Kommissar. »Ab sofort ist er nämlich auf der Flucht, mit deinem Geld und sorgenfrei.«

Kopfschüttelnd stieg Berner über die Ziegel vor ihm und ging auf die alte Eingangstüre des Presshauses zu, drückte die Klinke und verschwand mit den Worten »Na, wenigstens gibt es einen Weinkeller« im Inneren.

Burghardt schaute ihm alarmiert nach, lehnte sich todesmutig vor und schrie: »Bernhard, pass auf, da gibt es keine…«, und dann war bereits das Fluchen Berners bis auf die Straße zu hören.

»… Stiege…«, vollendete Burghardt halblaut den Satz und schloss ergeben die Augen.

Kommissar Berner lag einen Meter tiefer auf dem gestampften Lehmboden und blickte in den Hals einer leeren, grünen Weinflasche, die seit Generationen ihren Platz tapfer verteidigt hatte. Den dicken Spinnweben nach zu urteilen, die sie mit dem Untergrund verbanden, war sie das letzte Mal etwa vor hundert Jahren bewegt worden.

»Eine echte Rarität«, stöhnte Berner, dem der Sturz vorübergehend den Atem genommen hatte und der nun ächzend versuchte, wieder aufzustehen.

Aber da kam auch schon Burghardt von oben gelaufen, sprang durch die Eingangstüre ins Presshaus und half ihm wieder auf die Beine. »Bernhard, sei bitte vorsichtiger, hier ist alles etwas morsch.«

Ein wütender Blick Berners brachte ihn zum Verstummen. »Morsch? Morsch!? Hier war nie eine Treppe, nur eine Traubenrutsche, und die ist vor dem Zweiten Weltkrieg in einem langen, eiskalten Winter zersägt und verheizt worden«, eiferte sich der Kommissar. »Dieses Haus ist eine einzige Falle, und du, du lässt mich ohne Vorwarnung in mein Unglück laufen!«

Burghardt hatte inzwischen im Halbdunkel des Presshauses einen wachsüberströmten, schmiedeeisernen Leuchter gefunden und entzündete mit einem Streichholz den weißen Kerzenstummel, dessen Docht knisternd anbrannte.

»Die Frage, ob es Strom gibt, erübrigt sich hiermit«, meinte Berner lakonisch und blickte sich um. Der gelbe Schein der Kerze holte nach und nach museumsreife Weinhauergeräte, zerbrochene Flaschen, bis an die Decke gestapelte, wurmzerfressene Holzkisten, alte Autoreifen mit verrosteten Felgen, Haufen vergilbter, alter Zeitungen, gewellte Kartonschachteln und Berge von undefinierbarem Abfall aus der Dunkelheit. Die Feuchtigkeit, die in dem fensterlosen Presshaus seit Langem zu jeder Jahreszeit herrschte, kondensierte an allem und jedem. Weiße Pilze, drahtige Geflechte, die wie übergroße Spinnweben aussahen, hatten sich an die rohen Steine der Mauern geklammert und dort schließlich dauerhaft eingenistet. Sie kontrastierten mit dem schwarzen Schimmel, der Korken und Holzkisten, eine doppelflügelige Kellertür und noch vieles andere überzog.

»Ein Biotop, ein verdammtes Biotop«, brummte Berner, dem vom Fall die Schulter wehtat, »diese Flechten da stehen sicher unter Naturschutz. Nur hier konnten sie seit Jahrhunderten ungestört wachsen und gedeihen. Du solltest Eintrittskarten ausgeben und versuchen, den Kaufpreis so wieder hereinzuholen.«

Burghardt grinste, drehte sich um und versuchte mit einer Hand, die massive Kellertür aufzuziehen, die sich jedoch laut kreischend weigerte, mehr als zehn Zentimeter nachzugeben, und sich in ihren handgeschmiedeten Angeln festgefressen hatte. »Ich wusste, es würde dir gefallen«, sagte er über die Schulter zu Berner und zog dabei noch stärker.

Der Kommissar schüttelte sprachlos den Kopf und schaute ihm zu. Die Türe musste schwer und stabil sein, vielleicht aus Eichenholz gezimmert, aber das ließ sich beim besten Willen nicht mehr feststellen. Der schwarze Belag, der Teile der Mauer und Tür fast nahtlos überzog, konnte Schimmel sein oder so ziemlich alles andere. Berner beschloss, nicht weiter darüber nachzudenken.

Burghardt hatte inzwischen den Kerzenleuchter auf den Boden gestellt und versuchte es nun tapfer mit beiden Händen.

»Burgi, warst du je vorher in diesem Weinkeller oder hast du ihn unbesehen gekauft?«

»Na ja, der Vorbesitzer…«, begann Burghardt, und Berner fiel ihm sofort ins Wort:

»… hat dir davon erzählt, nein, er hat dir davon vorgeschwärmt. Lass mich raten. Du hast dich als stolzer Weinkellerbesitzer gesehen, als kleiner Châteauneuf-du-Pape, als Päpstchen sozusagen, im flackernden Kerzenschein schwere Rotweine degustierend, die ölig an Gläsern herabrinnen.«

Burghardt zog trotzig an der schweren Türe und stemmte sich zugleich mit voller Kraft von der Wand ab. Außer einem ohrenbeschädigenden Protest der Angeln war das Ergebnis ziemlich mager. Der Spalt betrug nach wie vor etwa zehn Zentimeter, und muffige, feuchte Kellerluft drang durch die pechschwarze Öffnung. Berner bildete sich ein, das Plätschern von Wasser zu hören, da schlug plötzlich der Wind die Tür zur Straße völlig zu. Die Kerze flackerte kurz, dann verlöschte sie, und es war mit einem Schlag stockdunkel im Presshaus.

Berner, der mitten im Raum gestanden hatte, fluchte leise. Das Quietschen der Kellertür war verstummt, und Burghardt schien ebenso überrascht zu sein wie der Kommissar. Während Berner begann, sich vorsichtig zum Eingang zurückzutasten, stieß er dabei gegen so ziemlich alles, was er vorher im Schein der Kerze nur schemenhaft erkannt hatte.

»Bernhard?«, rief Burghardt aus dem Dunkel. »Bleib lieber stehen, pass auf, dass du nicht über etwas ...« Der Rest des Satzes ging in einem Crescendo aus fallenden Holzkisten unter, die ihre Fracht an leeren Flaschen in einer kleinen Lawine aus staubigem Glas und wurmstichigem Holz über Berner ergossen und ihn von den Füßen fegte. Der Nachschub an fallenden Holzkisten schien unendlich zu sein. Als der Lärm schließlich verebbt war, hielt Burghardt den Atem an und lauschte.

»Das ist ein Unglückshaus, Burgi, jetzt weiß ich es«, kam es leise und vorwurfsvoll aus Richtung Lehmboden, als Berner in der Dunkelheit tastend versuchte, zwischen Flaschen und Kisten einen sicheren Platz zu finden, um aufzustehen.

»Hast du dir etwas getan?«, fragte Burghardt zögernd und lauschte. Für einen Moment war es still.

»Ja, keinen Gefallen, indem ich hierhergekommen bin«, stieß Berner hervor und tastete sich auf allen vieren weiter in Richtung Eingangstor. Jetzt tat ihm auch noch das Bein weh.

»Bis ich es wieder hier heraus geschafft habe, bin ich krankenhausreif«, brummte er, kroch weiter, bis er endlich eine Mauer spürte, sich aufrichtete und über das raue Holz der Türe tastete. Ein heftiger Stoß und das Tageslicht flutete wieder in das Presshaus. Berner stand auf und drehte sich um. Burghardt stand noch immer an der Kellertür und sah ihn mit großen Augen an. Der auffrischende Wind zerrte an dem Türflügel, und der Kommissar hielt ihn fest.

»Vergiss den Keller, Burgi, und komm zurück. Ohne Taschenlampen und einer gut bestückten Werkzeugkiste brauchen wir es gar nicht weiter versuchen.« Während er auf Burghardt wartete, schaute Berner an sich herunter und bereute es sofort. Dicke Spinnweben, Staub, der schwarze Moder und der weiße Pilz gaben sich auf seiner Kleidung ein Stelldichein. »Ich bin reif für die Geisterbahn«, murmelte Berner erschöpft.

»Ich finde es wirklich nett von dir, dass du mir helfen willst«, sagte Burghardt dankbar, als er endlich neben dem Kommissar stand. »Ich glaube, alleine würde ich das nicht schaffen.«

Berner nickte, grimmig lächelnd. »Mach dir nur keine Illusionen. Zu zweit werden wir hier auch mit fliegenden Fahnen untergehen, aber wir werden wenigstens gute Gesellschaft dabei haben.«

Zwei Stunden später saßen Berner und Burghardt bei einem der drei Heurigen des kleinen Ortes an der tschechischen Grenze und Burghardt erzählte mit glänzenden Augen, wie er zu dem alten Weinbauernhaus gekommen war. Nach einer ausgiebigen Dusche im sauberen Fremdenzimmer, das Berner vorsichtshalber vorerst für eine Woche gebucht hatte, einem halben Liter Rotwein und einer riesigen Jausenplatte fühlte er sich ausreichend gestärkt, um die Geschichte seines Kollegen über sich ergehen zu lassen.

»Ich wollte immer schon einen Weinkeller haben«, meinte sein Freund nach einem langen Blick über die Weinreben, die fast bis in den Garten des Heurigenlokals zu wachsen schienen. »Andererseits bin ich ja noch im Dienst und kann an den Wochenenden nicht zu weit von Wien wegfahren. Also kamen Gegenden wie die Steiermark oder das südliche Burgenland nicht in Betracht.«

Berner nickte, leerte das Rotweinglas mit einem langen Zug und zündete sich eine Zigarette an. Die Sonne stand bereits schräg, und die Rebstöcke warfen lange, bläuliche Schatten. Der Wind war wieder eingeschlafen, und als der Wirt ungefragt eine weitere Karaffe Rotwein auf den Tisch stellte, dachte sich Berner, dass die Gegend vielleicht doch nicht so übel war.

Nur das Haus in der Weinberggasse war eine Katastrophe.

»Das nördliche Weinviertel ist ja kaum eine Stunde von Wien entfernt, und ich konnte mir das alte Presshaus und den Keller mit meinem Beamtengehalt auch leisten«, fuhr Burghardt fort, während er Berner und sich nachschenkte. »Ich weiß, dass es nicht gerade in einem guten Zustand ist, aber dafür soll der Weinkeller sehr schön und lang sein.«

»Warum fallen mir immer Streichholz und Benzinkanister ein, wenn ich an dein Haus denke?«, fragte Berner ironisch, und Burghardt musste lachen. Sie waren lange Jahre Kollegen im Kommissariat Innere Stadt in Wien gewesen, hatten den Frust und die Erfolge geteilt, die schlaflosen Nächte und die Rüffel der Vorgesetzten. Bis zu seiner Pensionierung vor nunmehr fast zwei Jahren hatte Kommissar Berner bei der Mordkommission gearbeitet. Seine Frau hatte immer behauptet, er habe dafür gelebt. Dann war sie in ein neues Leben gezogen, nach Deutschland, und hatte die Scheidung eingereicht. Seltsam, dass Burghardt und er erst danach Freunde geworden waren.

Burghardt schaute über den Rand seines Glases und beobachtete Berner, der umständlich eine Zigarette aus einer blauen Nil-Packung klopfte. Die sorgfältig gescheitelten Haare, die der Kommissar noch vor zwei Jahren gepflegt hatte, waren einer lockeren Mähne gewichen, die nach einem Friseurbesuch verlangte. Der Bernhardiner, wie seine Kollegen ihn nannten, war zwar nach außen hin grobschlächtig und oft griesgrämig, aber er hatte ein goldenes Herz. Und er liebte seinen Beruf. Deswegen hatte er ihn aufgegeben.

Kommissar Burghardt hatte Berner nie um dessen heikle Fälle beneidet, um die schlaflosen Stunden, die Schlachten mit dem Staatsanwalt und mit dem Polizeipräsidenten. Aber er beneidete ihn nun um seinen Ruhestand, obwohl seit zwei Jahren von Ruhe eher keine Rede war. Erst das Abenteuer um den kaiserlichen Code von Friedrich III., dann die Jagd nach den vier Dokumenten Metternichs. Berner war in den Unruhestand gegangen.

Burghardt selbst blieben noch fünfzehn Jahre bei der Kriminalpolizei und er musste sich jeden Tag über Berners jungen und überheblichen Nachfolger ärgern, der von der Polizeischule direkt an dem Schreibtisch vor ihm gelandet war. Der und der neue Leiter der Spurensicherung waren ein Herz und eine Seele, während Burghardt eher an einen anderen, tiefer gelegenen Körperteil dachte, wenn er einen der beiden sah.

Seit den Ereignissen im letzten Jahr, dem geheimnisvollen Grab unter dem Rennweg und dem Kampf gegen einen fast übermächtigen Gegner, hatte sich eine Freundschaft zwischen den beiden Männern entwickelt, die auf gegenseitigem Vertrauen und der Begeisterung für schwierige Fälle basierte. Ihre Illusionen hatten beide bereits vor langer Zeit im Fundbüro abgegeben. Aber nur Berner hatte die Quittung weggeworfen.

»Streichholz! Pah! Zwei Wochen ohne Mordfall, das kannst nicht einmal du mir vermiesen«, entgegnete Burghardt und lehnte sich vor. »Egal was hier passiert, es kann nur besser sein als im Dienst. Du hast ja keine Ahnung, wie sich die beiden Wichtel aufführen.«

Berner hob abwehrend die Hände. »Sag nichts, ich kann es mir vorstellen und so genau will ich es auch gar nicht wissen. Mir graut vor Klugscheißern dieses Kalibers. Aber kommen wir zurück zu deiner Winzerruine. Wie alt ist das Gemäuer denn nun wirklich?«

Burghardt nahm einen großen Schluck Rotwein und schaute grinsend einer der Kellnerinnen nach, die einen kurzen Rock trug und scheinbar endlose Beine hatte. »Alle, mit denen ich im Ort gesprochen habe, sind sich sicher, dass mein Haus vor rund 200 Jahren gebaut worden ist, und zwar von einer Winzerfamilie, die nach dem Ersten Weltkrieg nach Amerika auswanderte. Der Preis, den sie damals für den Keller mit dem Presshaus erzielten, bezahlte die Schiffspassage für die Eltern und zwei Kinder.«

Berner nahm einen großen Schluck und sah ihn nachsichtig an. »Tja, heute würdest du mit dem Geld nicht mal mehr bis zum nächsten Hafen kommen, selbst wenn du die Ruine an einen Blinden verkaufen könntest. Weil keiner sehenden Auges in sein Unglück läuft, außer dir.«

Der Wirt schaute vorbei und fragte freundlich nach, ob alles in Ordnung sei und die beiden mit dem Wein und dem Essen zufrieden waren. Burghardt nickte dankbar, und Berner bestellte bei der Gelegenheit noch eine Karaffe Roten.

»Ich weiß, dass ich mir jede Menge Arbeit eingekauft habe, aber das macht mir nichts aus«, antwortete Burghardt unbekümmert. »Jetzt habe ich endlich einen Weinkeller…«

»… in den du nicht hineinkommst«,

»… und ein altes, idyllisches Presshaus…«,

»… voller Gerümpel und ohne Licht«,

»… und jede Menge körperlicher Arbeit…«

»… bis zu deinem Tod«, vollendete Berner. »Darauf trinken wir.«

Als der Kommissar einige Viertel später und ein paar Stunden älter unter der rot-weiß karierten Daunendecke lag und es nach einigen Versuchen wieder aufgegeben hatte, die genaue Anzahl der Karaffen mit Rotwein nachzurechnen, die er und Burghardt geleert hatten, versuchte er aus einem dunklen Eck seiner Erinnerung etwas herauszukramen, das ihm im Keller aufgefallen war. Es war etwas Seltsames gewesen, etwas, das nicht hierher gehörte. Während er noch darüber nachdachte, fiel ihm sein Kollege und aktueller Mitbewohner Ruzicka ein, der vor wenigen Monaten nur knapp einen Mordanschlag überlebt, dabei aber seine Frau verloren hatte.

»Ich sollte Gerald hier herausbringen, damit er auf andere Gedanken kommt«, dachte Berner noch, dann schlief er ein.

Draußen verblassten bereits die Sterne im Osten, und ein dünner Streifen Hellblau kündigte den kommenden Tag an.

12.4.1945, Deutschbrod/Protektorat Böhmen und Mähren

Der Morgen graute, und die Welt ging unter. Seit drei Uhr früh heulten die Stalinorgeln, und die Geschosse schlugen in und um die Kleinstadt Deutschbrod ein wie ein Sturm aus Feuer und Metall, todbringend und unaufhaltsam. Wer konnte, saß in den Kellern und betete oder war in den Wäldern verschwunden. Im spärlichen Morgenlicht reihte sich bald Krater an Krater, die Mehrzahl der niedrigen, ärmlichen Häuser am Ortseingang waren dem Erdboden gleichgemacht worden. Schuttberge, aus denen zertrümmerte Möbel, Leichenteile und Hausrat ragten, zeugten vom unaufhörlichen Vormarsch der Roten Armee gegen Westen. In einer Zangenbewegung rückten die Einheiten vor, hielte nur kurz inne, um sich zu sammeln und den weiteren Vormarsch zu koordinieren. Prag war so gut wie eingeschlossen, und in einer weiten, halbrunden Bewegung zog die linke Flanke unter General Konew den Vormarsch auf die Grenze der Ostmark durch, versprengte Einheiten der Wehrmacht und der SS vor sich hertreibend.

Die Schlacht um Berlin tobte bereits, und die Tage des Krieges waren gezählt. Wagners Götterdämmerung war angebrochen. Auf die verbrannte Erde folgte die verbrannte Hoffnung. Jeder für sich und keiner für alle, lautete die Devise. Die fliehenden deutschen Wehrmachtsverbände, die den Russen an manchen Orten noch erbitterten Widerstand leisteten, wurden immer kleiner oder lösten sich nach und nach auf.

Die deutsche Wehrmacht war am Ende ihres Weges angelangt. Wer nicht in die Hände der russischen Truppen fallen wollte, der musste laufen, um sein Leben rennen, immer weiter westwärts, den Alliierten entgegen. Oder er endete in Sibirien, in den Arbeits- und Vernichtungslagern der Sowjets, die Rache nahmen für den Krieg und die Zerstörung und das Leid, die der Krieg seit 1940 über sie gebracht hatte.

Wie durch ein Wunder war der Bahnhof der kleinen Stadt, ein Eisenbahnknotenpunkt südlich von Prag auf der Strecke nach Wien, noch relativ unversehrt geblieben, und der Zug, der nun bereits seit zwei Tagen auf einem der Abstellgleise stand, hätte sofort weiterfahren sollen. Wenn nur die Lokomotive nicht vor vierundzwanzig Stunden von einem Oberst der Wehrmacht requiriert worden wäre, um einen überfüllten Truppentransport westwärts in Richtung der Dritten US Army zu ziehen.

Oberleutnant Gustav Richter stand in seiner fleckigen und verschwitzten Uniform auf dem verlassenen Bahnsteig des Provinzbahnhofs, der noch in den letzten Jahren der k.u.k Monarchie gebaut worden war und von einer längst untergegangenen Pracht kündete. Nun zogen Rauchschwaden über die Verschubgleise, Flammen loderten an allen Ecken und Enden, die Luft roch nach Tod und verbrannter Erde.

Richter verzog angewidert das Gesicht. Er war ausgelaugt wie alle, kam von der Ostfront, hatte die Schlacht um Charkow geschlagen, die Stadt einmal erobert und einmal verloren und dann den langen, gnadenlosen Rückzug nach Westen mitgemacht. Jetzt war er am Ende, genauso wie der Krieg, den er vergebens geführt hatte. Seine Illusionen und Hoffnungen waren auf den Schlachtfeldern geblieben, seine Freundin Hannelore war schon vor langer Zeit mit einem Spekulanten und Kriegsgewinnler davongelaufen, dem es gelungen war, sich vor der Mobilmachung zu drücken, und der »an der Heimatfront kämpfte«. Richter wurde schlecht, wenn er nur daran dachte.

Auch die Briefe an seine Eltern waren seit 1943 unbeantwortet geblieben, so als habe er sie ins Nirgendwo geschickt. Was erwartete ihn, wenn er je nach Hause kommen sollte? Gab es noch ein Zuhause? Langsam spürte Richter, wie ihm der Boden unter seinen Füßen entglitt. Die Schlachten waren geschlagen und verloren. Gab es ein Leben nach dem Armageddon? Zu viele Fragen, und er wusste keine Antworten mehr. Vielleicht war im Nachkriegsdeutschland kein Platz für Verlierer.

Vielleicht war es einfach besser zu sterben.

Er hatte einen schalen Geschmack im Mund, als er nachdenklich die wenigen Waggons betrachtete, aus denen der kurze Zug vor ihm bestand. Bis hierher waren sie zu Fuß und in einigen Lkws gekommen. Ohne Benzin waren sie hier gestrandet, und der Himmel hatte ihnen den Zug geschickt. Oder doch nicht?

Den Schluss bildeten vier geschundene Güterwagen der Reichsbahn, deren Beplankung bereits große Lücken aufwies und den Blick auf die Ladung freigab: Koffer, Habseligkeiten von Vertriebenen, einige Kulturgüter aus evakuierten Schlössern, Munition und ein paar Kisten mit Waffen, die bald niemand mehr brauchen würde. Dann folgte ein alter Personenzugwaggon, der seine besseren Zeiten schon lange wieder vergessen hatte. Luftangriffe von gierigen alliierten Tiefffliegern hatten kaum Fensterscheiben intakt gelassen, der kalte Frühlingswind pfiff durch die Abteile, die zum provisorischen Lazarett umfunktioniert worden waren. Stöhnen und vereinzelte Schreie drangen aus dem Waggon, immer wieder unterbrochen vom Kreischen der einschlagenden Projektile der russischen Raketenwerfer.

Die Hölle ist hier und jetzt, dachte Richter. Nur der Teufel ist schon weg, vorausgegangen, irgendwohin. Sie würden einsam sterben, einfach verscharrt werden entlang der Gleise in dieser Kleinstadt, und niemand würde nach ihnen suchen. Wozu auch? Sie waren die verlorene Generation. Sie hatten sich selbst verloren.

Der vorderste Teil des Zugs wurde von einem bemerkenswert neuen Güterwaggon gebildet, der fest verschlossen war und von zwei SS-Oberscharführern mit umgehängter MP42 bewacht wurde, die neben den Gleisen auf und ab patrouillierten. Dieser Waggon war es, der Richter Sorgen bereitete. Die Gesichter der SS-Leute waren grimmig, blass und unergründlich. Vor kaum 24 Stunden hatten sie gemeinsam mit zwei Untersturmführern versucht, den herbeigeeilten Oberst davon abzuhalten, die Lokomotive abzukuppeln. Hatten von einem »höchsten Befehl« gesprochen, von »geheimer Reichssache«.

Richter war dabeigestanden und konnte doch nicht verhindern, was dann geschah. Der Oberst hatte überraschend die Pistole gezogen und zweimal abgedrückt. Das hatte einen der Untersturmführer in ein schnell geschaufeltes Grab neben den Gleisen gebracht und den zweiten in den Lazarettwaggon, mit einem Lungendurchschuss.

Richter hatte durch sein Eingreifen noch Schlimmeres verhindert, aber die Lokomotive war trotzdem verloren.

Jetzt standen nur mehr die beiden SS-Männer mit ihren Maschinenpistolen zwischen der geheimnisvollen Ladung und der auseinanderbrechenden Welt und warteten, dass ihr Kommandant endlich wieder zurückkommen würde. Dieser hatte vor zwei Tagen überraschend einen Befehl erhalten und war in einem requirierten Wagen davongebraust. Über sein Ziel hatte er kein Wort verloren. Über seine Rückkehr auch nicht.

Wieder kreischten die russischen Raketenwerfer hinter dem Hügel, und diesmal waren die Einschläge näher am Bahngelände. Dreck, Steine und Metallteile flogen durch die Luft, für einen Moment verstummten die Schreie der frisch Operierten, um dann umso lauter wieder einzusetzen.

Richter griff in die Tasche, zog eine filterlose Zigarette und ein Sturmfeuerzeug heraus, wanderte langsam zu einem der Warteräume, der nach geteertem Holzboden und getrocknetem Urin roch, und beugte sich in eine Nische. Der Feuerstein schlug Funken, und die Flamme des Feuerzeugs erleuchtete flackernd ein Gesicht, das vorzeitig gealtert war. Die Furchen, die sich entlang des dünnen Mundes und zwischen den dunklen Augenbrauen zogen, verrieten Müdigkeit und Verzweiflung. Richter hatte so viele Menschen sterben gesehen, dass er aufgehört hatte, sie zu zählen. Er war in den heißen Sommern durch mückenverseuchte Sümpfe gerobbt und hatte in den langen russischen Wintern verzweifelt versucht, sich warm zu halten. Er hatte seine Kompanie immer wieder aufgefüllt, mit immer jüngeren Rekruten, die immer schlechter ausgebildet waren und immer schneller starben.

Richter hustete. Irgendwann hatte er es aufgegeben, sich ihre Namen zu merken. Sie wurden schneller begraben, als er ihre Namen überhaupt lernen konnte.

Er selbst hatte bisher unglaubliches Glück und offenbar einen Schutzengel gehabt, war immer wieder dem sicher scheinenden Tod entkommen, trotz Ruhr, regelmäßig wiederkehrenden Fieberanfällen und einer Schusswunde am Oberschenkel.

Richter inhalierte tief und lang und hustete danach noch länger.

»Sie sollten endlich auf ein anderes Laster umschwenken, Oberleutnant«, ertönte eine Stimme hinter ihm, und eine Hand legte sich auf seine Schulter. Richter nickte, noch immer hustend, und drehte sich um. Feldwebel Günther Walkowski stand vor ihm und sah ihn besorgt an. Der geborene Berliner war mit Richter nach Russland und wieder zurück gezogen, zu Fuß, auf Panzern und schlingernden Lastwagen, in zugigen Güterwaggons und in Beiwagenmotorrädern, die oft genug in Schlammspuren versanken und von Pferden wieder herausgezogen werden mussten.

Richter, der Rechtsanwaltssohn aus dem Ruhrgebiet, der eigentlich *von* Richter hieß, und Walkowski, das Arbeiterkind aus Steglitz, waren durch die Erlebnisse der letzten fünf Jahre zusammengeschweißt worden, mehr als durch jede Familienbande. Trotzdem waren sie noch immer per Sie, ein Zeichen von gegenseitigem Respekt und vielleicht auch ein letzter Rest von Eleganz und Stil in diesem dreckigen Krieg.

»Welche Laster bleiben uns denn Ihrer Meinung nach noch, Feldwebel? Frauen? Rauschgift? Alkohol? Nächtelange Vergnügungen in schummerigen Bars und Kaschemmen? Das ist längst vorbei, Walkowski. Das war in einem anderen Leben, und ich glaube nicht an die Wiedergeburt.« Richter machte eine wegwerfende Handbewegung, spuckte auf den schwarzen Holzboden und deutete über seine Schulter. »Es gibt anderes, Handfestes, woran ich glaube. Da hinten steht der Iwan und zieht uns die Haut über die Ohren, wenn er uns erwischt, wie einem ganz gewöhnlichen Feldhasen. Wir sollten schon lange weg sein, trotzdem hängen wir in diesem tschechischen Drecksnest fest. Kein Benzin mehr, keine Lokomotive, und die Munition geht zur Neige. Unsere Männer sind entmutigt, verletzt oder körperlich am Ende. So viel zum Glauben.« Er zuckte resigniert mit den Schultern und nahm einen weiteren tiefen Zug.

Mit einem orgelnden Brausen pfiff ein russisches Geschoss über das Bahnhofsgebäude und explodierte in unmittelbarer Nähe, rüttelte an den verbliebenen Glasscheiben in den hölzernen Fensterläden und schleuderte eine Fontäne von Kies und Erde meterhoch durch die Luft. Richter zuckte nicht einmal mit der Wimper.

»Die schießen sich langsam ein. Der Teufel soll den Iwan holen«, murmelte Walkowski und blickte durch das Fenster nach draußen auf die Gleise, den Zug und die SS-Männer, die noch immer ungerührt neben dem Waggon Wache schoben. War es Dienstauffassung oder Starrsinn? Er konnte es sich nicht erklären.

Im Hintergrund sah er Lagerhallen mit Rampen und einen radlosen, aufgebockten Lkw, einen schmalen Lokschuppen mit löchrigem

Dach und eine lang gestreckte Werkstatthalle, die nur noch zu zwei Dritteln eingedeckt war. Der Morgen stieg langsam über die Hügel, und Walkowski fragte sich, wie viele Tage noch vor ihnen lagen.

»Die Freude wird er uns nicht machen«, meinte Richter trübe, »der Teufel hört uns nicht mehr, Walkowski. Er ist schon vor Jahren nach Osten ausgewandert. Wahrscheinlich ist er Russe geworden und jetzt kommt er zurück, um uns zu holen.«

»Herr Oberleutnant!« Walkowskis Ton ließ Richter aufhorchen. Der Feldwebel schaute aus dem Fenster, und ein nachdenklicher Zug lag auf seinem abgezehrten Gesicht. Richter folgte seinem Blick, aber er wusste nicht, was Walkowski so alarmiert hatte.

»Haben wir eigentlich schon mal den Lokschuppen kontrolliert?«, fragte der Feldwebel und stieß sich gleichzeitig von der Wand ab. Er stieß die knarrende Türe auf und verließ den Warteraum, sah sich kurz um und lief dann gebückt über Gleise und Bahnsteige, umrundete einige wild wachsende Gebüsche, immer wieder sichernd nach links und rechts schauend. Misstrauisch beobachteten ihn die beiden SS-Männer, zuckten dann mit den Schultern und wandten sich wieder ab.

Schließlich hatte Walkowski die rußigen Mauern des Lokschuppens erreicht, lehnte sich gegen die verwitterten Ziegel und wartete, horchte, wartete wieder und schaute sich besorgt um. Die tschechischen Widerstandsgruppen waren nicht zu unterschätzen, das hatten sie in den letzten Tagen immer wieder schmerzhaft erfahren müssen. Als er endlich zufrieden war, öffnete er die niedrige schmutzig blaue Tür und schlüpfte rasch ins Innere.

Richter beobachtete ihn im schwachen Morgenlicht von der Wartehalle aus. Die Nase Walkowskis hatte sie oft aus den verfahrensten Situationen gerettet. Er verdankte dem Feldwebel bereits zwei Mal sein Leben. Er war sein Schutzengel und der letzte Grund, warum er überhaupt noch kämpfte. Er wollte den Freund nicht alleine lassen.

Drei weitere Geschosse pfiffen über das Bahnhofsgebäude und schlugen neben dem Gleis ein, auf dem der kurze Zug stand. Die Druckwelle schleuderte die beiden SS-Männer erst zu Boden und wirbelte sie dann durch die Luft wie Marionetten. Einer wurde gegen den gusseisernen Mast der Bahnsteiglaterne geworfen, und Richter hörte, wie mit lautem Knacken seine Wirbelsäule brach. Dann rutschte der SS-Mann schlaff am Laternenmast herunter, wo er regungslos liegen blieb.

Der zweite Mann in der schwarzen Totenkopf-Uniform wurde gegen den Waggon geschleudert, dabei kippte sein Helm nach vorn, und der spitze Handgriff des Riegels der Schiebetüre bohrte sich in seinen Hinterkopf, durchschlug die Schädeldecke wie Papier und tötete ihn auf der Stelle. Die Maschinenpistole entglitt seinen Händen, und er hing am Güterwaggon wie an einem Fleischerhaken.

Richter stürzte hinaus, sprang über die Gleise und ignorierte eine weitere Salve der russischen Artillerie, die über seinen Kopf rauschte. Dann stand er neben dem SS-Mann, der am Fuß des Laternenmasts lag und ihn mit weit geöffneten Augen anstarrte.

»Ich spüre nichts, ich spüre nichts«, stammelte er immer wieder.

Der Offizier legte ihm beruhigend die Hand auf den Arm. »Die Sanis werden gleich hier sein, rühren Sie sich nicht.«

Der Verwundete sah ihn mit einem Blick voller Furcht an, der Richter das Blut in den Adern gefrieren ließ.

»Zu spät, viel zu spät, er holt uns ... jetzt holt er uns endgültig, es gibt kein Entrinnen«, flüsterte der Mann in der schwarzen Uniform entsetzt. Er schloss die Augen, dann sprach er weiter, wie im Traum. »Hören Sie zu, Oberleutnant, wenn Ihnen Ihr Leben lieb ist.« Seine Stimme kam stockend und leise, und Richter musste sein Ohr an seinen Mund legen, um den Sterbenden zu verstehen. »Wir haben einen Befehl von Reichsführer SS Himmler, diesen Waggon unbedingt in die Alpenfestung zu bringen.«

»Alpenfestung?«, fragte der Oberleutnant und runzelte die Stirn. »Wo soll das sein? Nie gehört.«

»Der Ort heißt Altaussee«, flüsterte der SS-Mann, »wichtiger aber ist etwas ganz anderes.«

Wieder kreischte ein Projektil über das Bahngelände, und diesmal duckte selbst Richter sich instinktiv, weil es so nah war.

»Was ist wichtiger?«, gab der Oberleutnant zurück, nachdem die Explosion verklungen war.

»Öffnen Sie niemals die Kisten in dem versiegelten Waggon, hören Sie? Niemals, was immer auch passiert! Schwören Sie es!« Er sah Richter durchdringend an, so lange, bis dieser langsam nickte.

»Und wenn Ihnen Ihr Leben lieb ist, dann befolgen Sie den Befehl. Bringen Sie die Fracht in die Alpenfestung. Es gibt nur diese Möglichkeit, ihm zu entrinnen. Diese Kisten müssen in geweihte Erde. Sonst …« Er brach ab.

»Wohin? In geweihte Erde?«, rief Richter überrascht aus, und der SS-Mann versuchte den Kopf zu bewegen, was kläglich misslang. »Tun Sie es, Oberleutnant, tun Sie es einfach. Sonst wird er Sie holen, so wie er uns geholt hat.«

»Wer wird mich holen, Mann? Der Iwan? Der steht bereits vor der Tür«, gab Richter zurück und wies mit ausgestrecktem Arm in Richtung der Front.

Dem SS-Mann stand die nackte Angst ins Gesicht geschrieben. »Laufen Sie, Oberleutnant, laufen Sie um Ihr Leben. Sie sind nirgendwo mehr sicher, bis…« Sein Blick wurde starr und sein Kopf fiel zur Seite.

In diesem Augenblick rief jemand laut seinen Namen, und Richter sah hoch. Feldwebel Walkowski stand vor dem Schuppen, heftig gestikulierend. Er ruderte wie wild mit den Armen und zeigte hinter sich auf den Lokschuppen.

Richter stand auf, warf noch einen kurzen Blick auf den Toten, überlegte jedoch nicht lange und sprintete los. Wieder rasten russische Raketen heran, zogen ihre Bahn über den Bahnhof und schlugen in einem unbestellten Feld hinter dem Lokschuppen ein, schleuderten meterhohe Fontänen aus Erde und Steinen hoch, die wie Schrapnelle durch die Luft pfiffen. Der Oberleutnant fluchte, stolperte über ein Drahtgewirr zwischen den Gebüschen, verlor fast das Gleichgewicht und fing sich doch wieder, sprang über Gräben und Weichen und rannte die Rampe eines Lagerhauses hinauf. Dann war er auf gleicher Höhe mit dem Lokschuppen und schlüpfte erleichtert durch die halb offene blaue Tür.

Der breite Rücken Walkowskis versperrte ihm erst den Blick in die Tiefe des dunklen Schuppens, aber dann sah er sie. Eine Dampflokomotive der Baureihe 423 stand auf dem rechten der beiden Gleise, über der langen Kontrollgrube. Die Tenderlok schien unbeschädigt, und es kam Richter vor, als strahlte sie Wärme aus.

Walkowski hatte sein Gewehr auf den Boden gelegt und schwang sich, nachdem er Richter einem bedeutungsvollen Blick zugeworfen hatte, auf den Führerstand der Lok. Der Oberleutnant hörte den metallischen Geräuschen aus dem Inneren der Lok kurz zu, dann öffnete er die blaue Tür in seinem Rücken, warf einen Kontrollblick hinaus und wollte sie wieder schließen, da orgelten auch schon die nächsten russischen Geschosse heran, trafen eines der Lagerhäuser in der unmittelbaren Nähe und ließen es in einem Feuerball verschwinden, der sich blitzschnell in ein hoch auflodernndes Flammenmeer verwandelte, das schwarzen Rauch ausspuckte.

Mit einem lauten Knall stieß Richter die Tür wieder zu und lief nach vorne zur Dampfmaschine. Sie hatten nicht mehr viel Zeit. Ihm gingen die Worte des SS-Mannes nicht aus dem Kopf.

Geweihte Erde.

Aber jetzt gab es Dringlicheres zu tun.

»Wie sieht es aus, Feldwebel?«, rief er nach oben. Als er keine Antwort bekam, kletterte er die drei Stufen zum Führerstand hoch und sah Walkowski, der wie verrückt Kohlen in das Feuerloch unter dem Kessel schaufelte. Der Schweiß tropfte ihm von der Stirn und er hatte die Uniformjacke ausgezogen. Jetzt spürte auch Richter die Hitze, die im Führerstand herrschte.

»Jemand muss die Maschine während der Nacht insgeheim angeheizt haben, vielleicht der tschechische Widerstand, der sie in Sicherheit bringen wollte. Jedenfalls ist sie so gut wie fahrbereit, allerdings ist das Feuer im Kessel fast erloschen. Vielleicht sind der Heizer und der Lokomotivführer vor dem Angriff der Russen geflohen oder sie sind übergelaufen. Egal. Machen Sie das Tor auf, wir kuppeln den Zug an und verschwinden endlich von hier.« Walkowski hatte nicht aufgehört zu schaufeln, während er redete. Richter nickte, sprang mit einem Satz vom Führerstand hinunter und rannte los.

Unterretzbach, Weinviertel/Österreich

Berner wälzte sich unruhig in seinem Bett hin und her. Irgendwo krähte ein Hahn, immer und immer wieder. Windstöße ließen die Blätter der Obstbäume im Garten rauschen, und ein Zweig schlug dumpf einen unregelmäßigen Rhythmus an die Hauswand. Der Vorhang bauschte sich vor dem offenen Fenster, und der kühle Luftzug weckte den Kommissar schließlich vollends. Er stand auf, schob den

Vorhang zur Seite und machte das Fenster zu. Dann schaute er noch einen Augenblick lang hinaus, betrachtete verschlafen die Morgenröte, die rosa den Horizont verbrämte, und gähnte lang und laut. Die Schulter und sein Fuß schmerzten immer noch, stellte er fest. Dann sah er auf seine Armbanduhr und kniff die Augen zusammen, um die Zeiger besser sehen zu können. 5.10 Uhr. Keine Zeit für Kommissare in Pension, dachte er und kehrte in sein Bett zurück, kroch unter die Decke und schloss die Augen. In Gedanken ging er nochmals den bunt gewürfelten Inhalt des Presshauses durch, den die Kerze aus dem Dunkel gerissen hatte. Die Kisten und Flaschen, die Reifen, die Berge von Papier und undefinierbaren Gegenständen, die sich meterhoch stapelten. Er versuchte sich genauer zu erinnern und schaffte es doch nicht, bevor der Schlaf ihn erneut einholte.

Als der Wecker läutete, den Berner sicherheitshalber gestellt hatte, glaubte der Kommissar, er hätte maximal drei Stunden geschlafen. Aber ein Blick auf die Uhr bewies ihm, dass es bereits elf Uhr Vormittag war, und so wälzte er sich grummelnd aus dem Bett. Das Frühstück war längst vorbei und die Hausfrau der kleinen Pension gar nicht mehr zu Hause. Aber auf dem kleinen Tisch in dem Vorraum hatte sie eine Thermosflasche mit Kaffee für ihn zurückgelassen, und Berners Laune besserte sich schlagartig. Er schenkte sich eine große Tasse ein und setzte sich trotz Wind in den Garten auf eine schmale Bank unter einem Fliederstrauch. Die Sonne wärmte ihn, und die Vögel in den Kirschbäumen zwitscherten mit voller Kraft. Gar keine schlechte Jahreszeit, dachte Berner, der Frühling war dabei, in den Sommer überzugehen, und nach der Kaltfront hatten die Meteorologen einen Schwall heißer Wüstenluft angekündigt, die bis in den Norden Österreichs gelangen würde. Der Kommissar brauchte sich um die nächsten Heurigenabende also keine Sorgen zu machen.

Eine halbe Stunde später bog Burghardt um die Ecke. Er hatte bereits Arbeitskleidung an und strahlte Berner an. »Ich schlage vor, wir fangen mit dem Presshaus an, entsorgen erst einmal den alten Schrott und machen Klarschiff.«

»Und wenn wir dann im Herbst damit fertig sind, machen wir die alte Ruine winterfest, bevor wir sie sprengen«, brummte Berner und trank den letzten Schluck Kaffee. Es beschäftigte ihn noch immer, dass er sich nicht daran erinnern konnte, was er Auffälliges in Burghardts Presshaus gesehen hatte. »Warst du eigentlich jemals in deinem Weinkeller hinter dem Presshaus?«, fragte er Burghardt, der sich in dem gepflegten Garten der Pension umschaute und die vielen Blumenbeete bewunderte, die wie mit dem Lineal gezogen waren und kein bisschen Unkraut aufwiesen.

»Also, ehrlich gesagt, nein, ich habe die Kellertüre bisher nicht aufbekommen«, lächelte Burghardt entschuldigend, »aber ich wäre schon neugierig, wie er aussieht, mein Keller.«

Berner schüttelte verständnislos den Kopf. »Ich hoffe nur, wir müssen nicht vom Chaos im Presshaus auf das im Keller schließen, sondern finden ein paar volle, alte Flaschen, die uns für die übrigen Katastrophen entschädigen«, meinte er hoffnungsvoll und legte den Arm um die Schulter seines Freundes. »Und im Übrigen: Wir machen alle einmal Fehler.«

Von den neugierigen Blicken der Einheimischen verfolgt, fuhren die beiden Freunde in die Weingartengasse und blieben direkt vor dem alten Haus stehen. Die Tür zum Presshaus öffnete sich leise quietschend, und diesmal befestigte Berner die Flügel mit Keilen, die er sorgfältig unterlegte. Erst dann sprang er vorsichtig auf den Lehmboden hinab, eine Taschenlampe in der Hand und eine weitere sicherheitshalber in seiner Jackentasche. Burghardt reichte ihm den Werkzeugkoffer, ein Brecheisen und eine große Packung Reservebatterien, dann kletterte er selbst in das Presshaus.

»Heute werden wir garantiert nicht im Dunkeln stehen«, meinte Berner und schaltete seine Lampe ein.

Burghardt kramte aus dem Werkzeugkoffer einen kleinen Scheinwerfer heraus, den er auf den Boden stellte und ihn dann auf die Kellertüre ausrichtete. »Nein, und diesmal werden wir auch gut beleuchtet in meinen Keller einbrechen«, lachte er, nahm das Brecheisen und war bereits auf dem Weg zu dem schwarzen Tor, das noch die Spuren seiner gestrigen Versuche trug.

Berner schaute sich unterdessen im Presshaus um und addierte im Geist die Tage, die alleine das Ausräumen des meterhoch gestapelten Gerümpels dauern würde. Da klopfte es an einem der Türflügel, und als der Kommissar sich umdrehte, stand da ein alter Mann auf einen Stock gestützt und blickte neugierig in das Innere des Presshauses.

»Das schaut ja aus, als ob hier eine Bombe eingeschlagen hat«, krächzte er und streckte seinen Kopf vor, um besser sehen zu können. Seinen listigen Augen schien nichts zu entgehen. Er besah sich erst Berner von Kopf bis Fuß, dann ließ er seinen Blick über das Durcheinander im Presshaus gleiten, bis er an Burghardt hängen blieb, der die Brechstange zwischen die Flügel der Kellertüre zu zwängen versuchte. Der Alte schüttelte missbilligend den Kopf. »So geht das nicht, junger Mann. Bücken Sie sich und schauen Sie einmal unter der Tür durch. Da ist meist innen ein Riegel angebracht, den man von außen greifen und aufschieben kann. Eine Idiotensicherung sozusagen«, kicherte er und stieß dabei fröhlich mit seinem Stock auf das Pflaster des Gehsteigs.

Berner verdrehte die Augen, als Burghardt unter der Tür durchgriff und tatsächlich etwas mit einem metallischen Klicken nach oben schob. Dann zog er an dem Flügel der Kellertür, der sich sofort mit einem leisen Quietschen öffnete.

Wie gut, dass Eddy nicht hier ist, dachte Berner kopfschüttelnd, was für eine Blamage! Eduard »Eddy« Bogner war einer der besten Safeknacker Wiens gewesen, bevor er sich ins Privatleben zurückgezogen und eine Metall verarbeitende Firma aufgemacht hatte. Kommissar Berner und ihn verbanden nach den Ereignissen der letzten beiden Jahre fast schon freundschaftliche Bande.

Burghardt wandte sich um und grinste verlegen. Der krumme Alte schaute ihn neugierig an. »Sind Sie der neue Besitzer?«, fragte er und wartete die Antwort nicht ab. »Da haben Sie sich ja etwas vorgenommen. Das Haus war seit dem Zweiten Weltkrieg nicht mehr bewirtschaftet. Da haben nur die Mäuse und die Vögel gehaust.« Er stützte sich mit beiden Händen auf den Stock und wandte sich an Berner. »Und Sie sind ein guter Freund, der dem frischgebackenen Hausherren bei der Renovierung hilft?«, fragte er mit einer hohen, krächzenden Stimme.

Berner grummelte etwas Unverständliches und schaute den Dorfbewohner genauer an. Knollennase, kleines Bäuchlein, unbestimmtes Alter, so zwischen achtzig und zeitlos, dachte der Kommissar. Wein muss also doch gesund sein! Berner beschloss, diese Erkenntnis nicht mehr zu ignorieren und eine genauere Recherche zu beginnen, was den Inhalt des Kellers betraf. Was immer noch an alten Flaschen vorhanden war, er würde dafür sorgen, dass sie nicht älter würden.

»Ja, ja, das war ein langer Erbschaftsstreit«, murmelte der Alte kaum hörbar. Bevor Burghardt jedoch nachfragen konnte, drehte sich der Mann um und war so schnell wieder verschwunden, wie er aufgetaucht war.

»Was war das? Eine sprechende Fata Morgana?«, wunderte sich Berner über den seltsamen Kauz, und Burghardt zuckte mit den Schultern.

»Keine Ahnung, Bernhard, aber wir sollten uns jetzt vielleicht den Keller samt Inhalt zu Gemüte führen«, regte er an, griff nach dem kleinen Scheinwerfer und nahm ihn mit.

Stufen aus gestampfter Erde führten in eine kalte und feuchte Kellerröhre hinunter. Die beiden Männer stiegen immer tiefer hinab, Berner sah seinen Atem weiß in der Luft hängen. Es roch nach Fäulnis und nassen Weinfässern, und der Geruch nahm zu, je tiefer sie kamen. Schließlich gingen die Stufen in eine Schräge über, die tückisch rutschig war. Der Lichtkegel der Taschenlampe tanzte durch die Finsternis, und Berner musste daran denken, dass vermutlich vor sechzig Jahren das letzte Mal ein Mensch diesen Keller betreten hatte.

Als sie auf dem flachen Teil des Weinkellers angelangt waren, blieben Berner und Burghardt nebeneinander stehen und ließen den Schein ihrer Lampen durch den leichten Nebel hin und her gleiten. Der Keller war zwar nicht hoch, gerade etwas mehr als Stehhöhe, aber er war lang, sehr lang, so viel stand fest. Die Kegel der Lampen verloren sich im Dunkel.

Berner richtete den Lichtstrahl seiner Lampe nach oben. »Das Gewölbe ist noch gut in Schuss, es fehlen kaum Ziegelsteine«, meinte er und wischte mit einer Hand die Spinnweben von seinem Gesicht, die Generationen von Spinnen hingebungsvoll und ungestört produziert hatten. »Bevor wir bis ans Ende deines Kellers vordringen, lass uns doch einmal den vorderen Teil durchsuchen. Vielleicht finden wir ein paar Flaschen alten Wein.«

Doch außer einem zerbrochenen Fass, das in einer Ecke vor sich hin verrottete, und einem Dutzend leerer Flaschen fanden sie gar nichts.

Leicht enttäuscht machten sich die beiden auf den Weg, um auch die weiter hinten gelegenen Teile des weitläufigen Kellers zu untersuchen. Von der Hauptröhre zweigten in regelmäßigem Abstand kleine Nebenkeller ab, die jedoch nicht mehr gemauert, sondern nur mehr in den feuchten Sand gegraben worden waren. Alle endeten nach einigen Metern und waren bis auf ein paar weggeworfene Kerzenstummel und einige bis zur Unkenntlichkeit verrostete Werkzeuge leer.

Nach rund fünfundzwanzig Metern leuchtete ihnen schließlich die schwarze, feuchte Stirnwand des Kellers entgegen. Wassertropfen glitzerten im Strahl der Taschenlampen, und der gestampfte Boden war noch glitschiger als vorne am Eingang. Burghardt schaute Berner ratlos an. »Das sieht nicht gerade nach einer Schatzhöhle aus«, meinte er leicht enttäuscht.

»Na, was hast du erwartet?«, fragte Berner ihn ironisch. »Ali Baba und die vierzig Räuber? Du bist hier im tiefsten Grenzland, einer der ärmsten Gegenden Österreichs. Hast du gedacht, hier liegt seit Jahrzehnten das vergessene Golddepot und wartet auf Kommissar Burghardt?« Berner drehte sich um, rutschte auf dem nassen Boden aus und fiel beinahe hin. Leise fluchend stapfte er zum Eingang zurück. »Weißt du was? Dieses Haus ist ein einziges Fiasko. Oben fällt es zusammen und unten ist es feucht. Der Keller ist leer geräumt worden bis zur letzten Flasche, dafür herrscht im Presshaus das Chaos, und wir werden Tage und einen leeren Container brauchen, um den ganzen Müll, der seit sechzig Jahren hier vor sich hin dümpelt, zu entsorgen. Ich wollte, ich wäre in Wien geblieben oder in Griechenland am Strand.«

»Das hättest du keine zwei Wochen länger ausgehalten«, gab Burghardt zurück. »Dafür scheinen die Einheimischen hier nett zu sein.«

»Wenn die alle so sind wie dieser verhutzelte Gartenzwerg mit Pensionsberechtigung, dann sind wir im Panoptikum gelandet«, knurrte Berner und begann entschlossen, den Müll im Presshaus zu sortieren. Keine zehn Minuten später stieß er auf den Koffer.

12.4.1945, Straße nach Deutschbrod/
Protektorat Böhmen und Mähren

Die vier Kübelwagen hatten Prag vor dem Schließen des Kessels durch die Rote Armee verlassen und waren durch den letzten Korridor zwischen den Reihen der russischen Truppen auf der einen Seite und der vorrückenden amerikanischen Dritten Armee durchgeschlüpft. Der Kommandowagen mit fünf SS-Offizieren fuhr voraus, die anderen drei Wagen mit den Mannschaften folgten in knappem Abstand. Sie hatten es eilig und preschten durch den anbrechenden Morgen südwärts, über eine dunkle Waldstraße, eine lange Staubfahne hinter sich herziehend.

Im Kommandowagen hielt der Mann neben dem Fahrer eine Generalstabskarte des Protektorats Böhmen und Mähren in der Hand und versuchte, im matten Schein einer schwachen Lampe am Armaturenbrett den richtigen Weg zu finden. In der Ferne waren das Dröhnen der Panzer und das Wummern der Artillerie zu hören.

»Dass dieser verdammte Zug in Deutschbrod aufgehalten werden würde, das war unvorhersehbar«, schrie einer der Obersturmbannführer auf der Rückbank gegen den Fahrtwind und den Lärm der Motoren seinem Nachbarn zu.

Der stimmte ihm zu. »Wir müssen nur froh sein, dass die Telefonverbindungen noch intakt waren, sonst hätten wir nie davon erfahren.« SS-Obersturmbannführer Karl Lindner hatte den Waggon vor Tagen unweit der Stadt Paderborn übernommen. Unmittelbar davor war er auf die Wewelsburg bestellt worden, wo ihn ein nervöser Reichsführer-SS erwartet hatte, unruhig auf und ab gehend.

»Sie bürgen mir mit Ihrem Leben dafür, dass die Ladung sicher in der Alpenfestung ankommt«, hatte Himmler begonnen, und was danach kam, war selbst für den abgebrühten Lindner so unglaublich, dass er den Reichsführer bat, ihm den Befehl schriftlich zu geben.

Als er das Schreiben gefaltet und in sein Soldbuch gelegt hatte, war Himmler mit einem seltsam forschenden Blick ganz nah vor ihn getreten. »Glauben Sie an Gott, Obersturmbannführer?«, hatte er hervorgestoßen und den erstaunten Lindner damit in ein Dilemma gestürzt. Was sollte er dem obersten SS-Mann des Reiches darauf antworten? Jenem Mann, der den Schwarzen Orden zur Religion erhoben hatte? Lindner hatte sich geräuspert, um Zeit zu gewinnen. Doch Himmler hatte nicht lockergelassen, ihn unverwandt angesehen wie eine Schlange.

Dem Obersturmbannführer war der Schweiß ausgebrochen. »Glauben wir nicht alle an irgendetwas?«, hatte er es lahm versucht.

»Keine Ausflüchte, Lindner«, hatte Himmler gezischt, »ja oder nein?«

Der Obersturmbannführer hatte schließlich genickt und ein leises »Ja« gemurmelt.

Himmler hatte ihn lange stumm angeschaut, schließlich den Kopf gesenkt, sich wortlos umgedreht und den Raum verlassen.

Zuerst war alles gut gegangen. Sie waren zügig vorangekommen, südwärts, dann ostwärts wegen einiger beschädigter Strecken, dann noch weiter in Richtung Osten. Dann hatte ihre Pechsträhne begonnen. Von einem direkten Weg war keine Rede mehr, immer mehr Strecken waren unterbrochen, und sie waren gezwungen, im Zickzack über Nebenstrecken zu fahren, die Russen im Nacken. Endlich war der Zug im Bahnhof von Deutschbrod angelangt, und Lindner hatte innerlich aufgeatmet. Die Grenze zur Ostmark lag in greifbarer Nähe. Doch dann, wie aus heiterem Himmel, war dieser Lamettahengst dagestanden und hatte die Lokomotive requiriert.

»Dem verfluchten Oberst soll die Lokomotive unter seinem breiten Arsch explodieren«, rief Lindner gegen den Fahrtwind. »Zum Glück sind die beiden Wachen noch vor Ort und bewachen den Waggon.« Er schüttelte entsetzt den Kopf. »Unvorstellbar! Eigentlich sollte der Transport schon längst in der Alpenfestung eingetroffen sein.«

Lindner war Richtung Prag gefahren, um eine Lok zu organisieren. Dabei war er dem SS-Trupp begegnet und hatte den Männern die Befehle Himmlers unter die Nase gehalten.

Der dritte Offizier trug eine Motorradbrille und schaute grimmig nach vorne. Der Kragen seines schwarzen Mantels war hochgeschlagen, die Kappe mit dem Totenkopf tief ins Gesicht gezogen, und auf seinen Knien lag eine matt glänzende MP42. Er würdigte Lindner keines Blickes und schaute über die Schulter des Fahrers nach vorne auf die dunkle Alleestraße.

»Und jetzt haben wir das Theater. Die Russen rücken schneller vor, als alle dachten. Da ist ein Wettlauf zwischen den westlichen Alliierten und den Iwans ausgebrochen.« Lindner klang verzweifelt. »Und dazwischen – der Zug mit dem verfluchten Waggon.«

Sein Sitznachbar unterbrach ihn mit erhobener Hand und einem Blick aus eiskalten, stechend blauen Augen, die durch die Gläser der Motorradbrille leicht vergrößert wurden.

»Niemand konnte vorhersehen, was geschehen würde. Der Zug schien dem Reichsführer-SS das beste und schnellste Verkehrsmittel von der Wewelsburg in die Alpenfestung, und es hat ja auch funktioniert, trotz aller Umleitungen, bis knapp vor der Grenze. Jetzt müssen wir retten, was noch zu retten ist, und Schuldzuweisungen bringen uns keinen Schritt weiter.« Der Mann im schwarzen Mantel hatte seinen Blick kaum von der Straße gewandt, während er sprach. Er trug keine Rangabzeichen, aber allein der missbilligende Zug um seinen Mund und der befehlsgewohnte Ton ließen Lindner verstummen.

An einer Wegkreuzung hielt der kleine Konvoi unvermittelt an, und der Fahrer des Kommandowagens beratschlagte sich kurz mit dem Beifahrer, der ihm die Karte hinhielt und mit seinem Finger eine Linie nach Süden zog. Der Mann mit der Maschinenpistole beobachtete beide ungeduldig und trommelte mit den Fingern auf das lange Magazin. Das Donnern der russischen Geschütze war deutlich zu hören. Die Front war nicht mehr weit und sie bewegte sich schnell auf sie zu.

Die Zeit arbeitete gegen sie.

Da endlich entschied sich der Fahrer für die rechte Straße, kurbelte am Lenkrad und beschleunigte eine weitere schmale, dunkle Allee hinunter, deren Bäume sich drohend über die Fahrbahn zu lehnen schienen. Tief herabhängende Äste streiften fast die Kübelwagen der Kolonne und verdunkelten die Fahrbahn. Am Ende bremste eine enge Linkskurve den Konvoi ab, und ein verlassenes, umgestürztes Pferdefuhrwerk zwang die Wagen zu einem Ausweichmanöver in Schrittgeschwindigkeit. Eines der Pferde lag neben dem Wagen, der Bauch aufgebläht.

Als die beiden ersten Wagen an dem Hindernis vorbeigerollt waren, rasten plötzlich von beiden Seiten der Straße zwei Feuerzungen auf die letzten zwei Kübelwagen zu. Die Panzerfäuste trafen ihr Ziel auf diese kurze Distanz mit tödlicher Sicherheit, und die Explosionen schleuderten die Wagen und ihre Insassen in den breiten Graben, in dem ein kleiner Bach gurgelte. Eines der Autos begrub seine Insassen unter sich, das andere kam auf der Seite zu liegen. Wie auf Kommando sprangen aus dem Gebüsch ein Dutzend Männer, dunkle Gestalten mit Pistolen und Gewehren im Anschlag. Als sie im ersten, fahlen Tageslicht die Totenköpfe auf den Kragenspiegeln blitzen sahen, schossen sie sofort.

Wenige Augenblicke später waren alle SS-Männer, die den Unfall überlebt hatten, tot.

Der Fahrer des Kommandowagens wollte anhalten, als er im Rückspiegel die beiden Feuerbälle der Explosionen sah, und begann schon zu bremsen, da belehrte ihn der Lauf der MP42, die ihm der Mann mit der Motorradbrille ans Ohr hielt, eines Besseren.

»Weiterfahren, schnell!«, befahl der Mann knapp, und der Fahrer beschleunigte den Kübelwagen sofort wieder, nahm Fahrt auf und verschwand, dicht gefolgt vom verbliebenen zweiten Fahrzeug, hinter einer Bodenwelle in einer Staubwolke.

Mit einem zischenden Schnauben, das Musik in den Ohren von Oberleutnant Richter war, fuhr die Dampflok an und rollte langsam aus dem Schuppen, rumpelte über zwei Weichen und die uneben verlegten Abstellgleise, bevor sie von Feldwebel Walkowski behutsam vor den Zug rangiert wurde. Der Berliner war vor seiner Musterung Heizer auf einer kleinen Werksbahn von Potsdam nach Steglitz gewesen und hatte oft genug den Lokführern über die Schulter geschaut. Jetzt hatte er seine Uniformjacke und sein Hemd ausgezogen und beide Funktionen übernommen. Er schaufelte mit nacktem Oberkörper Kohlen in den stets hungrigen Schlund des Feuerlochs, wenn er nicht an den Reglern stand.

Richter und zwei seiner Männer kuppelten den Zug an die Lokomotive, und gerade als sie wieder zurücktreten wollten, sausten die nächsten russischen Sprengkörper durch die Luft und schlugen in das Bahnhofsgebäude ein, das nach fünf oder sechs Volltreffern wie ein Kartenhaus zusammenfiel. Der Dachstuhl legte sich um, kippte auf die Straße, und Tonnen von Dachziegeln rutschten auf die Fahrbahn.

»Los! Nichts wie weg hier«, kommandierte Richter und sah zu, wie die Reste seiner Gruppe in die letzten drei Güterwaggons kletterten. Dunkle, ölige Rauchschwaden zogen durch die Luft, das Lagerhaus brannte inzwischen lichterloh, und mit einer letzten Geste hob Richter den toten, aufgespießten SS-Mann vom Waggon und legte ihn neben den anderen Toten am Fuß der Laterne. Dann lief er zur Lok, kletterte hoch ins Führerhaus und nahm Walkowski die Schaufel aus der Hand.

Der Berliner legte seine Hände auf die Hebel der Dampfmaschine und sah den Oberleutnant an. »Auf zur letzten Etappe«, sagte er ruhig, und dann ruckte die schwere Lok an und zog den kurzen Zug aus dem verwüsteten Bahnhof in Richtung Znaim und der Grenze.

Die Güterzuglokomotive hatte leichtes Spiel mit den paar Waggons, und die beiden Männer im Führerstand atmeten auf. Der Zug rumpelte über ein paar Weichen, gewann rasch an Geschwindigkeit und ließ bald Deutschbrod hinter sich. Der Fahrtwind blies etwas Rauch und den Geruch der nahen Wälder in den Führerstand.

»Was machen wir, wenn uns auf der Strecke ein anderer Zug entgegenkommt?«, rief Richter über den Lärm der Maschine Walkowski zu, der seinen Kopf hinausgestreckt hatte und versuchte, die Gleise vor ihnen zu überschauen.

»Dann wäre unsere Reise mit einem großen Knall zu Ende«, schrie der Unteroffizier zurück. Die Bahnstrecke nach Znaim war in einem überraschend guten Zustand und wies kaum Beschädigungen auf. Ein paar Löcher im Gleisbett, das war alles. Walkowski war zufrieden und zugleich voller Vorahnungen.

Doch nichts ging glatt auf diesem Rückzug.

Oberleutnant Richter hatte aufgehört zu schaufeln und war auf den kleinen Tender geklettert, um kurz einen Blick über den Zug zu werfen. Die Dächer der Wagen schaukelten leicht, und Richter wollte gerade wieder zurücksteigen, als er sie kommen hörte. Es lag ein Brummen in der Luft, als wäre irgendwo ein großer Motor angesprungen und liefe nun auf Hochtouren. Der Oberleutnant fluchte und blickte nach oben in den nur spärlich wolkenverhangenen Morgenhimmel. Er betete, dass sie vorbeifliegen, den kleinen Zug nicht sehen würden. Aber dann sah er sie, drei Jagdmaschinen in lockerer Formation, und Richter ahnte, dass sie ihr Glück wieder verlassen hatte. Die Russen hatten sie entdeckt.

»Achtung, Tiefflieger!«, brüllte er Walkowski zu. Dann rasten auch schon die ersten Geschosssalven auf sie zu, eine Doppelreihe von Explosionen, die wie eine unaufhaltsame Linie aus Stahl quer über den Bahndamm schnitt. Der vierte Waggon wurde getroffen, löste sich unter den wuchtigen Einschlägen geradezu auf, zerbrach wie ein Spielzeug, auf das ein riesiger Fuß getreten war. Die Kupplung brach mit einem lauten Knall, die Reste des Güterwagens schlitterten noch Dutzende Meter Funken sprühend über die Schienen, bevor sie die letzten beiden Wagen zum Entgleisen brachten. Unter ohrenbetäubendem Rumpeln, das wie ein Donner über die Felder schallte, stürzten sie um, krachten auf den Bahndamm und polterten in einem Schauer aus herumfliegenden Brettern und Holzteilen den Abhang hinunter.

Die Jakowlew 9 donnerten über die Lokomotive hinweg und verschwanden aus dem Blickfeld. Als Richter vom Tender wieder zurück ins Führerhaus kletterte, war ihr Zug nur mehr halb so lang und er hatte alle seine Männer auf einen Schlag verloren. Wut und Hoffnungslosigkeit trieben ihm die Tränen in die Augen.

»Was nun?«, schrie er Walkowski zu, der die Regler bis zum Anschlag geöffnet hatte.

»Eine lange Gerade, danach ein Waldstück.« Der Berliner sah ihn achselzuckend an. »Sie werden noch einmal zurückkommen, ganz sicher. Entweder wir schaffen es bis zum Wald, oder...« Seine Worte gingen im Lärm des nächsten Angriffs unter. Diesmal flogen die JAK-9 von vorn an, nur zwei von ihnen feuerten, aber sie trafen gut. Der Waggon mit den Verletzten und der letzte Güterwagen explodierten im Kugelhagel des 12,5-mm-Maschinengewehrs. Die Reste blieben brennend auf der Strecke zurück.

Mit nur mehr einem Waggon im Schlepptau gewann die Lokomotive deutlich an Fahrt, aber die Strecke bis zum Wald schien Walkowski und Richter endlos. Sie saßen wie auf einem Präsentierteller, warteten auf den letzten Angriff, das Finale.

»Springen oder drinbleiben?«, schrie Walkowski und sah den Oberleutnant fragend an. Der Zug mochte eine Geschwindigkeit von 60 km/h erreicht haben und beschleunigte noch immer. Richters Gedanken rasten. Er warf einen Blick zum Himmel, dann nach vorn zum Wald, dann auf den einzelnen Waggon, der noch da war. Die Worte des SS-Mannes gingen ihm nicht aus dem Kopf. »Geweihte Erde«. Was war hier los?

»Wir halten die Stellung«, entschied er. »Wenn wir erst einmal den Wald erreicht haben, dann sind wir sicher. Dann können wir auch anhalten und warten, bis sich die Iwans verzogen haben.«

Walkowski nickte und schaute grimmig nach vorn. Er wollte die JAKs nicht sehen, wenn sie wiederkamen.

Obersturmbannführer Lindner stand vor den Resten des Bahnhofs in Deutschbrod und konnte es nicht fassen. Weit und breit war nichts mehr von dem Zug zu sehen. Er war einfach verschwunden. Es brannte an allen Ecken und Enden, das Bahnhofsgebäude war zusammengestürzt, und auf dem Bahngelände reihte sich Krater an Krater.

»Machen Sie keine Besichtigungstour mit uns, Lindner, die Russen warten nicht«, zischte ihm der Mann im schwarzen Mantel zu und wies mit dem Lauf der MP42 auf die Gleise vor ihnen. »Wo ist der Waggon?«

»Ich... ich weiß es nicht«, stotterte Lindner fassungslos. »Gestern stand er noch da.«

»Wollen Sie mir einreden, Sie haben ihn verloren? Ihre Männer sind einfach abgehauen und haben den Zug gleich mitgenommen?« Seine Lippen waren nur mehr ein weißer Strich.

Wortlos rannte Lindner los, sprang über die Schienen und umrundete Krater, erreichte schließlich das Gleis, auf dem der Zug gestanden hatte. Rasch entdeckte er die beiden Leichen seiner Männer und beugte sich hinab.

»Sie haben versagt, Lindner, Sie und Ihre Männer. Der Waggon ist weg, und das Schlimmste ist, wir wissen nicht, wer ihn nun hat und wo er ist.« Die Stimme hinter dem Obersturmbannführer bebte vor Ärger. »Sie haben keine Ahnung, was Sie angerichtet haben.«

Die kurze Salve aus der Maschinenpistole traf Lindner ohne Vorwarnung von hinten, aus nächster Nähe, und ließ ihn auf den Bahndamm stürzen.

Als der Offizier im schwarzen Mantel wieder in den Kommandowagen einstieg, hatte er sich entschieden. »Wir folgen der Bahnlinie in Richtung Süden. Irgendwo muss dieser verdammte Zug ja sein. Los!«

Burg Grub, Waldviertel/Österreich

»Hoffentlich...«, seufzte Georg Sina, als er in der kleinen, mit Schilfmatten halbwegs geschützten Duschkabine im Hof von Burg Grub stand. Er zog an der Schnur, und das Wasser prasselte auf seinen Kopf. Und – es war warm!

Na ja, zumindest lauwarm. Trotzdem ein Glück, dachte Sina. Nachdem die neue Wasserleitung, die ein Installateur voriges Jahr eingebaut hatte, vor einigen Tagen den Geist aufgegeben hatte, war der Wasservorrat in dem schwarz gestrichenen Ölfass genau eingeteilt. Das kostbare, warme Nass musste so lange reichen, bis die Leitungen im Haus wieder repariert waren. Aber das mit den Handwerkern war so eine Sache … Wollte Sina die Tonne wieder mit Wasser anfüllen, war Bergsteigen angesagt: Er musste zwangsläufig mit vollen Gießkannen und Waschtöpfen bewaffnet auf das Dach seines Plumpsklos gleich nebenan klettern. Es schauderte ihn allein bei dem Gedanken. Dabei war er mehrmals auf den feuchten Sprossen der Leiter ausgerutscht, gefallen und dann pitschnass und eiskalt auf dem Rücken am Boden vor der berühmten Tür mit dem Herzchen gelegen wie ein Maikäfer.

Das Leben auf seiner Burg, abgesehen von einigen unbestreitbaren Vorteilen, war weit von dem romantischen Bild entfernt, das sich einige neidische Zeitgenossen machten. Wenn er seinen Kollegen am Institut für mittelalterliche Geschichte der Universität Wien erzählte, wo er lebte, bekamen sie glänzende Augen und dachten sofort an prasselndes Kaminfeuer, Rittersaal, glänzende Rüstungen unter leuchtenden Wappenschilden und den üblichen Luxus der spanischen Paradorhotels. In Wahrheit wusste er jetzt, warum der Löwenzahn im Waldviertel »Maibuschen« genannt wurde. Weil es hier nämlich so eiskalt war, dass die gelben Blüten ihre ersten Knospen entfalteten, während in den Wiesen von ganz Österreich bereits alle gelben Blüten wieder verschwunden waren.

Georg wäre fast auf dem Schaum unter seinen Füßen ausgerutscht und fluchte leise vor sich hin.

»Ich bringe diesen Installateur um«, murmelte er und griff nach dem Shampoo. Eine kühle Brise kroch durch die Schilfhalme der Duschwand. »Herr Jesus!«, zischte Georg und spülte so schnell er konnte die Seife ab und wickelte sich in seinen Bademantel. Während ihn ein Schüttelfrost an seine Sterblichkeit erinnerte, rannte er in den Wohntrakt seiner Burg.

Mit deftigen Worten ermahnte er Tschak, seinen kleinen tibetanischen Hirtenhund, ihm jetzt besser rasch aus dem Weg zu gehen. Aber das gut gelaunte Fellknäuel zog laut kläffend und begeistert springend

Kreise um die Beine seines Herrchens, der in Rekordzeit versuchte, das warme Wohnzimmer zu erreichen.

»Was hast du geglaubt, dass mich da drin der Eisbär frisst?«, schnaufte Georg, stolperte über Tschak, sah sich schon der Länge nach im Palas seiner Burg liegen und fing sich doch im letzten Moment wieder.

»Das war gerade noch knapp dran vorbei, mein Kleiner«, witzelte er, als er die Tür hinter sich zuwarf und aufatmete. Er kontrollierte das Feuer im Kamin, goss den Tee auf und beugte sich hinunter, um Tschak hinter den Ohren zu kraulen. »Lass mich raten, du hast Hunger.« Also holte er eine Dose Hundefutter aus der Speisekammer und füllte die Schüssel seines haarigen Freundes.

Er zog sich schnell an und ließ sich in den Ohrensessel vor dem offenen Kamin fallen. Die Flammen brachten ihn schnell wieder auf Betriebstemperatur.

Der Wissenschaftler fuhr sich mit beiden Händen durch die kurz geschorenen Haare, die in der kurzen Zeit schon wieder getrocknet waren. »Ich frage dich, Herr Professor, ob du nicht trotz all den Jahren deines Studiums ein unverbesserlicher Idiot geblieben bist?«, stellte er halblaut in den Raum. »Ansonsten würdest du dir das hier nicht antun, sondern würdest in einer komfortablen, verkehrsgünstig gelegenen Wohnung mit Zentralheizung hausen …«

Georg starrte in die Flammen, beobachtete, wie sie an den Holzscheiten leckten, auf und ab züngelten, wie die Funken sprühten. Er spürte die Hitze, die das Feuer verbreitete und die sogar die Kälte des Waldviertler Frühjahrs zurückdrängte.

Seine Neugier hatte ihm in den vergangenen Wochen schon wieder eine neue Herausforderung aufgehalst. Eigentlich solltest du es besser wissen, dachte er sich, als er die Mappe erneut aus der Schublade holte und vor sich auf den Tisch legte. Die mit roter Tinte vor fast dreihundert Jahren aufs Papier geworfenen Zeilen sprangen ihm entgegen. Das wenige, was der Wissenschaftler davon bereits transkribiert hatte, hatte schon ausgereicht, ihm einen positiven Bescheid für die Förderung eines Einzelprojekts vom österreichischen Wissenschaftsfonds zu beschaffen.

Die dafür notwendige internationale Begutachtung hatte ihn nur ein paar Anrufe und E-Mails unter Kollegen gekostet. Was Sina hier in der Hand hielt, war immerhin ein einmaliges Zeugnis für die Geheimdiplomatie des 18. Jahrhunderts. Das Material berührte Italien, Frankreich, Spanien, das heutige Deutschland und Österreich. Alle europäischen Institute wollten wissen, was auf diesen geheimnisvollen Seiten stand, geschrieben von einer mächtigen grauen Eminenz, die bis zur Auffindung ihres Nachlasses anonym geblieben war. Sina hatte nur kurz geschildert, worum es sich bei den Manuskripten handelte, und schon hatte er die entsprechenden Empfehlungen im Postfach gehabt.

Wilhelm Meitner, der Institutsvorstand, war keineswegs begeistert von der Idee, Sina für das gesamte Sommersemester von seinem Lehrauftrag zu befreien. Am Ende jedoch musste auch er schließlich einsehen, dass diese Dokumente aufgearbeitet und publiziert werden sollten. Georgs Drohung, auch jederzeit die volle Projektdauer von 36 Monaten in Anspruch zu nehmen, wenn »Wilhelm der Streitbare« nicht mitspielen würde, hatte den Ausschlag gegeben. Sein väterlicher Freund hatte ihn mit einem angedeuteten Fußtritt aus seinem Büro befördert und grummelnd zugestimmt.

Sina legte den Akt mit dem unheimlichen Titel »Il Diavolo in Torino« vor sich auf den Tisch und schlug ihn auf.

Jauerling behauptete etwas Ungeheuerliches.

Stimmten die Erkenntnisse des Zwerges, wäre dies eine epochale Entdeckung. Der Leiter des Schwarzen Bureaus stellte nichts weniger in Aussicht als die Auffindung einer einzigartigen Reliquie. Sie könnte, nach Jahrhunderten der Wanderschaft quer durch ganz Europa, durch ihre bloße Existenz das Machtgefüge der Alten Welt ins Wanken bringen.

Wissenschaftliche Überprüfung war eine Sache, Veröffentlichung der Ergebnisse eine andere. Angesichts der Tragweite der Entdeckungen konnte man schnell als Verrückter abgestempelt werden, war die wissenschaftliche Karriere ruiniert.

Aber diese Entdeckung war es wert. Georgs Wissensdrang brannte in ihm wie ein unerbittliches Fieber. Er musste dieser unglaublichen Spur einfach nachgehen, selbst wenn all das nur das Hirngespinst eines kranken Mannes gewesen war.

Aber wer außer Historikern würde sich für so eine Geschichte schon interessieren? Keine Reliquie konnte in der modernen Welt noch echte

Aufregung erzeugen. Vielleicht sorgte sie bei gutem Wind kurzfristig für ein Rauschen im Blätterwald. Der Kieferknochen von Johannes dem Täufer oder eine Locke aus dem Haupthaar des heiligen Nikodemus lockte niemanden mehr hinter dem Ofen hervor, diese Zeit war Vergangenheit, Geschichte. Und damit war sie ein Fall für Institute, Forschungsprojekte und Leute wie ihn.

Völlig ungefährlich.

Ein gutes Gefühl nach den haarsträubenden Erlebnissen der letzten beiden Jahre, die ihn mit den Geheimnissen Friedrichs III., gewissenlosen Ordensbrüdern, einer machtgierigen Adelsfamilie, Senfgasgranaten und politischen Fanatikern konfrontiert hatten. Sein Bedarf an nervenaufreibenden Erlebnissen war für die nächsten zweihundert Jahre gedeckt. Mehrfach war er dem Tod gerade noch im letzten Moment von der Schippe gesprungen. Aber der Sensenmann mähte gründlich, und rund um Sina waren Menschen gefallen wie reife Ähren. Begünstigt von Glück und Zufall, hatte er überlebt. Beides sollte man nicht überstrapazieren.

Aber da war Balthasar Jauerling... Georg legte die Hand auf die Mappe vor ihm. Das seltsame Vermächtnis dieses diabolischen Zwerges aus der Gruft unter dem Rennweg in Wien, die sie letzten Sommer entdeckt hatten, ließ ihn nicht los. War es wirklich nur Georgs unstillbarer Wissensdurst, seine stets unbefriedigte Neugier, oder war es etwas anderes? Möglicherweise sogar Hochmut, die selbstzerstörerische Sucht, sich selbst in jeder hoffnungslosen Lage zu behaupten, um sich als würdig zu erweisen für die unerklärlichen Mysterien des alten Raubtieres Geschichte? Georg begann zu lesen.

Die Seiten der Handschrift waren komplett durcheinandergewirbelt worden, als sie sich im letzten Jahr auf die Kalksteinplatten des Fußbodens der Wallfahrtskirche von Maria Laach ergossen hatten. Damals war es Tschak gewesen, der Paul und Georg auf das Zeichen im alten Kirchenboden aufmerksam gemacht hatte. Unter einer der verwitterten Steinfliesen hatten sie eine seit Jahrhunderten verborgene Schatulle gefunden, deren Holz mit der Zeit naturgemäß nicht besser geworden war. Darum war das Kästchen auch beim Versuch, das Schloss aufzubrechen, in Einzelteile zerbrochen, und der Inhalt hatte sich als Papierflut über den Boden ergossen. Paul und er hatten die Blätter hastig eingesammelt und provisorisch wieder in die morsche Kiste gepackt.

Konservatorischer Irrwitz, aber in Anbetracht der Umstände verständlich, beruhigte der Wissenschaftler seine ständigen Selbstvorwürfe, sobald er das Durcheinander nur ansah. Trotzdem war damit das Archiv des Leiters des Schwarzen Bureaus in Sicherheit auf Burg Grub, und nur das zählte.

Die Gedankengänge Jauerlings waren wirr und wirkten gehetzt. Die Angst des Zwerges reichte über die Jahrhunderte herauf bis in seine Gegenwart. Es gab keine Systematik in den Aufzeichnungen. Die scharfe Stahlfeder war hektisch über das handgeschöpfte Papier getanzt, hatte Furchen in die Oberfläche gerissen und Löcher im Wasserzeichen, dem wilden Mann, hinterlassen. Georg hielt es gegen das Licht des Fensters. Es war österreichisches Papier gewesen, aber geschrieben wurden die Erinnerungen in einem Wirtshaus von Turin. Stellenweise waren die Buchstaben aufgeweicht, ihre Linien zerronnen. Tropfen einer durchsichtigen Flüssigkeit, Schweiß oder sogar Tränen, waren immer wieder auf die Silben gefallen und hatten sie beinahe unleserlich werden lassen.

Es hatte Georg Tage gekostet, eine Chronologie der geschilderten Ereignisse zu rekonstruieren. Schwierig, wenn nicht gar unmöglich, hätten andere Historiker angesichts der Zeilenflut mit Kürzeln, Zeichen und Zeichnungen gedacht. Aber einfache Aufgaben hatten Sina noch nie interessiert, er suchte die Herausforderung, und das waren die Aufzeichnungen Jauerlings bei Gott.

Nach und nach hatte er entdeckt, dass es eine Art Testament war, eine Hinterlassenschaft, ein Weg zur Erleuchtung, für dessen Entzifferung es sich zu leben lohnte. Und aus dem, was er bis jetzt von dem Zwerg erfahren hatte, lohnte es sich sogar, dafür zu sterben.

Georg seufzte und schlug sein Notizbuch auf, las seine letzten Eintragungen. Das Manuskript vermittelte den Eindruck, als wäre es in Panik verfasst worden, in wilder Todesangst, in einer Ahnung des nahen Endes.

Irgendjemand, irgendetwas war dem Verfasser unerbittlich auf den Fersen gewesen. Doch aus einem unbekannten Grund war Jauerling seinem Schicksal damals entronnen. Wie sie vor wenigen Monaten herausgefunden hatten, war der Zwerg erst zur Zeit des Wiener Kongresses in Wien gestorben, beschützt vom Staatskanzler Metternich persönlich. Also konnte er nicht in Turin gestorben sein.

Zum wiederholten Mal überflog Georg seine Notizen. In dem verworrenen, jahrhundertealten Puzzle fügte sich langsam ein Teil zum anderen, und es würde bald an der Zeit sein, die Studierstube zu verlassen und ins Feld zu ziehen. Der kleine große Jauerling hatte ihm erzählt, was er preiszugeben bereit gewesen war, und Sina begann zu begreifen, welch ungeheuerliches Vermächtnis er hinterlassen hatte.

Die Spur, die der Leiter des Schwarzen Bureaus wohlüberlegt skizziert hatte, führte zu einem unaussprechlichen Artefakt, zu etwas, das nicht sein durfte, nicht sein konnte.

Die Versuchung war groß. Der Beginn dieses Wegs lag direkt vor Sinas Haustür und führte doch quer durch Europa. Die Zeit hatte nichts daran verändern können.

Georg hob den Blick und schaute durch das große Fenster auf das Taffa-Tal mit seinen tiefgrünen Wäldern. »Ich weiß nicht, mein alter Jauerling, ob ich dir für das hier danken oder dich dafür verfluchen sollte«, flüsterte er und ihm war, als lachte der Zwerg irgendwo da draußen, weit weg und doch so nah.

Balthasar Jauerling hatte sehr wohl abgewogen, was er niederschrieb. Wären die Papiere anderen in die Hände gefallen, dann hätte man sie als sinnloses Gekritzel abgetan. Der Zwerg hatte sich gehütet, klare Anweisungen zu geben. So, als wolle er einen Eingeweihten an seiner Seite wissen, aber keinen ungebildeten Ignoranten. Es gab Namen, die in einen manchmal sinnlos scheinenden Text eingestreut waren, Orte, Ereignisse, Jahreszahlen.

Georg schüttelte den Kopf und ging noch einmal die Namensliste durch. Job Hartmann von Enenkel, ein Sammler von Urkunden zu Beginn des 16. Jahrhunderts, Niklas Eighorn, ein Lehrer des Lichts, Helena, die Mutter Kaiser Konstantins, und Jesus Christus, der Sohn Gottes.

Eine abstruse Mischung, aber auch ein Anfang.

Es hatte Wochen gedauert, bis der Wissenschaftler erkannt hatte, dass sich alle diese Stränge an einem winzigen Punkt auf der Landkarte trafen, sich verknoteten. Genau da würde Sina mit der Suche beginnen, wie es das eigenartige Rätsel Jauerlings empfahl, das ihm den Weg weisen sollte:

»Mit der Steinernen Bibel eröffnet wird das Spiel,
in dem der Tod der Gottesfürchtigen das Ende der Bösen ist.
Wenn ein Fischweib die Harfe schlägt, beginnt der Kreis der Lebewesen.
Den Zentaur leg zwischen Dich und Eggenburg.
Bist Du in jener Stadt, so erinnere Dich ans Zweigesicht,
des Fischweibs Nächsten, der ans Rad geflochten ward.
Auch seinem Bild empfehle Deine Schritte, und zwing die
Sonnenreise auf die Erde, wie ich es Dir geheißen.
Such im Grund der Stadt den Stein, der vor dem Rausch
des Weines schützt.
Beschwer damit den Sonnenlauf, zwing den Gehörnten
auf den Boden, und ihr Pfad wird Dir offenbart.
Lege im weiteren Gang der Zeit auf das Erdenrund
die fehlenden Zehn aus Zwölf.
So lange bis Du den Jahreslauf als Weg begreifst. Aber erst der
Dreizehnte, der Verstoßene mit der Schlange, weist Dir Dein Ziel.
Dort gewann ein König seine Krone, gekrönt von dem, was
übrig blieb aus Sternen, die zu Fleisch geworden.
Staub, der lebendig Zwietracht säte, ruhte einst, wo die Kühnen
des Landes in einem Ring gestanden und wo sechs Krüge angebetet
werden, die Wasser zu Wein, den Mensch zum Gott veredeln wollen.
Gehe von Kaisers Osterfest im Norden mit dem Sternenweg nach
Westen, so weit die Erde reicht, dort liegt, was ich
Dir versprochen habe.«

Der Anfang des Weges zum Licht lag in einem Ort namens Schöngrabern, dessen war sich Georg sicher. Der Rest blieb verborgen wie unter einem Schleier.

Georg hörte belustigt, wie Tschak leise auf dem Sofa vor sich hin schnarchte. Morgen würde er aufbrechen, seinen Haflinger satteln und ihn gegen ein konventionelleres Transportmittel eintauschen. Sein roter VW Golf stand drunten im Tal bei Benjamin, dem Messerschmied, untergestellt in einer Scheune zwischen Traktoren, alten Dreschmaschinen und einem kleinen rostigen Bagger.

Sina seufzte und streckte sich.

»Und morgen rufe ich auch diesen Installateur an«, brummte er. »Wenn schon kalter Frühling, dann wenigstens heißes Wasser.«

Unterretzbach, Weinviertel/Österreich

Der verblasste Aufkleber »San Remo« mit dem Bild eines palastähnlichen Grandhotels kündete von einer längst vergangenen Pracht. Berner fuhr mit den Fingerspitzen nachdenklich über den Reisekoffer, der unter Bergen von Flaschen und Gerümpel zum Vorschein gekommen war und mehr schwarze Flecken aufwies als Eddy Bogners Vergangenheit.

»Glaubst du…«, setzte Burghardt an und beugte sich neugierig über Berners Schulter.

»… dass wir bald einen Haufen alter Kleider mehr haben? Ja!«, vollendete der Kommissar, hob den Koffer hoch und legte ihn auf einen Stapel alter Weinkisten. Mit einem Schraubenzieher in einer Hand und einem Messer in der anderen wollte sich Burghardt sofort auf die Schlösser stürzen, aber Berner hielt ihn zurück.

»Nichts da! Deine Aktion mit der Kellertür war blamabel genug. Jetzt setzen wir einmal Finesse ein.« Der Kommissar beugte sich vor und untersuchte die rostigen Riegelknöpfe, schob daran und musste feststellen, dass sie sich keinen Millimeter bewegten. Als er fester drückte, brachen beide fast gleichzeitig.

»Sehr behutsam«, grinste Burghardt, und Berner winkte resigniert ab.

»Alles verrostet und korrodiert«, brummte er. »Also gut, nimm den Schraubenzieher, Burgi, und hebe die Schlösser aus.«

Sekunden später gaben die Laschen mit einem lauten Knall nach, und Berner hob vorsichtig den Deckel. Aus dem Koffer schlug ihnen ein muffiger Geruch entgegen.

»Die letzte Reise muss lange her sein«, murmelte Burghardt.

»Ja, und es war eher eine Art von Gruppenfahrt«, ergänzte Berner, als er die schwarze Uniform mit dem Totenkopf und den Runen an den Kragenspiegeln betrachtete, die fein säuberlich zusammengelegt die Jahrzehnte überstanden hatte. Unter der Jacke, in die Motten ein paar große Löcher gefressen hatten, lagen Hose und Hemd, Koppel und ein SS-Dolch. Dann kamen ein Halfter mit einer sorgfältig in Wachspapier eingewickelten Luger-Pistole, ein paar Orden und Auszeichnungsspangen, Handschuhe und ganz zuletzt, am Boden des Koffers, ein vergilbter Umschlag hervor, der von der Feuchtigkeit ganz gewellt war.

Mit spitzen Fingern zog Berner ein einzelnes Blatt aus dem Kuvert und hielt es in den Lichtkegel von Burghardts Lampe.

»Eine Bestätigung...«, murmelte der Kommissar und überflog die ersten Zeilen. »Ausgestellt vom Ortsbauernführer, datiert 8. Oktober 1938.« Er las weiter. »Es sieht ganz so aus, als hättest du noch einen weiteren Weinkeller in deinem Besitz, zumindest wenn das stimmt, was hier steht.«

Burghardt sah Berner verwirrt an. »Wieso noch einen?«

»Hör zu: ›Hiermit bestätigen wir Herrn Adolf Markhoff, wohnhaft in Unterretzbach 355, dass der am südlichen Kirchberg gelegene Weinkeller mit einer Gesamtlänge von 18 Meter ab sofort in seinen Besitz übergeht. Als Ortsbauernführer ist es mir eine Ehre, dem Parteimitglied der ersten Stunde damit im Auftrag der NSDAP-Bezirksstelle Hollabrunn die Anerkennung für seinen nimmermüden Kampf seit 1931 zuteil werden zu lassen. Eine längst fällige Anerkennung, die ihm so lange Jahre versagt blieb. Möge manch edler Tropfen in dem alten Keller reifen. Die Eintragung in das Grundbuch erfolgt auf Kosten der Gemeinde. Heil Hitler. Gezeichnet Braunschweiger. Ortsbauernführer.‹«

»Unterretzbach 355 ist eine alte Hausnummer, bevor Straßennamen vergeben wurden«, meinte Burghardt nachdenklich und nahm Berner das Blatt aus der Hand. »Adolf Markhoff... Nie gehört. Ich habe das Presshaus samt Keller von einer Frau Schöninger gekauft...«

»Wie auch immer...« Berner faltete das Schreiben wieder zusammen, schob es in den Umschlag zurück und hielt es Burghardt hin. »Wenn das so weitergeht, dann kannst du hier bald einen Weingroßhandel aufmachen, Lagermöglichkeiten hast du ja genügend... Wir sollten vielleicht einmal im Grundbuch nachschauen, ob der ominöse alte Keller unter der Kirche auf deine Frau Schöninger eingetragen war oder nicht.«

»Du meinst Markhoff – Schöninger – Burghardt?«

Berner nickte. »Eine logische Kette. Wir können ja einen Spaziergang zur Kirche machen und schauen, wo deine nächste Immobilie vor sich hin rottet. Wenn wir Glück haben, dann ist die Tunnelröhre längst eingestürzt und du bist ein Problem los.«

»Und wenn nicht, dann ist er vielleicht voller alter Jahrgänge, die wir verkosten müssen«, gab Burghardt zu bedenken.

»Oder wir finden noch mehr Leichen im Keller wie die Uniform, den Dolch und die Pistole«, winkte Berner ab. »Sperr nicht ab, wenn wir gehen, vielleicht nimmt jemand etwas von dem Gerümpel mit und erleichtert uns die Arbeit.«

Als die beiden Kommissare einträchtig nebeneinander die Weinberggasse in Richtung Kirche hinuntergingen, schauten ihnen die listigen Augen des alten Mannes nach, der vor Kurzem so überraschend vor Burghardts Keller aufgetaucht war. An eine Lehmwand gelehnt, den Kopf wie ein Perpetuum mobile ständig in Bewegung, spähte er um die Ecke eines der kleinen Ausgedingehäuser. »Nicht gut, gar nicht gut«, murmelte er dabei wieder und wieder vor sich hin, bevor er zornig mit seinem Stock auf den Boden stieß.

Die barocke Kirche des kleinen Ortes war keine zehn Minuten Fußweg entfernt. Mit ihrem Zwiebelturm und der blendend weißen Fassade stand sie auf einer Anhöhe am Ortsrand, gleich neben dem Friedhof. Berner und Burghardt wurden auf ihrem kurzen Weg dahin von mindestens zehn Einwohnern eingeladen, doch einzukehren, den neuen Wein zu kosten und einen Plausch zu halten.

»Wenn wir auch nur ein Viertel bei jedem trinken, sind wir blau wie die Veilchen, bis wir die Kirche erreichen«, grummelte Berner, »und das am frühen Nachmittag.« Er zog Burghardt unerbittlich am Arm in Richtung Kirche. »Außerdem musst du heute noch einen Container bestellen für all den Müll, der bei dir im Keller so herumliegt. Also nichts mit Weinverkostung.«

Als sie am Fuße des Hügels standen, auf dem die Kirche thronte, kam ihnen eine junge Frau mit einer Einkaufstasche entgegen.

»Entschuldigen Sie«, sprach Berner sie an und wies auf ein grünes Doppeltor vor ihnen, »wissen Sie, wem dieser Keller gehört?«

Die junge Frau nickte freundlich. »Aber klar, das ist der Kulturkeller der Gemeinde, da finden immer Lesungen und Konzerte statt. Eine große Weinhandlung ging in den 60er-Jahren bankrott, die Gemeinde kaufte den Keller aus der Konkursmasse und baute ihn aus.«

Berner sah nachdenklich zur Kirche hinauf, dann wandte er sich wieder an die junge Frau. »Gibt es eigentlich noch einen Keller in diesem Hügel? Neben den schon bekannten Hauskellern, meine ich ...«

Sie zuckte die Schultern und sah den Kommissar neugierig an. »Ich hab bisher niemals gehört, dass es noch einen Keller unter der Kirche geben soll. Das Pfarrhaus da drüben hat sicher einen kleinen Vorratskeller, aber sonst...« Sie wies auf ein stattliches Haus am Fuße des Hügels. Dann überlegte sie kurz. »Andererseits, wenn es nach den örtlichen Legenden geht... manche behaupten, es gäbe einen Gang von unserer Kirche bis nach Znaim, rund zehn Kilometer entfernt.« Sie lachte leise. »Geschichten der alten Leute.« Es klang nachsichtig.

»Kein anderer Weinkeller wie etwa der Kulturkeller?« Berner ließ nicht locker, aber sie schüttelte nur den Kopf.

»Nein, ganz sicher nicht, und ich bin hier geboren und aufgewachsen. Dann hätte ich etwas davon gehört, in den Erzählungen der Eltern oder der Großmutter, glauben Sie mir.« Sie lächelte den beiden Männern zu, nickte kurz und ging dann weiter die Straße hinunter.

»Also doch kein zweiter Keller«, seufzte Burghardt.

Berner sah der jungen Frau nach. »Dann frage ich mich aber, was der Ortsbauernführer 1938 jenem Adolf Markhoff zum Geschenk gemacht hat. Denn ein achtzehn Meter langer Keller verschwindet nicht einfach. Weder aus der Wirklichkeit noch aus dem Gedächtnis der Bevölkerung.«

12.4.1945, Bahnstrecke Znaim/
Protektorat Böhmen und Mähren

Die Lokomotive mit Richter und Walkowski und dem geheimnisvollen Waggon hatte es fast bis zum Wald geschafft, als der nächste Angriff begann. Die drei JAKs heulten von hinten heran, stürzten sich wie eine Meute hungriger Wölfe auf sie und diesmal wollten sie den kurzen Zug endgültig zur Strecke bringen.

»Die lassen nicht locker«, flüsterte Walkowski bitter, als er die russischen Jagdflieger kommen hörte. Er drehte sich um und sah, wie die Flugzeuge weit hinten in den Tiefflug übergingen, nur wenige Meter über den Gleisen einschwenkten und auf sie zurasten.

»Vollbremsung!«, schrie Richter, der dem Blick des Feldwebels gefolgt war, und Walkowski riss den Hebel zurück, ohne zwei Mal nachzudenken. Die Bremsen der Lok kreischten protestierend, die Räder rutschten über die Schienen wie über eine eisige Straße, und schon schoss die erste Salve aus den Bord-Maschinengewehren über ihre Köpfe hinweg.

Genau in diesem Augenblick geschah es. Im Eifer des Angriffs hatte einer der Piloten die Krone eines hohen, ausladenden Baums an der Strecke übersehen, eine der JAKs streifte mit ihrem Flügel die Äste, geriet außer Kontrolle und schleuderte in den zweiten, neben ihm fliegenden Jagdbomber. Beide Maschinen schmierten sofort ab, stürzten auf den Bahndamm und verschwanden in einem großen Feuerball, der Dutzende Meter hoch in den Himmel stieg.

Der dritte Angreifer sah die Flammen vor sich, wurde von den Explosionen durchgerüttelt und riss in Panik am Steuerknüppel seiner JAK. Das Flugzeug schoss fast senkrecht nach oben, und der Lärm der bis an die Grenze belasteten Motoren erfüllte die Luft.

Während Walkowski wieder die Bremsen löste und die Lok beschleunigte, lehnte Richter sich aus dem Fenster und versuchte, das letzte Jagdflugzeug nicht aus den Augen zu verlieren. Doch dann endlich erreichte der Zug den dichten Wald, die Bäume links und rechts der Strecke bildeten ein dichtes, grünes Dach, das sich schützend über die Gleise legte.

»Der Rauch wird uns trotzdem verraten«, gab Richter zu bedenken, krempelte die Ärmel hoch und griff nach der Schaufel. Walkowski schob nur wortlos den Fahrtregler bis zum Anschlag nach vorn und zuckte mit den Achseln. Die alte Lokomotive beschleunigte erstaunlich kraftvoll und hatte bald ihre Höchstgeschwindigkeit von 90 km/h erreicht. Der Fahrtwind brauste durch den Führerstand.

»Wir können nur versuchen, so schnell wie möglich zu fahren, dann wird er sich verschätzen«, rief Walkowski über den Lärm der schwer arbeitenden Dampflok dem schaufelnden Richter zu. »Der Rauch braucht einige Zeit durch die Blätter der Bäume, und dann sind wir schon wieder weiter.«

Der Oberleutnant wiegte skeptisch den Kopf und schloss die Feuertüre wieder. Ihr Glück war aufgebraucht. Der Zug war zwar kurz, aber der russische Pilot war sicher auch nicht erst gestern rekrutiert worden.

Doch der Pilot der JAK kämpfte mit ganz anderen Problemen. Bei der Explosion der beiden Jagdbomber auf dem Bahndamm hatte ein herumfliegendes Teil seinen Treibstofftank getroffen. Das Loch war groß genug, um den letzten Rest Flugbenzin mit erschreckender Geschwindigkeit aus dem Tank in die vorbeiströmende Luft zu befördern.

Den Zug weiter zu verfolgen, kam nicht mehr infrage. Im Abdrehen sah der Pilot aus den Augenwinkeln zwei Kübelwagen, die eine lange Staubfahne hinter sich herzogen und parallel zur Bahnstrecke rasten. Es schien, als ob sie versuchten, den Zug einzuholen.

»Wenn schon nicht der Zug, dann wenigstens die beiden Autos«, murmelte er und leitete den Sturzflug ein. Als er auf den roten Knopf drückte, hämmerte das Maschinengewehr los und sägte die beiden Wagen geradezu entzwei, bevor sie in Flammen aufgingen und sich überschlugen. Der Pilot drehte noch eine schnelle Runde, um einen Blick auf das Inferno auf der Landstraße zu werfen. Dann drehte er ab und steuerte auf direktem Weg den nächsten Flughafen an. Mit etwas Glück würde der Treibstoff reichen.

Dicker, schwarzer Rauch stieg aus den Wrackteilen der beiden Kübelwagen. Als aus den Büschen zwei Männer mit einem tragbaren Funkgerät auftauchten und misstrauisch die Umgebung beobachteten, explodierten ein paar Patronen in den Flammen. Trotzdem traten die Männer vorsichtig näher, hoben schützend die Arme gegen die starke Hitze vors Gesicht und untersuchten dann vier herausgeschleuderte Körper, die mit verrenkten Gliedern im Straßenstaub lagen.

Keiner der Insassen hatte überlebt.

Knapp zwei Stunden später rollte die Lokomotive mit dem einsamen Waggon im Schlepptau über den berühmten Znaimer Viadukt. Walkowski, der in einer der Kisten im Führerhaus eine Streckenkarte gefunden hatte, deutete nach unten.

»Die Thaya! Damit überqueren wir die Grenze zur Ostmark«, rief er Richter zu, der bereits vor langer Zeit die letzten Kohlen verfeuert hatte und sich Sorgen über den Nachschub machte. »Die Alpenfestung ist zwar noch weit, aber wir sind immerhin einen wichtigen Schritt weiter südwärts.«

»Bald wird uns das Feuer ausgehen«, gab der Oberleutnant nachdenklich zurück. »Wo ist der nächste Bahnhof? Wir müssen dringend Kohlen fassen.«

Walkowski zuckte mit den Schultern. »Die Karte endet an der Grenze, danach ist nur mehr ein kleines Stück der Strecke auf österreichischem Boden eingezeichnet. Hier steht... Moment, Un-ter-retz-bach«, buchstabierte der Feldwebel umständlich. »Klingt nicht nach einer Metropole mit gut gefülltem Kohlenbunker.«

Tatsächlich bestand der winzige Bahnhof aus einem einzigen Haus, einer verwitterten Rampe und einem fünfzig Meter langen Abstellgleis, durch dessen Schwellen das Unkraut wuchs. Weit und breit gab es nichts außer Feldern und Obstbäumen, nur in der Ferne duckten sich ein paar Häuser in ein flaches Tal. Die barocke Kirche, die im Gegensatz dazu stolz auf einem Hügel stand, leuchtete in der Mittagssonne.

Walkowski hielt kurz an, und Richter legte die Weiche um. Dann ließ der Berliner den Zug auf das Abstellgleis rollen, bis die Türen des Waggons direkt an der Rampe standen.

»Ohne Kohle kein Dampf, ohne Dampf keine Weiterfahrt«, stellte er entschieden fest. »Hier endet der Schienenweg für uns.«

Der Oberleutnant stand bereits vor dem Güterwaggon und besah sich die Vorhängeschlösser an den Schiebetüren. Sie waren massiv und glänzten neu.

»Ich glaube nicht, dass wir uns darüber Gedanken machen sollten, ganz im Gegenteil«, rief ihm Walkowski zu. »Verschwinden wir so schnell wir können, vielleicht finden wir im Ort ein Auto oder ein Motorrad. Und dann nichts wie weg. Westwärts. Oder nach Wien.«

Der Feldwebel kletterte rasch von der Lokomotive.

Aus der Ferne kam dumpfes Grollen. Die Front rückte unaufhaltsam näher.

Kurz entschlossen zog Richter seine Pistole, trat drei Schritte zurück und schoss die beiden Schlösser auf. »Keine Zeit für Feinheiten, und nein, wir werden nicht türmen, zumindest nicht, bevor wir den Inhalt dieses verdammten Waggons gesehen haben.« Er drückte mit der Schulter gegen die schwere Schiebetür, die fast lautlos zur Seite glitt. Walkowski, der auf die kleine Rampe geklettert war und nun breitbeinig neben dem Waggon stand, die Hände in die Hüften gestemmt, pfiff überrascht durch die Zähne.

Im Halbdunkel des Wagens zeichneten sich zwei Raupenschlepper Ost ab, kleine Kettenfahrzeuge mit einer überdachten Ladefläche, die völlig neu aussahen. In einer Ecke des Waggons lehnte ein BMW-Motorrad, eine Kuriermaschine mit ledernen Packtaschen, über und über mit Matsch bespritzt.

»Zündschlüssel stecken überall«, rief der Oberleutnant nach einer kurzen Inspektion zufrieden, »Benzinkanister sind an Bord. Worauf warten wir noch?« Er hob eine der Planen auf und sah Dutzende Holzkisten mit Verstärkungsbändern aus Metall auf der Ladefläche gestapelt. Auf jeder prangte der Reichsadler über SS-Runen. Darunter war in eckigen, schwarzen Blockbuchstaben »RFSS« gemalt worden, gefolgt von einer zweistelligen Nummer.

Walkowski hatte sich inzwischen zu der BMW gebeugt und eine der Packtaschen geöffnet. Er stutzte, griff hinein und zog ein dickes Bündel Reichsmark heraus. Dann noch eines und noch ein weiteres, die er vor sich auf dem rauen Boden des Waggons stapelte.

»Nicht zu fassen, die Packtaschen sind voll mit Geld«, stieß er hervor. »Hunderttausende, vielleicht Millionen. Ein Vermögen. Was wollten die damit?«

Richter war neben ihn getreten und wog eines der Bündel nachdenklich in der Hand. »Ich frage mich eher, warum das Geld nicht in einer der Kisten auf der Ladefläche ist, sondern in den Taschen der Kuriermaschine«, gab er zurück und wies auf einen der Raupenschlepper. »Wenn dort kein Platz mehr für die Millionen ist ... was zum Teufel ist dann so Wichtiges in den Kisten?«

Walkowski zuckte mit den Schultern und holte ein Bündel nach dem anderen aus den Packtaschen. »Das ist mir eigentlich völlig schnurz, das Geld bringt uns in Sicherheit, und das ist alles, was mich interessiert. Lassen wir die Kisten, wo sie sind, nehmen wir den Zaster und verschwinden wir.« Ein Lächeln nistete sich in seinen Mundwinkeln ein. »Das ist mehr, als wir in den kommenden Monaten jemals verprassen können.«

Richter musste an den sterbenden SS-Mann am Bahnhof von Deutschbrod denken. Geweihte Erde. Er schüttelte den Kopf. Wo um Gottes willen sollte er hier geweihte Erde finden? Und wie sollte er es überhaupt Walkowski erklären? Der Oberleutnant zog eine seiner letzten Zigaretten aus der Tasche und sah dem Feldwebel zu, wie er das Geld wieder in die Packtaschen der BMW zurückstopfte.

Dann drehte sich Walkowski um und sah Richter forschend an. »Da ist doch noch was...«, sagte er leise und gab Richter Feuer.

»Sie kennen mich zu gut, mein Freund«, lächelte der Oberleutnant müde. Er gab sich einen Ruck und schilderte in knappen Worten seine Unterhaltung mit dem SS-Mann.

»Geweihte Erde?« Walkowski war ebenso verblüfft wie er. »Und das sollen wir ernst nehmen? Die letzten Worte eines Mannes vorm Abkratzen?« Er wies auf die Raupenschlepper. »Die Dinger fahren nicht mehr als 20 km/h. Schneckentempo, nichts für die Flucht. Da lob ich mir die BMW, vom Geld ganz zu schweigen. Tut mir leid, Oberleutnant, die Kisten gehen mir am Arsch vorbei.«

»Vorschlag zur Güte.« Richter neigte zu Walkowskis Sicht der Dinge, aber da war noch ein kleiner Zweifel. »Wir nehmen die BMW, fahren in den Ort und schauen, ob wir ein schnelles Versteck für die beiden Raupenschlepper und damit für die Kisten finden. Wenn ja, dann kommen wir zurück, laden die Dinger aus und lassen sie von der Bildfläche verschwinden. Wenn nicht...«

»... dann verdrücken wir uns mit der BMW westwärts«, ergänzte Walkowski, der bereits das Motorrad aus dem Waggon schob und auf den Kickstarter trat. Mit einem rauen Husten sprang der Zweizylinder an und lief ruhig im Leerlauf. »Aufsitzen, Herr Oberleutnant, der Schwan ist gesattelt.«

Breitensee, Wien/Österreich

Der Anlasser zog orgelnd den 750er-Motor durch, aber die Kawasaki ZXR »Stinger« wollte und wollte nicht anspringen. Frustriert schaltete Paul Wagner die Zündung der zwanzig Jahre alten Supersportmaschine ab und gab der Werkzeugkiste einen Fußtritt. Er war ratlos. Zündkerzen und -kabel hatte er erneuert, Ventile eingestellt, Vergaser synchronisiert. Er ging jeden Schritt im Kopf nochmals durch. Was hatte er bloß übersehen?

»Du bist eine zickige Diva, die sich bitten lässt, das ist alles«, zischte er dem Motorrad zu, das er in mehr als fünfzig Arbeitsstunden innerhalb der letzten beiden Wochen in einen halbwegs akzeptablen Zustand gebracht hatte. Kawasakis Antwort auf die schnellen Straßenmaschinen der Konkurrenz in den späten 80er-Jahren hatte ihm noch in seiner Sammlung gefehlt. So hatte der Reporter sofort zugeschlagen, als ihm ein relativ gut erhaltenes Exemplar des begehrten Baujahrs 1990 zu einem günstigen Preis angeboten worden war. Und jetzt das …

Er wischte sich die öligen Hände ab. »Ein Streichholz druntergehalten und du bist ein abgefackeltes Problem, ma chère«, seufzte er und beschloss, erst einmal das Bike zu ignorieren und die Kaffeemaschine anzuwerfen. »Die startet auf jeden Fall …«

So schlenderte er hinüber zu dem großen Küchenblock, der das kulinarische Zentrum seiner restaurierten Straßenbahnremise bildete. Paul hatte nach monatelanger Überzeugungsarbeit bei den richtigen Ämtern und Behörden vor einigen Jahren die Erlaubnis erhalten, den damals noch halb verfallenen Bau kaufen und renovieren zu dürfen. Der 1908 erbaute Lokschuppen aus den roten Wienerberger Ziegeln hatte eine wechselvolle Geschichte und war vielleicht deshalb dem Reporter so ans Herz gewachsen.

Anlässlich einer Recherche für einen Artikel über lecke Ölwaggons war Wagner eines Tages im ältesten Teil des Güterbahnhofs über Gleise gestolpert, die offenbar genau auf eine Gruppe majestätischer Buchen zuführten. Neugierig geworden, war er ihnen gefolgt und kam so zu einem desolaten, aber immer noch stolzen Jugendstilgebäude mit drei hohen Holztoren und vier kleinen Türmchen. Die Äste der Bäume wuchsen in die leeren Fensterhöhlen, und das Gras versuchte, die alten Mauern zu begrünen. Die Tore hingen windschief in den Angeln, die Vögel nisteten unter dem löchrigen Dach, und Berge von Unrat bedeckten den Boden.

Es war Liebe auf den ersten Blick.

Der Reporter beschloss auf der Stelle, die alte Remise zu retten, um hier zu wohnen. Er erkundigte sich bei den zuständigen Stellen und erfuhr so mehr über die Geschichte des Gemäuers. Als man nach den verheerenden Bombenangriffen der Alliierten im Zweiten Weltkrieg auf Wien händeringend Werkstätten suchte, kam der alte Lokschuppen den Verantwortlichen gerade recht. Versteckt unter den mächtigen Buchen gelegen, hatte er die Bombardements unversehrt überstanden. Viele der Wiener Straßenbahngarnituren jedoch hatten weniger Glück gehabt, waren beschädigt und die regulären Straßenbahndepots und -hallen überlastet oder ebenfalls ein Opfer der Angriffe. So zogen die Mechaniker der Straßenbahn vorübergehend in das alte, verstaubte Gebäude am Güterbahnhof ein, bis mit dem Ende des Krieges 1945 auch vor diesem Zwischenspiel der Vorhang fiel. In den 50er-Jahren schließlich geriet das Ziegelgebäude nach und nach in Vergessenheit, wurde als Materialdepot, Schwellenlager und schlussendlich als Müllhalde verwendet. Dann verfiel es lange Jahre, diente Obdachlosen als Unterschlupf, Drogensüchtigen als Versteck, Kindern als illegaler Abenteuerspielplatz.

Wenige Tage, bevor die Abrissbagger kamen, war Wagner dann über die Gleise gestolpert und hatte schnell gehandelt. Nach monatelangen Verhandlungen und einer langwierigen und kostspieligen Renovierung erstrahlte das Gebäude, das auf keinem Stadtplan eingezeichnet war, kaum zwei Jahre später in neuem Glanz. Den »Fuchsbau«, wie der Reporter ihn nannte, musste man kennen – entweder man folgte der richtigen Zufahrt über ehemalige Bahndämme und um die alten Lagerhäuser herum, oder man landete schnell in den engen, ziemlich dunklen Sackgassen des ehemaligen Güterbahnhofs, auf Kiesdeponien oder Wiesen mit hüfthohem Gras oder zwischen alten Schwellenstapeln.

Die Schlaf- und Gästezimmer, sein Büro und alle anderen Nebenräume hatte Wagner auf einer umlaufenden Galerie unter dem Dach eingerichtet und konnte sich damit den Luxus erlauben, die ehemalige Schienenfläche als einen einzigen großen Raum bestehen zu lassen, mit einer ausgedehnten Küche in der Mitte, wo an ruhigen Abenden Kochorgien mit Freunden abgehalten wurden. Die »zweirädrigen Raketen«, wie Kommissar Berner die Motorradsammlung Wagners bezeichnete, standen im hinteren Teil der Remise, gemeinsam mit den beiden Autos des Reporters, einem alten Porsche Carrera RS, den er in jahrelanger Arbeit wieder aufgebaut hatte, und einem schnellen Mazda 3, der in den letzten Abenteuern oft eine entscheidende Rolle gespielt hatte. Er war auf beiden Seiten mit riesigen Lettern beklebt, die »Pizza-Expresss« in die Welt hinausschrien und an die Vergangenheit des kleinen 300-PS-Mazda als Werbeträger erinnerten.

Paul musste lächeln, als er sich eine große Tasse Kaffee einschenkte und daran dachte, wie sehr Valerie Goldmann den Mazda hasste. Er war versucht, sie anzurufen, den Motor zu starten und das Handy ans Auspuffrohr zu halten, nur um ihre Reaktion zu hören ... Goldmann, ehemaliger Offizier der israelischen Armee, ehemalige Luftwaffenpilotin und für zwei Jahre vorübergehend zum Geheimdienst abkommandiert, hatte sich nach einer Erbschaft ins Privatleben zurückgezogen und ihre militärische Laufbahn an den Nagel gehängt. Hin und wieder schrieb sie an ihrem Buch über Wien, arbeitete ehrenamtlich beim Jewish Welcome Service und besaß noch immer ihre kleine Wohnung in Wien-Alsergrund.

Vor zwei Jahren hatten sich ihre Wege gekreuzt, als Sina und Wagner versucht hatten, das Geheimnis Friedrichs III. zu entschlüsseln, und Goldmann sie aus einer ausweglosen Lage rettete. Nur einige Monate später hatte sie als Mossad-Agentin die Jagd auf der Spur der vier Dokumente Metternichs quer durch Europa mitgemacht. Wenige Wochen nach dem erfolgreichen Ende dieses Abenteuers war ihr Großvater, der amerikanische Medienmogul Fred Wineberg, gestorben und hatte Valerie sein gesamtes Vermögen vermacht. Es war mehr Geld, als die junge Frau in zehn Leben hätte ausgeben können.

In den letzten Monaten hatte sich Goldmann kaum mehr bei den beiden Freunden gemeldet, und Paul fragte sich, wo auf der Welt sie sich wohl herumtrieb. Sie schien sich immer mehr zu verkriechen und gleichzeitig immer auf dem Weg zu sein, irgendwohin. Paul hatte den Eindruck, es hielt sie immer weniger in Wien, seit sie mit der Erbschaft auch die Verantwortung übernommen hatte.

Der Reporter hielt bereits das Telefon in der Hand, um Valeries Nummer zu wählen, als es am großen Eingangstor klopfte.

»Besuch zur Nachmittagszeit?«, rief Paul. »Immer nur herein, die Küche ist kalt, aber die Tür ist offen!«

Alles blieb ruhig. Paul wunderte sich, schlenderte zu dem hohen doppelflügeligen Tor und öffnete, aber niemand war zu sehen. Er trat hinaus, ging einige Schritte weiter, bog um die Ecke des Gebäudes und warf einen Blick auf den kleinen Parkplatz neben der Remise. Kein Wagen war zu sehen, die gepflasterte Fläche war leer.

Seltsam, dachte sich Wagner und kehrte kopfschüttelnd wieder in die Remise zurück. Diese Art von Lausbubenstreich kam selten vor, dazu war der Lokschuppen zu abgelegen.

»Du wirst schon wieder sorglos, Paul«, ertönte da eine bekannte

Stimme aus Richtung der Küche, »und zu essen hast du auch nichts mehr im Kühlschrank.« Die unverkennbare Silhouette von Eduard »Eddy« Bogner umrundete die lange Theke der offenen Küche wie eine Billardkugel mit Drall. Der Exringer schaute sich begeistert in der Halle um, während er auf Wagner zurollte.

»Ich wusste gar nicht, dass man als Reporter so viel verdienen kann, um sich das hier zu leisten«, schnaufte er und fuhr sich mit der flachen Hand über seinen völlig kahlen runden Schädel.

»Nur um gleich alle Legenden im Ansatz zu stoppen und sämtlichen Gerüchten vorzubauen«, schmunzelte Wagner und schüttelte Bogner die Hand. »Mir haben viele Freunde geholfen, es steckt jede Menge Eigenleistung drin, und die Banken werden an mir noch zehn Jahre nach meinem Tod verdienen.«

Der dicke Mann kicherte und nickte dabei wie ein Buddha. Wenn es um Netzwerke und Verbindungen ging, waren sich der ehemalige König der Wiener Safe-Knacker und der Reporter ebenbürtig. Bei der Leibesfülle allerdings, der Organisation von schwer zu besorgenden Dingen und den dabei angewandten unkonventionellen Methoden hatte eindeutig Eddy die Nase vorne.

»Warum soll es dir anders ergehen?«, gab Bogner zurück.

»Was hat dich aus deiner Werkstatt getrieben?«, erkundigte sich Paul neugierig. »Das schaffen normalerweise nur Berner oder Valerie, und von beiden hab ich schon länger keine Neuigkeiten.«

Eddy, Chef und Inhaber der »Bogner Metallbau«, schien ihn nicht gehört zu haben. Er schob sich durch die Halle, blickte in die Vitrinen, in denen sich neben Eisenbahn- und Straßenbahnmodellen auch die beiden kleinen Ritterfiguren befanden, die im Abenteuer um das Geheimnis Friedrichs III. eine so große Rolle gespielt hatten. Er deutete mit ausgestrecktem Finger auf die beiden Reiter und blickte dabei Paul neugierig an. »Sind das die antiken Holzfiguren, von denen mir Kommissar Berner erzählt hat?«

Der Reporter nickte. »Alter Familienbesitz. Sie verstaubten auf irgendwelchen Dachböden, bevor wir zufällig ihr Geheimnis entdeckten.«

Bogner setzte nachdenklich seinen Rundgang fort und blieb schließlich vor einem niedrigen Couchtisch stehen, in dessen Mitte ein zylindrischer Zünder auf einem Zeitschriftenstapel lag. Er beugte sich vor und wog das schwere, zerkratzte Metallteil in seiner Hand.

»Du hast dir also doch einen als Souvenir behalten«, meinte er leise und ernst. »Die Erinnerungen daran sind nicht gerade die besten, weißt du...«

Für eine Minute schwiegen beide, und Eddy strich gedankenverloren mit den Fingerspitzen über die Einkerbungen auf dem Konus, bevor er ihn behutsam zurücklegte. »Aber das ist eine andere Geschichte...«

Wagner nickte und trat zu Bogner. »Nach deren gutem Ausgang du das große Verdienstabzeichen der Republik an die Brust geheftet bekommen hast, wenn mich nicht alles täuscht«, meinte der Reporter und stupste mit dem Zeigefinger auf den fleckigen Blaumann, der zu Eddys Markenzeichen geworden war. »Und mit einem Schlag im ganzen Land bekannt warst.«

Bogner wehrte ab. »Lag wahrscheinlich daran, dass sonst gerade nichts los war«, gab er zurück und ließ sich ächzend auf die lange Sitzbank fallen, die unter seinem Gewicht knackte. »Aber nun zu etwas ganz anderem. Ich hab heute Morgen einen Anruf bekommen...«

Paul stöhnte leise und verdrehte die Augen. »Wenn du einen Anruf bekommen hast und ich nicht, dann bedeutet das wieder einmal, dass dein Netzwerk besser funktioniert und ich mir Sorgen machen sollte. Lass hören...«

Eddy lehnte sich zufrieden zurück und faltete seine Hände über dem Bauch. »Man erzählt sich in außergewöhnlich gut informierten Kreisen, dass gestern am späten Abend in Wien ein etwas seltsamer Einbruch stattgefunden hat.«

»Bei dem du...?«, begann Wagner fragend, aber Eddys indignierter Blick ließ ihn verstummen.

»Ein Einbruch in das Museum für Völkerkunde, offenbar gut vorbereitet und professionell durchgeführt, weil kein Alarm ausgelöst wurde.« In Eddys Stimme klang ein wenig Bewunderung durch. »Und wir wissen alle, dass das Museum jahrelang umgebaut wurde und nun die Sicherheitselektronik vom Neuesten und Feinsten ist.«

»Wir wissen nicht, aber du weißt«, gab Paul zurück. »Was wurde gestohlen? Maya-Masken aus Jade? Edelsteinbesetzte Kelche? Der berühmte Federmantel?« Er klappte seinen Laptop auf und startete das Betriebssystem. »Nur zu, Eddy, wir schreiben den Aufmacher von morgen. Ich beteilige dich am Honorar.«

»Falsch, ganz falsch«, grinste Bogner, klappte mit einer resoluten Handbewegung den Laptop wieder zu, und Paul musste seine Finger in Sicherheit bringen, damit sie nicht zwischen Bildschirm und Tasten gequetscht wurden. »Das alles haben die Diebe links liegen gelassen. Es fehlt nicht eines der wertvollen Teile aus den berühmten Sammlungen.« Bogner genoss sichtlich die Verwirrung des Reporters. Er lehnte sich wieder zurück und schaute Paul spöttisch an.

»Das ist wirklich etwas für dich, wenn ich so nachdenke, du magst ja diese Art von Rätsel. Nach den letzten Erkenntnissen fehlt nichts außer einer Schachtel aus der Fotosammlung des Museums.« Eddy betrachtete angelegentlich seine Fingernägel. »Ein paar dezente Nachforschungen meinerseits haben ergeben, dass es Fotografien aus dem ländlichen niederösterreichischen Raum waren, Anfang der 30er-Jahre aufgenommen und dem Museum vor rund fünfzig Jahren zum Geschenk gemacht.«

»Das ist jetzt ein Scherz, oder?«, erkundigte sich der Reporter. »Da bricht jemand in eines der bestgesicherten Museen in Wien ein, legt die Alarmanlage still und stiehlt einen Karton mit alten Fotos? Und sonst fehlt nichts?«

Bogner schüttelte den Kopf.

»Wie hat man den Einbruch überhaupt entdeckt, wenn kein Alarm ausgelöst wurde?«, wunderte sich Wagner. »Sag bloß, jemand hat die Schachtel vermisst.«

Eddy lächelte geheimnisvoll. »Das wirst du mir jetzt auch nicht glauben. Aus Personalmangel gibt es seit Monaten nur eine Hilfskraft an jeweils zwei Tagen in der Woche, die sich um die Sammlung an Glasplatten und Negativen kümmert. Sie hatte gestern am späten Nachmittag die Abteilung zugesperrt und heute früh ein ziemliches Chaos vorgefunden. Die Schubladen waren herausgezogen, die Schränke aufrissen, und einige Glasplatten lagen zerbrochen am Boden. Die Spurensicherung war schnell da und fand einen Zettel mit den Worten ›Danke für die Aufbewahrung‹ und einem großen Smiley am Platz der verschwundenen Schachtel.«

»Ein Spinner«, warf Wagner ein, »ein chaotischer Wichtigtuer. Vergiss es, der ist mir keinen Einspalter wert.«

»Die Handschrift auf dem Zettel ist unzweifelhaft die unseres Freundes Georg Sina«, gab Eddy zu bedenken. »Sein Vater gibt zwar offiziell keinen Kommentar darüber ab, ist aber leider offensichtlich ebenso davon überzeugt und sucht ihn deshalb seit heute Morgen mit einigem Nachdruck. Wann hast du den Herrn Mittelalterforscher eigentlich zum letzten Mal gesehen?«

12.4.1945, Unterretzbach, Gau Niederdonau/Ostmark

Die staubigen Straßen lagen verlassen da, niemand wagte sich aus dem Haus. Walkowski und Richter hatten eine schnelle Runde durch den lang gestreckten Ort gedreht, ohne einer einzigen Menschenseele zu begegnen. Hie und da glaubten die Soldaten eine Bewegung hinter den kleinen Fenstern der geduckten Bauernhäuser wahrzunehmen. Die Angst vor den abziehenden Deutschen war bei der Bevölkerung wohl ebenso groß wie die vor den anrückenden Russen.

Richter blickte über Walkowskis Schulter nach vorn. Er sah Weinberge, die sich bis an den Horizont erstreckten, und hatte plötzlich Heimweh.

Die BMW tuckerte beruhigend gleichmäßig unter ihnen, als sie am Denkmal für die Gefallenen des Ersten Weltkriegs vorbei, das malerisch unter zwei ausladenden Buchen stand, in Richtung Kirche fuhren.

Im Osten wurde das Donnern der Artillerie lauter und bedrohlicher. Die deutsche Armee musste ihre Verteidigungsstellungen bereits weiter westlich bezogen haben. Sie waren im Niemandsland, im Auge des Orkans.

»So, das ist die letzte Chance für die Kisten in den Raupenschleppern«, rief Walkowski seinem Beifahrer zu und gab Gas. »Sonst bleiben sie einfach, wo sie jetzt sind: auf dem Abstellgleis. Und wir machen uns vom Acker.«

Die kurze Straße zur Kirche war mit Schlaglöchern übersät, und faustgroße Steine, die von Panzerketten aus dem Straßenpflaster gerissen worden waren, lagen wie Würfel über die Fahrbahn verstreut.

»Das ist genau das, was wir suchen«, rief Richter angesichts des Hügels, auf dem der große barocke Kirchenbau thronte. Allein an der Straßenseite zeugten vier alte, schief in den Angeln hängende Doppelflügeltüren von Weinkellern, die offenbar vor Jahrhunderten unter dem

Gotteshaus angelegt worden waren. »Der perfekte Platz für unsere Kisten.« Kaum hatte Walkowski das Motorrad angehalten, war Richter auch schon abgesprungen und rüttelte mit aller Kraft an dem nächstgelegenen Tor. Es war fest verschlossen.

»Halten wir uns nicht mit Kleinigkeiten auf«, stieß Walkowski nervös hervor. »Lassen Sie uns lieber so schnell wie möglich diese verdammten Raupenschlepper hierher holen und dann nichts wie weg. Einen besseren Platz gibt es nicht, und wenn wir uns jetzt nicht beeilen, dann können wir gleich unser Grab schaufeln. Die Iwans werden nicht lange fackeln, wenn sie uns in diesem Nest mit Taschen voller Geld und einer geheimnisvollen Ladung SS-Kisten finden.«

Richter war immer weiter gelaufen, hatte an allen Toren in Sichtweite gerüttelt und schließlich aufgegeben. Er kletterte wieder hinter Walkowski aufs Motorrad und musste sich festhalten, als der Berliner Vollgas gab und die schwere Maschine in die Kurve legte.

Keine halbe Stunde später tuckerten die zwei Raupenschlepper Ost – im Heeresjargon RSO genannt – mit quietschenden Ketten vom Bahnhof kommend die Ortsstraße entlang.

Walkowski hatte die BMW nur ungern mit den langsamen RSO vertauscht und warf immer wieder nervöse Blicke in die leeren Gassen, die sie auf ihrem Weg zur Kirche passierten. Die beiden Fahrzeuge rüttelten und ratterten über die Pflastersteine, und der Berliner verfluchte die geringe Höchstgeschwindigkeit der Raupenschlepper.

Dann hörten sie die ersten Schüsse von Panzerkanonen in der Ferne. Richter zog instinktiv den Kopf ein und erwartete jeden Moment den Einschlag, stellte aber erleichtert fest, dass die Russen wohl ein anderes Ziel hatten.

Vor den Toren der Keller angekommen, bog Walkowski einfach von der Straße ab und rumpelte den kleinen Abhang hinauf. Richter, der hinter ihm fuhr, sah ihm nach, wollte ihm etwas zurufen, aber der Feldwebel verlor keine Zeit mit Anhalten. Im Gegenteil. Er verminderte kaum seine Geschwindigkeit, zielte kurz und krachte einfach mit seinem Raupenschlepper durch eines der Tore. Die Torflügel flogen zur Seite, eine dichte Wolke aus Staub und wurmstichigem Holz schien das kleine Fahrzeug fast zu verschlucken, bevor es abrupt nach vorne kippte und mit aufjaulendem Motor in der Tiefe verschwand.

Jetzt ist er völlig durchgeknallt, dachte Richter, lenkte jedoch seinen RSO in den Spuren des ersten Raupenschleppers die Schräge hinauf. Der dunkle Eingang zum Keller wurde immer größer, und Richter schaltete die Scheinwerfer ein. Dann kippte auch schon die Welt, und der Oberleutnant versuchte, das rutschende und schlingernde kleine Kettenfahrzeug in der Mitte der Tunnelröhre zu halten, die steil nach unten ging. Kalte Luft schlug ins Führerhaus, aber Richter vermisste den Geruch nach Moder und Fässern, der ihm sonst immer in Weinkellern entgegenschlug.

Kaum acht Meter weiter war die Talfahrt zu Ende, der Boden wurde eben, und der Oberleutnant erblickte vor sich den RSO von Walkowski, der neben einigen Kartoffelsäcken und Holzkisten mit Zwiebeln parkte.

Als der Motor erstarb, war es unheimlich still.

»Ein Gemüsekeller, ein verdammter Gemüsekeller!«, ertönte da die empörte Stimme des Feldwebels aus den Tiefen der Dunkelheit. »Ich war auf volle Weinfässer eingestellt. Stattdessen gibt's Zwiebel und Kartoffel, wie bei Muttern. Ich fass es nicht!«

Richter grinste, griff auf den Nebensitz und nahm seinen Rucksack, dann stieg er aus. »Raus jetzt, schnell«, stieß er hervor, »bevor uns die Iwans hier überraschen.«

Die beiden Männer hasteten die ausgetretenen Stufen hinauf. Noch im Gehen holte Richter zwei starke Sprengladungen aus dem Rucksack und reichte eine an Walkowski weiter. »Zünder auf zwanzig Sekunden, das sollte reichen.«

Die Explosion ließ die Fensterscheiben der kleinen Bauernhäuser in hundert Meter Umgebung klirren und begrub den Eingang des Kellers unter Kubikmetern von fest gepresstem Sand. Ein Teil des kleinen Hügels gab nach, kam ins Rutschen und verlegte zusätzlich den Zugang zu zwei weiteren Kellereingängen. Für einen Moment hatte Richter die Vision, dass die Kirche sich neigte und ebenfalls den Abhang hinunterrutschen würde, aber nichts dergleichen geschah.

Während die beiden Soldaten in Richtung Bahnhof losliefen, heulte irgendwo ein Hund herzzerreißend in der Ferne. Es klang nach maßloser Wut und Verzweiflung und verursachte Richter eine Gänsehaut.

Wenige Minuten später saßen er und Walkowski wieder auf der BMW und fuhren zum zweiten Mal durch Unterretzbach, aber diesmal in Richtung Westen, die Packtaschen voller Geld und den Kampflärm der anrückenden russischen Armee im Rücken. Der Tank des Motorrads war bis an den Rand gefüllt, und für Bargeld war selbst im Endstadium des Krieges noch immer Benzin aufzutreiben. Walkowski war also guten Mutes und summte leise »Lili Marleen« vor sich hin, während Richter seinen Gedanken nachhing und sich fragte, wie es ihnen wohl in amerikanischer Kriegsgefangenschaft ergehen würde.

Das war der Augenblick, in dem der Vorderreifen der BMW platzte. Walkowski ließ die Maschine vor einem Haus fluchend ausrollen, und beide sprangen ab.

»Verdammt!«, schimpfte der Feldwebel und sah Richter unsicher an. Dann beugte er sich hinunter, um den Schaden zu begutachten.

Im gleichen Augenblick trat ein junger Mann aus der Tür eines Bauernhauses. »Kann ich Ihnen helfen?«, fragte er. Sein wachsamer Blick glitt über die Uniformen und die BMW mit den dicken Packtaschen.

Richter sah ihn an und nickte. »Reifenpanne«, erklärte er lakonisch.

Der Mann drehte sich um und ging wortlos ins Haus. Doch schon Augenblicke später war er wieder zurück und drückte den beiden Offizieren Flickzeug und Werkzeug in die Hand.

»Danke! Damit kriegen wir das wieder hin«, stellte Walkowski zuversichtlich fest. Er und Richter knieten sich vor den Reifen und machten sich ans Werk.

Als die beiden Soldaten mit der Reparatur fertig waren, stand der junge Mann noch immer da und beobachtete sie. Richter öffnete eine der Packtaschen und zog einen Geldschein hervor, den er dem jungen Mann in die Hand drückte, und bedankte sich. Aus der Ferne klang der Geschützdonner immer drohender.

Walkowski sah Richter alarmiert an, legte den Gang ein und startete durch, sobald der Oberleutnant hinter ihm auf die BMW geklettert war. Das Motorrad knatterte die ansteigende Gasse hinauf, und bald erreichten die beiden Soldaten die Anhöhe.

Dann fielen zwei Schüsse.

Dumm-Mühle bei Grub, Waldviertel/Österreich

Georg schwang sich auf den Haflinger, und gleich war die Welt für ihn wieder in Ordnung. Mochte er durch seinen Schreibtischjob, der in den letzten Monaten überhandgenommen hatte, auch nicht gerade blendend in Form sein, so zwang ihn die fehlende Zufahrtsstraße zu seiner Burg, den wöchentlichen Einkauf auf eine etwas unkonventionelle Art zu erledigen. Um auf seiner Trutzburg nicht zu verhungern, blieben nur der Rücken der Pferde und der Weg in die kleine Warenhandlung im nächsten Ort.

Nachdem er bis in den frühen Nachmittag Stein auf Stein gesetzt hatte, war ihm eine ganze Liste von Dingen eingefallen, die er dringend brauchte.

»Ein blendender Vorwand, um die Arbeit zu beenden und auf später zu verschieben, Herr Professor«, hatte Georg gegrinst und sich auf den Weg in jenes charmante, kleine Geschäft gemacht, das bereits vor Jahren extra für seinen Haflinger eine Haltestange aufgestellt hatte.

So konnte Sina sein Pferd anbinden, während er einkaufte.

Der letzte Ritt in den Ort und der damit verbundene Plausch mit der energischen brünetten Ladenbesitzerin lagen auch schon wieder über eine Woche zurück. So war es kein Wunder, dass sein Haflinger fröhlich wiehernd über die Zugbrücke trabte und Georg ihn zurückhalten musste, weil der Hengst sonst durchgegangen wäre.

Er musste lachen, als er Tschak beobachtete, der, typisch Hirtenhund, immer wieder Kreise um ihn und das Pferd zog. Der kleine zottelige Bursche hatte seinen Namen deshalb erhalten, weil er als tollpatschiger Welpe in vollem Lauf in einen Sessel gerannt war und Georg laut »Tschak!« gerufen hatte.

»Es wird Zeit, dass ich wieder unter Menschen komme«, brummte Georg halblaut, »langsam beginne ich mich nämlich schon zu wundern, warum ihr zwei nicht mit mir redet.« Dann richtete er sich in den Steigbügeln auf und ächzte: »Die Ankunft drängt auch aus anderen Gründen. Heute würde mein indianischer Name ›Der-sich-einen-Wolf-reitet‹ lauten.«

Die »Gemischte arenhandlung«, in deren Namensschild seit jeher das »W« zu fehlen schien und deren Besitzerin auch keinerlei Anstalten machte, es jemals zu ersetzen, war gut besucht. Zu gut für Sinas

Geschmack. So beschloss er kurzerhand, einem Freund einen Besuch abzustatten und das Einkaufen auf später zu verlegen. Er zog den Haflinger herum und trabte los.

Wo sich Reut- und Wolfsgraben verbanden, da lebte Benjamin, der Messerschmied, in der legendären Dumm-Mühle, weitab jeder Siedlung. Der alte Mann war seit jeher in seiner Abkehr von der Welt und der Gesellschaft noch radikaler gewesen als Georg. Es hatte Sina viel Zeit und Einfühlsamkeit gekostet, bis ihn der alte Einsiedler in sein Vertrauen gezogen und später in sein Herz gelassen hatte. Zum Zeichen seiner Freundschaft hatte ihm Benjamin schließlich zwei Wurfmesser geschmiedet, wahre Kunstwerke, die in Form und Gewicht für den Wissenschaftler maßgemacht waren.

Instinktiv griff Georg an den Gürtel und spürte den kühlen Stahl. Die geschmiedeten Meisterwerke waren seitdem seine treuen Begleiter. Gelegentlich klebte er eines sogar an die Unterseite seines Schreibtisches in der Universität, weil ihm die Erinnerung an einen schießwütigen Priester in der Remise Pauls wie die Faust im Nacken saß. Damals, vor zwei Jahren, waren Wagner, Berner und er nur um ein Haar einem Anschlag entkommen. Seitdem begleiteten ihn die Messer, auch wenn er letzten Sommer den vollkommen harmlosen Ireneusz Lamberg, Gott hab ihn selig, um ein Haar mit einer dieser Klingen an die Wand seines Büros gepinnt hätte.

Er zog den Kopf ein, um sich nicht an den tief herunterhängenden Ästen zu stoßen. Hinter einem Dickicht aus Buchen- und Eichenlaub öffnete sich eine Lichtung, die sich malerisch zwischen den Hängen der beiden Gräben auftat. Am Rande einer sonnenbeschienenen Wiese stand ein schlankes, mehrstöckiges Haus inmitten von mehreren Wirtschaftsgebäuden. In das einsam gelegene Gehöft gelangte man nur durch ein massives Tor, das meist verschlossen war und über das sich ein barocker Bogen spannte. Früher zum Schutz der Müller vor Räubern, Landstreichern und den Raubtieren, die dem Wolfsgraben seinen Namen gegeben hatten, hatte das Tor heute nur noch die Aufgabe, ungebetene Gäste wie geschwätzige Sommerfrischler abzuhalten. Sie waren so ziemlich das Letzte, auf das sich Benjamin in seiner Waldklause freute. Georg musste leise lachen. Er erinnerte sich an einen heißen Sommertag, an dem es eine Urlaubergruppe mit riesigen Rucksäcken auf den Schultern, knallbunt wie Kakadus, zu Benjamins Gehöft verschlagen hatte. Sina hatte damals den Schmied davon abhalten müssen, seine Messer herauszuholen ...

Als Georg diesmal näher kam, sah er die verwitterten Flügel weit offen und einen gelben, verbeulten Lada Taiga-Geländewagen in der Einfahrt stehen.

»Seit wann fährt denn die Post hierher?«, wunderte sich Georg, trabte auf den Hof und hielt dann seinen Haflinger überrascht an. Sein Freund unterzeichnete keine Paketquittung, sondern saß auf einem Sessel vor dem Haus und schaute ziemlich unglücklich in die Welt. Benjamins Körper war in eine Art übergroßen Poncho aus braunem Kunststoff gehüllt, nur sein Kopf schaute heraus. Das Gesicht des Messerschmiedes war knallrot.

»Was ist denn hier los?«, lachte Sina und sprang aus dem Sattel. Benjamin erinnerte ihn an einen Schokomuffin mit einer Piemontkirsche als Verzierung. Dann erst bemerkte Sina die abgeschnittenen grauen Haare, die überall um den Freund herum auf dem Boden lagen.

»Siehst du das nicht?«, fragte Benjamin. »Der alte Bock wird geschoren.«

»Schneidet die Post jetzt auch die Haare ihrer Stammkunden?«, gluckste Georg angesichts des gequälten Ausdrucks des alten Einsiedlers.

»Post! Wenn es nur so wäre!«, knurrte der Messerschmied. »Warte nur, bis dir die übereifrige Schäferin auch auf den Pelz rückt.«

Der Wissenschaftler fuhr sich demonstrativ über seine Kurzhaarfrisur. »Tja, da ist jetzt nicht mehr viel übrig, das man zu Wolle spinnen könnte. Schade eigentlich, denn gegen ein kleines Schäferspiel mit einer lieblichen Hirtin hätte ich jetzt gar nichts einzuwenden.«

»Pah!«, rief Benjamin aus. »Die Hirtin ist weder lieblich noch für ein amouröses Abenteuer zu haben, glaube mir.« Der Schmied streckte seine Rechte unter dem Plastikumhang hervor und schüttelte Georg die Hand. »Du weißt ja gar nicht, was ich leide!« Der Messerschmied schielte zur Tür hinüber, beugte sich zu Georg und flüsterte: »Wenn du gekommen bist, um meinen Selbstgebrannten zu kosten, vergiss es einfach. Sie wird es mir nicht erlauben...«

Aus dem Haus wurden Schritte hörbar, Benjamin zuckte leicht zusammen und sagte dann lauter: »Also, alter Raubritter, was führt dich her? Den Zehent zahle ich dir nicht. Die Zeiten sind vorbei!«

»Das ist Revolution!«, stieg Georg auf den Scherz ein und lugte dabei verstohlen zur Tür hinüber, wo er das Erscheinen einer leibhaftigen Furie erwartete. »Sitzt auf meinem Land, an meinem Bach, stiehlt meine Fische und will nicht zahlen! Dir werde ich geben!«

Anstelle der erwarteten rundlichen Alten im Arbeitskittel trat in diesem Moment eine junge Frau in T-Shirt und kurzer Hose aus dem Haus. Sie fingerte mit zusammengekniffenen Augen an einem Haarschneider herum.

Sina zog die Brauen nach oben und warf dem Einsiedler einen anerkennenden Blick zu. Aber der Schmied schüttelte nur energisch den Kopf.

»Deine Haare sind die reinsten Borsten, Onkel Benjamin!«, sagte die Frau, ohne aufzublicken. »Der ganze Scherkopf war verklemmt. Zum Glück sind wir fast fertig.« Sie wollte sich wieder ans Werk machen, da sah sie Georg, erschrak und machte sofort kehrt. Während sie davonhuschte, rief sie vorwurfsvoll: »Onkel Benjamin! Warum hast du mich nicht gewarnt, dass Besuch da ist? Da muss ich mir doch etwas überziehen!«

Georg schaute verständnislos zu seinem Freund. »Etwas überziehen? Wieso, um Gottes willen? Wir sind ja nicht in der Kärntner Straße.«

Benjamin verdrehte die Augen. »Ach, du hast ja keine Ahnung...«, meinte er. »Das war... ist... meine Nichte Barbara, die jüngste Tochter meines Bruders. Sie bemuttert mich jetzt schon seit Wochen. Sie hat es sich nicht ausreden lassen, hierherzukommen und mir nach meinem Schlaganfall etwas unter die Arme zu greifen.«

»Du hattest einen Schlaganfall?« Georg sah Benjamin überrascht an. »Wann denn? Und warum hast du mir nichts gesagt? Du hättest mich jederzeit anrufen können!«

»Ach was, du kommst mir vor wie mein Arzt, jetzt mach nicht so ein Theater wegen der Kleinigkeit, ich bin ja noch da«, ärgerte sich der Messerschmied. »Du hast Besseres zu tun, als einem alten Waldschrat das Händchen zu halten.«

»Kleinigkeit, dass ich nicht lache!«, ertönte plötzlich eine energische Stimme von der Haustür her. Barbara war wieder zurück, und Georg traute seinen Augen kaum. Sie trug die klassische schwarz-weiße Ordenstracht einer Nonne.

Benjamin warf ihm einen bedeutungsvollen Blick zu. »Ich wollte es dir ja sagen, aber...«

»Was wolltest du ihm ja sagen, Onkel Benjamin? Dass dein Schlaganfall keine Kleinigkeit war?« Sie trat zu dem noch immer sprachlosen Sina und streckte ihm ihre Hand entgegen. »Der alte Sturkopf ist fast vier Wochen im Spital gelegen. Er konnte nur klare Süppchen und Früchtetee aus Schnabeltassen zu sich nehmen. Und da hätte ich nicht herkommen sollen?« Sie funkelte den Besuch an und lächelte zugleich. »Mein Name ist Barbara Buchegger, und wenn mich nicht alles täuscht, dann sind Sie Professor Sina, von dem mein Onkel mir schon so viel erzählt hat.«

»Sina genügt, danke«, sagte Georg, nachdem er sich von seiner Überraschung erholt hatte. »Ich freue mich, Sie kennenzulernen. Ihr Onkel hat leider bisher nichts von Ihnen berichtet. Somit haben Sie einen Informationsvorsprung.«

Barbara betrachtete lächelnd den breitschultrigen, etwas abgerissen wirkenden Mann vor ihr, der so gar nicht nach einem Universitätsprofessor aussah.

»Sie sind Professor an der Wiener Universität?«, erkundigte sie sich. »Was unterrichten Sie denn?«

Der Wissenschaftler wollte gerade antworten, da bemerkte er sein Pferd, das sich gerade mit Genuss durch die Beete mit den sorgsam gehegten Frühlingsblumen verkostete.

»Mediävistik«, sagte Georg schnell und sprang auf. »Es tut mir leid. Ich werde ihn gleich anbinden.« Er wollte losstarten, aber Barbara hielt ihn am Arm zurück. »Lassen Sie ihn, die werden nachwachsen. Blumen gibt es hier draußen wirklich genug.«

Sina ließ sich auf einen geflochtenen Gartensessel sinken. »Ich unterrichte mittelalterliche Geschichte an der Universität Wien. Derzeit freigestellt für ein Forschungsprojekt.«

Barbara lachte. »Oje, ein Historiker...«, rief sie aus und ging ins Haus, um ein paar Getränke zu holen. Benjamin stand auf und machte seinem Freund ein Zeichen, ihm zu folgen.

»Benjamin, ich habe eigentlich eine Bitte an dich«, meinte Sina auf dem Weg in die Scheune.

»Ich soll wohl wieder deinen Gaul und das Wollknäuel in Pflege nehmen?« Der Messerschmied drückte die schwere Holztür auf, ging in eine Ecke und holte eine staubige Flasche mit Selbstgebranntem aus einem Erdloch hervor. Dann wischte er sie mit einem Lappen ab. »Kein Problem, ich geh ja nicht weg. Dein roter Golf steht im Heustadel, du kannst ihn jederzeit mitnehmen. Aber ich habe die Schüssel weder gewaschen noch aufgetankt. Und irgendwann wird sie dir unter dem Hintern wegrosten.« Benjamin schmunzelte und drückte Sina die Flasche in die Hand. »Wo geht die Reise hin? Wieder zum Geheimnis der Kaiser, oder bist du diesmal bescheidener?«

Georg winkte ab. »Viel bescheidener!«, lachte er. »Ich möchte mir ein paar Kirchen in der Umgebung ansehen. Ein bisschen Kultur-Tourismus im eigenen Vorgarten, wenn du verstehst, was ich meine.«

Benjamin nickte. Dann hakte er sich plötzlich bei Sina ein und flüsterte: »Tu mir einen Gefallen, bitte. Nimm die Barbara mit. Ich hab die Kleine wirklich gern und sie ist mir eine große Hilfe gewesen, aber schön langsam geht sie mir auf die Nerven.«

»Also... hm... ich bin mir nicht sicher, ob das eine so gute Idee ist...« Georg kratzte sich verlegen am Hinterkopf.

Benjamin machte einen Schritt zurück, ohne ihn loszulassen. »Georg, jetzt lass mich nicht im Stich, das bist du mir einfach schuldig. Ich helfe dir immer gerne aus, jetzt bist du dran.« Er sah Sina auffordernd in die Augen, dann fügte er wieder leiser hinzu: »Und dir schadet es auch nicht, du alter Einzelgänger. Was meine Nichte betrifft – dem Mädel wird nach dem Klosterleben ein wenig Abwechslung auch guttun. Also, was sagst du?«

Sina seufzte ergeben und stapfte ins Freie, wo Barbara inzwischen den Tisch gedeckt hatte. Wein, Brot und Speck standen neben einer Schüssel Rohkost mit Karotten und Salatblättern. Benjamin runzelte die Stirn. Er wusste, wer das Grünzeug essen würde...

»Barbara, was halten Sie davon, mit mir einen kleinen Ausflug zu machen?«, meinte Georg, als Barbara ihm ein Glas Wein einschenkte. »Ich habe Recherchearbeit in einigen Kirchen zu erledigen, und dabei könnten Sie mir Gesellschaft leisten.«

Barbara warf ihrem Onkel einen fragenden Blick zu, und der nickte begeistert seine Zustimmung. »Nachdem es Onkel Benjamin wieder besser geht und er nichts dagegen hat... Das Kloster erwartet mich erst in einer Woche zurück. Also – sehr gerne, Professor!«, lächelte sie. »Ich freue mich darauf. Wann soll es denn losgehen?«

»Morgen früh?« Georg sah auf die Uhr. Er musste noch einkaufen, seine Unterlagen vorbereiten, und dann könnten sie starten.

»Dann plane ich für morgen nichts ein, und Onkel Benjamin wird einen Tag ohne mich auskommen müssen«, rief Barbara und eilte ins Haus. Auf der Schwelle drehte sie sich noch einmal zu Sina um. »Aber wir nehmen mein Auto, und ich fahre! Abgemacht?« Bevor Georg etwas erwidern konnte, war sie im Inneren der Mühle verschwunden.

Benjamin grinste, fuhr sich über den Bart und klopfte Sina auf die Schulter. Georg dachte an Valerie Goldmann und ihre Fahrweise, an den »Pizza-Expresss«, warf dann einen Blick auf den knallgelben Lada, runzelte die Stirn und war sich seiner Sache plötzlich nicht mehr ganz so sicher.

»Das mach ich nur für dich, Benjamin«, grummelte der Wissenschaftler. »Dafür kann ich bei dir eine ganze Pferdeherde unterstellen, während eine Hundemeute von Tschaks Kindern dir die Haare vom Kopf frisst.«

»Nach diesem Haarschnitt würden die verhungern«, gab der Messerschmied gut gelaunt zurück. »Es wäre nett, wenn du mir die kleine Nichte für ein paar Tage vom Hals halten könntest. Mit einem Wort – lass dir Zeit bei deinen Recherchen.«

Unterretzbach, Weinviertel/Österreich

Ja, einen offenen Container für die Entsorgung von Abfall... Nein, kein Restmüll... Nein, auch keine Gefahrenstoffe... einfach altes Zeug!« Burghardt verdrehte die Augen und hielt das Handy weit weg von seinem Ohr. Dann sah er Berner verzweifelt an. »Ich verstehe nicht, was daran so schwierig ist!«

»Sprich langsamer, Burgi, und lass den Leuten Zeit zum Nachdenken«, sagte der Kommissar. »Du bist hier weiter von Wien weg, als du denkst... Auch wenn sie alle mit den Hühnern aufstehen und geschäftig über den Hof ackern.«

»Ja, ich brauche ihn gleich...« Burghardt war wieder am Telefonieren, während er mit Berner in Richtung seines Hauses zurückging. Neugierige Blicke folgten ihnen. Drei alte Damen, die auf einer Bank vor dem Haus saßen, verstummten, als Berner ihnen im Vorübergehen zunickte, und sahen ihn mit großen Augen an.

Burghardt buchstabierte währenddessen der Baufirma seine Adresse und schaute auf die Uhr. »Wann? Um 15.30 Uhr? Gut, dann schicken Sie Ihren Lkw los, wir sind gleich da und warten vor dem Haus auf ihn.«

Da legte Berner ihm die Hand auf den Arm und zeigte nach links, über eine kleine Rasenfläche, auf den Garten des örtlichen Gasthauses, der im Schatten alter Kastanienbäume lag.

»Wir können genauso gut da drüben warten«, meinte der Kommissar und zog Burghardt mit sich. »Der Lkw kommt auf jeden Fall hier vorbei. Außerdem hast du nichts zu trinken in deinem Weinkeller, der seinen Namen nicht verdient... Wenn ich mich recht erinnere, dann waren alle Flaschen leer. Und ich habe Durst.«

»Gute Idee, Bernhard, komm, ich lade dich ein«, meinte Burghardt eifrig. »Du wirst sehen, wenn das Gerümpel erst einmal aus dem Presshaus verschwunden ist, haben wir jede Menge Platz für ein paar Bänke und Tische und machen es uns gemütlich. Und dann kaufen wir einfach Wein von den Nachbarn und füllen den Keller auf.«

»Gemütlich?«, brummte Berner. »Dein Presshaus ist von gemütlich so weit entfernt wie die Riviera von hier.«

Zwei große Bier später hörten sie ihn kommen. Der orangefarbene Lkw der Baufirma mit dem aufliegenden offenen Abfallcontainer brummte die abschüssige Straße herunter und dem Motorlärm nach zu schließen war er ziemlich schnell unterwegs. Als er in das Blickfeld Berners und Burghardts eindrang wie ein oranger Farbwischer, war beiden Männern klar, dass der Wagen weit über den legalen 50 km/h fuhr. Der Container rumpelte, und die Ketten, die ihn festhielten, rasselten und schlugen wie wild gegen das abgeschürfte Metall.

»Der versucht, die Verspätung wettzumachen«, meinte Burghardt, leerte sein Glas und stand auf. »Gehen wir.«

Als Berner ebenfalls aufstand und sich zum Gehen wandte, ertönte ein Schrei. Ein kleines Mädchen, das die Kreuzung überqueren wollte, rannte vor dem Lkw über die Straße, versuchte den anderen Gehsteig zu erreichen und warf in wilder Panik ihre Schultasche fort. Der Fahrer bremste und verriss sein Fahrzeug, rammte mit einem donnernden

Krachen breitseits das Kriegerdenkmal, schleuderte weiter, verwüstete einen kleinen Gemüsegarten, planierte zwei alte Bänke und zog tiefe Furchen durch eine makellos gepflegte Grünfläche vor einem Weinbauernhaus. Dann kam er mit fauchenden Luftdruckbremsen kaum einen halben Meter vor der Hausmauer zum Stehen.

Berner und Burghardt stürmten gemeinsam los. Das kleine Mädchen war gestolpert, lag weinend auf dem Gehsteig und hielt sich das Knie. Seine Schultasche war von den Zwillingsreifen des Lkw platt gewalzt worden.

Die ersten Rufe aus den umliegenden Häusern wurden laut.

»Ist ja gut, es ist alles vorbei«, sprach Burghardt beruhigend auf die Kleine ein und kniete sich neben sie. »Hast du dir wehgetan?«

Berner wollte zu dem Fahrer laufen, folgte der Spur der Verwüstung und war schon fast an dem Kriegerdenkmal vorbeigerannt, als er plötzlich stehen blieb und genauer hinschaute. Der Gedenkstein mit den Inschriften war umgekippt und hatte die beiden Soldatenfiguren, die ihn von links und rechts eingerahmt hatten, mitgerissen. Dabei waren sie in mehrere Teile zerbrochen.

Berner schluckte. Unter einem Stahlhelm aus Beton blickte ihn plötzlich ein Totenkopf an, an dem noch Hautfetzen hingen.

Der Kommissar beugte sich vor, um genauer hinzusehen. Der Kopf der anderen Figur war zwar davongerollt, aber der Oberkörper lag vor ihm. Wo der Beton aufgebrochen war, sah man Uniformfetzen, darunter die Rippen eines menschlichen Skeletts. Berner streckte vorsichtig die Hand aus und zog eine metallene Erkennungsmarke zwischen den Resten des Uniformkragens heraus. Er wollte Burghardt rufen, aber seine Gedanken überschlugen sich und er schaute nur stumm auf das Metall in seiner Hand.

Einige Häuser weiter unten an der Dorfstraße, in Sichtweite der Kreuzung, glitt ein verwaschener Vorhang wieder zurück an seinen Platz.

»Verdammt, verdammt, verdammt«, flüsterte eine Stimme, und dann humpelte ein hagerer, großer Mann in die Küche, blickte sich suchend um. Der Alte zog, immer noch vor sich hin murmelnd, eine abgegriffene Schublade auf, suchte darin herum, schob den Inhalt von links nach rechts und wieder zurück und nahm schließlich ein großes Küchenmesser mit breiter, schartiger Klinge heraus.

Er prüfte mit dem Daumen die Schneide. Dann schnitt er sich mit zitternden Händen die Pulsadern auf.

Breitensee, Wien/Österreich

Eddy Bogner war noch keine zehn Minuten weg, als das Telefon in Wagners Remise klingelte und auf dem Display seines Handys »Berner« aufleuchtete. Der Reporter richtete sich auf und wischte sich die Hände an einem öligen Lappen ab.

»Du hast noch eine Schonfrist«, zischte er der Kawasaki zu und nahm das Gespräch an. »Dies ist der automatische Anrufbeantworter von Paul Wagner. Sie haben zwei Sekunden, um eine Nachricht zu hinterlassen. Biep! Tut mir leid, Sie haben leider zu lange gebraucht, die Zeit ist vorbei. Auf Wiedersehen!«

»Herrgott, Wagner, wann werden Sie endlich erwachsen?«, brummte Berner, und Paul seufzte laut, als er die Stimme des Kommissars hörte.

»Lassen Sie mich raten, Sie sind nicht gut drauf«, gab der Reporter zurück und klemmte sich das Handy zwischen Ohr und Schulter, während er sich einen frischen Kaffee einschenkte. »Was verschafft mir die Ehre des kriminalpolizeilichen Anrufs?«

»Schwingen Sie sich auf eine Ihrer Raketen oder nehmen Sie von mir aus auch dieses Werbemobil für Pizzalieferungen und kommen Sie nach Unterretzbach. Burgi und ich haben hier gerade zwei Leichen gefunden, die im Kriegerdenkmal eingemauert waren.«

Vor Überraschung fiel Paul der Kaffeelöffel aus der Hand. »Hab ich das jetzt richtig verstanden? Sie sind in der tiefen Provinz gestrandet und prompt über zwei Leichen gestolpert? Im Kriegerdenkmal? Was verschlägt Sie an die tschechische Grenze?« Der Reporter war bereits mit einem Arm in seiner Lederjacke, während er noch rasch einen letzten Schluck Kaffee schlürfte.

»Wie wäre es, wenn wir alles das hier vor Ort besprechen?«, brummte Berner. »Beeilen Sie sich ein wenig, werden Sie Ihrem zweifelhaften Ruf gerecht, sonst müsste ich alles der lokalen Presse erzählen, und die hätten dann den Aufmacher vor dem rasenden Reporter meines Vertrauens.«

»Welcher lokalen Presse? Dem »Weinseligen Grenzboten«? Und habe ich gerade Vertrauen gehört?«, gab Paul lachend zurück. »Wie auch immer, ich bin schon unterwegs. Es wird wohl am besten sein, ich nehme den ›Pizza-Expresss‹. Zu dritt passen wir auf keine Rennmaschine.«

»Mit fällt ein Stein vom Herzen«, stellte Berner sarkastisch fest. Im Hintergrund war eine Polizeisirene zu hören, die rasch näher kam. »Die Kollegen sind bereits da. Wir sehen uns später.«

Das »Später« war früher, als Berner gedacht hatte. Die beiden Polizisten aus dem nahe gelegenen Retz hatten das zerstörte Denkmal besichtigt, kurz den Fahrer des Lkws vernommen, Berner und Burghardt befragt und sich dann entschlossen, die Landes-Kriminalabteilung zu verständigen. Die wenigen Schaulustigen, die von den rotierenden Blaulichtern angezogen worden waren, hatten sich rasch wieder zerstreut. Man diskutierte noch ein wenig und dann ging man wieder an die Arbeit. Die beiden Leichen mit den Kennmarken waren ja, nach ersten Erkenntnissen, bereits seit mehreren Jahrzehnten tot. Einer der Weinbauern hatte es rasch auf den Punkt gebracht, bevor er wieder auf seinen Traktor kletterte: »Das sind keine von hier. Sicher Russen.«

Damit war alles gesagt.

Berner war der Erste, der das Donnergrollen am Horizont hörte und die Stirn runzelte. Er saß mit Burgi und den beiden Polizisten aus Retz in Sichtweite des Kriegerdenkmals im Garten der Gastwirtschaft. Von da konnte man die Beamten der Spurensicherung beobachten, die unter der Leitung eines untersetzten, mürrischen Mannes etwas ratlos um das Denkmal herumstanden.

»Ich höre die Presse einfliegen«, kommentierte Berner trocken und nahm einen Schluck Bier.

»Ist der Auspuff legal?«, fragte einer der Polizisten erstaunt.

Burgi grinste, und Berner winkte ab. »Das habe ich jahrelang versucht, in Erfahrung zu bringen. Zuerst bei den Motorrädern des Herrn Wagner, dann bei den Autos. Am Ende hab ich aufgegeben und bin mitgefahren.«

Der »Pizza-Expresss« hielt direkt neben der rot-weiß-roten Absperrung, die um das Kriegerdenkmal gezogen worden war. Der untersetzte Leiter der Spurensicherung fuhr herum, als Wagner das Fenster herunterließ und ihm seinen Presseausweis entgegenstreckte.

»Fahren Sie weiter! Wir sind mitten in der Untersuchung, und die Kriminalbeamten werden erst in einer Stunde eintreffen. Dann gibt's vielleicht Informationen«, rief er dem Reporter zu.

»Ich wollte eigentlich nur wissen, wo ich Kommissar Berner finde«, gab Wagner zurück.

Stumm deutete der Leiter der Spurensicherung auf die nahe Gastwirtschaft.

»Hätte ich mir denken können«, murmelte Paul und schmunzelte. »Wenn das Café Prindl nicht in der Nähe ist, dann tut es zur Not auch ein Dorfwirtshaus.«

Burghardt winkte dem Reporter zu, als Wagner den Mazda geparkt hatte und den Gastgarten betrat.

»Hallo Burgi!«, rief Paul. »Unter zwei Leichen habt ihr es diesmal nicht getan?« Er zog sich einen Sessel näher und begrüßte die Polizisten, bevor er sich an Berner wandte. »Unrasiert, leicht zerzauste Haare, Räuberzivil. Die Pension tut Ihnen irgendwie gut, Herr Kommissar.«

»Daran ist nur der Kollege Burghardt schuld, der sich eine Ruine im Grenzgebiet andrehen ließ und nun versucht, ein Weingut daraus zu machen«, grummelte Berner. »Und was Sie betrifft, Sie waren auch schon mal schneller, wenn ich mich recht erinnere.«

Die Sticheleien zwischen dem Kommissar und dem Reporter waren seit Jahren eine gut gepflegte Tradition, die keiner der Männer missen wollte. Wagner und Berner waren nach dem Abenteuer um das Geheimnis von Friedrich III., das sie beide beinahe das Leben gekostet hatte, zu Freunden geworden. Der Wettlauf um die geheimnisvollen Papiere Metternichs und die Entschärfung von vier Bombendepots hatten diese Freundschaft noch vertieft. Das »Sie«, an dem beide festhielten, war Ausdruck eines tiefen gegenseitigen Respekts. Jeder wäre für den anderen durchs Feuer gegangen und war es bereits in der Vergangenheit.

Aber keiner der beiden hätte es je zugegeben.

»Angesichts aufrechter Polizisten in Uniform, die an diesem Tisch sitzen, kein Kommentar dazu«, seufzte Paul.

Die Beamten lachten. »Jetzt, wo die Presse da ist, sagen wir auch besser nichts mehr«, meinte einer der beiden.

»Das wird eine schweigsame Runde«, warf Burghardt ein. »Also würde ich vorschlagen, wir halten es mit den Politikern. Informelles Tischgespräch.«

Berner nickte. »Klingt gut.« Er sah Wagner fragend an.

»Ich lasse Sie meinen Artikel lesen, bevor ich auf Senden drücke«, beruhigte ihn Paul. »Jetzt möchte ich aber die ganze Geschichte hören, von Anfang an.«

In diesem Moment schallten laute Rufe über den Platz: »Hilfe! Polizei! Rettung!«

Eine gedrungene Frau in bunter Kittelschürze und Kopftuch eilte über die Straße, wild gestikulierend. Ihr hochrotes Gesicht war vor Aufregung verzerrt.

»Hier wird es wirklich nicht langweilig«, brummte Berner, stieß Burghardt an, und beide liefen los, gefolgt von den völlig überraschten Polizisten. Paul war ebenfalls bereits aufgesprungen und wollte losstürmen, da klingelte sein Handy.

»Wagner!«, meldete er sich. »Wer immer es ist, Sie rufen zu einem ungünstigen Zeitpunkt an.«

»Dr. Sina hier, Paul, und es tut mir leid, wenn ich störe«, stellte eine Stimme fest. Der Wiener Polizeipräsident klang nicht nach einem unverbindlichen Nachmittagsplausch. »Ich suche Georg und weiß nicht, wo ich ihn finden kann. Ich habe zwei Beamte zu seiner Burg geschickt, aber er war nicht da.«

Paul hatte Georgs Vater bereits vor langer Zeit kennengelernt. Die beiden Schulfreunde hatten viele gemeinsame Wochenenden im Haus der Sinas verbracht, bevor der Kontakt zu Georgs Eltern spärlicher geworden war. Das Geheimnis der beiden Kaiser und die Ereignisse des letzten Jahres hatten jedoch dafür gesorgt, dass Wagner und Sina senior sich wieder öfter sahen.

»Geht es um den Einbruch im Museum für Völkerkunde?«, fragte Paul und genoss den Moment der Verblüffung, die sein Gesprächspartner gar nicht zu verbergen versuchte. »Wir wissen beide, dass Georg nicht der Typ dafür ist, oder?«

»Das ist mir auch klar«, gab Dr. Sina unwirsch zurück, »und ich möchte jetzt gar nicht wissen, woher du das mit dem Einbruch erfahren hast. Nein, ich wollte Georg fragen, ob er uns vielleicht weiterhelfen kann. Möglicherweise erinnert er sich, bei welcher Gelegenheit er den Zettel geschrieben hat, der im Museum zurückblieb.«

»Tut mir leid, aber ich habe ihn seit einer Woche nicht mehr gesprochen«, antwortete Paul und sah aus den Augenwinkeln, wie Berner und

Burghardt mit den Polizisten und der aufgeregten Frau in einem niedrigen, weiß gekalkten Haus verschwanden. »Ich muss jetzt los, hier tobt das Leben und die Arbeit ruft. Bis dann!«

Der Reporter beendete das Gespräch und stürzte Berner und Burghardt hinterher. Die Tür zu dem kleinen Bauernhaus stand weit offen, und Wagner folgte dem Stimmengewirr durch das Halbdunkel eines verwinkelten Vorraums, in dem es nach muffiger und abgestandener Luft roch. Dann bog er um die Ecke und stolperte fast in Burghardt hinein, der versuchte, die alte Frau zu beruhigen, die leise vor sich hin schluchzte.

Berner kniete im Licht einer einsamen Glühbirne neben dem leblosen Körper eines alten, abgezehrten, glatzköpfigen Mannes. Der Boden der Küche war eine einzige riesige Blutlache mit einigen Inseln. Auf einer der trockenen Stellen lag ein großes Messer mit Holzgriff.

Paul hörte die Polizisten aufgeregt telefonieren, lauschte der beruhigenden Stimme Burghardts und sah die gerunzelte Stirn Berners, der die Handgelenke des Toten untersuchte. Er drehte sich um, weil er den Eindruck hatte, hinter ihm stünde noch jemand. Doch er hatte sich offenbar getäuscht, der Flur war leer, nur ein kalter Windhauch durch die offene Eingangstür ließ das verstaubte Bukett an Trockenblumen rascheln, das am Fensterbrett stand.

Nach einem letzten Blick auf den Toten trat der Reporter zu Burghardt, der inzwischen die Frau beruhigt hatte und sie befragte. Paul zog einen Notizblock aus der Tasche und begann mitzuschreiben.

Keiner der im Raum Anwesenden konnte ahnen, dass mit den drei Toten in dem kleinen Ort an der Grenze eine abenteuerliche Jagd nach einer zweitausend Jahre alten Legende beginnen sollte.

An ihrem Ende würde das christliche Abendland nicht mehr das sein, was es einmal war.

Der zweite Kreis –
ICH KAM ZUM ORT, WO JEDES LICHT VERSTUMMTE

26.5.2010

Blutgasse, Innere Stadt, Wien/Österreich

Die 6.30-Uhr-Messe in St. Stephan war soeben zu Ende gegangen, und ein paar Dutzend Gläubige strömten aus dem Riesentor, dem wuchtigen romanischen Hauptportal der Kathedrale, auf den fast leeren Platz vor Wiens geschichtsträchtigstem Dom. Die Touristen lagen noch im Tiefschlaf, die Fiaker wurden erst auf Hochglanz gebracht, und selbst die kostümierten Keiler der Konzertveranstalter glänzten durch Abwesenheit. In den Straßen war es ruhig, nur ein Wagen der Straßenreinigung spritzte mit einem Hochdruckstrahl den nächtlichen Schmutz aus der Fußgängerzone in die Kanäle. Als er aus der unebenen Blutgasse in die Domgasse abbog, hinterließ er ein wogendes Meer nasser Pflastersteine.

Das Blutgassenviertel, direkt hinter der berühmten Kathedrale gelegen, bestand aus einigen Höfen mit verwinkelten Durchgängen und war von engen Gassen durchzogen. Steile Treppen führten in die manchmal drei Stockwerke tiefen Keller, von denen einige bereits im 13. Jahrhundert angelegt worden waren. Nicht nur bei den vielen Besuchern der österreichischen Hauptstadt, sondern auch bei etlichen Einheimischen hatte das Blutgassenviertel den Ruf, vielleicht der romantischste Stadtteil Wiens zu sein. Sicher ist, dass es einer der geschichtsträchtigsten war. Zwischen Deutschordenskirche, Stephansdom und der Schönlaterngasse mit ihrem legendären Basilisken, einem drachenähnlichen Monster mit versteinerndem Blick, schlug schon immer das katholische Herz Wiens.

Der Mann, der hinter dem reich intarsierten barocken Schreibtisch saß, trommelte mit seinen Fingern ungeduldig auf eine ledergebundene Bibelausgabe, die vor ihm auf der spiegelnden Tischplatte lag. Er trug einen schwarzen Anzug, streng nach hinten gekämmtes Haar, das ihm ein italienisches Aussehen verlieh, und auf Hochglanz polierte Schuhe. Nur das zarte goldene Kreuz auf dem Revers verriet seine kirchliche Stellung.

Die verstaubte Schachtel aus braunem Karton mit den eingerissenen Ecken, die neben der Bibel stand, wollte überhaupt nicht zu dem ausgesuchten Interieur des Büros passen, das keinen Steinwurf von St. Stephan entfernt lag. Trotzdem ließ sie der Mann im schwarzen Anzug keine Sekunde aus den Augen.

»Was haben Sie sich eigentlich dabei gedacht?«, fuhr er sein Gegenüber an, einen athletischen Mann in Jeans und Pullover, der sich von dem Ausbruch unbeeindruckt zeigte.

»Vielleicht mehr als Sie, Monsignore«, gab er tonlos zurück, beugte sich vor und legte die Hand demonstrativ auf die Schachtel. »Ich habe der Kirche einen großen Dienst erwiesen, und Sie beschweren sich?«

»Ach was«, winkte der Geistliche unwirsch ab, »mir geht es nicht um den Einbruch, da kann ich Ihre Überlegungen sehr gut nachvollziehen und gutheißen. Mir geht es um diesen Zettel mit Sinas Handschrift! Unnötig, unüberlegt und kindisch. Die Schachtel mit den Negativen und den Abzügen mitzunehmen, das ist eine Sache. Aber dann gleich eine offene Provokation ...«

»Vielleicht ist Ihnen die Vorgeschichte nicht geläufig, ich weiß nicht, wie weit Sie die Erzdiözese ins Vertrauen gezogen hat«, unterbrach ihn der Besucher, »aber lassen Sie mich eines feststellen. Ich habe nun fast ein Jahr lang recherchiert. Als ich das erste Mal in der roten Gruft unter dem Rennweg, vor dem Palais Metternich stand, war ich im Auftrag eines Teils der österreichischen Regierung unterwegs. Es ging damals darum, Wagner, Sina, Goldmann, Burghardt und Berner aus dem Verkehr zu ziehen, sie verschwinden zu lassen, was leider gründlich misslang. Wir bekamen zwar die Dokumente, die wir uns erhofften, aber im Endeffekt gewannen doch die anderen das Spiel.«

Er stand auf und ging zu einem der großen Fenster des Büros, blickte über den Innenhof auf den Turm des Stephansdoms, der wegen Steinmetzarbeiten an der Außenfassade eingerüstet war. »Wäre es möglich, dass die gesamte katholische Kirche eine Renovierung vonnöten hat?«, murmelte er und fuhr dann laut fort. »Die diskreten, aber äußerst effektiven Säuberungen nach dem Skandal um die Metternich-Papiere und die Senfgasgranaten hatten zur Folge, dass ich plötzlich eine Menge

Zeit hatte, um mich für das Leben jenes Mannes zu interessieren, der unter dem Rennweg begraben worden war: Balthasar Jauerling, der Leiter des Schwarzen Bureaus.« Er drehte sich um und schaute dem Geistlichen in die Augen. »Eine faszinierende Persönlichkeit, glauben Sie mir, Monsignore. Und just über den Nachlass dieses Mannes hat Professor Sina beim Wissenschaftsfonds ein Forschungsprojekt eingereicht. Wussten Sie das? Fleißig, wie er nun mal ist, hat er schon mit der Arbeit begonnen.« Er kicherte verhalten. »Die Zeit des Aktenstudiums ist vorbei. Jetzt geht es ins Feld, um das Gelesene einer wissenschaftlichen Überprüfung zu unterziehen. Sie wissen, was das für Sie bedeuten kann?«

Der Mann im schwarzen Anzug nickte ungeduldig. Seine Finger trommelten noch immer auf den Ledereinband der Heiligen Schrift. »Kommen Sie zur Sache.«

»Ich bin bereits mittendrin«, lächelte sein Besucher dünn. »Als... gewisse kirchliche Stellen an mich herantraten, um sich meiner Dienste zu versichern, hatte die Erzdiözese erkannt, dass von diesem geheimnisvollen roten Raum unter dem Rennweg eine Gefahr ausging, eine elementare Gefahr.« Er trat an den Schreibtisch, stützte sich mit beiden Händen ab, lehnte sich nach vorne, bis sein Gesicht nur mehr ein paar Zentimeter von den blassen Zügen des Geistlichen entfernt war. »Und von seinem toten Bewohner, den Sie so lange unterschätzt hatten. Was denken Sie, wird alles in den Notizen dieses Zwerges stehen? Wohin wird seine Spur den Professor führen? Etwa an den Ort, der niemals gefunden werden darf? Den es in Ihrer Welt gar nicht gibt? Entfesselt dieser Zwerg nach zweihundert Jahren doch noch die Götterdämmerung?«

»Wir hatten keine Ahnung von der Gruft«, verteidigte sich der Geistliche, »und wir konnten nichts mehr gegen die Veröffentlichung unternehmen, nachdem die Polizei den Fall in die Hand genommen hatte. Nach Abschluss der Untersuchungen wurde die sofortige Versiegelung des Raums angeordnet, und auch wir konnten nicht mehr hinein.«

»Da war die Schlange aber bereits aus dem Hut und das Kaninchen schon von ihr gefressen«, gab sein Besucher ungerührt zurück. »Wagner hatte für die Schlagzeilen gesorgt, Sina den Hintergrund historisch aufgearbeitet. Fehlt nur noch der Vorlesungstourismus zu den verschiedenen Schauplätzen.«

Der Geistliche verzog missbilligend den Mund. »Hätten Sie lieber vorher dafür gesorgt, dass die fünf die Gruft nicht mehr lebend verlassen konnten! Dann hätten wir ein Problem weniger gehabt.« Er sah verärgert in die fast schwarzen Augen seines Gegenübers. »Um genau zu sein, hätten wir dann derzeit eine Menge Probleme weniger, wenn ich es mir recht überlege.«

»Sie haben sich Ihre Probleme in einigen Jahrhunderten schon selbst aufgehäuft«, antwortete der Mann im Pullover sanft. »Ich bin soeben dabei, den Berg abzutragen.«

»Trotzdem war die Aktion mit dem Zettel unnötig«, ließ der Geistliche nicht locker. »Es hätte gereicht, die Abzüge und Negative mitzunehmen und nicht noch Professor Sina zu provozieren. Wir haben davon gesprochen, die Spur zu unterbrechen, und nicht, den Historiker zu kompromittieren.«

»Vielleicht können Sie das nicht verstehen, Monsignore, aber das war ich meinem Ego schuldig. Ich habe mindestens genauso viel herausgefunden wie Professor Sina. Zugegeben, mit Ihrer Hilfe und Ihren Informationen, aber ich hatte auch das Archiv Jauerlings nicht zur Verfügung.« Er machte eine Pause. »Ja, das Archiv... Sinas Burg ist wirklich uneinnehmbar, außer man sprengt sich den Weg frei.« Der schlanke Mann betrachtete nachdenklich seinen vernarbten Unterarm und erinnerte sich an den tiefen Sturz von der Burgmauer. »Also blieben die Aufzeichnungen Jauerlings in den letzten Monaten da, wo sie wahrscheinlich noch immer sind – in Sinas Studierzimmer.«

»Es wird Ihre nächste Aufgabe sein, das Archiv für uns sicherzustellen«, warf der Geistliche ein. »Aber wie kamen Sie zu dem Zettel mit seiner Handschrift?«

»Der gute Professor hat keine Garage, er stellt seinen Wagen immer in der Scheune bei einem alten Schmied in der Nähe unter, Benjamin Buchegger. Der hatte vor Kurzem einen Schlaganfall und lag vier Wochen im Krankenhaus, ans Bett gefesselt. Im Gegensatz zur Burg Grub ist sein Anwesen eher ein offenes Haus. Bei der Durchsuchung bin ich dann an den Zettel geraten. Sina hatte sich offenbar für das Einstellen seines Golfs bedankt und hinterließ die Nachricht seinem Freund Benjamin. Wie auch immer... Ich wette, Dr. Sina wird bereits nach seinem Sohn suchen.«

Der Monsignore warf seinem Besucher einen misstrauischen Blick zu, den der ungerührt erwiderte. Beide Männer schwiegen. Schließlich zuckte der Geistliche mit den Schultern. »Ich habe in einer Stunde das Treffen mit dem Kollegium. Danach rufe ich Sie an und werde unsere Entscheidung auch mit Rom absprechen. Halten Sie sich zu unserer Verfügung.« Dann legte er die Hand besitzergreifend auf die Schachtel mit den Fotografien. »Der erste Schritt ist getan, aber der Weg ist noch lang. Möge Gott uns gnädig sein.«

»Oder der Teufel wohlgesinnt«, gab sein Gegenüber lächelnd zurück, griff nach seiner Jacke und schlüpfte durch die Tür, bevor der Mann in Schwarz protestieren konnte.

Burg Grub, Waldviertel/Österreich

Georg Sina streckte sich und nahm den laut pfeifenden Teekessel vom Herd in seiner Küche, als er draußen vor dem Tor die Hupe eines Autos hörte.

»Zehn Minuten vor der Zeit ist der Soldaten Pünktlichkeit«, zitierte Georg halblaut seinen Großvater und warf einen Kontrollblick auf die Uhr über der Tür, »selbst oder gerade dann, wenn es die Amazonen Christi sind.« Er goss rasch seinen Tee auf und machte sich auf den Weg zum Fallgatter.

Die Morgenluft war rau, aber die Strahlen der Frühlingssonne hatten nun schon jeden Tag mehr Kraft. Bald würde er auch die morgendliche Dusche überstehen, ohne zu erfrieren. Und diesen Installateur musste er auch noch anrufen …

Tschak sprang, schwanzwedelnd und aufgeregt bellend, vor dem geschlossenen Tor hin und her und warf Georg einen auffordernden Blick zu, doch endlich das Fallgatter hochzuziehen und den Besucher auf der Zugbrücke hereinzulassen.

»Ist ja schon gut, du wirst es noch erwarten können«, lachte Georg und schob den geschmiedeten Riegel zurück, der das schwere doppelflügelige Tor verschloss.

Als der Wissenschaftler mit Schwung den dicken Torflügel aufzog, schlüpfte Tschak durch den Spalt und unter dem Fallgitter hindurch.

Laut bellend umkreiste er den kleinen gelben Geländewagen und Barbara, die daneben stand.

»Guten Morgen! Ist der Belagerungszustand ausgebrochen, oder gehört das zu den normalen Sicherheitsvorkehrungen?«

»Guten Morgen!«, antwortete Georg. »Das fragt mich mein Freund Paul auch immer wieder, wenn er zu Besuch kommt. Das ist eine Burg und kein Zeltlager. Dazu gehören nun einmal Zugbrücke, Fallgatter und ein schweres Tor.«

Barbara hatte ihre schwarz-weiße Nonnentracht angezogen, trug Sonnenbrille und ein paar lederne Bergstiefel, die an der zierlichen Nonne irgendwie überdimensioniert aussahen.

Sina betrachtete sie und den Geländewagen und kratzte sich dann nachdenklich am Kopf. »Wenn ich Sie so sehe, dann kommt mir eher die Besteigung der Eigernordwand in den Sinn«, scherzte er und klopfte auf den Kotflügel des Taigas. »Sie haben mich falsch verstanden. Wir besichtigen Kirchen und suchen keine versunkenen Tempel oder verschwundenen Orte. Selbst die Schutzhütten entlang der Wanderrouten sind hier auch nur ganz gewöhnliche Gasthöfe.«

»Ich wollte nur auf alle Fälle vorbereitet sein«, gab Barbara zurück. Damit verschränkte sie die Arme hinter dem Rücken und spazierte an Georg vorbei in den Hof der Burg, sah sich das Fallgatter interessiert an und fuhr mit der Hand bewundernd über das raue Holz des schweren Tores. »Ehrlich gesagt, bin ich absichtlich etwas früher gekommen als vereinbart. Wann habe ich sonst schon die Gelegenheit, Burg Grub zu besichtigen? Ich habe so viel von dem alten Gemäuer gehört und jetzt werde ich endlich einmal vom Burgherrn selbst geführt.«

Georg schaute der schlanken, schwarzen Gestalt etwas entgeistert hinterher. Er war so überhaupt nicht auf Besuch eingestellt und schon gar nicht auf weiblichen. Das ungewaschene Geschirr stapelte sich in der Küche, das ungemachte Bett auf der Couch vor dem Kamin war auch schon zwei Tage unverändert, und das Arbeitszimmer sah immer mehr wie ein Abstellraum aus, in dem das Chaos aus Papier die Schlacht gewonnen hatte. Aufräumen war so ziemlich das Letzte, was er jetzt in Angriff nehmen wollte. Ohne nachzudenken, brummte er: »Zu früh ist auch unpünktlich, sagte Hermann Hesse einmal so schön…«

Barbara drehte sich lächelnd zu Sina um. »Keine Angst, ich will nur eine Burgbesichtigung machen und bin nicht gekommen, um aufzuräumen. Ich würde mir nur gerne kurz den Bergfried und die Ringmauern ansehen, bevor wir aufbrechen. Gibt es hier oben eigentlich auch eine Kapelle?«

»Ja, natürlich. Dort hinten!«, gab Georg zur Antwort, drückte das Tor wieder zu und marschierte zielstrebig los, während er die Geschichte der Burg zu erzählen begann. Barbara hörte aufmerksam zu, stellte die richtigen Fragen und wehrte dabei immer wieder Tschak ab, der um die beiden herumhopste und ihnen unverdrossen wieder und wieder seinen Lieblingsball vor die Füße legte. Von Zeit zu Zeit gab die Nonne lachend nach, versetzte dem Ball einen Tritt und schaute Tschak nach, der freudig kläffend hinterherfegte.

Georg war in seine Erzählung vertieft, wie er das Mauerwerk restaurierte und welche Schwierigkeiten ihn dabei jedes Mal erwarteten. Barbara hörte ihm mit verschränkten Armen und mit zusammengekniffenen Brauen aufmerksam zu, und er spürte, dass es sie wirklich interessierte.

»Es ist schon seltsam, dass alle Gebäude der Wehranlage rund um den Platz errichtet sind, auf dem die Burgkapelle gebaut wurde«, dachte Barbara laut nach. »Das übrige Burgareal hätte Platz genug geboten für eine bequem zu erreichende und mit viel weniger Aufwand zu errichtende Kirche. Und dann suchte man sich just den äußersten Felsen im Südosten dafür aus.«

»Ja, das ist schon seltsam«, murmelte Sina. »Aber der eigentliche Clou daran ist, dass sich die eigentliche Kirche im Obergeschoss befunden hat. Ich habe Aufzeichnungen gefunden aus dem Jahr 1429, in denen sie urkundlich erwähnt wird und demnach der Erhöhung des Heiligen Kreuzes geweiht war.«

»Das ist etwas Wundervolles!«, rief Buchegger aus. »Eine Kapelle im Herzen der Burg, und dann ist sie auch noch der Erinnerung an die Wiederauffindung des wahren Kreuzes unseres Herrn durch Kaiserin Helena im Heiligen Land geweiht. Kann ich sie sehen?« Sie sah Georg fragend an. »Ich meine, ist sie begehbar?«

Dieser nickte. »Natürlich ist sie begehbar. Das hat mich auch genug Arbeitsstunden gekostet. Ich weiß, die bröckeligen Mauern und die knarrenden Holzstege wirken nicht sehr vertrauensfördernd, aber alles ist bestens in Schuss!« Seine Stimme verriet den Stolz des Hausherren.

»Das kann ich mir vorstellen«, gab die Nonne zurück und schaute bewundernd die Türme hoch. Dann machten sie sich an den Aufstieg. Am Ende einer steilen Holztreppe zog Georg eine knarrende Feuerschutztüre auf. Kurz darauf standen sie in einem hellen, dreieckigen Raum, der immer wieder einen ganz besonderen Eindruck auf die Besucher machte.

Barbara trat etwas zaghaft über die Schwelle, so als würde sie erst die Festigkeit des Bodens prüfen. Sina hatte die Hände auf dem Rücken verschränkt und folgte ihr ins Innere. Er deutete auf die schlanken Fenster hinter dem Altar. »Am 14. September, also am Fest der Kreuzerhöhung, scheinen die Strahlen der aufgehenden Sonne hier herein und beleuchten das Kreuz über dem Altar. Genau so, wie es die mittelalterlichen Bauherren beabsichtigt haben.« Der Wissenschaftler machte eine Pause. »Man muss sich vor Augen halten, dass damals noch vor dem Fest der Grundsteinlegung eine Kirche im Rahmen eines speziellen Festakts ausgerichtet wurde. Dabei waren nur der Auftraggeber und die Baumeister zugelassen. Das Wissen sollte bewahrt werden.«

Barbara drehte sich um und beobachtete, wie Tschak in die Kapelle trabte und angeregt an den Bänken schnupperte. »Ähh... der Hund ...?« Sie zeigte auf Tschak und warf Sina einen fragenden Blick zu.

»Ein Geschöpf Gottes, oder etwa nicht?«, antwortete Sina unbeeindruckt und zuckte mit den Schultern. »Warum soll nicht auch er hier herein? Früher sind die Leute sogar mit Kleinvieh und Pferden in die Kathedralen gekommen, also was soll es? Aber ich weiß, dass Tiere in Kirchen normalerweise verboten sind.«

Sina setzte sich in eine der Bänke und sah sie neugierig an. »Wie kommt es eigentlich, dass Sie Nonne geworden sind?«

»Ach, ich habe Freude an meiner Entscheidung und habe sie nie bereut«, sagte Barbara schlicht, und es klang aufrichtig. »Es ging mir als junges Mädchen nicht besonders gut. Ich fand keinen Sinn und keinen Platz für mich in meinem Leben. Ich driftete herum, wäre fast auf die schiefe Bahn geraten. Danach habe ich unter anderem mit dem Gedanken zu spielen begonnen, auch Nonne zu werden. Wir im Orden, wir helfen den Menschen. Wir machen Krankenbesuche, begleiten die Leute auf ihrem letzten Weg, unterrichten die Kinder...«

Georg nickte und blätterte geistesabwesend in einem Liederbuch, das auf der Bank vor ihm lag. »Das ist mir alles bekannt. Ich habe auch noch keinen Atheisten gesehen, der bei einem fremden Sterbenden am Krankenbett saß und ihm die Hand hielt. Aber was war für Sie damals der endgültige Anstoß?«

Barbara wandte verlegen den Kopf ab. »Das klingt vielleicht albern...«

»Aber nein!«, wehrte Sina ab. »Mir ist nichts Menschliches fremd...«

»Also gut...«, begann Barbara, legte ihre Hände auf die Knie und erzählte. »Eines Tages, an dem es mir wieder einmal so richtig schlecht gegangen ist, bin ich in die Kapelle meiner alten Schule gegangen. Es war ruhig, und ich fühlte mich geborgen, mein Herz ging auf. Da habe ich mich hingekniet und einfach gebetet. Ich habe Gott gefragt: ›Wenn du willst, dass ich Nonne werde, dann gib mir ein Zeichen!‹«

»Und hat er?«, fragte Georg.

»Ja.« Die Ehrlichkeit in ihrer Stimme berührte Sina. »In diesem Moment zischte auf dem Altar eine Kerzenflamme auf, sie wurde so richtig lang, wie ein brennender Fingerzeig nach oben.« Sie machte eine unbeholfene Handbewegung, um den Effekt mit ihren Händen zu beschreiben. »Da habe ich es gewusst.«

»Aha!«, machte Sina und zog die Brauen nach oben.

»Jedenfalls wurden meine Erwartungen nicht enttäuscht«, fuhr Barbara fort. »Der Orden hat mir ein Studium finanziert, mir ein Heim und eine Aufgabe gegeben und mich letztlich zu dem Menschen gemacht, der ich heute bin. Deshalb bin ich auch sehr dankbar für alles. Was haben wir heute eigentlich zusammen vor?«

»Nur ein wenig Sightseeing im eigenen Vorgarten sozusagen...«, grinste Georg. »Ich möchte mir ein paar Kirchen ansehen. Als Erstes die romanische Pfarrkirche von Schöngrabern bei Hollabrunn.«

»Zur steinernen Bibel also?«, freute sich Buchegger. »Das trifft sich. Ich habe bereits viel darüber gelesen, hatte aber noch nie die Zeit, sie mir anzusehen.«

»Na bitte!«, sagte Sina. »Somit ist uns beiden geholfen. Vier Augen sehen mehr als zwei, und der lästige Flohzirkus hier kommt mit.«

Die Erinnerung an seinen ungebetenen nächtlichen Eindringling vor einigen Monaten, der sein Gerüst auf dem Gewissen hatte, war noch reichlich frisch. Er verriegelte die Türen und ließ zusätzlich das Fallgatter herunter.

Unterretzbach, Weinviertel/Österreich

Das Skelett tanzte über einen Boden aus rohen Holzbrettern, der mit riesigen Blutflecken übersät war. Es war totenstill und keine Musik war zu hören, trotzdem kam der Knochenmann nicht aus dem Takt. Er wich den wehenden Vorhängen aus, wiegte sich hin und her, bevor er sich umdrehte und Paul erkennen konnte, dass er ein langes Küchenmesser in der Hand hielt. Einige Tanzschritte später stand das Skelett vor ihm und hob den Arm, die Klinge blitzte auf... da ertönte ein energisches Klopfen, das Skelett erstarrte, und dann geschah etwas Seltsames: Es zerfiel zu Staub, und das Messer wirbelte durch die Luft, wie in Zeitlupe, und blieb schließlich mit der Spitze in den Holzdielen stecken. Das Klopfen aber hielt an, hartnäckig, laut und durchdringend ...

Paul fuhr hoch, mit vor Schreck weit geöffneten Augen, und wusste im ersten Moment nicht, wo er war. Sekunden später stand ein unerbittlicher Kommissar Berner neben dem Bett des Reporters.

»Es ist schon fast zehn Uhr, und hier sind alle wach außer der Presse!« Berner lächelte und hielt Wagner eine Tasse unter die Nase, aus der es nach frischem Kaffee duftete.

»Mein Lebensretter«, murmelte Paul, »sonst hätte mich das Skelett bestimmt erwischt. Guten Morgen in der tiefen Provinz.«

»Was für ein Skelett?«, brummte der Kommissar und reichte dem Reporter die Tasse. »Ich weiß, wir haben kaum fünf Stunden geschlafen, aber nachdem die Kollegen abgezogen sind, sollten wir mit unseren ganz persönlichen Recherchen anfangen«, gab der Kommissar zu bedenken. »Ich sehe Sie in zehn Minuten beim Frühstück, sonst ist Burgi schon vorher da und verdirbt uns den Appetit.«

Paul schaffte es in nur acht Minuten und hatte gerade noch Zeit, seine leere Tasse nachzufüllen, bevor auch schon ein verschlafener Burghardt in der Tür stand und schnüffelte.

»Rieche ich Kaffee? Gott sei Dank«, seufzte er und ließ sich auf einen der Sessel fallen. »Ich habe miserabel geschlafen. Drei Leichen an einem Tag – da hätte ich auch in Wien bleiben können.«

»Interessant«, warf Berner ein, »dasselbe habe ich gestern auch schon festgestellt nach der ersten Besichtigung deines Anwesens. Langsam siehst du es ein.«

»So viel Kaffee kann ich gar nicht trinken, um nach dem gestrigen Abend mein System wieder in Gang zu bringen.« Paul fuhr sich mit der Hand über die Augen und blinzelte im Sonnenlicht, das durch das Fenster fiel und Quadrate auf den Frühstückstisch zeichnete. »Drei Tote auf einmal, das gab es hier sicher seit Menschengedenken noch nie. Zum Glück habe ich die Meldung an die Zeitungen geschickt, bevor wir abends beim Heurigen abgestürzt sind. Danach weiß ich gar nichts mehr ...«

»Glücklich ist, wer vergisst«, warf Burghardt ein, »du hast nichts wirklich Wichtiges versäumt. Einige Viertel Wein, gefolgt von ein paar Schnäpsen und ein paar allerletzten Gläsern eines undefinierbaren Nussbrandes.«

»Jetzt tut nicht so wegen ein paar Gläsern und einer kurzen Nachtruhe. In eurem Alter hab ich gar keinen Schlaf gebraucht«, grummelte Berner, »da ging es vom Dienst ins Nachtcafé und dann wieder in den Dienst ...«

»... und von da ins Krankenhaus, wenn wir dich nicht irgendwann gewaltsam heimgebracht hätten«, unterbrach ihn Burghardt mit einer Grimasse. »Pensionisten, die mit ihrer längst verflossenen Fitness angeben, sind am Morgen unausstehlich.«

Eine halbe Stunde später spazierten die drei Männer schweigsam durch die Straßen des Weinbauortes. Als sie den lang gezogenen Hauptplatz erreichten, läuteten die Glocken der Pfarrkirche und ein paar kleine Kinder tobten über den Spielplatz hinter dem Kriegerdenkmal, das mit rot-weiß-roten Bändern abgesperrt war und eher desolat aussah.

Berner wies auf eine Bank, die unter zwei Linden in der Sonne stand. »Der richtige Platz für eine Einsatzbesprechung. Wir brauchen einen Plan, wie wir weiter vorgehen.«

»Wieso weiter vorgehen?«, fragte Paul und sah den Kommissar erstaunt an. »Wenn mich nicht alles täuscht, gehen Sie weder die beiden Toten noch der Selbstmord des alten Mannes etwas an. Burgi ist auf Urlaub, Sie sind in Pension, und ich fahre nach Wien zurück, um mich wieder den wichtigen Dingen des Lebens zuzuwenden.« Der Reporter schaute sich auf dem menschenleeren Hauptplatz um. »Denn eines steht fest: Die Schlagzeilen sind hier nicht zu Hause.«

»Eher die Schlafzeilen«, gab Burghardt trocken zurück.

Berner sagte gar nichts. Er schaute mit verschränkten Armen den Kindern beim Schaukeln zu. Seine Augen waren halb geschlossen. »Ihr beide seid noch nicht wach«, meinte er leise und nachdenklich, »sonst würden bereits alle Alarmglocken bei euch läuten.«

»Ich bitte dich, Bernhard, du siehst Gespenster.« Burghardt schüttelte den Kopf. »Ich gebe ja zu, die beiden Leichen im Kriegerdenkmal sind skurril, aber auch schon länger als fünfzig Jahre tot. Die Spurensicherung ist ergebnislos abgezogen. Was willst du auch noch finden, nach all der Zeit?«

»Mehr, als du denkst«, gab der Kommissar zurück. Dann wandte er sich an Paul. »Und was sagt die Presse?«

Wagner zuckte mit den Schultern. »Ehrlich gesagt, ist die Presse nicht sehr interessiert. Die Meldung ist draußen, die beiden Toten im Denkmal werden jetzt bereits ihren Weg in die Chronik-Seiten der Zeitungen gefunden haben. Mit etwas Glück erregen sie sogar in den Nachbarländern ein wenig internationale Aufmerksamkeit. Das war's dann.«

Berner schaute wieder geradeaus und schwieg. Die meisten Kinder waren in Gruppen davongezogen, in Begleitung ihrer Mütter, lachend und lärmend. Die Sonne wärmte und versprach einen Sommer. Bald würden die ersten Schwalben kommen.

»Ihr seid wirklich eine kolossale Hilfe«, brummte der Kommissar schließlich. »Versucht einmal durch den Restalkohol zu dringen und logisch nachzudenken. Was haben wir an Fakten? In einem Kriegerdenkmal im österreichischen Grenzgebiet finden wir aus reinem Zufall zwei Leichen, die da bereits seit Jahrzehnten eingemauert sind. Wäre der Lkw nicht gewesen, der dem kleinen Mädchen ausweichen musste und in das Denkmal rauschte, dann stünden die beiden Skelette noch unentdeckt unter ihrer Betonschicht. Auch wenn wir das Obduktionsergebnis noch nicht haben, kann ich euch bereits eines ganz sicher sagen. Es sind zwei deutsche Soldaten.«

Bei diesen Worten griff Berner in die Tasche und zog zwei ovale Metallmarken hervor, in die unregelmäßige Zahlen und Buchstaben eingeschlagen waren.

Wagner sah erst auf die beiden Plättchen in der Hand des Kommissars und dann mit großen Augen in das unbewegte Gesicht Berners. »Unterschlagung von Beweismitteln? Die Kollegen werden darüber nicht sehr froh sein.«

»Nennen wir es Sicherstellung«, gab der Kommissar ungerührt zurück. »Wir sind höchstwahrscheinlich am Ende des Zweiten Weltkriegs, ich schätze, im Frühjahr 1945. Alle wehrfähigen Männer sind eingerückt, nur die Frauen, die Alten und die ganz Jungen sind noch da.« Berner schaute in die Ferne, als könne er in die Vergangenheit sehen. »Und die Russen kommen, rücken unaufhörlich näher. Die Sieger jagen die Verlierer. Haben sie die beiden Soldaten erschossen?«

»Das glaube ich kaum«, warf Wagner ein, »dann hätte man sie liegen gelassen und später auf dem Dorffriedhof begraben, aber nicht im Kriegerdenkmal eingemauert.«

»Ich sehe, die Presse ist wieder auf dem Weg der Besserung«, sagte Berner trocken. »Völlig richtig, so einen Aufwand hätte die Rote Armee nicht betrieben. Die hätte unsere beiden Soldaten entweder gefangen genommen und in die Lager nach Osten geschickt oder sie erschossen und verscharrt. Also hat sie jemand anderer auf dem Gewissen.«

»Du willst sagen, es waren die Dorfbewohner?«, erkundigte sich Burghardt und schaute sich ungläubig um. »Ein paar Frauen unterstützt von einigen Greisen?«

»Vielleicht«, murmelte der Kommissar, »aber ich glaube eher nicht. Du denkst in die falsche Richtung, Burgi. Am Kriegsende waren alle froh, die deutsche Wehrmacht von hinten zu sehen. Da wollte man alle Soldaten so rasch wie möglich aus dem Ort haben, weil die Russen im Anmarsch waren und niemand wusste, wie die auf Uniformen reagieren würden. Oder auf wehrfähige Männer in Zivil.«

»Oder besser gesagt, man befürchtete es«, warf Wagner ein, »und deshalb hätte man zwei Soldaten wahrscheinlich ohne triftigen Grund nicht aufgehalten, schon um ein Gefecht im Ort zu vermeiden.«

»Richtig«, stimmte Berner zu, »genau meine Überlegungen.«

»Das sind nur Vermutungen«, gab Burghardt zu bedenken. »Es kann ein Unfall gewesen sein, etwas Unvorhersehbares, ich weiß nicht...«

»Genau das Gleiche hätte ich auch gedacht, wäre da nicht dieser Selbstmord«, antwortete Berner und steckte die beiden Metallmarken wieder ein.

»Was hat der Selbstmord mit den beiden Toten im Denkmal zu tun?«, fragte Burghardt erstaunt.

»Alles, wenn ich nicht ganz falsch liege«, gab der Kommissar zurück. »Die damaligen Greise leben heute nicht mehr, die sind lange unter der Erde. Bleiben die Jungen.« Berner schaute Wagner von der Seite an. Der Reporter zeichnete mit der Schuhspitze Kreise in den Kies. »Würden Sie sich umbringen, wenn Sie knappe achtzig Jahre alt sind?«

»Der Grund müsste wirklich ein triftiger sein, da gebe ich Ihnen recht«, meinte Paul leise. »Eine unheilbare Krankheit, Depressionen, ein plötzlicher Schock...«

»Wie etwa das Auffinden von zwei Männern, die Sie vor Jahrzehnten ermordet haben und deren Leichen der Zufall ans Tageslicht bringt?« In Berners Stimme klang eine gewisse Zufriedenheit.

»Aber Bernhard, das ist alles so lange her«, warf Burghardt ein und winkte ab. Dann dachte er kurz nach. »Andererseits, Mord verjährt nie...«

»Mich hat der Zeitpunkt auf die Idee gebracht«, erklärte Berner. »Dieser Selbstmord in einem Haus, von dessen Fenstern man das Kriegerdenkmal sieht. Keine fünf Minuten nach dem Unfall muss sich der Alte die Pulsadern aufgeschnitten haben. Wie war der Name noch? Ach ja, Franz Reiter. Also, Reiter hörte den Lärm, als der Lkw in das Denkmal krachte. Er stürzte zum Fenster, schaute hinaus und sah die Teile der Figuren auf der Straße liegen, vielleicht noch die Köpfe der Statuen rollen. Möglicherweise stand er auch schon am Fenster, neugierig, der Lkw war ja bereits von Weitem zu hören. Dann sah er keinen Ausweg mehr. Was mehr als fünfzig Jahre im Verborgenen gelegen hatte, war nun offenkundig. Zwei Leichen, in der Ortsmitte versteckt. In Beton gegossen.« Berner machte eine Pause. »Kurzschluss.«

»Gut kombiniert«, gab Wagner zu. »Klingt sehr plausibel für mich.«

»Deine schöne Theorie hat einen einzigen Haken«, meldete sich Burghardt zu Wort. »Das Motiv. Warum sollte ein damals Sechzehn- oder Achtzehnjähriger zwei Soldaten der Wehrmacht umbringen und sie ins Kriegerdenkmal einmauern? Abgesehen von der Frage, ob er dazu überhaupt fähig gewesen wäre.«

»Ah, schau an, jetzt ist auch der noch aktive Teil der Kriminalpolizei wach geworden«, stichelte Berner. »Warum, glaubst du, habe ich vorhin von einem Plan gesprochen, Burgi? Oder hast du den Koffer mit der Luger-Pistole, der SS-Uniform und der Schenkungsurkunde von 1938 für einen verschwundenen Weinkeller unter der Kirche, den keiner je gesehen haben will, vergessen?«

Wagner schaute den Kommissar und Burghardt abwechselnd an. »Warum habe ich plötzlich das Gefühl, dass ich nicht einmal einen Bruchteil von dem weiß, worüber ihr zwei da redet? Jetzt wäre vielleicht der Zeitpunkt für einen Informationsschub gekommen.«

Berner grinste. »Na endlich! Also – Einsatzbesprechung.« Und dann begann er von den Funden in Burghardts Keller zu erzählen.

Apostolischer Palast, Vatikanstadt, Rom/Italien

Der Advocatus Diaboli hatte es eilig. Kardinal Paolo Bertucci lief die Treppe zu den Gemächern des Papstes im dritten Stock des Apostolischen Palasts hinauf, nahm zwei Stufen auf einmal mit einem Elan, den man dem fast Siebzigjährigen nicht zugetraut hatte. Bertucci, seit fast fünfzig Jahren im Vatikan, war einer der wenigen, die sich in dem weitläufigen Gebäudekomplex mit seinen mehr als 1400 Räumen auskannten. Er verfügte über einen ausgezeichneten Orientierungssinn, um den ihn bereits fünf Päpste beneidet hatten.

Von Rechts wegen hätte Bertucci gar nicht existieren dürfen. Nachdem sein Amt mehr als vierhundert Jahre lang fester Bestandteil der katholischen Kirche bei Heiligsprechungen war, wurde es 1983 durch Papst Johannes Paul II. quasi abgeschafft. Eine Inflation von Heilig- und Seligsprechungen war die Folge. Hatten die Vorgänger Johannes Pauls seit Beginn des 20. Jahrhunderts gerade einmal 98 Sterbliche heilig gesprochen, waren es alleine unter dem Pontifex aus Polen mehr als fünfhundert. Von den 1300 Seligsprechungen ganz zu schweigen ... Bertucci erinnerte sich mit Schaudern an die Zeit.

Doch das Jahr 2005 hatte alles geändert. Still und leise wurde der Advokat des Teufels wieder in sein Amt eingesetzt. Dabei sah der kleine Italiener aus Como gar nicht wie ein Vertreter Luzifers aus. Er war fast glatzköpfig, bis auf den dünnen grauen Haarrand, der ihm den Spitznamen »Heiligenschein des Teufels« eingebracht hatte. Umtriebig, wieselflink und immer mit einer scheinbar viel zu großen Aktentasche bewaffnet, war Bertucci in der Kurie vor allem für seine spitze Zunge gefürchtet. Als privater und oft inoffizieller Gesandter des Papstes hatte er eine Macht im Vatikanstaat, von der andere nur träumen konnten. Sein phänomenales Gedächtnis, sein ausgedehntes Netzwerk und seine offenbar erstklassigen Beziehungen in Europa und zu fast allen Konfessionen machten ihn zu einer Respektsperson. Bertuccis Einfluss war gewaltig und seine Bonmots berüchtigt.

Diesmal war er zu spät dran, und das ärgerte ihn. Der Kurier des »Heiligen Stuhles«, wie ihn einige missgünstige Mitglieder der Vatikan-Kamarilla im Hinblick auf die Doppeldeutigkeit des Wortes abfällig nannten, legte auf Pünktlichkeit ausnehmend großen Wert, bei anderen und noch mehr bei sich selbst. Er warf einen Blick auf seine Rolex Daytona – eine seiner lässlichen Sünden, wie er immer betonte – und beschleunigte erneut den Schritt. Beinahe wäre er gegen Kardinaldekan Hartmut Kleinert, den Vorsitzenden des Kardinalkollegiums und graue Eminenz im Apostolischen Palast geprallt, der mit seiner Leibesfülle fast die Hälfte der Treppe unpassierbar machte.

»Le chapeau en flamme?« Die Stimme Kleinerts war eine Mischung aus Gift und Sahnetorte.

»Und einiges andere auch noch«, gab Bertucci kurz angebunden zurück. Er hatte weder Zeit noch Lust, sich mit dem Emporkömmling Kleinert zu streiten, der eine Karriere im Schnellverfahren hingelegt hatte. Damit hatte er sich eine Opposition im Vatikan geschaffen, um die ihn jeder gestandene Regierungschef beneidet hätte. »Wenn die Kirche etwas anzündet, dann macht sie es gründlich.«

»Seit Jahrtausenden im Dienste Gottes«, nickte der Kardinaldekan und wischte sich mit einem fleckigen Taschentuch den Schweiß von der Stirn. »Aber jetzt mal im Ernst. Sie nehmen an der Sitzung im privaten Arbeitszimmer des Heiligen Vaters teil?«

Bertucci schaute demonstrativ auf seine Uhr. »Ich werde in zwei Minuten erwartet.«

»Dann haben Sie ja noch eine Minute Zeit. Wie ich Sie kenne, gibt es eine Abkürzung, von der keiner außer Ihnen etwas weiß.« Kleinert lächelte und zeigte dabei seine schlechten Zähne. »Ich habe erfahren, dass Sie eine Reise planen?«

»In der Fremde hört man mehr als zu Hause«, antwortete Bertucci unverbindlich und versuchte, rechts an dem massigen Kardinal vorbeizukommen. »Tut mir leid, aber ich lasse Seine Heiligkeit ungern warten.«

»Das Beste, was man von einer Reise zurückbringen kann, ist eine heile Haut, sagt ein altes persisches Sprichwort.« Kleinert hatte sich vorgebeugt und flüsterte in Bertuccis Ohr. »Geben Sie acht, Scaglietti und Bertani von ›Pro Deo‹ sind vor zehn Minuten im Arbeitszimmer des Heiligen Vaters verschwunden. Es war scheinbar so dringend, dass Seine Heiligkeit trotz einem übervollen Kalender Zeit gefunden hat.« Der Kardinal lächelte bedeutungsvoll, bevor er dem kleinen Italiener den Weg freigab und gemessenen Schrittes die Stiegen hinabging.

Bertucci runzelte die Stirn. ›Pro Deo‹ war der Geheimdienst des Vatikans, den wenige kannten und alle fürchteten. Seine Ursprünge gingen auf Papst Pius X. zurück, der die Kirche innen und außen von den Ketzern des Modernismus bedroht sah. Aus dem Zweiten Weltkrieg ging die Organisation dank Zusammenarbeit mit dem OSS, dem Vorgänger der CIA, gestärkt hervor, verlegte ihr Hauptquartier nach Rom und arbeitete eng mit dem Collegium Russicum in der römischen Via Carlo Cattaneo zusammen, wo man priesterliche Agenten für den Osteinsatz ausbildete. Gut informierte Kreise bezeichneten ›Pro Deo‹ als ebenso effektiv und skrupellos wie den weltbesten Geheimdienst, den israelischen Mossad. Bertucci hatte keinen Grund, daran zu zweifeln.

Der persönliche Sekretär des Papstes erwartete ihn bereits mit offenen Armen an der Tür zu den Privatgemächern. »Paolo! Schön, dass du es doch noch schaffen konntest. Der Heilige Vater ist noch in einer Besprechung, aber er hat mich gebeten, dir einen jungen Mann aus Deutschland vorzustellen, der als freier Journalist für einige der wichtigen Zeitungen des Landes schreibt. Vielleicht könntest du ...?«

Bertucci nickte und folgte dem Sekretär, der ihn einem schmalen, brillentragenden und etwas enttäuscht wirkenden Journalisten vorstellte, der wohl den deutschen Papst erwartet hatte und stattdessen einen kleinen Italiener bekam.

»Darf ich vorstellen? Der Advokat des Teufels, Kardinal Paolo Bertucci.«

Diese Vorstellung verfehlte ihre Wirkung nie, auch nicht auf den jungen Mann aus Deutschland. Die Enttäuschung machte einem Interesse Platz, das Bertucci nur allzu gut kannte.

»Sehr erfreut, Reinhard Ostler. Ich wusste nicht, dass der Teufel eine Vertretung im Vatikan hat!« Der Händedruck des jungen Mannes war fest, und seine Augen musterten den agilen, alten Mann vor ihm mit Respekt.

»Seit 1587«, lächelte Bertucci. »Mein offizieller Titel ist ›Promotor Fidei‹, was so viel wie Förderer des Glaubens heißt. Ich sorge vor allem dafür, dass die endlose Liste der Heiligen und Seligen der katholischen Kirche nicht noch länger wird und sich keine Unwürdigen darunter mischen...«

»Halten Sie dabei Rücksprache mit Ihrem Auftraggeber?«, fragte Ostler mit einem ironischen Augenzwinkern.

Bertucci war angenehm überrascht. Endlich ein Interview, das etwas Abwechslung versprach. »Von Zeit zu Zeit, aber manchmal ist er etwas schwierig zu erreichen. Da hat es mein Gegenspieler, der Advocatus Angeli, der Anwalt der Engel, etwas einfacher.« Bertucci stellte seine Aktentasche ab, wies mit ausgestreckter Hand auf einen der zahlreichen Besuchersessel und wartete, bis Ostler Platz genommen hatte. »Im Verständnis der katholischen Kirche sind die Heiligen Mittler zwischen Gott und den Menschen. Sie stehen Gott näher als andere. Das wollten die Menschen schon immer und es hat dazu geführt, dass es in der Zwischenzeit eine unübersehbare Anzahl von Heiligen gibt. Von den meisten haben weder Sie noch ich jemals gehört. Ich darf Sie erinnern, dass das »Martyrologium Romanum« 2004 zum letzten Mal aktualisiert wurde. Es führt 6650 Heilige und Selige auf, plus rund 7400 Märtyrer. Eine Kleinstadt voller Menschen mit Heiligenschein.«

Ostler lachte und machte sich eifrig Notizen, während Bertucci fortfuhr.

»Aber selbst diese Liste ist unvollständig. Es ist unmöglich, eine genaue Zahl festzustellen, weil etwa im frühen Mittelalter de facto das Volk für sich entschied, wen es für heilig hält. Die Heiligenverehrung sah damals so aus, dass die Gemeinde am Grab des oder der Heiligen die heilige Person um Fürsprache bei Gott bat. Um die Sache zu vereinfachen, wurden die heiligen Gebeine dann nach und nach in die Kirchen umgebettet. Die frühe Kirche aber wiederum war den Heiligen gegenüber misstrauisch, weil sie eine Konkurrenz zur Christusverehrung gewittert hat und deshalb an genauen Aufzeichnungen gar nicht interessiert war. Ein Monopol des Papstes gibt es in der Heiligsprechung erst seit 1171.«

»Und wie bekomme ich heute den Heiligenschein?«, setzte Ostler nach.

»Beste Voraussetzungen dafür sind, dass Sie nicht nur ein gottgefälliges Leben im Sinne der katholischen Kirche geführt haben, sondern zudem einen reichen Fürsprecher haben oder sterben, nachdem Sie zwei Wunder gewirkt haben«, gab Bertucci trocken zurück. »Seit dem Tod der Person sollten bis zur Selig- oder Heiligsprechung fünf Jahre vergangen sein. Ausnahmen sind möglich, bei Mutter Teresa ging es schneller. Außerdem muss die Person zwei Wunder gewirkt haben. Das erste Wunder wird bei Antragstellung vorgelegt, Wunder Nummer zwei darf nachgereicht werden.« Der Geistliche war in seinem Element, und Ostler hütete sich, ihn zu unterbrechen. »Laien dürfen zwar Vorschläge machen, letztlich muss die Initiative aber von einem Bistum oder einem Orden ausgehen. So etwas überlegt sich ein Bistum mindestens zweimal, denn die Antragsteller tragen die Kosten des Verfahrens, im Durchschnitt etwa 250 000 Euro.«

Der Journalist pfiff beeindruckt durch die Zähne, während er mitschrieb. »Und der Teufel hilft der Kirche sparen?«

»Im Grunde schon, aber wenn ich ins Spiel komme, ist bereits eine Menge Geld ausgegeben worden. Bei der Kongregation hier im Vatikan wird eine Art Prozess geführt, bei dem man Dokumente studiert, Zeugen vernimmt und Gutachten einholt. Diese Kongregation besteht aus 23 Kardinälen, Bischöfen und Erzbischöfen, 71 Beratern und 83 Gutachtern. Da versteht man, dass es teuer ist, Heiliger zu werden.« Bertucci lächelte. »Zwei Drittel der Anträge wurden in den letzten Jahrzehnten positiv entschieden, in jedem dritten Fall habe ich gesiegt. Das letzte Wort aber hat immer noch der Papst.«

Wie auf ein Stichwort hin öffnete sich die Tür und der Heilige Vater erschien, in Begleitung zweier Männer, die Bertucci sofort erkannte. Scaglietti und Bertani, die Leiter der Auslandsabteilung von ›Pro Deo‹, nickten dem Advocatus Diaboli kurz zu und verließen dann mit großen Schritten das Arbeitszimmer.

»Darf ich Eure Heiligkeit an die Konferenz erinnern?«, flüsterte der Sekretär dem Heiligen Vater ins Ohr und wies auf Bertucci, der sich erhoben hatte und mit seiner übergroßen Aktentasche wie ein alter Schuljunge aussah.

»Paolo, es tut mir leid, dass Sie warten mussten«, murmelte der Papst, als Bertucci niederkniete und den Fischerring küsste. »Ich bin schon voll und ganz für Sie da. Kommen Sie. Lassen Sie uns anfangen.«

Fast zwei Stunden später schritt ein nachdenklicher Paolo Bertucci langsam dieselben Treppen hinab, die er zuvor so voller Elan hinaufgelaufen war. Er zog sein Handy aus der Tasche und wählte auswendig eine Nummer, doch der Teilnehmer hob nicht ab. Und was er zu sagen hatte, sollte auf keiner Mailbox landen. So steckte der Advocatus Diaboli sein Telefon wieder ein und machte sich auf den Weg über den Cortile del Belvedere in das Vatikanische Geheimarchiv.

Es war an der Zeit, Erkundigungen einzuziehen, diskret, umsichtig und doch mit Nachdruck. Wenn es tatsächlich stimmte, was in den Privatgemächern des Papstes gerade erörtert worden war, dann befand sich die Kirche in der größten Gefahr seit ihrer Entstehung. Denn gegen das, was der Papst soeben vorsichtig angedeutet hatte, war eine eventuelle Heirat des Erlösers mit Maria Magdalena vor knapp zweitausend Jahren geradezu eine Meldung auf Seite fünf, links unten. Einspaltig.

Unterretzbach, Weinviertel/Österreich

»Das ist ein Jahrhundertprojekt!« Paul Wagner schaute sich interessiert im Presshaus um, das von einigen Kerzen mehr schlecht als recht erleuchtet wurde. Burghardt hatte ihn durch sein kleines Anwesen geführt, dann in den Keller mit den schimmelüberzogenen leeren Flaschen. Jetzt standen sie im Presshaus.

»Sag ich ja«, brummte Berner und stieß von innen die beiden Türflügel zur Straße ganz auf. »Nach dieser Besichtigungsrunde sind nur mehr Baulöwen guter Laune.« Im Licht der hereinfallenden Sonnenstrahlen tanzte der Staub, und der Kommissar stieß mit dem Fuß ein paar schmutzige Flaschen zur Seite. »Passen Sie auf, wo Sie hintreten, hier sind Sie schneller gefallen und begraben, als Sie glauben.«

Mit der Sonne drang auch die warme Frühlingsluft ins Presshaus. Burghardt blies die Kerzen aus, und Paul pfiff durch die Zähne, als er im Zwielicht die Berge von alten Kisten, Abfall, Zeitschriften, Gerümpel und Flaschen sah, die sich fast bis zur Decke auftürmten. »Was für ein Chaos! Was habt ihr beiden eigentlich bisher gemacht? Die Flaschen gezählt?«

»Wenn dieser Lkw nicht ins Denkmal gerauscht wäre, dann hätte ich schon den Abfallcontainer vor der Tür stehen und wäre am Aufräumen«, gab Burghardt trotzig zurück. »Ihr wollt mir ja nur meinen Weinkeller vermiesen!«

»I wo, wir genießen jede Minute«, murmelte Berner und verdrehte die Augen. »Wo hast du den Koffer hingestellt, Burgi? Ich wollte ihn Wagner zeigen, und außerdem sollten wir ein paar Fakten überprüfen, bevor wir loslegen.«

»Warte, Bernhard, ich hole ihn gleich.« Mit diesen Worten nahm Burghardt seine Taschenlampe, umrundete einen Stapel alter Holzkisten und verschwand im Keller.

»Was hat Burgi bloß geritten, als er diese Bruchbude gekauft hat?«, wunderte sich Paul, der mit spitzen Fingern eine alte Zeitschrift ins Licht hielt und versuchte, das Datum zu entziffern.

»Manche Menschen haben zu wenig Probleme und erwerben deshalb ein paar«, antwortete Berner lakonisch. »Er wollte wohl ein kleines, feines Weingut für die Pension haben.«

»Ich hoffe, dass seine Pension so lange dauert ...«, gab Paul spöttisch zurück und ließ die Zeitung fallen. Dann warf er einen Blick in Richtung Kellertür. »Wohin ist er jetzt wieder verschwunden? So groß ist das Gewölbe für den edlen Tropfen nun auch nicht.«

Als Burghardt einige Augenblicke später auftauchte, war klar, dass etwas nicht stimmte. »Ihr werdet es nicht glauben, aber der Koffer ist weg! Jemand muss ihn aus dem Keller gestohlen haben, während wir unterwegs waren.«

»Was für ein Zufall«, brummte Berner, »damit sind im richtigen Augenblick auch die SS-Uniform, die gut verpackte Pistole und das Originaldokument des Ortsbauernführers verschwunden.«

»Hier hereinzukommen ist nicht gerade ein großes Problem«, stellte Wagner fest, der die Türe des Presshauses untersuchte. »Dieses Schloss schaut Eddy Bogner nur einmal scharf an und es hisst sofort die weiße Fahne. Da genügt ein Pfadfinder mit Taschenmesser.«

»Was soll von hier auch schon groß verschwinden?«, fragte Burghardt niemanden im Besonderen.

»Der Koffer«, antwortete Berner trocken.

»Aber der lag ja schon seit Jahrzehnten da«, gab Burghardt zu bedenken.

Der Kommissar nickte. »Richtig, aber der wurde nach den letzten Ereignissen offenbar für bestimmte Leute im Ort zur Belastung und zu einem kompromittierenden Beweis. Und lange suchen mussten sie ja auch nicht. Das haben wir ihnen vorher bereits abgenommen, bevor du den Koffer dann gut sichtbar auf der Kellerstiege platziert hast, wie ich annehme.«

»Bernhard, wer sollte schon ahnen, dass…«, versuchte Burghardt eine Entschuldigung, bevor ihn Berner unterbrach.

»Du hast mit dem Kauf dieser Ruine in ein Wespennest gestochen, Burgi. Zuerst taucht der Koffer auf, dann kommen die beiden Leichen ans Tageslicht, Reiter bringt sich um, und damit sind alle Wespen aufgescheucht und fliegen nun kopflos herum. Das war Phase eins. Aber wie wir jetzt sehen, haben sie sich bereits formiert und sind zum Gegenangriff gestartet.« Der Kommissar kletterte aus dem Presshaus auf die Straße, die anderen hinterher. »Bevor sie sich besser organisieren können und auch noch die letzten Beweise vernichten, sollten wir eingreifen und die Phase zwei im Ansatz stoppen.«

»Und bei der Gelegenheit auch den Koffer wieder zurückholen«, stellte Burghardt entschieden fest. »Ich hab etwas dagegen, wenn manche Leute glauben, sie könnten bei mir einfach so ein und aus gehen.«

»Wo fangen wir an?«, fragte Paul und schaute die schmale Weinberggasse hinauf und hinunter.

»Erinnerst du dich an den alten Wichtel mit der krächzenden Stimme, der hier gestern urplötzlich in der Tür stand und alles über das Haus wusste?«, brummte Berner und sah Burghardt zu, der umständlich die Türe zum Presshaus abschloss.

»Ja, der sah aus wie einer von den sieben Zwergen, nur ohne Zipfelmütze«, erinnerte sich Burghardt.

»Rote Knollennase, Bäuchlein, listige Augen und Stock?«, erkundigte sich Wagner. »Den hab ich gesehen, wie die Polizei Reiters Leiche abtransportiert hat. Er stand mit großen Augen dabei und trippelte von einem Bein aufs andere.«

»Vom Alter her ein idealer Augenzeuge der letzten Kriegstage«, stellte Berner fest. »Und wer weiß, was er sonst noch so alles zu erzählen hat. Machen wir uns auf die Suche.«

»Kann ich kurz die Erkennungsmarken der beiden toten Soldaten haben?«, fragte Paul den Kommissar und streckte die Hand aus. »Ich mache ein paar Fotos mit dem Handy und schicke sie an einen Bekannten im Kriegsarchiv in Wien. Dann haben wir in ein paar Stunden die Namen und alle Einzelheiten.«

»Und ich werde inzwischen bei meinem Nachbarn anklingeln und versuchen, die Adresse von Schneewittchen und den sieben Zwergen ausfindig zu machen. Hier kennen sich sowieso alle«, entschied Burghardt und verschwand um die Ecke.

Nachdem er Wagner die beiden ovalen Metallmarken in die Hand gedrückt hatte, lehnte Berner sich an die warme Wand des Presshauses und zündete sich eine Zigarette an. Abgesehen von ein paar wenigen vorbeifahrenden Traktoren, deren Lenker ihm freundlich zunickten, war es in dem kleinen Weinbauort mittäglich ruhig. In dem riesigen Fliederbusch auf der anderen Seite der Straße, dessen Blüten einen schweren Duft verströmten, nistete eine Amselfamilie. Der Kommissar konnte die Jungen hören, die laut tschilpend nach mehr Futter verlangten.

Gerade als Wagner dem Kommissar die beiden Erkennungsmarken zurückgab, kam ein großer, dunkelblauer Volvo langsam die schmale Straße herauf. Die vier Insassen warfen einen kurzen Blick auf Paul und den Kommissar und blickten dann wieder starr geradeaus. Der schwere Wagen rollte fast lautlos vorbei und bog nach hundert Metern in Richtung Hauptplatz ab.

»Wiener Kennzeichen«, murmelte Wagner.

»Leihwagen«, brummte Berner. »Der Aufkleber war auf der Heckscheibe.«

Da bog Burghardt um die Ecke. »Machen wir uns auf den Weg! Ich weiß, wo unser wandelndes Ortslexikon wohnt.«

Nur wenige Minuten später standen die drei Männer vor einem niedrigen, grün gestrichenen Bauernhaus, dessen Verputz an vielen Stellen bereits abblätterte. Das hohe, doppelflügelige Holztor mit dem Sonnendekor hing schief in den Angeln, aber die Fenster waren blitzblank geputzt und die Gardinen dahinter überraschend weiß. Wagner drückte auf den Klingelknopf neben dem unleserlichen Namensschild, und irgendwo im Hausinneren ertönte ein Summer. Dann kamen schlurfende Schritte näher, untermalt vom Klicken eines Stockes auf den Steinplatten der Einfahrt.

Als das Tor aufschwang, stand da der alte Mann und schaute ihnen neugierig entgegen. »Ach, Sie sind das!«, krächzte er und musterte Burghardt und Berner. »Schon fertig mit der Arbeit?« Dann streckte er seinen Kopf vor, um Wagner besser sehen zu können. »Ein Freund von Ihnen? Kommen Sie auch aus Wien?«

»Kriminalpolizei«, unterbrach ihn Burghardt ungeduldig und hielt ihm seinen Ausweis unter die Nase. »Bei mir wurde eingebrochen, und wir haben ein paar Fragen an Sie.«

»Sie sind von der Polizei? Schau, schau...« Seine listigen Augen irrten unruhig von einem zum anderen. »Eingebrochen wurde bei Ihnen? Fehlen Ihnen ein paar alte Flaschen?« Der Alte kicherte. Dann stieß er mit seinem Stock ungeduldig auf den Boden. »Warum kommen Sie dann zu mir?«

Berner beugte sich vor. »Fragestunde beendet«, entschied er. »Wir können uns auch gerne im Kommissariat unterhalten, wenn Sie wollen. Mir ist es gleich.« Damit drehte er sich um und rief über seine Schulter zurück: »Burgi, nimm ihn mit.«

»Schon in Ordnung«, krächzte der Alte beschwichtigend, »kommen Sie rein, da können wir in Ruhe reden.« Er drehte sich abrupt um, ging voran und ließ das Tor einfach offen stehen.

Paul drückte den schweren Flügel wieder zu, bevor er Berner und Burghardt über den schmalen Hof folgte. Er hörte nicht mehr, dass draußen auf der Straße die blaue Volvo-Limousine vorfuhr und anhielt.

Lange Zeit geschah gar nichts.

Der Motor lief, der Fahrer telefonierte.

Dann schwangen die Türen auf, alle vier Männer stiegen wie auf ein Kommando gleichzeitig aus und sahen sich um.

*Juli 325 n. Chr., Nicäa/Provinz Bithynien,
Römisches Reich*

Die Wellen des Ascaniasees klatschten gegen die hohen Kaimauern des kaiserlichen Palastes am Ostufer und ließen die an den Pfählen vertäuten Schiffe und Kähne in einem ganz eigenen Rhythmus tanzen. Darüber schossen Möwen und Sturmvögel laut kreischend durch die Luft. Das offene Meer war nah und die Hauptstadt Konstantinopel kaum eine halbe Tagesreise entfernt.

Es roch nach den Blüten und Früchten der kaiserlichen Gärten. In der drückenden Hitze war der See ein wahrer Segen. Die Gärten an seinem Ufer waren geradezu ein Paradies, in dem Früchte und exotische Pflanzen im Überfluss wuchsen. Nicäa war eine Oase der Fruchtbarkeit inmitten einer unwirtlichen Gegend.

In den Sälen der kaiserlichen Residenz fand seit zwei Tagen ein Festbankett statt, das seinesgleichen suchte. Musiker und Komödianten unterhielten über zweitausend erlauchte Gäste, von denen einige weite und beschwerliche Reisen auf sich genommen hatten, um der Einladung nach Nicäa Folge zu leisten. Die Tafel bog sich unter den erlesensten Speisen und Getränken. Kaiser Konstantin feierte den zwanzigsten Jahrestag seiner Thronbesteigung. Aber das war nicht der einzige Anlass für das Fest. Konstantin war es gelungen, den Frieden innerhalb seines Reiches wiederherzustellen und die Christen endlich wieder mit einer Stimme sprechen zu lassen, so wie er es geplant hatte.

Der Erzdiakon Athanasius von Alexandria hatte die Runde der Feiernden verlassen und war, einen Kelch mit Gewürzwein in der Hand, durch die Gärten ans Ufer des Sees spaziert. Nun stand er am Wasser und genoss den Sonnenuntergang, der den See in eine glühende Lache geschmolzenen Silbers verwandelt hatte. Athanasius war noch jung, keine dreißig Jahre alt. Sein scharf geschnittenes, bartloses Gesicht und sein kurzes dunkles Haar unterstrichen diese Jugend noch, verliehen ihm ein bubenhaftes Aussehen. Er trug eine weiße Dalmatik mit weiten Ärmeln, die seinen asketischen Körper verbarg. Athanasius war klein, seine Haut dunkel, seine Bewegungen manchmal eckig und abgehackt. Grund genug für seine Feinde, ihn »Homunculus«, das »Menschlein«, zu nennen. Aber er war in den vergangenen Tagen wiederholt über sich hinausgewachsen und hatte damit die Spötter schnell zum Verstummen gebracht.

Der Erzdiakon nahm einen Schluck und betrachtete nachdenklich den Horizont. Die Sonne sank immer tiefer, und gegen das orange Licht, das in der blauen Abendluft zu zerfließen schien, zeichneten sich nach und nach die Linien eines kleinen Kriegsschiffes ab, das sich rasch näherte. Das Segel war eingeholt, aber schon bald hörte Athanasius die Rufe der Mannschaft und die Riemen der zwei Ruderbänke durch die Wellen schlagen.

Am Bug der Liburne stand eine Frau mit schneeweißen Haaren in prunkvollen Gewändern und blickte forschend nach Osten auf den kaiserlichen Palast. Als sie am Ufer Athanasius erkannte, dessen Gewand in den Strahlen der untergehenden Sonne blutrot aufleuchtete, überzog ein zufriedenes Lächeln ihr Gesicht.

»Wir legen bald an, Domina.« Der Hauptmann ihrer Leibwache verbeugte sich tief und respektvoll.

»Ja, Maxentius. Dem Herrn sei Dank für diese glückliche Reise«, gab sie zurück, bevor sie sich umwandte und ihm zunickte. »Es ist gut, wieder daheim in Bithynien zu sein. Und vor allem heute, da mein Sohn seine politischen Erfolge feiert.«

»Mein Herz freut sich mit Euch, Majestät!« Der Soldat verbeugte sich lächelnd und trat zurück, als er eine der Hofdamen näher kommen sah.

»Ihr wirkt überaus zufrieden, Majestät.« Eine der Hofdamen, ein junges Mädchen mit hochgesteckten braunen Haaren, war zu der Kaisermutter getreten. Sie blickte sich kurz um, dann fuhr sie leise fort. »Woher könnt Ihr Euch sicher sein, dass dieser Geistliche am Ufer nicht dieser Arius aus Alexandria ist?«

»Wo hast du deinen Verstand, Kind?« Die siebzigjährige Helena schüttelte tadelnd den Kopf. »Arius ist ein Mann von fünfundsechzig Jahren. Und er ist Presbyter. Dieser Mann am Ufer im Gewand eines Diakons ist ein kleinwüchsiger Jüngling mit dunkler Haut. Also ist es unser treuer Athanasius, der uns über den glücklichen Ausgang unserer Sache unterrichten wird.«

Die Ruder wurden eingezogen, und das Schiff trieb, vom Steuermann geschickt gelenkt, genau auf die Anlegestelle zu. Schließlich ging es längsseits, die Leinen wurden geworfen und festgemacht. Als der Feuerball der Sonne am Horizont verschwunden war und die Schatten blau wurden, ertönten die Signalhörner. In wenigen Augenblicken füllte sich der Kai mit Palastangehörigen, Dienern und Soldaten, die geschäftig Fackeln anzündeten und beim Entladen des Schiffes halfen.

Helena bahnte sich zielstrebig ihren Weg zu Athanasius, der etwas abseits gestanden und das Treiben beobachtet hatte, bevor er ihr langsam entgegenkam.

»Ich danke Gott für Eure glückliche Rückkehr, Majestät!«, krächzte der Erzdiakon und verbeugte sich.

»Oje, mein lieber Athanasius, Ihr seid ja heiser.« Die alte Frau sah den jungen Geistlichen mitfühlend an und strich ihm über die Wange. »Ich habe schon bei meiner Abreise die Kunde erhalten, dass Ihr mit Feuereifer die gerechte Sache unseres Erlösers in begeisterten Reden vertreten habt. Euren Mangel an körperlicher Größe habt Ihr mit Disziplin und Bildung vergessen gemacht.«

»Ihr seid zu gütig, Majestät. Danke!« Athanasius nickte, ohne aufzublicken. »Ich habe als einfacher Diener der Kirche mein Möglichstes gegeben, um die Häresie des Eusebius und des Arius zu widerlegen.«

»Dann erhebt Euer Haupt, tapferer Rhetor, und leiht mir Euren Arm!«, forderte ihn Helena auf. »Wir wollen ein paar Schritte gehen, bevor ich dem Kaiser meine Aufwartung mache. Es drängt mich, alles über den Ausgang des Konzils zu erfahren.«

»Das wichtigste Ergebnis ist, dass Arius vom Kaiser nach Illyrien verbannt wurde und seine Schriften verbrannt werden müssen«, berichtete der Erzdiakon leise. »Ferner haben wir uns auf ein gemeinsames Glaubensbekenntnis einigen können, das von allen Bischöfen unterzeichnet wurde.«

»Auch von den fehlgeleiteten?«, wollte Helena wissen und runzelte die Stirn.

Athanasius nickte zustimmend und räusperte sich, bevor er wieder zu sprechen begann. »Ja! Alle haben unterschrieben, alle dreihundert Bischöfe der östlichen und westlichen Provinzen und die Schüler des Origenes sowieso. Sie wechselten in ihrer Argumentation mehrmals die Seiten und hatten sich keine ordentliche Strategie zurechtgelegt, wenn Ihr mich fragt. Aber am Ende hat sogar Eusebius von Nikomedia unterzeichnet und mit ihm alle seine Gefolgsleute. Eusebius von Caesarea erbat sich einen Tag Bedenkzeit.« Der Erzdiakon hob die Schultern. »Nur zwei Bischöfe haben sich strikt geweigert. Sie sind jetzt ihres Amtes enthoben und wurden zusammen mit Arius verbannt.«

»Und?« Die Kaisermutter blieb stehen und schaute Athanasius tief in die Augen. Sie konnte ihre Aufregung nur schlecht verbergen »Wie ist die Natur unseres Erlösers definiert worden?«

»Wie Ihr es gewünscht habt, Majestät«, antwortete der Erzdiakon lächelnd. »Gezeugt aus dem Wesen des Vaters, gezeugt und ungeschaffen und wesenseins mit dem Vater. Unser Herr Jesus Christus ist Teil der Dreifaltigkeit und kein Teil der Schöpfung mehr.«

»Gepriesen sei der Name des Herrn!«, stieß Helena hervor und atmete erleichtert auf.

»Eusebius von Nikomedia und Arius haben es uns allerdings nicht leicht gemacht, Majestät«, fuhr Athanasius fort. »Sie argumentierten geschickt mit der Einheit und Einzigartigkeit Gottes, woraus sie lediglich eine Wesensähnlichkeit Jesu mit Gott ableiteten. Sie bestanden darauf, dass der Sohn darum dem Vater untergeordnet sei. Christus wäre, erfüllt und ermächtigt vom Heiligen Geist, zwar das höchste Geschöpf, aber eben nicht Gott, sondern Mensch.« Er hustete und wischte sich mit einem Tuch über den Mund. »Sie gingen sogar so weit, uns, die Anhänger und Verfechter der Allerheiligsten Dreifaltigkeit, der Vielgötterei zu bezichtigen.«

»Vielgötterei?! Das würde gegen die drei göttlichen Gebote verstoßen. Das haben sie geschickt eingefädelt, das muss man ihnen lassen. Das hätte uns die Loyalität der Gesetzestreuen gekostet.« Sie schüttelte den Kopf und ging weiter.

»Ja, Majestät, aber genützt hat es ihnen nichts.« Athanasius lächelte zufrieden und folgte der Kaisermutter. »Die Arianer haben uns als Erste ein Glaubensbekenntnis vorgelegt, unterzeichnet von achtzehn Bischöfen.«

Helena zog überrascht die Brauen nach oben. »Und?«

»Es gab einen Tumult, und es wurde zerrissen!«, lachte Athanasius. »Nach der anschließenden Handgreiflichkeit wechselten sechzehn der achtzehn Befürworter die Seiten.«

»Ihre Dummheit und Unbeherrschtheit waren unsere besten Verbündeten«, murmelte Helena. Sie spürte ihren Zorn gegen die Arianer erneut aufflammen.

»Ihr habt recht, Majestät«, bestätigte der Erzdiakon und wurde ernst. »Allerdings gibt es eine Einschränkung, die ich doch recht betrüblich finde.«

»Welche?« Die Kaisermutter blieb abrupt stehen und fixierte Athanasius.

»Der Kaiser hat zwar den Beschluss und den Zusatz, die arianische

Lehre sei zu verdammen und zu verbieten, bestätigt, aber er...« Er ließ das Ende des Satzes in der Luft hängen.

Helena schaute ihn ungeduldig an. »Was hat mein Sohn getan?«, herrschte sie den kleinen Erzdiakon an.

Athanasius wand sich unter ihrem harten Blick. »Obwohl er den Besitz der arianischen Schriften unter Todesstrafe gestellt hat und sie entgegen dem bisher üblichen Vorgehen auch zu einem Verbrechen gegen den Staat erklärt hat, so hat er doch eingeräumt, dass sich die Wesensgleichheit Jesu mit dem Vater nicht auf körperliche Dinge beziehen kann.« Er hob bedauernd die Hände. »Majestät, es tut mir wirklich leid«, sagte er. »Es war schwierig, den Kaiser völlig zu überzeugen. Besser gesagt beinahe unmöglich, weil er im Verlauf der Debatte mehrmals die Seiten gewechselt hat.«

»Was soll das heißen, Athanasius?« Helenas Augen funkelten.

»Der Kaiser hat gesagt, es sei ihm völlig egal, wer recht bekommt.« Der Erzdiakon senkte den Kopf. »Das Wichtigste für ihn wäre, dass Frieden und Ruhe im Reich einkehren würden und dass die Christen aller Nationen endlich mit einer geeinten Stimme reden würden. Er hat mehrmals unterstrichen, dass die endgültige Antwort auf die Frage nach der Natur des Erlösers auf einer geistigen und nicht auf einer stofflichen Ebene zu finden sei. Ich denke, er hat dabei an die Auferstehung gedacht.«

»Er hat sich eine Hintertür offen gelassen, dieser Heide!«, zischte die Kaisermutter. »Ich habe ihn bis heute nicht dazu bringen können, sich taufen zu lassen. Das war ein Fehler. Er muss endlich aufhören, diesen Sonnengott anzubeten, und lernen zu glauben.«

»Das wäre sicherlich das Beste.« Athanasius zwang sich zu einem Lächeln. »Der Heilige Geist möge ihn erleuchten.«

»Wir haben schon viel erreicht, aber jetzt müssen handfeste Beweise her!«, flüsterte die Kaisermutter.

»Woran denkt Ihr?« Der Erzdiakon schaute verwundert auf die alte Frau, die im Hintergrund so geschickt die Fäden zog.

»Ist Makarius, der Bischof von Jerusalem, hier?«, antwortete Helena mit einer Gegenfrage.

»Ja, mit zwei oder drei Vikaren und Diakonen, wie der Kaiser es verlangt hat«, bestätigte Athanasius. »Er hat die Trinität in vorderster Linie verteidigt, Majestät«, fügte er rasch hinzu. »Ich weiß aber nicht...«

»Ich werde nach Jerusalem reisen, um dort etwas zu überprüfen«, unterbrach ihn die Kaisermutter. »Und so meinen Sohn schließlich voll und ganz zu überzeugen.« Sie stürmte mit großen Schritten los in Richtung der Säle, aus denen die lauten Stimmen der Feiernden erklangen.

»Was habt Ihr vor?«, erkundigte sich Athanasius aufgeregt und bemühte sich, auf seinen kurzen Beinen mit der drahtigen Siebzigjährigen Schritt zu halten.

»Kaiser Tiberius, dieser perverse Wahnsinnige, hat Quästoren nach Judäa und Galiläa geschickt, um die Vorkommnisse um unseren Herrn und Erlöser untersuchen zu lassen. Die Akten befinden sich im kaiserlichen Archiv in Rom«, antwortete sie entschlossen. »Laut diesen Berichten liegt das Grab unseres Herrn heute unter einem Tempel der Venus verborgen. Wir werden es öffnen und so die Auferstehung unwiderlegbar beweisen, weil es natürlich leer sein wird. Damit sollte dann auch der letzte Zweifler die Falschheit und Verderbtheit der Lehre des Arius begreifen.«

»Eine hervorragende Idee, Majestät!«, Athanasius klang aufgeregt. »Nach jüdischem Ritus müssen auch alle Geräte und Kleider, die das Blut eines Verstorbenen aufgenommen haben, mit dem Leichnam bestattet werden. Das Blut gilt als Sitz des Lebens, das aufbewahrt werden muss. Also auch...«

»Klug seid Ihr, Athanasius, sehr klug. Und gebildet!«, unterbrach ihn Helena sichtlich begeistert. »Unser Erlöser war ein jüdischer Priester. Das bedeutet, wir finden dort auch das wahre Kreuz unseres Herrn und alle Zeichen seines Martyriums. Und diese Zeugnisse bringen wir nach Konstantinopel zu unserem Sohn. Dann muss auch er eingestehen, dass Jesus Christus die Wahrheit und das Leben ist.«

»Eure Weisheit überragt die meine«, seufzte der Erzdiakon bewundernd und verbeugte sich ehrfurchtsvoll.

»Jetzt geht zu Bischof Makarius und unterrichtet ihn von meinem Entschluss«, befahl die Kaisermutter und blickte kurz dem kleinen Erzdiakon nach. Dann drehte sie sich um. »Maxentius!«

Der Hauptmann ihrer Leibwache, stets in Rufweite, stand Augenblicke später neben ihr und verneigte sich. »Wie lauten Eure Befehle, Majestät?«

»Unterrichtet mein Gefolge, wir reisen morgen nach Jerusalem.« Sie glättete den Stoff ihrer Gewänder, straffte sich und schob den Vorhang zur Seite. Dann betrat sie den Festsaal, um ihren Sohn vor den versammelten Bischöfen in die Arme zu nehmen. Es würde ein kurzer Aufenthalt in der Heimat werden. Aber ein leeres Grab und das Kreuz Jesu waren zu wichtig, um auch nur einen Tag länger zu warten. Es war an der Zeit, das Wissen für den Glauben einzusetzen.

Schöngrabern, Weinviertel/Österreich

Der gelbe Lada Taiga hielt mit quietschenden Bremsen auf dem kleinen Gästeparkplatz in Schöngrabern. Georg Sina kletterte aus dem Fond und streckte sich. Ein leises Knacken verriet ihm, dass seine Rückenwirbel und Bandscheiben wieder an ihren Platz zurückgekehrt waren.

»Danke!«, ächzte er. »Jetzt weiß ich, dass ich definitiv keine achtzehn mehr bin. Und gegen dieses Fakirbrett ist mein Haflinger eine Sänfte. In dieses Auto steigt man ja nicht ein, das zieht man sich an!«

»Hören Sie doch auf, Professor«, lachte Barbara und öffnete Tschak die Hintertür. »Seit fast einer Stunde lästern Sie in einem fort. Seien Sie froh, dass die Mutter Oberin mir den Lada zur Verfügung gestellt hat, solange ich vom Dienst freigestellt bin. Sonst hätten wir Ihre rote Rostlaube nehmen müssen.«

Georg zuckte nur mit den Schultern und schlug die Seitentür zu. »Hören Sie sich das an!« Er öffnete die Tür erneut und ließ sie mit einem lauten metallischen Krach ins Schloss fallen. »Made in the U.S.S.R.!« Sina zog seine Augenbrauen nach oben und deutete mit beiden Händen auf die Wagenseite, als würde er Barbara an einem Verkaufsstand etwas anpreisen. »Und erst dieses Design!«, rief er aus. »Feinste, russische Linienführung. Sollte ich einmal ein Auto brauchen, das man auf den Boden werfen und draufspringen kann und das dann immer noch läuft, dann weiß ich, wo ich suchen muss. Eine aussterbende Spezies: kantig, kultig, urig und keine Spur von Luxus. Fast ist man versucht zu sagen – streng katholisch!«

Die Nonne überhörte geflissentlich Sinas kleinen Seitenhieb und schlug gut gelaunt mit der flachen Hand auf die Motorhaube. »Startet bei zwanzig Grad minus ohne Probleme …«

»… tu ich auch…«, gab Sina zurück.

»… läuft immer…«, fuhr Barbara fort.

»… mit genügend Tee kann ich das auch von mir behaupten…«

»… hat zwar schon ein paar Jahre auf dem Buckel, rostet an ein paar Ecken und Kanten und ist bereits eingedellt…«, Barbara grinste und wartete auf Sinas Erwiderung.

»Kein Kommentar«, sagte der und winkte ab. »Schon gut, ich möchte der ehrwürdigen Mutter ihr Auto nicht weiter madigmachen.« Er sah Barbara forschend an. »Wo kommt sie denn her? Aus Nowosibirsk?«

Die Nonne schüttelte den Kopf in gespielter Verzweiflung.

Der Wissenschaftler steckte die Hände in die Hosentaschen und marschierte, leise in sich hineinlachend, davon. Tschak, der gerade am Stamm einer wuchtigen Linde sein Bein hob, bellte kurz und sprang dann hinterher.

»Schauen Sie sich diesen Bau gut an«, meinte Sina, »das ist ein ganz besonderes mittelalterliches Juwel, wie man es sonst nur in Westfrankreich findet. In Österreich ist aus dieser Zeit nichts Derartiges bekannt.«

Er machte eine weit ausholende Armbewegung. »Hier war zwischen 1210 und 1230 gar nichts, außer dichtem Wald und ein paar verstreuten Siedlungen. Hier grüßten sich Fuchs und Hase nicht mal mehr. Und trotzdem…« Sina schüttelte erstaunt den Kopf.

Nichts hatte auf den spektakulären Kirchenbau hingewiesen, als sie von Eggenburg kommend über die grünen Hügel in die kleine Gemeinde gerollt waren. Schöngrabern schien ein Ort wie Hunderte andere auch zu sein: niedrige Häuser und Bauernhöfe, die sich um eine große Tankstelle an der zentralen Kreuzung duckten. Dem barocken Kirchturm auf der Anhöhe war in all den Jahren jeder Glanz abhandengekommen. Sein Verputz war in langen Wintern grau und rissig geworden, die ehemals weißen Stuckelemente der Fassade waren nicht mehr von den glatten Flächen zu unterscheiden.

Die Zeit schien hier schon vor Langem stehen geblieben zu sein. Das Zifferblatt der Turmuhr war so verrostet, dass man darauf nichts mehr erkennen konnte.

Vielleicht ist Zeit hier nicht mehr so wichtig, dachte Georg.

Barbara blickte in die Runde. »Volksschule, Pfarrhof, Kirche, eine altösterreichische Mustergemeinde wie aus dem Bilderbuch.«

»Auf den ersten Blick ja, wäre da nicht diese Apsis«, warf Sina ein und wies mit ausgestrecktem Arm auf die Rückseite der Pfarrkirche. Barbara folgte seinem Blick und sah zuerst nur die wuchtige, unverputzte Mauer der Südseite mit einem zugemauerten Portal und kleinen Rundbogenfenstern, die dem schlanken Gebäude den Anschein von Festigkeit und Stärke gaben. Exakt gehauene, ockerfarbene Quader fügten sich fast nahtlos aneinander. Eine Burg Gottes, dachte Barbara, typisch für die Romanik.

Georg schien ihre Gedanken lesen zu können. »Die Gliederung basiert auf einer heiligen Geometrie, Symbol der kosmischen und der göttlichen Ordnung.«

Die Apsis, die sich schmal und niedrig nach Osten aus dem schlanken Langschiff der Kirche wölbte, war mit grob gehauenen Figuren bevölkert. Ihre großen, streng blickenden Augen starrten in die weite, niederösterreichische Landschaft, so als warteten sie auf irgendetwas. Fenster, gesäumt von Säulen, die mit Flechtwerk und Pflanzenornamenten geschmückt waren, unterteilten die Gruppen. Die Kapitelle der Säulen erinnerten an Blütenkelche, Zeichen der Fruchtbarkeit und der Schönheit.

Georg sah genauer hin. Im Gegensatz zu den strengen geometrischen Formen wanden sich überall an den Wänden der Apsis Fabelwesen, glotzten Neidköpfe und Fratzen dem Betrachter entgegen, brachten Unruhe in die Harmonie der Formen. Jeder noch so kleine Freiraum war ausgenutzt, zum Leben erweckt worden, wirkte im Kontrast zu den glatten Flächen unheimlich beseelt.

»Das ist also die steinerne Bibel«, stellte Barbara beeindruckt fest.

Georg nickte in Gedanken versunken. Dann pfiff er nach Tschak und stieg die Stufen nach oben. Er drückte die Klinke des kleinen Tors in dem niedrigen grauen Zaun, der die Kirche vom Rest des Platzes trennte. »Wir haben Glück! Es ist offen. Also auf zur Entdeckungsreise!« Der kleine Hund sprang ungeduldig zwischen Georgs Beinen hindurch und begann sich zufrieden in der feuchten Wiese zu wälzen.

»Kulturbanause!«, tadelte ihn Sina lächelnd und wandte sich dann an Barbara: »Wir sollten jemanden auftreiben, der uns vielleicht etwas mehr erzählen kann. Eine Führung durch die Kirche wäre ein schöner Anfang.«

»Ich probiere es drüben im Pfarrhaus«, gab Barbara zurück, »vielleicht ist Hochwürden ja zu Hause.« Sie ging zielstrebig auf die Gartentür in der Mauer zu und drückte entschlossen auf den Klingelknopf unter dem Namensschild »Mayröcker«.

Ein paar Minuten lang passierte nichts. Als Georg erneut klingelte, bewegte sich der Vorhang an einem der Fenster. Hinter der weißen Spitzengardine erkannte Buchegger die dunklen Umrisse eines Mannes.

»Der glaubt wirklich, wir bemerken ihn nicht«, flüsterte sie Georg zu und winkte dabei fröhlich lächelnd der Gestalt zu. Blitzartig fiel der Vorhang wieder zurück, und die Silhouette verschwand.

Barbara warf Sina einen fragenden Blick zu. Aber der zog nur die Mundwinkel nach unten und zuckte mit den Schultern. »Mir scheint, Merkwürden fremdelt ein bisschen ...«, sagte er und wandte sich zum Gehen.

»Unsinn. Ein Seelsorger hat das Läuten an seiner Tür nicht zu ignorieren.« Schelmisch fügte sie hinzu: »Und wer könnte einer Nonne schon etwas abschlagen?« Damit lag ihr Daumen schon wieder auf dem Klingelknopf.

Da ging das Fenster im Pfarrhof auf und ein feister, blasser Mann mit Halbglatze kam zum Vorschein, eine weiße Stoffserviette über der Brust. »Ja, bitte? Was wollen Sie von mir?«, fragte er übellaunig.

»Grüß Gott!«, rief Barbara mit übertriebener Freundlichkeit. »Sind Sie Herr Pfarrer Mayröcker?«

»Kenne ich Sie?«, wunderte sich der Pfarrer.

»Dein Name steht neben der Klingel, du Depp!«, brummte Georg kaum hörbar und wandte sich ab, um die Besichtigung der Kirche auf eigene Faust anzutreten.

Barbara räusperte sich und hielt Sina am Oberarm fest. »Nein, Hochwürden, nicht direkt. Ich begleite Professor Sina von der Universität Wien.« Sie wies auf Georg, der die Augen verdrehte. »Er recherchiert gerade für sein neuestes Buch über bedeutende kirchliche Baudenkmäler in Niederösterreich. Und da mussten wir früher oder später ihrem berühmten Gotteshaus in diesem wunderschönen Ort einen Besuch abstatten.« Buchegger lächelte entwaffnend. »Vielleicht hätten Sie Zeit für eine kurze Führung? Ein paar erklärende Worte? Sie als Pfarrer dieser Gemeinde sind schließlich der Experte.«

»Na ja, hm...« Hochwürden räusperte sich. »Sie müssen wissen, ich bin im Augenblick leider sehr beschäftigt...« Er überlegte kurz, dann zog er sich mit einer fahrigen Handbewegung die Serviette aus dem Stehkragen. »Warten Sie einen Augenblick, ich komme zu Ihnen hinunter.« Er schloss das Fenster, und die Gardine schwang wieder an ihren Platz.

Sina schaute Barbara an, die sich die Hand vor den Mund hielt und leise vor Lachen prustete. »Das war ja gar nicht schlecht!«, lobte Georg. »Schwester Barbara lügt, ohne rot zu werden...«

Sie grinste Sina an: »Nonnen lügen nie!« Dann drehte sie sich um und kraulte Tschak hinter dem Ohr. »Sie schwindeln höchstens ein wenig ab und zu.«

Im Speisezimmer wischte sich Mayröcker mit einer Serviette den Schweiß von der Stirn. Er lief mehrmals planlos im Zimmer auf und ab, schlich dann gebückt wieder ans Fenster und beobachtete den großen Mann mit Vollbart, der mit verschränkten Händen auf die Kirche blickte, während die zierliche Nonne einem kleinen hellen Hund hingebungsvoll das Fell zerwuschelte.

Was sollte er tun?

Schließlich fasste er einen Entschluss und eilte an seinen Schreibtisch. Er hob den Hörer des Telefons ab, presste ihn an sein Ohr und wählte eine Nummer, die er von einer eleganten, geprägten Visitenkarte ablas. Es läutete mehrmals, bevor sich ein Mann meldete. »Mayröcker, was fällt Ihnen ein, mich anzurufen? Ich bin gerade in einer wichtigen Besprechung!«

»Ich bitte vielmals um Verzeihung«, stotterte der Pfarrer und wischte sich wieder den Schweiß ab. »Ich bewundere Ihre Weitsicht und Menschenkenntnis. Es ist genau so eingetreten, wie Sie es vorhergesagt haben...«

»Machen Sie es kurz. Was wollen Sie?«

»Äh«, machte Mayröcker. »Dieser Professor, von dem Sie mir erzählt haben, steht draußen vor der Kirche.«

Für einen Moment blieb es still. Dann ertönte die mürrische Stimme wieder. »Woher wollen Sie überhaupt wissen, dass er es ist? Ihre Kirche ist ein Tourismusziel! Vielleicht ist es irgendwer ganz anderes.« Der Mann am anderen Ende der Leitung klang zunehmend ungeduldig. »Ich hätte Ihnen nicht beschreiben sollen, wie er aussieht. Jetzt rufen Sie mich alle fünf Minuten an, weil Sie überall Gespenster sehen.«

»Er ist es. Ich weiß es!« Die Stimme des Pfarrers überschlug sich fast vor Aufregung. »Und er ist nicht alleine. Eine junge Ordensschwester ist bei ihm. Ich soll sie herumführen, weil Professor Sina für ein Buch recherchiert oder so...«

»Sie sind ein Idiot, Mayröcker«, sagte der Fremde trocken. Dann überlegte er kurz, bevor er weitersprach. »Beruhigen Sie sich erst einmal. Das ist zwar eine neue, aber durchaus positive Entwicklung. Gehen Sie raus, seien Sie freundlich und kümmern sich um die zwei.«

»Und was soll ich ihnen erzählen?«, japste der Pfarrer und fuhr sich mit dem Finger zwischen Kragen und Hals.

»Alles!«, befahl der andere. »Alles, was Sie wissen. Das ist sowieso nicht viel. Der Herrgott hat Sie vielleicht mit anderen Gaben gesegnet, Verstand gehört jedenfalls nicht dazu. Um den Rest kümmere ich mich.«

Der Pfarrer wusste nicht, was er sagen sollte.

»Machen Sie sich keine Gedanken, Mayröcker, das könnte Ihnen schaden«, meinte die Stimme am Telefon ironisch. »Zeigen Sie dem Professor und der Nonne die Kirche, und wenn sie wieder weg sind, dann machen Sie Dienst nach Vorschrift wie immer. Schieben Sie eine ruhige Kugel, damit können Sie keinen weiteren Schaden anrichten. Nehmen Sie Ihren Pfarrkindern die Beichte ab, spenden Sie die Sakramente und vergessen Sie, was heute passiert ist. Und, Mayröcker? Halten Sie sich auch weiterhin brav von den Schulbuben fern. Denn ohne meine schützende Hand könnte sonst bald das kalte Wasser der Gefängnisdusche auf Ihre Glatze prasseln. Und jetzt laufen Sie und kümmern Sie sich um Ihre beiden Besucher!«

»Jawohl! Das mache ich, Sie können sich auf mich verlassen. Auf Wiederhören!«, schnaufte Mayröcker und verbeugte sich instinktiv. Aber sein Gruß ging bereits ins Leere, die Verbindung war längst unterbrochen.

Der Pfarrer ließ den Hörer auf die Gabel des alten Telefons fallen und eilte aus dem Zimmer.

Apostolische Bibliothek, Vatikanstadt, Rom/Italien

Hier ist nichts und niemand jemals sicher ...
Diese prophetischen Worte von Kardinal Santori, Berater von sieben Päpsten im 16. Jahrhundert und erfolgreichster Großinquisitor der katholischen Kirche, gingen Paolo Bertucci nicht aus dem Kopf. Er winkte dem Portier am Empfang der Apostolischen Bibliothek kurz zu und ging dann hinüber zu der Sicherheitsschleuse, die zu den Büros führte. Die Vatikanischen Geheimarchive, der Bibliothek angegliedert, waren ein rechercheteichnischer Albtraum. Mehr als fünfundachtzig Kilometer Regale voller Akten, Bücher, Faszikel, gebundener Korrespondenzen und Schachteln mit Sammlungen, vieles nicht katalogisiert und anderes nur mangelhaft erfasst.

Bertucci zog seinen Ausweis aus der Aktentasche und hielt ihn dem Sicherheitsbeamten hin.

Hier ist nichts und niemand jemals sicher ...

Der Advocatus Diaboli sah die schwere Pistole im Halfter des Schweizergardisten, als der sich vorlehnte und über eine extrem flache Tastatur Namen und Uhrzeit eingab, bevor er den kreditkartengroßen Ausweis in einen Scanner steckte. Bertucci musste lächeln. Seit Santori im Vatikan gewirkt hatte, war viel Zeit vergangen und noch mehr hatte sich geändert. Und doch ...

Sein Blick fiel auf ein Ölgemälde hinter dem Empfang, ein Porträt von Pius XII., Papst in den Jahren des Zweiten Weltkriegs. So viel hatte sich in manchen Bereichen vielleicht doch nicht geändert, dachte Bertucci, der Geist des Großinquisitors Santori schwebte noch immer über Rom. Der Vatikan war seit Anbeginn eine Welt für sich gewesen, oft genug eine Schlangengrube, wenn es um Macht, Einfluss und die Führung in der Kirche ging und alle Mittel recht waren. Die Geschichte der Päpste und damit des Vatikans war eine Abfolge lautloser Kämpfe, geheimer Intrigen und kluger Schachzüge. Ein zähes Ringen und manchmal auch ein kühner Schnitt hatten in den letzten Jahrhunderten oft viel diskutierte Entscheidungen gebracht.

Vereinzelt war hinter den Kulissen die Geschichte mit Blut geschrieben worden. Kaum ein Pontifex in der Gruft unter dem Petersdom war auf natürliche Art dorthin gelangt, bevor die Zeiten zivilisierter geworden waren.

Der Sicherheitsbeamte gab mit unbewegter Miene Bertucci den Ausweis zurück, musterte die große Aktentasche, überlegte kurz, drückte dann auf einen Knopf und nickte dem Kardinal zu. Da öffnete sich die hohe, intarsierte Tür auch schon, und eine dunkelblonde, schmächtige Archivarin im Business-Kostüm blickte erwartungsvoll auf den Besucher. Als sie den Advocatus Diaboli erkannte, streckte sie ihm freundlich ihre Hand entgegen.

»Was für ein Glanz in unserer Abteilung«, lächelte sie, bat Bertucci herein und zog die quietschende Tür hinter dem Kardinal wieder zu. Der Holzboden knarrte leise unter ihren Füßen. Ein heller Gang mit Büros, die links und rechts abgingen, erstreckte sich vor ihnen. »Sie waren lange nicht mehr hier.«

Der Advocatus Diaboli erwiderte ihr Lächeln. »Nun, ich nehme an, es hat sich nicht viel verändert, Dottoressa. Nur in amerikanischen Filmen gibt es hier Bücher- und Aktentresore mit dicken Glaswänden, deren Betreten lebensgefährlich sein kann ... Oder hat plötzlich die Hochtechnologie im Archiv Einzug gehalten und ich weiß nichts davon?«

Dottoressa Zanolla lachte. »Wir kämpfen noch immer mit dem ganz gewöhnlichen Staub der Akten, durchbrennenden Neonröhren und Besuchern, die ihre Handys nicht ausgeschaltet haben.« Sie seufzte und schaute auf die Uhr. »Heute sind wieder alle siebzig Arbeitsplätze im Besuchersaal besetzt, und es fehlen uns zwei Mitarbeiter. Ich habe deswegen leider nicht allzu viel Zeit für Sie, Eminenz. Um ehrlich zu sein, gar keine.«

»Sie werden mich ganz schnell wieder los«, zwinkerte Bertucci der Archivarin zu. »Ich wollte meinen alten Freund Michele besuchen. Ist er da?«

»Kardinal Rossotti ist gerade in einer kurzen Besprechung, soviel ich weiß, aber ich bin sicher, er wird erfreut sein, Sie zu sehen. Darf ich Sie alleine lassen? Sie kennen ja den Weg.« Die Archivarin wies auf einen kleinen Tisch, der im Gang stand, voll geräumt mit Akten und Unterlagen. »Ich muss mich wieder meinen Besuchern widmen, so leid es mir tut. Aber vielleicht kann ich Ihnen demnächst bei einem Essen mehr von meinen Forschungen berichten? Es wird Sie sicher interessieren, ich verspreche Ihnen, Sie nicht zu langweilen.«

»Mit Vergnügen, Dottoressa«, gab Bertucci zurück, »Sie haben meine Nummer. Ich freue mich immer über eine anregende Unterhaltung bei einem guten Essen.«

»Das einzige Problem ist, Sie in Rom zu erwischen«, erwiderte die Archivarin und schaute Bertucci listig von der Seite an, während sie noch ein paar Stöße mit Akten auf ihren Arm lud. »Man sagt, Sie verbringen mehr Zeit in der Luft als an Ihrem Schreibtisch.«

»Da ist man Gott näher«, lächelte Bertucci, verabschiedete sich rasch und machte sich auf den Weg zum Büro von Kardinalbibliothekar Michele Rossotti, dem Leiter des Geheimarchivs. Sein offizieller Titel war »Archivar der Heiligen Römischen Kirche«, und Rossotti, im gleichen Jahr in den Vatikan gekommen wie Bertucci, bezeichnete sich scherzhaft immer als »Ewig Suchender« im wahrsten Sinne des Wortes. Die ersten gemeinsamen Jahre im Vatikan hatten die damals jungen Priester Rossotti und Bertucci zusammengeschweißt. Es war eine enge Freundschaft entstanden, die nun bereits seit Jahrzehnten die Intrigen, die Grabenkämpfe der Macht und insgesamt fünf Päpste überdauerte. Rossotti, Sohn einer reichen Mailänder Anwaltsfamilie und seit vier Jahren Leiter des Vatikanischen Archivs, war auch Mitglied der Kongregation für die Selig- und Heiligsprechungsprozesse. In dieser Funktion war er der Gegenspieler Bertuccis.

Er war der Advocatus Angeli.

Der Kardinal klopfte an der Tür, neben der auf einem einfachen Aluminiumschild »M. Rossotti« stand. Er wollte eine Antwort abwarten, aber es kam keine, und so trat Bertucci nach einem Augenblick des Zögerns ein. Das Vorzimmer war, entgegen aller Erwartungen, leer. Der Sekretär des Archivleiters schien wohl gerade unterwegs zu sein. Bertucci zuckte mit den Schultern und blickte etwas ratlos auf den Flatscreen des PC, auf dem sich das Vatikanische Siegel als Bildschirmschoner endlos in einem schwarzen Weltall ohne Sterne drehte. Es war völlig still hier, die lärmenden und fotografierenden Touristen schienen meilenweit entfernt zu sein. An der Tür zum Büro Rossottis hing ein »Bitte nicht stören«-Schild, das er und Bertucci vor langen Jahren anlässlich einer Konferenz in einem deutschen Fünfsternehotel mitgenommen hatten. Es zeigte einen kleinen, schlafenden Hund mit Zipfelmütze. Aber die Rückseite war es, die sie zu ihrer kleinen Sünde angestiftet hatte. Da stand nämlich in großen Blockbuchstaben »Bitte wecken!«.

Aus dem Büro nebenan war eine Stimme zu hören. Rossotti schien zu telefonieren, und so setzte sich Bertucci in einen der Besuchersessel, die entlang der Wand aufgereiht waren. Er schaute auf, und der Heilige Vater lächelte auf ihn herab, in Form eines lebensgroßen Porträts an der gegenüberliegenden Wand. Nur die Farben auf dem Foto schienen dem Zuckerguss einer italienischen Hochzeitstorte entlehnt worden zu sein.

Bertucci war ganz in seine Gedanken vertieft und so überhörte er, dass Rossotti sein Gespräch beendet hatte. Mit einem Mal sprang die Tür auf und der Advocatus Angeli stand im Raum, wollte das kleine Schild von der Klinke entfernen und erblickte dabei seinen Freund. Ein Lächeln überzog das gefurchte Gesicht des hageren, großen Mannes, der gleich alt wie Bertucci war und doch zehn Jahre älter aussah. Sein volles, schlohweißes Haar, seine Hakennase und das spitze Gesicht verliehen Rossotti das Aussehen eines alten Habichts. Eines bösen alten Habichts, wenn man die durchdringenden Augen und die zusammengepressten Lippen in das Bild mit einbezog. Doch das Äußere täuschte. Der Archivar war trotz seiner spitzen Zunge die Güte in Person.

»Wir geben keine Auskünfte an den Teufel«, grinste Rossotti und breitete die Arme aus, um seinen Freund zu begrüßen.

»Ich glaube kaum, dass du etwas in diesen Mauern hast, das er noch nicht kennt«, gab Bertucci ironisch zurück. »Ich an deiner Stelle würde ihn einstellen. Er weiß nämlich auch, wo was steht. Du weißt ja, allwissend ist er zwar nicht, doch es ist ihm viel bewusst...«

»Dann käme er gerade recht«, erwiderte Rossotti und legte den Arm um die Schultern seines Freundes, den er um zwei Köpfe überragte. »Der Geheimdienst war gerade bei mir und wollte Auskünfte über Dinge, von denen ich keine Ahnung habe.«

Bertucci stockte und sah die Verwirrung in den Augen des Archivleiters. »›Pro Deo‹ war hier? Etwa Scaglietti und Bertani?«

Hier ist nichts und niemand jemals sicher ..., flüsterte hartnäckig eine Stimme in seinem Kopf.

Rossotti schaute ihn überrascht an. »Bist du Hellseher, Paolo? Oder hast du bessere Verbindungen zu deinem Chef als ich zu meinem?« Er schob seinen Freund in das große Büro mit der riesigen barocken Sitzgarnitur in Gold und Scharlachrot, zu der ein moderner, unaufgeräumter Schreibtisch aus Glas und dem Chromvolumen eines amerikanischen Straßenkreuzers aus den 60er-Jahren kontrastierte. Genau dahin steuerte auch Rossotti und zog den Advocatus Diaboli mit sich.

»Setz dich lieber hierher auf den Besucherfauteuil, Paolo. In den Polstern dieses scharlachroten Monstrums geht man unter und taucht nie wieder auf. Etwas für verweichlichte Kardinalsär...«

»Psch...!«, unterbrach ihn Bertucci kopfschüttelnd.

»Ist schon gut«, seufzte Rossotti und ließ sich in seinen Drehsessel fallen. »Diese Typen von Pro Deo glauben auch, sie bräuchten nur mit den Fingern zu schnippen und schon melden sich die Akten von selbst und springen aus den Regalen. Ich hab ihnen meinen Sekretär mitgegeben, den armen Luigi. Jetzt schauen sie mit ihm die Indizes durch. Aber ich glaube kaum, dass sie etwas finden werden.«

»Verrätst du mir, was sie eigentlich bei dir wollten?«

»Ich mag diese Figuren nicht«, stellte Rossotti fest, stützte sich mit den Ellenbogen auf die Glasplatte und legte die Fingerspitzen zusammen. »Sie sagen nichts und wollen alles wissen.« Er sah seinen Freund durchdringend an. »Und was ihren Ruf betrifft, so würde ich die ganze Truppe lieber weit weg vom Vatikan sehen als in diesen Mauern.«

»Der Heilige Vater hat sie vor Kurzem empfangen, knapp vor der Unterredung, aus der ich gerade komme«, meinte Bertucci nachdenklich und fuhr sich mit der flachen Hand über seinen kahlen Kopf. »Ich frage mich, was für einen Auftrag er ihnen erteilt hat.«

»Oder sie haben ihm einen erteilt«, gab der Archivar mit einer vor Zynismus triefenden Stimme zurück. »Darf ich dich an den ›Bankier Gottes‹, einen gewissen Licio Gelli, unter der Blackfriars Bridge in London erinnern und an die Schlinge um seinen Hals? Am Tag, an dem seine Leiche in England gefunden wurde, stürzte seine Sekretärin in Mailand aus dem Fenster der Bank in den Tod. Zufall? Eine Woche vor seinem Ableben soll Gelli gesagt haben, ›Wenn mir etwas zustößt, muss der Papst zurücktreten‹. Manchmal frage ich mich, wer hier ausführt und wer im Vatikan eigentlich regiert...«

»Also noch mal, Michele. Was wollten sie?«, unterbrach ihn Bertucci ungeduldig und lehnte sich vor.

»Sie haben kryptische Ansagen gemacht und hatten vor allem eines nicht – Zeit.« Rossotti kramte unwillig auf seinem Schreibtisch und suchte einen kleinen Zettel, der mit einigen Zeilen grüner Tinte bekritzelt war. Dann las er vor. »Sie suchen die Aufzeichnungen einer byzantinischen Prinzessin, eines Neffen des vatikanischen Präfekten und eines österreichischen Zwerges.«

»Wie bitte?« Bertucci war völlig verblüfft. Davon hatte der Papst kein Wort gesagt, soweit er sich erinnern konnte. Und er hatte ein gutes Gedächtnis.

»Ich bin beruhigt, dass du genauso reagierst wie ich«, nickte Kardinal Rossotti und ließ den Zettel wieder sinken.

»Ich bin ganz und gar nicht beruhigt«, gab Bertucci zurück. »Haben sie Namen genannt?«

Sein Gegenüber verzog das Gesicht. »Aus Sicherheitsgründen nicht. Sie wollten meine Erlaubnis, selbst in den Indizes und Sammlungen suchen zu gehen, aber ohne Aufsicht kam das nicht infrage, päpstlicher Brief hin oder her. Also gab ich ihnen Luigi mit.«

»Sie hatten ein Schreiben des Heiligen Stuhls?« Der Advocatus Diaboli war erstaunt und alarmiert zugleich. Hier stimmte etwas ganz und gar nicht.

»Sie haben die ganze Zeit damit vor meiner Nase herumgefächelt«, ärgerte sich der Archivar. »Aber gelesen habe ich es nicht. Den Gefallen habe ich ihnen nicht getan...«

»Michele, Pro Deo tut niemandem einen Gefallen. Die nehmen sich, was sie brauchen«, erinnerte Bertucci seinen Freund leise. »Und dann beseitigen sie die Spuren.«

»Aber die Wichtigtuer haben eines übersehen«, meinte Rossotti und lehnte sich vor. »Ich habe seit meiner Jugend gelernt, Spiegelschrift und auf dem Kopf stehende Dokumente zu lesen.« Er kicherte leise. »Es war zwar eine handschriftliche Notiz, die sie versuchten, vor mir zu verstecken, aber es geht um die Kaiserin Theophanu oder so ähnlich, einen gewissen Marino oder Marini, und der österreichische Zwerg hatte einen ganz seltsamen Namen: Balthasar Jauerling. Den hatten sie sogar in Blockbuchstaben aufgeschrieben, und ich habe ihn mir gemerkt, weil er so ausgefallen war.«

In diesem Moment wurde ohne Anklopfen die Tür aufgestoßen und ein junger Mann mit hochrotem Kopf stürmte herein. Er setzte an, um etwas zu sagen, sah Bertucci und stutzte. Dann stammelte er ein »Tut mir leid, Eminenz, ich wusste nicht...« und blieb unentschlossen stehen, aber Rossotti winkte ihn zu sich.

»Luigi! Ich dachte, Sie würden den restlichen Tag mit den klerikalen James-Bond-Klonen verbringen, und hatte bereits ein schlechtes Gewissen«, lächelte der Leiter des Geheimarchivs und wies auf seinen Besucher. »Sie kennen meinen alten Freund, ›Seine Eiligkeit‹, den Kurier des Papstes und Advocatus Diaboli, Paolo Bertucci?«

Der junge Geistliche nickte zerstreut in Richtung des kleinen Kardinals und versuchte ein Lächeln, das kläglich misslang. Dann beugte er sich zu seinem Vorgesetzten hinunter und wollte in sein Ohr flüstern, aber der Archivar wehrte mit einer Handbewegung ab.

»Reden Sie ruhig laut, Luigi. Es gibt nichts zu verbergen vor Kardinal Bertucci. Er weiß wahrscheinlich mehr als wir alle zusammen. Und er hat das Vertrauen des Heiligen Vaters.« Rossotti schaute seinen Freund für einen Moment nachdenklich an, bevor er seinem Sekretär aufmunternd zunickte.

»Sie haben Akten einfach mitgenommen... ohne zu fragen... ich konnte nicht einmal ein Verzeichnis anlegen...«, stieß Luigi hervor und senkte den Kopf.

Hier ist nichts und niemand jemals sicher... Der Satz von Kardinal Santori war tatsächlich eine Prophezeiung, schoss es Bertucci durch den Kopf, vierhundert Jahre alt und so aktuell wie am ersten Tag.

Rossotti reagierte blitzschnell. Seine Hand lag bereits auf dem Telefonhörer des internen Netzes, kaum hatte der junge Geistliche ausgesprochen. Die Augen des alten Mannes blitzten. »Wache? Haben Scaglietti und Bertani bereits das Archiv verlassen?«, bellte er ins Telefon. Die Antwort des Schweizergardisten war kurz.

Der Archivar des Vatikans ließ den Hörer sinken und schlug wütend mit der Faust auf den Tisch. »Was bilden sich diese Ignoranten eigentlich ein?«, zischte er. »Das ist kein Selbstbedienungsladen, das ist noch immer das Archiv des Papstes.« Er überlegte kurz. »Sei mir nicht böse, Paolo, aber ich muss sofort etwas unternehmen. Du entschuldigst mich? Lass uns morgen gemeinsam essen.«

Als Bertucci wenig später das Archiv verließ und bei der Wache seinen Ausweis vorzeigte, um sich wieder auszutragen, kramte er ein kleines Stück Papier hervor und notierte sich die drei Namen, die Rossotti ihm genannt hatte. Dann verstaute er es ganz unten in seiner großen Aktentasche. Während er die Stufen zum Cortile del Belvedere hinunterstieg und sich auf den Weg in seine Wohnung machte, versuchte er die Informationen aus der Besprechung mit dem Papst und dem Gespräch mit seinem alten Freund auf einen gemeinsamen Nenner zu bringen.

Es beunruhigte ihn zutiefst, als er erkannte, dass ihm dies nicht gelang. Es war, als würden hier zwei völlig unabhängige Ereignisse aufeinandertreffen. Und doch spürte Bertucci, dass genau das nicht stimmte.

Unterretzbach, Weinviertel/Österreich

Der Alte saß in einem abgewetzten Lehnsessel am Fenster, die Hände auf seinen Stock gestützt, und beobachtete seine Besucher, während sein Sohn das unvermeidliche Glas Wein für jeden einschenkte und sich dann wie selbstverständlich mit an den Tisch setzte. Er war ein untersetzter, etwas grobschlächtig wirkender Bauer mit einer spiegelnden Glatze, roten Backen und einem kleinen Schnauzbart. Seine Finger, die auf die Tischplatte trommelten, verrieten seine Aufregung. Er nahm einen Schluck Wein und wischte sich den Mund mit dem Ärmel der Strickjacke ab.

»Sie sind also von der Polizei.« Es war keine Frage, eher eine Feststellung. »Haben Sie einen Ausweis?«

Wortlos legte Burghardt seine Legitimation neben das Weinglas.

Der Weinbauer nickte. »Wollen Sie mit meinem Vater alleine sprechen?«

»Vielleicht ist es gar nicht schlecht, wenn Sie dabei sind«, gab Berner zurück. »Haben Sie eigentlich den alten Franz Reiter gut gekannt?«

Der Bauer zuckte mit den Schultern. »Was heißt schon gut kennen? Hier in diesem Ort kennt jeder jeden, seit Kindertagen. Die meisten sind hier geboren, aufgewachsen und sterben auch hier. Mein Vater hat den Franz viel besser gekannt als ich. Die waren ja auch dieselbe Generation.«

Berner wandte sich dem Alten am Fenster zu. »Sie haben uns bei Ihrem ersten flüchtigen Auftauchen gestern vor dem Presshaus Ihren Namen nicht verraten. Ich bin dafür, Sie holen das jetzt erst einmal nach. Ich weiß nämlich gerne, mit wem ich rede.«

»Maurer, Ferdinand Maurer«, kam die verdrießliche Antwort aus dem Lehnstuhl, »und wer sind Sie?«

»Gruppeninspektor Berner aus Wien, das ist mein Kollege Burghardt, der neue Hausbesitzer, und das da ist ein gemeinsamer Freund, Paul Wagner.« Berner rieb sich die Hände. »So, die Honneurs sind gemacht, und jetzt hätte ich gerne jede Menge Antworten auf noch mehr Fragen. Wie gut kannten Sie Franz Reiter?«

»Warum wollen Sie das wissen?«, krächzte Maurer und streckte kämpferisch das Kinn vor. »Er hat sich umgebracht, jetzt ist er tot, und soviel ich weiß, ist Selbstmord nicht strafbar. Also was hat die Polizei damit zu tun?«

»Das müssen Sie schon uns überlassen«, warf Burghardt ein, »beantworten Sie einfach unsere Fragen.«

Der Alte wandte seinen Kopf ab, schaute beim Fenster hinaus und knurrte unwillig. Er schien zu überlegen.

»Sie wissen doch sonst so viel über die Vergangenheit meines Weinkellers, über alte Geschichten hier im Ort, und ich wette, Sie haben ein ausgezeichnetes Gedächtnis«, stieß Burghardt nach. »Also – wie gut kannten Sie Franz Reiter?«

»Wir waren befreundet«, murmelte Maurer.

»Geht das etwas genauer?«, brummte Berner ungeduldig. »Ich hasse es, kurze Antworten auf lange Fragen zu bekommen.«

»Sie haben sich jeden Tag getroffen, sind im Keller gesessen und haben einen gehoben«, warf Maurer junior ein. »Reiter und er, die waren wie Pech und Schwefel.«

Unwirsch winkte der Alte ab. Er schien in seinem Lehnstuhl zu schrumpfen. Seine Hände krampften sich um den Knauf seines Stockes, öffneten und schlossen sich wieder. Doch er blieb stumm.

»Warum hat sich Reiter umgebracht?« Paul war aufgestanden und trat nun neben Maurer ans Fenster. Der kleine Hof war ordentlich aufgeräumt, eine graue Katze lag auf dem Kopfsteinpflaster und sonnte sich. »Ein alter Mann wie er sollte doch froh sein über die letzten paar guten Jahre. Das Leben hier ist ruhig, der Wein ausgezeichnet, Reiter hatte ein eigenes Haus und keine ernsthafte Krankheit, wie uns sein Hausarzt verriet.« Der Reporter wandte sich Maurer zu. »Also warum?«

»Ich weiß es auch nicht«, brummte der und schloss die Augen, »ich bin kein Hellseher. Was soll das ganze Gerede über Reiter? Ich dachte, Sie sind wegen einem Diebstahl hier!«

»Ein Diebstahl?« Maurer junior horchte auf. »Wem ist was gestohlen worden?«

»Bei mir ist eingebrochen worden«, stellte Burghardt fest, »und nachdem ich neu hier bin, an meinem Hab und Gut hänge und mein Keller kein Durchhaus ist, möchte ich gerne ein wenig mehr über die Sicherheit im Ort und über meine Nachbarn erfahren.«

»Die tschechische Grenze ist nur ein paar Hundert Meter entfernt«, brummte der Alte am Fenster tonlos.

»Erklärt das irgendetwas?«, schaltete sich Berner ein. »Ihr Haus liegt noch näher am Weinkeller...«

»Was wollen Sie damit sagen?«, fuhr Maurer senior auf.

»Noch eine Gegenfrage und ich nehme Sie mit«, drohte Berner. »Es reicht mir jetzt.«

»Sie waren ja gestern auch dabei, als Reiters Leiche aus dem Haus getragen wurde«, warf Paul ein. »Ich habe Sie gesehen. Waren Sie mit ihm verabredet?«

Maurer schüttelte stumm den Kopf.

»Der Krach von dem Lkw, der das Kriegerdenkmal über den Haufen fuhr, war bis hierher zu hören«, erklärte sein Sohn. »Wir waren neugierig und sind nachschauen gegangen, was passiert ist.«

»Sie beide?«, fragte Berner.

»Ja, meine Frau arbeitet in Wien und kommt nur am Wochenende hierher. Sonst wohnt niemand im Haus außer meinem Vater und mir. Ich musste dann wieder in den Keller, wir hatten gestern die mobile Abfüllungsanlage der Genossenschaft gemietet und eine große Bestellung zu erledigen. Mein Vater blieb noch länger. Sie wissen ja, wenn die Alten tratschen...«

»Wenn er zur Abwechslung endlich einmal mit uns tratschen würde...«, brummte der Kommissar und fixierte den Alten im Lehnstuhl. »Wir haben nicht ewig Zeit. Wie Sie sicherlich bereits wissen, waren zwei Skelette im Kriegerdenkmal eingemauert. Männer, die keines natürlichen Todes gestorben sind. Waren Sie am Ende des Krieges in Unterretzbach? Wissen Sie, was damals geschehen ist?«

Maurer presste die Lippen aufeinander und schwieg.

Sein Sohn schaute ihn forschend an. Dann meinte er nachdenklich: »Vater war da, genauso wie Franz Reiter und Fritz Wurzinger, unser Pfarrer. Alle anderen waren eingerückt, aber die drei kamen gerade noch um den Wehrdienst herum. Und für den Volkssturm oder andere unsinnige Aktionen war es sowieso schon zu spät.«

»Halt den Mund!«, fuhr ihn der Alte an. »Du weißt gar nichts!«

»Und Sie wissen alles, sagen aber nichts«, kommentierte Berner trocken. »Also halten Sie entweder den Mund, wenn wir mit Ihrem Sohn reden, oder rücken Sie endlich mit Ihren Geschichten heraus. Und ich rate Ihnen eines, Herr Maurer. Diese Geschichten stimmen besser, weil ich sie alle nachprüfen werde. Im Zweifelsfall bei Pfarrer Wurzinger, der darf von Berufs wegen nicht lügen.«

Maurer schoss einen giftigen Blick auf seinen Sohn ab.

»Ich würde jetzt an Ihrer Stelle ganz schnell zu erzählen beginnen«, erinnerte ihn Paul. »Der Kommissar kann richtig unangenehm werden, glauben Sie mir, ich hab's schon erlebt.«

»Und da ist noch der Einbruch in meinen Keller«, warf Burghardt ein.

»Was fehlt denn?«, wollte Maurer junior wissen.

»Ein kleiner Reisekoffer mit brisantem Inhalt. Eine komplette SS-Uniform mit Handschuhen und Orden, ein Dolch, eine Luger und ein Dokument, unterschrieben vom lokalen Bauernführer.«

»Braunschweiger, diese Null«, nuschelte der Alte am Fenster.

»Sieh an, die Erinnerung kommt wieder«, sagte Berner. »Genau das war der Name auf dem Dokument. Und da war noch ein anderer: Adolf Markhoff. Sagt Ihnen der auch etwas?«

Maurer junior schaute Burghardt an. »Den Markhoffs gehörte Ihr Weinkeller, bevor sie…«

»Das geht niemanden etwas an«, unterbrach ihn sein Vater.

Berner sprang auf und beugte sich zu dem Alten im Lehnstuhl hinunter, bis sein Gesicht nur mehr wenige Zentimeter vor den rot geäderten Wangen Ferdinand Maurers war. »Mir reißt gerade der Geduldsfaden«, zischte er, »ich nehme Sie in Beugehaft, wenn Sie jetzt nicht den Mund aufmachen. Und dann werfe ich den Schlüssel Ihrer Zelle in den nächsten Kanal. Außerdem hänge ich Ihnen einen ganzen Rattenschwanz von Verfahren an – von Behinderung der Staatsgewalt bis zu Einbruch und Beihilfe zum Mord. Also denken Sie schnell nach, ganz schnell!«

Maurer war erschrocken zurückgefahren und starrte Berner mit weit aufgerissenen Augen an. »Mord? Sie werden doch nicht...«

»Ich werde, verlassen Sie sich drauf«, gab Berner drohend zurück. »Bis ein Anwalt Sie da wieder draußen hat, feiern Sie Ihren neunzigsten Geburtstag oder man trägt Sie mit den Füßen voran aus dem Knast.« Der Kommissar richtete sich auf und funkelte Maurer an. »Los jetzt, und ich will die Wahrheit hören.«

»Bernhard, hier stimmt etwas nicht!« Paul zog sich vorsichtig vom Fenster zurück und sah den Kommissar alarmiert an. »Da draußen schleichen Männer herum und sie haben Pistolen. Und sie sehen so aus, als würden sie keinen Moment zögern, sie zu gebrauchen.«

Burghardt reagierte sofort. Er sprang blitzartig auf und lief zur Haustüre, drehte so lautlos wie möglich den Schlüssel herum und kam wieder in die Küche. Er sah Maurer junior an. »Gibt's hier einen Fluchtweg?«

Der Bauer war völlig vor den Kopf gestoßen. Während Berner den Alten aus dem Lehnstuhl und vom Fenster wegzog, schaute Maurer junior von einem zum anderen.

»Was ist hier los? Wieso sind bewaffnete Männer auf unserem Hof? Was wollen die?«, stammelte er.

»Erklärungen später«, stieß Berner hervor, der den Alten vor sich herschob. »Jetzt müssen wir erst einmal hier raus.«

»Es gibt eine Falltür in den Keller«, flüsterte Maurer junior und winkte Berner zu. »Kommen Sie!«

»Nein! Wieso...?«, stammelte sein Vater, aber dann überlegte er es sich und trippelte überraschend schnell davon, öffnete die Tür zu einer schmalen Speisekammer und zeigte mit dem Stock auf eine fast unsichtbar in den Boden eingelassene Holztüre, die mit Linoleum belegt war. »Da geht es hinunter!«

Das erste Klopfen vom Hof wurde laut.

Paul riss die Falltür auf und erblickte eine steile Treppe vor sich, die ins Dunkel führte. In diesem Moment flammte eine einsame Glühlampe auf und erleuchtete einen Gang am Ende der Stufen.

»Besser, wir sehen, wohin wir gehen«, raunte Maurer junior. »Der Gang endet im Weinkeller. Von da gibt es einen Ausgang zum Nachbarn.«

»Gehen Sie voran«, befahl Berner leise, »der Letzte macht die Türe zu. Los jetzt!«

Das Klopfen und Hämmern an der Haustür wurde stärker. Dann splitterte das erste Glas. Als Burghardt die Falltür hinter sich zuzog, drangen die vier Männer mit gezogenen Waffen durch ein Fenster in das Haus ein. Sie sahen sich vorsichtig um, durchsuchten professionell jeden Raum.

Nachdem sie in Wohnzimmer und Küche niemanden finden konnten, gingen sie in den ersten Stock und stellten dort alles auf den Kopf. Sie durchsuchten selbst den Dachboden, bevor sie sich der Scheune und den Wirtschaftsgebäuden zuwandten.

Ihr Auftrag war klar und eindeutig: Ferdinand Maurer war zu finden und mitzunehmen.

Augenzeugen waren zu beseitigen.

Schöngrabern, Weinviertel/Österreich

Georg Sina fuhr herum. Die Eingangstüre des Pfarrhauses öffnete sich, und ein bemüht fröhlicher Mayröcker durchquerte eilig den Garten, während er in sein dunkles Sakko schlüpfte.

»Was ist mit Pfarrer Mieselsüchtig los?«, flüsterte Sina Barbara zu. »Plötzlich so guter Laune? Hat er noch einen Nachschlag Messwein genommen?«

Buchegger warf Georg einen tadelnden Blick zu, dann musste sie auch schon die ausgestreckte Hand von Hochwürden schütteln.

»Grüß Gott!«, begrüßte Mayröcker etwas gezwungen lächelnd die Nonne. »Ich freue mich selbstverständlich über Ihren Besuch. Und ich zeige Ihnen natürlich auch gerne unsere Pfarrkirche.« Der rundliche Geistliche wandte sich Georg zu und musterte ihn. Dann drückte er auch Sinas Rechte. »Was für eine große Ehre für unseren kleinen Ort. Ich habe ja bereits so viel über Sie gelesen, Herr Professor!«

»Vor ein paar Minuten hörte sich das aber noch ganz anders an...«, brummte der Wissenschaftler und fixierte den Priester mit zusammengekniffenen Augen.

Aber Mayröcker winkte lächelnd ab. »Ach, das war doch nur ein kleines Missverständnis. Ich bitte Sie, Professor. Das werden Sie mir doch nicht übel nehmen?« Er legte Georg freundschaftlich den Arm um die Schultern und schob ihn auf die Kirche zu. »Ich war gerade bei meinem zweiten Frühstück. Wer wird schon gerne beim Essen unterbrochen, nicht wahr?«

Georg zwang sich zu einem verständnisvollen Lächeln.

»Der Geist ist willig, aber das Fleisch ist schwach…«, nickte Barbara und schloss sich den beiden Männern an.

»Genau!«, bestätigte Mayröcker. »Ich sehe, Sie verstehen mich.« Er öffnete die Pforte der Kirchenmauer. »Also, was genau kann ich für Sie tun?«

»Wir würden gerne etwas mehr über die Kirche erfahren…«, begann Barbara, und Georg vollendete den Satz: »Eine Führung wäre schön. Vielleicht hätten Sie Zeit, uns ein wenig zu begleiten und dabei etwas über Ihre Pfarrkirche zu erzählen.«

»Dann lassen Sie uns gleich beginnen!«, antwortete Mayröcker und holte tief Luft. »Unsere Pfarrkirche hat als Patrozinium Mariä Geburt, wie die Stiftskirche des heiligen Leopold in Klosterneuburg. Sie unterstand bei ihrer Gründung dem Bistum Passau, heute gehören wir zur Erzdiözese Wien.«

»Zu Mariä Geburt fliegen die Schwalben furt«, murmelte Georg vor sich hin. »Wer hat die Kirche erbaut?«

»Unsere Pfarrkirche wurde im 13. Jahrhundert vom Geschlecht der Kuenringer als Votivbau errichtet, nachdem sie aus dem Heiligen Land zurückgekehrt waren.« Mayröcker klang, als ob er aus einem Fremdenverkehrsprospekt ablas. »Einige vermuten, sie wollten damit Sühne tun, weil sie an der Gefangennahme von Richard Löwenherz, dem berühmten König von England, beteiligt waren. Richard wurde bekanntlich auf ihrer Burg Dürnstein in der Wachau gefangen gehalten, und Herzog Leopold V. erpresste ein so hohes Lösegeld für seine Freilassung, dass ihn der Heilige Vater in Rom für seine Gier mit dem Kirchenbann belegte.«

»Die Kuenringer kehrten also aus dem Heiligen Land zurück und bauten diese Kirche, interessant«, hakte Georg nach und zog seinen Block aus der Tasche. Das kann noch immer Zufall sein, dachte er sich und blätterte. Jauerling war auf der Spur einer Reliquie unterwegs durch Europa gewesen und hatte dem sagenumwobenen Rittergeschlecht aus dem Waldviertel eine wichtige Rolle in seinen Aufzeichnungen zugedacht. Aber war das hier wirklich der Beginn eines Pfades zur Erleuchtung, wie es Jauerling bezeichnet hatte? Und wenn ja, wo würde er hinführen?

»Ja, vom Kreuzzug...«, unterbrach Mayröcker seine Gedanken und beäugte Sina und den Block argwöhnisch. »Wie auch immer, die Frage nach der Ursache für den Bau konnte nicht zweifelsfrei geklärt werden. Über die Zeit vor dem 19. Jahrhundert wissen wir leider nicht mehr allzu viel.«

»Warum nicht?«, hakte Georg nach. »Haben Sie kein Archiv, keine Pfarrbücher, keine Tauf- oder Sterbematrikeln?«

»Nein, leider nicht. In den Jahren 1805 und 1809 wurde alles ein Raub der Flammen.« Der Geistliche zuckte entschuldigend mit den Schultern. »Das ist ein wunder Punkt in unserer Gemeindegeschichte. Napoleonische Truppen haben den Pfarrhof gleich zweimal abgebrannt und alle Aufzeichnungen vernichtet. Sie gingen in Rauch auf.« Der Pfarrer schaute betrübt.

Seltsam, dachte sich Sina, während er sich eine Notiz machte. Warum sollten napoleonische Truppen das Archiv einer kleinen niederösterreichischen Pfarrgemeinde gleich zweimal abfackeln? Damit auch ja nichts überbleibt?

»Aber warum bauten die Kuenringer gerade hier eine so aufwendige Kirche?«, warf Barbara ein. »Gab es hier im Mittelalter etwas Besonderes? Schöngrabern wird ja wohl keine bedeutende Stadt gewesen sein?«

Georg schüttelte energisch den Kopf. »Eher tiefste Einschicht, so weit das müde Auge reichte...«

»Nicht ganz, Professor, nicht ganz!« Mayröcker lächelte verschmitzt. »Damals wie heute war Schöngrabern der Schnittpunkt zweier wichtiger Verkehrswege. Die alte Handelsstraße nach Prag verlief zwar etwas weiter östlich, aber die Kirche war so positioniert, dass möglichst alle Reisenden die Apsis sehen konnten. Die Steinerne Bibel sollte auf diese Weise helfen, das wahre Wort Gottes zu verbreiten. Und weil die meisten Menschen nicht lesen konnten, machte man dies in Form von Bildern und Symbolen.«

»Mit anderen Worten, eine Reklametafel neben einer stark befahrenen Autobahn«, schmunzelte Georg und strich sich über den Bart. »Mit einem Comic für Analphabeten... Brillant!« Und je einfacher die Information verschlüsselt ist, umso mehr verringert sich das Risiko für Missverständnisse, fügte er in Gedanken hinzu. Die Steinmetze und ihre Auftraggeber verwendeten Inhalte und Symbole, die einer möglichst weiten Schicht bekannt waren. Doch das meiste Wissen über diese Codes war in den Jahrhunderten zwischen Erbauung und dem modernen Betrachter verloren gegangen. All diese verschlungenen Wesen und Masken waren zwar nicht stumm geworden, jedoch ihre Botschaft wurde nicht mehr verstanden.

»Ja!«, bestätigte der Priester. »So gesehen hat unsere Mutter Kirche mit ihren Buchmalereien und Fresken auch den Comic-Strip erfunden…«

»Ich weiß nicht, ob diese Vergleiche in Zusammenhang mit der Frohen Botschaft ganz zulässig sind«, gab Barbara zu bedenken. »Aber warum gehen wir nicht nach hinten und sehen uns die Kunstwerke an?«

Georg sah der zierlichen Nonne nachdenklich hinterher, wie sie schnell und mit gesenktem Kopf in Richtung Kirche spazierte. Tschak hopste neben ihr her und schnappte nach ein paar Schmetterlingen, die über die Wiesen flatterten. Vielleicht ist sie doch dünnhäutiger, als ich dachte, sagte sich Sina und beschloss, sich mit seinen Aussagen etwas zu mäßigen.

Wenige Minuten später standen sie gemeinsam am Fuß der Apsis in der Sonne. Mayröcker fuhr mit seinen Erläuterungen fort. »Heute können wieder alle Besucher unsere Steinerne Bibel problemlos besichtigen, aber das war nicht immer so, müssen Sie wissen«, stellte er fest und deutete nicht ohne Stolz auf die gepflegte, parkähnliche Grünfläche im Osten der Kirche.

Georg horchte auf. »Warum nicht? Ich dachte, alle sollten sie von der Straße her sehen.«

»Im Mittelalter ja, aber in der Barockzeit wurde die ganze Kirche mit Ausnahme der Apsis ummantelt. Die ebenfalls reich verzierte Westfassade wurde geschliffen, der Turm errichtet, und an der Südseite, dort, wo Sie das zugemauerte Portal sehen können, wurde angebaut.« Mayröcker wies auf den jeweiligen Bauabschnitt. »Damit versperrte die Sakristei den Zugang zur Apsis. Nur der Pfarrer hatte Zugang zur Steinernen Bibel. Manchmal wurden Ausnahmen gemacht, etwa bei dem berühmten deutschen Künstler Schinkel.«

»Man sollte meinen, dass man die Darstellungen mit diesen Zubauten absichtlich vor neugierigen Blicken verbergen wollte«, wunderte sich Georg. »So als wollte man nur Eingeweihten oder wenigen Auserwählten den Anblick der Steinernen Bibel zutrauen. Erzählt sie etwa eine so brisante Geschichte? Haben Sie eine Ahnung, warum man sich im 18. Jahrhundert entschloss, die Apsis lieber vor den Blicken der Normalsterblichen zu verstecken?«

Täuschte er sich, oder hatte Mayröcker die Frage absichtlich überhört? Der Pfarrer plauderte betont zwanglos mit Barbara.

Seltsam, dachte Sina, und blätterte im Collegeblock, bis er die entsprechende Stelle gefunden hatte. »Der steinerne Vorhang wurde herabgelassen vor einer Schrift, die alle erschreckte«, hatte Jauerling geschrieben. Ich hätte es nicht besser sagen können, dachte Georg. Die Reliefs wurden hinter dieser Sakristei versteckt, die auch das Südportal für immer versperren sollte. Aber die Steinerne Bibel zu zerstören, das hatte man sich doch nicht getraut. Der Wissenschaftler erinnerte sich an die Passage in Jauerlings Aufzeichnungen. Es gäbe hier immer noch Menschen, die den Code lesen konnten und ihn gegebenenfalls auch zu schützen wüssten. Jauerling hatte Reliefs erwähnt, »die eine Geschichte erzählen, die Rom lieber nie mehr an diesem Ort gehört hätte«. Lag das Geheimnis in den Figuren von Schöngrabern?

Sina strich mit den Fingerspitzen fast liebevoll über den rauen Stein. »Wann wurde die Kirche wieder von den barocken Verschnörkelungen befreit?«

Der Priester hob den Kopf, blickte hinauf zu den Fratzen der Figuren und verschränkte die Hände vor seinem Bauch. »An der Außenseite in den 20er-Jahren, innen etwas später.« Sina folgte seinem Blick. Was er bei genauerem Hinsehen erkennen konnte, war beeindruckend. Masken und groteske Figuren aus Stein, bärtige Gesichter, die streng und würdevoll blickten, darunter kleine gebückte Männer, die Barthaare der Masken zu langen Zöpfen flochten, und wildes Laubwerk, das wucherte und dann ganz unvermittelt menschliche Züge annahm. Neben schönen Frauen, die Männer lockten, rangen Helden mit wilden Tieren.

»Auf mich wirken diese Formen irisch«, überlegte Georg laut. »Die Ornamente auf den Säulen, die grünen Männer, das Bandflechtwerk... Wie Stein gewordene irische Buchmalerei.« Er ging ein paar Schritte auf und ab, um die Muster und Figuren aus allen Blickwinkeln zu sehen.

Der Priester zuckte mit den Schultern. »In den vergangenen Jahrhunderten waren immer wieder Kunsthistoriker hier. Meinungen gibt es fast so viele wie Besucher. Manche von ihnen haben byzantinische Einflüsse erkannt, andere italienische und französische herausgelesen. Ich selbst kenne mich damit nicht aus.« Mayröcker holte ein Taschentuch heraus und schnäuzte sich geräuschvoll. »Ich weiß nur, dass diese Reliefs mit ihren Darstellungen im Alten Testament beginnen, um dann mit der Erlösung durch Jesus Christus zu enden. Sie können hier den Kampf zwischen Simson und dem Löwen erkennen, Adam und Eva im Paradies, den Brudermord von Kain und Abel beobachten, Gott über dem Teufel thronen sehen. Und das ist nur ein kleiner Ausschnitt.«

»Hier ist auch eine Fabel von Aesop!« Barbara wies mit dem ausgestreckten Zeigefinger nach oben. »Der Wolf und der Kranich.«

»Genau«, bestätigte der Geistliche. »Der listige Wolf verführt den Kranich, den Kopf in seinen Hals zu stecken. Dann beißt er ihn ab. Ein Sinnbild für die Verführungsmacht des Satans.«

»Und diese hübschen Frauen, die den Männern schmeicheln?«, erkundigte sich Buchegger.

»Das ist Luxoria, eine der sieben Todsünden.« Mayröcker machte seine Rolle als Fremdenführer offenbar immer mehr Spaß. »Sie ist das Symbol für ein Leben in Reichtum und Wollust. Sie bemüht sich mit ihren Reizen, den keuschen Menschen auf ihren Pfad zu locken, der dann in ewiger Verdammnis endet.« Er zeigte nach oben. »Hier direkt neben Kranich und Wolf können Sie den Teufel sehen, wie er Mann und Frau an den Haaren gepackt hält.«

»Es gibt also einen roten Faden, der sich durch diese steinerne Erzählung zieht«, dachte Georg laut nach. »Den Kampf zwischen Gut und Böse, hell und dunkel, Gott und dem Teufel.«

Barbara bekreuzigte sich unvermittelt. Eine Wolke schob sich vor die Sonne, und es wurde mit einem Mal kühler.

Der Pfarrer war ganz versunken in die Betrachtung des Pandämoniums. »Diese Apsis ist eine einzige Warnung an die Menschen«, murmelte er, und Sina musste sich anstrengen, um ihn zu verstehen. »Eine Warnung vor dem Teufel, der seit Anbeginn der Zeit im Dunkel lauert und versucht, in die Kirche und in die Herzen einzudringen.«

»Der Kampf mit dem Löwen«, murmelte Sina, »Brief des Petrus.«

Die Nonne sah ihn erschrocken an, bevor sie den Kopf senkte und flüsternd zitierte: »Seid nüchtern und wacht! Denn euer Widersacher, der Teufel, geht umher wie ein brüllender Löwe und sucht, wen er verschlinge.«

»Amen«, antwortete Mayröcker, und sein Lachen jagte der jungen Frau eine Gänsehaut über den Rücken.

Unterretzbach, Weinviertel/Österreich

Der Weinkeller der Maurers war überraschend groß. Es roch nach abgestandener Luft und Schimmel, Weinstein und Feuchtigkeit. Nachdem die fünf Männer den schmalen, dunklen Gang von der Falltür entlang in die Tiefe geeilt waren, hatten sie bald eine hohe, gemauerte Röhre erreicht, die rechtwinkelig fast genau in der Nord-Süd-Achse verlief. Mächtige, schwarze Fässer standen rechts und links eines betonierten Mittelpfades aufgebockt. Alle zehn Meter spendeten nackte Glühbirnen ein spärliches Licht und zeichneten Kreise auf den Beton.

In einer kleinen Nische hielten dicke Spinnennetze rostige Kerzenleuchter an einem schiefen Tisch fest.

»Es ist ein kleines Labyrinth, in dem man sich leicht verlaufen kann«, flüsterte Maurer junior. »Wir haben die Keller der Nachbarn nach und nach aufgekauft. Die betreiben keinen Weinbau mehr und haben die alten Röhren nicht mehr benötigt.« Er hielt kurz inne und lauschte, aber von ihren Verfolgern war nichts zu hören. »Es gibt zwei Ausgänge«, fuhr er dann etwas lauter fort, »einen in Richtung Hauptplatz und einen im Norden in Richtung tschechische Grenze.«

»Grenze klingt gut«, gab Paul leise zurück, »wir müssen es unauffällig bis zum Wagen schaffen, damit wir nicht den Killern da oben in die Hände laufen. Die sind nicht zum Spaß mit gezogenen Pistolen in Ihren Hof eingedrungen.«

»Ich glaube, im Moment sind wir hier am sichersten«, meinte Berner und warf einen Blick auf die großen Fässer, von denen einige über zwei Meter hoch waren. »Die Falltüre ist für Nichteingeweihte kaum zu entdecken. Sind die Kellertüren verschlossen?«

»Nicht nur das, sie sind auch aus Holzbohlen gebaut, die fast allen Angriffen widerstehen«, antwortete der Weinbauer.

Der Kommissar sah sich zufrieden um. »Sind die alle voll?«, fragte er und hob die Hand, um an das nächststehende Fass zu klopfen.

Der alte Maurer fiel ihm in den Arm. »Das bringt Unglück, so sagt man«, krächzte er und stieß seinen Stock wie zur Bestätigung auf den Betonboden.

»Aberglaube«, murmelte sein Sohn abfällig. »Ja, die meisten sind voll. Die Geschäfte gehen nicht besonders gut im Moment, und ich will nicht zu einem lächerlichen Literpreis an die Großhändler verkaufen, die wie Geier ihre Runden drehen. Lieber den Wein länger liegen lassen.«

»Papperlapapp«, widersprach ihm sein Vater, »nur ein leerer Keller ist ein guter Keller.« Er sah sich suchend nach Burghardt um, der weiter in die lange Röhre hineingeschlendert war und sich interessiert umsah. »Was machen Sie da?«, rief er ihm zu.

»Er träumt von seinem eigenen Keller und vollen Fässern drin«, gab Berner lächelnd zurück. »Ich frage mich, was die Männer da oben gesucht haben. Oder wen… Haben Sie eine Ahnung?«, wandte er sich an den Alten, der Burghardt nicht aus den Augen ließ. Seine Hände öffneten und schlossen sich wieder unruhig um den Griff des Spazierstocks.

Berner runzelte die Stirn. Irgendetwas stimmte hier nicht.

Endlich wandte sich Maurer senior dem Kommissar zu. »Warum sollte ich das wissen?«, entgegnete er nervös. »Sie stehen plötzlich vor meiner Tür, und kurz darauf tauchen mit einem Mal diese Männer auf. Vielleicht suchen die Sie und nicht mich…«

»Und der Weihnachtsmann kommt zu Ostern«, brummte Berner ärgerlich.

Da ertönte ein überraschter Ausruf von Burghardt aus dem Halbdunkel. »Das ist doch nicht möglich!«

Der Alte schreckte auf, fuhr herum und sank dann in sich zusammen. Er blickte zu Boden, während Burghardt mit großen Schritten in den Lichtkreis trat, an der ausgestreckten Hand etwas vor sich hertragend.

»Jetzt bin ich aber stinksauer«, zischte Burghardt und ließ den kleinen Koffer vor Maurer auf den Boden fallen. »Und der Meister der

Gegenfragen und Ausreden wird mir sicherlich gleich erklären, dass der Koffer von alleine hierher gewandert ist.«

»Was ist das?«, fragte Maurer junior.

»Mein Eigentum«, gab Burghardt ärgerlich zurück, »das mir gestohlen wurde, während wir die Ermittlungen am Kriegerdenkmal führten.«

»Und wo haben Sie das gefunden?«, ließ der Weinbauer nicht locker.

»Zwischen den Fässern weiter hinten«, antwortete Burghardt. »In Ihrem Weinkeller. Irgendwelche Erklärungen?«

»Ich habe keine Ahnung, ehrlich, ich sehe den Koffer zum ersten Mal«, stellte Maurer junior mit Nachdruck fest.

»Das glaube ich Ihnen sofort«, lächelte Berner dünn. Damit packte er den Alten im Genick und schob ihn mit einem unnachgiebigen Griff in Richtung des kleinen Tisches mit den Kerzenleuchtern. Maurer versuchte zu protestieren, aber der Kommissar ließ nicht locker und drückte ihn schließlich hart auf einen der herumstehenden Stühle.

»Mir ist meine Geduld abhandengekommen, alter Mann, und so wie es aussieht, finde ich sie heute nicht mehr«, bemerkte Berner wie beiläufig. »In meiner Laufbahn haben ja viele versucht, mich für dumm zu verkaufen. Aber an Dreistigkeit war die heutige Vorstellung fast nicht zu überbieten.« Er winkte Burghardt näher. »Bring den Koffer hierher, Burgi.«

Als der kleine Reisekoffer neben den verrosteten Kerzenleuchtern lag, öffnete Berner den Deckel. Ganz oben prangte die Uniform mit den SS-Runen, und Maurer junior zog scharf die Luft durch die Zähne ein, als er den silbernen Schimmer der Kragenspiegel und den Totenkopf erblickte.

Berner ließ sich nicht beeindrucken. Er griff unter den Stoff, spürte das Wachspapier und zog die Luger-Pistole aus ihrem Versteck.

»Das ist eine Sternlichtluger, auch Lange-Pistole-08 genannt. Einer meiner Freunde bei der Polizei war ein begeisterter Sammler, und deshalb kenne ich die Waffe und ihre Geschichte. Kaliber 9 mm Parabellum, ausgelegt für das Schießen auf große Distanzen, daher das verschiebbare Visier. Ob sie wohl geladen ist?« Berner ließ das Magazin aus dem Griff gleiten, lächelte, schob es wieder zurück und lud durch. »Deutsche Handfeuerwaffen haben den Vorteil, selbst nach langer Zeit der Lagerung absolut zuverlässig zu funktionieren.«

Mit diesen Worten ließ der Kommissar die Waffe vor dem alten Maurer auf die Tischplatte poltern. Der zuckte zurück, als ob Berner eine Klapperschlange vor ihm auf den Tisch hätte fallen lassen. »Und jetzt ist Schluss mit lustig. Da oben laufen ein paar Bewaffnete herum, die Sie ganz offensichtlich auf ihrer Liste stehen haben. Die sind ja nicht von ungefähr hier aufgetaucht.« Berner wies mit ausgestrecktem Zeigefinger auf die SS-Uniform. »Ich will die Wahrheit wissen. Jetzt!«

»Vater! Was soll das? Wie kommt der Koffer in unseren Keller?« Ein aufgeregter Maurer junior kam dem Kommissar zur Hilfe. »Sag doch endlich, was hier los ist!«

Der Alte schien noch immer mit sich zu ringen. Dann nickte er langsam.

»Gut, ich werde Ihnen die ganze Geschichte erzählen. Es begann alles lange vor dem Anschluss. Franz Reiter, Fritz Wurzinger und ich sind ... oder besser gesagt waren alle Jahrgang 1929. Wir waren die besten Freunde, schon lange bevor wir in die Volksschule in Retz kamen. Da wurden wir im gleichen Jahr eingeschult, und als wir 1939, zu Kriegsbeginn, in die Hauptschule kamen, wären wir gemeinsam durch dick und dünn gegangen, auch an die Front. Aber wir waren ja so jung ... Jung und naiv. Und der Führer wollte uns nicht, noch nicht.«

Berner zog sich einen Sessel heran und setzte sich neben den Alten, der ganz in der Erinnerung versunken schien. Burghardt und Wagner suchten sich Plätze an der anderen Seite des kleinen Tisches. Maurer junior zündete zwei Kerzen an, deren Flammen einen Hauch von Gemütlichkeit im Keller verbreiteten.

»Ende 1944 war selbst uns in diesem kleinen Nest klar, dass der Krieg verloren war. Es kamen jeden Tag Todesnachrichten mit der Feldpost. Fast jede Familie im Ort hatte einen Vater, Sohn oder Onkel zu beklagen, der auf dem Schlachtfeld geblieben war. Gefallen für Führer und Vaterland.« Maurer schnaubte verächtlich. »Unsere anfängliche Begeisterung war schnell verflogen. Als Freiwillige für den Volkssturm oder das letzte Aufgebot gesucht wurden, hüteten wir uns vorzutreten. Noch dazu, als eines Tages im Februar 1945 plötzlich Adolf Markhoff in der Tür stand, in seiner schneidigen SS-Uniform, die er gar nicht schnell genug ausziehen konnte. Er war auf verschlungenen Wegen nach Hause gekommen, nachdem er desertiert und der Feldgendarmerie durch die Finger geschlüpft war. Die knüpften damals jeden an einer

Laterne auf, den sie ohne Befehl hinter den Linien antrafen.« Maurer sah Burghardt an. »Markhoff hatte eine Schwester und eine alte Mutter, die damals in Ihrem Presshaus lebten, mehr schlecht als recht. Die Weinberggasse war eine Arme-Leute-Straße. Tagelöhner, Pensionisten oder Arbeitslose wohnten da, die Häuser waren klein und meist schäbig, abgewohnt und halb verfallen. Viele, die da zu Hause waren, hatten nicht einmal genug zu essen.«

Der Alte wandte sich an seinen Sohn. »Bring uns einen Liter Wein, das wird eine längere Geschichte...« Dann seufzte er und fuhr fort.

»Niemand wollte etwas mit Markhoff zu tun haben, er war ja bei der SS gewesen. Also verpackte er alle Erinnerungen an den Krieg in diesen Koffer und versteckte ihn auf dem Dachboden. An den langen Abenden erzählte er uns von seinen Erlebnissen. Es war grauenhaft. Ich konnte nächtelang nicht schlafen, Reiter und Wurzinger ging es ebenso. Wir brachten Markhoff immer wieder etwas zu essen, weil er und seine Familie hungerten.« Maurer verstummte und nahm einen Schluck Wein aus dem Glas, das sein Sohn vor ihn hingestellt hatte.

»Markhoff war ein begeisterter Nazi der ersten Stunde, und das ließen ihn nun alle spüren. Dann kam der April 1945. Die Russen rückten immer näher, man konnte schon den Kanonendonner hören. Von deutschen Soldaten war weit und breit nichts mehr zu sehen, die hatten sich bereits abgesetzt. Wir bereiteten uns seelisch auf die Ankunft der Hunnen vor, wie die Propaganda die Russen immer nannte. Da tauchten plötzlich zwei deutsche Soldaten auf, die mit einem BMW-Motorrad durch den Ort fuhren und eine Reifenpanne hatten, ausgerechnet vor dem Haus von Adolf Markhoff. Der Schlauch im Vorderreifen war geplatzt, und Markhoff half ihnen bei der Reparatur. Und da geschah es. Er sah das Geld.«

Berner runzelte die Stirn. »Welches Geld?«

Maurer zuckte mit den Schultern. »Ich habe keine Ahnung, woher die beiden Deutschen so viel Geld hatten, aber Markhoff erzählte uns, es sei ein Vermögen gewesen. Genug, um zu verschwinden und ein Leben in Saus und Braus zu führen. Wie auch immer, der Schlauch war rasch geflickt, keine halbe Stunde später stiegen die beiden wieder auf und fuhren die Weinberggasse hinauf Richtung Westen.« Der Alte stockte. »Markhoff hatte seine Pistole geholt, die da.« Er wies auf die

Luger mit dem langen Lauf. »Er wartete, bis sie den Hügel erreicht hatten, und schoss sie von der Maschine.«

»Warum hat er so lange gewartet?«, warf Burghardt ein. »Er hätte sie doch gleich an Ort und Stelle erschießen können.«

Maurer schüttelte den Kopf. »Er wusste genau, was er tat. An der Kuppe des Hügels war ein Eiskeller, den seine Familie für einen symbolischen Betrag gepachtet hatte. Solche Keller wurden im Winter mit Eisblöcken gefüllt, die im Frühjahr und Sommer verkauft wurden, als es noch keine Kühlschränke gab. Das Motorrad und die beiden Toten lagen genau davor, und Markhoff brauchte ja dringend einen sicheren Platz, um sie zu verstecken. Die Russen standen wenige Kilometer entfernt, und die Kampftruppen kannten kein Pardon, wenn sie auch nur den Anflug eines Zweifels hatten. Die schossen sofort und fragten nachher.«

»Er versteckte also das Geld, die Toten und das Motorrad in dem Keller?«, brummte Berner und wog die Luger in der Hand. »Was geschah dann?«

»Markhoff kehrte in sein Haus zurück und wartete wie wir alle auf die Ankunft der Russen. Es wäre besser gewesen, er hätte gleich Fersengeld gegeben und das Vermögen mitgenommen...« Maurer nickte mit grimmigem Gesicht. »Es dauerte keine zwei Tage, da hatten die Russen herausgefunden, dass er SS-Angehöriger gewesen war. Vielleicht hatte ihn jemand verraten, die Tätowierung jedenfalls überführte ihn. Markhoff ging auf den nächsten Transport nach Sibirien. Er kam nie wieder zurück. Angeblich hat ihn bei Straßenarbeiten im Wald ein Rudel Wölfe in Stücke gerissen.«

Burghardt schauderte. Paul Wagner betrachtete nachdenklich die Luger in Berners Hand. »Wer packte dann den Koffer so fein säuberlich?«, fragte er den Alten.

»Markhoffs Mutter. Es war die einzige Erinnerung an ihren Sohn, und sie ließ alles auf dem Dachboden so, wie es war«, antwortete Maurer düster.

»Das bringt die beiden toten Soldaten aber noch nicht ins Kriegerdenkmal«, warf Berner ein. »Die lagen ja noch im Eiskeller, zusammen mit der BMW und dem Geld.«

»Ja, die waren noch da«, antwortete Maurer und seine Hände öffneten und schlossen sich um den Griff des Stocks. »Es dauerte nicht lange und Markhoffs Mutter entdeckte die beiden Leichen und das Geld. Sie bekam fast einen Herzinfarkt.« Der Alte verstummte und schloss die Augen. Dann fuhr er fort. »Am gleichen Tag wurde Markhoffs Schwester von den Russen vergewaltigt. Mehrmals. Danach kletterte sie auf den Dachboden, stieg auf den Koffer und legte sich eine Schlinge um den Hals. Dann stieß sie den Koffer weg. Sie war sofort tot. Genickbruch.«

Schweigen legte sich über die Runde wie ein schweres, samtenes Tuch. Jeder hing seinen Gedanken nach.

»Nach diesem Tag kam Frau Markhoff zu uns, zu Reiter und mir. Sie wusste nicht mehr ein und aus, sie war verzweifelt, sie musste die Toten loswerden. Das Eis im Keller konservierte die beiden Leichen zwar perfekt, aber die Zeit verstrich... Wir wollten schon eine Grube irgendwo im Weinberg graben, im Schutze der Nacht, und die beiden Soldaten einfach verscharren, aber die Nähe der Grenze machte den Plan unmöglich. Russische Patrouillen waren stets unterwegs, auf der Jagd nach Flüchtlingen und versprengten deutschen Truppenteilen. Das machte unser Vorhaben viel zu gefährlich, und wir gaben es schließlich auf. Wir hatten Angst, ebenfalls in einem Lager in Sibirien zu landen...« Maurer zuckte entschuldigend mit den Schultern. »Da beschloss eines Tages die russische Kommandantur, das örtliche Kriegerdenkmal zu erweitern, und Franz Reiter hatte die zündende Idee. Wir würden die beiden Leichen in das Denkmal einmauern, und sie wären verschwunden, ein für alle Mal. Aber wie?«

»Da war ja noch das Geld, nehme ich an«, murmelte Berner.

»Genau, da war noch das Geld. Bündel von Reichsmark, wir haben es nie gezählt. Zwei ganze Packtaschen voll. Wir haben uns alle gefragt, wie die beiden Soldaten zu so viel Geld gekommen waren. Als wir also von dem Projekt Kriegerdenkmal erfuhren, machten wir uns fieberhaft daran, den damit beauftragten Künstler zu finden. Es war ein alter Steinmetz und Bildhauer aus der Nähe von Hollabrunn im Weinviertel. Ich packte das Geld ein, machte mich auf den Weg und besuchte ihn. Ich erzählte ihm die ganze Geschichte und stapelte die Bündel Reichsmark auf den Esszimmertisch. Und schließlich schaffte ich es, ihn zu überzeugen. Der Steinmetz richtete sein Atelier in Unterretzbach im Eiskeller ein, und Reiter half ihm. Ich weiß nicht, wie sie es schafften, die beiden Leichen in die Figuren einzuarbeiten. Entweder gossen sie den Beton drum herum und bearbeiteten ihn danach weiter, ich habe keine Ahnung, Franz erzählte mir nie etwas davon. Fritz Wurzinger und ich halfen mit, die Einzelteile zum Denkmal zu schaffen und den Bau fertigzustellen. Im Juli wurde das neue, erweiterte Kriegerdenkmal dann eingeweiht.«

Maurer nahm einen weiteren Schluck Wein und wischte sich mit dem Handrücken den Mund ab. »Damit ist die Geschichte fast zu Ende.«

»Fast?«, stieß Burghardt nach.

Der Alte nickte. »Die Mutter von Adolf Markhoff überlebte das Kriegsende keine fünf Monate. Sie starb im Oktober 1945, wohl an gebrochenem Herzen. Das Presshaus und der Weinkeller fielen an weit entfernte Nichten und Neffen, die sich nicht leiden konnten und ständig stritten. Die redeten mehr als dreißig Jahre nicht einmal miteinander und kamen nie hierher. Fritz ging fort aus Unterretzbach, ins Priesterseminar, und kehrte erst Jahre später zurück. Heute ist er unser Pfarrer. Die Berge von Geld machten den Bildhauer auch nicht froh. Bereits im November 1945 wurde das Schilling-Gesetz für den Umtausch der Reichsmark erlassen. Maximal 150 Schilling wurden pro Kopf bar ausgezahlt. Für alle anderen Summen musste die Herkunft nachgewiesen werden. Die Bündel Reichsmark gingen wohl in Flammen auf.« Er kicherte. »Die alte BMW holte ich aus dem Keller und fuhr selbst damit. Ende der 40er-Jahre verkaufte ich sie an einen Freund, der damit Afrika entdecken wollte.«

»Und der Koffer?« Burghardt legte die Luger wieder an ihren Platz, klappte den Deckel zu und ließ die beiden Schlösser einschnappen.

»Ach ja, der Koffer. Ich wusste, dass er noch irgendwo sein musste, aber er war ja gut versteckt, in einem verlassenen Haus, in dem niemand etwas Besonderes oder Wertvolles vermutete. Also ließ ich ihn, wo er war. Franz sagte immer, man solle die Geister der Vergangenheit nicht wecken. Aber dann kamen Sie, kauften das Presshaus und den Weinkeller, dann geschah der Unfall, Franz schnitt sich wohl in Panik die Pulsadern auf, und ich musste handeln. Ich wollte alle Hinweise auf die Geschichte verschwinden lassen, endgültig, und der letzte war der Koffer. Das Geld war weg, die BMW auch, alle Zeugen von damals waren tot bis auf Fritz und mich. Und den Koffer musste ich ja nicht lange suchen, er stand auf der Kellertreppe …«

»Nachdem Sie in mein Presshaus eingebrochen waren«, erinnerte ihn Burghardt.

»Das war nicht weiter schwierig, ich habe bereits seit Jahren den Schlüssel«, meinte Maurer und griff in die Tasche des abgewetzten Rockes. »Ich gebe ihn wohl besser zurück.« Damit zog er einen großen Schlüssel hervor und reichte ihn Burghardt.

»Bleibt nur eine wichtige Frage unbeantwortet und gerade die brennt mir unter den Nägeln«, warf Paul nachdenklich ein. »Warum läuft da draußen eine Handvoll Männer herum, die mit Pistolen bewaffnet in Ihr Haus eindringen? Die haben ganz und gar nicht nach netten Besuchern ausgesehen, die zum Kaffee vorbeischauen.«

»Keine Ahnung«, antwortete Maurer senior, »die müssen sich in der Adresse geirrt haben.«

Berner schüttelte den Kopf und stand auf. »Nein, da muss mehr dahinterstecken, als wir ahnen. Mir ist nun einiges klar geworden, aber ich habe das dumme Gefühl, dass wir etwas Wichtiges übersehen haben. Darüber können wir aber auch auf der Fahrt nach Wien nachdenken. Los jetzt, Zeit zu verschwinden!«

»Warte einen Augenblick, Bernhard«, hielt ihn Burghardt auf. »Es gab drei Freunde – Maurer, Reiter und Wurzinger. Reiter ist tot. Wenn sich die Killer da oben nicht in der Adresse geirrt haben, wieso sind sie ausgerechnet auf Ferdinand Maurer gekommen?«

»Gute Frage, Burgi«, gab Berner zu und überlegte.

»Mir fällt nur eine Möglichkeit ein«, meldete sich Paul Wagner. »Sie haben mit dem Pfarrer Wurzinger gesprochen, und der hat ihnen Namen und Anschrift verraten.«

»Wie sollten sie an den Pfarrer geraten?«, erkundigte sich Burghardt verwirrt.

»Keine Ahnung!« Paul zuckte mit den Schultern. »Finden wir es heraus. Die Kirche ist nicht weit weg. Fragen wir ihn selbst!«

Die Kellertür war massiv und unversehrt, als Maurer junior sie aufschloss und den Kopf vorsichtig ins Freie steckte. Es war später Nachmittag geworden. Berner untersuchte das einfache Schloss, aber offenbar hatte niemand versucht einzudringen. Vor ihnen lagen Weinberge, so weit das Auge reichte.

»Am oberen Ende des Hanges verläuft die Grenze«, murmelte Maurer senior und wies mit dem Stock auf den Horizont. Die Wärme des

Tages war angenehm nach der feuchten Kühle des Kellers. Als die Männer sich zu Fuß auf den Weg zur Kirche machten, behielten sie sorgfältig die Umgebung im Auge. Burghardt trug den kleinen Koffer mit den alten Aufklebern und sah aus wie ein Reisender aus vergangenen Zeiten.

Berner und Wagner trauten dem Frieden nicht und schauten sich immer wieder misstrauisch um.

Der blaue Volvo war jedoch nirgends zu sehen.

Schöngrabern, Weinviertel/Österreich

Georg Sina kam es vor, als sei die Temperatur schlagartig um einige Grad gefallen. War das nur Einbildung? Als er sah, dass Barbara ihre Jacke fester um sich zog, wusste er, dass die Nonne es ebenfalls spürte.

»Was ist das hier links? Da sind sechs Krüge mit einem Vogel darüber.« Der Wissenschaftler verdrängte sein Unbehagen und deutete nach oben.

»Das ist doch ganz klar«, antwortete Barbara. »Das ist das Wunder zu Kana. Jesus verwandelte sechs Krüge voll Wasser in Wein bei einer Hochzeit.«

Mayröcker nickte zufrieden. »Genau so ist es, Schwester.« Dann fasste er Georg am Arm und zog ihn näher zu sich. »Auf der Hochzeit zu Kana wirkt Jesus, bisher ein unscheinbarer Mann, auf das Drängen seiner Mutter sein erstes Wunder. Damit offenbarte er der Welt seine wahre Natur. Er ist der lang erwartete Messias, und seine Lehre kann das schale Wasser in reifen, wohlschmeckenden Wein verwandeln. Wie das geschmacklose Nass durch ihn veredelt wurde, so kann auch jeder Mensch mit Jesu Lehre und durch sein Vorbild zu Edlerem gewandelt werden...« Der Geistliche zeigte mit ausgestrecktem Arm auf eine Figur an der anderen Seite des Fensters. Es war eine Mutter mit Kind, die auf einem Thron saß. »Das ist Maria. Auf ihrem Schoß sitzt Jesus. Sie ist nicht mehr nur Frau, sondern gleichsam der Thron für Christi Weisheit...«

»Der Sedes Sapientiae«, nickte Sina. »Aber lassen Sie mich vorher zusammenfassen, was uns diese alte Bibel erzählt. Durch die Worte

Christi und ihre Weisheit kann ich, kann jeder Mann und jede Frau, sich von Wasser zu Wein verwandeln? Und dieses Wunder in Kana offenbarte die wahre Natur des Herrn? Habe ich das richtig verstanden?«

Mayröcker lächelte anerkennend. »Genau! Und worauf steht dieser Thron der Weisheit?«

»Auf zwei geduckten Löwen...«, antwortete Georg nachdenklich.

Der Priester nickte und schloss kurz die Augen. »Eben. Und über dem Fenster sehen Sie Gottvater. In seiner Linken ein aufgeschlagenes Buch...«

»Die wahre Lehre, ich weiß«, unterbrach ihn Sina.

»... und seine Rechte segnet«, fuhr der Priester unbeeindruckt fort. »Zeigefinger und Mittelfinger seiner Hand deuten auf den Heiligen Geist, dargestellt als Taube. Und genau diese Taube sitzt auf den Krügen.«

»Moment!«, warf Georg aufgeregt ein. »Wollen Sie damit sagen, nicht Jesus, sondern der Vater bewirkte durch den Heiligen Geist das Wunder zu Kana?«

»Wenn Sie das so sehen wollen, Professor, so ist das Ihre Sache«, schmunzelte Mayröcker. »Aber damit sagen Sie auch, dass Jesus ein Mensch war. Ein ganz besonderer zwar, ja sogar herausragend und einzigartig, aber trotzdem nur ein Mensch, dem Vater im Himmel und dem Heiligen Geist untergeordnet. Er kann selbst keine Wunder wirken, er braucht den Heiligen Geist, der es für ihn macht.«

»Aber das ist doch Ketzerei!«, rief Barbara alarmiert aus.

»Genauer gesagt, die Ketzerei des Arius«, ergänzte der Pfarrer. »Seine Irrlehren wurden im Konzil von Nicäa widerlegt. Jesus ist Gott, gleich dem Vater, und nicht Mensch, wie er und seine Schüler behauptet haben. Der segnende Mann hier ist demnach beides, Gottsohn und Gottvater. Folgen Sie den tönernen Krügen, folgen Sie der Wahrheit ...«, fuhr der Pfarrer fort. »Und sehen diese Statuen nicht aus, wie aus Ton geformt? Eher, als aus Stein gehauen?«

Sina machte sich eine Notiz.

»Wenn Sie beide jetzt einen Blick auf die Säulen werfen möchten, dann sehen Sie den Weingarten Gottes. Zwischen den Rebstöcken können Sie versteckte wilde Tiere erkennen, Eber und Bären.«

»Ketzer im Garten des Herrn!«, murmelte Barbara betroffen.

»Die kamen doch auch in einem Traum des legendären Azzo, dem ersten Kuenringer, vor«, warf Georg ein. »Er sah einen herrlichen Wald, in dem ein wilder Eber wütete, und wurde in seiner Vision von Gott ausgeschickt, den Keiler zu erlegen. Das soll der Grund gewesen sein, warum er aus Franken ins Waldviertel kam und den damals unwegsamen Urwald zu roden begann.«

»So weit die Legende«, bestätigte Mayröcker, »die auch zur Entstehung unserer Kirche führte.«

Eine kaum sichtbare Inschrift in der Kirchenmauer fesselte da die Aufmerksamkeit des Wissenschaftlers. Der Name gleich zu Beginn ließ ihm die Nackenhaare zu Berge stehen:

NICLAS EIGHORN
HIC FUIT LUDI
RECTOR ANNO
DNI MDLXXXV
III PIG7 SIWI
MORS PIORUM
EST FINIS MA
LORUM ET IA
NUA AD VI
TAM AETERNA

Niclas Eighorn.

Er war an der richtigen Stelle!

Hätte er an Schöngrabern gezweifelt, spätestens jetzt wäre kein Platz mehr dafür gewesen. Genau diesen Namen hatte Jauerling an den Beginn seiner »Reise zur Wahrheit und zum Teufel«, wie er es genannt hatte, gestellt.

Sina überlief es heiß und kalt, als er näher an die schwachen Zeilen an der Basis eines halbrunden Pilasters trat, um sie besser übersetzen zu können. »Niclas Eighorn ist hier Schulleiter gewesen im Jahre des Herrn 1589…« Er verstummte und fuhr sich durch die Haare. »Das hier verstehe ich nicht.« Er tippte mit dem Zeigefinger auf die verwitterten Buchstaben. »Das ergibt gar keinen Sinn. P-I-G und eine arabische 7.«

»Wie lesen Sie das, Professor?« Mayröcker hatte sich neben Sina aufgebaut. »Da steht Pique 7. Oder nicht? Nehmen Sie es einfach als das, was es ist.« Er lächelte ihm aufmunternd zu. »Machen Sie ruhig weiter.«

Barbara trat neugierig hinzu und versuchte ebenfalls, die Zeilen zu entziffern. Georg hatte seine Zweifel, was Pique 7 betraf, aber er fuhr trotzdem fort: »Also gut, dann steht da: Pique 7 oder der Tod der Gottesfürchtigen ist das Ende der Bösen und die Tür zum ewigen Leben.«

Diese Worte trafen Georg wie eine Faust in die Magengrube. Mit nervösen Fingern holte er sein Notizbuch heraus und las das Rätsel nach, das ihm den Weg zum Ziel weisen sollte:

*»Mit der Steinernen Bibel eröffnet wird das Spiel,
in dem der Tod der Gottesfürchtigen das Ende der Bösen ist.«*

Buchegger hob den Kopf. Genau über der Inschrift thronte der Erzengel Michael mit der Waage, daneben ein lauernder Teufel. Gemeinsam wogen sie das Gewicht der Seelen. Die Guten stiegen in den Himmel auf, die Bösen fuhren hinab zu den Qualen der Hölle.

»So, und jetzt vergessen Sie einmal, was ein ›Rector Ludi‹ war und was sie über Lateinschulen in der Renaissance gelernt haben«, kicherte Mayröcker und klopfte Sina wohlmeinend auf die Schulter. »Übersetzen Sie es wortwörtlich.«

Georg war mit seinen Gedanken woanders, aber nach kurzem Zögern übersetzte er: »Niclas Eighorn ist hier der Leiter des Spiels gewesen…« Er dachte kurz nach. »Welches Spiel?«, fragte er dann verwirrt.

»Es steht doch da…«, erwiderte Mayröcker gönnerhaft. »Es geht um Piquet. Erfunden um 1390 in Frankreich und zu Anfang des 16. Jahrhunderts über ganz Europa verbreitet. Man sticht dabei in der üblichen Reihenfolge: As, König, Dame, Bube, 10, 9, 8 und 7. Wobei die höhere Punktzahl die niedere schlägt.«

»Ach ja, Sie haben recht, ich erinnere mich…« Georg war ein wenig verwundert. »Es ist eines der anspruchsvollsten Kartenspiele für zwei Personen. Aber was hat es an einer Kirchenwand zu suchen?«

»Denken Sie weiter, Professor«, forderte ihn Mayröcker auf. »Jeder Spieler erhält zwölf Karten, die übrigen acht werden in einem Stapel verdeckt abgelegt. Eine Partie dauert insgesamt sechs Spiele lang. Gezählt werden die Stiche. Haben beide Spieler Punktegleichstand, wird erneut begonnen, immer und immer wieder…«

»Entschuldigen Sie bitte, aber ich verstehe gar nichts mehr«, meldete sich Barbara zu Wort. »Was soll das heißen? Glauben Sie wirklich, Gott und der Teufel würden Karten um die Seelen der Menschen spielen?« Ihre Erregung war offensichtlich.

»Beruhigen Sie sich, Barbara, das hat Pfarrer Mayröcker doch gar nicht gesagt«, beschwichtigte sie Georg.

»O ja, das hat er gesagt!«, bestand Buchegger auf ihrer Meinung. »Zwölf Karten! Die zwölf Apostel! Und es sind sechs Spiele! Sechs Tage der Schöpfung, und der Herr ruhte am siebenten Tag!«

»Und sah, dass es gut war...«, ergänzte der Geistliche trocken.

Gott und der Teufel spielen Karten um die Seelen der Menschen, überlegte Georg. Kein sehr christliches Bild, zu dem du uns da führst, mein alter Jauerling. Laut sagte er: »Ich denke, wir haben uns alle ein wenig zu sehr auf die alte Bildersprache eingelassen. Warum wollen wir nicht hineingehen und uns das Innere der Kirche anschauen? Solange Pfarrer Mayröcker noch Zeit für uns hat...«

Der Geistliche nickte lächelnd. »Aber gerne.«

Barbara drehte sich um, schnappte den protestierenden Tschak am Halsband und hob ihn hoch. Dann stapfte sie los, durch das Gittertor zum Eingang der Kirche.

Sina und Mayröcker folgten ihr langsam.

Je länger er sich mit dem Geheimnis der Steinernen Bibel beschäftigte, umso öfter stellte sich Georg die Frage, ob es tatsächlich eine so gute Idee gewesen war, Barbara auf den Ausflug mitzunehmen. Die Nonne hätte Jauerling ganz und gar nicht gemocht. Aber das hätte vermutlich auf Gegenseitigkeit beruht.

In den Bergen nordwestlich von Lhasa/Tibet

Der riesige russische Transporthubschrauber vom Typ Mi26-T2, NATO-Codename »Halo«, raste mit mehr als 200 km/h über den tief verschneiten, steilen Berghang im tibetanischen Hochtal. Unter ohrenbetäubendem Lärm peitschte der achtflügelige Rotor des größten jemals gebauten Helikopters durch die eiskalte Luft und wirbelte kleine Schneestürme auf.

Die zwei Turbinen mit je 10 000 PS arbeiteten unter Volllast. Im Laderaum des Mi26 war jeder noch so kleine Platz ausgenutzt worden, und der Hubschrauber flog an der Grenze seiner Leistungsfähigkeit. Für einen Einsatzplafond von 5000 Meter gebaut, war das neueste Modell der »Halo« mit Feinschliff und elektronischen Verbesserungen nochmals optimiert worden.

Aber im harten tibetanischen Winter und den extremen Höhenlagen kam selbst der Mi26 an seine Grenzen.

Die Größe des 1980 zum ersten Mal ausgelieferten Helikopters war Respekt einflößend. Im Ernstfall hatten 150 Soldaten mit Ausrüstung Platz in seinem Inneren. Seine Einsätze, ziviler und militärischer Natur, waren zum Teil bereits Legende. So waren 1986 nach der Katastrophe von Tschernobyl Mi26 zahlreiche Einsätze rund um den zerstörten Reaktor geflogen. Viele der Besatzungen und Piloten hatten bei diesen Einsätzen Strahlungsschäden erlitten. Eine der Maschinen, die eine zehn Mal höhere Verstrahlung als der Normalwert aufwies, musste nach ihrem letzten Einsatz vergraben werden.

Die Mi26 flogen Hilfseinsätze nach dem Erdbeben in Kaschmir, bekämpften Waldbrände in Griechenland und Frankreich. 2008 nach dem Beben in China waren zwei Mi26 von der chinesischen Regierung angeschafft worden, um große Mengen Versorgungsgüter rasch zu den Obdachlosen bringen zu können. Einer dieser beiden raste nun durch das tibetanische Hochtal.

Das Zeichen der chinesischen Volksarmee an den Flanken des Hubschraubers leuchtete blutrot durch den Schneesturm, der mit ihm zu ziehen schien. Der Frühling war in den Bergen noch weit weg. Der Winter hatte das Dach der Welt fest im Griff.

Trotz seiner Größe konnte dieses Modell des Mi26 von nur zwei Mann geflogen werden. Oder einem Mann und einer Frau, wie in diesem Fall.

Valerie Goldmann genoss jeden Augenblick des Fluges. Es hatte einiger Überzeugung und noch mehr Geldes bedurft, um den Hubschrauber zwei Tage von der chinesischen Armee zu mieten. Was erst völlig unmöglich schien, rückte nach diplomatischen Interventionen, gepaart mit einem internationalen Medieninteresse in den Bereich des Möglichen. Als die chinesische Führung schließlich einsah, dass sie bei diesem Projekt nur an Ansehen und Respekt und ein wenig Ruhe von den Demonstranten vor ihren Auslandsvertretungen gewinnen konnte, war der Weg frei gewesen.

So saß nun die ehemalige israelische Militärpilotin Goldmann mit einem tibetischen Kopiloten, den sie scherzhaft als ihren Luft-Sherpa bezeichnete, in einem Hubschrauber der chinesischen Volksarmee und hoffte, dass sie in der unübersichtlichen Gebirgslandschaft nicht an dem Kloster vorbeifliegen würden, das ihr eigentliches Ziel war.

Goldmann, ehemaliger Major der israelischen Armee, war als spätes Kind exilierter österreichischer Juden in Tel Aviv geboren worden. Mit ihrer Figur, dem langen, braunen Haar und den dunklen, großen Augen wäre sie geradezu prädestiniert gewesen für eine Karriere zwischen Fotostudio und Laufsteg. Sie aber hatte sich für Uniform, Drill und Waffen entschieden und für eine steile Karriere in der Armee.

Doch dann war alles ganz anders gekommen.

Nachdem ihr Kommandeur sie für einen Posten im diplomatischen Dienst als Adjutant des Militärattachés in Frankreich vorgeschlagen hatte und sich Valerie am Ziel ihrer Träume glaubte, war ein Mann in ihr Leben getreten, den sie seither regelmäßig zum Teufel wünschte: Oded Shapiro, Leiter der Abteilung »Metsada« und damit zuständig für spezielle Operationen innerhalb des israelischen Geheimdienstes Mossad, hatte Goldmann vor zwei Jahren für einen verdeckten Einsatz in Österreich von der Armee angefordert. Ihr Kommandant hatte eingewilligt und so war die Elitesoldatin und ausgebildete Hubschrauberpilotin in die alte Heimat ihrer Eltern gereist. Am Ende einer abenteuerlichen Suche nach dem Geheimnis der beiden Kaiser, bei der sie Paul Wagner, Georg Sina und Kommissar Berner zur Seite gestanden war, wurde die Stadt an der Donau Goldmanns neues Zuhause.

Ein weiterer Einsatz unter der Führung Shapiros im Jahr darauf gab dann den Ausschlag: Valerie kündigte den Militärdienst als Major a. D., verbot dem Geheimdienstchef, sie jemals wieder anzurufen, und zog sich ins Privatleben zurück.

Eine Erbschaft in Millionenhöhe, die ihr amerikanischer Großvater ihr hinterließ, kam da gerade zur rechten Zeit. Auf einen Schlag hatte Valerie mehr Geld, als sie jemals ausgeben konnte. Sie hatte sich in den Kopf gesetzt, es konstruktiv einzusetzen und zu versuchen, geschehenes Unrecht wiedergutzumachen, soweit es ihre Mittel erlaubten.

Das hatte sie nach Tibet gebracht, in diese unglaubliche Bergwelt und in diesen Hubschrauber.

Der Hang machte auf fast viertausend Meter Höhe einen scharfen Knick nach links und der Mi26 schwebte aus der Deckung des Berges in ein Hochtal, das sich wie in einem großen Panoramafenster über die ganze Breite des Sichtfeldes erstreckte. Unberührter, meterhoher Schnee glitzerte in der Abendsonne, die schroffen Felswände verschwanden unter dem Transporthelikopter, und vor sich sah Valerie ein halb verfallenes Kloster inmitten der weiten Schneebänke liegen.

»Da ist es!«, rief sie ihrem Kopiloten zu und wies mit ausgestrecktem Arm nach vorn. Auf dem Sattel eines Passes lag das geheimnisvolle Kloster der legendären »Drachenkönige«, der Lu-Gyal, deren Wissen selbst in Tibet schon lange in Vergessenheit geraten war. Nur noch in einem einzigen Kloster des Landes hatte man ihre Lehren und Geheimnisse bewahrt. Genau dorthin wollten sie.

Ein lang gestrecktes, weißes Gebäude mit braunen Fenstern, das für tibetische Verhältnisse ungewöhnlich hoch war, strebte vor ihnen aus der kargen, wilden Landschaft in den Himmel. Acht Stockwerke waren im Laufe der Zeit übereinander errichtet worden, noch überragt von drei viereckigen Türmen mit großen Flachdächern, die wie Plattformen für Götterboten in den Himmel ragten. Allerdings war der linke Teil des Klosters eingestürzt, zusammen mit zwei der Türme. Nur der rechte Teil des Gebäudes wirkte noch halbwegs unversehrt.

»Und wo werden wir landen?«, fragte der Kopilot besorgt. »Wir sind nicht gerade mit einem Leichtgewicht unterwegs, und es wird gleich dunkel.«

»Der Abt hat mir versprochen, dass die Mönche eine Fläche neben dem Kloster vom Schnee räumen. Darunter befindet sich massiver Fels«, antwortete Goldmann zuversichtlich.

»Und wenn nicht?«, erkundigte sich der kleine drahtige Tibeter, der nicht zum ersten Mal einen so großen Helikopter flog und ein ausgeprägtes Misstrauen hatte, wenn es um Landeplätze ging.

»Dann gehen wir zu Fuß zurück nach Lhasa«, meinte Valerie leichthin, »oder wir bleiben bis zur Schneeschmelze. Währenddessen haben wir Zeit, die ›Halo‹ zu demontieren und ihre Teile übers Internet zu verkaufen.«

Sie legte den Mi26 in eine sanfte Kurve und drückte die Nase des Hubschraubers nach unten. In rund hundert Metern Entfernung vom Kloster konnte Valerie eine fast fußballfeldgroße Fläche erkennen, die mit brennenden Fackeln gekennzeichnet war.

»Perfekt«, sagte Goldmann anerkennend. Sie musterte das verlassene Hochtal unter ihnen. Keine Straße führte zu dem Kloster hinauf, kein Weg und kein Saumpfad, nirgends waren Fußspuren im Schnee zu sehen, außer zwischen dem freigeschaufelten Platz und dem halb verfallenen Gebäude.

»Jetzt siehst du, warum man alles Material hier herauffliegen muss«, meinte Valerie und drehte eine zusätzliche Runde um das Kloster. Dann begann sie mit dem Landeanflug. Trotz heftiger Scherwinde setzte der Mi26 wenige Minuten später sanft auf. Goldmann ließ den Rotor laufen und veränderte den Anstellgrad der Blätter. Langsam senkte sich das Gewicht auf die Räder, doch der Boden hielt.

»So, zufrieden?«, lächelte sie ihren Kopiloten an, der zweifelnd nach draußen schaute. »Dafür machst du den Landingcheck und fährst die Turbinen herunter.« Damit schnallte sie sich los und verließ das Cockpit.

Als der Rotor fast zum Stillstand gekommen war, öffnete Goldmann die vordere Tür und klappte die Treppe aus. Sie sah sich einer Gruppe von Mönchen in ihren roten, traditionellen Gewändern gegenüber. Die Männer lachten und winkten, bis zu den Oberschenkeln im Schnee stehend. In der ersten Reihe wartete regungslos ein alter Mann, einen weißen Schal zur Begrüßung in den ausgestreckten Händen. Er hatte ganz kurze, graue Haare, war klein und untersetzt und trug eine Gebetskette aus roten Perlen um den Hals.

Goldmann legte die Handflächen aneinander und verbeugte sich höflich vor dem Geistlichen.

Der Lama lächelte und legte ihr den Schal um den Hals. »Willkommen in unserem Kloster! Wie schön, Sie zu sehen! Sie haben es also wirklich geschafft!«, rief er aus. »Ich bin Abt und Vorsteher dieser kleinen Gemeinschaft, seit mehr als zwanzig Jahren, in guten und in schlechten Zeiten. Sie ahnen gar nicht, wie überglücklich wir alle über Ihr Kommen sind.«

»Die Freude ist ganz auf meiner Seite«, erwiderte Valerie lächelnd. »Seit ich von den Zerstörungen durch die Chinesen erfahren habe, war es mir ein Anliegen, etwas zum Wiederaufbau des Klosters beizutragen. Es tut mir leid, dass ich nicht früher kommen konnte.«

»Nein, nein, wir sind es, die für immer in Ihrer Schuld stehen«, antwortete der Abt bescheiden und legte den Arm um Goldmanns Schulter. »Kommen Sie bitte mit mir in den Versammlungsraum. Da können wir alles Weitere besprechen. Dann bereiten wir Ihnen die bequemsten Zimmer vor, die wir haben. Es wird gleich dunkel, und Sie sind selbstverständlich unsere Gäste.«

Zweihundert Kilometer Luftlinie weit entfernt, auf einem streng geheimen und aufwendig getarnten Militärflughafen der chinesischen Armee nahe Lhasa, fuhr ein Geländewagen vor der Einsatzzentrale vor, hielt an und ließ einen schlanken, hochgewachsenen Chinesen in Generalsuniform aussteigen. Während der Fahrer das Gepäck seines Passagiers von der Ladefläche holte, sah sich der Neuankömmling in der Abenddämmerung um.

Es hatte sich nicht viel verändert, aber was hatte er erwartet?

Der General, dessen Gesichtszüge seine mongolischen Vorfahren verrieten, verband keine guten Erinnerungen mit dem Flughafen, mit Lhasa und mit Tibet. Fünfzehn Jahre lang war er hier bekannt gewesen für seine raschen Entscheidungen und berüchtigt für sein kompromissloses Vorgehen. Seine Rolle bei den Säuberungen in der chinesischen Provinz hatte ihn schließlich dahin gebracht, wo er seit jeher hinwollte – in den persönlichen Stab des chinesischen Armeeministers. Er war so hoch emporgestiegen, wie er es sich nur in seinen kühnsten Träumen zu wünschen gewagt hatte. Das war die beste Zeit in seinem Leben gewesen.

Doch der anschließende Fall kam schnell und war tief. Nach einer Serie von Niederlagen und Fehlentscheidungen im Herzen Europas war der General in die Mongolei abgeschoben, als chinesischer Militärattaché in die Verbannung geschickt worden.

Ulan Bator war wie Timbuktu, nur kälter.

Doch nun war Li Feng zurück. Das missglückte Abenteuer in Wien war Geschichte, die mongolische Episode vorbei. Er war zwar noch nicht zurück in Peking, aber zumindest in Tibet. Der Posten eines Militärkommandeurs von Lhasa bewies, dass die Führung in der chinesischen Hauptstadt ihm vergeben hatte und zu einem neuen Anfang bereit war.

Er, Li Feng, war es auf jeden Fall.

Schöngrabern, Weinviertel/Österreich

Im Vergleich zum lichten Äußeren präsentierte sich das Innere der Pfarrkirche von Schöngrabern eher bedrückend und düster. Ein leicht modriger Geruch lag in der Luft, das Sonnenlicht fiel nur spärlich durch die schmalen Rundbogenfenster knapp unter der weißen Decke. Die glatte Linienführung, die an der Außenfassade Klarheit und Offenheit ausstrahlte, wirkte hier an den nackten Wänden beinahe abweisend.

Georg erschienen die Fensteröffnungen wie Löcher, die in einen geschlossenen Sarg gebohrt worden waren, und er fröstelte. Barbara erging es nicht anders. Sie senkte ihre Schultern und verschränkte ihre Arme vor der Brust.

Mayröcker hingegen spazierte gelassen zwischen den hölzernen Bankreihen bis in die Mitte der Kirche, bevor er sich zu seinen beiden Gästen umdrehte. »Da vorne war im Mittelalter die romanische Westfassade«, erklärte er, »vom reichen Figurenschmuck blieb allerdings nicht mehr viel erhalten, außer einem steinernen Portallöwen, der heute im Landesmuseum Niederösterreich steht, die Monatsreliefs an der Südwand und die drei Apostelreliefs hier drüben.«

Mayröcker deutete in Richtung Nordwand, Sina und Buchegger folgten seinem ausgestreckten Zeigefinger. Drei streng dreinschauende Bärtige, in der Rechten einen Stab, in der Linken eine Schriftrolle, blickten sie mit übernatürlich großen Augen an oder eher noch durch sie hindurch.

»Das sind drei Lehrer oder Patriarchen«, kommentierte Sina, »leicht an ihren Attributen zu erkennen. Aber wo sind die anderen neun?«

»Das weiß leider niemand mehr«, seufzte der Geistliche. »Was die Westwand betrifft, so sind wir auf Vermutungen angewiesen. Sie soll Christus als Herrscher über Raum und Zeit gezeigt haben.«

Georg nickte und blickte in die Runde. Ein riesiges Fresko links vor dem Altarraum fesselte seine Aufmerksamkeit.

»Der heilige Christophorus«, sagte Mayröcker, dem Sinas Überraschung nicht entgangen war. »Die Jahreszahl darüber lautet 1466, wohl die Zeit seiner Entstehung.«

»Trägt er nicht das Gewand eines Fürsten?«, wunderte sich Barbara und betrachtete aufmerksam die Malerei. »Sonst ist er doch immer als wilder Mann oder Riese dargestellt.«

Mayröcker zuckte die Schultern. »Wahrscheinlich eine etwas freie Interpretation des Themas...«, murmelte er.

»Das ist der heilige Leopold, der sich wiederum als Christophorus malen ließ«, warf Sina ein, »nur nicht als alter, sondern als junger Mann dargestellt, wie es für die Zeit Friedrichs III. üblich gewesen ist.«

Die Sache wird zunehmend seltsamer, überlegte er, während er langsam in Richtung Altar schlenderte. Vor zwei Jahren waren sie Kaiser Friedrich III. auf Schritt und Tritt begegnet, seiner Signatur AEIOU und seinen persönlichen Heiligen. Und der fromme Markgraf Leopold, dessen Heiligsprechung Friedrich so am Herzen lag, war der erste Bewahrer des kaiserlichen Geheimnisses gewesen.

Mayröcker war inzwischen weitergewandert, die Nonne an seiner Seite. Dem heiligen Christophorus gegenüber waren die Reste eines weiteren Freskos zu sehen, dessen schwarze Linien einen überlebensgroßen Teufel zeigten. Georg runzelte die Stirn. Ein Teufel? Der Satan hatte eine hässliche Fratze, Fledermausflügel auf dem Rücken und Löwenpranken anstelle der Füße. In den Händen hielt die Figur etwas, das wie Schreibzeug und ein Tintenhorn aussah. Ein Schriftstück vor ihm war zur Gänze vollgeschrieben.

Sina stockte der Atem. Ein verkrüppelter Zwerg mit einer Beinprothese hielt dem Teufel das rechteckige Blatt hin. »Jauerling...«, flüsterte Georg entsetzt.

»Die Figur stammt aus der Reformationszeit«, hörte der Wissenschaftler den Geistlichen dozieren, »wahrscheinlich die Darstellung eines Teufels, der das Sündenregister führt.« Er kicherte und wies auf den Zwerg. »Haben Sie seinen kleinen Diener gesehen? Ein niedlicher Bursche, nur etwas zu kurz geraten.«

»Wer hat das Fresko anbringen lassen?«, erkundigte sich Buchegger.

»Darüber können wir auch nur Vermutungen anstellen«, bedauerte Mayröcker. »Der Grundherr zu jener Zeit war allerdings ein gewisser protestantischer Freiherr von Teufel. Vielleicht hat er sich ja als Teufel hier abbilden lassen...«

»Unsinn!« Georg war zu dem Fresko hinübergeeilt und betrachtete es genauer.

»Aber Sie müssen zugeben, es würde passen. Schöngrabern war im 16. Jahrhundert evangelisch und besaß einen Pastor«, sagte Mayröcker.

»Und den Leiter einer Lateinschule, diesen Niclas Eighorn«, gab Sina zu bedenken.

»Den Teufel haben wir hier vorne noch einmal, diesmal als Schlange.« Mayröcker wies mit dem Finger. »Er beißt sich in den Schwanz, niedergedrückt und im Zaum gehalten von der Allmacht Gottes.«

»Ein bisschen viel Teufel auf einmal«, gab Sina zu bedenken, »wie im kirchlichen Gruselkabinett...«

»Das da drüben sind aber hübsche Fresken«, meldete sich Barbara zu Wort, die ein wenig weiter geschlendert war. »Wen stellen sie dar?«

»Leider ist nicht mehr allzu viel von der alten Farbfassung zu sehen.« Mayröcker stellte sich neben Barbara. »Das sind die Heiligen Wolfgang und Oswald sowie eine Schutzmantelmadonna. Und daneben stehen Katharina und Barbara. Sie stammen aus derselben Zeit wie der Christophorus.«

Sina war wie elektrisiert. Die drei Heiligen standen, daran erinnerte er sich, für jeweils eine Farbe: Weiß, Rot und Schwarz! Diese Kirche hier war ein riesiges Rebus, eine Ansammlung von Hinweisen. Vielleicht auch ein Wegweiser. Aber wohin?

»Wolfgang und Oswald?«, hakte er nach. Du darfst hier nichts übersehen, sagte er sich.

»Der heilige Wolfgang war Bischof von Würzburg«, erklärte Mayröcker geduldig. »Geboren wurde er als Sohn eines schwäbischen Grafen zur Zeit der Ottonen. Bereits mit sieben Jahren wurde er zur Erziehung auf die Klosterinsel Reichenau im Bodensee gebracht, und seither wird dort auch eine besondere Reliquie aufbewahrt: einer der sechs Krüge der Hochzeit zu Kana!«

»Wie bitte?« Georg traute seinen Ohren kaum. »Sie meinen, am Bodensee gibt es einen der sechs Krüge, in denen Jesus angeblich Wasser zu Wein verwandelt hat? Einen jener Krüge, die wir draußen als Relief gesehen haben?«

»Aber ja doch«, sagte der Priester. »Nicht nur die Reichenau, sondern sogar mehrere Klöster aus ottonischer Zeit in Deutschland besitzen einen.«

»Wie viele gibt es davon? Bestimmt Hunderte! Das würde mich nicht wundern«, brummelte Sina und erinnerte sich daran, dass die Splitter vom wahren Kreuz wohl zwischenzeitlich einen Wald ergäben. Und doch... dies war ein weiterer Baustein, um Jauerlings Rätsel zu knacken. Wie hatte der Zwerg es formuliert?

»Staub, der lebendig Zwietracht säte, ruhte einst, wo die Kühnen des Landes in einem Ring gestanden und wo sechs Krüge angebetet werden, die Wasser zu Wein, den Mensch zum Gott veredeln wollen.«

Hatte Mayröcker nicht vorhin »Folgen Sie den Krügen« gesagt? Klarer formulieren konnte man nicht mehr, dachte Georg. Die Steinerne Bibel stellte dieses Wunder Jesu als einziges von vielen dar, im Kircheninneren befand sich ein klarer Hinweis auf ein deutsches Kloster, das ausgerechnet einen solchen Krug stolz sein Eigen nannte.

Sina grübelte über die Bedeutung der Krüge nach. Zeichneten sie den Weg der Reliquie nach, des gesuchten Artefakts? War dieser kryptische Sternenstaub an allen jenen Orten gewesen, wo nun die Krüge standen? Jetzt muss ich nur noch herausfinden, wie viele es davon gibt und wo genau sie stehen, dachte Georg. Bestimmt waren sie über ganz Europa verteilt, und die Suche würde nicht leicht werden.

Mayröcker warf dem Wissenschaftler einen herausfordernden Blick zu. »Selbst hier in der Gegend soll es der Sage nach einen Krug geben.«

»Tatsächlich?« Sina sah den Priester zweifelnd an. Das wäre doch ein zu großer Zufall.

»Man erzählt sich«, begann der Priester, »dass Kaiser Rudolf II. im 16. Jahrhundert den damaligen Schlossherrn von Ernstbrunn, Joachim Graf von Sinzendorf, als Sonderbotschafter an den Hof des Sultans nach Konstantinopel geschickt hat. Von dieser Mission soll der Graf einen der sechs steinernen Krüge von Kana mitgebracht haben. Als der Kaiser davon erfuhr, bot er Sinzendorf so viel Gold, wie der Krug fassen konnte. Als der dann tatsächlich bis oben hin mit Goldstücken gefüllt war, lockte der Graf den Gesandten des Kaisers unter einem

Vorwand in ein anderes Zimmer und befahl seinen Leuten, den Krug sofort an einem geheimen Ort des Schlosses zu vergraben. Bis heute wurde das Gefäß nicht wiedergefunden.«

Der Wissenschaftler musste an Jauerling denken. War der Leiter des Schwarzen Bureaus im Auftrag seines Kaisers hierhergekommen? Hatte er ursprünglich den Krug voller Gold gesucht?

»War Joseph II. eigentlich in der Gegend aktiv?«, erkundigte er sich bei Mayröcker.

»Ob er aktiv gewesen ist?«, fragte der Geistliche mit hochgezogenen Brauen. »Der hat sich hier förmlich ausgetobt. Schöngrabern war einmal im Zentrum von vier Wallfahrtskirchen. Kaiser Joseph ließ sie alle im Zuge der Säkularisierung abreißen. Aber das Absurde daran ist, dass er einige Jahre zuvor selbst ein paar davon hatte errichten lassen.«

»Joseph ließ Kirchen bauen?« Sina war verblüfft. Das passte so gar nicht in das Bild des aufgeklärten Reformkaisers.

»Seltsam, nicht wahr?«, murmelte Mayröcker. »Vielleicht war er sich manchmal seiner Sache doch nicht ganz so sicher. Jedenfalls sind seine Bauten keine dreißig Jahre lang gestanden, bevor er jeden einzelnen Ziegel wieder wegräumen ließ. Das war so bei einer über einem wundertätigen Bründl hier in der Nähe und bei der Kirche am Michelberg.«

»Jeden Stein einzeln? Das kann ich mir nicht vorstellen«, zweifelte Georg.

»Wenn ich es Ihnen doch sage!«, nickte Mayröcker. »Im Kellergewölbe des alten Pfarrhauses können Sie einige der Ziegel sehen. Fein säuberlich vom Mörtel gereinigt, wiederverwendet und mit einem Stempel, den Initialen der Gottesmutter Maria, versehen.«

Er wippte ein wenig auf und ab. »Als die Kuenringer den Auftrag für den Ausbau von Schöngrabern gaben, bestand bereits eine Kirche an diesem Ort. Bis vor Kurzem wusste jedoch niemand, wo. Dann kam die Renovierung des alten Pfarrhauses vor wenigen Jahren, und wir entdeckten im Keller Gewölbereste und eine leere Grabkapelle im Westen, die weit älter als die Pfarrkirche waren.«

»Was genau haben Sie gefunden?«, fragte Sina verblüfft.

»Eine leere Grablege. Niemand weiß, für wen.« Mayröcker zuckte mit den Schultern. »Aber das sind eindeutige Belege dafür, dass dort die alte Kirche gestanden hat.«

Georgs Notizblock begann sich zu füllen. Kuenringer, Ketzer, Krüge von Kana, leere Grablegen. Was ging hier vor?

»Kommen wir zu dieser Kirche zurück«, hörte er Barbara sagen. »Wann wurde der Innenraum wieder romanisiert? Da war doch vorher sicher alles voll mit barocker Pracht und Herrlichkeit.«

Mayröcker schien die Frage unangenehm zu sein. Er dachte kurz nach, räusperte sich und blickte sich nach allen Richtungen um. Dann meinte er leise: »Das war 1936. Wir wissen nicht, wer den Umbau finanziert hat oder wer der Auftraggeber gewesen ist. Plötzlich war ein Bautrupp da, so erzählt man sich, mit allen schriftlichen Genehmigungen und expliziten Aufträgen. Die gesamte barocke Kirchenausstattung, jedes Stück Verputz und aller Stuck wurden restlos entfernt. Selbst die geschnitzten Seitenaltäre, die Statuen, die Ölgemälde, der Hochaltar, einfach alles.« Er hielt kurz inne und kramte in seiner Sakkotasche. »Warten Sie, ich habe hier ein Foto. Es soll noch viel mehr geben, aber niemand hat sie jemals gesehen.« Damit zog er einen etwas zerknitterten Kirchenführer hervor und wies auf ein Schwarz-Weiß-Foto auf der Rückseite. Es zeigte eine opulent gestaltete Dorfkirche in barockem Glanz.

»Die Trupps haben sogar bei Nacht gearbeitet, das Gelände war weitläufig abgesperrt. Bevor die Leute überhaupt etwas mitbekommen haben, war der Spuk schon wieder vorüber«, erläuterte Mayröcker. »Keine Zeit, Einspruch zu erheben.«

Georg nahm dem Priester das Heft aus der Hand und betrachtete das Bild. »Es wurden also vor und beim Umbau Fotos gemacht. Könnte es sein, dass dieses Relief im Altarraum ebenfalls 1936 verschwand?«

Der Priester nickte.

»Wo sind die Negative und die Abzüge?«, erkundigte sich Sina.

Mayröcker schüttelte den Kopf. »Ich habe nur dieses eine. Soviel ich weiß, sind die Bilder in irgendein Museum in Wien gekommen oder ganz einfach verschwunden.«

»Wenn Sie etwas für immer loswerden wollen, spenden Sie es einem österreichischen Archiv. Glauben Sie mir, ich weiß, wovon ich rede...« Georg wandte sich wieder dem Foto zu. »Haben Sie eine Brille?«

»Ja.« Mayröcker griff bereitwillig in seine Innentasche.

Sina benutzte die geschliffenen Gläser der Brille als Lupe. »Es waren zwei Reliefs, und zwar vorne am Altartisch. Kann ich das Heft behalten?«

»Aber gerne«, nickte der Geistliche. »Damit haben Sie auch einen Grundriss unserer Pfarrkirche.«

Sina konnte seinen Blick nicht von dem alten Foto abwenden. Gedankenverloren reichte er Mayröcker die Brille zurück und verabschiedete sich von dem Geistlichen. Ich habe in ein Wespennest gestochen, und dieser Pfarrer hat überhaupt keine Ahnung, dachte Georg. Was auch immer Jauerling hier vermutet hatte, es hatte vor ihm schon Prominenz angelockt: Friedrich III., Joseph II., Napoleon und einen anonymen Geldgeber, der gründlich und effizient gearbeitet hatte.

»Fahren Sie doch auf den Michelberg!«, sagte Mayröcker noch. »Da sind gerade archäologische Ausgrabungen im Gange! Das wird Sie interessieren!«

Sina nickte abwesend. »Danke, das werden wir sicher machen!«, gab er zurück.

Georg ging an der Nordwand der Kirche entlang in Richtung Parkplatz, als er wie vom Donner gerührt stehen blieb. Auf einem romanischen Relief spielte ein Fischweib die Harfe. Im Bild direkt daneben sah er einen Mann mit zwei Gesichtern, der von zwei anderen in einem Rad gedreht wurde. Sina zückte seinen Collegeblock und las nach:

»Wenn ein Fischweib die Harfe schlägt, beginnt der Kreis der Lebewesen.
Den Zentaur leg zwischen dich und Eggenburg.
Bist Du in jener Stadt, so erinnere dich ans Zweigesicht,
des Fischweibs Nächsten, der ans Rad geflochten ward.
Auch seinem Bild empfehle deine Schritte, und zwing die
Sonnenreise auf die Erde, wie ich es dir geheißen.«

Das mussten die beiden Monatsreliefs sein, die Mayröcker erwähnt hatte.

Georg kannte nur einen Mann mit zwei Gesichtern, den antiken Gott Janus. Diese mythologische Figur gab seit den Römern dem Monat Januar seinen Namen.

Wer aber war das Fischweib? Welchen Monat stellte sie dar?

Im Kirchenführer musste die Antwort zu finden sein, überlegte der Wissenschaftler und blätterte in der dünnen Broschüre. Das Fischweib mit der Harfe stand für den Monat Dezember. Und auf den Dezember folgt der Jänner, darum ist das Zweigesicht auch des Fischweibs »Nächster«. Den Beginn des Weges, der ihn wahrscheinlich auch zu den Krügen von Kana führen würde, markierten die beiden klassischen Wintermonate zum Jahreswechsel.

»Lege im weiteren Gang der Zeit auf das Erdenrund die fehlenden Zehn aus Zwölf«, hieß es weiter unten im Text.

Der »Gang der Zeit« war also: Dezember, Jänner, Februar, März, April und so weiter. Die zwölf Monate.

Das war so weit logisch. Aber auf keiner der beiden Allegorien war ein Zentaur zu finden, stellte Georg enttäuscht fest. Möglicherweise war er eines der genannten »Lebewesen«?

Der »Kreis der Lebewesen« begann jedenfalls im Dezember und setzte sich in den Folgemonaten fort. Aber was sollte das bedeuten? Diese Nuss blieb noch zu knacken. Klar war jetzt nur, wo die nächste Station ihrer Reise war. In Eggenburg.

Sina schlug sein Notizbuch zu und folgte Barbara zum Auto, tief in Gedanken versunken.

Mayröcker stand an die Kirchentür gelehnt und beobachtete, wie die beiden Besucher einstiegen und davonfuhren. Versonnen blickte er dem gelben Lada nach, der wie ein Spielzeugauto in der Ferne über die Straßen kurvte.

Er stand noch lange da, selbst als der Geländewagen bereits am Horizont verschwunden war.

Eggenburg, Waldviertel/Österreich

Barbara und Georg saßen schweigend im Wagen. Jeder hing seinen eigenen Gedanken nach, während im Radio »Losing my Religion« spielte. Tschak ließ sich davon nicht beeindrucken. Er schlief tief und fest auf der Rückbank, nur seine Beine zuckten ab und zu im Traum.

Der Lada durchquerte mehrere Dörfer, die grüne Frühlingslandschaft zog vor den Fenstern vorbei. Georg Sina las in seinem Notizblock und schrieb Kommentare zwischen seine Abschriften aus Jauerlings Memoiren. Nach der Besichtigung von Schöngrabern sah er schon etwas klarer, aber er war noch weit davon entfernt, das Gesamtbild zu erkennen.

Die Nonne fuhr konzentriert, schaute nur ab und zu hinüber zu Sina, der den Namen Niclas Eighorn abhakte und mit der Spitze seines Kugelschreibers wiederholt auf einen weiteren tippte: Wolff Khayser, Bürgermeister und Richter von Eggenburg. Er fuhr sich durch die Haare und murmelte vor sich hin.

»Dieses Fresko war irgendwie gruselig«, unterbrach Barbara Sinas Gedanken.

Georg hob den Kopf. »Was meinen Sie?«

»Dieser Teufel und der Zwerg vor ihm«, sagte sie und drehte das Radio leise.

Sina nickte. »Ja, aber die Geschichte mit der plötzlichen Umbauaktion 1936 beschäftigt mich mehr. Wer könnte damals ein Interesse gehabt haben, eine Kirche mitten in der tiefen österreichischen Provinz rückzubauen? Hat man etwas gesucht? Hinweise in den romanischen Verzierungen vermutet? Wenn ja, worauf?«

Sie passierten die Ortseinfahrt von Eggenburg und rollten durch den Kreisverkehr, als Georg etwas einfiel.

»Wenn wir schon hier sind, dann könnten wir etwas überprüfen«, murmelte er. Und lauter meinte er: »Könnten Sie bitte hier rechts abbiegen? Da kommen wir auf den Hauptplatz, und ich möchte einen kurzen Blick in die Propsteikirche dahinter werfen.«

Barbara nickte und steuerte durch die alte Stadtmauer direkt auf die romanischen Zwillingstürme im Zentrum der kleinen Stadt zu. Um den Hauptplatz mit Pestsäule standen dicht gedrängt liebevoll restaurierte Bürgerhäuser mit barocken Fassaden. Rosatöne, Hellgrün oder lichtes Blau dominierten bei der Farbwahl und wirkten freundlich und einladend.

»Hier gefällt es mir«, meinte Buchegger, als sie den Wagen abgestellt hatte und sich umblickte. Vor ihnen ragte die Apsis der Propsteikirche auf. »Was machen wir mit Tschak? Er schläft gerade so gut.«

»Dem hat der Ausflug gutgetan, jetzt ist er total fertig«, lächelte Georg »Lassen wir ihn schlafen, da haben wir wenigstens eine Alarmanlage im Auto. Wenn auch eine nicht sehr effiziente.«

»Dann lasse ich das Fenster einen Spalt offen«, beschloss Barbara.

»Ist gut.« Georg stieg aus und zögerte kurz. »Aber für die eingeworfenen Schriftstücke in diesen rollenden Briefkasten übernehme ich keinerlei Verantwortung«, grinste er noch, bevor er leise die Tür zudrückte.

Er betrachtete die Pfarrkirche St. Stephan mit hochgezogenen Brauen. Neben ihren hohen Mauern nahm sich der zweigeschossige Renaissancebau des Pfarrhofes klein und niedrig aus. Der Kirchenbau selbst wirkte, als hätte ein Baumeister willkürlich historische Stile aus den Elementen eines Baukastens zusammengesetzt.

Sina schüttelte den Kopf. Die Verzierungen der beiden Glockentürme waren weit plumper als die Steinmetzarbeiten in Schöngrabern. Sie erinnerten ihn an die Ruprechtskirche, Wiens ältestes Gotteshaus.

»Was suchen wir hier?«, erkundigte sich Barbara, die ein großer, gemalter Christophorus aus dem 15. Jahrhundert faszinierte.

»Zunächst eine Grabinschrift«, erklärte Sina. »Ich habe nur eine Zeichnung von ihr gesehen, jetzt möchte ich sie mir an Ort und Stelle anschauen. Vielleicht kann ich mir einen Reim darauf machen, wenn ich die Farben und den Platz sehe, an dem sie angebracht ist.«

»Dann schauen wir mal.« Neugierig ging die Nonne voran in die Kirche.

Sina griff in die Tasche und zog seinen Notizblock hervor. »Also das Epitaph, das wir suchen, stammt aus dem 16. Jahrhundert. Es soll aus hellem Stein sein, mit schwarzer Schrift und einem Relief, das nicht nur einen Bürgermeister und seine Familie, sondern auch eine Burg im Hintergrund zeigt.«

Doch nachdem sie alle Wände der Kirche abgesucht hatten, wurde ihnen schnell klar, dass sich der Grabstein nicht im Innenraum befand.

»Verschwunden«, brummte Georg resigniert. »Wie hätte es auch sonst sein sollen, nach über zweihundert Jahren.« Enttäuscht steckte er seinen Collegeblock wieder ein.

»Vielleicht wäre jetzt der richtige Zeitpunkt gekommen, mir etwas zu erklären«, forderte ihn Barbara auf. »Wir waren heute den ganzen Tag in Kirchen unterwegs, Sie haben Aufzeichnungen gemacht, vor sich hin gemurmelt, die Geschichte der letzten zweitausend Jahre Revue passieren lassen, und das vor einem ganz konkreten Hintergrund, den ich nicht kenne…«

»Ich weiß nicht, wo ich beginnen soll«, antwortete Sina zögernd. »Ich habe voriges Jahr gemeinsam mit Paul etwas gefunden...«

»Moment!«, unterbrach sie ihn. »Wer ist dieser Paul? Sie haben ihn schon mal erwähnt, aber ich habe keine Ahnung, wer das ist.«

»Paul Wagner ist ein alter Freund von mir«, erklärte Georg und setzte sich in eine Bank. »Ein Schulfreund, um genauer zu sein. Wir haben während des Studiums zusammen gejobbt, dann haben sich unsere Wege wieder getrennt. Bis vor zwei Jahren...«

»Ist er dieser Journalist, von dem mir Onkel Benjamin erzählt hat?«

»Ja, genau.« Sina überlegte, was er Barbara anvertrauen konnte. »Wir haben also ein Privatarchiv gefunden, Aufzeichnungen eines Zwerges, verfasst in Turin im späten 18. Jahrhundert.«

»Jauerling?« Buchegger zog fragend die Brauen hoch.

Georg sah sie erstaunt an. »Woher wissen Sie ...?«

»Ach, das war nur ein Schuss ins Blaue.« Barbara machte eine wegwerfende Handbewegung. »Sie haben den Namen vor dem Teufelsfresko in Schöngrabern genannt und dabei den Zwerg betrachtet, der das Pergament hält.«

»Gut beobachtet«, musste Georg zugeben. »Seine Aufzeichnungen haben wir in einer versteckten Holzkiste im Steinboden der Kirche Maria Laach gefunden.«

»Das klingt wie eine Szene aus Indiana Jones«, grinste Buchegger und setzte sich neben Georg.

»So kann man es auch nennen«, gab Georg zurück. »Jedenfalls habe ich seine Erinnerungen gelesen und bin auf ein paar interessante Fakten gestoßen. Nichts Konkretes, nur vage Andeutungen...« Georg entschied, vorerst seine Schlüsse für sich zu behalten und nur die lokalen Details preiszugeben. »Jauerling erwähnte Kirchen der Umgebung: Schöngrabern, Eggenburg und auch den Michelberg, zu dem wir morgen fahren könnten. Dann nannte er Menschen, darunter die Kuenringer und Niclas Eighorn.«

»Diesen Schulleiter«, hakte Buchegger nach.

»Genau, den Leiter des Spiels«, bestätigte Sina. »Sie alle stehen in Verbindung zueinander. Es gibt eine Geschichte, die sie alle in irgendeiner Form über mehrere Jahrhunderte miteinander verbindet. So etwas wie einen roten Faden mit vielen Knoten: die Orte und die Personen.« Georg begann mit dem Finger Dreien auf die Bank vor ihm zu malen, was er oft machte, wenn er sich konzentrierte. »Jauerling war ein sehr verschlossener Mensch, was mit seinem Beruf zusammenhing. Er schrieb nie etwas klar und deutlich auf. Seine Memoiren sind so etwas wie eine Reise auf den Spuren eines... eines Objekts.«

Er verstummte für einen Moment. »Ich weiß wirklich nicht, wie man es sonst erklären sollte. Ich bin auf der Suche nach dem roten Faden, nach dem Warum, immer mit dem Hintergedanken, dass vielleicht auch gar nichts dahintersteckt.«

Barbara unterbrach ihn nicht und hörte aufmerksam zu.

»Paul war von Anfang an der Meinung, es handelt sich bei der Akte nur um ein Theaterstück, ein spätbarockes Mysterienspiel, wie die ›Zauberflöte‹, das in der kaiserlichen Zensur stecken blieb.«

»Ein Theaterstück?«, warf Barbara ein.

»Ja. Jauerling nannte es ›Il Diavolo in Torino‹.« Georg schaute nachdenklich zum Altar. »Aber ich vertraue in diesem Fall meinem Gefühl, und das sagt mir, dass es kein Theaterstück ist. Das Kribbeln habe ich immer, wenn ich kurz vor einer Entdeckung stehe...« Er verstummte und zeichnete weiter Dreien auf der Kirchenbank. »Tut mir leid, das klingt nicht sehr wissenschaftlich, aber mehr kann ich im Moment nicht anbieten. Ich bin auf einer Reise auf den Spuren Jauerlings.« Sina sah Barbara in die Augen und beschloss, ihr doch noch einen Hinweis zu geben. »Unser geheimnisvoller Zwerg erwähnt in seinen Aufzeichnungen auch die Krüge von Kana. Da hat es mich in Schöngrabern schon wie ein Blitz getroffen und mir bestätigt, dass ich recht haben könnte.«

»Was macht andererseits der Teufel in Turin?«, fragte Barbara ratlos, stand auf und zeigte plötzlich hinter einen wuchtigen Seitenaltar neben dem südlichen Eingang der Kirche, einem geschnitzten Grab Christi. »Da ist ja der Grabstein! Wir haben ihn nicht gleich gesehen, weil er ganz hinten im Eck steht, vom Altar fast verdeckt.«

»Tatsächlich!«, rief Georg aus und eilte zu dem frisch renovierten Epitaph. »Ganz genau so, wie Jauerling ihn beschrieben hat. Da ist der Bürgermeister, seine Ehefrauen mit den Kindern, ein triumphierender, auferstandener Christus und hier im Hintergrund eine Burg.«

Barbara versuchte die schwarze Inschrift zu entziffern und vorzulesen: »Anno dny 1575 den 3. Tag october starb der Ernuest fürsicht g – Ersam un weis herr Wolff Khayser weltliches erlich jar Burgermeister un Richter der Stat Eggenburg gewest und liegt hie sambt seynen dreyen hausfraue...« Sie legte den Kopf schräg. »Er war ernst, vorsichtig und weise, aber nur ein Jahr Bürgermeister...«

»Na ja, er wird wohl an der Wiederwahl gescheitert oder während seiner Amtszeit verstorben sein«, kommentierte Georg und begann die Inschrift abzuschreiben. »Oder Khayser war Protestant, worauf die deutsche Inschrift hinweisen würde, und die Stadt ist wieder katholisch geworden oder umgekehrt. Es waren unruhige Zeiten damals, die Bekenntnisse wechselten quasi über Nacht. Den Grundherren war es egal, welche Konfession ihr Pfarrer hatte, Hauptsache, der Bierkonsum nach dem Gottesdienst oder der Heiligen Messe ging nicht zurück!«

Dann wies er Barbara auf eine Inschrift am Kopf des Epitaphs hin. »Das hier erscheint mir jedoch weit interessanter: HILF IESUS DU EWIGES WORT DE LEIB HIE UND DER SELLE TORT. Dahinter steht ein dreiblättriges Kleeblatt als Symbol für die Dreifaltigkeit.«

»Oder eine Verzierung, um darüber hinwegzutäuschen, dass der Steinmetz nicht besonders gut darin war, sich den Platz für die Inschrift einzuteilen«, kicherte Barbara. »Er musste wohl irgendwie den Freiraum füllen, der ihm übrig geblieben ist.«

»Ja, manchmal sind die einfachsten Erklärungen die besten«, gab Georg zu. »Der Leib hier, die Seele dort...«, murmelte er.

Der Wissenschaftler schaute sich um. Sein Blick blieb auf dem wuchtigen Seitenaltar hängen, hinter dem das Epitaph verborgen war. Er betrachtete die geschnitzten Felsen, die zwei trauernden Frauen und den Engel, der zu ihnen sprach. Aber zu ihren Füßen in der Grotte, da lag er noch. Er war noch da, und das durfte nicht sein. Da lag der magere und blasse Leib des gekreuzigten Herrn.

Der sollte doch schon längst nicht mehr da sein! Der Erlöser war in dieser Szene der Evangelien, in der die beiden Marien mit dem Engel sprachen, schon längst aufgefahren in den Himmel! Aber auf dem Grabstein, zu dem ihn Jauerling geschickt hatte, stand es ganz deutlich: Der Leib hier, die Seele dort! Und dann dieser Altar...

Führte die Spur der Krüge etwa zum wahren Grab Christi?

Sina schnaufte verächtlich. Unsinn. Der Mesner hatte wahrscheinlich nur vergessen, den geschnitzten Leichnam nach der Osternacht wegzuräumen.

»Nein, nein, keineswegs«, unterbrach Buchegger Sinas Gedanken. »Jesus, Du ewiges Wort, hilf dem Körper hier und der Seele dort. Das ist ein Gebet.«

»Diese ganzen Hinweise passen irgendwie nicht zusammen oder ich verstehe sie nicht«, ärgerte sich Sina und wandte sich zum Gehen. »Die Ottonen, erbauliche Gebete, ein Schulleiter, ein frommer und sogar ehrlicher Bürgermeister, die sechs Krüge von Kana, der Teufel mit vollgeschriebenen Seiten, Umbauten 1936, Joseph II., Napoleon... Manchmal glaube ich, dass ich diesen Jauerling verstehe, dann wieder glaube ich, da ist nichts Handfestes. Vielleicht steckt wirklich rein gar nichts dahinter und Paul hat recht. Ein Theaterstück, wirre Notizen, vom Fieber gezeichnet, und nachdem Jauerling alles im Wirtshaus aufgeschrieben hat, war er womöglich sogar betrunken...«

»Die Leute im 18. Jahrhundert waren ganz wild auf Okkultismus, gerade weil die Aufklärung die Welt für so viele entzaubert hatte«, gab Buchegger zu bedenken. »Mysterienspiele und Séancen waren Publikumsmagnete, esoterische und exotische Romane boomten, und die Freimaurerlogen entstanden. Von wann sind denn diese Memoiren?«

»Vom März 1790«, antwortete Georg.

»Keine sechs Jahre her... das ergibt Sinn«, murmelte Barbara.

»Was war keine sechs Jahre her?«, erkundigte sich Sina neugierig.

»Der Skandal von Lucedio bei Turin, wir haben im Studium lang und breit drüber diskutiert.« Buchegger versuchte sich zu erinnern. »Am 10. September 1784 ließ Papst Pius IV. eine fast tausendjährige Zisterzienserabtei im Piemont schließen. Eine böse Sache. Der Vorwurf war Klostersatanismus, Folter und Missbrauch von Kindern.«

»Gut möglich, dass dadurch Jauerling zu einem Stück oder einem Entwurf für einen Roman inspiriert wurde.« Georg zuckte mit den Schultern. »Satanismus war damals groß in Mode, und alles feierte fröhlich schwarze Messen, angeblich ganz besonders in der Hauptstadt des Königreichs Piemont. Dafür würde der Titel sprechen. Jauerling, als Chef des Schwarzen Bureaus, musste sich wohl oder übel mit dem ganzen Fall auseinandersetzen, um dem Kaiser einen ausführlichen Bericht über die Hintergründe geben zu können.« Sina dachte kurz nach. »Das wäre eine logische Erklärung. Joseph II. war zwar aufgeklärt, hatte aber eine Aversion gegen Volksaufwiegelung und Verhetzung. Was ist in Lucedio wirklich passiert, weiß man das?«

Barbara winkte ab. »Angeblich handelt es sich bei der ehemaligen Abtei um den berühmtesten Spuk Italiens, für manche ist es sogar der unheimlichste Ort der Welt. Jedes Jahr fahren Hunderte Leute dahin, um eine weinende Säule, wispernde Stimmen, wandernde Schatten und einen teuflischen Nebel zu erleben, der über den Boden der Abtei kriecht. Alles Blödsinn, wenn man mich fragt.«

Sina schmunzelte. »Die Geisterjäger! Die kenne ich, die haben auch mir schon einen Besuch abgestattet. Mit Mikrofonen, Bewegungsmeldern und einem Kamerateam wollten sie auf meiner Burg die Weiße Frau jagen.«

»Und?« Barbara grinste.

»Ich habe sie nicht reingelassen!« Georg lachte und erinnerte sich an die selbst ernannten Geisterjäger, die er etwas uncharmant vor die Tür gesetzt hatte.

»Die dortigen Mönche sollen unglaubliche Grausamkeiten an Verbrechern begangen haben, die ihrer Gerichtsbarkeit unterstanden. Aber das kann auch nur ein Vorwand gewesen sein. Tatsache ist, dass dieses Principato di Lucedio die wichtigste Agrarregion in der Poebene und die Wiege des italienischen Reisanbaus ist. Hinter der Säkularisierung können also durchaus wirtschaftliche und politische Gründe stehen«, erzählte Barbara. »Der Volksmund allerdings weiß es natürlich besser. Legenden vom Satan, der einigen jungen Mädchen im Traum erschienen sein und ihnen befohlen haben soll, zu den Mönchen zu gehen, machen die Runde. Novizen und Mönche wurden verführt, auf die Seite des Bösen gezogen, sollen schwarze Messen gefeiert, Frauen und Kinder zu sexueller Unzucht gezwungen haben und, jetzt wird es ganz abenteuerlich, sogar einen Dämon in der Krypta der Klosterkirche gefangen haben. Dies soll ihnen mithilfe einer Melodie gelungen sein, der Partitur des Teufels, Lo spartito del Diavolo.«

»Nette Geschichte«, musste Georg zugeben, »aber alles ein wenig sehr Klischee.«

»Die Partitur wurde Ende der 90er-Jahre tatsächlich entdeckt, sie stammte von einem unbekannten Abt«, gab Barbara zu bedenken.

»Hm«, murmelte Georg. »Was geschah dann?«

»Man erzählt sich, dass zwölf Äbte, die sogenannten Wächter, im Kreis um das Verlies des Dämons sitzen. Man hat sie so bestattet, und angeblich verwesen sie nicht…«

»Und fertig ist der schauerlichste Platz der Welt«, lächelte Sina. »Was machte man mit den verbliebenen Mönchen? Hat man sie umgebracht?«

»Nein, soviel ich mich erinnern kann, nicht«, antwortete Buchegger nach kurzem Überlegen. »Man hat sie den Jesuiten übergeben.«

»Entzückend!« Sina schüttelte den Kopf. »Zwölf Äbte, die sitzend begraben worden sind und nicht verwesen wollen!«

»Aber es bleibt hanebüchener Unsinn!«, erwiderte Barbara. »Vor allem der Teil mit dem Dämon und den Mumien. Niemand hat sie je gefunden. Und die Partitur des Teufels ist für mich alles andere als ein Beweis, schließlich ist sie nicht das einzige klassische Musikstück, das mit dem Satan in Verbindung gebracht wird. Am Rest könnte durchaus etwas dran sein. Immerhin hat sich der Heilige Vater damals selbst der Sache angenommen.«

»Ja, der Teufel scheint recht musikalisch zu sein«, schmunzelte Georg.

»Es gab einen innerkirchlichen Skandal, die Autoren und die Medien bauschten ihn auf, machten daraus eine gute Story, die sich blendend an die breite Masse verkaufen ließ«, stellte Barbara zusammenfassend fest.

»Daran hat sich bis heute nicht viel geändert«, meinte Sina und lächelte die Nonne an. »Gehen wir! Hier gibt es für uns nichts mehr zu sehen, und es wird langsam spät.«

Während er durch den Windfang die Kirche verließ, schaute er plötzlich schon wieder auf Figuren der beiden Marien am Grabe des Herrn. Sie waren alleine. Nein, gegenüber, auf der anderen Seite des kleinen Vorraums, schwebte bereits der Engel zu ihnen herunter. Er richtete offensichtlich schon das Wort an die zwei Frauen.

»Entsetzt euch nicht! Ihr sucht Jesus von Nazareth, den Gekreuzigten. Er ist auferstanden, er ist nicht hier. Siehe da die Stätte, wo sie ihn hinlegten«, zitierte Georg und folgte mit seinem Blick dem ausgestreckten Zeigefinger des hölzernen Himmelsboten. Aber da war nichts. Nur der schmutzige Fußboden.

»Asche zu Asche und Staub zu Staub...«, flüsterte Sina, als er die Schmutzkringel mit der Schuhspitze hin und her schob.

Betrunken oder nicht, der Zwerg hatte seine Aufzeichnungen immerhin im Angesicht des Todes geschrieben. Vielleicht sollte Sina doch den Mut aufbringen, ihm dafür die Ehre zu erweisen und seinen Pfad zu Ende zu gehen.

Aber er hatte immer noch keine Idee davon, was der »Kreis der Lebewesen« war, wer oder was dieser »Zentaur« sein könnte, den er zwischen Schöngrabern und Eggenburg legen sollte, sodass sich der weitere Verlauf der Route offenbaren konnte.

Es war zum Verrücktwerden. Nichts in dieser Kirche, was ihn weiterbringen konnte. Kein Hinweis auf den Stein im Boden vor Eggenburg, der vor dem Rausch des Weines schützte. Ein Wortspiel? Ein Bezug auf die Krüge oder ein geologisches Phänomen?

»Was halten Sie davon, wenn wir kurz in das hiesige Krahuletz-Museum gehen, Barbara?«, wandte er sich an seine Begleiterin. »Peter Gerharter, ein Bekannter von mir, arbeitet dort. Vielleicht bekommen wir in seinem Büro einen Kaffee, um den Staub der Jahrhunderte hinunterzuspülen.«

»Gute Idee!«, sagte Barbara. »So ein kleiner Kaffeeklatsch würde mir guttun.«

Unterretzbach, Weinviertel/Österreich

Es war viel später geworden als geplant, als Berner, Burghardt, Wagner und die beiden Maurers endlich an der Kirche ankamen. In dem kleinen Ort schien es fast unmöglich zu sein, an einem offenen Weinkeller vorbeizugehen und nicht auf ein Glas Wein eingeladen zu werden. Ferdinand Maurer wurde in jeder Gasse von alten Freunden und guten Bekannten begrüßt, und als man Burghardt als den neu Zugezogenen »von außerhalb« erkannte, wollten die Winzer die sprichwörtliche Weinviertler Gastfreundschaft um jeden Preis beweisen.

Aber Berner, Burghardt und Wagner waren auf der Hut. Sie hielten auf dem gesamten Weg bis zum barocken Gotteshaus am anderen Ende des Ortes Ausschau nach dem blauen Volvo und seinen Insassen.

Nun standen alle fünf Männer am Fuße der breiten Treppe vor einer einladend offenen Kirchentüre.

»Sollten wir es nicht besser im Pfarrhaus versuchen?«, meinte Paul und blickte auf den Ort hinunter, der im gelben Licht der abendlichen Sonne ein Flair von Toskana verbreitete.

»Um diese Zeit poliert Fritz immer die Monstranzen«, antwortete Ferdinand Maurer, »ein alter Mann braucht nicht mehr so viel Schlaf. Und das Fernsehprogramm wird auch immer schlechter. Deswegen geht Hochwürden dann meist noch zu einem Heurigen im Ort, bevor er ins Bett fällt.«

»Dann gehen wir durch die Kirche in die Sakristei«, schlug Berner vor. »Hier draußen komme ich mir vor wie auf dem Präsentierteller.«

»Besucht in Ruhe den Pfarrer, ich bleibe vor der Eingangstür und passe auf, dass uns niemand überrascht«, entgegnete Burghardt und setzte sich auf die Stufen in die Abendsonne. »Außerdem bin ich der Einzige mit einer Waffe, wenn auch einer antiken.«

»Gute Idee, Burgi«, brummte Berner.

»Ich muss auch wieder in den Keller zurück«, verabschiedete sich Maurer junior. »Ich sollte noch Flaschen waschen für die nächsten Abfüllungen. Wenn Sie mich also hier nicht brauchen …?«

»Spielen Sie nicht den Helden«, ersuchte ihn Berner. »Passen Sie auf sich auf und rufen Sie uns an, wenn Sie etwas Ungewöhnliches sehen. Burgi gibt Ihnen seine Handynummer.« Dann folgte er Wagner und dem Alten in das Innere der Kirche.

Hohe, farbige Bleifenster warfen Lichtflecken wie aus einem Kaleidoskop auf den Boden aus großen Steinplatten. Auf zwei runden, schmiedeeisernen Platten flackerten Dutzende von Kerzen in transparent roten Schälchen. Das ewige Licht vor dem Altar brannte beruhigend gleichmäßig.

Berner schaute nach oben, wo Heiligenfiguren auf ihren Podesten mit blicklosen Augen über die Sünder wachten. Paul hatte sich in eine der hölzernen Bankreihen gequetscht und die Arme vor der Brust verschränkt. Berner setzte sich neben ihn, und Wagner deutete mit dem Kopf lächelnd auf die Kerzen.

»Erinnern Sie sich noch an die Ruprechtskirche, an Peer van Gavint und den Mord an dem Fremdenführer?«, raunte der Reporter. »Zwei Jahre sind seither vergangen.«

Berner nickte. »Ich hab meine Entscheidung von damals nie bereut. Heute, in der Pension, kann ich tun und lassen, was ich will, ohne Rücksicht auf Vorgesetzte und Verpflichtungen«, erwiderte er nachdenklich. »Und ich kann in Urlaub gehen, wann immer es mir Spaß macht.«

»Dann frage ich mich, warum Sie so viel arbeiten«, erwiderte Paul ironisch.

Der Kommissar grinste. »Ich suche mir nur die interessantesten Fälle aus und überlasse die übliche Tretmühle den aktiven Kollegen. Oder besser gesagt – die Fälle suchen mich aus.«

»Haben Sie eigentlich noch immer Ihren Polizeiausweis oder mussten Sie ihn jetzt endgültig abgeben?«, erkundigte sich der Reporter beiläufig.

»Ich wüsste nicht, was das die Presse angeht«, brummte Berner kampfeslustig. »Nur weil wir ein paar gemeinsame Abenteuer hinter uns gebracht haben, müssen Sie noch lange nicht alle intimen Details meines Lebens kennen. Es reicht, wenn Sie mich regelmäßig in meinem Stammcafé belästigen. Das ist Intimität genug.«

»Irgendwann schreibe ich eine Artikelserie über den pensionierten Kommissar Bernhard Berner«, drohte Paul leise lachend.

»Gott bewahre!«, wehrte Berner ab. »Dann muss ich auswandern.«

Maurer war inzwischen auf dem Weg zum Altar. Seine schlurfenden Schritte wurden nur durch das Tick-Tick seines Stockes unterbrochen.

»Was halten Sie von dem alten Mann?«, erkundigte sich Paul.

»Ich glaube, er hat damals selbst eine Menge von dem Geld behalten, nachdem Markhoff in Sibirien verschwunden war«, meinte der Kommissar nachdenklich. »Ob es ihm etwas genützt hat, weiß ich nicht. Eines aber ist sicher. Er scheint nichts von dem Dokument gewusst zu haben, von dieser Schenkungsurkunde über den verschwundenen Keller, unterzeichnet vom Ortsbauernführer. Vielleicht hat er den Koffer nie bis zum Boden durchsucht.« Berner zuckte mit den Schultern. »Wenn ich nur wüsste, woher die Männer in dem blauen Volvo kommen...«

»Und vor allem, warum sie hier sind«, ergänzte der Reporter. »Aber vielleicht kann uns dazu der Pfarrer ein wenig mehr erzählen.«

Der Kommissar nickte. »Gehen wir, bevor Maurer zuerst mit ihm spricht und ihn zum Schweigen verdonnert. Ich trau dem Wichtel nicht über den Weg.«

Wagner und Berner fädelten sich aus der Bank und machten sich durch den Mittelgang und am Altar vorbei auf den Weg in die Sakristei. Die Tür stand offen, und der schmale dunkle Durchgang aus dem Altarraum roch nach Weihrauch. Große Schränke mit hohen Glastüren entlang der Wand bargen Fahnen und liturgische Festgewänder, Altartücher und Stapel von Tauf- und Sterbebüchern.

Von Pfarrer Wurzinger war weit und breit nichts zu sehen. Ferdinand Maurer stand in der Mitte des kleinen Raumes, auf seinen Stock gestützt, und schaute Wagner und Berner entgegen.

»Seltsam, der muss sich in Luft aufgelöst haben oder er hat einen längeren Nachmittagsschlaf gemacht«, sagte er. »Normalerweise ist er um diese Uhrzeit immer hier.«

»Dann sollten wir doch im Pfarrhaus nachschauen«, brummte Berner.

»Bin schon auf dem Weg«, antwortete Paul, »und gleich wieder da. Wenn er schläft, dann wecke ich ihn auf und bringe ihn her.«

Burghardt saß noch immer auf den Kirchenstufen, genoss den Abend und schaute auf Unterretzbach hinunter. »Hier war gar nichts los«, meinte er, als der Reporter auf dem Weg zum Pfarrhaus bei ihm vorbeikam.

Alle Fenster des großen Gebäudes schräg neben der Kirche waren geschlossen, die Türe fest versperrt. Auf das nachdrückliche Läuten Wagners regte sich nichts im Pfarrhaus. Wurzinger ist also eindeutig nicht eingeschlafen, dachte sich Paul und machte kehrt.

»Vielleicht ist er ja auch zu einem Notfall gerufen worden, stattet einem Kollegen einen Besuch ab oder hat sich früher auf den Weg zum Heurigen gemacht«, meinte Burghardt. »Ich finde, wir sollten ihn da suchen gehen oder, noch besser, beim Heurigen auf ihn warten.«

»Gute Idee! Dann hole ich jetzt Maurer und Berner«, antwortete der Reporter lächelnd. Er nahm zwei Stufen auf einmal und betrat das Kircheninnere. Die Abendsonne stand schräg und warf durch die offen stehende Tür ein großes Rechteck aus Licht auf die alten Steinfliesen. Wagner stutzte. Er hielt inne und sah genauer hin. Ein roter Fleck, wie verwischter Nagellack, zeichnete sich auf einer der Platten ab. Der Reporter ging in die Hocke, um besser zu sehen. Es war ein Stück eines Schuhabdrucks, geriffelte Sohle, wie ein kleiner roter Stempel auf den gelben Fliesen.

»Bernhard!«, rief Wagner alarmiert aus. »Rasch, hierher!«

Berner stürmte aus der Sakristei und durch die Kirche wie ein angreifender Elefant. Von draußen steckte Burghardt erstaunt seinen Kopf durch die Tür.

»Burgi, bleib, wo du bist«, rief ihm der Kommissar zu, nachdem er einen Blick auf den roten Fleck geworfen hatte, »und sorg dafür, dass hier niemand reinkommt.« Dann wandte er sich an den Reporter. »Gibt's noch weitere?«

»Keine Ahnung«, murmelte Wagner, »wir haben auch diesen hier vorhin übersehen, weil er im Schatten lag.« Er blickte sich um. Wenige Meter von ihnen entfernt endete eine steile Holztreppe, die nach zwei Absätzen auf der Höhe des ersten Stocks hinter einer weiß gestrichenen Holztür verschwand. »Führt die auf den Glockenturm?«, fragte er Berner.

»Wahrscheinlich«, brummte Berner, »die Konstruktion in diesen Barockkirchen ist meist die gleiche. Und der Turm ist genau über uns.«

»Dann los!«, entschied Paul. Es dauerte keine Minute, bis sie zwei weitere blassrote Abdrücke auf den Treppenstufen gefunden hatten. Dann standen sie vor der weißen Tür, die allerdings versperrt war.

»Eddie ist nicht hier, und wir haben keine Zeit für Finesse«, entschied der Kommissar. »Aufbrechen!« Paul warf sich mit seinem ganzen Gewicht gegen die Holztür, die in den Angeln krachte.

»Was machen Sie da oben?«, kam es aus dem Kirchenschiff, wo ein neugieriger Ferdinand Maurer sich anschickte, ebenfalls die Treppe hochzuklettern.

»Bleiben Sie, wo Sie sind!«, rief Berner ihm zu. »Oder besser noch, gehen Sie zum Kollegen Burghardt und warten Sie da auf uns!«

Nach drei Anläufen splitterte das mürbe Holz rund um das Schloss, und die Tür flog auf. Dahinter lag der nächste Teil der Treppe, der sich der Wand entlang den Kirchturm hinauf wand. Vorsichtig ging Wagner voran. Die staubigen alten Balken ächzten und protestierten, durch schmale Fenster fiel das Abendlicht in das Innere des Turms.

Berner lehnte sich über die Brüstung und schaute nach oben. »Eine Windung noch und wir stehen auf der obersten Plattform. Dort hängen die Glocken, und weiter hinauf steigen nur mehr die Dachdecker.«

»Die Blutflecken auf den Stufen werden immer größer«, meinte Paul tonlos und sah über die Schulter zurück zu Berner. »Ich fürchte, das wird kein schöner Anblick.«

Die oberste Plattform glich einem rubinroten See. Ein nackter alter Mann hing an der Glocke, kopfüber, die Füße mit einem dicken Seil an den massiven Eisenklöppel gefesselt. Sein Körper war über und über mit Blutergüssen bedeckt. Ströme von Blut aus verschiedenen Wunden hatten sich auf seinem Kopf vereinigt, der wenige Zentimeter über den Holzbrettern im leichten Luftzug hin und her pendelte.

Auf seine Brust hatte jemand deutlich drei Neunen eingeritzt, von denen zwei durchgestrichen waren. Das Gesicht des Toten war durch Schläge so übel zugerichtet worden, dass es völlig aufgedunsen war. In einer Ecke achtlos zusammengeworfen lag ein kleiner Haufen schwarzer Gewänder und darauf ein Rosenkranz mit einem zierlichen Kreuz aus Elfenbein.

Wagners Schuhe machten schmatzende Geräusche auf dem halb gestockten Blut, als er zu den Kleidungsstücken hinüberging und sich hinunterbeugte. »Eine Soutane, ein Rosenkranz... ich glaube, wir haben Pfarrer Wurzinger gefunden.«

Berner hatte bereits sein Handy aus der Tasche gezogen und wählte. »Die Kollegen von der Mordkommission Niederösterreich werden Überstunden machen müssen«, meinte er, während er die Leiche nicht aus den Augen ließ. »Was immer auch die Killer wissen wollten, er hat es ihnen sicher erzählt. Zumindest alles, was er wusste.«

Der Reporter umkreiste vorsichtig den Toten, während der Kommissar die Beamten in St. Pölten informierte. Dann blieb sein Blick auf den eingeritzten Ziffern hängen.

»Sehen Sie die Zahl?«, fragte er Berner, als der das Telefongespräch beendet hatte.

»Die 999? Ja, nicht zu übersehen«, gab der Kommissar düster zurück.

Wagner schüttelte den Kopf. »Das ist keine 999, das ist eine dreifache 6. Der Tote hängt kopfüber.«

»Stimmt!«, wunderte sich Berner. »666, die Zahl des Bösen?«

»Die Zahl des Tieres oder besser gesagt des Teufels«, antwortete der Reporter langsam. »Offenbarung des Johannes. Erinnern Sie sich an die Michaelerkirche in Wien? Die Apokalypse?«

Berner horchte auf. »Sie meinen die Kirche im Drachenviereck rund um St. Ruprecht?«

Wagner nickte. »Genau, Teil des Geheimnisses von Kaiser Friedrich.«

»Und warum sind zwei Zahlen durchgestrichen?«, wunderte sich der Kommissar.

»Ich habe keine Ahnung«, gab Paul zu und zog sein Handy aus der Tasche. Dann machte er rasch eine Aufnahme von den eingeritzten

Zeichen. »Wer weiß, ob wir je Tatortfotos von der Mordkommission erhalten.«

»Wenn das die Truppe im blauen Volvo war, dann hat sie ganze Arbeit geleistet«, brummte Berner. »Aus welchem Loch sind die plötzlich hervorgekrochen? Was haben wir übersehen?«

»Das müssen wir schnellstens herausfinden«, bestätigte Wagner. »Dazu fahren wir am besten nach Wien zurück. Hier können wir nichts mehr ausrichten. Ich habe nur keine Ahnung, wie wir Ferdinand Maurer vor der Truppe schützen sollen. Die werden sicher wiederkommen.«

»Mir wird schon was einfallen«, beruhigte ihn der Kommissar. »Ein paar Tage Schutzhaft zum Beispiel würden dem Alten ganz gut tun.«

»Gute Idee, ich rede mit seinem Sohn«, meinte der Reporter, »dann hole ich das Auto, damit wir verschwinden können, sobald die Mordkommission hier ist.«

Als Paul Wagner die Plattform verlassen hatte und auf dem Weg nach unten war, zündete sich Berner eine Zigarette an und inhalierte tief. Er vermied es, den toten Pfarrer anzusehen, trat an die Brüstung und ließ den Blick weit übers Land schweifen, über die sanften Hügel mit den Weinbergen und den Rapsfeldern auf der tschechischen Seite der Grenze.

In der Ferne heulte ein Hund. Die Schatten der Vergangenheit kriechen schon wieder aus ihren Verstecken, dachte Berner. Irgendwer hat sie geweckt, und jetzt sind sie auf der Jagd. Dämonen im Blutrausch, Killer im Zeichen des Tieres.

666 – die Zahl des Teufels.

»Es gibt Kämpfe, die hat man bereits verloren, bevor sie begonnen haben«, murmelte der Kommissar. Doch zugleich wünschte er sich inständig, dass es diesmal anders wäre.

Eggenburg, Waldviertel/Österreich

Georg und Barbara hatten Glück. Peter Gerharter machte Überstunden und war auch abends noch in dem lichten Bau aus der Ringstraßenzeit anzutreffen. Das Museum mit seinen umfangreichen

Sammlungen ging im Kern auf den Fleiß eines einzigen Sammlers zurück, Heimatforscher Johann Krahuletz.

Zu Lebzeiten ein rechter Sonderling, war dieser rastlose Sammler und Forscher der Jahrhundertwende für die Stadt und die Region vor allem ein echter Glücksfall gewesen. Wenn es jemals einen Stein mit einer solch heilenden Wirkung gegeben hatte, dann würde Krahuletz ihn gefunden haben. Sinas ehemaliger Studienkollege Gerharter hatte sich intensiv mit dem Nachlass von Krahuletz und der Geschichte der Region beschäftigt. Damit war er zweifelsfrei der richtige Mann.

Peter Gerharter hatte sich kaum verändert. Drahtig, mit Stoppelglatze und Hakennase, weckte er in Georg Erinnerungen an seine Studienzeit. Ein paar Falten mehr und ein paar Haare weniger waren die einzigen Zugeständnisse an die verstrichene Zeit. Gerharter freute sich von Herzen über Sinas Besuch. Als seine Frage nach Kaffee mit einem begeisterten Kopfnicken quittiert worden war, dauerte es keine fünf Minuten, bis Sina und Buchegger Tassen mit dampfendem Kaffee in den Händen hielten. Barbara ließ sich seufzend in einen bequemen Sessel sinken und war für den Moment wunschlos glücklich.

Gerharter setzte sich an seinen Schreibtisch und zündete sich eine selbst gedrehte Zigarette an. »Was führt dich zu mir in die Provinz, Georg?«, fragte er und beobachtete schmunzelnd, wie Sina in der Polsterung des Sofas versank.

»Wenn es dich zu mir nach Eggenburg verschlägt, muss es mit unseren Sammlungen zu tun haben. Stimmt's oder habe ich recht?« Er nahm einen tiefen Zug von seiner Zigarette, blies den Rauch in die Luft und verzog seinen Mund zu einem süffisanten Lächeln.

»Spüre ich da etwa eine gelinde Feindseligkeit, Peter?«, erkundigte sich Sina grinsend.

»Nein, nein. Woher denn?«, antwortete Gerharter und winkte lässig ab. »Wir Landpomeranzen sollten uns freuen, wenn uns die Alma Mater, die große Uni Wien, um Rat fragt.«

Sina schluckte und wusste nicht recht, was er sagen sollte. Damit hatte er nicht gerechnet.

Doch Gerharter brach in schallendes Gelächter aus. »Nur Spaß, Georg! Auch wenn du in all den Jahren kein einziges Mal bei mir angerufen hast, so weiß ich doch, dass es nicht böse gemeint war. Also, heraus damit! Wo drückt dich der Schuh?«

»Es war ja auch meine Schuld, ich hätte mich melden können. Burg Grub ist ja nicht wirklich weit weg«, sagte Sina verlegen und kramte seinen Block aus der Hosentasche.

»Du brauchst dich nicht zu rechtfertigen«, wehrte Gerharter ab. »Du kannst aber eine Menge wiedergutmachen, indem du mich mal wieder anrufst und auf ein Bier einlädst.«

»Mit Vergnügen!«, gab Sina zurück. »Aber nun zu meinem Problem. Ich habe hier so etwas wie einen Vers, auf den ich mir im wahrsten Sinne des Wortes keinen Reim machen kann. Er lautet:

Such im Grund der Stadt, das ist Eggenburg, **den Stein, der vor dem Rausch des Weines schützt.**«

»Das ist alles?«, wunderte sich Gerharter, nahm einen violetten Stein von seinem Schreibtisch und warf ihn Sina zu. »Bitte, da hast du ihn!« Georg ließ sein Notizbuch fallen und fing den Stein auf.

»Das ist ein Amethyst«, erklärte Gerharter, »sein Name kommt vom griechischen *amethystos*, was so viel wie *dem Rausch entgegenwirkend* bedeutet. Das war nicht schwierig. Diese Steine findest du hier überall im Erdboden, vom Eggenburger Friedhof bis hinauf auf den Manhartsberg bei Maissau.«

»Was weißt du sonst noch über den Stein und seine Bedeutung?«, fragte Sina nach.

»Tja, mein Freund, für die Region ist er zum Wirtschaftsfaktor geworden. Scharenweise kommen Touristen hierher, um nach dem Mineral zu suchen oder um sich die freigelegte Ader in der *Amethyst-Welt* in Maissau anzusehen. Aber das hast du nicht gemeint, nehme ich an.« Gerharter begann sich eine neue Zigarette zu drehen und blickte Georg fragend an.

»Ich dachte mehr ans Mythologische«, gab der Wissenschaftler zurück und hob seinen Block wieder auf.

Barbara genoss ihren Kaffee und hörte nur mit halbem Ohr zu. Als ihr Blick auf eine Tageszeitung auf dem Couchtisch fiel, begann sie die Seiten durchzublättern.

»Nun, Legenden und Geschichten um den lila Stein gibt es Hunderte«, holte Gerharter aus und lehnte sich in seinem Sessel zurück. »Wein, getrunken aus einem Becher aus Amethyst, soll nicht betrunken machen, daher auch der Name. Aus der Zeit der Merowinger ist überliefert, dass Grabräuber die Nähe zu Gegenständen aus Amethyst mieden, wie etwa Halsketten und andere Grabbeigaben. Die glaubten ganz offensichtlich an die negative Wirkung des Steins auf einen Dieb. Wenn man es in diesem Zusammenhang betrachtet, dann ist die Tatsache, dass der Ring eines Bischofs immer einen Amethyst als Zentralstein hat, ganz erheiternd.« Er blies den Rauch seiner Zigarette aus der Nase. »Da fällt mir noch etwas ein. Esoteriker glauben daran, dass der Amethyst reinigende, inspirierende und Erkenntnis bringende Eigenschaften hat. Er wird dem Sternzeichen Schütze oder auch dem Steinbock zugeschrieben. Und er steht auch für den Monat Februar.«

»Für den Februar, sagst du?«, murmelte Sina und zeichnete Dreier auf seine Oberschenkel. Dezember, Januar, Februar, das ergab einen Sinn. Schöngrabern stand für die Monate Dezember und Januar, Eggenburg für den Februar ...

Barbara lachte plötzlich laut auf und zog alle Blicke auf sich.

»Entschuldigung«, sagte sie und hielt sich die Hand vor den Mund. »Ich habe nur eben mein Horoskop gelesen. Was für ein Unsinn...«

»Ihr Horoskop?« Sina nahm ihr die Zeitung aus der Hand und schaute ungläubig auf die Liste der Tierkreiszeichen. »Der Amethyst steht doch für Steinbock oder Schütze, hast du gesagt«, wandte er sich an Gerharter.

»Genau«, bestätigte dieser und schaukelte auf seinem Sessel hin und her.

»Schütze, 23.11.–21.12, Steinbock, 22.12.–20.1.« Georg legte die Zeitung zur Seite, blätterte in seinem Notizbuch und las Jauerlings Rätsel laut vor:

> *»Mit der Steinernen Bibel eröffnet wird das Spiel,*
> *in dem der Tod der Gottesfürchtigen das Ende der Bösen ist.*
> *Wenn ein Fischweib die Harfe schlägt, beginnt der Kreis der Lebewesen.*
> *Das gehörnte Tier des Winters leg zwischen Dich und Eggenburg.*
> *Bist Du in jener Stadt, so erinnere Dich ans Zweigesicht,*
> *des Fischweibs Nächsten, der ans Rad geflochten ward.*
> *Auch seinem Bild empfehle Deine Schritte, und zwing die*
> *Sonnenreise auf die Erde, wie ich es Dir geheißen.*
> *Such im Grund der Stadt den Stein, der vor dem Rausch*
> *des Weines schützt.*

*Beschwer damit den Sonnenlauf, zwing den Gehörnten
auf den Boden, und ihr Pfad wird Dir offenbart.
Lege im weiteren Gang der Zeit auf das Erdenrund
die fehlenden Zehn aus Zwölf.
So lange bis Du den Jahreslauf als Weg begreifst. Aber erst der
Dreizehnte, der Verstoßene mit der Schlange, weist Dir Dein Ziel.
Dort gewann ein König seine Krone, gekrönt von dem was
übrig blieb aus Sternen, die zu Fleisch geworden.
Staub, der lebendig Zwietracht säte, ruhte einst, wo die Kühnen
des Landes in einem Ring gestanden und wo sechs Krüge angebetet
werden, die Wasser zu Wein, den Mensch zum Gott veredeln wollen.
Gehe von Kaisers Osterfest im Norden mit dem Sternenweg nach
Westen, so weit die Erde reicht, dort liegt, was ich
Dir versprochen habe.«*

»Das ist also der Grund für deinen Besuch?«, erkundigte sich Gerharter und wies mit ausgestrecktem Finger auf Sinas Notizblock. »Zeig mal her!« Er betrachtete die Zeilen mit zusammengekniffenen Augen und schüttelte schließlich den Kopf. »Tut mir leid, ich muss gestehen, ich verstehe kein Wort. Mit dem Horoskop bist du aber sicher auf dem richtigen Weg. Die Sonne durchquert bei ihrem scheinbaren Umlauf um die Erde die zwölf Tierkreiszeichen. Ich denke, der Autor dieses Rätsels will, dass du den »Kreis der Lebewesen«, das heißt die zwölf Sternbilder, auf eine Landkarte zeichnest. Eines neben das andere. Du beginnst mit dem Schützen, den durchquert die Sonne nämlich von November bis Dezember, fügst dann den Steinbock an und so weiter, bis du mit dem Jahr und dem gesamten Tierkreis durch bist.«

»Das klingt vernünftig«, gab Sina zu. »Aber in welche Richtung und in welchem Maßstab? Nicht zu vergessen – auf welcher Karte?«

»Wenn du genau liest, dann steht das mehr oder weniger auch da.« Gerharter tippte auf die Zeilen. »Den Zentaur, das alte Symbol für den Schützen, legst du als Ausgangspunkt zwischen Schöngrabern und Eggenburg. Das gibt dir die Richtung, in etwa nach Norden, und auch den Maßstab wieder.« Er kratzte sich am Kopf. »In Eggenburg legst du dem Gehörnten, dem Steinbock, einen Amethyst auf den nervösen Huf, damit er liegen bleibt. Der Stein steht klar für den Februar, also machst du nach dem Steinbock mit dem Wassermann weiter und so fort. Das Größenverhältnis sollte immer gleich bleiben, du verlängerst die Linien ihrer Sterne – et voilà, du bist am Ziel.« Gerharter kratzte sich am Kopf. »Von einem dreizehnten Sternzeichen habe ich allerdings noch nie etwas gehört…«

»Ja, ganz toll, danke«, kommentierte Georg. »Was nicht passt, wird passend gemacht. Wo führt mich dann das ominöse dreizehnte Zeichen hin, das es gar nicht gibt? Dazu kommen die Ungenauigkeiten der alten Karten. Mit einem modernen GPS-System lande ich bestimmt mitten im Nirgendwo.«

»Nicht unbedingt«, schmunzelte sein Freund. »Schau doch einfach am Endpunkt deiner Linien, ob nicht vielleicht eine Stadt in der Nähe ist, in der ein König seine Krone erhalten hat. Das muss sogar ein ziemlich bedeutender Herrscher gewesen sein, weil das in deinem Gedicht so hervorgehoben wird. Also grenzt das deine Suche ziemlich ein.« Er reichte Sina den Collegeblock zurück. »Viel Spaß wünsche ich, Herr Professor.«

»Wahrscheinlich hast du recht. Kannst du deinen Computer anwerfen und bei Wikipedia nachschauen, ob es ein dreizehntes Sternbild gibt?«

Gerharter nickte und tippte in die Tastatur. »Du wirst es nicht glauben, aber das gibt es tatsächlich«, sagte er überrascht. »Laut AstroWiki ist ein dreizehntes Sternbild in seiner exakten Position bereits auf zweitausend Jahre alten Karten verzeichnet. Es heißt *Ophiuchus*, der Schlangenträger.« Der Name des Sternbildes entsprach exakt dem Wortlaut des Rätsels. »In der Mythologie ist der Schlangenträger gleichgesetzt mit Asklepius, dem Gott der Heilkunde, einem großen Wohltäter der Menschheit. Aber als er einen Toten zum Leben erweckte, erschlug ihn Zeus für diese Anmaßung mit einem Blitz…« Er verstummte und schaute Georg entgeistert an. »Hast du das inszeniert? Wenn ja, dann gut gemacht, alter Freund.«

Sina schüttelte den Kopf und stand auf. »Danke, Peter, du hast mir wirklich sehr geholfen. Wir wollen dich auch nicht länger aufhalten. Es ist spät, und mein verhungerter Hund wartet sicher schon sehnsüchtig im Auto auf mich.«

»Es war schön, dich wieder einmal zu sehen nach all der Zeit«, lächelte Gerharter und schüttelte Georg die Hand. »Wo willst du jetzt hin?«

»Heim natürlich, um diese Karte zu zeichnen, was sonst?«, antwortete Sina.

»Das würde ich nicht, Georg, noch nicht«, gab Gerharter zu bedenken. »Wenn das dreizehnte Sternbild Tote wieder lebendig macht, dann solltest du wissen, worauf du dich bei deiner Suche einlässt. In dem Rätsel hieß es doch:
Staub, der lebendig Zwietracht säte, ruhte einst, wo die Kühnen des Landes in einem Ring gestanden.

Ich glaube nicht, dass es besonders gesund ist, einen solchen Staub aufzuwirbeln, wenn du verstehst, was ich meine.« Gerharter kam um den Schreibtisch herum und legte die Hand auf Georgs Schulter. »Ich kenne hier in der Gegend nur einen Ort, auf den diese Beschreibung perfekt passt, und er trägt noch immer denselben Namen seit der Zeit, in der die Kühnen des Landes dort in einem Ring gestanden sind. Das ist Kühnring, der ehemalige Stammsitz der Kuenringer, keine fünf Minuten mit dem Auto von Eggenburg entfernt.«

»Danke, ist notiert.« Sina nickte zustimmend und wandte sich zum Gehen. Wieder die Kuenringer, überlegte er, während er mit Barbara die Treppe hinunterlief. War es das Richtige, in Kühnring nach weiteren Hinweisen zu suchen? Er war sich nicht sicher. Würde er dort endlich einen Hinweis bekommen, was die von Jauerling gesuchte Reliquie wirklich war? Dieser **Staub, der lebendig Zwietracht säte**? Was erwartete ihn am Ende des *Sternenwegs*? Stand da vielleicht sogar Zeus, um ihn für seine Anmaßung mit einem Blitz zu erschlagen?

Nachdenklich trat er ins Freie. Der Himmel war lila geworden, die ersten Sterne strahlten. Georg atmete tief durch. Gut, dachte er, wenn es so sein soll, dann wird Kühnring unser nächstes Ziel.

Aus dem Fenster seines Büros beobachtete Gerharter, wie Georg und Barbara aus dem Museum traten und zu einem kleinen gelben Geländewagen schlenderten. Er trat an seinen Schreibtisch, öffnete eine Schublade und holte eine elegante Visitenkarte heraus, die er nachdenklich in seinen Fingern drehte.

Dann gab er sich einen Ruck und griff zum Telefon.

Information gegen Information.

Schöngrabern, Weinviertel/Österreich

Die Abendmesse war vorüber. Pfarrer Mayröcker saß in einer Kirchenbank vor dem Beichtstuhl und wartete leicht gelangweilt auf Bußwillige. Er hatte es sich zur Angewohnheit gemacht, die Beichten erst nach der Messe abzunehmen. So konnten auch alle jene zu ihm kommen, die tagsüber in Wien oder Hollabrunn arbeiteten und nur abends nach Schöngrabern heimkehrten.

Mayröcker seufzte. Wahrscheinlich würde sich einmal mehr nur die alte Gruberin ächzend in den Beichtstuhl schieben, ihr Kopftuch fest unter dem Kinn verknotet. Er hatte sie insgeheim »die Spionin« getauft. Sie war so zuverlässig wie ein Schweizer Chronograf und so unabwendbar wie das Amen am Ende des Gebets. Dorftratsch war ihr Leben. Und sie liebte es, den Pfarrer immer auf dem neusten Stand zu halten, ob es ihn interessierte oder nicht.

Der unscheinbare Mann im braunen Staubmantel, der ihm schon in der Messe aufgefallen war, saß noch immer in einer der vorderen Bankreihen und betete. Schön, dachte Mayröcker, dass es noch Gläubige wie ihn gibt. Er bemerkte den kleinen Pilotenkoffer zu seinen Füßen und schloss daraus, der Unbekannte bete um eine gesunde Heimkehr oder eine angenehme und sichere Reise.

Er sah auf seine Armbanduhr. Jetzt würde die Gruberin bald kommen. »O Herr, lass diesen Kelch an mir vorübergehen...«, murmelte der Geistliche und stand auf. Er zog sein Taschentuch heraus und schnäuzte sich lautstark. Dann öffnete er die Tür des Beichtstuhls, setzte sich in die mittlere Abteilung und zog die Tür hinter sich zu.

In dem hölzernen Kasten roch es nach Holzpolitur und altem Staub. Mayröcker fühlte sich eingezwängt wie immer, er hatte kaum genügend Platz, um sich zu bewegen. Er bildete sich ein, dass ihm sogar das Atmen schwerer fiel. Die Schuhschachtel Gottes oder die Strafe des Herrn für sein Bodenpersonal, wie sie den Beichtstuhl im Priesterseminar genannt hatten. Mayröcker stimmte dem immer noch voll und ganz zu. »Ich bin es, der hier seine Sünden abbüßt, nicht die anderen«, ächzte er leise, während er versuchte, eine bequeme Position zu finden. Dann verriegelte er die Tür.

Seine einzige Verbindung zur Außenwelt waren ab jetzt zwei hölzerne Gitterfenster zu den Beichtstühlen links und rechts von ihm, die er mit einem Schiebetürchen verschließen konnte. Der Geistliche legte die Kippschalter um und grüne Lämpchen leuchteten über den beiden Kabinen auf.

»Freie Fahrt für die Gruberin«, flüsterte Mayröcker, »die militante Informantin des Herrn. Jetzt kann sie von mir aus kommen.« Er nahm seine violette Stola vom Haken, küsste ihre Enden und überkreuzte sie vor der Brust.

Da kam plötzlich Bewegung in den Beichtstuhl, und das Knarren des Holzes verkündete, dass sich jemand auf die Bank rechts gekniet hatte. Mayröcker schaltete das Licht auf Rot, zog geräuschvoll das Schiebefenster auf und sagte: »Im Namen des Vaters, des Sohnes und des Heiligen Geistes…«

»… Amen!«, antwortete ein Mann, und der Priester war überrascht. Das konnte nur der Reisende sein, vermutete er und grüßte ihn automatisch mit: »Gott, der unser Herz erleuchtet, schenke dir wahre Erkenntnis deiner Sünden und Seiner Barmherzigkeit.«

Dann lauschte er aufmerksam.

»Vergib mir, Vater, denn ich habe gesündigt. Meine letzte Beichte ist eine Woche her«, murmelte die Stimme.

»Nun, mein Sohn«, begann der Priester und versuchte vergeblich einen Blick durch das dichte Gitter auf den Fremden zu erhaschen, »wenn du vor einer Woche erst das heilige Sakrament der Beichte empfangen hast… Was ist dir Schlimmes widerfahren, dass du heute wieder zu mir kommst?«

»Vater«, begann der Mann mit leiser Stimme, »mein Beruf bringt es mit sich, dass ich viel unterwegs bin, eine Menge Leute treffe und manchmal seltsame Dinge tue. Ich bin für ein großes internationales Unternehmen tätig. Ich löse für sie Probleme mit dem Personal…«

»Ich verstehe«, nickte Mayröcker, »du bist einer jener Männer, die Rationalisierungen umsetzen und Menschen kündigen.«

»Ja, Vater«, bestätigte der Unbekannte. »Ich reise von Standort zu Standort und löse Dienstverhältnisse auf. Jetzt handelt es sich um einen Geschäftsführer, den ich feuern soll.« Die Stimme des Fremden wurde hart.

»Wenn dem so ist, dann wirst du das tun müssen.« Mayröcker hob den ausgestreckten Zeigefinger, auch wenn es der Sünder nicht sehen konnte. »Aber tue es mit Respekt.«

»Das wird nicht so einfach sein«, kam die nachdenkliche Antwort. »Jedenfalls wollte ich dafür Eure Vergebung erbitten, Vater.«

»Im Voraus?« Der Priester unterdrückte ein Lachen. »Das ist nicht möglich, mein Sohn.«

»Doch, ist es«, sagte der Fremde nachdrücklich. »Es hat in der Vergangenheit genug Beispiele dafür gegeben, dass die Mutter Kirche einen Dispens oder einen Ablass auf künftige Ereignisse erteilt hat.«

Mayröcker zuckte die Schultern und hob die Hand zum Segen. »Also, wenn es dir hilft, dann will ich nicht so sein...«

»Danke!«, murmelte der Reisende. Und mit fester Stimme sprach er: »Ich bereue, dass ich Böses getan und Gutes unterlassen habe. Erbarme Dich meiner, o Herr.«

»Gott, der barmherzige Vater, hat durch den Tod und die Auferstehung seines Sohnes die Welt mit sich versöhnt und den Heiligen Geist gesandt zur Vergebung der Sünden. Durch den Dienst der Kirche schenke er dir Verzeihung und Frieden«, antwortete Mayröcker und bewegte seine Hand im Zeichen des Kreuzes. »So spreche ich dich los von deinen Sünden im Namen des Vaters und des Sohnes und des Heiligen Geistes.«

»Amen!«, antwortete der Fremde und erhob sich.

Mayröcker runzelte die Stirn. Komischer Vogel, dachte er, aber Gottes Tiergarten ist groß ...

Im nächsten Augenblick hörte der Geistliche ein Geräusch an seiner Tür. Er runzelte die Stirn und packte den Knauf.

Die Tür gab nicht nach.

So sehr Mayröcker auch daran rüttelte, sie war blockiert. Der Priester schlug mit der Faust gegen das Holz.

»He! Was soll das? Lassen Sie mich sofort heraus!«, schrie er. Aber in der Kirche blieb es stumm. Der Geistliche überlegte, wer ihn in diese missliche Situation gebracht hatte, da hörte er ein seltsames Geräusch. Ein Glucksen und Platschen. Es kam von oben, vom Dach des Beichtstuhls. Mayröcker horchte angestrengt und ein beißender Geruch stieg in seine Nase. Benzin, schoss es ihm durch den Kopf. Gott steh mir bei!

In Panik trat er mehrmals mit dem Fuß gegen die Holztür. Mit lautem Krachen gab das Türblatt nach, aber die Späne des zerbrochenen Holzes bohrten sich tief in seine Wade. Der Geistliche heulte auf und versuchte sein Bein wieder aus dem Loch zu ziehen. Aber es ging nicht, der Schmerz war zu groß.

Er steckte fest. Und das Benzin begann, auf ihn herabzurinnen und seine Soutane zu tränken. Mayröcker stiegen die Tränen in die Augen. Er hämmerte wieder panisch an die Türe des Beichtstuhls.

»Lassen Sie das!« Der Kopf des Reisenden erschien wieder vor dem Gitterfenster, aber Mayröcker konnte ihn nicht erkennen. »Machen Sie lieber Ihren Frieden mit Gott. Es bleibt Ihnen nicht mehr viel Zeit.«

»Sind Sie wahnsinnig? Was tun Sie?«, kreischte der Pfarrer.

»Danket dem Herrn, denn er ist gütig«, war die kryptische Antwort.

Mayröcker verstand sofort. Der Reisende war wegen ihm nach Schöngrabern gekommen! Mit zitternden Fingern schlug er ein Kreuzzeichen. »Sein Erbarmen währt ewig!«, schluchzte er, während das Benzin in dünnen Bächen an den Wänden des Beichtstuhls herunterrann.

»Der Herr hat dir die Sünden vergeben«, sagte der Fremde fast feierlich. »Geh hin in Frieden!«

Dann trat er zwei Meter zurück und entzündete ein langes Streichholz. In einem eleganten Bogen segelte die Flamme durch die Luft und landete auf dem Dach des Beichtstuhls. Die Benzindämpfe entzündeten sich sofort, und mit einem zischenden Geräusch raste eine Feuerwelle über das trockene Holz. Die Flammen leckten gierig nach den staubigen Vorhängen hinter der Tür, sprangen durch die kleinen Fenster ins Innere und erfassten Mayröcker. Er heulte auf, versuchte ein letztes Mal, sich zu befreien, und fiel dann in sich zusammen.

Die Flammen schossen immer höher. Nach wenigen Augenblicken verschwand der gesamte Beichtstuhl hinter einer Flammenwand.

Genau darauf hatte der Reisende gewartet. Ungerührt packte er den leeren Benzinkanister wieder in seinen kleinen Koffer. Es roch mit einem Mal nach verbranntem Fleisch. »Der Herr sei deiner armen Ketzerseele gnädig!«, flüsterte er wie nebenbei.

Schwarzer Rauch füllte rasch die Kirche und machte das Atmen schwer.

Nach einer Kniebeuge in Richtung Altar packte der Unbekannte den Griff seines Pilotenkoffers und ging mit großen Schritten zum Ausgang. In der Türe blieb er stehen und atmete tief durch. Eine alte Frau, die sich auf einen Gehstock stützte, kam ihm entgegen.

»Sie schickt der Himmel!«, stieß er hervor. »Jemand muss den Kerzenleuchter umgestoßen haben, und jetzt brennt der Beichtstuhl! Können Sie die Feuerwehr rufen, mein Handyakku ist leer.«

»Selbstverständlich«, antwortete die Alte bereitwillig und griff hastig zum Handy. Als sie den Notruf wählte und sich umschaute, war der Mann schon im Dunkel verschwunden.

Auf dem Parkplatz des Gasthauses »Zum Goldenen Hirschen« angekommen, eilte der Reisende zu seinem Auto und öffnete die Türe. Die beiden Rottweiler im Fond des dunklen Kombis bellten erfreut.

»Ich weiß, meine Lieben, ihr habt Hunger. Aber bald bekommt ihr euer Chappi«, lächelte er und tätschelte die massigen Köpfe der Hunde. »Und morgen verspreche ich euch frisches Fleisch, saftig und blutig, so wie ihr es liebt.«

Er warf Pilotenkoffer und Mantel auf die Rücksitzbank. Auch die Soutane, die er darunter trug. Jeans und Pullover kamen zum Vorschein. Dann startete er den Wagen und fuhr los. Auf seinem Weg südwärts begegnete er zwei Feuerwehren, die mit Vollgas und Blaulicht in Richtung Schöngrabern rasten. Hoffentlich gibt es in Hollabrunn bequeme Zimmer und ein gutes Gasthaus, dachte er sich.

Erfolgreiche Problemlösungen machten ihn immer hungrig.

Der dritte Kreis –
DA SAH ICH NEUE QUALEN
UND GEQUÄLTE UM MICH HER

27.5.2010

Via delle Botteghe Oscure, Rom/Italien

Es war noch dunkel und es schien, als ob Rom Atem holte für den kommenden Tag. Lediglich ein schmaler, hellerer Streifen im Osten kündigte schüchtern den anbrechenden Morgen an. Ein Fahrzeug der Stadtreinigung fuhr gemächlich über die Via San Marco und sprühte Pappbecher, Papierschnitzel, Orangenschalen und ein paar gebrauchte Kondome mit kräftigem Wasserstrahl in das uralte Kanalsystem der Stadt am Tiber.

Der kräftige Dieselmotor und das Zischen des Wassers erfüllten für einen Moment die schmalen Straßen rund um das Foro Traiano. Keiner der Anwohner erwachte, man hatte sich an das tagtägliche Reinigungsritual gewöhnt.

Der Fahrer lenkte sein Fahrzeug bedächtig durch die Via delle Botteghe Oscure und bog schließlich am Ducati Caffè rechts in die Nebenfahrbahn ab, einer Abkürzung zum Corso Vittorio Emanuele II. Er warf einen kurzen Kontrollblick in die großen Rückspiegel. Im Licht der speziell angebrachten Scheinwerfer glänzte die Straße wie geleckt, bevor sie wieder in der Dunkelheit versank. Zufrieden sah er wieder nach vorne, lenkte sein Fahrzeug geschickt zwischen drei geparkten Autos hindurch und stellte den Wasserdruck höher.

Das schwere Motorrad dicht hinter ihm hatte der Fahrer übersehen. Es war im toten Winkel, und der Fahrer der Honda schaltete noch im Rollen den Scheinwerfer aus.

Niemand sollte sie kommen sehen.

Dann verschwand das Motorrad zwischen zwei schräg geparkten Autos, der Motor erstarb, und es war wieder ruhig in der Via delle Botteghe Oscure. In der Ferne verklang das Zischen der Straßenreinigung nach und nach.

Die Neonreklame des Ducati Caffè flackerte blau und rot, als zwei Männer von der Honda abstiegen und sich vergewisserten, dass sie vor dem richtigen Hauseingang angekommen waren. Einer der beiden zog daraufhin ein schmales Etui aus seiner Tasche und machte sich am Schloss der Eingangstüre gleich neben dem Caffè zu schaffen. Keine dreißig Sekunden später standen die Männer im Hausflur und nahmen die schwarzen Vollvisierhelme ab.

Es war völlig still in dem alten Haus mit dem Flachdach und der auffälligen Fassadengliederung, auf der dicke, weiße Linien die Terrakottaflächen in weite Felder teilten. Einer der Männer ließ kurz eine kleine, fingerdicke Taschenlampe aufblitzen. Der weiße Notizzettel in seiner Hand leuchtete auf.

»Zweiter Stock«, murmelte er seinem Begleiter zu, bevor er vorsichtig die schmalen Steintreppen hinaufeilte. Mondlicht fiel durch die hohen Fenster, zeichnete Quadrate auf die alten Platten. Es roch nach Lavendel und Bohnerwachs.

Ihre Schritte waren kaum zu hören. Alles schlief.

In der Nähe schlug die Turmuhr von San Stanislao 4.30 Uhr.

Es war die Stunde der Jäger.

Die beiden Männer standen wenige Augenblicke später vor einer grün gestrichenen Tür mit einem blank polierten Messingschild. Links und rechts des Eingangs waren großzügige Blumenarrangements drapiert, mit passenden Schleifen verziert. Die Fußmatte in der Form eines Halbkreises, auf dem »Cave Canem« stand, war makellos sauber.

Die Taschenlampe holte stroboskopartig den Namen auf dem Messingschild aus der Dunkelheit. Der Mann nickte zufrieden und zog einen Schlüssel aus seiner Motorradjacke. Fast unhörbar öffnete er die Wohnungstür. Sein Begleiter legte die Helme neben die Blumen, dann betraten beide den Flur.

Sie waren sich ihrer Sache sicher.

Der schwere Duft von Lilien und Rosen erfüllte die Luft. Die Wohnung war übersichtlich angelegt, alle Räume gingen vom Flur ab. Rasch orientierten sich die beiden Männer, öffneten behutsam Türen, warfen einen Blick dahinter und schlossen sie wieder.

Als sie das Badezimmer gefunden hatten, nickte der Anführer seinem Begleiter zu und verschwand wieder im Flur. Der Mann im Bad allerdings tat etwas Seltsames: Er ließ das Badewasser einfließen, nachdem er den Abfluss der Wanne verschlossen hatte. Dann zog er einen Handschuh aus und testete die Temperatur, bevor er im Schein des Mondlichts, das durch das einzelne Fenster hereinfiel, einen Badezusatz wählte. Er streifte den Lederhandschuh wieder über, dann ergriff er die Flasche und goss eine großzügige Portion in die Wanne.

Während der Schaum wuchs, blickte er sich seelenruhig um. Glastiere standen auf einer Etagere, Krebse und Fische, Rehe und Enten. Die weißen Kacheln glänzten wie frisch geputzt. Alles wirkte aufgeräumt und methodisch angeordnet. Tiegel und Flaschen, Tuben und Döschen standen in Reih und Glied. Der Mann war versucht, mit einer Handbewegung die zerbrechlichen Tiere von ihrem Platz zu fegen, doch dann schüttelte er den Kopf und setzte sich auf den Rand der Badewanne. Er wartete.

Das Rauschen des Wassers, das in einem dicken Strahl dampfend aus dem Hahn schoss, wurde wenige Sekunden später von einem gedämpften Stöhnen übertönt. Eine zappelnde, nackte Frau mittleren Alters vor sich her schiebend, der er mit eiserner Hand den Mund zuhielt, betrat der Anführer das Badezimmer. In den Augen des Opfers spiegelten sich Angst, Verunsicherung und Verwunderung, als sie die halb volle Badewanne sah. Dann erblickte sie den zweiten Mann, bäumte sich auf und wollte schreien, aber ihr Angreifer hielt sie fest.

Während der Mann, der im Bad gewartet hatte, die Füße der Frau ergriff, hielt der andere ihren Kopf und Oberkörper fest. Gemeinsam legten sie die strampelnde Frau in die Badewanne.

Dann griff der Anführer mit einer Hand blitzschnell in seine Jacke und riss ein kurzes, rasiermesserscharfes Kampfmesser hervor, das er seinem Begleiter reichte.

Mit zwei kurzen, flüssigen Bewegungen schnitt der dem Opfer die Pulsadern auf. Blut spritzte, färbte das Badewasser rot. Die Abwehrbewegungen der Frau wurden langsamer, erstarben schließlich, ihre angstgeweiteten Augen wurden starr.

Mit gemessenen Bewegungen setzte der Anführer eine Pistole an die Schläfe der sterbenden Frau und drückte ab. Seelenruhig schraubte er den Schalldämpfer von der Waffe, steckte ihn ein, bevor er die Pistole der Toten kurz in die Hand drückte und dann neben die Wanne fallen ließ.

Als die Honda wenig später die Via delle Botteghe Oscure hinauf beschleunigte, waren keine fünf Minuten vergangen. Niemand hatte die beiden Männer gesehen, keiner würde sie beschreiben können. Sie verschwanden wie Schemen im Morgengrauen.

9. März 1790, Kloster Lucedio, Piemont/Königreich Sardinien

Balthasar Jauerling schmerzte das Gesäß. Der Zwerg wechselte mehrmals die Position, aber das machte das Sitzen auf der Bank der Reisekutsche auch nicht bequemer. Nach der wochenlangen Reise nach Turin, über zum Teil unbefestigte Straßen, hatte er jede Menge blauer Flecken am ganzen Körper und alle Glieder schmerzten.

Aber andererseits war er froh, dass die Pille des Medicus so gut gewirkt hatte. Von seinem Schwächeanfall und dem Fieber war nichts mehr zu spüren, sonst hätte er sich nicht auf den Weg zu dem Kloster in der Poebene gemacht.

Der Wagen war schlecht gefedert und die Straßen eine Zumutung. Das rustikale Vehikel, in dem er saß, erinnerte ihn an eine jener Holzkisten mit Rädern, wie sie die Buben in Wien benutzten, um abschüssige Gassen hinunterzurasen. Als Chef des Schwarzen Bureaus war er elegantere und größere Wagen gewohnt gewesen, Kutschen, die üppig mit Gold verziert waren, Laternen aus Messing hatten und von gestriegelten Pferden gezogen wurden. Aber kam Zeit, kam Macht, sagte er sich.

»Das Glück dreht sich wie ein Rad, einmal bist du oben, dann wieder unten«, murmelte er und zog den Vorhang vor dem Fenster zur Seite, um einen Blick auf die trostlose Landschaft zu werfen. »Heute trinkst du Champagner, morgen liegst du mit dem Gesicht in der Gosse, oder noch schlimmer: im Korb vor dem Schafott…«

Jauerlings Stimme erstarb angesichts der trostlosen Umgebung, und er seufzte. Zuerst hatten ihm die zerklüfteten Felswände und verschneiten Gipfel der Alpen auf den Geist gedrückt, nun brachte ihn die endlose Poebene beinahe um seinen Verstand. Nichts war vor den Fenstern der Kutsche zu erkennen. Nebel, manchmal ein Blick auf den endlosen Horizont und gefrorene Reisfelder, wohin das müde Auge reichte. Hin und wieder tauchte eine Ansammlung von Hütten auf, über der dünne Rauchfäden aus den Kaminen in den graublauen Himmel strebten. Blendend weiße Flächen wechselten sich mit ausgemergelten Korbweiden und dürren, braunen Pflanzenresten am Straßenrand ab. Ein zerlumptes Bauernpaar mit Astbündeln auf den Rücken stolperte vorbei. Dann deckte der Nebel wieder alles zu.

Der Zwerg öffnete das Fenster, lehnte sich hinaus und spähte das lange Band aus Eis und gefrorenem Schlamm entlang, das sich als Straßendamm durch die ausgedehnten Reisgärten wand. Von der Abtei war nichts zu sehen.

Ginge ich hier zu Fuß, ich müsste konzentriert auf meine Schuhspitzen starren, um mich nicht kurz vor dem Ziel noch umzubringen, schoss es Jauerling durch den Kopf, und er umfasste entschlossen den silbernen Knauf seines Stockes. Dann schlief er ein, und sein zu groß geratener Kopf pendelte mit den Bewegungen des Wagens hin und her.

Das Knallen der Peitsche weckte ihn wieder, und er lehnte sich erneut aus dem Fenster. Die Silhouette der aufgelassenen Abtei von Lucedio tauchte aus dem Nebel auf, Wirtschaftsgebäude, Kornspeicher und zwei Kirchen, überragt vom Campanile der Klosterkirche Santa Maria.

Die beiden Pferde beschleunigten, und die Karosse rumpelte heftiger, das Geschirr klimperte, die Radnaben quietschten beängstigend.

Die Kutsche passierte das Tor in der Umfassungsmauer und holperte auf den Hof. Während der Kutscher den Wagen wendete, kugelte Jauerling auf der Bank herum, dass er seinen Dreispitz festhalten musste. »Idiot!«, brüllte der Zwerg. »Kann Er nicht ein einziges Schlagloch auslassen?«

»Es tut mir leid, Signore«, erwiderte der breitschultrige Fuhrmann, sprang vom Kutschbock und zog die Tür auf. Dann klappte er die Stufen für seinen Gast aus. »Ihr müsst wissen, Exzellenz, niemand kommt mehr freiwillig hierher. Darum sind die Straßen auch so schlecht.«

»Und der Fahrpreis so teuer«, schimpfte Jauerling, sprang aus dem Fond und versank fast knöcheltief in eiskaltem Schlamm. »So eine Sauerei…«, zischte er, während der Kutscher ungerührt einen Mariatheresientaler in seinen Säckel steckte.

Misstrauisch blickte Jauerling sich um. Sieht doch eigentlich ganz normal aus, entschied er und zuckte zusammen, als eine Stimme hinter ihm ertönte.

»Monsieur Jauerling, kommen Sie besser hierher zu mir!«, sagte jemand auf Französisch, und als Jauerling sich umdrehte, erblickte er einen Abbé mit weißen, halblangen Haaren, schwarzer Kappe und schwarzem Habit. Den Gesichtszügen nach zu urteilen war er gerade einmal um die vierzig Jahre alt, aber seine Augen und Haare waren die eines Greises. Der Geistliche schritt die Stufen der barocken Kirche herunter und wartete am Fuß der Treppe auf seinen Besucher.

»Es geschehen noch Zeichen und Wunder...«, rief Jauerling beim Anblick des Jesuiten aus. »Louis Ferrand! Und ich war mir sicher, keine von euch schwarzen Krähen jemals wiederzusehen. Nun, so kann man sich täuschen.« Er klemmte seinen Stock unter die Achsel, zog die Füße aus dem Schlamm und ging auf den Priester zu. »Täusche ich mich jetzt, oder ist mir vor mehr als zwei Jahrzehnten etwas Falsches berichtet worden?« Der Zwerg legte den Kopf etwas zur Seite und lauerte auf eine Regung im faltigen Gesicht des Geistlichen. »Hat Papst Clemens XIV. etwa doch nicht Eure tapfere Gesellschaft Christi verboten, um dafür ein paar Ländereien zurückzubekommen?«

»Ihr irrt Euch nie, Monsieur Jauerling.« Der Mund des Jesuiten verzog sich zu einem dünnen Lächeln. »Und Eure Agenten haben sich wohlweislich gehütet, Euch falsch zu informieren. Allerdings können weder Preußen, Russland noch die Kirche auf unsere Dienste verzichten.« Er neigte seinen Kopf zu Jauerling. »Wo es den anderen an Disziplin fehlt, schließen wir die Reihen.«

»Die eiserne Reserve«, bemerkte der Zwerg ironisch. »Im Geheimen aufgespart für den Ernstfall. Sehr weise.«

»Ein Schicksal, das wir teilen«, lächelte Abbé Ferrand. »Was hat Euch veranlasst, hierherzukommen? Ich habe Euer Schreiben erhalten und war erstaunt.«

Jauerling nahm eine Prise Schnupftabak, dann fixierte er Ferrand und flüsterte: »Mon cher Ferrand, ich hatte den Verdacht, dass die Leitraben noch fröhlich herumflattern, während man Eure Schutzbefohlenen und Priester entweder in Ketten gelegt oder umgebracht hat. Aber vor allem, dass die verbliebenen Zisterzienser aus diesem verfluchten Kloster in eine Eurer Einrichtungen verbracht worden sind, machte mich neugierig...«

»Was in den Kolonien geschehen ist, Monsieur Jauerling, stimmt mich untröstlich. Diese Erlebnisse haben meinem Leben jede Farbe genommen.« Der Jesuit machte ein ehrlich betroffenes Gesicht. »Aber mir waren die Hände gebunden. Im wahrsten Sinne des Worte.« Er hob beide Arme, lüpfte die Ärmel und zeigte dem Zwerg seine nackten, vernarbten Handgelenke. »Geht es Euch nicht genauso?«

»Wie wahr…« Der Zwerg spuckte verächtlich aus. »Aber den Kerker habt ihr mir voraus. Ich sehne mich nach der Zeit, als unser Kaiser noch lebte.«

»Meinen König haben die Revolutionäre in die Bastille gesperrt.« Ferrand öffnete die Türe zur Kirche und lud Jauerling mit einer knappen Handbewegung ein, ihm zu folgen.

»Seine Königin, die kleine Schwester des Kaisers, ebenso!« Der Zwerg schüttelte bedauernd den Kopf. »Und der Dauphin ist spurlos verschwunden. Elendes Gesindel! Ich verachte die Jakobiner und diesen wütenden Pöbel genauso, wie ich die Kirche verachte. Gebt Euch also keinen Illusionen hin, die meine Person betreffen.«

»Das würde ich niemals, Monsieur Jauerling«, antwortete Louis Ferrand süffisant. »Ich kenne Euch nun doch schon etwas länger.«

Aus dem leeren Innenraum der Kirche schallten Stimmen und der Lärm von Bauarbeiten. Neugierig trat Jauerling näher und bemerkte erst jetzt, welche Geschäftigkeit in den verwaisten Mauern herrschte. Dutzende Arbeiter waren am Werk, hie und da überwachten Jesuiten mit strengen Mienen den Fortschritt der Renovierungen.

Vermummte Knechte trugen an Jauerling vorbei Bahren nach draußen, über die Tücher gebreitet waren und so den Blick darauf verwehrten.

Ferrand bemerkte die Neugier des Zwerges und hielt mit einer Handbewegung einen solchen Transport auf. »Ihr habt recht, Monsieur, mit so etwas habe ich, oder besser gesagt unsere Gesellschaft, Erfahrung«, sagte er leise und schlug das Laken zurück. »Wir haben dergleichen schon einmal gesehen, bei der Marquise de Montespan… Auch wenn diese Affäre schon hundert Jahre her ist, so wissen wir dennoch, was zu tun ist.«

Jauerling zuckte zusammen. Vor ihm lag der ausgetrocknete Körper eines nackten Mädchens. Sie war an Händen und Füßen gefesselt, ihre Augen verbunden und ihr Gesicht grotesk verzerrt. Dem Grad der Verwesung nach war sie bereits mehrere Jahre tot und doch mumifiziert worden. Ihr Bauch war aufgeschnitten und die Eingeweide entfernt worden. Rumpf und Gliedmaßen trugen die Zeichen grausamer Folter.

»Es waren Hunderte«, seufzte der Abbé. »Wir schaffen sie nach und nach im Winter aus der Krypta hinaus und verbrennen sie. Das ist bei der Witterung nicht leicht, aber nur so vermeiden wir Krankheiten bei den Arbeitern.« Er breitete das Leinentuch wieder über die Tote und gab den beiden Trägern einen Wink. »Alles muss restlos verschwunden sein, bevor Vittorio Emanuele, Herzog von Aosta, das Kloster als Landgut übernimmt.«

Jauerling blickte ihn überrascht an.

»Ja, der Heilige Vater hat es ihm verkauft«, bestätigte Ferrand. »Das ist bereits sechs Jahre her, aber wir sind in Verzug geraten, weil wir das Ausmaß des Verbrechens unterschätzt haben... Ehrlich gesagt gehen uns langsam die Ideen aus, um die Ungeduld des Herzogs zu besänftigen. Geschwätz und Gerüchte tun ihr Übriges.«

»Das wundert mich gar nicht.« Jauerling nickte. »Hunderte, sagt ihr?«

»Ja. Frauen, Kinder, alles wild durcheinander...« Ferrand schüttelte den Kopf. »Die armen Seelen wurden übereinandergestapelt wie Schlachtvieh, und das über mehrere Jahrzehnte hindurch. Widerlich.«

»Warum diese Grausamkeiten?«, wollte der Zwerg wissen.

»Ich weiß es nicht«, flüsterte der Jesuit. »Vielleicht sind die Brüder in dieser Einöde schlichtweg wahnsinnig geworden. Die Menschen der Umgebung berichten, die Mönche hätten ihren natürlichen Trieb nicht mehr unterdrücken können. Viel schlimmer, er hätte sich in etwas Finsteres verwandelt, das sich gegen die Gesetze Gottes und der Natur gerichtet hat... Der normale Beischlaf konnte ihr überhitztes, krankhaftes Verlangen nicht mehr befriedigen... Das hat die Gemeinschaft aber noch zusätzlich zusammengeschweißt.« Er verstummte und senkte den Blick.

»Aber wenn Ihr hier seid, alter Freund, dann hat Rom einen anderen Verdacht.« Jauerling legte den Kopf schief und ließ Ferrand nicht aus den Augen. »Wenn man Euch geschickt hat, Euch erlaubt, die verbotene Ordenskleidung zu tragen, Euch schalten und walten lässt nach Gutdünken, dann geht es um etwas anderes als ein paar Perversionen...« Er lächelte dünn. »Ich bin nicht schwachsinnig, nur körperlich ein Krüppel. Ich weiß, dass es hierbei um Klostersatanismus geht.«

»Monsieur Jauerling, ich habe Eure Körpergröße immer in Kontrast zu den Gaben Eures Geistes gesehen, und die sind enorm.« Er nahm den Zwerg am Arm und zog ihn mit sich. »Kommt! Ich zeige es Euch. Deswegen seid Ihr doch in Wahrheit gekommen, oder?«

Der Zwerg riss sich los, blieb stehen und stieß mit seinem Stock mehrmals auf den Boden. »Abbé, jetzt hört mir genau zu«, zischte er. »Es gibt uns beide nicht mehr. Wir sind Schatten, Geister aus einer untergegangenen Welt. Also wenn Ihr trachtet, mich zu betrügen, dann seid Ihr tot! Habt Ihr mich verstanden?«

»Monsieur Jauerling, ich bin schon längst tot«, sagte der Jesuit mit fester Stimme, »mir kann nichts mehr geschehen.« Er beugte sich zu Jauerling und flüsterte in sein Ohr. »Und Ihr, Ihr seid auch bereits tot, Ihr habt es soeben selbst gesagt.« Ferrand machte eine Pause und sah dem Zwerg tief in die Augen. »Und wenn ich Euch gleich zeige, was ich Euch zu zeigen bereit bin, dann wird auch das letzte Licht in Eurem Innern verlöschen.«

Ferrand richtete sich wieder auf. »In mir ist nichts mehr außer Finsternis und Schmerz. Also wenn Ihr meine sterbliche Hülle abtötet, tut Ihr mir damit nur einen Gefallen. Versteht Ihr?« Damit drehte er sich um und ging voraus.

Jauerling nickte. Er verstand. Aber was sollte es hier noch für ihn zu sehen geben, was er nicht schon anderswo vor Augen geführt bekommen hatte? Zum Beispiel in den Kerkern der Festungen, in die sich Joseph II. nur eine Stunde hatte einsperren lassen, um dann in komplett durchnässter Uniform und vor Kälte schlotternd jede Haft unter solchen Bedingungen verbieten zu lassen. Der Kaiser hatte auch die Folter untersagt und viele andere Unmenschlichkeiten, nachdem er sie sich persönlich besehen hatte. Und er, Jauerling, war dabei immer an seiner Seite gewesen. Balthasar Jauerling, die rechte Hand des Teufels und die dunkle Seite der Macht.

Er kannte alle Abgründe der Seele.

Was also sollte ihm dieser Jesuit noch präsentieren können?

Jauerling trippelte Ferrand hinterher. Die Krypta unter der Klosterkirche war bereits komplett leer, aller Verputz von den Wänden abgeschlagen. Feucht und nackt lagen die Gewölbe im Halbdunkel, es roch nach Mörtel und nassen Ziegeln. Fackeln und Kerzenleuchter spendeten ein flackerndes Licht. Die Leichen, die gelegentlich auf den Bahren an ihm vorbeigetragen wurden, beeindruckten ihn nicht. Dergleichen hatte er schon zu oft erlebt.

»Also, wo ist das Schauerliche, das ihr mir versprochen habt?«, fragte er schließlich und stützte sich schwer auf seinen Stock. »Das Einzige, was mich hier befallen könnte, ist kein Schrecken, sondern eine trübselige Fäulnis. Und die kann ich auch in meinem Weinkeller daheim in Nussdorf haben.«

Der Abbé lächelte verschmitzt. »Auch wenn es so aussieht, das ist nicht die Krypta, Monsieur. Nicht die richtige, meine ich.« Er nahm eine Fackel von der Wand und beleuchtete eine verborgene Treppe zu einem Gelass eine Ebene tiefer. »Da unten ist, was Ihr zu finden begehrt. Aber um dorthin zu gelangen, brauchen wir einen wirksamen Beistand. Bruder Anselmo, wenn Ihr so freundlich wäret, uns zu begleiten?«

Erst jetzt bemerkte Jauerling den zusammengekauerten, verwahrlosten Mann, der in einem dunklen Winkel hockte und stumpfsinnig vor sich hin starrte. Als er seinen Namen hörte, zuckte er zusammen und hob reflexartig die Hände vor sein Gesicht. Dann hob er vorsichtig den Kopf und drehte ihn suchend in alle Richtungen.

»Bruder Anselmo!«, forderte Ferrand streng. »Du weißt, was du zu tun hast.«

»Si, Signore, wie Ihr wünscht.« Anselmo rappelte sich hoch. Seine blicklosen Augen irrten herum, ein dünner Faden Speichel tropfte aus seinem Mundwinkel. Er trug die schwarz-weiße Kutte des Zisterzienserordens, die vor Schmutz und Dreck grau geworden war. Dann tastete er sich langsam zu den Stufen, die nach unten führten.

»Ist er blind?«, fragte Jauerling.

»Wir wissen es nicht. Vor Monaten haben wir ihn so vorgefunden und ihn wieder mit Suppe und Brot aufgepäppelt. Er will nicht hinaus, geht nie unter Menschen. Er lebt in der Dunkelheit.«

In diesem Moment erklang Musik.

Jauerling traute seinen Ohren nicht, aber er vernahm ganz deutlich das Spiel einer Orgel.

»Jetzt können wir Anselmo folgen, er hat alles für uns vorbereitet«, murmelte der Abbé und stieg die schmale Treppe hinunter. »Passt auf, Monsieur. Die Steine sind feucht und rutschig! Nicht, dass Ihr stürzt. Euer Fall wäre tiefer, als Ihr denkt...«

Jauerling hatte plötzlich das Gefühl, dass ihn etwas Kaltes streifte. Die Kerzen in der Krypta flackerten. Der Zwerg streckte seinen Stock tastend vor und folgte Ferrand in die Tiefe.

Via Silla, Rom/Italien

Das große Appartement von Kardinal Paolo Bertucci lag im ersten Stock, in der sogenannten »Beletage« eines gediegenen Wohnhauses in der Via Silla, keine fünfhundert Meter von den Gärten des Vatikans entfernt. Vor den hohen Fenstern der Eckwohnung standen ausladende, hochgewachsene Linden, deren Zweige das Licht filterten und so einen Eindruck von sauberer, grüner Umgebung inmitten der Millionenmetropole Rom verbreiteten.

Bertucci wohnte gerne hier.

Das in Terrakottafarben gestrichene Haus war eine Welt für sich, deren Intimität er genoss. Es gab einen Uhrmacher, der sich um seine kleine, aber feine Sammlung von Armbanduhren kümmerte, einen Reparaturbetrieb, der sich der Vespa des Kardinals annahm, einen Schuhmacher, der im gesamten Vatikan für seine Slipper aus Lammleder bekannt war, und das Restaurant »Il Matriciano«, das direkt unter Bertuccis Wohnzimmer lag. Außerdem gab es eine Garage, in der Bertucci seinen selten bewegten schwarzen Lancia Thesis parkte. Die Vespa war in der Stadt schneller und praktischer, in den Vatikan ging der Kardinal meist zu Fuß und weitere Strecken legte er sowieso mit dem Flugzeug zurück.

Alles in allem wohnte er an einem perfekten Ort, fand der Advocatus Diaboli.

Wenn nur der Verkehr nicht gewesen wäre... Wie in allen italienischen Großstädten begann bereits in den frühen Morgenstunden der lautstarke Kampf um die besten Parkplätze, die schnellste Fahrspur und den Vorrang in den Seitenstraßen. Selbst nach fünf Jahrzehnten in der Stadt am Tiber hatte sich Bertucci nicht daran gewöhnen können. So zog er auch diesmal mit einer Grimasse der Verzweiflung das Kissen über den Kopf, als ein Kleinlaster mit minutenlangem Gehupe seinen angestammten Parkplatz reklamierte, der von einem unvorsichtigen

Chauffeur der nahe gelegenen nigerianischen Botschaft besetzt worden war.

»Jetzt hör schon auf zu hupen, du Idiot!«, stöhnte Bertucci erbost, als nach drei Minuten die Fanfare unten auf der Gasse immer noch ertönte. Er warf verzweifelt das Kissen aus dem Bett und stand auf. Schnurstracks lief er, nur mit dem Pyjama bekleidet, zum offenen Fenster und beugte sich hinaus. »Je lauter die Hupe, desto kleiner das Hirn«, rief er dem Fahrer des Kleinlasters zu und kürzte die darauffolgende Schimpftirade im neapolitanischen Dialekt ab, indem er einfach das Fenster schloss.

Bertucci gähnte, dann schaute er auf die Uhr.

Knapp vor sieben.

Nach einem Blick in den Badezimmerspiegel und der sofort darauf folgenden Reue über diese Entscheidung öffnete Bertucci die Wasserhähne und stieg in die Wanne. Sein allmorgendliches Bad wollte er sich auch heute nicht vermiesen lassen.

Am Kopfende der Badewanne waren Stapel von Büchern aufgeschichtet. Der Kardinal griff nach einem Taschenbuch über die Verbindungen der sizilianischen Mafia mit der regierenden Klasse in Rom und ließ sich ins warme Wasser sinken. Er stöhnte wohlig. Genuss pur am frühen Morgen, dachte er, bevor er sich in seine Lektüre vertiefte.

Aber nach ein paar Minuten bemerkte er, dass er mit seinen Gedanken ganz woanders war. Die Ereignisse gestern im Archiv und das Gespräch mit dem Heiligen Vater gingen ihm nicht mehr aus dem Kopf. Pro Deo war ein Staat im Staat, niemand wusste so recht, wer den Geheimdienst eigentlich kontrollierte. Alle hofften darauf, dass der jeweilige Papst die Zügel fest in der Hand hielt, aber war das tatsächlich der Fall?

Es hatte in der jüngeren Vergangenheit Vorkommnisse gegeben, die leichte Zweifel angebracht erscheinen ließen. Der geheimnisvolle Mord am Kommandanten der Schweizergarde 1998, keine zehn Stunden nachdem ihn der Papst mit diesem neuen Posten betraut hatte, trug die Handschrift des Geheimdienstes. Damals, vor zwölf Jahren, wurden der neu ernannte Kommandant, seine Frau und deren angeblicher Mörder tot aufgefunden.

Saubere Angelegenheit, dachte Bertucci. Niemand mehr zu befragen, keine Spuren, ein völlig neuer Anfang. Im Borgo Pio, dem Viertel vor der Kaserne der Schweizergardisten, hatte niemand an die Erklärungen der offiziellen Stellen geglaubt. Bertucci auch nicht. Aber in wessen Auftrag war der Mord verübt worden? Stimmte es, dass der neu ernannte Kommandant ein ehemaliges Stasi-Mitglied gewesen war? Der Heilige Vater konnte nichts davon gewusst und noch weniger ein Interesse an der Tat gehabt haben, sonst hätte er den Mann seiner Wahl nicht wenige Stunden zuvor mit der Kommandantur betraut.

Der Kardinal klappte das Buch zu und legte es zur Seite.

Pro Deo agierte in einem Nebel, der undurchdringlich schien. Zum höheren Wohl der Kirche? War der Geheimdienst der Vollstrecker des Papstes? Oder wurde der Heilige Vater lediglich im Nachhinein informiert, von den notwendigen Schritten und versteckten Einsätzen? Und wenn ja, wie umfassend? Auf einer strikten »Need-to-know-Basis«?

Alles war möglich, und niemand bewegte sich auf sicherem Boden, wenn er darüber spekulierte. Bertucci dachte an die Rolle der CIA in den Vereinigten Staaten und runzelte besorgt die Stirn. Da gab es Geheimbudgets, versteckte Lager in aller Welt, Einsatzgruppen, die niemand kannte, eine Schattenwelt, Geheimkonten. Wie viel wusste der amerikanische Präsident davon?

Der Advocatus Diaboli wollte gar nicht darüber nachdenken, dass die öffentlich gemachten Informationen über Pro Deo sicher nur die Spitze eines Eisbergs waren. Manche Eingeweihte behaupteten sogar, der vatikanische Geheimdienst sei nach dem Muster des israelischen Mossad aufgestellt worden. Wenn das tatsächlich stimmt, dann musste es auch bei Pro Deo Einheiten geben, die nur damit beschäftigt waren, aufzuräumen, wie man das in Geheimdienstkreisen nannte.

Wo sie hinausgingen, lebte niemand mehr.

Waren sie die wahren Todesengel des Herrn?

Bertucci fröstelte trotz des warmen Wassers. Fragen über Fragen und keine Antworten in Sicht. War es Zufall gewesen, dass Scaglietti und Bertani ausgerechnet dann im Archiv auftauchten, als auch der Advocatus Diaboli selbst die ersten Recherchen anstellen wollte? Bertucci hatte seinen Freund Rossotti gestern nicht weiter gedrängt, nachdem Pro Deo mit Originaldokumenten einfach abgezogen war – was einen eklatanten Verstoß gegen alle Regeln bedeutete und eigentlich ein Köpferollen nach sich ziehen müsste.

Aber heute würde Bertucci nachstoßen müssen. Der Papst hatte ihm in dem Sechs-Augen-Gespräch keine direkten Aktionen nahegelegt, aber der Advocatus Diaboli wusste, was Seine Heiligkeit von ihm erwartete. Auch wenn die Geschichte unwahrscheinlich war, irgendwer musste ihr nachgehen.

Der Kardinal wollte sich gerade einseifen, da läutete das Telefon.

»Wer zum…«, murmelte Bertucci und stieg hastig aus der Wanne. Fast wäre er ausgerutscht, aber er fing sich wieder, schlang rasch ein Handtuch um seine Hüften und eilte, eine Spur von Wasserpfützen hinterlassend, ins Wohnzimmer.

»Bertucci«, meldete er sich unwirsch.

»Kleinert. Habe ich Sie aufgeweckt?«, kam es leise durch die Leitung. Die Stimme ließ die Laune des Kardinals um weitere zehn Punkte sinken.

»Nein, ich schlafe niemals, wie das Böse«, gab Bertucci ironisch zurück. »Beginnen Sie Ihren Diätplan jeden Tag so früh, Eminenz?« Er klemmte sich das Telefon zwischen Schulter und Ohr, hielt das Handtuch fest und machte sich so auf den Weg zurück ins Bad.

»Man tut, was man kann, um das Wohnhaus der Seele angenehm geräumig zu halten«, säuselte Kleinert glucksend. »Erinnern Sie sich an Lenin, Bertucci?«

»Sie meinen den alten Revolutionär? Nicht direkt, der war vor meiner Zeit.« Der Kardinal stieg wieder in die Wanne. »Wieso? War Lenin Frühaufsteher?«

»Er stellte einmal die klassische Frage ›Wie viele Divisionen hat der Papst?‹«, erinnerte ihn Kleinert. »Schon vergessen?«

»Und die Antwort?«, gab Bertucci schlecht gelaunt zurück. »Ich hasse Geschichtsrätsel vor acht Uhr.«

»Zwei – die Schweizergarde und Pro Deo«, antwortete der Kardinaldekan leise. »Beide äußerst effektiv.«

Bertucci horchte auf. »Was wollen Sie mir damit sagen?«

»Heute in den frühen Morgenstunden ist die leitende Archivarin des Vatikanischen Geheimarchivs, Dottoressa Maria Zanolla, tot aufgefunden worden. Sie wissen, von wem ich spreche?«, erkundigte sich Kleinert, und Bertucci glaubte, einen süffisanten Unterton in seiner Stimme zu hören.

»Ja, ich bin ihr gestern noch begegnet«, erinnerte sich der Kardinal erschüttert. »Zanolla. Schmächtig, dunkelblond, immer freundlich, hilfsbereit und sehr professionell.«

»Wir meinen die gleiche«, gab Kleinert gnädig zurück.

»Wir wollten uns zum Abendessen verabreden, sie arbeitete an einem Thema, von dem sie mir unbedingt erzählen wollte. Furchtbar. Was ist passiert?« Bertucci ließ heißes Wasser nachrinnen.

»Haben Sie schon gefrühstückt?«, erkundigte sich der Deutsche mit falscher Fürsorglichkeit. »Ich hoffe nicht, es ist nämlich nicht sehr... sagen wir, appetitlich.«

Dem Advocatus Diaboli wurde mit einem Schlag klar, warum Kleinert niemand leiden konnte. Abgesehen von seinen intriganten Winkelzügen, wenn es um Kirchenpolitik und Machtfragen ging, war er einfach nur ein fetter Kotzbrocken. Bertucci schwieg und hütete sich davor, dem Kurienkardinal den Gefallen zu tun und nachzufragen. Das jedoch tat dem Eifer des Deutschen keinen Abbruch.

»Sind Sie noch da, Bertucci?«, fragte Kleinert. »Oder sind Sie in Ihrer Wanne untergegangen? Ich höre das Wasserplätschern bis hierher.«

»Gott erhalte Ihnen Ihr feines Gehör«, ätzte Bertucci, »im Vatikan gibt es viele dicke Türen.«

Die Leitung blieb still, und Bertucci machte sich Hoffnungen, den Kurienkardinal vergrämt zu haben.

»Sie wurde heute um sechs Uhr von ihrer Putzfrau gefunden«, sagte Kleinert dann unvermittelt. »Dottoressa Zanolla badete in ihrem eigenen Blut. Sie hatte sich in die Badewanne gesetzt, sich erst die Pulsadern aufgeschnitten und dann mit einer großkalibrigen Pistole in den Kopf geschossen. Ihr Gehirn war über den halben Raum verteilt und klebte an den Fliesen.«

Bertucci wurde schlecht.

»Seltsamerweise fand die Polizei die Fingerabdrücke der linken Hand an der Pistole. Zanolla war aber Rechtshänderin«, fuhr Kleinert ungerührt fort. »Und noch ein Fehler wurde schnell offensichtlich. Es wurde kein Messer gefunden. Man kann sich schwer die Pulsadern mit den Fingernägeln aufschneiden.«

»Woher wissen Sie das alles?«, erkundigte sich Bertucci tonlos.

»Unterschätzen Sie mein Netzwerk in Rom nicht«, erwiderte Kleinert. »Wenn eine Fliege hustet, weiß ich bereits, in welcher Apotheke sie den Hustensaft einkaufen wird.«

Der Advocatus Diaboli versuchte vergeblich, einen Unterton von Selbstgefälligkeit bei dem deutschen Kurienkardinal zu entdecken. Aber da war keiner, und das beunruhigte ihn umso mehr.

»Was sollte die Frage mit den Divisionen des Papstes?«, stieß Bertucci nach, der sich mit einem Mal unwohl in der Badewanne fühlte und rasch herausstieg. Vor seinen Augen lag die nackte Archivarin bis zum Hals in ihrem Blut.

»Woran hat Zanolla gearbeitet? Was hat sie in den kilometerlangen Regalen des Geheimarchivs gefunden? Worüber wollte sie mit Ihnen sprechen? Gestern stürmen Scaglietti und Bertani von Pro Deo zuerst zum Heiligen Vater und dann ins Vatikanische Archiv. Wenige Stunden später findet man, welch Zufall, die leitende Archivarin tot auf.« Kleinert machte eine Pause. Dann fuhr er leise fort. »Glauben Sie noch an Zufälle, Bertucci?«

Die Gedanken des Advocatus Diaboli rasten. Er hätte gerne in Ruhe nachgedacht, doch Kleinert war nicht zu bremsen.

»Sie sind doch der Kurier Seiner Heiligkeit, Sie besitzen sein Vertrauen, Sie haben in den letzten dreißig Jahren mehr Geheimnisse erfahren als mancher Papst. Seien Sie auf der Hut, Bertucci, sonst kann Ihnen nicht einmal mehr Ihr Chef helfen.«

Damit legte der Kardinal auf.

Während er sich abtrocknete und versuchte, das Bild der toten Dottoressa Zanolla zu verdrängen, überlegte Bertucci fieberhaft, wen Hartmut Kleinert mit »Chef« gemeint hatte. Dann fiel ihm plötzlich ein Zitat von Albert Schweitzer, dem großen Arzt und Philosophen, ein: Der Zufall ist ein Pseudonym, das der liebe Gott wählt, wenn er anonym bleiben will.

Bertucci bezweifelte stark, dass es einen lieben Pro Deo gab.

Breitensee, Wien/Österreich

Um Punkt 8.00 Uhr läutete der Wecker neben dem Bett Paul Wagners, und der Reporter war versucht, ihn einfach zu ignorieren oder mittels eines dicken Kopfkissens zum Schweigen zu bringen.

Dann müsste er nicht einmal die Augen öffnen und könnte noch ein wenig schlafen ...

Aber das Piepsen hörte nicht auf, und Augenblicke später stimmte der Wecker aus dem Gästezimmer in das Konzert mit ein. Berner hat offenbar mit jeder Minute gegeizt, dachte sich Paul, gähnte und streckte sich. Es war spät geworden gestern, oder besser gesagt früh heute Morgen, und so hatte er den Kommissar eingeladen, gleich bei ihm in der Remise zu übernachten.

Die Mordkommission hatte mehr als eine Stunde gebraucht, um aus St. Pölten anzureisen, was bei Kommissar Berner einen mittleren Wutanfall ausgelöst hatte. Mit den anschließenden Vernehmungen und Befragungen, der Aufnahme der Personalien und dem Eintreffen der Spurensicherung waren noch einmal ein paar Stunden vergangen und es war Mitternacht geworden. Den protestierenden Maurer senior zu überzeugen, dass eine Schutzhaft für ein paar Tage das Beste und Sicherste für ihn sei, hatte eine weitere Stunde gekostet. Zum Glück hatte ihm sein Sohn zugeredet, und irgendwann war der Alte weich geworden. Sonst stünden sie heute noch diskutierend im Hof des kleinen Bauernhauses, dachte Wagner und schob sich endlich aus dem Bett.

Der Wecker nervte.

So war es halb zwei Uhr morgens geworden, als Wagner endlich Berner im »Pizza-Expresss« verstaut und sich in Richtung Wien auf den Weg gemacht hatte. Burghardt war in seinem halb verfallenen Haus geblieben, als Nachhut, wie er betonte. So ganz nebenbei wartete er auf den versprochenen Schutt-Container und wollte beginnen, das Chaos in seinem Presshaus zu beseitigen.

Berner war einerseits froh, nach Wien zurückzukehren und Burghardts Ruine entkommen zu sein, andererseits starb er drei Tode auf dem Weg nach Wien, als Wagner die B2 mit einer Rennstrecke verwechselte und den Mazda MP3 ausfuhr.

Paul brachte endlich den Wecker zum Schweigen und warf sich einen Morgenmantel über. Kaffee, Dusche, Augen aufmachen, in dieser Reihenfolge, dachte er sich und stolperte Richtung Küche.

»Sind Sie das oder Ihr Großvater?«, brummte Berner, der im Türrahmen des Gästezimmers lehnte und sich mit der Hand übers Gesicht fuhr.

»Wer will das wissen? Bela Lugosi? Da lädt man sich Gäste ein, und dann beleidigen sie einen am frühen Morgen«, gab Wagner müde zurück. »Ziehen Sie sich etwas an, Kaffee gibt's in fünf Minuten. Und versuchen Sie, etwas frischer auszusehen.«

»Zuerst Burgi und seine Ruine mit ihren Fallen an der tschechischen Grenze, dann zwei Tote im Kriegerdenkmal, ein Selbstmord, ein toter Priester an der Kirchenglocke und schließlich drei Mordversuche durch Schnellfahren auf dem Heimweg«, beschwerte sich Berner. »Wer danach noch frisch aussieht, dem ist auch sonst nicht zu helfen.«

»Wie ich sehe, sind Sie bester Laune«, stellte der Reporter lakonisch fest. »Da hätte ich gleich heiraten können.«

»Ich will ins Prindl«, entschied Berner. »Wenn man schon sonst kein Vergnügen mehr im Leben hat, dann bleibt wenigstens das Nachtcafé. Los, Wagner, auf geht's! Sie sind eingeladen.«

»Das trifft sich, ich wollte gerade frisches Gebäck mit der Suzuki holen. Machen wir also eine Runde ins Prindl, das wird uns aufwecken«, grinste der Reporter.

»Ich habe nichts von Selbstmord gesagt!«, rief der Kommissar verzweifelt aus.

»Wir sind lange genug Auto gefahren, das verweichlicht«, gab Wagner zurück, »und es ist an der Zeit, die gute alte GSX-R wieder einmal zu bewegen. Die Sonne scheint, die Vögel zwitschern, der Frühling ist da...«

»... und ich bin ab sofort wieder mit Ihnen verfeindet«, vollendete ein verzweifelter Berner den Satz, bevor er mit hängenden Schultern in Richtung Bad schlurfte.

Die blau-weiße Suzuki GSX-R 1100 schien nur darauf gewartet zu haben, wieder einmal auf die Straße zu dürfen. Mit einem schrägen Seitenblick auf die Kawasaki, die er nach wie vor nicht zum Starten bewegen konnte, hatte sich Paul seinen Sturzhelm aufgesetzt, einen anderen an den unglücklich dreinschauenden Kommissar Berner weitergereicht und war aus der Halle gerollt. Die schwere Suzuki GSX-R 1100 schien einer Zeitmaschine entsprungen, in makellosem Zustand trotz ihres Alters. Die von allen Sammlern gesuchte Rennversion war 1988 gebaut worden, galt als das schnellste Motorrad ihrer Zeit und war selbst zwanzig Jahre später noch immer Respekt einflößend.

Was tut man nicht alles, um in sein Stammcafé zu kommen, dachte sich Berner noch. Dann schien es, als ob die japanische Supersportmaschine zu leben begann, tief durchatmete und schließlich davonschnellte, wie von einem Katapult abgefeuert. Der Kommissar hielt sich krampfhaft an Wagner fest und kämpfte mit sich, ob er die Augen offen halten oder doch besser zumachen sollte. Die Beschleunigungsorgien an den grünen Ampeln waren seiner Ansicht nach der schiere Wahnsinn, den sie beide nicht überleben würden.

Es tröstete ihn, dass der Weg ins Prindl nicht weit war.

Die Suzuki fauchte und heulte und vibrierte, als Wagner zwei Gänge herunterschaltete und sie geschickt zwischen einem ungeduldigen Kleinlaster und einem unentschiedenen Smart im Kreisverkehr in die Kurve legte, herausbeschleunigte und einen Parkplatz vor dem Prindl anvisierte.

Berner stieg mit zitternden Knien ab und befreite sich aufatmend vom Vollvisierhelm. »Eines schwöre ich Ihnen, Wagner«, stieß er hervor, »nach Hause fahre ich mit dem Taxi oder mache Autostopp. Ich hänge einfach noch immer zu sehr an meinem Leben.«

Wagner lehnte die Suzuki auf den Seitenständer, zog die Handschuhe aus und den Helm vom Kopf. »Sie sind ein Spaßverderber, Kommissar«, entgegnete der Reporter lachend. »Der kleine Adrenalinstoß hat uns endgültig aufgeweckt, jetzt ist der Kaffee dran.«

Das Nachtcafé, wie Berner es nannte, war wie immer gut besucht, um nicht zu sagen voll. Der Duft von frischem Gebäck, warmen Croissants und Apfelstrudel hing um diese Uhrzeit in der Luft. Der Kellner nickte dem Kommissar zu und deutete auf den reservierten Stammtisch, was im Prindl einem Ritterschlag gleichkam.

»Ist es nicht schön, immer einen Platz zu bekommen, wenn man die richtigen Leute kennt?«, lächelte Wagner selig und bestellte eine Melange.

»Falsch«, brummte Berner, »wenn man gnädige Leute kennt, die lästige Reporter schon zum Frühstück an ihrem Stammtisch ertragen.«

Die Affäre zwischen dem Kommissar und dem Prindl hatte bereits vor Jahrzehnten begonnen. Immer dann, wenn ein Fall ihn wieder einmal um den Schlaf gebracht hatte, wenn er mit den Ermittlungen um 2.00 Uhr früh fertig gewesen war oder wieder einmal eine Razzia im Rotlichtmilieu durchgezogen hatte, dann war er immer vor dem gleichen Problem gestanden: Wohin auf ein Bier oder einen Kaffee in den frühen Morgenstunden? Nach langer Suche war Berner endlich auf ein passendes Lokal gestoßen, als das Café Prindl in den 80er-Jahren zu einem Nachtcafé mutierte und Berner damit ein zweites Zuhause gefunden hatte, das ihn in den langen Nächten beherbergte und verpflegte.

So wurde es zur Tradition, späte Fälle im Prindl ausklingen zu lassen. Berner hatte das Lokal ins Herz geschlossen, weil man ihn in Ruhe ließ und ihm ohne besondere Aufforderung sein Bier zu zapfen anfing, wann immer er gerade durch die Tür kam.

Außer es war Frühstückszeit, wie jetzt.

Kommentarlos legte der Kellner die Karte auf den Tisch, stellte den Kaffee daneben und eilte schon wieder weiter.

»Volles Programm?«, fragte Berner, und Wagner nickte.

»Wer weiß, wann wir wieder Zeit zum Essen haben«, gab er zurück und beobachtete die übrigen Gäste. Wie Berner mochte auch er die Atmosphäre des Cafés, die Mischung aus Anrainern und Nachtschwärmern, dubiosen Elementen und Taxifahrern, Huren und Polizisten, jungen Müttern und alten Paaren, die bei einem Glas Wasser stundenlang Zeitung lasen. Die Einrichtung des Prindl mit seinen roten und rosa Farben und den ovalen Formen zitierte unverblümt die 50er-Jahre. Alle hier schienen das zu schätzen.

Ein Lehrling der nebenan liegenden Bäckerei brachte ein großes Backblech mit Cremeschnitten herein. Zu Beginn des vorigen Jahrhunderts war die heutige Backstube das stadtbekannte »Mathilden-Kino« gewesen, das jedoch die Rezession der 30er-Jahre nicht überlebt hatte.

»Und eine Cremeschnitte«, ergänzte Wagner lächelnd. Dann stieß er Berner an. »Ach, wen haben wir denn da? Schauen Sie zum Eingang, Herr Kommissar. Den Herrn kennen wir doch!«

Winkend und lächelnd wie ein Filmstar betrat Eddy Bogner das Lokal.

»Seit ihm der Bundespräsident den Orden an die breite Brust geheftet hat, hat Eddy nicht aufgehört, zu strahlen wie ein Pfingstochse«, brummte Berner. Bogner hatte im vergangenen Jahr nach der gelungenen Entschärfung von vier Senfgasgranaten-Depots den Orden für Verdienste um die Republik Österreich erhalten. Seitdem wurde sein

Bekanntheitsgrad in Wien nur mehr von wenigen Prominenten übertroffen.

Der Exringer hatte Wagner und Berner bereits erspäht und rollte auf den Stammtisch zu.

»Dieser Tisch ist wegen Überfüllung geschlossen«, begrüßte ihn Berner, »ich muss mir ein neues Café suchen. Erst die Presse, jetzt die Prominenz, kein Mensch kann so in Ruhe frühstücken!«

»Erst wenn ich hier sitze, wird es voll«, gab Eddy ungerührt zurück und begrüßte augenzwinkernd Paul. Dann wandte er sich zu Berner. »Ich habe Ihren geballten Charme vermisst, Herr Kommissar. Waren Sie auf Reisen?«

»… und bin zu früh wieder nach Hause zurückgekommen«, vollendete Berner den Satz und verzog das Gesicht. »Burgi hat sich eine Bruchbude im nördlichen Weinviertel andrehen lassen und mich zu den Aufräumungsarbeiten eingeladen.«

»Dann sind allerdings ein paar Dinge dazwischengekommen, wie ich gehört und gelesen habe«, warf Eddy ein. »Zwei Tote im Kriegerdenkmal, eine Leiche im Kirchturm und als Draufgabe ein Selbstmord.«

Berner und Wagner schwelgten in ihrem ausgiebigen Frühstück und nickten deshalb nur mit vollem Mund. Sie wunderten sich schon lange nicht mehr über Eddys Netzwerk.

Bogner nippte an seinem Espresso und lehnte sich vor. »Gestern Abend ist in der Kirche von Schöngrabern ein Beichtstuhl in Brand geraten. Dummerweise war der Pfarrer noch drin. Brandbeschleuniger, wie die Untersuchungen ergaben. Jemand beförderte Hochwürden auf dem schnellsten Weg durch die Flammen in den Himmel.«

»Ein religiöser Abgang mit Stil«, warf Berner ein.

Paul legte die Gabel zur Seite und zog einen Notizblock aus der Tasche. »Wo war das genau?«, erkundigte er sich.

»Schöngrabern, nicht allzu weit von Unterretzbach entfernt«, antwortete Eddy.

»Hast du schon etwas von Georg gehört?«, erkundigte sich der Reporter, während er sich Notizen machte. »Sein Vater sucht ihn doch wegen diesem Einbruch im Museum für Völkerkunde und dem seltsamen Zettel.«

Bogner schüttelte den Kopf. »Nein, nichts Neues. Der Herr Professor ist verschollen. Auch von Valerie Goldmann hab ich schon lange keine Neuigkeiten auf meinem Anrufbeantworter gefunden. Wo treibt die sich herum?«

Wagner zuckte mit den Schultern. »Seit Wochen irgendwo auf der Welt unterwegs. Nach der Erbschaft hält es sie nie länger als ein paar Tage an einem Ort, habe ich den Eindruck.«

Berner seufzte theatralisch und sah Wagner zu, der genussvoll seine Cremeschnitte vernichtete. Dann überlegte er sich, einen zweiten Espresso zu bestellen.

»Warum mussten wir eigentlich den Wecker so zeitig stellen?«, fragte er den Reporter. »Noch zwei Stunden länger schlafen hätte gutgetan.«

»Schon vergessen? Wir wollten uns um die beiden Erkennungsmarken kümmern, nachdem gestern der Informant aus dem Kriegsarchiv kläglich versagt hat.« Wagner schaufelte die letzte Gabel voll Schlagobers in seinen Mund. »Außerdem kenne ich einen gewissen Kommissar, der die Marken wieder an seine Kollegen zurückgeben muss, weil die sonst kaum eine Identifizierung der beiden Toten im Kriegerdenkmal vornehmen können.«

»Die haben es nicht mehr eilig nach all den Jahren«, brummte Berner und leerte seinen Kaffee.

Eddy blickte den Kommissar überrascht an. »Habe ich das soeben richtig verstanden? Sie haben Beweismittel unterschlagen?«

»Nur ausgeborgt«, wiegelte der Kommissar ab.

Wagner nickte. »Und da wäre noch die 666 und die Truppe im blauen Volvo, schon vergessen?«

Eddy beugte sich vor. »666? Blauer Volvo? Warum weiß ich davon nichts?«

»Wenn du mich in die Stadt mitnimmst, Eddy, dann erzähle ich dir die Einzelheiten und verzichte sogar auf den zweiten Kaffee«, meinte Berner und grinste den Reporter an. »Das erspart mir einen weiteren Höllenritt. Ich besuche eine Mietwagenfirma, und Sie machen das Kriegsarchiv unsicher. Wir sehen uns später!«

Während Paul zahlte, fragte er sich, ob er nicht zuerst den Fall des toten Pfarrers im Beichtstuhl recherchieren sollte. Doch dann entschied er sich dagegen. Zuerst das Kriegsarchiv, dann würde er weitersehen.

Etwas anderes beunruhigte Paul viel mehr. Er fragte sich, was Georg so Dringendes zu erledigen hatte, dass er sich nicht meldete.

*9. März 1790, Kloster Lucedio,
Piemont/Königreich Sardinien*

Balthasar Jauerling stieg vorsichtig die Treppen in die verborgene Gruft hinunter. Vor sich hörte er Musik und die Schritte von Abbé Ferrand. Jauerling ertastete die Kanten der Stufen mit seinem Stock und stützte sich zusätzlich an der Wand ab. Die Treppe wand sich durch völlige Dunkelheit, nur ein Lichtschein von weiter unten warf Reflexe auf den nassen Boden. Endlich tat sich ein relativ hohes und rundes Gewölbe auf. Die flache Kuppel, makellos mit doppelt gebrannten Ziegeln ausgeführt, ließ den Raum bedrückend wirken.

In der Mitte gähnte ein rundes, schwarzes Loch.

Im Licht der Fackeln beugte sich Jauerling vor. Die Schwärze des Abgrundes war undurchdringlich, die Tiefe der Öffnung nicht einmal zu erahnen. Er zog eine der Fackeln aus der Verankerung und hielt die Flamme über seinen Kopf.

Dabei sah er sie.

Auf zwölf steinernen Hockern, die aus der Stützwand des Gewölbes ragten, saßen die Mumien mehrerer Äbte. Die vertrockneten Leichen trugen festliche Ornate, ihre leeren Augen waren auf das Loch in der Mitte des Gewölbes gerichtet. Die Gesichter der Toten waren eingefallen, ihre Haut braun und ledrig. Die geschlossenen Lider waren tief in die Augenhöhlen gesunken, während sich die Lippen der Männer zurückgezogen hatten und den Blick auf ihre Zähne freigaben.

Jauerling kniff die Augen zusammen und betrachtete einen nach dem anderen aufmerksam. Die Mumien trugen Brustkreuz und Stab, und der Schnitt ihrer Gewänder bewies, dass sie aus unterschiedlichen Zeitaltern stammten.

Jauerling nahm den silbernen Griff seines Stockes fester in die Hand. Es stank nach fauligem Grundwasser und feuchtem Erdreich. Die schrillen Töne der durchdringenden Musik zerrten an seinen Nerven.

»Was ist das hier?«, zischte er dem Abbé zu.

»Ich weiß es nicht genau«, flüsterte der Jesuit und legte den Zeigefinger auf die Lippen. »Das sind die Wächter, sagt Anselmo. Ihr müsst leise sein, sie spüren, dass wir da sind. Nur Anselmo lassen sie in Ruhe. Warum, wissen wir nicht.«

»Humbug!«, protestierte Jauerling und ging zu einem der Äbte. Er betrachtete den brüchigen Stoff, der reich mit Goldfäden und Stickereien verziert war, das prunkvolle Brustkreuz und die vergilbten Haarsträhnen auf dem geschorenen Kopf des Toten. »Der hier stammt aus dem späten 15. Jahrhundert, oder?« Er drehte sich zu dem Franzosen um, der zustimmend nickte.

Jauerling rückte mit der Spitze seines Stockes das Pektoral des Abtes ins flackernde Licht der Fackeln, um es deutlicher zu sehen. Es war ein Nagelkreuz über einem Pentagramm. »Hab ich es mir doch gleich gedacht…«, murmelte der Zwerg.

Ferrand machte ein entsetztes Gesicht und fiel ihm in den Arm.

»Angsthase«, spottete Jauerling. »Das ist ein verwitterter Leichnam, nichts mehr.« Plötzlich spürte er den festen Griff Ferrands um seinen Oberarm.

»Lasst diesen Unsinn, Monsieur!«, fuhr ihn der Abbé an. »Ihr wisst ja nicht, was Ihr da tut.«

Jauerling runzelte die Stirn und nahm seinen Stock fester in die Hand. »So? Was weiß ich nicht?«, fragte er mit gedämpfter Stimme.

Der Jesuit zog ein kleines Messer aus seinem Ärmel und schnitt sich selbst in den Zeigefinger. Aus der kleinen Wunde tropfte sofort dunkelrotes Blut auf den Boden.

»Basta! Anselmo!«, befahl er gleichzeitig dem Blinden, doch der schien ihn nicht zu hören.

Die Musik ertönte weiterhin.

»Anselmo! Basta!«, forderte Ferrand abermals. Der Orgelspieler schüttelte verzweifelt den Kopf. Nach einem weiteren »Basta!« hob er jedoch die Finger von den Tasten des Instruments und verharrte bewegungslos.

Die Klänge verhallten. Danach herrschte Totenstille in der Gruft. Nur gelegentlich hörte man einen Wassertropfen, der platschend zu Boden fiel.

»Was soll das?«, fragte Jauerling ratlos, aber der Abbé antwortete nicht.

Ganz langsam wie in Zeitlupe ging Ferrand zu der Mumie, seine Hand vorgestreckt. »Passt auf, Monsieur!«, flüsterte er und begann, sein Blut zwischen Daumen und Zeigefinger zu verreiben.

Jauerling fühlte ein wachsendes Unbehagen. Er starrte auf das angstverzerrte Gesicht des Franzosen, auf dessen blutige Finger, schließlich auf die Mumie.

Er traute seinen Augen kaum. Das lederne Gesicht blickte nicht mehr in die Mitte des Raumes, sondern genau auf die blutverschmierten Finger von Abbé Ferrand.

»Spiel, Anselmo!«, schrie Jauerling entsetzt auf.

Sofort erklang die teuflische Musik wieder und hallte durch die unterirdische Kuppel.

Es war, als banne die Melodie die zwölf Mumien. Jauerling atmete auf, sein Herz schlug ihm bis zum Hals und seine Hände zitterten.

Der tote Abt schaute wieder auf das Loch in der Mitte des Raumes.

Jauerling schloss kurz die Augen und zweifelte an seinen Sinnen. Dann gewann sein Misstrauen wieder die Oberhand. Er packte Ferrand am Gewand. »Was habt Ihr mit dieser Leiche gemacht?«, fauchte er ihn an. »Habt Ihr Drähte in den Körper eingezogen, wie bei den Kulissen Eurer unseligen Theaterstücke? Ich bin kein protestantischer Bauerntrampel, dem Ihr mit solchem Firlefanz die Hölle heißmachen könnt, Ferrand.«

»Ich habe gar nichts getan, Ihr wart es, der ihn geweckt hat«, flüsterte der Franzose und wandte sich schaudernd ab.

Jauerling fühlte den Wahnsinn in sich aufsteigen. Er wollte nur noch weg von hier. Da fiel sein Blick auf das Loch im Boden und er beherrschte sich. »Was ist da drinnen?«

»Nichts«, erwiderte der Jesuit abweisend. »Es ist nicht tief, lediglich ein paar Fuß. Vor einigen Tagen habe ich einen Mitbruder hinuntergeschickt, und seither geht es ihm nicht gut...«

»Das Tor zur Hölle«, flüsterte Jauerling entsetzt. »Ich will mit ihm reden, sofort!«

»Er ist komplett verrückt geworden«, murmelte Ferrand. »Vielleicht giftige Dämpfe...?«

»Mit Narren habe ich Erfahrung«, winkte Jauerling ab. »Die habe ich in Wien alle zusammen in einen Turm gesperrt. Lebende Schatten.« Mit großen Schritten lief er zur Treppe. »Worauf wartet Ihr noch? Bringt mich zu ihm!«, rief er Ferrand zu und erklomm die ersten Stufen, ohne sich ein weiteres Mal umzudrehen.

Die kleine Zelle lag im Trakt des ehemaligen Hospitals von Lucedio. Jauerling betrat misstrauisch den kleinen, abgedunkelten Raum, zog sofort die Vorhänge auf und drehte sich um. Fahles Tageslicht fiel herein und beleuchtete eine zusammengesunkene Gestalt in einem Lehnstuhl. Der Leiter des Schwarzen Bureaus trat näher an den Kranken heran und beäugte argwöhnisch das blasse Gesicht vor ihm. Ein leises Stöhnen ertönte.

»Das ist Roger La Forge. Er ist in diesem Zustand, seitdem wir ihn wieder aus dem Loch gezogen haben«, erklärte Ferrand und wischte fürsorglich mit einem Tuch den Schweiß vom Gesicht des Reglosen. »Es war meine Schuld. Ich habe ihn hinuntergeschickt und nicht daran gedacht, ihm einen Vogel mitzugeben, der ihn vor giftigen Gasen gewarnt hätte.«

Vorsichtig berührte Jauerling die Stirn des Kranken. Sie war brennend heiß. »Habt Ihr den Verstand verloren? Der Kerl hat die Cholera!«, rief er aus und zog seine Hand zurück. »War er in Indien?«

»Nein, er war in Neu-Frankreich bei den Huronen. Cholera? Dann wäre er bereits tot, vertrocknet«, antwortete der Franzose. »Und wir, die ihn jeden Morgen anziehen, hätten uns längst angesteckt. Doch nur er alleine ist krank.«

Jauerling wischte sich die Finger am Habit des Kranken ab. »Was hat er da unten in dem Loch gesehen? Hat er darüber gesprochen?«

»Nein. Seine Sinne sind verwirrt«, antwortete Ferrand, »aber Ihr könnt ja Euer Glück versuchen.«

»Roger La Forge!« Jauerling lehnte sich auf seinen Stock und beugte sich vor. »Kann Er mich hören? Ich habe ein paar Fragen an Ihn!«

Keine Reaktion. Der Pater starrte weiter ins Leere.

»Roger La Forge! Was hat Er in dem Loch bei den zwölf Wächtern gesehen?«

Ein Zittern ging durch den Körper. Der Kranke richtete sich auf, packte Jauerling am Kragen und starrte ihm direkt in die Augen. Diesem blieb beinahe das Herz stehen. Er packte seinen Stock fester.

»... Akten ... auf Wachstafeln ... Ich habe mit fremden, uralten Augen gesehen. Das Wesen, es ist da unten ... alles schwarz, alles tot ...«

Jauerling horchte auf. »Was für Akten?«

»Die Mission ... der Inhalt meines Lebens, alles Lüge!«, stammelte Pater Roger. Sein Blick wurde mit einem Mal starr, und ein atemloser

Laut entfuhr seinem weit aufgerissenen Mund. Sein Körper bäumte sich unter Krämpfen auf, bevor er wieder kraftlos in sich zusammenfiel.

»Verdammt!«, entfuhr es Jauerling. Er schlug frustriert mit der Faust auf die Armlehne.

Überraschend erwachte Pater Roger nochmals aus seiner Umnachtung. Mit klarem Blick zog er Jauerling dicht an sich heran und begann stoßweise in sein Ohr zu flüstern. Aufmerksam hörte der Zwerg zu, bis La Forge die Kräfte verließen, er erneut aufstöhnte und am ganzen Leib zu zucken begann. Schaum bildete sich vor seinem Mund.

Jauerling sprang zurück. »Er hat einen Anfall!«, rief er. »So tut doch etwas! Sonst verschluckt er seine Zunge!«

Doch Ferrand stand starr und völlig hilflos neben dem Lehnstuhl.

Da fletschte La Forge plötzlich die Zähne wie ein wildes Tier, sprang auf und versuchte knurrend, Jauerling in die Kehle zu beißen. Nach einem Augenblick des Schreckens riss der Zwerg sein Florett aus dem Stock und stieß erbarmungslos zu. Die Klinge heftete den Kranken an die Rückenlehne des schweren Holzsessels.

»Großer Gott, steh uns bei…«, entfuhr es Jauerling.

Der Todeskampf des Priesters dauerte erschreckend lange. Erst langsam, nach und nach, erschlafften Pater Rogers zappelnde Beine. Ein kindlich unschuldiger Ausdruck erschien auf seinem Gesicht. Sein letzter Blick fixierte Jauerling. Dann wich das Leben aus ihm.

Der Zwerg zog sein Florett aus der Leiche, wischte das Blut sorgsam von der Klinge und steckte es wieder in seinen Stock. »Schade um die Zeit und die Mühe der Reise, ich habe mir anderes erwartet«, stellte er enttäuscht fest. »Lebt wohl!«

Ohne sich nochmals umzusehen, verließ er die Zelle und lief zu der wartenden Kutsche.

Ferrand lief völlig aufgelöst neben der anrollenden Kutsche her. »Bitte, Exzellenz, nur einen einzigen Hinweis!«, flehte er.

Jauerling überlegte kurz. Rogers Worte waren kaum verständlich gewesen. Doch eines schien klar: »Rogers wirres Gestammel war eine Mischung aus Latein und Griechisch«, rief er Ferrand zu. »Es waren Untersuchungsberichte des Statthalters Pontius Pilatus an Kaiser Tiberius. Gehabt Euch wohl!« Ferrand, der gestolpert und in den eisigen Matsch gefallen war, kämpfte sich wieder auf die Füße und starrte der

Kutsche hinterher, die wie ein Spuk im Nebel verschwand. Er spürte die Kälte nicht. »Tiberius«, flüsterte er. »Ich habe es befürchtet...« Dann bekreuzigte er sich, und die Tränen rannen über seine Wangen.

Das Wissen, das Jauerling jetzt besaß, war zu ungeheuerlich, um es mit jemandem zu teilen. Er war nach Turin gereist auf der Suche nach der Wahrheit.
 Jetzt rannte er um sein Leben. Er war ins Licht gereist.
 Jetzt musste er ins Dunkel untertauchen.
 Jetzt hatte er den Beweis für eine jahrhundertealte Lüge.
 Was sollte er dem Kutscher sagen? Der Leiter des Schwarzen Bureaus hatte keine Heimat mehr, keinen Glauben und kein Ziel. Eine Rückkehr nach Wien kam nicht infrage, da würden sie ihn zuerst suchen.
 Knarrend und rumpelnd bog der Wagen auf die Straße in Richtung Nordosten, Richtung Ungarn ein und strebte den Bergen zu.
 Sie würden ihn überall finden. Mit seinem Wissen überlebte man nicht lange. Er hatte lediglich eine einzige Wahl – unterzutauchen in einem Schattenreich, wo ihn keiner kannte.
 Er würde selbst zu einem Schatten werden.

Apostolischer Palast, Vatikanstadt, Rom/Italien

Um sein Büro beneideten Kardinal Paolo Bertucci viele, um seinen aufreibenden Job jedoch nur wenige. Der Blick auf die Via del Belvedere aus den Fenstern seiner Amtsräume im zweiten Stock des Apostolischen Palasts, nahe dem Nikolas-Turm, war malerisch. Doch dafür würde Bertucci an diesem Vormittag keine Zeit haben. Mit seiner übergroßen Aktentasche bewaffnet, wieselte der Italiener durch die Gruppen von Geistlichen, die sich offenbar gegen ihn verschworen hatten und auf der Treppe an den unmöglichsten Plätzen ein Schwätzchen hielten. Mit zahlreichen »Scusate!« und »Permesso!« zwängte sich Bertucci zwischen den Plaudernden hindurch.
 »Habt ihr kein eigenes Büro?«, murmelte er verdrießlich, nahm jeweils zwei Stufen auf einmal und sprintete in den nächsten Stock.

Ein Blick auf seine Armbanduhr ließ ihn abermals beschleunigen. Er hasste es, zu spät zu kommen, und der Anruf Kleinerts heute früh hatte sein Tagesprogramm schon genug durcheinandergebracht.

Der Mann, der bereits in Bertuccis Büro wartete, war Leiter der zweiten Sektion des Vatikanischen Staatssekretariates und damit einer der mächtigsten Männer im Kirchenstaat. Erzbischof Carlo Lamberti war der Außenminister des Vatikans, seit fünf Jahren zuständig für die Beziehungen der römisch-katholischen Kirche zu den verschiedensten Staatsregierungen. Lamberti, ein Süditaliener mit einem beeindruckenden Schnauzbart und einem volltönenden Lachen, das ansteckend war, strafte sein joviales Aussehen Lügen, wenn er erst einmal in Verhandlungen einstieg. Das hatten bereits mehrfach Diplomaten zahlreicher Staaten zähneknirschend zur Kenntnis nehmen müssen. Viele waren auf die humorvolle und umgängliche Art Lambertis hereingefallen und hatten am Ende der Konkordatsverhandlungen feststellen müssen, dass der Außenminister des Vatikans härter als das Holz des runden Tisches war, wenn es um Detailfragen ging.

Lamberti war ein weit gereister, weltgewandter Gesandter, den eine lange Freundschaft mit Bertucci verband. Sie waren sich in vielen Dingen ähnlich und respektierten sich gegenseitig. Wo Lamberti nicht mehr weiterkam und in seinen Vermittlungen scheiterte, war in der Vergangenheit oft Bertucci eingesprungen und hatte unauffällig und mit Fingerspitzengefühl manche verfahrene Situation gerettet.

Als die Tür des Büros aufflog und Bertucci hereinstürmte, Kopf voran, die Tasche fest unter seinen Arm geklemmt, fuhr der Außenminister des Vatikans herum. Er war am Fenster gestanden und hatte die Aussicht bewundert.

»Lass mich raten, Paolo«, grinste Lamberti, als er den missmutigen Ausdruck auf dem Gesicht seines Freundes sah, »deine Vespa ist nicht angesprungen, und du hast sie zur Strafe exkommuniziert. Diesen Tag werde ich im Kalender ankreuzen. Du bist drei Minuten zu spät.«

»Bohr nur in meiner Wunde, Carlo«, erwiderte der Advocatus Diaboli. »Ich hatte heute schon das Vergnügen, mein Bad mit Kleinert zu teilen.«

»Seit wann baden die Eminenzen zusammen?«, erkundigte sich Lamberti erstaunt. »Dass mir die Presse davon keinen Wind bekommt!«, fügte er noch gut gelaunt hinzu.

»Gott bewahre«, wehrte Bertucci ab, »das fehlte noch. Im Gegenteil – er hat mich aus der Wanne geholt.« Der Advocatus Diaboli deponierte die Aktentasche auf dem Schreibtisch und schüttelte seinem Freund die Hand. Dann erzählte er ihm von dem Telefongespräch und dem mysteriösen Tod der Archivarin.

»Entsetzlich!« Lamberti war erschüttert. »Und seltsam zugleich, da muss ich Kleinert recht geben. Hast du schon mit Rossotti darüber gesprochen? Er war schließlich ihr Chef.«

Bertucci verneinte kopfschüttelnd. »Ich habe versucht, ihn anzurufen, aber es war die Mailbox dran. Wahrscheinlich war er schon in einer Krisensitzung. Auch ein Grund, warum ich zu spät zu unserem Termin gekommen bin.«

Der Außenminister winkte ab. »Mach dir nichts draus, Paolo. Du wolltest mich sprechen?«

»Ja, wegen meiner geplanten Reise im Auftrag des Heiligen Vaters«, antwortete Bertucci. »Wie du weißt, plant Seine Heiligkeit im Herbst einen Besuch in England und Irland. Nun hat er mich gebeten, das Terrain zu sondieren und vorzufühlen, wie die Stimmung in der Bevölkerung und in den Medien ist. Nach den Vorfällen um die Piusbruderschaft und den zahlreichen Missbrauchsfällen ein berechtigtes Anliegen.«

Lamberti nickte nachdenklich. »Du sollst sozusagen den Weg auskundschaften. Wie kann ich dir helfen?«

»Indem du mir deine Verbindungen auf politischer Ebene zur Verfügung stellst, was meine Mission eindeutig erleichtern würde«, erwiderte Bertucci. »Meine Kontakte reichen weit, aber längst nicht so weit in die Machtstrukturen der Insel hinein wie deine.«

»Kein Problem, Paolo, ich lass dir von meinem Sekretär ein Papier vorbereiten und schicke ein paar Mails an die wichtigen Leute. Wann reist du ab?« Das Klingeln des Telefons auf dem ausladenden und völlig überfüllten Schreibtisch unterbrach den Außenminister.

»Verzeih«, entschuldigte sich Bertucci bei seinem Freund und nahm das Gespräch an. Erst hatte er Schwierigkeiten, die Stimme am anderen Ende der Leitung zu verstehen. Es klang nach einer Dampfmaschine, die durch einen Tunnel fuhr. Dann begriff Bertucci, dass jemand irgendwo Stiegen hinaufrannte, völlig außer Atem war und trotzdem versuchte, abgehackt mit ihm zu sprechen.

»Das … sieht … gar … nicht … gut … aus«, skandierte die Stimme.

»Wer spricht da?«, erwiderte ein verdutzter Bertucci und drückte auf die Lautsprechertaste, damit Lamberti mithören konnte.

Das stoßweise Schnaufen erfüllte das Büro. »Sie … haben … Rossotti … gefunden«, keuchte der unbekannte Anrufer, »oder … was … von … ihm … noch … übrig … ist.«

Der Außenminister schaute entsetzt. Dann sagte er laut: »Kleinert?«

Das Schnaufen wurde weniger hektisch. »Lamberti? Sind … Sie … das? Gut! Sehr … gut.«

»Was ist mit Rossotti? Wo sind Sie?«, fragte Bertucci und fürchtete sich gleichzeitig vor der Antwort. Der Leiter des Vatikanischen Geheimarchivs und Advocatus Angeli war seit Jahren sein bester Freund.

Kleinert unterbrach seine Gedanken. »Ich bin auf dem Weg zum Heiligen Vater.« Die Stimme des deutschen Kurienkardinals kam jetzt deutlicher und weniger abgehackt durchs Telefon. »Die Polizei hat den Kopf von Rossotti gefunden, bei einer Routinekontrolle auf der Piazza Navona. Er war auf einer Figur des Vierströmebrunnens deponiert worden, in einen Leinensack eingenäht. Es tut mir leid, Bertucci, ich weiß, wie nahe Sie ihm standen.«

Der Advocatus Diaboli schlug sich die Hand vor den Mund, sprang auf und verschwand in dem kleinen Badezimmer, das an sein Büro angeschlossen war.

»Das ist unglaublich«, murmelte Lamberti betroffen, »unvorstellbar. Der Heilige Vater wird entsetzt sein.«

Kardinal Kleinert war wieder zu Atem gekommen. Seine Stimme verriet Nervosität und Anspannung. »Zuerst die Dottoressa, jetzt Rossotti. Entweder treibt ein Wahnsinniger sein Unwesen oder …« Der Deutsche verstummte. »Ich muss jetzt zu seiner Heiligkeit.« Dann brach das Telefongespräch ab.

Das Würgen aus dem Badezimmer war leiser geworden. Lamberti bedauerte seinen Freund Bertucci, aber nun galt es, Entscheidungen zu treffen und Erkundigungen einzuziehen. Der Außenminister holte sein Handy aus der Hosentasche und begann zu wählen. In wenigen Stunden würde die ganze Welt auf den Vatikan schauen und Erklärungen verlangen. Wie immer auch der Heilige Stuhl sich entschließen würde, ob zur Schweigsamkeit oder zur Stellungnahme, man würde Details brauchen, so viele Details wie möglich.

Lamberti beendete sein drittes Gespräch, als Bertucci wieder ins Büro kam, blass und mit rot geränderten Augen, aber mit einem Ausdruck der Entschlossenheit. Er ging an seinen Schreibtisch und kramte in seiner Tasche.

»Geht's dir besser, Paolo?«, fragte Lamberti seinen Freund. »Es tut mir leid wegen Rossotti, ich möchte, dass du das weißt. Er war ein integrer und stets zuvorkommender Mensch, den ich sehr geschätzt habe. Er wird mir fehlen.«

»Mir auch«, seufzte Bertucci. »Vielleicht ist die Zeit gekommen, dem Heiligen Vater meinen Rücktritt zu unterbreiten. Wir werden alle nicht jünger, und es gibt Zeichen, die man nicht ignorieren sollte. Aber das muss warten. Zuerst habe ich noch etwas zu erledigen.« Endlich hatte er gefunden, was er gesucht hatte, und zog den Zettel mit den drei Namen aus den Tiefen seiner Aktentasche.

»Hör zu, Carlo. Als ich Rossotti das letzte Mal sah, waren Scaglietti und Bertani von Pro Deo bei ihm. Ihr Abgang war alles andere als ruhmreich. Sie nahmen einfach die Akten mit, nach denen sie gesucht hatten. Rossotti tobte. Als ich ins Archiv kam, lief ich Dottoressa Zanolla in die Hände, die mir dringend etwas von ihren neuesten Forschungen erzählen wollte. Keine vierundzwanzig Stunden später sind beide tot.«

Der Außenminister hörte mit wachsendem Interesse zu. Er hatte sein Handy eingesteckt und sank auf den Besucherstuhl. »Sprich weiter«, murmelte er und lehnte sich vor.

»Davor waren die zwei von Pro Deo beim Heiligen Vater in einer eilig einberufenen Privataudienz. Nachdem ich einen Termin bei Seiner Heiligkeit hatte, sah ich sie aus seinen Privatgemächern kommen.«

»Du meinst ...«, begann Lamberti.

»Ich meine gar nichts, ich halte dich mit den reinen Tatsachen auf dem Laufenden.« Bertucci legte den Zettel mit den drei Namen auf seinen Schreibtisch.

»Weißt du, was Scaglietti und Bertani im Archiv gesucht haben?«, fragte Lamberti.

»Nur im Ansatz«, antwortete Bertucci. »Rossotti war so klug und prägte sich Namen ein, die sich die beiden Geheimdienstleute aufgeschrieben hatten. Und ja, er teilte sie mir mit.« Der Advocatus Diaboli deutete auf den Zettel. »Aber zu deiner eigenen Sicherheit werde ich sie dir nicht verraten. Es genügt, einen Freund zu verlieren, ich will nicht auch noch hinter deinem Sarg hergehen.«

»Blödsinn«, wehrte Lamberti ab. Doch dann begann er zu verstehen. Er wollte etwas einwerfen, aber Bertucci hob die Hand.

»Warte! Ich kann mich an eine Formulierung Rossottis erinnern. Scaglietti und Bertani suchten die Aufzeichnungen einer byzantinischen Prinzessin, eines Neffen des vatikanischen Präfekten und eines österreichischen Zwerges. Mehr will ich dir nicht sagen. Es ist zu deinem eigenen Schutz.«

»Madonna mia! Ich bin der Außenminister des Vatikans! Den bringt man nicht so einfach um.« Lamberti runzelte verärgert die Stirn.

»Kardinalbibliothekar Michele Rossotti war Archivar der Heiligen Römischen Kirche, wenn ich dich daran erinnern darf«, erwiderte Bertucci, »und jetzt ist er tot. Einer deiner Vorgänger wurde vor einigen Hundert Jahren ermordet, solltest du das vergessen haben. Und zum Abschluss zitiere ich dir noch Kardinal Santori, seines Zeichens Berater von sieben Päpsten im 16. Jahrhundert und der erfolgreichste Großinquisitor der katholischen Kirche.«

»Was hat der gesagt?«, erkundigte sich Lamberti etwas verunsichert.

»Hier ist nichts und niemand jemals sicher...«

Die Worte Bertuccis schwebten im Raum wie eine körperliche Bedrohung. Beide Männer schwiegen und hingen ihren eigenen Gedanken nach.

Schließlich nickte der Außenminister. »Gut, ich verstehe dich. Ich habe zwar keine Ahnung, was eine griechische Prinzessin, der Neffe eines vatikanischen Präfekten und ein österreichischer Zwerg gemeinsam haben, aber ich fange an zu begreifen, worauf du hinauswillst. Du meinst, Pro Deo steckt hinter all dem. Sie haben etwas entdeckt und jetzt verwischen sie die Spuren. Aber in wessen Auftrag? Sie haben die Akten, sie beseitigen die Mitwisser, und dann?«

»Ich habe keine Ahnung«, gestand Bertucci. »Ich kenne zwar die Namen, die sie gesucht haben, aber ich weiß nicht, was dahintersteckt. Ich bin allerdings fest entschlossen, es herauszufinden, schon für Rossotti.«

»Leg dich nicht mit dem Geheimdienst an, Paolo«, warnte ihn Lamberti. »Da haben sich schon andere die Finger verbrannt, selbst Päpste.«

»Auch für Pro Deo gelten Regeln«, erwiderte Bertucci.

»Die Regeln machen sie selbst und sie kontrollieren auch gleich deren Einhaltung.« Der Außenminister schüttelte den Kopf. »Nein, Paolo, Moral und Anstand gibt es in Geheimdienstkreisen nicht. Das ist ein Luxus, den uns einige Romanciers in den Zeiten des Kalten Kriegs vorgegaukelt haben. Das Geschäft im Dunkeln ist so dreckig wie jeder Krieg. Alles ist erlaubt, solange es dem Endziel dient.«

»Was weißt du über Pro Deo? Mein Aufgabengebiet war bisher weit von deren Wirkungskreis entfernt«, fragte Bertucci, »aber in deinem Fall sieht das doch anders aus. Auslandsbeziehungen, Papstreisen in alle Welt, diplomatischer Alltag. Ihr zieht an einem Strang.«

»Ich bin Scaglietti und Bertani vielleicht drei Mal in meinem Leben begegnet«, erinnerte sich Lamberti. »Wortkarge Wichtigtuer, die sich für etwas Besseres halten und hinter allem und jedem eine Bedrohung sehen. Die retten jeden Tag die katholische Welt und glauben auch noch daran. Dann gibt es noch die Abteilung Innere Sicherheit, da kenne ich gar niemanden.« Das Gesicht des Außenministers verdüsterte sich. »Und dann habe ich gehört, dass es Einsatzgruppen geben soll, die für die Drecksarbeit zuständig sind.«

»Morden im Auftrag der Kirche?«, stieß Bertucci nach.

Lamberti nickte und fixierte seinen Freund. »Die meisten ihrer Aktionen bleiben für immer geheim, manche kommen an den Tag. Ich brauche dir keine Namen ihrer Opfer zu nennen, die sind durch die Zeitungen gegangen, seit den späten 70er-Jahren. Aber ich kann dir ihren Codenamen verraten, unter dem sie in Geheimdienstkreisen bekannt sind.«

Der Außenminister lehnte sich vor und flüsterte ein einziges Wort: »Caesarea.«

Kühnring, Waldviertel/Österreich

Georg Sina fuhr sich müde mit der Hand durch die Haare. Bis in die frühen Morgenstunden hatte er über Jauerlings Rätsel gesessen, hatte sich Sternkarten aus dem Internet heruntergeladen, war jedoch seinem Ziel noch keinen Schritt näher gekommen. Er hatte begonnen, die Sternbilder aneinanderzureihen, wie es der Zwerg gefordert hatte. Der Weg, der sich so abzeichnete, führte in nordwestlicher Richtung durch Tschechien hindurch in die Bundesrepublik Deutschland, nach Thüringen und Sachsen-Anhalt, tief in das Kerngebiet der sächsischen Kaiser des Frühmittelalters.

Noch fehlten vier Sternzeichen und vor allem das dreizehnte, der Schlangenträger, um den finalen Punkt zu markieren. Bald hatte Georg die Müdigkeit übermannt, seine Augen hatten zu tränen begonnen und er musste eine Pause machen. Als er endlich in den frühen Morgenstunden seinen Laptop heruntergefahren und sich auf das Sofa gelegt hatte, war er völlig erschöpft gewesen. Trotzdem hatte er sich hin und her gewälzt, keinen Schlaf gefunden. Jauerling war auf seiner Brust gesessen wie ein Alb, hatte ihm den Atem genommen und hämisch gegrinst. Manchmal hatte die Gestalt ihm etwas zugeflüstert, undeutlich, nuschelnd. Es hatte wie »Corpus Christi« geklungen. Schweißgebadet war Georg immer wieder hochgefahren, hatte sich umgezogen und wieder versucht zu schlafen. Vielleicht hatte er sich schon angesteckt mit dem Fieber, mit der Krankheit, die schon den Zwerg hatte suchen lassen. Von Wien bis ans Ende der Welt …

So war bereits im Osten die Dämmerung heraufgezogen, als Georg endlich die Augen zufielen. Kaum drei Stunden später erwachte er aus einem schwarzen, bleiernen Schlaf, der ihm keinerlei Erholung geschenkt hatte, und fühlte sich wie ein durchgekauter Kaugummi. Die Augen waren gerötet und brannten, seine Glieder schmerzten.

»Keine Zeit, Schwäche zu heucheln«, murmelte Sina und stapfte missmutig in die Küche.

Auf seinem Handy, das er gestern aus Vergesslichkeit in der Küche hatte liegen lassen, häuften sich die Anrufe in Abwesenheit. Seufzend hörte er die Nachrichten von seiner Mailbox ab. Als er die Stimme seines Vaters hörte, verdrehte er erst die Augen. Doch was er zu hören bekam, verblüffte ihn und weckte ihn auf. Es war mehr als eigenartig: Jemand hatte Fotos einer Dorfkirche in Niederösterreich aus dem Archiv des Museums für Völkerkunde gestohlen. Abzüge und Negative mehrerer Bilder von Renovierungsarbeiten in den 30er-Jahren. Dann hatte der Täter einen Zettel hinterlassen, ausgerechnet mit seiner Handschrift darauf. Georg fuhr sich mit der Hand übers Gesicht. Was für ein Unsinn! Und dass der Unbekannte ihn damit in Verbindung gebracht hatte, das ärgerte Georg umso mehr, als er für den fraglichen Zeitraum ein wasserfestes Alibi hatte, Zettel hin, Zettel her.

Sina wählte ungeduldig die Büronummer seines Vaters. Wie üblich hob die Sekretärin ab, und Georg machte ihr klar, dass ein dämlicher Scherzbold ihm wohl eines auswischen wollte.

»Ich war niemals in diesem Museum in den letzten Monaten und schon gar nicht in der Fotosammlung«, grummelte der Wissenschaftler. »Das muss sogar meinem Vater einleuchten. Lassen Sie ihn schön grüßen, und er soll keinen Staatsakt aus der Angelegenheit machen.«

Damit legte Georg auf. Das grinsende Gesicht Jauerlings tanzte vor seinen Augen, als er sich daran erinnerte, dass Mayröcker ebenfalls Fotos erwähnt hatte. Der Pfarrer hatte ihm sogar eines gezeigt und Sina die Broschüre geschenkt. Georg suchte in seinem umnebelten Gehirn. Richtig, die Rückbauaktion in Schöngrabern 1936 …

Ob er wollte oder nicht, er musste doch nochmals versuchen, seinen Vater persönlich zu erreichen. Schon um ihn zu fragen, ob die Kirche auf den fraglichen verschwundenen Bildern tatsächlich Schöngrabern war. Wenn ja, dann war das ein mehr als eigenartiger Zufall.

Die nächste Nachricht auf der Mailbox war von Paul. Er erzählte etwas von einem Kriegerdenkmal, von zwei toten Soldaten der Wehrmacht. Leider war die Nachricht abgehackt und fast unverständlich. Georg zuckte mit den Schultern. Jauerlings Rätsel hatte Vorrang vor allem anderen. Mit etwas Glück konnte er heute herausfinden, was er überhaupt suchte.

Er schickte Paul eine kurze SMS: Ja, er war noch unter den Lebenden, nein, er hatte keine Zeit, ja, er würde noch mal anrufen.

Zeit für den Tee, dachte Sina und goss heißes Wasser auf die Orange-Pekoe-Teeblätter. Während er sich ein Brot mit Butter bestrich und dann großzügig Marmelade darauf verteilte, dachte er über den Diebstahl der Schwarz-Weiß-Fotos aus dem Museum nach. Das Foto auf der Rückseite des Kirchenführers zeigte zwei der verschwundenen Reliefs im Altarraum. Offenbar so harmlos, dass man es auf dem Heftchen abdruckte.

Was war auf den anderen abgebildet?

Missmutig, dass er keine Antwort auf die Frage fand, spülte er den letzten Bissen hinunter und zog sich an.

»Wir haben heute Verspätung!« Mit diesen Worten begrüßte ihn kaum eine halbe Stunde später eine ausgeschlafene Barbara voller Tatendrang und Energie. Tschak, der bis zur letzten Sekunde geschlafen hatte, sprang schwanzwedelnd um sie herum. Georg wünschte sich nichts sehnlicher als ein Bett und seine Ruhe.

»Ist schon gut, es läuft uns nichts davon«, brummte er, machte es sich auf dem Beifahrersitz bequem und legte Laptoptasche und Notizblock neben Tschak auf die Rückbank. »Die Kirchen stehen schon länger da«, murmelte er und schloss die Augen. Bestimmt würde sich noch eine halbe Stunde finden lassen, um seine Karte fertig zu machen. Später, am Nachmittag, überlegte er noch. Dann schlief er ein.

Es schien ihm, als wären keine zehn Sekunden vergangen, als die Nonne ihn anstieß und auf eine romanische Kirche wies. »Guten Morgen, wir sind da. Kühnring, wie bestellt.«

Sie lachte, während Georg erst in die Welt zurückfinden musste. Dann musste auch er lachen.

»Ich fürchte, ich habe heute Anlaufschwierigkeiten«, meinte er entschuldigend. »Aber ich verspreche, mich zu bessern.« Er öffnete die Tür und wurde von Tschak überholt, der als Erster aus dem Wagen sprang und laut bellend über den Kirchenhügel tobte.

»Du hast ja gestern schon Eggenburg verschlafen, du hast leicht bellen«, rief ihm Sina nach. Dann stieß er die schwarze Tür der Friedhofsmauer auf und spazierte auf die Kirche zu, vorbei an einem schwarzen Kombi, aus dem ihm zwei Rottweiler aufmerksam nachsahen.

Dicht gedrängt standen Grabsteine und Kreuze, bunt und üppig mit Blumen geschmückt. Es roch nach Frühsommer und warmen Steinen. Ein hoher Kalvarienberg mit kunstvollen Statuen beherrschte den Vorplatz der romanischen Kirche.

Gerade als Georg und Barbara auf das Tor in das Gotteshaus zugehen wollten, sahen sie direkt gegenüber, auf der letzten Stufe der hölzernen Freitreppe hinauf zum Glockenturm, einen Mann sitzen. Er war athletisch, mittleren Alters, mit schütterem, kurz geschorenem Haar. Die Soutane spannte um seinen Oberarm und seinen Brustkorb.

»Gut trainiert«, raunte Barbara Sina zu. »Jeder macht in seiner Freizeit etwas anderes.«

Der Mann blickte ihnen ruhig entgegen. Irgendetwas an ihm störte Georg. Er versuchte die letzten Spinnweben in seinem Kopf loszuwerden und klar zu denken. Kannte er den Mann? Sein Gefühl hatte ihn noch selten getrogen. Die Ruhe und Kälte, die der Unbekannte ausstrahlte, hatte etwas Unberechenbares und Gefährliches an sich.

Der Priester nickte ihnen zu und machte eine einladende Handbewegung. »Kommen Sie doch hier herüber, Professor«, rief er, »da lässt es sich in Ruhe reden.«

»Kennen wir uns?«, fragte Georg und kramte vergeblich in seiner Erinnerung.

»Vielleicht, vielleicht auch nicht«, kam die unverbindliche Antwort. »Das ist eigentlich nicht wirklich wichtig. Ich wusste, dass Sie hierherkommen würden, und habe auf Sie gewartet.«

»Bis gestern wusste ich selbst nicht, dass Kühnring heute auf meiner Besichtigungsliste stehen würde«, gab Georg erstaunt zurück.

Der Priester zuckte gleichgültig mit den Schultern. »Ob wir hier reden oder am Michelberg, bleibt sich gleich, oder?«

Sina kniff die Augen zusammen. »Sie sind erstaunlich gut informiert«, meinte er und versuchte, sich seine Überraschung nicht anmerken zu lassen.

»Das ist mein Kapital«, antwortete der Unbekannte. Dann griff er in die Tasche seiner Soutane und zog eine Pistole hervor, die er neben sich auf die Stufen legte. Barbara schlug die Hand vor den Mund.

Der Priester lächelte, aber seine Augen blieben kalt. »Keine Angst, Schwester Barbara, das ist nur eine Rückversicherung, falls Professor Sina seine Selbstbeherrschung verlieren sollte. Das passiert ihm manchmal, so habe ich gehört.«

»Es kommt immer auf mein Gegenüber an«, erwiderte Sina unbeeindruckt. »Sagen Sie, was Sie zu sagen haben, und dann verschwinden Sie.«

»Seien Sie nicht undankbar, Professor, noch reden wir. Es wird das letzte Mal sein, dass Sie diese Chance haben.« Der Geistliche deutete auf eine nahe stehende Bank. »Setzen wir uns da hinüber. Dann müssen Sie nicht stehen und ich nicht in die Sonne schauen.«

Sina zwang sich zur Ruhe und zog Barbara mit sich. Der Priester folgte ihnen langsam. »Wir sind uns letztes Jahr begegnet«, erzählte er, während seine Schritte auf dem hellen Kies knirschten. »Sie waren in einer Gruft und ich im Vorteil.«

Georg ließ sich auf die Bank sinken. »In einer Gruft?«, fragte er überrascht.

»Rot gestrichen, mit goldenen Buchstaben. Sie barg die Leiche eines Zwerges. Es sollte Ihr Grab werden, Ihres und das Ihrer Freunde.«

»Sie waren das?«, rief Georg überrascht aus. »Sie wollten uns unter dem Rennweg lebendig begraben.«

Der Priester nickte. »Paul Wagner und Sie haben uns ganz ordentlich auf Trab gehalten. Unsere Befehle waren klar: Sie sollten diese Gruft nicht mehr lebend verlassen. Doch dann kam alles ganz anders, wie Sie wissen.« Er zeichnete mit der Fußspitze ein Muster in den Kies. »Nach der Entlassung aus dem Dienst im Zuge der Säuberung durch den Bundespräsidenten gab es jede Menge Angebote. Eines habe ich angenommen, und deswegen sitze ich heute hier.« Er wies mit einer großen Geste auf den Friedhof und die Kirche. »Sozusagen auf neutralem Terrain.«

»Was wollen Sie?«, fragte ihn Georg und nahm Tschak hoch, der ihnen nachgelaufen war.

»Ich möchte, dass Sie aufhören, sich in Dinge einzumischen, von deren Tragweite Sie nichts verstehen. Sie haben mehr Feinde, als Sie ahnen, und weniger Freunde, als Sie brauchen könnten. Was glauben Sie, wie gut zum Beispiel die Tempelherren vom Strahlenden Stern auf Sie zu sprechen sind? Oder die Chinesen? Sie leben noch, weil Sie bisher nur an der Oberfläche gekratzt haben. Glauben Sie im Ernst, es war tatsächlich ein Zufall, dass sich die Schattenlinie im letzten Jahr ans Licht gewagt hat, um in Österreich die Macht wieder einem Kaiser zu übergeben?«

»Ich habe diese Dinge immer separat voneinander betrachtet«, murmelte Georg und versuchte ruhig zu bleiben. Aber seine Gedanken rasten.

»Sie waren doch dort, in der Villa Illioneus, wo diese Revisionisten ihre Leute rekrutiert haben.« Der Unbekannte warf Barbara einen belustigten Blick zu. »Das war eine ausschweifende Orgie, voller Luxus und ausreichend Fleischeslust für jeden Geschmack, wenn ich Sie daran erinnern darf. Am Höhepunkt des Festes wurde ein goldener Götze verehrt, oder etwa nicht? Thanatos, der Gott des Todes, der den Göttern des Lichts am Olymp feindlich gesinnt ist. Und ihre Kirche in Floridsdorf war weit mehr ein heidnischer Tempel als ein Haus Gottes. War es nicht so?«

Sina schaute den Geistlichen verdutzt an. »Sie meinen doch nicht, dass ich auf einer schwarzen Messe gewesen bin?«

»Die Deutung überlasse ich Ihnen, Professor. Sie haben widerstanden und am Schluss haben Ihr Freund Wagner und Sie diese Sippschaft an ihrem gotteslästerlichen Vorhaben gehindert. Aber jetzt geht es um mehr, viel mehr.«

Der Unbekannte sah ihn eindringlich an. »Nennen wir es eine letzte Warnung, einen Handel, bei dem wir beide gewinnen könnten. Ich das Archiv Jauerlings und Sie Ihr Leben.«

»Nur wenn die Hölle zufriert«, sagte Sina erbost. »Da werden Sie mich schon umbringen müssen, um an die Aufzeichnungen zu kommen. Außerdem sind sie gut verwahrt.«

»Gestehen Sie es, Professor. Sie haben keine Ahnung, worum es geht«, lächelte der Priester. »Das ist genau Ihr Problem. Sie schauen herum, aber tappen im Dunkeln; Sie haben Ohren, aber hören nicht. Und Sie hören leider auch nicht auf mich.«

»Dann klären Sie mich doch auf«, verlangte Sina. »Wenn Sie so etwas wie einen Handel wollen, dann muss ich auch wissen, worum es geht.«

Der Geistliche seufzte und überlegte. Für lange Minuten sagte er gar nichts. Dann sah er Sina lauernd an. »Was bekomme ich dafür?«

»Ich lasse Sie lebend durch die Friedhofstüre hinausgehen«, erwiderte Sina beiläufig.

Der Unbekannte lachte schallend auf. »Sie gefallen mir, Professor. Also hören Sie mir gut zu. An diesem Ort wird das Spiel für Sie neu gemischt. Das Deck liegt auf dem Tisch, der Stapel ist abgehoben und die Karten gegeben. Aber wir haben keinen Spielleiter mehr. Er ist weg, verschwunden, hat sich in Rauch aufgelöst.«

»Welches Spiel spielen wir? Poker?« Sina erwiderte den forschenden Blick seines Gegenübers.

»Wir spielen gar nichts«, antwortete der Unbekannte geheimnisvoll. »Aber man spielt Piquet. Sie kennen mittlerweile die Regeln. Und jetzt unterbrechen Sie mich nicht mehr, sondern hören mir zu und zählen Sie nach. Das ist der kühne Ring: Paul Wagner, Barbara Buchegger, die tapferen Ermittler Berner, Burghardt, Eduard Bogner, Valerie Goldmann, Sie selbst und last but not least meine Wenigkeit als Vertreter einer, sagen wir, interessierten Partei.« Er zwinkerte Georg zu. »Acht! Wir sind der Talon, die verdeckten Karten. Wir können das Spiel entscheiden.«

»Ich verstehe kein Wort«, meinte Barbara ratlos und schaute von einem zum anderen.

»Professor Sina weiß genau, wovon ich rede. Er hat die verschollenen Aufzeichnungen des Zwerges gelesen, die alle Welt jetzt so gerne hätte. Und Freund Paul Wagner ist einer versteckten Kriegsbeute auf der Spur, die zwingend dazugehört.«

»Tut mir leid, jetzt habe ich keine Ahnung, wovon Sie reden.«

»Wie Sie meinen«, erwiderte sein Gegenüber ungerührt. »Wir sind am selben Punkt angelangt wie letztes Jahr unter dem Rennweg. Ich will das Archiv bekommen. Fast ein ganzes Jahr lang habe ich Ihr Leben studiert, Ihre Vorlesungen besucht und mich mit Ihrer Denkweise vertraut gemacht. Ich habe mich vorbereitet, weil ich wusste, dass wir uns wieder begegnen würden. Das ist unser letztes Gespräch. Das nächste Mal werde ich Sie umbringen, Professor, wie ich es bereits vor einem Jahr hätte tun sollen. Doch ich liebe die Herausforderung. Ich könnte Sie einfach hier erschießen und meiner Wege gehen. Aber das wäre reichlich banal, finden Sie nicht?«

Georg schaute in ein flackerndes Augenpaar.

»Also gebe ich Ihnen eine Chance, das macht es ja auch so viel spannender, oder? Sie werden ja doch nicht aufhören zu suchen. Folgen Sie dem Rat Mayröckers und folgen Sie den Krügen von Kana, finden Sie aber zuerst heraus, was es mit diesem Ort hier auf sich hat. Wenn Sie wissen, woher er seinen richtigen Namen hat, fahren Sie nach Wien und treffen Pater Pio Frascelli in der Minoritenkirche.« Der Mann stand auf und streckte sich. »Das ist mehr als genug an Information, Professor. Ab jetzt schauen Sie besser, wer hinter Ihnen her ist. Wenden Sie mir nicht den Rücken zu.«

Damit ging er zu der hölzernen Freitreppe zurück, nahm seine Pistole und steckte sie wieder ein.

»Kennen Sie das alte Spiel ›Fangen‹?«, rief er Barbara und Georg zu, die ihn mit großen Augen beobachteten. »Das hier war der neutrale Raum, die Zuflucht für verfolgte Seelen. Ab sofort ist Krieg, Professor. Ich habe Sie gewarnt. Sie haben noch eine Chance aufzugeben. Wenn nicht, dann tut es mir leid. Dann werde ich Sie fangen und töten. Leben Sie wohl.«

Er nickte kurz und verließ mit großen Schritten den Friedhof.

*316 n. Chr., Aelia Capitolina (Jerusalem)/
Provinz Judäa, Römisches Reich*

Die Gassen im Souk von Jerusalem waren dunkel, eng und stickig. Die Stadt Davids platzte aus allen Nähten. Menschen und Tiere drängten sich durch die holprigen Straßen. Es roch nach dem Blut des Schlachtviehs und nach dem Unrat in den Rinnsalen am Straßenrand.

Theophilus, ein junger Vikar des Bischofs von Caesarea, drängte sich durch Menschen aus aller Herren Länder. Er stieß gegen Römer, Griechen, Araber und Perser. Dunkel geschminkte Augen über schwarzen Vollbärten blickten ihn böse an, Händler in Tuniken warfen ihm Verwünschungen an den Kopf, aber er ließ sich nicht beirren, blieb nicht stehen. Ein muskulöser römischer Tuchhändler packte ihn sogar am Gewand, aber Theophilus keuchte eine rasche Entschuldigung und entwand sich geschickt seinem Griff. Er hastete weiter. Von Zeit zu Zeit drehte er sich um, suchte nach seinen Verfolgern im Gedränge. Aber er hatte sie wohl endgültig abgehängt. Der Vikar schlüpfte in einen Hauseingang und sackte erschöpft zusammen.

Nach wenigen Augenblicken richtete er sich wieder auf, lehnte sich gegen die kühle Wand und atmete schwer. Der Schweiß rann ihm über Stirn und Oberkörper. Kurz entschlossen zog er seine weiße, verräterische Dalmatik aus, wischte sich eilig damit trocken und stopfte das Gewand in einen Krug. Das goldene Brustkreuz, das ihm sein Bischof Eusebius vor der Abreise in die Hauptstadt Judäas geschenkt hatte, nahm er ab, küsste es und verstaute es in seinem Geldbeutel.

»Christus, steh mir bei!«, keuchte er, bevor er sich wieder aus dem schützenden Eingangsbereich des Hauses in die Menge stürzte. Er musste unbedingt das Kloster des heiligen Markus erreichen und Eusebius informieren, aber genau das war im Moment das große Problem. Die Männer, die ihm auf den Fersen waren, beherrschten die Menschenjagd perfekt, und er, er war nur ein schwächlicher Theologe.

»Wenn Gott für uns ist, wer kann dann gegen uns bestehen?«, sprach er sich Mut zu, schlug ein Kreuz und rannte los. Er hoffte, dass man ihn wegen seines wollenen Unterkleids für einen einfachen Sklaven hielt. Um die Täuschung vollkommen zu machen, zog er eine Metallplakette hervor und hängte sie um seinen Hals. In das Blech eingraviert war der Name eines vornehmen Bürgers der Stadt, eines Freundes. Vielleicht, hoffte Theophilus, würden sie es nicht wagen, sich am Besitz dieses mächtigen Mannes zu vergreifen, sollten sie ihn doch noch erwischen.

Das brüchige Pflaster schmatzte plötzlich unter den Sohlen seiner Sandalen. Erschrocken spürte Theophilus eine zähflüssige Masse zwischen seinen Zehen und blieb stehen. Er stand in einem See von Blut. Erschreckt blickte er sich um. Gehäutete Schafsleiber, angebundene Ziegen, blutverschmierte Schlachter und ihre Gesellen schwangen Messer und schnitten Kehlen durch, tote Tiere hingen kopfüber an Marktständen.

Ein heiserer Schrei gleich neben ihm ließ den Vikar zusammenzucken. Mit dumpfem Poltern landete ein Schafskopf vor seinen Füßen. Die Augen des toten Tieres blickten dem Geistlichen direkt ins Gesicht. Theophilus krächzte und fasste sich an den Hals. War er der Nächste?

Er hatte plötzlich das Gefühl, sich übergeben zu müssen.

Mit unsicheren Schritten taumelte Theophilus auf eine nahe Schenke zu und nahm einen tiefen Schluck Wasser aus einem Blechnapf, der an einer Kette für durstige Hausklaven aufgehängt war. Sofort wollte er weiter.

»Heda!«, brüllte da der Wirt. »Was ist mit bezahlen? So geht das nicht!«

»Entschuldigung!«, stammelte Theophilus. »Ich bin sehr in Eile, mein Herr wartet auf eine dringende Nachricht.« Mit zitternden Fingern zählte er ein paar Kupfermünzen in die Hand des Ladenbesitzers. Der zog die Brauen zusammen und las aufmerksam den Namen auf dem Metallschild des vermeintlichen Sklaven. »Verstehe«, brummte der Mann und verstaute das Geld in seiner Schürze. »Mit deinem Herrn legt man sich besser nicht an, wenn man nicht verprügelt werden will oder Schlimmeres. Ist es wahr, dass er Christ ist?«

»Ich bin nur ein einfacher Diener, Herr, ich weiß solche Dinge nicht«, log Theophilus und vermied es, dem Wirt dabei in die Augen zu sehen.

»Na, dann schau, dass du weiterkommst!«, rief ihm der Schankwirt zu und verpasste ihm einen ermunternden Stoß in den Rücken. Theophilus riss die Augen auf und rannte weiter.

An der nächsten Kreuzung war es zu einem Handgemenge gekommen. Ein großer Mann in Uniform drängte mit gezogenem Schwert eine Meute aus Fleischern und Bettlern auseinander, verschaffte sich brüsk Raum und spähte aufmerksam in alle Richtungen. Augenblicke später tauchten Soldaten hinter ihm auf.

Die Leibgarde von Helena, der Kaisermutter! Theophilus erstarrte. »Maxentius!«, flüsterte er entsetzt, rannte zurück und wandte sich an den Wirt. »Helft mir!«, presste er zwischen den Zähnen hervor.

Der Mann sah erst auf den Prätorianer Maxentius, der suchend umherblickte, dann auf den zitternden Hausklaven vor sich. Er spuckte aus. »Die Erinnyen über diese Brut!«, zischte er. »Ich kenne diese Sippschaft. Sie entweihen unsere Tempel und wollen uns Altgläubige ausmerzen.« Mit einer kräftigen Bewegung packte er Theophilus am Kragen, zog ihn von der Straße, am Tresen vorbei ins Innere des Ladens und tiefer in das Haus.

Theophilus stolperte an den weit aufgerissenen Augen von einigen Kindern und der Hausfrau vorbei, die gerade vor einem Hausaltar frische Schnittblumen für die Ahnen in einer Vase arrangierte.

»Da ist ein Hinterausgang«, flüsterte der Römer. »Und jetzt hau ab! Ich hab dich nie gesehen. Verstehst du? Ich habe schon genug für mein Land geblutet!«

»Danke!«, erwiderte der Vikar und verschwand im unwegsamen Labyrinth aus Hinterhöfen und schmalen Feuergassen. Er hätte niemals mit der selbstlosen Hilfe eines gottlosen Heiden gerechnet.

Die Kirche der Heiligen Jungfrau Maria im Kloster des heiligen Markus strahlte im Gold der Mosaiken. Es roch nach Kerzen, Weihrauch und Myrrhe. Die Kirche, eine der ersten Basiliken der Heiligen Stadt, war seit den frühen Tagen Bischofssitz gewesen. Die Heiligkeit und Würde, die dieser Ort ausstrahlte, lag wie ein feierlicher Schleier über den prunkvollen Mauern.

»Und aus diesem Grund, mein lieber Eusebius, werde ich über dem Grab unseres auferstandenen Erlösers eine Kirche errichten lassen«, erklärte Kaiserin Helena feierlich, legte den Kopf in den Nacken und blickte den Bischof von Caesarea herausfordernd an. »Wie es unser treuer Athanasius vorausgesehen hat, habe ich bei dem leeren Grab nicht nur das wahre Kreuz unseres Heilands gefunden. Nein, weit mehr: die Inschrift des Kreuzes!« Die Kaisermutter straffte ihren Körper und nickte zufrieden. Im Zwielicht der Kerzen schien es, als wäre ihr Kopf von einem überirdischen Strahlen umflort.

Doch Eusebius ließ sich nicht beeindrucken, weder von der Körperhaltung der Kaiserin, noch von ihren stolzen Worten oder der feierlichen Umgebung. Der alte, erfahrene Geistliche war sich bewusst, dass Gotteshäuser seit jeher gebaut waren, um eine solche Stimmung in den Besuchern zu wecken. Darum hatte ihn die Kaiserin wohl auch alleine hierher an diesen einschüchternden Platz bestellt.

Er sollte aus Caesarea zu ihr reisen, um ihre Autorität zu spüren.

Der geübte Redner wusste um die Macht der Worte. Helena, die stolze Patrizierin aus Bithynien, hätte ihre Worte genauso gut dem römischen Senat vortragen können. Aber der Versuch, sich auf seinen Schultern, seinem angeblichen Irrtum, zu erhöhen, ging ins Leere. Eusebius' Miene blieb unbewegt.

Er wartete auf Theophilus und seinen Bericht.

Helena wiederum wartete auf eine Reaktion ihres Gegenübers. Bei den vorliegenden Beweisen hätte sie zumindest stummes Erstaunen erwartet. Die Kaiserin schob sich eine Haarsträhne hinters Ohr und sah sich unbewusst nach ihrem Begleiter Makarius, dem Bischof von Jerusalem, um. Der erwiderte etwas ratlos ihren Blick und zuckte kaum merklich mit den Schultern.

»Eusebius«, wandte er sich dann an seinen Amtskollegen, »seht Ihr denn nicht die Gnade, die Euch heute hier zuteil wird? Spürt Ihr nicht die helfende Hand, die Euch heute gereicht wird?«

Eusebius zog einen Mundwinkel missbilligend nach unten. »Wovon sprecht Ihr, wenn ich fragen darf? Ich habe die Passion unseres Erlösers nie bestritten. Alle diese Beweise festigen nur meinen Glauben, weil Gottes Sohn offensichtlich als Mensch gestorben ist.«

Helena schnaufte verächtlich.

»Majestät!«, sagte Eusebius und ließ Makarius links liegen. »Wie ich erfahren habe, habt Ihr bei Eurer Suche nach dem leeren Grab des Erlösers weit mehr gefunden, als Ihr mir zu berichten willens seid.«

Ein leichtes Beben ging durch die Kaisermutter. Wusste Eusebius von ihrer Zusammenkunft mit den zwölf Jungfrauen? Den Beschützerinnen?

Makarius wippte nervös auf den Zehenspitzen und warf Helena einen irritierten Blick zu.

Eusebius lächelte in sich hinein. Es ist also wahr, dachte er. Jetzt musste er vorsichtig nachstoßen. »Ich habe gehört, dass vier Krüge nach Konstantinopel unterwegs sind, angeblich die Weingefäße der Hochzeit zu Kana. Der Evangelist Johannes berichtet jedoch von sechs...«

»Es ist mein Recht als Mutter des Kaisers, diese heiligen Reliquien vor den vorrückenden Persern in Sicherheit zu bringen!«, unterbrach ihn Helena unwirsch.

»Habt Ihr so wenig Vertrauen in die Legionen?«, erkundigte sich Eusebius ironisch. Jetzt war er auf dünnem Eis. Wenn es unter seinen Füßen wegbrach, dann war er tot.

»Verdammt, Eusebius!«, zischte Helena. »Ihr wisst selbst nur allzu gut, dass die Perser uns früher oder später überrennen werden. Ich musste handeln, sonst wären diese heiligen Reliquien für die Christenheit verloren. In der Hauptstadt des Reiches sind sie sicher, auch wenn die Grenzen im Osten fallen sollten.«

»Was ist in den Kisten, die bei Nacht und Nebel von Eurer Leibgarde weggebracht wurden? Die Krüge, oder besser gesagt, vier davon reisen in die Hauptstadt. Zudem eine Reliquie des wahren Kreuzes und die Hälfte der Inschrift. Was ist in den anderen?« Eusebius ließ nicht locker.

Die Kaisermutter lächelte gefährlich. »Die Neugier ist der Katze Tod, Eusebius«, flüsterte sie und legte den Kopf schief. »Aber egal, ich habe die notwendigen Vorkehrungen getroffen. Ihr sollt gerne alles erfahren.«

Makarius hob die Hand und wollte etwas einwerfen, doch Helena gebot ihm zu schweigen.

»Ich habe die Reliquien aufgeteilt«, erklärte sie und beobachtete Eusebius genau, »und Euer Bistum bekommt keine einzige davon, falls ihr darauf gehofft habt. Ich lasse sie nicht in die Hände von Heiden und Ketzern fallen!« Ihre Augen funkelten böse.

»Das ist Euer gutes Recht, und Ihr habt sicher weise gehandelt«, bestätigte der Bischof von Caesarea unbeeindruckt. »Aber wer bekommt sie, wenn Ihr mich als unwürdig erachtet?«

»Einiges bleibt in Jerusalem zum Schutz der Stadt«, schaltete sich Makarius ein.

»Natürlich!« Eusebius lächelte dünn. »Zum Schutz der Stadt«, wiederholte er süffisant. »Die Scharen von Pilgern interessieren Euch dabei gar nicht.« Er winkte ab. »Aber Ihr werdet keine Freude daran haben, das prophezeie ich Euch. Wo fanatischer Glauben dem Streben nach Mammon und der Macht unterworfen wird, wird tausend Jahre Gewalt und Krieg herrschen…« Er wandte sich wieder der Kaisermutter zu. »Wer hat die heiligen Reliquien erhalten?«

»Treue Anhänger unseres Glaubens werden sie erhalten, wenn die Zeit kommt«, antwortete Helena kryptisch. »Sie werden diese Gaben zu beschützen wissen, vor den gottlosen Persern im Osten und den ketzerischen Germanen im Westen. Das muss Euch genügen, Eusebius.«

Der Bischof von Caesarea deutete eine Verbeugung an. »Ich danke Euch für Euer Vertrauen, Majestät«, sagte er und wandte sich zum Gehen. Er spürte Helenas bohrenden Blick im Rücken und drehte sich nochmals um. »Und Ihr denkt, in dem Kloster am Jordan, nahe der Taufstelle des Herrn, sind sie sicher? Ihr denkt, die Mauern von Edessa werden dem Ansturm der persischen Heerscharen widerstehen?«

»So Gott will!«, fauchte Helena. »Wer gibt Euch das Recht, den Entschluss eines Konzils zu ignorieren und mich, die Mutter Eures Kaisers, so zu brüskieren?« Sie sah missbilligend auf Eusebius herab. »Haltet Ihr mich für blind und taub? Glaubt Ihr im Ernst, ich weiß nicht, dass Ihr dem Bischof von Nikomedia in Eurer Stadt Asyl gewährt? Er wurde vom Kaiser nach dem Konzil von Nicäa verbannt und all seiner Ämter enthoben. Und Ihr, Eusebius, bietet diesem verurteilten Häretiker nicht nur Unterschlupf in Caesarea, Ihr erlaubt dem Verstockten sogar, Briefe und Schriften voll arianischer Ketzerei an seine Mitverschwörer zu verschicken.«

Helena machte eine Pause und blickte streng auf Eusebius. »Dass sich der Bischof von Nikomedia vor seiner Unterschrift unter dem Konzilsbeschluss Bedenkzeit ausgebeten hat, war ein mehr als durchschaubarer Schachzug, Eusebius. Die ganze Christenheit sollte erfahren, dass er nach wie vor Zweifel an der Wahrheit unseres gemeinsamen, apostolischen Glaubensbekenntnisses hegt. Und Ihr, der Bischof von Caesarea, tut es ebenso, ich weiß es! Ihr beweist es mir selbst, weil Ihr dem Ketzer Schutz in Eurem Bistum gewährt. Glaubt Ihr zwei Verräter etwa, wir hätten nicht bemerkt, dass Ihr heimlich immer noch der Lehre des Arius anhängt? Glaubt Ihr im Ernst, Eure Barbarenkönige werden Euch rächen, wenn Euch etwas zustößt?«

Eusebius blieb stehen und lächelte. »Nein, Majestät, ganz sicher nicht«, antwortete er langsam. »Es ist mein Glaube, der mich zuversichtlich stimmt.« Er zögerte kurz und sah ihr in die Augen. »Und mein Wissen um den Euren«, ergänzte er sanft und verbeugte sich abermals. »Der Friede des Herrn sei allezeit mit Euch. Gelobt sei Jesus Christus!«

»In Ewigkeit, Amen!«, knurrte Helena mit geballten Fäusten und sah dem Bischof voller Zorn hinterher.

Der Bischof von Caesarea eilte zum Ausgang. Er hatte es fast übertrieben und jetzt durfte er sein Glück nicht weiter herausfordern. Die Kaisermutter war bemerkenswert gut informiert, besser, als er befürchtet hatte. Jetzt musste er auf dem schnellsten Weg aus der Stadt verschwinden und zurück in das sichere Caesarea.

Doch wenige Meter vor der Schwelle weckte ein Abgang zu einer Krypta seine Neugier. Ein vorsichtiger Blick zurück zeigte ihm, dass Helena wild gestikulierend auf Makarius einredete und ihn nicht mehr beobachtete. Geschwind schlüpfte Eusebius in den Abgang und eilte hinunter. Er fand sich in einem dunklen, engen Gewölbe wieder, nur von einigen Lampen beleuchtet. Die Luft war feucht, der nackte Fels lag vor ihm. Die Geräusche der Kirche drangen nur gedämpft herunter, und es dauerte lange, bis sich seine Augen an das Dämmerlicht gewöhnten. Eusebius erblickte in der Mitte der Kammer eine steinerne Bank. Dann tastete er sich am nassen Felsen entlang vorwärts bis zu einer Nische, in der ein Krug stand. Seine Finger glitten über das Gefäß. Es war ein einfacher Tonkrug, ohne jeden Dekor und ziemlich alt.

Eusebius kniff die Augen zusammen, um besser sehen zu können. Da tauchten aus der Dunkelheit urplötzlich zwei hellblaue Augen auf. Dem Bischof von Caesarea wäre vor Schreck fast das Herz stehen geblieben.

»Kann ich Euch helfen, Bischof?«, fragte eine Stimme freundlich, und ein Mönch tauchte aus dem Finstern auf, fasste Eusebius am Arm.

Der Bischof schüttelte den Kopf. »Nein!«, stieß er hervor. »Oder doch, Bruder. Ich habe mich wohl verlaufen.«

»Ja, Vater, das glaube ich auch. Lasst mich Euch auf den richtigen Weg bringen.« Der Mönch stützte Eusebius und führte ihn wieder nach oben bis kurz vor das Portal der Kirche. Dann blieb er stehen und flüsterte lächelnd: »Ihr seid doch Eusebius von Caesarea, nicht wahr?«

»Ja«, erwiderte der Bischof etwas unsicher. Er hatte nicht damit gerechnet, von einem einfachen Mönch erkannt zu werden.

»Ein Hausklave, völlig abgehetzt, möchte Euch sprechen, er wartet im Hof.« Die weißen Zähne des Mönches leuchteten unnatürlich hell, wirkten im Kerzenschein wie das gefletschte Gebiss eines Raubtieres.

»Danke«, sagte Eusebius. Er war nicht leicht aus der Ruhe zu bringen, aber dieser hilfsbereite Mönch machte ihm Angst. Eusebius kannte die Menschen, er wusste, dass sich hinter einem unwilligen, wortkargen Gesicht nur allzu oft ein empfindsames, gutes Herz versteckte. Unter einem fröhlichen, leutseligen Lachen lauerte jedoch nicht selten der Teufel. Und in den blauen Augen dieses Mannes spürte Eusebius eine unmenschliche Kälte, die ihm die Nackenhaare aufstellte. Jetzt bemerkte der Bischof auch den Vollbart und das lange blonde Haar des Mannes. »Seid Ihr Germane?«, fragte er.

»Nein«, wehrte der Angesprochene ab. »Ich habe mich selbst aus der Sklaverei befreit und kenne weder Vater noch Mutter. Man nennt mich im Kloster Flavius.« Er wies nach vorne. »Seht doch! Da ist schon Euer Freund.« Dann verschwand er mit schnellen Schritten.

»Theophilus!«, rief Eusebius und nahm den verschwitzten Vikar in seine Arme. »Ein Glück, dass dir nichts passiert ist und mich dieser Flavius zu dir gebracht hat.«

»Ja, gepriesen sei der Herr!«, antwortete Theophilus erleichtert. »Aber welcher Flavius, Vater? Ich bin gerade eben eingetroffen. Ich habe mit keiner Menschenseele geredet, nur mit Euch.«

»Vergiss es, mein Sohn«, wehrte Eusebius ab. »Manchmal erhält man Hilfe von höchst unerwarteter Seite.« Er lächelte und drückte Theophilus nochmals an sich. »Deine Mutter hätte mich umgebracht, wenn dir etwas geschehen wäre.«

»Da hast du recht, Vater«, gab Theophilus zu. »Mir half unterwegs ein Heide, sonst hätte ich es wohl niemals bis hierher geschafft.«

Eusebius sah ihn forschend an. »Was hast du mir zu berichten, mein Sohn?«

»Du hattest recht. Helena hat den Abbruch des Venustempels und die Ausgrabungen streng von ihrer Garde bewachen lassen. Niemand hatte Zutritt. Der Volkszorn und die Empörung darüber waren enorm.« Theophilus hakte sich bei seinem Vater unter. »Das hat mir wohl geholfen, weil dieser heidnische Wirt Maxentius wiedererkannt hat.«

»Was hat Helena weggeschafft? Hast du es herausfinden können?«, erkundigte sich Eusebius aufgeregt.

»Ja und nein.« Theophilus senkte den Kopf. »In der Nacht, bevor die Kaiserin ihre Fundstücke dem Volk präsentiert hat, ist ein schwer bewachter Transport von Jerusalem ins Jordantal aufgebrochen. Zu einem Kloster, das angeblich von zwölf Eremiten bewohnt wird, nicht weit von der Taufstelle unseres Herrn entfernt. Gerüchteweise sollen es sogar zwölf Jungfrauen sein, die in der Klause leben, aber das glaube ich nicht.«

Der Bischof nickte. »Ich kenne diesen Ort. Nach dem Aufbruch des Petrus nach Rom ist die Urgemeinde nach Pella geflohen. Das Sudarium, das Bluttuch Christi, das Petrus und Johannes im leeren Grab des Herrn gefunden haben, ist in dieses Felsenkloster gebracht worden.« Der Bischof blieb stehen. »Was war in diesem Transport? Ich muss es wissen!« Er packte seinen Sohn mit beiden Händen an den Oberarmen und hielt ihn fest.

»Verzeih, Vater!« Theophilus sah Eusebius unglücklich an. »Ich weiß es nicht. Ich habe sogar mit Soldaten gesprochen, die mit dabei waren, aber sie waren unwissend. Dabei hat mich Maxentius ertappt und fast umgebracht. Ich rannte nur noch um mein Leben.«

Eusebius ließ ihn los. »Das ist nicht gut«, raunte er enttäuscht. Doch dann beruhigte er sich. »Lass den Kopf nicht hängen, mein Junge, du hast dein Bestes gegeben.« Sanft streichelte er ihm die Wange. »Ich danke Gott, dass du noch am Leben bist.«

»Aber noch eins, Vater!« Theophilus legte seine Hand auf den Arm des Bischofs. »Sie haben der Fracht einen Namen gegeben...«

Eusebius zog die Brauen überrascht nach oben. »Welchen Namen?«

»Arca Santa – der heilige Schrein!«, flüsterte Theophilus und wurde blass.

Hinter der dicken Säule, die ihn verborgen hatte, grinste Flavius zufrieden und zog sich vorsichtig ins Dunkel zurück. Er hatte genug gehört. Zu dem Kloster konnte er nicht reisen, das war ihm klar, es lag zu gut zwischen den zerklüfteten Felsen verborgen. Es wurde Tag und Nacht lückenlos beschützt, sodass er niemals unerkannt hineinschlüpfen konnte, um endlich zu bekommen, was er so dringend finden wollte.

Flavius überlegte kurz. Es gab noch eine weitere Möglichkeit für ihn, die Dinge in seinem Sinn zu regeln: Er musste unbedingt den Bischof von Nikomedia in seinem Exil in Caesarea aufsuchen. Für viele seiner Anhänger war er durch sein entschlossenes Auftreten in Nicäa zum Helden für die gerechte Sache geworden. Flavius entschied, diesen durch sein öffentliches Scheitern enttäuschten und verbitterten Kleriker zu veranlassen, einen Brief an Kaiser Konstantin selbst zu schreiben, der die Christenheit aufhorchen lassen würde. Dieses Schreiben, hoffte er, würde den verfolgten Arianern neuen Mut geben, ihre Position und ihr Wissen für immer zu behaupten. Den Wortlaut, den er dem Verbannten diktieren würde, hatte Flavius schon im Kopf: »Wir handelten sündig, o Fürst, als wir aus Furcht vor Euch einer Blasphemie zustimmten.«

Er lachte gedämpft.

In Caesarea sollte also das Spiel beginnen.

Kriegsarchiv, Wien-Landstraße/Österreich

Das Gebäude des Kriegsarchivs in Wien war ein modernes, nüchternes Bürohaus unweit des Donaukanals, das gemeinsam mit dem Finanzamt Wien-Schwechat und der Bundesfinanzakademie einen riesigen Block der Zweckmäßigkeit bildete. Als Teil des Österreichischen Staatsarchivs war das Kriegsarchiv vor zwanzig Jahren aus der Stiftskaserne in Wien-Mariahilf ausgesiedelt worden, wo es seit 1905 untergebracht gewesen war, und hatte seinen Platz in dem Archivsilo aus Stahl und Beton gefunden.

Paul Wagner stellte die Suzuki im Parkverbot vor dem Eingang ab, wo er bereits seinen Stammplatz hatte. Der Portier verständigte ihn regelmäßig, sobald die sogenannten Parksheriffs auftauchten, was bisher immer gut gegangen war. Der Reporter drückte die Daumen, dass es so bleiben würde.

Die beiden ovalen Metall-Erkennungsmarken in seiner Hand, winkte Paul kurz dem jungen Mann hinter dem Empfang zu und nahm den Lift in den vierten Stock. Endlos scheinende Korridore erstreckten sich links und rechts, und Wagner hatte das Horrorbild eines längst verstorbenen und vergessenen Archivars vor Augen, der Jahre später mumifiziert gefunden werden würde.

»Man soll nicht gleich das Schlimmste annehmen«, murmelte er und lief los. Der glänzende Linoleumboden spiegelte die Sonnenstrahlen und ließ die Schwarz-Weiß-Fotos an den Wänden nicht so trostlos aussehen. Endlich kam Paul zu einer Tür, an der ein Schild mit der Aufschrift »Dr. Günther Marschalek« prangte. Er klopfte kurz und stieß die Tür auf. Das Büro war leer.

Fängt ja gut an, dachte sich Wagner und schaute durch die Verbindungstüre ins Nebenbüro, wo eine ältere, grauhaarige Frau an einem Laptop eifrig einen Text eintippte.

»Entschuldigen Sie die Störung«, meldete sich der Reporter zu Wort, »wissen Sie, wo Dr. Marschalek ist?«

»Er hat sich gestern krankgemeldet und wird für die nächsten Tage ausfallen.« Die Frau schaute von ihrem Text hoch und musterte Wagner. »Kann ich weiterhelfen?«

»Mir wird einiges klar«, meinte Paul nachdenklich. »Die beiden Fotos sind nie bei ihm angekommen, deshalb hat er sich auch nicht gemeldet. Ich nehme an, er hat sein Büro-Handy in einer der Schreibtischschubladen vergessen.«

»Möglich, eher sogar wahrscheinlich.« Die Antwort hatte einen ungeduldigen Unterton. »Worum geht es genau?«

»Um zwei Erkennungsmarken der Deutschen Wehrmacht, zu denen ich ein paar Informationen suche. Eher ein sehr spezielles Gebiet, wissen Sie. Günther ist ein guter Bekannter und hat mir oft in militärischen Fragen weitergeholfen.«

»Lassen Sie sehen«, verlangte sie und streckte die Hand aus. »Ich bin Militärhistorikerin und kann Ihnen vielleicht ein paar Hinweise geben. Eigentlich transkribiere ich hier Tagebücher, die ich für meine Arbeit brauche. Und was machen Sie?«

»Ich bin Journalist und recherchiere eine Geschichte für die Zeitung«, gab Wagner unverbindlich zurück. Dann reichte er ihr die beiden Marken.

»Kommen Sie mit mir ans Fenster, da sehen wir besser«, meinte die Wissenschaftlerin und zog Paul mit sich. »Die Erkennungsmarken der Deutschen Wehrmacht sind oval und zweigeteilt, in der Mitte mit einer Sollbruchstelle versehen. Diese beiden hier sind aus Aluminium, und auf jeder Hälfte stehen die gleichen Buchstaben- und Zahlenreihen. Wenn der Träger fiel, dann wurde die untere Hälfte abgebrochen und zuerst an die Einheit, dann an die Heeresverwaltung zurückgeschickt. Die obere Hälfte blieb bei dem Gefallenen. Diese beiden Marken gehörten zwei Soldaten desselben Regiments. Schauen Sie hier:

I/Gr.R. 178.«

Sie fuhr mit dem Bleistift leicht über die eingravierten Zeichen, um sie besser hervorzuheben. »Das heißt ›Erstes Grenadier-Regiment 178‹. Dann sehen wir die Zeichen

Bl.Gr.A,

was nichts anderes als Blutgruppe A heißt. Auf der anderen Marke ist es Blutgruppe Null. Zuletzt haben Sie da noch eine allein stehende Nummer, das ist die Registernummer, unter der ein Soldat in den Listen geführt wurde.« Sie wies auf die Gravur. »Hier die 94 und da die 137.«

Wagner nickte. »Was kann man sonst noch dazu sagen?«

Die Historikerin lächelte. »Eigentlich gar nichts, wenn man nicht anfängt, weiterzurecherchieren. Aber warten Sie einen Moment, ich kann zumindest in meiner Datenbank nachschauen.« Sie öffnete rasch einen Ordner und scrollte durch einige Listen. »Das Erste Grenadier-Regiment 178 gehörte zur 76. Infanterie-Division, die wiederum war Teil der Achten Armee, und die ihrerseits gehörte zur Heeresgruppe Süd. Kommandant in den letzten Kriegstagen General Friedrich Schulz, davor Lothar Rendulic.«

Paul schwirrte der Kopf. »Für Nicht-Militärhistoriker eher schwierig zu verstehen. Ich möchte gerne die letzten Tage oder Wochen der beiden Soldaten nachvollziehen. Wo sie wann waren, mit wem und warum. Ist das möglich?«

Die Wissenschaftlerin zuckte mit den Schultern. »Halten wir uns vor Augen, dass sich im Frühjahr 1945 eine ganze Armee in Auflösung befand. Truppenteile wurden versprengt, Verwundetentransporte umgeleitet, und alle rannten um ihr Leben. Viele versuchten, so weit wie möglich nach Westen zu kommen, weil die Kriegsgefangenschaft bei den Amerikanern oder den Engländern einem Aufenthalt in einem russischen Lager bei Weitem vorzuziehen war. Die Aufzeichnungen wurden spärlicher, die Meldungen nicht mehr oder nur lückenhaft weitergeleitet. Für die letzten Kriegswochen bleiben deshalb oft nur private Tagebuchaufzeichnungen von einfachen Soldaten oder Offizieren. Was glauben Sie, wie viele davon verschwunden sind? Ich arbeite gerade daran, vergessene Exemplare, die in Schachteln auf Dachböden liegen, in Kellern verrotten oder in Erbschaften als Altpapier behandelt werden, zu sammeln, zu transkribieren und so der Forschung zugänglich zu machen. Aber abgesehen davon gab es Hunderte oder vielleicht Tausende solcher handgeschriebenen Büchlein, die mit ihren Verfassern neben einer Straße oder in einem Wald verscharrt wurden.«

Sie legte den Finger auf die Lippen und dachte nach. »Sie werden also den Weg Ihrer beiden Soldaten bis zu einem gewissen Punkt nachvollziehen können. Aber dann wird es schwierig.«

Paul nickte. »Was raten Sie mir?«

»Lassen Sie mich die beiden Marken scannen«, meinte sie. »Ich werde versuchen, mehr herauszufinden. Sie müssten Briefe schreiben und Ansuchen begründen, bei mir genügen ein paar Anrufe.« Die Historikerin lächelte. »Vielleicht haben wir Glück. Außerdem werde ich die Tagebücher durchforsten.«

»Wie kann ich mich erkenntlich zeigen?«, fragte Paul und zog eine Visitenkarte aus der Jackentasche. »Hier ist meine Nummer, ich bin rund um die Uhr erreichbar.«

»Herr ... Wagner, darüber reden wir, wenn ich etwas herausgefunden habe. Mein Name ist Dr. Elisabeth Völker, hier meine Karte, und jetzt geben Sie mir noch zwei Minuten, damit ich die Erkennungsmarken digitalisiere.«

Während er mit dem Lift wieder zurück ins Erdgeschoss fuhr, versuchte Paul erneut, Georg zu erreichen. Die SMS seines Freundes war kurz gewesen und hatte Paul ratlos zurückgelassen. Aber auch diesmal erklang die synthetische Stimme der Mailbox. *Das nächste Mal schenke ich ihm ein Satellitentelefon*, dachte Wagner verärgert und musste gleichzeitig bei dem Gedanken grinsen. Er winkte zum Abschied dem Portier zu und verließ das Archiv.

Als Paul die Suzuki startete, hörte er sein Handy in der Lederjacke klingeln. Er nahm den Helm wieder ab und das Gespräch an. Auf dem Display stand ›Unbekannt‹.

»Wagner!«

»Paul! Schön, dass ich dich erreiche. Burghardt hier.«

»Hallo Burgi! Seit wann unterdrückst du deine Nummer?«, fragte der Reporter. »Hast du Angst, dass ich nicht mehr abhebe, wenn ich deinen Namen lese?«

»Ich telefoniere nicht von meinem Handy, das liegt im Presshaus«, erklärte Burghardt. »Hör zu, ich habe etwas erfahren, das dich vielleicht interessiert. Du recherchierst doch die Identität der beiden Soldaten, oder?«

»Ja, aber das wird noch ein wenig dauern. Nicht so leicht, wie ich dachte«, gestand Wagner.

»In der alten Bahnstation hier ist bereits vor Jahren ein kleines Museum eingerichtet worden, das von einem Enthusiasten aus dem Ort betreut wird. Er hat mir erzählt, dass einige alte Leute bis heute steif und fest behaupten, eines Tages im April 1945 auf dem Abstellgleis plötzlich eine Dampflok mit einem einzigen Waggon gesehen zu haben. Niemand weiß, wie sie hierherkam, niemand hat jemals einen Lokführer oder Heizer gesehen. Die Lok blieb hier stehen, und zwar bis lange nach dem Waffenstillstand. Der Tender war leer, und ohne Kohlen konnten selbst die Russen die Dampflok nicht bewegen. Der Güterwagen wurde rasch abgekuppelt und wieder verwendet, aber die Lok war erst im Juni oder Juli 1945 plötzlich wieder verschwunden, so geheimnisvoll, wie sie aufgetaucht war.«

»Wahrscheinlich haben die Russen doch noch Kohle aufgetrieben«, mutmaßte Paul.

»Anzunehmen«, gab Burghardt zu. »Die Strecke ist eingleisig, und die Lok stand in Fahrtrichtung Wien. Sie musste also damals aus Tschechien gekommen sein.«

»Kannst du mehr über den Verlauf der Strecke auf der anderen Seite der Grenze herausfinden? Ich würde gerne wissen, wo der nächste größere Bahnhof war, welche Strecken bereits zerstört waren und wo man noch durchkam«, meinte Paul nachdenklich. »Loks waren damals wertvoll. Die meisten Straßen waren unpassierbar, verstopft oder durch Straßensperren unterbrochen, während die Züge noch rollten.«

»Mach ich«, versprach Burghardt. »Mein Container ist noch immer nicht da, also kann ich heute Nachmittag einen Ausflug einplanen. Du hörst von mir am Abend. Lass Bernhard grüßen!«

»Der ist dem blauen Volvo auf den Fersen und hat hoffentlich mehr erfahren als ich«, informierte Paul den Kommissar.

Als er sich verabschiedet hatte und das Handy wieder in seiner Jacke verstauen wollte, fielen ihm die Fotos von gestern Abend ein: die blutige 666 mit zwei durchgestrichenen Ziffern. Wagner schaute auf die Uhr. Nachdem Berner sich noch nicht gemeldet hatte, war Zeit genug für eine weitere Recherche.

Paul setzte sich den Helm auf, und wenige Augenblicke später schoss die Suzuki mit lautem Auspuffgrollen in Richtung Stadtumfahrung.

Kühnring, Waldviertel/Österreich

Hier war etwas völlig aus dem Ruder gelaufen.
Georg Sina schaute dem Fremden hinterher, seufzte und legte das Gesicht in seine Handflächen. Er spürte die fragenden Blicke der Nonne, aber wie sollte er ihr etwas erklären, was er selber nicht verstand?

Er war wie vor den Kopf gestoßen. Auch wenn er es nicht gezeigt hatte, so konnte er sich doch auf nichts, was dieser vermeintliche Priester zu ihm gesagt hatte, einen Reim machen. Am Ende war der Unbekannte wahrscheinlich nicht einmal Geistlicher... Wohin man blickte, nur Lüge, Tarnung und Täuschung, um an ein Archiv voller Widersprüche zu kommen, von dem bis vor einem Jahr niemand gewusst hatte, dass es überhaupt existierte. Trotzdem, und das barg ein wenig Hoffnung, unmöglich konnte der Fremde etwas über das Rätsel wissen, in dem Jauerling beides verschlüsselt hatte, Art und Aufbewahrungsort der mächtigen Reliquie.

Der Wissenschaftler linste zwischen seinen Fingern durch. Barbara saß ganz still und nachdenklich da. Georg war nur eines klar: Dieser Mann, der ihm jetzt so unverhohlen nach dem Leben trachtete, wollte vollenden, was er letztes Jahr in der Gruft unter dem Rennweg begonnen hatte.

Sina stand von der Bank auf und streckte sich. Jauerling hatte sie mit seinen Aufzeichnungen auf eine Reise geschickt, und sie waren brav seinen Angaben gefolgt. Bis jetzt war es eine bequeme Gesellschaftsreise gewesen, ab jetzt würde er auf der Hut sein müssen. Der Unbekannte war vielleicht nicht ganz bei Sinnen, aber gefährlich war er allemal.

Georg sah sich um. Nichts war auf diesem Kirchhof ungewöhnlich. Oder sollte er sich täuschen? Hatte er in der Fülle der Hinweise wieder einmal etwas übersehen?

Was war das Besondere an diesem winzigen Ort? Wo war überhaupt diese Burg geblieben?

Sina kramte in seiner Erinnerung. Kühnring. Soweit er sich entsinnen konnte, war hier einmal ein festes Haus der Kuenringer gewesen, nein, das Stammschloss sogar, von dem das Geschlecht seinen Namen hatte.

»Was hat dieser Irre damit gemeint, als er sagte: Wenn Sie einen Eindruck davon haben, woher dieser Ort seinen richtigen Namen hat, fahren Sie nach Wien?«, unterbrach Barbara das bedrückende Schweigen.

»Ich habe keine Ahnung«, brummte Georg resigniert, »wirklich nicht.«

»Er hat doch eindeutig von einem ›richtigen Namen‹ gesprochen«, ließ sie nicht locker. »Damit unterstellt er ja, dass Kühnring der falsche ist. Oder irre ich mich?« Sie schaute Sina mit wachen Augen an.

»Nein, Barbara. Sie haben ganz recht. Wenigstens einer von uns beiden ist wach.« Georg wanderte mit gesenktem Kopf auf dem Kirchhof hin und her. Konzentrier dich, sagte er sich immer wieder.

Vor dem Beinhaus blieb er kurz stehen und stieg die Treppen zu dem kleinen Säulenportal hinauf. In die Basen der schlanken Säulen waren Buchstaben graviert. Die Initialen der Steinmetze vielleicht, überlegte Georg und drückte die Türklinke nach unten. Die Pforte war versperrt.

Er bückte sich, blickte neugierig durch das Schlüsselloch und zuckte überrascht zusammen. Wo er aufgestapelte Schädel und Knochen erwartet hatte, schaute er direkt auf eine barocke Statue des Erzengels Gabriel. In Rüstung und mit Speer wirkte er bedrohlich und keineswegs so beschützend, sanft und friedlich, wie es für den Himmelsboten üblich war. Aber der goldene Namenszug auf dem Sockel ließ keinen Zweifel darüber aufkommen, wer über diesen Ort wachte.

Sina wandte sich um und ließ seinen Blick wandern. Erst jetzt bemerkte er, dass die Felsen, auf denen der barocke Kalvarienberg errichtet worden war, keine Granitbrocken waren, sondern Mauerwerk. Massives Gemäuer, aus Feldsteinen errichtet, wie es für eine Burg typisch war. Aber die mächtigen, gut zwei Meter dicken Mauern lagen über den Kirchhügel verstreut, als wären sie vor ewigen Zeiten auseinandergefallen wie ein Kartenhaus.

»Sie als Mittelalter-Experte müssten doch wissen, ob dieses Dorf einmal seinen Namen gewechselt hat«, bohrte Barbara weiter. »Die Kuenringer waren doch ein einflussreiches und mächtiges Geschlecht, oder? Und dieses Dorf war, auch wenn sein heutiger, verschlafener Eindruck täuscht, für die Geschichte der Region nicht unwesentlich?«

»Richtig!«, bestätigte Georg und stieg die schmale Stiege wieder hinunter. »Ich glaube, einmal etwas darüber gelesen zu haben«, murmelte er. »Ja! Das war es! Es gibt eine Urkunde aus dem Jahr 1056, in der ein Gebiet namens Hecimanneswisa an Azzo übertragen wird. Sie wissen schon, wir haben in Schöngrabern von ihm gesprochen, der erste Kuenringer, mit seinem Traum vom wilden Keiler...«

»Heci...was?«, unterbrach ihn Barbara verblüfft.

»Hecimanneswisa«, wiederholte Sina und musste über das Gesicht der Nonne lächeln. »Es gibt keine absolute Gewissheit, dass dieses in der Urkunde erwähnte Hecimanneswisa das heutige Kühnring ist. Ein paar Kollegen zweifeln daran, aber das tun sie immer. Meiner Meinung nach spricht vieles dafür, dass Hecimanneswisa und Kühnring dieselben Orte sind. Die Bärenhaut, eine mittelalterliche Reimchronik, das Stiftungsbuch des Stiftes Zwettl, berichtet, dass Azzo in Hecimanneswisa die Kirche erbaut und sie den Aposteln Philipp und Jakob geweiht habe. In der ganzen Gegend befindet sich aber nur diese Kirche in Kühnring, die diesen Patronen geweiht ist.«

Er wies auf die romanische Dorfkirche. »Da außerdem in Kühnring das Stammschloss der Kuenringer stand, wovon ich mittlerweile auch überzeugt bin, ist es sehr wahrscheinlich, dass Hecimanneswisa tatsächlich Kühnring ist. Und es könnte sich dabei durchaus auch um die Burg auf dem Grabstein des Eggenburger Bürgermeisters handeln, zu dem uns Jauerling geschickt hat.«

Sina ließ sich auf die Bank sinken und begann Dreien auf sein Knie zu malen. »Rund hundert Jahre nach Azzo lebte Hadmar I., der vermutliche Neu-Erbauer der Burg Kuenring. Zu Weihnachten 1127 nahmen zwölf Mönche des Stiftes Heiligenkreuz die geschenkten Güter bei Zwettl in Besitz und begannen mit dem Bau von Kloster und Kirche.« Er sah Buchegger an. »Ist es nicht seltsam? Zwölf Mönche... Zisterzienser aus dem Kloster Heiligenkreuz, einer Gründung des heiligen Leopold... Eine Reliquie des wahren Kreuzes... Und schon wieder, wie in Lucedio auch, die Weißen Mönche von Citeaux und die Zahl Zwölf...«

Er lehnte sich zurück und schloss die Augen. »Hadmar war der Erste, der den Namen ›Kuenring‹ trug, aber starb kinderlos. So erbte sein Cousin die Burg Kuenring. Damit wurde dieser Ort der Stammsitz eines der bedeutendsten Ministerialen Österreichs. Höchstwahrscheinlich machte Albero III., so hieß der Cousin, auch den Kreuzzug von Herzog Heinrich Jasomirgott mit, war also selbst im Heiligen Land und an den heiligen Stätten. Albero war zudem, gemeinsam mit seinen Brüdern, Zeuge für die Erhebung Österreichs zum Herzogtum 1156 in Regensburg. Sie müssen demnach Jasomirgotts beste Männer gewesen sein.«

»Respekt, was Sie sich alles merken können.« Barbara legte anerkennend lächelnd den Kopf zur Seite. »Jasomirgott war doch der mit der byzantinischen Prinzessin als Frau?«

Sina nickte zustimmend und winkte lässig ab. »Wenn ich das als österreichischer Mediävist nicht wüsste, könnte ich einpacken. Darauf hat dieser Priester von vorhin zu Recht spekuliert. Aber ich hasse es, mich als Marionette zu fühlen.«

»Was bedeutet dieses Heci-Dingenskirchen?«, wollte Barbara wissen.

»Wie bitte?« Sina zog die Brauen nach oben. »Das ist ein Ortsname, weiter nichts.«

»Schon klar.« Die Nonne nickte. »Aber was bedeutet dieser Begriff? Gibt es eine Übersetzung?«

»Nicht, dass ich wüsste«, antwortete Sina und wunderte sich im selben Moment darüber, dass er den Namen gefühlte hundert Mal zitiert, aber niemals übersetzt gelesen hatte. Er verschränkte die Arme vor der Brust und dachte nach. »Na ja«, murmelte er dann. »Vom althochdeutschen ›heci‹ leitet sich das moderne ›aufhetzen‹ oder ›Zwietracht säen‹ ab. ›Mannes‹ ist, wie heute auch, der zweite Fall von ›Mann‹, ist also besitzanzeigend. Und ›wisa‹ bedeutet ›Flur‹ oder ganz schlicht und einfach ›Wiese‹.«

»Zusammengefasst bedeutet es demnach: Die Wiese des Mannes, der Zwietracht sät.« Barbara lächelte triumphierend.

»Schön!«, brummte Georg. »Aber kapieren Sie das?«

»Nein«, musste sie zugeben.

»Gott sei Dank!«, kommentierte Sina knapp. »Da komme ich mir wenigstens nicht alleine blöd vor.«

»Fassen wir zusammen«, forderte Barbara. »Wir haben einen Adligen, einen Sohn des Burggrafen von Nürnberg, der träumt, dass ein wilder Eber in einem Wald umgeht. Das könnte ein Symbol für einen Ketzer oder eine Irrlehre sein, wie wir das auch in den Reliefs in Schöngrabern gesehen haben. Der Wald steht für den Nordwald, also das heutige Waldviertel.«

Sina nickte.

»Dann bekommt er ein Stück Land mit einem Namen, der darauf hinweist, dass hier jemand Unruhe stiftet«, führte die Nonne weiter aus. »Was machen die Kuenringer mit diesem Land?«

»Sie bauen rund hundert Jahre später ihre Burg drauf.« Georg lehnte sich zurück und kramte in seinen Erinnerungen. »Die Sage berichtet, die Nachfolger Azzos hätten sich hier auf diesem Hügel im Kreis aufgestellt, um eine tiefe Grube herum.«

»Was für eine Grube?«, erkundigte sich Barbara verwundert. »Immer wenn ich denke, etwas begriffen zu haben, kommen Sie mit einem neuen Rätsel.«

»Ein Loch eben, das sie vorher graben ließen«, erklärte Sina. »Der Legende nach, um darüber ein festes Haus zu errichten, nach dem sie ihre Familie benennen wollten. Aber je mehr ich drüber nachdenke, umso widersprüchlicher erscheint mir die ganze Geschichte.« Er sah sich um. »Azzo hatte hier laut Überlieferung bereits eine Burg gebaut, wozu dann also ein Loch? Eine Burg baute man damals auf eine Motte, einen künstlichen oder natürlichen Berg... Der Hügel, auf dem wir jetzt so einträchtig beieinandersitzen, war also schon vorhanden. Suchten die etwa Opas Weinkeller?«

Barbara schüttelte den Kopf. »Alles nicht sehr einleuchtend. Diese Ritter stehen also im Kreis um dieses Loch. Was machen sie dann?«

»Laut der Bärenhaut rufen sie: *Hie habent die chuonen ditzes landes an ainem ring, Do von schol daz hous heizzen Chuenring...*«

Georg blieb der letzte Satz im Hals stecken.

Hatte der Priester nicht auch etwas von einem »kühnen Ring« gesagt? Der Talon, die verdeckten acht Karten des Piquet!

Sina wurde bei dem Gedanken heiß und kalt.

Das war es!

Der Wissenschaftler erinnerte sich an den Vers, der ihnen schon den Weg hierher nach Kühnring gewiesen hatte:

Staub, der lebendig Zwietracht säte, ruhte einst, wo die Kühnen des Landes in einem Ring gestanden und wo sechs Krüge angebetet werden, die Wasser zu Wein, den Mensch zum Gott veredeln wollen.

Jetzt war er sich sicher: Wenn er von Pio Frascelli in Erfahrung bringen konnte, wer der Mann gewesen war, der hier einmal Zwietracht gesät hatte, so wüsste er auch, von wem die Reliquie stammte, die Jauerling so verzweifelt gesucht hatte. Und **Staub** war wohl das Kürzel dafür.

»Wir müssen unbedingt in die Minoritenkirche!«, rief er und sprang auf. »Ich habe ein paar dringende Fragen an diesen Pio Frascelli. Insbesondere, wer der Mann war, der hier Zwietracht gesät hat, ob es womöglich seine Häresie ist, die in Schöngrabern dargestellt worden ist, und was es mit diesem kühnen Ring auf sich hat!«

Sina war nicht mehr zu bremsen. »Womöglich waren die hier versammelten Kühnen des Landes nicht einmal verwandt? Es wäre mehr als faszinierend, wenn wir es hier, so spät und so weit im Norden, mit einem Rückzugsgebiet der Arianer zu tun hätten, wie Mayröcker es angedeutet hat! Und die Kuenringer wären nichts anderes als die ausgesandten Jäger gewesen, die den rasenden Keiler für Rom erlegen sollten, aber sich der Faszination seiner Kraft nicht ganz entziehen konnten. Vielleicht haben sie das Gehörte im Heiligen Land überprüft und die Lehre der Verfolgten in ihren Bauten konservieren wollen? Sie standen treu zu den Babenbergern, widersetzten sich später wider jede Vernunft den romtreuen Habsburgern.« Er zog die Nonne hoch und mit sich in Richtung Lada. »Erinnern Sie sich? Sie hielten sogar Richard Löwenherz, den König von England und selbst ernannten Anführer des Dritten Kreuzzuges, gefangen. All das machte sie unberechenbar, undurchschaubar, zu den verdeckten Karten!«

Georg öffnete die Friedhofstüre und schob Buchegger hindurch. »Sie wurden zu gefährlich und mussten weg. Die Legende von den grausamen Raubrittern war geboren, und die erbarmungslose Jagd auf die Kuenringer war eröffnet! Sie wurden der Reihe nach gefangen, exekutiert, und benachbarte Adelige bereicherten sich an ihren Ländereien.«

»Das ist doch grotesk!«, bremste Barbara Sinas neu erwachten Tatendrang. »Außerdem hat der große Unbekannte gesagt, wir sollen zuerst den Hinweisen Mayröckers folgen, bevor wir zu diesem Frascelli gehen...«

»Sie meinen den Michelberg? Kein Problem, im Gegenteil, der liegt sowieso auf dem Weg nach Wien. Den lasse ich mir auf keinen Fall entgehen...« Er ließ sich auf den Beifahrersitz fallen und nahm Tschak auf den Schoß. »Fahren wir!«

»Na fein!«, seufzte die Nonne. »Erst ein mordlüsterner Priester, jetzt ein tatendurstiger Geisteswissenschaftler mit alpinistischen Ambitionen. Irgendwie habe ich mir die versprochene ›Sightseeing-Tour im eigenen Vorgarten‹ ganz anders vorgestellt...«

Sie startete den kleinen Geländewagen. Als der Lada anrollte, fragte sich Barbara, was am Michelberg auf sie wartete.

Kloster der »Drachenkönige« nordwestlich von Lhasa/Tibet

Es war noch nicht hell draußen, als Valerie wach wurde und eine Bewegung neben der Matte fühlte, auf der sie lag. Die Mönche hatten ihr ein eigenes, großes Zimmer zugewiesen, das verschwenderisch mit Decken, Polstern und Matten ausgelegt worden war. In einer Ecke des Raumes hatte die halbe Nacht ein Feuer im Kamin gebrannt, das nun am frühen Morgen auf einige Glutnester reduziert war. Trotzdem war die Temperatur noch immer nicht unangenehm kalt. Es roch nach abgebrannten Kerzen und Räucherstäbchen.

Da war das Rascheln wieder! Goldmann drehte sich um und setzte sich auf. Neben ihrer Matte kauerte der Abt des Klosters auf dem Boden und lächelte sie im Halbdunkel freundlich an. Seine Finger hielten unablässig die rote Gebetskette in Bewegung.

»Ich weiß, dass es noch früh ist, aber ich wollte Sie ersuchen, mich zu begleiten«, sagte er leise. Damit stand er auf, ging fast lautlos zur Tür und schob den dicken Vorhang zur Seite. »Ich warte draußen auf Sie.«

Valerie schlüpfte in ihre Cargo-Hosen und streifte einen Pullover über ihr T-Shirt. Dann nahm sie die dicke Daunenjacke und folgte dem Abt auf den Gang.

»Es ist die Stunde der Schnee-Eule«, lächelte der Abt zur Begrüßung und verneigte sich vor Valerie. »Ich hoffe, Sie sind mir nicht böse, dass ich Sie geweckt habe. Um diese Uhrzeit ist man sensibel für viele Wahrheiten und Traditionen. Die Filter, die sich sonst vor unsere Wahrnehmung schieben, sind noch heruntergefahren. Man ist verwundbar, aber auch klarsichtig.«

Er machte Valerie ein Zeichen, ihm zu folgen, und ging langsam die Treppen hinab, während er erzählte. Kerzen brannten in kleinen weißen Nischen und flackerten im Luftzug.

»Vor zwei Jahren, als die Fremden in unser Kloster kamen und nach dem großen Geheimnis suchten, da zerstörten sie den Hauptteil des Gebäudes. Aber sie zahlten einen hohen Blutzoll und mussten unverrichteter Dinge wieder abziehen.«

Er blieb stehen und sah Goldmann mit großen Augen an. »Nicht wir hatten die chinesische Spezialeinheit besiegt, wir sind nur einfache Mönche. Aber das Geheimnis schützt sich selbst. Ich bin mir sicher, Sie haben das auch erfahren.« Der Abt drehte sich um und ging langsam weiter die Treppen hinab. »Der Drache ist ein Symbol der Stärke, der Langlebigkeit und des Wohlstands. Viele chinesische Kaiser wurden für Nachkommen oder für Söhne der Drachen gehalten, ja, es gab zeitweise den Glauben, dass der Kaiser die Gestalt eines Drachens annehmen konnte. Das ist eine Legende, eine Überlieferung eines Wunschdenkens. Kein Mensch, ob Kaiser oder König, kann die Form eines Drachen annehmen, aber der Volksmund liebt solche Vorstellungen.«

Der Abt lächelte und zwinkerte Goldmann zu. Dann wurde er wieder ernst. »Doch in jedem von uns schlummert etwas, eine Kraft, auf die wir Zugriff haben und die wir nutzen können. Die einen nennen es Willen und die anderen Glauben. Beide können Berge versetzen, so weiß man.«

Er stieg die letzten Stufen der Treppe herab und ging zum großen Tor hinüber, das er aufzog. Dann winkte er Valerie, ihm zu folgen.

Der Schnee knirschte unter ihren Schritten. Die Nacht war sternenklar, ein großer, weißer Mond stand am Himmel, und die Berge schienen zum Greifen nahe. Der Blick über das Kar verlor sich im Dunkel der Täler und Felsabgründe der Berghänge, die nach Lhasa hinunterführten. Es war völlig still und eiskalt.

»Das Geheimnis der legendären Drachenkönige, der Lu-Gyal, deren Wissen selbst in Tibet schon lange in Vergessenheit geraten ist, war zu groß und zu ungeheuerlich für die Menschen.« Der Abt schaute andächtig auf das Panorama aus Schnee und Felsen, aus Mondlicht und dunkelblauen Schatten. »Es war so gewaltig wie die Natur, so unaufhaltsam wie der Lauf der Gestirne. Also mussten die Menschen ihm eine Dimension geben, die sie begreifen konnten. So entstanden die Drachen und danach die Drachenkönige. Eine Vereinigung von Stärke und Macht, von Mut und Weisheit und der Ausdruck des Wunsches, dass Könige lang und glücklich leben sollten.«

Valerie wunderte sich, dass der Abt in seinem dünnen roten Gewand nicht erfror. Aber der alte Mann schien die Kälte nicht zu spüren.

»Der erste chinesische Kaiser spürte dem Geheimnis sein Leben lang nach. Er bezahlte Expeditionen, schickte Kuriere in alle Ecken seines Reiches, unternahm selbst weite und beschwerliche Reisen. Seine Ausdauer ehrte ihn, das Schicksal beschenkte ihn. Er konnte einen Zipfel des Schleiers lüften.« Der alte Mann lächelte. »Das war vor zweitausend Jahren. Da waren Mönche in Tibet bereits seit Langem die Hüter des Geheimnisses der Drachenkönige. Und wir werden es in zweitausend Jahren noch immer hüten, solange dieser Mond da oben steht.«

Er nickte Valerie zu und wandte sich zum Gehen. »Ich sehe, Sie haben gelernt zuzuhören. Eine seltene Tugend heutzutage. Aber Sie haben auch gelernt zu sehen. War es nicht so, vor zwei Jahren? Standen Sie da nicht vor einer Königskrone, die Stärke und Mut, Macht und Reichtum symbolisierte?«

Valerie blickte ihn verwirrt an. »Woher ...?«

Der Abt hob die Hand. »Wurden Sie in diesem Moment nicht zu einer Hüterin des Geheimnisses? Haben Sie es nicht geschützt?«

»Doch«, gab Valerie zu, »wie meine Freunde auch.«

»Sehen Sie, das Wissen darum teilt die Menschen in zwei Lager, das der Bewahrer und das der selbstsüchtigen Machtmenschen. Schauen Sie doch dieses Kloster an. Es wurde durch einen Machtmenschen halb zerstört, und zwei Jahre später kommen sie und bringen das Material, um es wieder aufzubauen.« Er lachte, und seine Zähne blitzten im Mondlicht. »Das Geheimnis ist stärker und mächtiger als alle Zerstörung. Kommen Sie!«

Mit großen Schritten eilte er zum Kloster zurück und drückte das Tor auf. Valerie hatte Mühe, mit ihm Schritt zu halten. Vor einer hohen, doppelflügeligen rot-goldenen Tür blieb er stehen und klopfte. Sogleich schwangen die beiden Flügel auf, und Valerie sah vor sich auf dem polierten Holzboden die Mönche im Halbkreis sitzen. Sie verneigten sich mit gefalteten Händen.

Der Abt bedeutete ihr, ihm zu folgen. Er setzte sich auf einen Platz im Kreis, den die Mönche frei gelassen hatten. »Nehmen Sie doch bitte in unserer Mitte Platz, Sie sind unser Ehrengast«, ersuchte er Valerie. »Sie sind gekommen, um dieses Kloster vor dem Verfall zu bewahren. Damit sind Sie wieder zu einer Bewahrerin des Geheimnisses der Drachenkönige geworden, wie vor zwei Jahren bereits einmal. Diesmal sogar mit einem Militärhelikopter.«

In diesem Moment segelte ein kleiner Falke durch die offene Türe in den Versammlungssaal und setzte sich auf die ausgestreckte Hand des Abtes. Der alte Mann lächelte und strich über das weiche Gefieder des Jagdvogels.

»Jetzt sind alle da«, sagte er einfach. »Lassen Sie mich eine alte Geschichte erzählen, bevor Sie wieder nach Lhasa und nach Europa zurückkehren. Dann werden Sie verstehen...«

Die Sonne schickte ihre ersten Strahlen über die Achttausender, als der Mi26 abhob und im Schwebeflug einige Minuten über dem Boden verharrte. Goldmann kontrollierte die Instrumente, testete die Steuerung und brachte die Turbinen auf Temperatur. Ihr Kopilot stellte die Funkfrequenz ein und nahm Verbindung mit dem Militärflughafen in Lhasa auf.

Draußen im Schneesturm, den die Rotoren aufpeitschten, standen die Mönche, lachend und winkend. Valerie winkte zurück, dann zog sie den Transporthubschrauber hoch und ließ ihn nach links über das Kar in das Hochtal kippen. Sie warf einen letzten Blick auf das Kloster und sah eine kleine, einsame Gestalt auf dem Dach stehen. Der Abt winkte mit beiden Händen, bevor er sie vor der Brust faltete und sich verneigte.

»Estimated flight time?«, erkundigte sich Valerie bei ihrem Kopiloten.

»Rund zwei Stunden nach Lhasa, wir sind leer und wir fliegen bergab«, lächelte der Tibeter.

»Dann schauen wir einmal, was wir aus der Mühle herausholen können«, lachte Goldmann und drückte die Nase des Mi26 nach unten. »Runter ins Tal!«

Donnernd rauschte der Hubschrauber über Schneefelder und Felsvorsprünge, bis er aus den hohen, zerklüfteten Bergregionen in die offenen, weiten Täler einschwenkte.

Nach genau einer Stunde und achtundfünfzig Minuten setzte das Bugrad des Mi26 auf dem fast schwarzen Asphalt des Militärflughafens nördlich von Lhasa auf und federte ein. Valerie fuhr die Turbinen herunter, und der Rotor lief aus. Die Bodencrew sicherte den Helikopter, und nach den üblichen Checks schnallte sich Goldmann los und klopfte ihrem Kopiloten auf die Schulter.

»Gut gemacht! Aber, ehrlich gesagt, ich fliege lieber meine wendigen Jagdhubschrauber, die machen eindeutig mehr Spaß!«, lachte sie und zog ihre Jacke an. »Jetzt eine Dusche und dann auf ein Tschang-Bier in die Stadt. Kommst du mit?«

Sie öffnete die vordere Tür und klappte die Treppe herunter. »Ich gebe einen aus«, rief sie über die Schulter. Dann lief sie die Stufen hinunter und direkt einem Mann in die Arme, der sie ironisch lächelnd von oben bis unten betrachtete.

Valerie erstarrte.

»Sieh da, sieh da, Major Goldmann, immer für eine Überraschung gut.« Li Feng hatte die Arme auf dem Rücken verschränkt und wippte auf den Zehenspitzen. »So trifft man sich wieder.«

»Li Feng...«, sagte Valerie ungläubig und kniff die Augen zusammen. »Was machen Sie hier in Lhasa? Ich dachte...«

»... dass ich in der Mongolei verrotte? Dass ich mir in Ulan Bator vor lauter Verzweiflung eine Kugel in den Kopf schieße? Falsch geraten, Major. Zwei Jahre als Militärattaché in der Wildnis haben mir vollauf gereicht. Die Truppenmanöver waren ein wahrer Genuss, glauben Sie mir.« Li Feng spuckte aus. »Ich werde die Innere Mongolei nicht vermissen.«

Valerie hatte sich wieder gefangen. »Und was machen Sie nun hier? Tibet ist auch nicht gerade der Nabel der Welt.«

»Nein, ganz sicher nicht«, gab der General zurück, »aber es ist das Sprungbrett für mich ins Ministerium nach Peking. Und Sie, Major

Goldmann, werden ein großer Schritt auf diesem Weg zurück an die Macht sein.«

Damit zog er seine Pistole aus dem Halfter und richtete sie auf die junge Frau. Ein Geländewagen mit vier Soldaten hielt neben dem Hubschrauber an. Die Männer sprangen aus dem Fahrzeug und nahmen Goldmann in ihre Mitte.

»Sie sind verrückt«, schnaubte Valerie, »was soll das? Ich bin mit Einverständnis und Erlaubnis der chinesischen Regierung unterwegs. Ich habe gerade versucht, den Schaden wiedergutzumachen, den Sie und Ihre Männer vor zwei Jahren angerichtet haben. Stecken Sie die Pistole weg. Sonst sitzen Sie noch eine Amtszeit in Ulan Bator ab.«

Valerie wollte Li Feng zur Seite schieben, aber er stieß sie zurück und rief den Soldaten etwas auf Chinesisch zu. Zwei von ihnen packten Goldmann an den Armen und legten ihr Handschellen an.

»Major Goldmann, ich verhafte Sie hiermit wegen Verdachts auf Spionage für eine feindliche ausländische Macht auf chinesischem Territorium«, zischte Li Feng. »Diesmal werden Sie Schwierigkeiten haben, sich so leicht wieder herauszuwinden. Wir sind in China und nicht in Wien.«

»Sie haben in der Mongolei den letzten Rest an Verstand verloren«, fuhr ihn Valerie an. »Sie wissen genauso gut wie ich, dass diese Anschuldigung unhaltbar ist.«

»So? Meinen Sie?«, lächelte Li Feng bösartig. »Sie haben der chinesischen Regierung sicherlich mitgeteilt, dass Sie in den vergangenen beiden Jahren im Auftrag des israelischen Geheimdienstes Einsätze in Europa geleitet haben. Oder?«

Valerie biss sich auf die Lippen.

»Dazu kommt, dass einer dieser Aufträge sich gegen das chinesische Volk und seinen berechtigten Anspruch an einem, nun sagen wir, staatswichtigen Geheimnis richtete. Davon haben Sie den Politikern in Peking sicherlich erzählt.« Li Feng legte den Kopf schräg und fixierte die schweigende Valerie. »Wie haben Sie es bloß geschafft, das so erfolgreich unter den Teppich zu kehren? Geld? Medienpräsenz? Die Sucht unserer Führung nach einer weltweiten Anerkennung ihrer Tibet-Politik?«

Goldmann blieb stumm.

»Als Mitglied des Mossad sind Sie hier so willkommen wie eine Klapperschlange im Kaninchenstall«, stellte der General kühl fest. »Wenn meine Vorgesetzten das alles gewusst hätten, dann wären Sie niemals auch nur in die Nähe dieses Landes und dieses Helikopters gekommen. Abführen!«

»Halt! Das können Sie nicht...« Valerie sträubte sich gegen die Männer, die sie in den Wagen zogen.

»Ich kann, Major Goldmann, ich kann. Als Militärkommandeur kann ich hier so gut wie alles, glauben Sie mir. Ich kann zum Beispiel vergessen, diese Verhaftung in den nächsten Wochen nach Peking zu melden. Dann genießen Sie die Gastfreundschaft Tibets noch ein wenig länger. Das Militärgefängnis ist feucht, kalt und dunkel. Das hält frisch.«

Der General lächelte. »Wir sprechen uns morgen. Vielleicht.«

Li Feng ging ein paar Schritte zu einer schwarzen Limousine, die fast lautlos vorgefahren war. Bevor er einstieg, drehte er sich noch einmal zu Valerie um, die von den Soldaten in den Geländewagen gestoßen wurde.

»Rache ist süß, Major Goldmann, das ist ein altbekannter Spruch. Aber in diesem Fall ist sie nicht nur süß, sie bereitet mir auch noch ein ganz besonderes Vergnügen.«

Damit stieg er ein und schlug die Wagentür zu. Sekunden später rollte die Limousine an und verließ den Militärflughafen in Richtung Lhasa.

Als der Geländewagen mit Valerie ebenfalls verschwunden war, steckte der Kopilot seinen Kopf aus der Türe des Hubschraubers und sah sich um. Er blickte nachdenklich auf die atemberaubende Kulisse der Bergwelt, dachte an das Kloster hoch oben im Nirgendwo, nahm dann seine Jacke und seine Reisetasche und stieg die ausgeklappte Treppe hinunter.

Zeit, ein paar diskrete Erkundigungen einzuziehen, dachte er sich und lief los. Dies war schließlich immer noch Tibet, auch wenn die Chinesen das nicht wahrhaben wollten.

Michelberg, Bezirk Korneuburg/Österreich

»Ich übertreibe, hat der Herr Professor gesagt. Wir besteigen nicht die Eigernordwand, hat er gesagt. Er ist ein Schwindler, der Herr Professor...«, schnaufte Barbara und trocknete sich mit einem Papiertaschentuch den Schweiß unter dem Schleier. Sie schulterte ihre Handtasche und schaute auf ihre Schnürschuhe hinunter. Vom schwarzen Leder war kaum mehr etwas zu sehen, sie waren über und über mit gelbem Lehm verschmiert, und an den Sohlen klebten ebenfalls dicke Klumpen. Die Tonschicht wurde mit jedem Schritt dicker und gestaltete den Aufstieg auf den steilen Hügel zu einer halsbrecherischen Rutschpartie.

»Der Tag hat mit dem durchgedrehten Priester schon schlecht begonnen«, murmelte sie. »Wir sollten gar nicht hier sein.« Barbara presste ihre Hände in den Rücken und streckte sich durch. Das Laub der dunklen Bäume wölbte sich über dem holprigen Weg wie ein dichtes Dach, und nur gelegentlich blitzte ein Stück blauer Himmel auf. Dicke Wassertropfen perlten von den Blättern ab und fielen glitzernd zu Boden. Das Ende des heftigen Gewitters, das völlig überraschend bei ihrer Ankunft über sie hereingebrochen war, hatten sie im Auto abgewartet. Zum Glück hatte der Regen nicht lange angehalten, und die Schlechtwetterfront war so schnell vom Wind verblasen worden, wie sie aufgetaucht war. Aber dafür hatte sie den Wanderweg auf den Gipfel des Michelbergs in eine Schlammpiste verwandelt.

»Und jetzt das!«, rief sie aus und rutschte wieder ein Stück ab, bevor sie sich an einem Stamm festhalten konnte. »Müssen wir da hinauf?«

»Ich fürchte, ja!«, presste Georg zwischen den Zähnen hervor. Ihm erging es nicht besser als der Nonne. »Den Weg haben wir sicher zwei Mal zurückgelegt, bis wir oben angekommen sind«, beschwerte er sich. »Bedanken wir uns bei Jauerling.«

Im selben Moment verlor er wieder das Gleichgewicht, ruderte verzweifelt mit den Armen und konnte sich im letzten Moment an den Zweigen einer Haselnussstaude festhalten. Sein beherztes Zupacken löste die Wassertropfen an den Blättern, und ein dichter Regenschauer ging auf Sina nieder. Die Tropfen klatschten direkt in sein Genick.

»Das war nötig, herzlichen Dank!«, rief Georg aus, während Buchegger schadenfroh lachte.

Sina nickte. »Ja, ja! Wer den Schaden hat und so ... Lachen Sie ruhig. Ist Ihnen eigentlich bewusst, dass wir hier auf dem Jakobsweg herumrutschen?«

»Nein.« Barbara nahm den nächsten Abschnitt des rutschigen Aufstiegs in Angriff. Auf einer Lichtung vor ihnen war an einem der Bäume ein kleines Zeichen, ein gelbes Schild, angebracht, das eine stilisierte Muschel zeigte. »Tatsächlich«, bestätigte sie keuchend. »Das ist eine Premiere für mich. Ich bin noch nie auf dem Jakobsweg gepilgert.«

»Oh, ich schon«, antwortete Georg und kletterte an ihr vorbei. »Vor zwei Jahren war ich mit Paul schon einmal auf dem österreichischen Jakobsweg unterwegs. Wir waren bei einer alten Klosterruine am Riederberg«, erzählte er und zog sich an einem Ast weiter. »Eine Freundin von uns war damals auch dabei, Valerie Goldmann.« Er erinnerte sich auch an den eleganten Peer van Gavint, der wie ein aufgespießter Schmetterling sein Ende gefunden hatte – mit einem Florett an das dortige Holzkreuz gepinnt. »Und Tschak war natürlich auch mit von der Partie.«

»Das klingt nach einem netten Wanderausflug«, kommentierte Barbara.

»Ja, könnte man meinen.« In seiner Erinnerung sah Georg Paul, der ihn in einen Graben mitgerissen und ihm so das Leben gerettet hatte. Die verfallene Klosterkirche wäre fast zu ihrem Grab geworden.

»Wo ist Tschak überhaupt?«, erkundigte sich Barbara und blickte sich suchend um.

»Ach, der wird schon wieder auftauchen«, beruhigte sie Sina. »Bestimmt tollt er irgendwo zwischen den Bäumen herum, beobachtet uns und amüsiert sich dabei prächtig darüber, wie schwer es sein Herrchen hat, auf zwei Beinen auf diesen Berg zu kommen ...«

Endlich lief der Hang aus, das Gelände wurde wieder flacher. Sie waren kurz vor dem Ziel.

Der Wald gab den Blick auf eine grüne Bergkuppe frei, an deren Spitze ein weißes Kirchlein errichtet worden war.

»Ist das Ihr Hund?«, hörte Georg eine Stimme und fuhr herum. Vor ihm stand ein älterer Mann mit Hut in grünem Loden, ein Jagdgewehr auf seiner Schulter. Zu seinen Füßen saß Tschak und hechelte zufrieden.

»Ja, das ist meiner«, gestand Sina, »oder ich bin seiner ... je nachdem.« Er grinste.

»Verstehe«, schmunzelte der Mann und holte eine Metallplakette aus seiner Hosentasche. Das niederösterreichische Landeswappen, fünf goldene Adler auf blauem Grund, glänzte in der Sonne. »Kurt Kremser, Revierjäger«, stellte er sich vor. »Leinen Sie bitte Ihren Hund an. Die Rehe werden bald Nachwuchs bekommen, und ich würde ihn ungern Rehkitze jagen sehen.«

»Selbstverständlich«, nickte Sina und holte die Leine aus der Tasche. »Komm her, mein Freund, wir müssen den Vorschriften entsprechen.« Damit legte er Tschak die Leine an.

Der Revierjäger sah aufmerksam zu und lächelte schließlich zufrieden: »Perfekt, danke. Haben Sie noch einen schönen Tag.« Er tippte an seinen Hut und ging weiter.

»Bei Fuß, du Flohzirkus!«, befahl Georg Tschak und marschierte los in Richtung Kapelle. Dann wandte er sich noch einmal um. »Herr Oberförster! Haben Sie sonst noch jemanden hier gesehen?«

»Nein, bei dem Wetter auch kein Wunder«, rief der Jäger zurück und winkte noch kurz, bevor er im Wald verschwand.

»Nur um sicherzugehen«, murmelte Sina. Der bewaffnete Pfarrer ging ihm nicht aus dem Kopf.

Mayröcker hatte nicht übertrieben, der Ausblick von hier oben war beeindruckend. Die Sicht reichte rundum weit über das Land. Am Horizont zogen tief hängende Gewitterfronten vorbei, und gelegentlich zuckten Blitze in der Ferne auf. Von allen Bergen und Hügeln war dieser weit und breit der höchste. Auf seinem Gipfel stand die Michaelskapelle, die im Sonnenlicht weiß strahlte.

Vor der scharfkantigen Kulisse der Voralpen lag im Süden das Donautal im Dunst. Nach Westen und Norden hin öffnete sich das Hügelland der Vorkarpaten, das in das Hochplateau der Böhmischen Masse überging. Den breiten Strom der Donau entlang, über Burg Kreuzenstein hinweg, sah man Wien, und weiter im Osten begann die Pannonische Tiefebene.

»Von hier kann man sogar den Stephansdom sehen«, staunte Georg. »Ich bilde mir fast ein, sogar das Zickzack des Domdaches erkennen zu können.«

»Und auf fast jedem Hügel steht eine Kirche«, ergänzte Barbara und zeigte nach Westen.

»Ja, aufgereiht wie auf einer Perlenschnur«, nickte Georg. »Und wenn mich nicht alles täuscht, sind fast alle Michaelskirchen. Von hier über Schöngrabern bis nach Eggenburg. Und selbst der Stephansdom war einmal eine Michaelskirche.«

Die archäologische Ausgrabung, von der Mayröcker gesprochen hatte, wurde durch einen dunkelblauen Anhänger markiert, der wie der Wohnwagen eines Wanderzirkus aussah. Niemand war zu sehen, die Arbeiten machten gerade Pause. Ein Zaun umgab die großflächige Ausgrabung im Norden des Gipfels. Georg konnte deutlich die freigelegten Umrisse einer großen Kirche erkennen, die genau wie die Kapelle exakt in Ost-West-Achse ausgerichtet war. Er pfiff anerkennend durch die Zähne. »Respekt! Das war aber ein mächtiges Ding.«

Von einer der angebrachten Tafeln las Buchegger vor: »Der Sage nach soll Karl der Große ein Gotteshaus auf dem Michelsberg gegründet haben.«

»Karl?«, wunderte sich Sina. »Warum hätte er hier oben eine Kirche bauen lassen sollen?« Er dachte kurz nach. »Nehmen wir einmal an, das stimmt und es gab hier im 9. Jahrhundert tatsächlich eine von Karl gebaute Kirche...« Er zeigte mit dem Finger auf die ausgestellten Magnetaufnahmen des Untergrundes. »... und diese Basilika war noch dazu eine große, dann bleibt für mich trotzdem die Frage offen: Wozu?«

Barbara zuckte mit den Schultern. »Wozu was?«

»Wir haben es selbst gerade erlebt, wie mühsam es ist, überhaupt hier heraufzukommen«, erklärte Georg. »Es muss eine unvorstellbare Plackerei gewesen sein, das ganze Baumaterial für eine Kirche hier heraufzuschaffen. Und trotzdem bauen wir hier oben eine Kirche. Warum? Weil wir das schon immer so gemacht haben? Weil auf jeden hohen Hügel hier eine Kirche gehört?«

Barbara las weiter. »Vielleicht finden wir ja noch eine Antwort? Da steht: Während der Magyarenherrschaft (907–960) wurde die kirchliche Organisation Passaus aber auch in Niederösterreich vernichtet. Dabei dürfte auch die Kirche auf dem Michelberg zerstört worden sein.«

»Ziemlich viele Konjunktive für meinen Geschmack«, murmelte Georg und strich sich über den Bart. »907 geht die Schlacht bei Preßburg verloren. Die Ungarn fallen ein. Sie rücken vor bis an die Unstrut im Thüringer Becken. Und erst mit der Schlacht auf dem Lechfeld 955 war Schluss mit den Ungarneinfällen… Aber warum klettern die Ungarn hier rauf und fackeln die fränkische Basilika ab? Ziemlich unlogisch. Ich an deren Stelle hätte sie von unten angeschaut und mich wichtigeren Dingen zugewandt…«

»Plünderer überlegen nicht lange«, warf Barbara ein. »Die sehen eine Kirche, denken sich, da ist was zu holen, und schon ist es passiert. Daran hat sich bis heute nicht viel geändert. Ich kenne Mitschwestern aus Afrika und Südamerika. Die können Horrorgeschichten von Plünderungen erzählen.«

»Ja, das könnte sein«, brummte Georg. »Zu allem Überfluss kommt auch noch Joseph II. auf die Idee, die beliebte Wallfahrtskapelle hier oben auszubauen. Gott weiß, warum.«

»Das muss eine schöne Kirche gewesen sein«, mutmaßte Barbara und zeigte auf die Fundamente der Apsis.

»Schon möglich«, gab Sina zu. »Aber kaum vierzig Jahre später reißt man sie wieder ab, transportiert sogar das Baumaterial ab, und im Zweiten Weltkrieg errichtet man hier eine Funkmessanlage.« Er wies auf das runde betonierte Fundament der Funkmessanlage aus dem Zweiten Weltkrieg. »Die Nazis haben ihr komisches rundes Dingsbums genau hier in die Mitte der Vierung gesetzt, sozusagen ins Herz der Kirche. Wozu das? Jeder andere Punkt auf dem Hügel hätte es auch getan. Zielsicher mitten ins kulturelle Erbe, pietät- und taktvoll, wie sie nun mal waren, die Herrenmenschen. Der Michelberg wurde zum militärischen Sperrgebiet erklärt. Ich finde das seltsam.«

Georg verstummte. Ein eigenartiger Gedanke ging ihm durch den Kopf. Jeder andere Punkt hätte es auch getan, dachte er und ließ seinen Blick über die umliegenden Bergkuppen wandern. Die moderne Anlage für die militärische Luftraumüberwachung, die sogenannte Goldhaube, befand sich am Buschberg bei Mistelbach. Deutlich war dort ihre Kuppel zu sehen, die in der Sonne gelblich schimmerte. Der Michelberg wurde vom Bundesheer in der Zweiten Republik als Standort aufgegeben, ob aus technischen und strategischen Überlegungen oder aus Ressentiments gegen die alten Machthaber, wusste niemand so genau. Georg machte ein paar Notizen auf seinem Block. Sogar wenn die alte Anlage von den Alliierten zerstört worden wäre, hätte man sie wieder herrichten und nutzen können. Aber sie verschwand unter der Grasnarbe …

Hitler und Himmler hatten eine Ader fürs Okkulte, das war sattsam bekannt. Nehmen wir einmal an, mutmaßte Georg, die Nazis hätten von dem Geheimnis gewusst, auch ohne Jauerlings Archiv. Vielleicht waren ja die rot beschriebenen Blätter des Zwerges nicht die einzigen Quellen, die über die Reliquie berichteten. Auf dem gesamten Weg hierher hatte sich schließlich Indiz an Indiz gereiht, wie Perlen auf einer Schnur …

Auf diesem Berg im Nirgendwo, in den Grundfesten einer im 10. Jahrhundert zerstörten Basilika der Franken, liefen alle Stränge dieser ganz und gar unglaublichen Erzählung auf wundersame Weise zusammen. Es musste also auch in Deutschland Querverweise und Überlieferungen geben, die in umgekehrter Richtung hierher auf diesen Berggipfel führten.

»Die Wahrscheinlichkeit, dass die Nazis wussten, wonach und wo sie suchen mussten, ist verdammt groß«, murmelte Sina, während er eine SS-Rune neben seine Skizze zeichnete und ein fettes Fragezeichen daneben setzte.

Seit der Machtergreifung 1933 hatten die Parteigranden ihre Nase ganz tief in Legenden, Mythologien und alte Geheimnisse gesteckt. Sie suchten den Heiligen Gral, den Speer des Schicksals, die Arche Noah und die Bundeslade, das Archiv der Templer und das Geheimnis der Katharer. Warum sollte ihre Gier nach Macht vor dieser Reliquie haltgemacht haben?

Georg tippte mit dem Stift auf seinen Block. Und wenn es sich wirklich um den legendären »Corpus Christi« handelte? Vor seinen Augen sah er eine schwarze Armee im Stechschritt über den Petersplatz in Rom marschieren, und ein eiskalter Schauer lief ihm über den Rücken. Kein göttlicher Jesus, keine Auferstehung, keine katholische Kirche und somit auch kein christlicher Widerstand mehr. Stattdessen wäre der Weg frei für die schwarzen Herren von Thule und ihre neue Pseudoreligion.

Doch gab es außer dem Fundament dieser Funkmessanlage hier am Michelberg noch einen weiteren Hinweis auf Aktivitäten der Nazis? Georg drehte sich langsam um seine eigene Achse. Landschaft, so weit das Auge reichte. Doch dann spürte er plötzlich die Broschüre der Kirche in Schöngrabern in seiner Tasche. Der Aufstieg der NSDAP zur alleinigen Regierungspartei in Deutschland und der Rückbau von

Schöngrabern fielen in denselben Zeitraum. In der Ersten österreichischen Republik hätte es in diesen Jahren schon genug illegale Parteimitglieder gegeben, um ein solches Unternehmen im Sinne des Führers oder Himmlers umzusetzen.

»Barbara«, wandte sich Georg an die Nonne, »wo würden Sie den Zugang zu einer alten Krypta suchen? Zu einer unterirdischen Kirche, vielleicht mit Grüften oder einer Reliquienkapelle?«

Diese dachte kurz nach. »Die Abgänge zu diesen unterirdischen Kirchen befinden sich normalerweise vor dem Altarraum.«

Georg strich mit den Fingerspitzen über den ausgehängten Grabungsplan. Genau an dieser Stelle befand sich das betonierte Fundament der Funkmessanlage.

Bei den romanischen Kirchen in Deutschland war es ganz genauso, erinnerte sich Sina an seine letzten Studienreisen. Daran mussten sich die Nazis orientiert haben, als sie den ersten Spatenstich hier oben gesetzt hatten. Sie trieben wahrscheinlich einen Schacht vom Bodenniveau der barocken Kirche in das Innere des Berges.

Das untermauert die Existenz einer verschollenen Reliquie selbst hier, musste sich Georg widerwillig eingestehen. Sowohl Joseph II. als auch die Nationalsozialisten hatten gezielt danach gesucht. Sie hatten ein unverdächtiges Bauunternehmen mit den entsprechenden Erdbewegungen für das Fundament beauftragt und so, ohne Verdacht zu erregen, den Untergrund an den vielversprechendsten Plätzen durchsucht.

Joseph II. wiederum hatte, entgegen seiner aufklärerischen Philosophie, an bestimmten Orten Kirchen gebaut. Als er nichts gefunden hatte, ließ er sie wieder alle abreißen. Die Wehrmacht baute an derselben Stelle eine Funkmessanlage und richtete ein militärisches Sperrgebiet ringsum ein. Und wenn ich es recht bedenke, durchfuhr es den Wissenschaftler eiskalt, dann machten es die Kuenringer auch nicht anders. Sie bauten in Hecimanneswisa eine Burg, vorgeblich um ihrem Geschlecht einen Namen zu geben ...

Offensichtlich hatte aber keiner von ihnen gefunden, wonach er gesucht hatte. Alle waren sie unverrichteter Dinge wieder abgezogen. Mit einer energischen Handbewegung strich Sina seine Skizzen wieder durch. Worum es sich auch immer gehandelt hatte, es war schon lange nicht mehr in Niederösterreich, war längst fortgeschafft worden.

Aber wohin?

Diese Suche glich jener nach der sprichwörtlichen Nadel im Heuhaufen. Europa war groß, Joseph II. und vielleicht sogar die Nazis waren gescheitert. Aber – und bei dem Gedanken erschien ein zufriedenes Lächeln auf seinem Gesicht – er hatte, worauf alle anderen vor ihm nicht zurückgreifen konnten: den Rebus des Zwerges mit dem Sternenweg. Und sobald er herausgefunden hatte, wer in Kühnring für die Zwietracht verantwortlich gewesen war, dann würde es auch klar sein, von wem die Reliquie stammte, die man vor fast tausend Jahren versteckt und seitdem vergeblich gesucht hatte. Jauerlings Weg der Erkenntnis würde ihn direkt dahin führen, wo die Reliquie vor Hunderten von Jahren verschwunden war, davon war Georg überzeugt.

Er steckte seinen Collegeblock wieder ein und schaute sich nach Barbara um. Diese Gedanken waren nichts für sie, davon war Georg überzeugt.

Tschak stellte plötzlich die Nackenhaare auf und knurrte.

»Was ist nun schon wieder?« Sina schaute verwundert auf den kleinen Hund hinunter, der die Zähne fletschte. Im gleichen Moment zupfte Barbara Georg am Ärmel und wies mit weit aufgerissenen Augen hinter ihn.

Georg fuhr herum. Zwei große Rottweiler standen in einiger Entfernung und schauten unverwandt zu ihnen herüber.

»Ach, du Scheiße!«, entfuhr es Sina. Tschak begann laut zu bellen und zerrte an der Leine. Die beiden Kampfhunde senkten ihre Köpfe und legten die Ohren an.

Georg ging langsam in die Knie und ließ die beiden Rottweiler nicht aus den Augen. Dann hielt er Tschak das Maul zu. »Ruhig, ganz ruhig. Das sind die großen Jungs, die fressen dich zum Frühstück«, flüsterte er.

Die Hunde standen unbeweglich. Niemand war zu sehen.

»Wem gehören die verdammten Viecher?«, fluchte Sina leise und sah sich nach möglichen Besitzern um.

»Vielleicht wildernde Hunde«, murmelte Barbara, die sich nicht zu bewegen traute. »Sie tragen jedenfalls kein Halsband.«

Tschak wollte sich nicht beruhigen. Er bellte und knurrte die beiden Rottweiler an. Da geschah es: Noch bevor Georg reagieren konnte, sprangen die Kampfhunde los.

»Lauf!«, schrie Barbara und stürmte in Richtung Kapelle. Aber Georg brauchte keine Aufforderung. Er war bereits unterwegs.

Die beiden Hunde teilten sich auf. Einer folgte Georg, der andere Barbara. Der Sprint war ungleich und rasch zu Ende. Doch kurz bevor der Kampfhund die Nonne erreichte, blieb sie stehen, riss aus ihrer Handtasche eine kleine Spraydose heraus. Die Ladung Pfefferspray traf den Hund unvorbereitet. Winselnd ging er zu Boden und begann hektisch Schnauze und Augen im feuchten Gras zu reiben. Barbara nutzte die Zeit und schlüpfte in die Kapelle.

Mit Tschak auf dem Arm rannte Georg, so schnell er konnte, doch der schwere Hund holte immer weiter auf. Im letzten Moment sprang Sina durch die halb offene Tür in die Kapelle, wo er gegen die Holzwand eines Windfangs krachte und zu Boden ging. Hinter ihm warf die Nonne die Eingangstür zu und stemmte sich dagegen. Tschak befreite sich aus Georgs Umklammerung, lief in der Kapelle auf und ab und kläffte wie wild.

Die beiden Rottweiler bellten wütend. Sie sprangen mehrmals mit voller Wucht gegen die Außentür.

Dann wurde es ruhig vor der Kapelle.

Tschak stellte die Haare auf und knurrte.

Georg blickte unter der Kapellentür durch den Spalt direkt auf zwei schwarze Schnauzen, die schnüffelnd nach einem Durchgang forschten. Die Krallen scharrten auf der Schwelle.

»Die haben unsere Witterung…«, flüsterte Barbara.

Quietschend wurde die Türklinke nach unten gedrückt. Einer der Kampfhunde hatte sich mit den Vorderpfoten abgestützt, und mit leisem Knarren schwang die Tür einen Spalt auf. Barbara drückte sie sofort wieder zu und stemmte sich mit dem Rücken dagegen. »Mein Gott, sind die clever…«, zischte sie. »Wahrscheinlich kommt gleich der Hundehalter gelaufen und wird uns erzählen, dass die nur spielen wollen.«

»Auf jeden Fall hat er ihnen gezeigt, wie man Türen aufmacht«, stellte Georg nachdenklich fest. »Wir sitzen in der Falle. Entweder wir warten, bis sie die Geduld verlieren, oder ihr Herrchen legt ihnen wieder den Maulkorb an.«

Tschak lief mit gesträubten Nackenhaaren im Vorraum der Kapelle auf und ab und bellte.

Die zwei Rottweiler knurrten und scharrten immer wilder an der Tür.

Da krachte plötzlich ein Schuss, der lange nachhallte. Einer der Hunde winselte, dann gab es einen dumpfen Schlag. Noch ein Schuss fiel, der den zweiten Rottweiler gegen die Tür schleuderte. Dann war es ganz still.

Als Georg vorsichtig die Tür aufzog, lagen die beiden Kampfhunde zu seinen Füßen. Dunkelrotes Blut trat stoßweise aus den großen Löchern in ihren Schulterblättern aus, die rosa Zungen hingen grotesk verdreht aus den offenen Mäulern.

Die Pfoten der Hunde zitterten noch.

Sina ging in die Hocke und betrachtete die Tiere näher. Ihr makelloses Fell glänzte, ihre Zähne waren weiß, die Lefzen feucht und dunkel. Gepflegte Tiere, überlegte Georg, keine wilden Hunde.

»Ist Ihnen etwas passiert?«, keuchte Kurt Kremser und blieb schwer atmend vor Georg stehen. »Ich habe das Gebell gehört und bin zurückgekommen. Wildernde Kampfhunde ohne Halsband, da gab es keine langen Überlegungen.«

»Danke«, nickte Sina und half Barbara, über die toten Rottweiler zu steigen. Tschak schnüffelte kurz an den Kadavern und lief dann mit hoch erhobenem Kopf auf die Wiese.

Eine halbe Stunde später waren Barbara und Sina wieder am Wagen. Hinter den Scheibenwischern klemmte eine Notiz, die Georg laut vorlas:

»Wenn Sie es wieder bis hierher zurück geschafft haben, dann haben meine zwei Hunde versagt. Nehmen Sie es als letzte Warnung.« Anstelle der Unterschrift war ein Zeichen, das Georg aus Jauerlings Aufzeichnungen nur zu gut kannte: ein Nagelkreuz über einem Pentagramm.

Barbara sah ihn entsetzt an, während Georgs Gedanken rasten. Er dachte an die Minoritenkirche, ihre nächste Station, und es wurde ihm schlagartig klar, dass er alleine niemals eine Chance haben würde, lebend das Gotteshaus in der Wiener Innenstadt zu verlassen. Der Fremde würde ihn auch dort bereits erwarten.

Sina drehte die Nachricht in seinen Fingern. Das Kreuz von »Il Diavolo in Torino« auf der Notiz war eine unmissverständliche Warnung.

Der Killer, verrückt oder nicht, wusste offenbar mehr über das Geheimnis des Zwerges als befürchtet.

Möglicherweise wusste er sogar mehr als Sina selbst?

Damit rückte die Minoritenkirche in unerreichbare Entfernung. Oder doch nicht? Georg überlegte, an wen er sich um Hilfe wenden konnte. An seinen Vater? Kaum, der würde ihn nur auf das nächste Polizeirevier zu einer unverbindlichen Befragung über den Einbruch in das Archiv des Museums für Völkerkunde einladen.

Aber nicht nur die Staatsgewalt ist organisiert, dachte Georg und zog sein Handy aus der Tasche. Dann drückte er eine Kurzwahltaste.

»Professor! Wie schön, dich zu hören!«, meldete sich Eddy Bogner. »Die halbe Welt sucht dich schon seit Tagen. Paul, Kommissar Berner und vor allem dein Herr Vater.«

»Ich weiß, Eddy«, murmelte Sina und sah sich vorsichtig nach allen Seiten um. »Das tut mir auch wirklich sehr leid, aber ich stecke bis zum Hals in Schwierigkeiten. Du musst mir helfen, bitte.«

»Wenn du die Sache mit dem Einbruch meinst, die ist vom Tisch«, kicherte Bogner. »Wie ich aus verlässlicher Quelle erfahren habe, gibt es eine eidesstattliche Erklärung, dass der Zettel aus der Dumm-Mühle bei Grub gestohlen wurde und du am fraglichen Abend in charmanter Damenbegleitung im Kino gewesen bist.«

»Woher weißt du davon?«, wunderte sich Georg erst, doch dann erinnerte er sich daran, wer im Vorzimmer des väterlichen Büros in der Bundespolizeidirektion Wien immer ganz unbeteiligt ihre Nägel feilte, wenn es interessant wurde. »Schon gut, mir wird einiges klar. Familiensaga.«

Leises Lachen war zu hören.

»Aber das meine ich nicht«, wehrte Georg ab. »Ich habe ein viel ernsteres Problem. Ich muss in die Minoritenkirche und ich bin mir sicher, dass dort schon jemand auf mich wartet.«

»Freunde?«, erkundigte sich Eddy zweideutig.

»Auf die jeder verzichten kann«, antwortete Sina. »In so enger Zuneigung verbunden, dass sie mich am liebsten tot sähen.«

»Wie viele meiner Jungs brauchst du?«, fragte Bogner zurück. »Mit schwerer Artillerie oder reicht die Anwesenheit als Abschreckung? Wo bist du da wieder hineingeraten, Professor? Ich dachte, du hast einen ruhigen Schreibtischposten an der Uni…«

»Eddy, ich weiß es ja selbst nicht!«, stöhnte Georg. »Ich bin da einer komischen Sache auf der Spur. Zunächst war es nur eine Suche nach einer mittelalterlichen Reliquie, aber jetzt ... Langsam wird das zu heiß. Mir ist ein Typ auf den Fersen, der bereits im letzten Jahr versucht hat, uns umzubringen. Du erinnerst dich an die Gruft unter dem Rennweg? Er lässt nicht locker. Ich wäre eben fast als Hundefutter geendet und habe auch noch eine Todesdrohung unter meinem Scheibenwischer gefunden.«

»Sieh da, ein alter Bekannter also.« Bogners Stimme bekam einen gefährlichen Unterton. »Wir treffen uns vor der Kirche, Georg. Ich bin in einer halben Stunde vor Ort.«

Eddy legte ohne ein weiteres Wort auf.

Apostolischer Palast, Vatikanstadt,
Rom / Italien

Außenminister Lamberti hatte das Büro von Kardinal Paolo Bertucci mit dem Handy am Ohr verlassen. Ein Telefonat jagte das nächste, seitdem die Leiche von Dottoressa Zanolla und der abgetrennte Kopf des Leiters des Vatikanischen Geheimarchivs gefunden worden waren. Krisensitzungen wurden einberufen, Strategien geplant und Memoranden ausgearbeitet.

Der Advocatus Diaboli saß derweil seltsam unbeteiligt in seinem Sessel und starrte auf den Zettel vor sich. Während Lamberti telefonierte und sich schließlich mit einem kurzen Winken eilig verabschiedet hatte, war Bertucci bemüht, klar zu denken. Der Tod seines alten Freundes Rossotti hatte ihn tief getroffen, tiefer, als er zugeben wollte. Der Advocatus Angeli war ein langjähriger, treuer Weggefährte gewesen, ein Ruhepol in all den stürmischen Intrigen, die so manchen Idealisten verschlungen hatten.

Die Zahl seiner Freunde konnte Bertucci an einer Hand abzählen, die seiner Feinde war im Gegensatz dazu erschreckend hoch. Im Vatikan blieb ihm jetzt nur mehr Carlo Lamberti als Vertrauter. Die Reihen der Gegner schlossen sich zusammen, und Pro Deo war ein Geheimdienst, mit dem man sich besser nicht anlegte.

Vielleicht ist es tatsächlich an der Zeit zu gehen, dachte er. Seine jüngere Schwester in Como würde sich freuen, ihn in ihrer Nähe zu wissen. Familienleben. Noch ein paar ruhige Jahre, Spaziergänge am See, Ausflüge nach Mailand, Bergtouren auf den Monte San Primo.

Wollte er das wirklich?

Drei Namen.

Zwei Tote.

Bertucci strich sich mit der Hand über seine Glatze. Er spürte den Zorn aufsteigen, sich einnisten.

Hier ist nichts und niemand jemals sicher …

Nur der Tod, dachte Bertucci, der kam so sicher wie das Amen im Gebet, auch in den Vatikan. Und diesmal waren die Todesengel ausgeschwärmt, waren vielleicht sogar außer Kontrolle geraten.

Caesarea.

Er schlug mit der flachen Hand auf den Tisch.

Drei Namen. Prinzessin Theophanu, Marino oder Marini, Balthasar Jauerling. Was um Gottes willen war hier los? Und da war dann noch das Gespräch mit dem Heiligen Vater, diese unglaubliche Geschichte mit den Reliquien, die alles verändern konnte …

Als sein Telefon klingelte, zuckte Bertucci zusammen. »Bertucci!« Seine Stimme klang unwirscher, als er es beabsichtigt hatte.

»Wie schön, Sie bei der Arbeit im Geiste unseres Herrn zu wissen, Eminenz«, säuselte eine Stimme in sein Ohr. »Oder sollte ich mir Sorgen machen, dass der Advocatus Diaboli so fleißig ist?«

»Wer spricht?«, erkundigte sich Bertucci ungeduldig. »Ich bin mitten in einer … wichtigen Entscheidungsfindung.«

»Wie schön für Sie, Eminenz, wie schön.« Die salbungsvolle Stimme des Anrufers machte Bertucci nervös. »Mein Name tut nichts zur Sache, glauben Sie mir. Nur meine Nachricht zählt.«

Das ist nicht Kleinert, schoss es dem Advocatus Diaboli durch den Kopf. Diese Stimme hatte er noch nie gehört.

»Sie werden nun einen kleinen Ausflug unternehmen, am besten auf Ihrer Vespa«, fuhr der Anrufer weiter fort. »Doch bevor Sie sich auf den Weg machen, schreiben Sie die Nummer meines Handys vom Display ab. Ich habe sie nicht unterdrückt, und Sie werden sie brauchen. Später.«

»Schwachsinn! Ich werde nirgendwo hinfahren«, sagte Bertucci bestimmt. »Machen Sie Ihren Ausflug alleine und lassen Sie mich in Ruhe!«

»Aber, aber«, tadelte die Stimme, »ist Ihnen der Tod Ihres Freundes Rossotti so sehr auf den Magen geschlagen? Das tut mir leid.« Der Unterton verriet genau das Gegenteil.

Bertucci bekam eine Gänsehaut. »Was wissen Sie von Rossotti?«

»Kennen Sie den Palast von Nero?«, antwortete der Unbekannte mit einer Gegenfrage. »Das Domus Aurea, das sogenannte Goldene Haus des skandalumwitterten römischen Kaisers? Es liegt unter den Ruinen der Titusthermen und dem umliegenden Park. Eine der wahrhaft sehenswerten Attraktionen der Ewigen Stadt, auch wenn die Ausstellung derzeit geschlossen ist. Vor zwei Monaten stürzte nach den langen Regenfällen einer der Gewölbegänge ein.« Der Anrufer machte eine Pause. »Warum ich Ihnen das alles erzähle? Ganz einfach. Ich möchte, dass Sie in die Via della Domus Aurea fahren. Mit Ihrer Vespa sind Sie in zwanzig Minuten dort. Die Eingangstür zu den Ausgrabungen ist nur angelehnt, der Riegel ist nicht eingeschnappt, die Beleuchtung eingeschaltet, Sie werden also nicht im Dunkel tappen.« Ein glucksendes Lachen ertönte, das Bertucci irritierte. »Gehen Sie in den berühmten achteckigen Speisesaal, er ist nicht zu übersehen und ausgeschildert. Da wartet jemand auf Sie. Beeilen Sie sich und vergessen Sie nicht, mich zurückzurufen, wenn Sie da sind.«

Der Anrufer machte eine Pause. Bertuccis Gedanken rasten.

»Habe ich noch Ihre Aufmerksamkeit, Eminenz?«

Bertucci schluckte und grunzte unverbindlich.

»Wie schön, wie schön«, sagte der Unbekannte. »Ich weiß es zu schätzen, wenn so bedeutende Männer der Kirche mir zuhören.« Diese salbungsvolle Stimme mit ihrem ›Wie schön, wie schön‹ raubte Bertucci den Nerv. Doch plötzlich war es mit einem Schlag vorbei mit der Verbindlichkeit. »Los jetzt. Machen Sie sich auf den Weg, Bertucci, ehe ich die Geduld verliere. Ich warte auf Ihren Anruf.« Mit einem Klick wurde die Leitung getrennt, bevor der Kardinal zu Wort kommen konnte.

Der Advocatus Diaboli stützte den Kopf in seine Hände und schloss die Augen. Was sollte er tun? Hierbleiben und den seltsamen Anruf ignorieren? Zu der angegebenen Adresse hinfahren und womöglich den Körper seines enthaupteten Freundes Rossotti finden? Lamberti informieren?

Bertucci steckte den Zettel mit den Namen ein und stand auf. Im letzten Moment erinnerte er sich an die Nummer, die er notieren sollte. Er drückte eine Taste an seinem Telefon und las die Ziffernfolge. Es war die italienische Handynummer einer Prepaidkarte. Dann schnappte er seine Aktentasche und stürzte aus dem Büro.

Der Weg von der Porta della Via Sant' Angelo in die Via della Domus Aurea führte durch das Herz der Millionenstadt, vorbei an der Stazione Termini, jenem Bahnhof, der Papst Johannes Paul II. gewidmet worden war. Bertucci schlängelte sich geschickt durch die Kolonnen des stets chaotischen römischen Verkehrs. Als er die Porta Alchemica hinter sich gelassen hatte, wusste er, dass es nicht mehr weit war bis zu den Titusthermen.

Touristenströme ergossen sich aus Reisebussen in einem stets wiederkehrenden Rhythmus vor allen Sehenswürdigkeiten der Ewigen Stadt. Der Parco di Traiano, auf dessen Gelände das Goldene Haus lag, bildete keine Ausnahme. Bertucci versuchte, so nahe wie möglich an den Eingang der Thermen zu kommen. Er schloss die Vespa ab und ließ seine Aktentasche im Topcase zurück. Dann eilte er mit fliegender Soutane durch die verschlungenen Wege der Parkanlage zu den Ausgrabungen.

Seine Unruhe stieg. Immer wieder blickte er sich misstrauisch um, konnte aber niemanden entdecken, der ihn beobachtete oder ihm zu folgen schien. Er drängte sich durch eine Gruppe von Touristen, die andächtig den Ausführungen einer schwedischen Fremdenführerin lauschten. Ihre blonden Haare und die weiße Haut leuchteten in der Sonne. Dann hatte er den Eingang erreicht, stieg einige Stufen hinauf und wandte sich nach rechts. Schnell und ohne sich umzusehen schlüpfte er durch die Türe. Sie war nur angelehnt, wie der Anrufer es versprochen hatte.

Bertucci wartete darauf, dass jeden Moment ein Alarm losgehen würde. Aber alles blieb ruhig, und er folgte den Schildern, die den Weg durch das Labyrinth an Räumen und Sälen, Zimmern und Korridoren wiesen. Bald schlug ihm feuchte und abgestandene Luft entgegen. Der achteckige Speisesaal lag im rechten Teil des Palastes, und die

Schritte des Kardinals hallten durch die leeren, effektvoll beleuchteten Gänge mit ihren reichen Wand- und Deckenmalereien.

Nach einem weiteren Durchgang erreichte Bertucci das Oktogon und betrat zögernd den Saal. Scheinwerfer, in kleinen Steinpodesten versteckt, beleuchteten die Kuppeldecke. In der Mitte des Achtecks war ein großer Kreis auf den Boden gezeichnet, wahrscheinlich die Ausmaße eines alten Mosaiks. In seiner Mitte stand ein Holzbottich, wie er früher zum Waschen der Wäsche verwendet worden war. Bertuccis Herz klopfte bis zum Hals, als er genauer hinschaute. Auf einer Seite des Bottichs lag ein nackter Körper über den Rand gebeugt, den Kopf unter Wasser.

Es sah aus, als wolle jemand das Holzgefäß leer trinken.

Der Advocatus Diaboli gab sich einen Ruck. Er trat näher und beugte sich über den Zuber, der bis zum Rand mit klarem Wasser gefüllt war. Als er unter der Oberfläche die Rückseite eines Kopfes mit vollem dunklen Haar erkennen konnte, atmete er auf. Es konnte also nicht der Körper Rossottis sein.

Sekunden später schämte er sich dafür. Ohne lange nachzudenken, fasste er den Körper unter den Armen und zog ihn vollends aus dem Wasser. Dann ließ er ihn sanft auf den Boden gleiten und drehte ihn um.

»Luigi…«, flüsterte Bertucci entsetzt. »Mein Gott, Luigi…« Der junge Sekretär Rossottis war keinen leichten Tod gestorben. Sein Gesicht war zu einer Fratze des Terrors verzerrt.

Der Kardinal ballte in ohnmächtiger Wut die Fäuste. Er senkte den Kopf und atmete tief durch. Hier war etwas völlig außer Kontrolle geraten. So wichtig konnten die drei Namen nicht sein… oder doch?

Da erinnerte sich Bertucci an die Nummer des Unbekannten. Er zog sein Handy aus der Tasche. Wie sollte er hier einen Anruf tätigen? Er war unter der Erde. Doch seltsamerweise hatte sein Mobiltelefon Empfang.

Sie haben an alles gedacht, schoss es Bertucci durch den Kopf. Dann begann er zu wählen.

»Ah, wie schön, Eminenz! Sie sind meiner Empfehlung gefolgt und haben sich zu einer Besichtigung des oktogonalen Speisesaals durchgerungen. Spektakulär, nicht wahr?« Die Stimme des Unbekannten klang gönnerhaft.

»Sie Schwein«, flüsterte Bertucci zornbebend, »Sie sind der Abschaum der Menschheit. Wenn es eine gerechte Strafe im Jenseits gibt, dann schmoren Sie in der Hölle.«

»Interessant, dass ausgerechnet der Anwalt des Teufels so etwas sagt«, kam es kalt zurück. »Hören Sie gut zu, Bertucci. Sie sind zwei Mal zu oft am falschen Ort gewesen, zur falschen Zeit. Sie haben Ihre Nase in Dinge gesteckt, deren Tragweite Sie bei Weitem überfordern würde. Bisher hatten Sie Glück in Ihrem Leben. Jahrzehntelang sind Sie in spezieller Mission und im Auftrag verschiedener Päpste durch die Welt gejettet, haben vieles gehört und vieles gesehen. Glauben Sie jetzt nicht, einen privaten Rachefeldzug starten zu müssen, nur weil Ihr Freund Rossotti das Zeitliche gesegnet hat. Wir wollen doch nicht, dass Sie das Glück plötzlich verlässt! Dann würden Sie so enden wie der arme Luigi, der vom Wasser der Erkenntnis trinken wollte und dabei einen Schluck zu viel genommen hat.«

Der Anrufer schien in irgendwelchen Unterlagen zu blättern.

»Wollten Sie nicht den Besuch des Heiligen Vaters in England und Irland vorbereiten? Ich glaube, es wäre ein optimaler Zeitpunkt, nun abzureisen und für eine Zeitspanne von, sagen wir, acht Tagen nicht nach Rom zurückzukehren. Oktogonal, sie verstehen. Alles hat eine Bedeutung, Bertucci. Die Entdeckung der Symbolik des Verborgenen ist die Erkenntnis der Meister. Denken Sie darüber nach.«

»Wer sind Sie?«, fauchte der Advocatus Diaboli wütend. »Sie sind ja zu feige, um Ihren Namen zu nennen. Sie brauchen den Schatten, um zu überleben. Sonst wären Sie bereits tot.«

»Danken Sie dem Herrn, dass Sie meinen Namen nicht kennen«, gab der Unbekannte unbekümmert zurück. »Sonst würden Sie aus diesem Speisesaal nicht mehr lebend herauskommen und Luigi beim Trinken Gesellschaft leisten.«

»Aber ich habe Ihre Telefonnummer«, warf Bertucci ein.

»Sie armer Tor, die gibt es in wenigen Augenblicken nicht mehr. Vernichtet, gemeinsam mit dem Handy. Genau genommen hat es diese Nummer nie gegeben. Vielleicht haben Sie sich das alles nur eingebildet?« Der Mann lachte. »Ich wünsche Ihnen einen guten Flug nach England, Eminenz. Wir werden Ihre Reise mit Interesse verfolgen. Wie immer.«

Das Tuten in der Leitung verriet Bertucci, dass sein Gesprächspartner aufgelegt hatte. In diesem Moment wusste Bertucci, dass er nicht nach Como gehen, keine Bergwanderungen machen und sich nicht aufs Altenteil zurückziehen würde. Seine Schwester würde noch ein paar Jahre warten müssen.

Oder noch länger.

Vielleicht würde er, Paolo Bertucci, auch nie mehr in seine Heimatstadt zurückkehren.

Der Advocatus Diaboli kniete nieder und begann zu beten. Es war kein sehr christliches Gebet, keine Ode an Gott, kein Glaubensbekenntnis und kein Ave Maria.

Bertucci bat um Vergebung für das, was er im Begriff war zu denken und zu tun.

»Denn die Rache ist mein«, schloss er grimmig. Dann stand er auf, griff zu seinem Handy und wählte den Notruf.

Nach kaum zehn Minuten wimmelte es in den Gängen des Domus Aurea von Carabinieri und Kriminalpolizei. Scheinwerfer wurden in Stellung gebracht und das Gelände weitläufig abgeriegelt. Die Touristen wurden mit Entschuldigungen und sanfter Gewalt aus dem Park gedrängt. Am Ende einer freundlichen, aber sehr gründlichen Befragung ließ man Bertucci mit dem üblichen Hinweis gehen, sich zur Verfügung der Ermittlungsbehörden zu halten.

Der Kardinal blinzelte, als er wieder ans Tageslicht trat und an Polizisten vorbei langsam zu seiner Vespa ging. Er wählte die Nummer Lambertis, der nach dem zweiten Läuten abhob.

»Auf welcher Seite stehst du, Carlo, wenn es hart auf hart geht?«, eröffnete Bertucci ohne Umschweife das Gespräch.

»Willst du eine ehrliche Antwort, Paolo? Auf der Seite der Kirche, an die wir beide glauben, vielleicht, weil wir Idealisten sind. Was ist los?«

Bertucci schilderte dem Außenminister in kurzen Worten die Ereignisse der letzten Stunde. Er setzte sich auf eine der Bänke im inzwischen menschenleeren Park. Lamberti unterbrach ihn nicht ein einziges Mal und hörte atemlos zu.

»Ich habe nachgedacht, Carlo. Angesichts der Entwicklungen werde ich dir doch die drei Namen verraten, die Rossotti sich gemerkt hatte. Der Geheimdienst vermutet noch nicht, dass ich sie auch kenne. Sie haben die Archivarin, Luigi und meinen alten Freund ermordet, weil alle drei um das Geheimnis wussten, hinter dem Pro Deo her ist. Sollte mir etwas zustoßen, dann gibt es niemanden mehr, der sie aufhalten oder festnageln kann. Deshalb hör mir gut zu, schreib sie nirgends auf, sondern merke sie dir: Theophanu, Marino oder Marini, das weiß niemand so genau, und Balthasar Jauerling.«

»Theophanu, Marino oder Marini, Balthasar Jauerling«, wiederholte Lamberti leise. »Gut, gemerkt. Was hast du vor?«

»Besser, du weißt es nicht«, gab Bertucci bestimmt zurück. »Aber du könntest mir noch kurz helfen. Der Anrufer hat etwas Seltsames gesagt. Er meinte: ›Die Entdeckung der Symbolik des Verborgenen ist die Erkenntnis der Meister.‹ Hast du eine Ahnung, was das heißen könnte?«

»Die Symbolik des Verborgenen? Nun, mir fallen dazu diplomatische Geheimschriften ein, verschlüsselte Depeschen oder Akten mit Topsecret-Vermerk, aber das ist möglicherweise nur meine berufliche Veranlagung...« Lamberti zögerte. »Könnte er Hinweise meinen, die nicht auf den ersten Blick ersichtlich sind? Hm...« Der Außenminister dachte nach. »Haben die drei Morde irgendeinen Symbolcharakter? Sind darin Hinweise für Eingeweihte versteckt, für Meister?«

»Ich bewundere deinen scharfen Verstand, mein Freund«, gestand Bertucci ehrlich. »Es wird mir zwar nicht leichtfallen, aber ich werde Kleinert um Hilfe bitten müssen. Auf welcher Seite steht er?«

Lamberti lachte leise. »Auf seiner, und das mit Hingabe. Er kam mit dem neuen Papst und er wird auch wieder mit ihm gehen. Jetzt weißt du, wo seine Loyalität liegt.«

»Ich habe gemeint, ob er das Spiel von Pro Deo spielt oder nicht.« Bertucci schloss die Augen und wartete.

»Hast du mir nicht selbst gesagt, hier ist nichts und niemand jemals sicher?«, lautete die diplomatische Antwort.

»Du hast recht«, gab der Advocatus Diaboli zu, »du hast recht. Ich halte dich auf dem Laufenden. Und, Carlo ...?«

»Ja?«

»Traue niemandem, bis diese Geschichte vorüber ist. Ich werde für einige Tage verreist sein, und alle werden glauben, ich bin in England. Gut so. Es wäre schön, wenn du sie in dem Glauben bestärkst.«

»Du kannst dich auf mich verlassen«, beruhigte ihn Lamberti. »Und wenn ich dir helfen kann, dann lass es mich wissen. Wohin willst du fahren?«

»Ich werde untertauchen, einfach von der Bildfläche verschwinden«, antwortete Bertucci, »sie mit ihren eigenen Waffen bekämpfen und schneller sein als sie, die Antworten vor ihnen finden und sie bloßstellen. Nur so kann man dieses Packs Herr werden. Mehr solltest du nicht wissen, zu deiner eigenen Sicherheit. Ich melde mich wieder bei dir.«

Damit legte Bertucci auf und ließ das Handy sinken. Er kam sich so alleine vor wie seit seiner Jugend nicht mehr, als er sich entschlossen hatte, ins Priesterseminar zu gehen, und keiner seiner Freunde ihn verstanden hatte. Der Vatikan schien mit einem Mal weit weg, die Mauern unüberwindlich hoch, die Tore gut bewacht. Die Videokameras zeichneten jeden auf, der kam oder ging. Die Schweizergarde würde die Bänder kontrollieren und dann an Pro Deo weitergeben.

Sie würden versuchen, jeden Schritt von ihm zu verfolgen.

Wenn er in acht Tagen noch am Leben sein wollte, dann musste er denken wie sie, genauso kompromisslos sein, schneller und beweglicher.

»Willkommen im Dunkel, Paolo«, murmelte er, »in der Schattenwelt der Geheimdienste.« Doch bevor er seine Strategie ausarbeiten konnte, gab es noch etwas zu tun. Er wählte erneut eine Nummer im Vatikan.

»Kleinert.«

»Bertucci hier. Wir haben die dritte Leiche. Luigi, Sekretär und rechte Hand von Rossotti, ist gerade gefunden worden.« Der Advocatus Diaboli hütete sich, seine Rolle dabei zu erwähnen. »Er lag tot in einem Wasserschaff inmitten des achteckigen Speisesaals des Domus Aurea.«

»Woher wissen Sie das?«, erwiderte Kleinert betroffen. »Ich habe davon noch nichts gehört. Das ist ja unglaublich!«

»Sie werden nochmals zum Heiligen Vater gehen und ihm berichten müssen. Aber vorher wollte ich Sie um einen Gefallen ersuchen.«

»Und der wäre?«, erwiderte Kleinert misstrauisch.

»Information gegen Information«, gab Bertucci zurück. »Ich möchte, dass Sie in Erfahrung bringen, wo genau man den Kopf Rossottis gefunden hat. Der Vierströmebrunnen hat vier Figuren, die alle einen Fluss symbolisieren: den Nil, den Ganges, den Rio de la Plata und die Donau.«

»Sie sind erstaunlich gut unterrichtet«, musste Kleinert einräumen.

»Ich lebe seit fünfzig Jahren in dieser Stadt«, erwiderte Bertucci kühl, »und die Piazza Navona ist immerhin einer ihrer berühmtesten Plätze. Drei Brunnen, wenn ich mich recht erinnere.«

»Ja, drei Brunnen«, wiederholte Kleinert gedankenverloren. »Gut, ich werde meine Beziehungen spielen lassen. Rufen Sie mich in einer Stunde wieder an.«

»Bis dann«, verabschiedete sich Bertucci kurz und legte auf, bevor der Kardinaldekan weiter nachfragen konnte. Er stand auf und überlegte. Der Satz des Unbekannten ging ihm nicht aus dem Kopf: Die Entdeckung der Symbolik des Verborgenen ist die Erkenntnis der Meister.

Tief in Gedanken versunken, machte er sich auf den Rückweg zu seiner geparkten Vespa. Entweder Pro Deo würde innerhalb von acht Tagen seinen Meister gefunden haben, dachte er, oder seine Schwester würde ihn näher bei sich haben, als ihr lieb war: in der Familiengruft der Bertuccis auf dem Cimiterio Monumentale am Stadtrand von Como.

Wildganshof, Landstraßer Hauptstraße, Wien/Österreich

Der Block, vor dem Paul Wagner seine Suzuki abstellte, war einer der größten Wiener Gemeindebauten aus der Zeit nach dem Ersten Weltkrieg. Der Wildganshof, ein mächtiges Ensemble von mehr als achthundert Wohnungen, beherbergte rund 2200 Menschen. Er war eine kleine Stadt für sich, mit Geschäften und Grünflächen, Spielplätzen und eigenen Busstationen. Seit den 1920er-Jahren waren die Gemeindebauten ein augenfälliger Bestandteil der Architektur Wiens, aber auch ein wichtiges Kapitel der Geschichte der Arbeiterbewegung. Ihr bollwerkartiges Aussehen, ihre festungsartige Konstruktion waren beabsichtigt. Sollten sie einerseits die Wohnsituation der Arbeiterschicht der Bundeshauptstadt verbessern, so stand auf der anderen Seite die Kampfbereitschaft des sozialistischen Wien. So befand sich auch der Wildganshof während des Februaraufstandes 1934 im Mittelpunkt militärischer Auseinandersetzungen und konnte, dank seiner

Anlage, relativ lange gehalten werden, bevor das Bundesheer ihn stürmte.

Paul ging durch eines der großen Gittertore in das Innere des Komplexes und wich zwei spielenden Kindern aus, die schreiend einem bunten Ball nachliefen. Er versuchte sich zu orientieren. Es war lange her, dass er Franz Strehler besucht hatte, mehr als fünf Jahre. Der Pensionist hatte zwei Wohnungen im Wildganshof gekauft und zusammengelegt – eine für sich und seine Frau, die andere für sein Archiv. Strehler war einer der größten Privatarchivare der Bundeshauptstadt. Er bezog täglich fünf Zeitungen, wertete seit mehr als vierzig Jahren Magazine, Bücher und Illustrierte aus, war Stammkunde bei Antiquariaten, streifte jedes Wochenende über Flohmärkte und kaufte Sammlungen auf. Die Wohnungen platzten bald aus allen Nähten, und Strehler sah sich gezwungen, entweder die Scheidung zu akzeptieren oder einen Teil seiner Bestände auszulagern. Glücklicherweise war im Wildganshof zur gleichen Zeit eine Werkstatt pleitegegangen, und der Sammler griff zu. Es wurde leerer in den heimischen vier Wänden, dafür füllten sich die Räume der ehemaligen Autowerkstatt mit Regalen, Kisten, Schränken und Truhen.

Strehler, ein bescheidener, schmaler, stets lächelnder Mann mit einem brillanten Gedächtnis und abgehackten Bewegungen, war seit »immer schon«, wie er es nannte, mit einer rundlichen, agilen Wienerin verheiratet, deren einziger Zeitvertreib das Backen war. Das machte Besuche bei ihm stets zu einem ergiebigen sowohl kulinarischen als auch recherchetechnischen Erlebnis.

Wagner lief das Wasser im Mund zusammen, wenn er an die Torten und Kuchen, Kekse und Früchtebrote dachte, die sicherlich bereits seiner harrten. Doch bevor der Reporter die Stiege betreten konnte, um in die Wohnung der Strehlers zu eilen, winkte ihm Franz von der Hintertüre der Werkstatt aus zu.

»Sehe ich recht?«, rief Strehler. »Wenn das nicht unser rasender Reporter Paul Wagner ist! Lange nicht gesehen!«

»Hast du auf mich gewartet?«, lachte Paul und schüttelte dem alten Bekannten die Hand.

»Ach wo, ich bin in der Sonne gesessen. Christine ist nicht da, sie ist zu ihrer Mutter gefahren«, antwortete Strehler, »und das muss ich ausnutzen. Allerdings heißt das, kein Kuchen für dich heute.«

»Dann bin ich wieder weg«, gab Wagner zurück.

Grinsend holte Strehler einen Sessel aus der Werkstatt und stellte ihn neben seinen. »Setz dich! Was treibt dich hierher in die Niederungen des sozialistischen Wohnungsbaus?«

»Dein Archiv und dein Wissen«, meinte Paul und genoss still für einen Augenblick die Frühlingssonne. »Hier könnte man es aushalten«, seufzte er genüsslich. »Aber die Arbeit ruft.« Er erzählte Strehler in kurzen Worten von dem toten Pfarrer in Unterretzbach und den Leichen im Kriegerdenkmal.

»Es geht also um die Zahl 666«, fragte der Archivar nach.

»Ja, und um den seltsamen Umstand, dass zwei Sechser durchgestrichen waren«, meinte der Reporter nachdenklich.

Strehler nickte. Dann legte er die Fingerspitzen seiner Hände aneinander und sah Wagner an. »Dabei bist du doch der Experte für Geheimschriften«, stichelte er. »Aber gut, gehen wir gemeinsam durch, was wir haben. Vielleicht fällt uns im Laufe des Gesprächs noch mehr dazu ein. Erst einmal die Zahl. 666. Dass es sich um das wohl bekannteste und verbreitetste Symbol des Satanismus handelt, brauche ich dir wohl nicht zu erzählen. Genauso wenig, dass sie aus der Offenbarung des Johannes stammt.«

»Hier ist die Weisheit. Wer Verstand hat, der überlege die Zahl des Tiers; denn es ist eines Menschen Zahl, und seine Zahl ist sechshundertsechsundsechzig«, zitierte Paul.

Franz nickte. »Genau. Dazu gibt es aber etwas anzumerken. Alle Kommentatoren stimmen darin überein, dass die sogenannte Gematrie das Werkzeug ist, das uns bei der Lösung des Rätsels helfen kann. Gematrie ist eine alte Methode, die Zahlenwerte von Buchstaben zum Aufspüren der verborgenen Bedeutung eines Wortes zu verwenden. Sie beruht darauf, dass sowohl das klassische Griechisch, Latein wie auch Hebräisch keine speziellen Zahlzeichen hatten, sondern stattdessen die Buchstaben als solche verwendeten. Daher steht der erste Buchstabe des Alphabets auch für die Zahl 1, der zweite für 2, und so fort. Manchmal wird er durch sehr exakt definierte Zahlenwerte ersetzt, wie das L für 50 im Römischen.«

»Daran habe ich auch schon gedacht«, antwortete Paul, »in unserem Fall wäre die Sechs die Zahl für ›F‹.«

»F wie Franz«, sagte Strehler.

»Moment!«, rief Wagner aus. »Du hast recht! Drei Männer – Ferdinand Maurer, Fritz Wurzinger, Franz Reiter. Drei Vornamen mit F. Als wir den Pfarrer fanden, war Reiter bereits tot. Dann hing Wurzinger an der Glocke. Zwei F durchgestrichen, nur mehr Maurer war übrig. Mir wird einiges klar. Das sollte eine Drohung an Maurer sein, eine sehr subtile.«

»Eine grausame, wenn du mich fragst«, meinte der Archivar düster. »Der oder die Mörder kennen sich gut aus in der Numerologie und in den Bedeutungen der 666. Vielleicht ein weiteres Merkmal.«

»Was fällt dir sonst noch dazu ein?«, drängte Paul.

»Wie immer ist es schwierig, zwischen der Realität und den esoterischen Auslegungen eine Grenze zu ziehen«, erwiderte Strehler. »Es gibt so viele Legenden zur 666 und so viele Wahrheiten. Schreibt man 666 in römischen Zahlenwerten, also DCLXVI, dann verwendet man jeden bekannten Zahlenwert unter 1000 nur einmal, und zwar in absteigender Größe. Die Summe der Zahlen von 1 bis 36 beträgt 666. Daher nennen viele das Roulette auch das Spiel des Teufels, weil der Kessel alle Zahlen von 0 bis 36 aufweist. Der alte Okkultist Aleister Crowley hat mit der 666 signiert, das WWW des World Wide Web entspricht in Hebräisch dem Zahlenwert 666.« Der Archivar zuckte die Schultern. »So weit schon einmal ein paar Fakten und Vermutungen. Jetzt wird es allerdings interessant und weniger spekulativ. Dem Kaiser Nero wird die Zahl 666 ebenfalls zugeordnet, vor allem von Bibelwissenschaftlern. Sein Titel war Nero Lucius Domicius. Addiert man die römischen Zahlenwerte, ergibt das die 666. Kommen wir zu den Päpsten. Der erste Papstname, der wiederholt verwendet wurde, war Sixtus, lateinisch für »Der Sechste«. Dann etwas Erstaunliches: die Addition der Zahlenwerte der Buchstaben des Titels des Papstes ›REX SACERDOS LATINVS‹, was übersetzt so viel wie »Lateinischer König und Heiligkeit« heißt, ergibt ebenfalls die 666. Dann nämlich, wenn man nur diejenigen Buchstaben zählt, die zugleich römische Ziffern sind.«

»Mir schwirrt der Kopf, und ich bewundere dein Gedächtnis«, gestand Paul. »Also ein Mord, der auf das Konto von Satanisten geht?«

Strehler wiegte den Kopf. »Das wäre ein Schnellschuss, der leicht danebengehen könnte. Mir fallen auf Anhieb mehrere Gruppierungen ein, die mit der 666 unterschreiben würden.« Er verstummte plötzlich.

»Könntest du das bitte weiter ausführen?«, bat ihn Wagner. »Wir haben eine Gruppe von vier Männern in Verdacht, die aber real und keineswegs unserer dunklen Phantasie entsprungen sind. Die sahen auch nicht wie Satanisten auf Urlaub in Niederösterreich aus, sondern eher wie Profis.«

»Hm...« Strehler legte den Finger auf die Lippen und dachte nach. »Die 666 gilt auch als die Zahl von Caesarea.«

Paul sah ihn verwirrt an. »Ja, und? Ein Ort in Israel, wenn mich nicht alles täuscht.«

»Richtig, und der Name eines Erzbischofs, Andreas von Caesarea, in Kappadokien, der eine weithin bekannte Abhandlung zur Zahl 666 schrieb. Das macht alles ja so schwierig...«

»Wieso schwierig? Würdest du bitte Klartext reden?« Der Reporter versuchte, den Überblick zu behalten, aber es wurde zunehmend komplizierter.

Strehler schien sich zu einem Entschluss durchgerungen zu haben. »Also gut, dann tauchen wir in die Welt der Geheimdienste ein. Hier die Fakten: Der Mossad bildete nach dem Olympia-Attentat in München 1972 eine Sondereinheit, um Vergeltung zu üben. Fast zwanzig Jahre lang verfolgten und ermordeten die Mitglieder dieser Gruppe die verantwortlichen Attentäter auf der ganzen Welt. Keiner konnte entkommen. Der Name der Sondereinheit: Caesarea.«

»Shapiro«, flüsterte Paul entgeistert.

»Was meinst du?«, erkundigte sich Strehler, der ihn nicht verstanden hatte.

»Nichts, sprich bitte weiter«, meinte Wagner und machte sich eine Notiz.

»Wegen des großen Erfolges und in Anlehnung an den Rachefeldzug tragen die wichtigsten Einheiten des Mossad heute den Namen Caesarea. Wo sie hinausgehen, da lebt niemand mehr. Das haben wir erst vor wenigen Monaten in Dubai erlebt. Die Killer-Kommandos der Israelis sind äußerst effektiv.« Der Archivar deutete hinter sich in die Werkstatt. »Artikel dazu kann ich dir jede Menge liefern. Aber der Mossad ist nicht der einzige. Wie der Erzbischof hat auch das israelische Kommando ein Gegenstück, das nicht minder gefährlich ist. Erinnerst du dich an die Banco Ambrosiano? An Roberto Calvi. Der Mann, der nach dem Skandal an der Londoner Blackfriars Bridge hing, die

Taschen voll mit Ziegelsteinen? Auch der Vatikan vergibt nie. Bei der Aufklärung des Falles der Banco Ambrosiano kamen fünf Steuerfahnder der italienischen Polizei ums Leben.«

»Weiß man, wer sie umgebracht hatte?«, stieß Wagner nach.

Strehler schüttelte stumm den Kopf. »Wie auch immer, die Einsatzgruppen des vatikanischen Geheimdienstes Pro Deo tragen ebenfalls den Namen Caesarea. Ob Zufall oder Absicht, das wurde nie geklärt.«

»Den Mossad habe ich inzwischen kennengelernt«, warf der Reporter ein, »über Pro Deo weiß ich gar nichts.«

»Vielleicht besser so«, murmelte Strehler. »Niemand hat viele Informationen darüber, schon gar keine greifbaren Fakten.« Er sah Paul in die Augen. »Du wolltest wissen, wer mit 666 signieren könnte. Hier hast du bereits zwei Gruppierungen.«

»Beide gefallen mir kein bisschen«, gestand Wagner.

»Das kann ich mir gut vorstellen«, nickte der Archivar. »Ich fürchte, mehr kann ich dir im Moment auch nicht sagen. Hast du eine Ahnung, was die Geheimdienste in dem ruhigen Ort im Weinviertel zu suchen haben? Der Mord an einem Priester ist keine Kleinigkeit.«

»Ich tappe genauso im Dunkeln wie du«, gab Wagner zu. »Was immer es ist, es muss mit den zwei Soldaten zusammenhängen, die in den letzten Kriegstagen dort gestrandet sind und dann ins Kriegerdenkmal eingemauert wurden.«

»Pass auf dich auf, Paul«, ermahnte ihn Strehler. »Egal ob Tel Aviv oder Rom, besser du stehst keinem von denen im Weg zwischen ihnen und dem Ziel.«

Geheimes Militärgefängnis, Lhasa/Tibet

Die Zelle war überraschend groß. Drei angerostete Stockbetten, deren cremefarbener Lack an vielen Stellen abgeblättert war, verrieten Valerie, dass hier normalerweise sechs Gefangene untergebracht waren. Jetzt lag ein einzelner Chinese in einem der unteren Betten und schnarchte. Er hatte sich nur kurz grunzend umgedreht, als Goldmann in die Zelle gestoßen worden war. Seine ausdruckslosen Augen hatten die junge Frau gemustert, bevor der Mann wieder augenblicklich eingeschlafen war. Seine Ausdünstungen verrieten Valerie, dass er stockbetrunken war und wohl zur Ausnüchterung in den Raum mit dem nackten Betonboden gesteckt worden war.

Ein kleines, vergittertes Fenster knapp unter der Decke gab den Blick auf eine majestätische Bergkette frei, die wie frisch angezuckert im nachmittäglichen Sonnenlicht leuchtete. Graffiti bedeckte die Wände bis in den letzten Winkel. Aus den Zeichnungen konnte Valerie auf die Texte schließen. Nichts, was man verstehen musste.

Es war bitterkalt. Valerie zog den Reißverschluss ihrer Jacke zu und hockte sich auf den Boden, nachdem sie mit wachsendem Ekel die Matratzen und Decken inspiziert hatte. Während sie eine große Spinne beobachtete, die ziellos über den Beton wanderte, zog sie eine kurze, aber ernüchternde Bilanz: Es sah ganz und gar nicht gut aus für sie.

Li Feng hätte durchaus in der Inneren Mongolei bleiben können, es wäre kein Verlust gewesen, resümierte sie. Dass er ausgerechnet seinen Posten als Militärkommandant von Lhasa antreten würde, während sie einem chinesischen Militärhubschrauber flog, war schlimm genug. Aber dass sie Baumaterial in genau jenes Kloster geflogen hatte, das der General vor zwei Jahren fast zerstört hatte, das würde er ihr nie verzeihen. Mit der Meldung ihrer Verhaftung nach Peking konnte sie frühestens in drei Wochen rechnen.

Wenn überhaupt.

Auf dem Gang waren Geräusche zu hören, und Valerie blickte hoch. Eine schmale Klappe in der metallbeschlagenen Tür ging auf, und jemand schrie etwas auf Chinesisch. Dann schoben sich zwei flache Essnäpfe durch die Öffnung und fielen auf den Boden. Ein undefinierbarer Brei mittelbrauner Farbe ergoss sich über den Beton.

Die Spinne wechselte die Richtung und lief schnurstracks darauf zu.

Der Betrunkene hatte sich keinen Zentimeter bewegt.

»Guten Appetit«, murmelte Goldmann ironisch. »Oder sollte ich eher sagen – wohl bekomm's?«

Sie war noch keine drei Stunden in der Zelle und ihr graute vor der kommenden Nacht. Nicht wegen dem Chinesen in dem Stockbett, der war keine reale Bedrohung. Aber wegen der Kälte. Schon jetzt stand ihr Atem in weißen Wolken im Raum. Bei Einbruch der Dunkelheit würde die Temperatur in der Zelle unter den Gefrierpunkt sinken. Die speckigen Decken waren vielleicht doch eine zweite Inspektion wert, wollte Valerie am Morgen nicht steif gefroren aufwachen.

Plötzlich hörte sie, wie der Schlüssel nach und nach jedes der drei Schlösser aufsperrte. Dann geschah gar nichts. Valerie hatte den Eindruck, als würden sich zwei Personen leise vor der Tür unterhalten. Sie verstand kein einziges Wort. Sie war sich nur sicher, dass es nicht Chinesisch war. Dann flog die Tür auf, und ihr Kopilot wurde hereingeschoben, bevor die Zelle wieder sorgsam verschlossen wurde.

»Tsering, was machst du hier?«, rief Valerie, sprang auf und umarmte den drahtigen Tibeter, der sich rasch in der Zelle umblickte. »Haben sie dich auch verhaftet?«

»Schsch!« Tsering legte den Finger auf die Lippen, dann ging er zu dem schlafenden Chinesen hinüber, schnüffelte und zog ein verächtliches Gesicht. »Zwei Promille und bewusstlos bis morgen. Chinesen sollten nichts trinken. Sie vertragen es nicht.«

Dann kam er zu Valerie zurück und schaute ihr forschend ins Gesicht. »Ist es wahr, dass du gegen die Chinesen in Europa gekämpft hast?«

Valerie blickte ihn überrascht an. »Ja, Li Feng hat recht, meine Freunde und ich haben den Chinesen in Wien ein altes Geheimnis vor der Nase weggeschnappt. Ein gefährliches Geheimnis, das zum Ende der Welt geführt hätte. Li Feng unterlag und wurde in die Mongolei strafversetzt. Aber warum fragst du?«

Der Tibeter überlegte kurz. »Weil wir auf derselben Seite stehen, du und ich. Es gibt einen aktiven tibetischen Widerstand, musst du wissen, der seit vierzig Jahren gegen die Besatzer kämpft, mehr oder minder erfolgreich. Wir sind nicht sehr stark und oftmals isoliert, aber unsere Politik der Nadelstiche zeigt Wirkung.« Er sah den Funken Hoffnung in Valeries Augen aufleuchten und winkte ab. »Nein, wir sind nicht gut genug, um dich aus einem chinesischen Militärgefängnis zu befreien. Mach dir keine falschen Hoffnungen.« Er schaute auf die Uhr. »Ich habe nicht mehr viel Zeit. Einer der Wärter hier ist ein Landsmann und ebenfalls im Widerstand. Er hat mich hereingebracht. In den letzten Stunden habe ich viele Telefongespräche geführt, Erkundigungen über dich eingezogen und Kontakte geknüpft. Du wirst dich nur selbst aus dieser Zelle befreien können.«

»Ich mich selbst?«, wisperte Valerie überrascht.

Tsering nickte energisch. Da läutete plötzlich ein Handy. Der Tibeter griff in seine Jacke und schaute auf das Display. »Für dich!«, sagte er leise, nahm das Gespräch an und drückte Goldmann das Mobiltelefon in die Hand. Sie schaute ihn verständnislos an, dann hielt sie das abgegriffene Nokia ans Ohr.

»Ja?«, sagte sie leise.

»Major Goldmann, sind Sie auf Urlaub in Tibet und besichtigen gerade die chinesischen Sicherheitseinrichtungen?« Die Stimme klang leicht spöttisch.

Valerie war sprachlos.

»Fehlen Ihnen die Worte? Das ist doch sonst nicht eines Ihrer Probleme.« Der Anrufer lachte leise.

»Shapiro!«, zischte Valerie. »Was zum Teufel ...?«

»Lassen Sie den aus dem Spiel«, unterbrach sie der Geheimdienstchef. »Ich bin immer wieder überrascht, wo auf dieser Welt Sie sich überall herumtreiben. Lhasa ist nicht gerade für seine Luxusherbergen bekannt.«

»Etwas karg, zugegeben«, raunte Goldmann und sah sich um. »Woher wissen Sie ...?«

»... dass Sie in einer Zelle der geheimen chinesischen Militärbasis sitzen? Ich würde ja gerne auf unser lückenloses Informationsnetzwerk verweisen, aber das wäre gelogen.«

»Sie nehmen es doch sonst auch nicht so genau mit der Wahrheit«, gab Valerie zurück. »Woher kommen plötzlich diese Skrupel?«

»Major Goldmann, wollen Sie mit mir streiten oder mir zuhören?«

»Wollen Ersteres, müssen Zweiteres«, antwortete Valerie und versuchte sich Oded Shapiro vorzustellen, wie er an seinem völlig überladenen Schreibtisch in Tel Aviv Unterlagen und Menschenleben von einer Seite auf die andere schob.

»Ein sehr effektiver junger Mann hat das Institut vor neunzig Minuten auf der offenen Leitung angerufen und uns davon unterrichtet, dass Sie einen Zwangsurlaub auf dem Dach der Welt angetreten haben. In einem chinesischen All-inclusive-Resort.« Shapiro amüsierte sich köstlich.

»Es freut mich, dass sie so gut gelaunt sind«, schnappte Goldmann.

»Jetzt hören Sie einmal zu, Major.« Die Stimme Shapiros war kalt und schneidend geworden. »Was haben Sie sich eigentlich dabei gedacht? Haben Sie sich eingebildet, Sie könnten die Chinesen an der Nase herumführen? Wenn der chinesische Geheimdienst seine Hausaufgaben nicht macht, so ist das eine Sache. Aber es auch noch herauszufordern, das ist leichtfertig und höchst gefährlich, wie Sie ja selbst feststellen konnten.«

»Wer konnte schon wissen, dass Li Feng plötzlich wieder aus der mongolischen Versenkung auftaucht wie ein Deus ex Machina?«, warf Valerie ein. »Ausgerechnet, wenn ich hier bin!«

»Sie meinen, ausgerechnet, wenn Sie einen chinesischen Militärhubschrauber mit Baumaterial zu jenem Kloster fliegen, das unser guter Li Feng bei einem Angriff verwüstet hat? Auf der Suche nach jenem Geheimnis, das Sie ihm vor der Nase weggeschnappt haben? Ausgerechnet in der politisch äußerst sensiblen Region Tibet? Gegen Sie ist ein Elefant im Porzellanladen ein vorsichtiger und rücksichtsvoller Zeitgenosse.« Shapiro machte aus seiner Wut keinen Hehl. »Ich darf Sie daran erinnern, dass Sie aktives Mitglied des Mossad waren, im operativen Einsatz. Glauben Sie, das streicht man nach Belieben aus seinem Leben, wenn es einem nicht mehr passt?«

Valerie biss sich auf die Lippen. Tsering stand an der Zellentür und lauschte auf die Geräusche, die vom Gang hereindrangen.

»Dummheit gehört bestraft, und ich hätte gute Lust, Sie die Gastfreundschaft Li Fengs in Lhasa auskosten zu lassen«, stellte Shapiro ungerührt fest, »bis zur bitteren Neige. Aber ich habe andere Probleme, dringendere.«

»Warum wundert mich das nicht?«, gab Goldmann düster zurück. »Ich kann geradezu eines Ihrer faulen Angebote riechen.«

»Ich kann auch ganz einfach wieder auflegen«, spielte Shapiro den Ball zurück. »Ich wünsche fröhliches Fasten in Gesellschaft netter Mitbewohner.«

»Was wollen Sie?«, erkundigte sich Valerie leise.

»Ihre Mitarbeit für ein paar Tage«, gab der Geheimdienstchef unverbindlich zurück. »Gegen Ihre Freilassung spätestens in ... sagen wir, einer halben Stunde.«

»Soll ich mich umbringen lassen, so wie letztes Jahr, als Sie mir Yftach Spector auf den Hals gehetzt haben? Das vergesse ich Ihnen niemals«, fauchte Goldmann.

»Das war kalkuliertes Risiko«, wehrte Shapiro ab. »Und Sie leben ja noch, also was soll die Beschwerde? Der gute Weinstein hat sicher bereits Sehnsucht nach Ihnen.«

»Soll das heißen, ich fliege nach Wien in Ihrem Auftrag?«, fragte Valerie lauernd.

»Keine Details dieser Art am Telefon, Major«, warnte Shapiro. »Ich möchte eine klare Antwort und brauche eine schnelle Entscheidung – Tibet oder ein Einsatz.«

»Warum ich?«, wollte Goldmann wissen. »Sie werden doch noch genug andere Agenten haben, die Sie losschicken können.« Im selben Augenblick wurde ihr klar, dass das vielleicht die falsche Frage gewesen war.

»Meine Entscheidung«, brummte Shapiro. »Aber reden Sie mir noch ein wenig zu und ich suche mir jemand anderen. Vielleicht habe ich einfach ein weiches Herz und kann nicht zusehen, wie Sie die nächsten Monate mit zitternden Fingern Tüten kleben.«

»Allein mir fehlt der Glaube«, erwiderte Goldmann vorsichtig. Tsering sah nervös auf die Uhr und gab ihr hektische Zeichen, doch zu einem Ende zu kommen.

»Haben Sie eine Wahl?«, fragte Shapiro lauernd. »Ich glaube kaum. Also?«

»Sie haben gewonnen, Shapiro«, gab Valerie zähneknirschend nach. »Holen Sie mich hier raus, ich übernehme den Job.«

»Machen Sie sich zur Abreise bereit«, ordnete der Geheimdienstchef an. »Li Feng nimmt in einer Stunde im Brahmaputra Grandhotel an einem Bankett teil, das zu seinen Ehren gegeben wird. Bedanken Sie sich bei Ihrem Kopiloten für den Tipp. Ich werde dafür sorgen, dass ein Ticket für den nächsten Flug nach Kathmandu in Nepal für Sie am Schalter von China Southern Airlines bereitliegt. Der Flughafen Gonggar ist rund hundert Kilometer südlich von Lhasa, Tsering wird Sie hinbringen. Trödeln Sie nicht herum. Wir müssen Sie so schnell wie möglich nach Europa fliegen. Ab Kathmandu arbeite ich noch an den Details.«

»Haben Sie nicht etwas Wichtiges übersehen?«, warf Valerie ein. »Ich sitze nach wie vor in einer Zelle im Militärgefängnis.«

»Ach das, ja...«, meinte Shapiro nonchalant. »Tsering hat bereits einen Befehl in der Tasche, der Ihre Entlassung anordnet. Hat er Ihnen das nicht gesagt? Ich habe dem tibetischen Widerstand ein wenig unter die Arme gegriffen mit meinen Beziehungen. Gewisse chinesische

Geheimdienststellen, die Li Feng nicht in ihr Herz geschlossen haben, waren mir noch etwas schuldig. Sagen wir, es war eine Interessensabwägung.«

»Der Schlag soll Sie treffen, Shapiro«, fauchte Goldmann. »Habe ich Ihnen heute schon gesagt, dass Sie so ziemlich das Letzte sind ...«

»Warum klingt das aus Ihrem Mund immer wie ein Kompliment?«, unterbrach sie Shapiro. »Ich habe gesagt, Sie sollen nicht rumtrödeln, Major Goldmann. Ihr Flieger geht in knapp 120 Minuten. Genug geplaudert. Melden Sie sich aus Kathmandu.« Damit legte er auf.

Valerie funkelte Tsering wütend an und stürmte zur Tür. »Judas!«, zischte sie ihm zu.

Der Tibeter lächelte entschuldigend und klopfte von innen an die Zellentür. »Ich habe dir gesagt, dass wir eine kleine Organisation sind. Wenn uns der Mossad mit Geld und Ausrüstung unterstützt, dann nehmen wir natürlich mit Handkuss an. Was hättest du getan?«

»Ich habe heute meine Seele verkauft«, entgegnete Valerie wütend, »wegen dir!«

»Darf ich dich daran erinnern, dass ich den Handel überhaupt erst möglich gemacht habe?«, versuchte Tsering sie zu beruhigen. »Sonst hättest du in den kommenden Monaten die Launen Li Fengs ertragen oder in der Zelle erfrieren müssen. Also! Was ist besser?«

Mit einem abschätzigen »Pfff!« folgte Valerie dem Wärter, der sie durch zahlreiche Sicherheitsschleusen zum schwer bewachten Ausgang eskortierte. Dort kontrollierte man ihren Entlassungsschein mehrmals, dann drückte man ihr den kleinen Seesack mit ihren persönlichen Gegenständen in die Hand und öffnete das Tor.

Ein japanischer Geländewagen wartete bereits mit laufendem Motor auf sie. Wenige Augenblicke später waren Valerie und Tsering auf dem Weg zum Flughafen.

Minoritenkirche, Wien-Innere Stadt/Österreich

Es war nicht leicht, im engen Gassengeflecht um den Minoritenplatz in der Wiener Innenstadt einen Parkplatz zu finden. Der gelbe Lada holperte mehrere Runden über das Kopfsteinpflaster des

Michaelerplatzes, und Sina war froh, als sie endlich eine kleine Lücke in einer Seitengasse gefunden hatten, in die der Geländewagen gerade so passte.

Die Goldornamente auf der grünen Kuppel des Michaelertores glitzerten in der Sonne, Fiakerpferde dösten in ihren Geschirren vor sich hin, und Touristengruppen standen in Trauben um Stadtführer herum oder fotografierten. Im Gastgarten des Café Griensteidl tranken erste Sonnenhungrige ihren Kaffee und aßen Wiener Mehlspeisen.

Georg Sina hatte Tschak an die Leine genommen und spazierte, mehr gezogen als aus freiem Willen, über den Platz. Er betrachtete mit gemischten Gefühlen die Statue über dem Hauptportal der Michaelerkirche mit dem berühmten Engelsturz im Chor, das goldene Flammenschwert des Erzengels Michael und den brüllenden Teufel unter seinem Fuß. Der schlanke Turm der ehemaligen Hofkirche, die enge Straße vor dem Innenministerium, all das weckte in ihm Erinnerungen an turbulente Zeiten. Er dachte an die Fernsehberichte über die Ausschreitungen im letzten Jahr, an seine Suche mit Paul nach dem ältesten Grabstein der Michaelerkirche und an seine Unbeschwertheit, mit der er sich auf das erste gemeinsame Abenteuer eingelassen hatte.

Dank Jauerling und seinem Archiv und meiner Vorliebe für scheinbar harmlose Schnitzeljagden bin ich mitten im nächsten Abenteuer gelandet, dachte Georg. In einer Auslagenscheibe beobachtete er Barbara Buchegger, die sich bemühte, mit Sina und Tschak Schritt zu halten. Diese harmlose Nonne hat keine Ahnung, was auf sie zukommt. Er hielt nach dem Unbekannten Ausschau, der ihnen in Kühnring gedroht hatte. Die beiden Kampfhunde am Michelberg waren sicher nur ein kleiner Vorgeschmack gewesen.

Die Minoritenkirche stand genau in der Mitte eines weitläufigen, gepflasterten Platzes, dem sie ihren Namen gegeben hatte. Um die gotische Kirche reihten sich eindrucksvolle Fassaden, hinter denen Ministerien, das Haus-, Hof- und Staatsarchiv, die Vertretung Niederösterreichs und andere staatliche Stellen ihren Sitz hatten.

Auf der Suche nach dem Eingang waren Barbara die Bänder in den Farben der italienischen Trikolore aufgefallen, die an Bildstöcken und Epitaphen in den Laubengängen rund um die Kirche angebracht waren. Mit weit zurückgelegtem Kopf bewunderte sie das feine Maßwerk in den drei hohen Fenstern und die filigranen Figuren am Doppelportal.

»Beeindruckend, nicht wahr?« Georg stellte sich neben sie und kramte in seinem Gedächtnis. »Herzog Leopold VI., genannt »der Glorreiche«, und ein Babenberger befanden sich auf dem Heimweg von seinem Kreuzzug nach Jerusalem, als er mit Franz von Assisi zusammentraf. Er bat ihn, seinen Orden auch nach Wien zu schicken, und schenkte ihm dieses Grundstück, damals noch vor den Toren der Stadt. Darauf entstand die Kirche, eines der ältesten gotischen Bauwerke im Osten Österreichs. Den Turm, so erzählt man sich, hätten die Türken bei der Belagerung Wiens abgeschossen. Kaiser Joseph II. schloss den Konvent, siedelte die Mönche um und schenkte die Kirche den Italienern. Seitdem ist die Minoritenkirche die italienische Nationalkirche in Wien.«

»Der Professor ist wieder ganz in seinem Element«, hörte Georg da eine Stimme.

»Eddy!«, rief Sina begeistert und drückte dem Exringer die Hand. »Ich war schon etwas in Sorge, weil ich dich nirgends gesehen habe...«

»Aber, Georg, ich bin zwar schwer zu übersehen, aber wo bliebe dann die Überraschung für deinen unbekannten Verfolger?«, erwiderte Bogner grinsend und winkte Georg und der Nonne, ihm in die Kirche zu folgen. Zwischen den Bankreihen standen zwei Männer mit Sonnenbrille und in dunklen Anzügen.

»Erinnerst du dich noch an Frank und Helmut? Als sie gehört haben, dass es um dich geht, waren sie sofort Feuer und Flamme...«

»Aber natürlich, wie könnte ich euch beide vergessen?«, lächelte Georg. »Ihr wart mit uns in der Kirche am Kinzerplatz im vergangenen Jahr. Tut mir leid, aber im edlen Zwirn habe ich euch nicht erkannt.«

»Macht nichts, Professor«, lachte Franz, »in dem Anzug erkenne ich mich kaum selbst, wenn ich in den Spiegel schaue. Aber der Chef hat gesagt, Sie brauchen zwei Bodyguards. Also haben wir uns in Schale geworfen.« Er öffnete sein Sakko und zeigte auf die Glock im Schulterhalfter. »Nur zur Sicherheit«, grinste er, »vielleicht gibt es ja ein kleines Abenteuer. Würde uns guttun, ein wenig Abwechslung zum Werkstattalltag...«

»Und was hast du da im Ohr, Helmut? Sprechfunk? Das Wunder der Technik?«, erkundigte sich der Wissenschaftler.
»Ach wo, das ist nur mein iPod«, amüsierte sich der zweite Mann. »Sieht aber professionell aus, oder?« Er wandte sich Barbara zu. »Und wer ist Ihre reizende Begleitung, wenn ich fragen darf?«
Georg zog Barbara nach vorne. »Das ist Schwester Barbara, die Nichte eines guten Freundes. Sie ist unverschuldet mit mir in dieses Schlamassel gerutscht. Passt bitte auch auf sie auf.«
»Die beiden haben heimlich gehofft, die gute Valerie wiederzutreffen«, flüsterte Eddy vernehmlich und gab Frank einen Rippenstoß. »Aber heute gibt es keine sexy Agentin, sondern eine ehrwürdige Mutter...«
Dann nahm Eddy Georg zur Seite, um sich mit ihm in der Kirche umzusehen. Die Säulen der hohen gotischen Hallenkirche lagen im Dunkeln. Sie strebten wie gewaltige Bäume nach oben, und ihr Ende verlor sich im Zwielicht. Staubkörner tanzten in den Strahlen der Sonne, die durch die farbigen Fenster fielen. Die Luft war geschwängert vom Duft der Kerzen und der Blumen vor den Seitenaltären.
Die Stimmen von Barbara und den beiden anderen hallten durch die Weite des Raumes.
»Hältst du es für sehr gescheit, eine Nonne mitzuschleppen, Georg?«, raunte Bogner. »Wenn du willst, bringe ich sie heim in ihr Kloster.«
»Noch nicht, Eddy. Sie jetzt abzuschieben, fände ich irgendwie unfair. Mein Freund Benjamin wollte sie einige Tage mit mir unterwegs wissen, und jetzt, wo ihr da seid, kann sie ruhig noch ein wenig dabei bleiben.«
»Deine Entscheidung, Georg.« Bogner zuckte mit den Achseln. »Aber wie ich vorhin schon zu meinen Jungs gesagt habe, das ist keine Valerie, sondern eine Betschwester...«
»Religionslehrerin«, korrigierte Sina.
»Wie auch immer.« Eddy ließ sich nicht beeindrucken. »Vergiss nicht, hier läuft ein Killer frei herum.« Dann drehte er sich um und schickte Frank und Helmut vor die Kirchentür. »Keine Touristen, kein Besuch, keine Überraschungen. Wir wollen hier drinnen ungestört bleiben. Lasst euch passende Ausreden einfallen, eurer Kreativität sind keine Grenzen gesetzt.«

Frank nickte und bezog mit Helmut seinen Posten vor dem Tor der Minoritenkirche.

Barbara schaute ihnen besorgt hinterher. »Glauben Sie, Pater Frascelli erwartet uns bereits?«

»Keine Ahnung«, gab Georg zurück und hielt Tschak an der kurzen Leine.

Die Bänke waren leer, und als sich Georg umblickte, war im gesamten Gotteshaus niemand zu sehen. Im nächsten Augenblick jedoch hörte er ein leises Stimmengewirr aus Richtung der Sakristei.

»Es kommt von dort drüben«, sagte Barbara und deutete auf eine geöffnete Tür rechts vom Altarraum. »Gehen wir nachsehen?«

»Unbedingt!«, beschloss Sina und marschierte auf den beleuchteten Nebenraum zu. »Wo eine Sakristei ist, ist gewöhnlich der Pfarrer nicht weit. Eddy, wartest du bitte auf uns? Wir sind gleich wieder zurück.«

Die Unterhaltung wurde lauter, je näher Buchegger und Sina kamen.

»Die sprechen Italienisch«, stellte die Nonne fest und klopfte laut gegen den Türrahmen. »Klingt nach einer Besprechung für eine Hochzeit.« Sie lächelte.

Drinnen scharrte ein Sessel über den Fußboden der Sakristei, jemand war aufgestanden und schlurfende Schritte näherten sich langsam.

Der Pfarrer, der die Tür öffnete, war von mittlerer Statur mit dem leichten Ansatz eines Bäuchleins. Sein gepflegter, weißer Haarkranz war mit Brillantine um eine Halbglatze frisiert, die hohe Stirn trug tiefe Falten, und eine Lesebrille war bedenklich nahe an die Spitze seiner Nase gerutscht. »Buongiorno!«, grüßte er freundlich, als er die Nonne bemerkte. »Was kann ich für Sie tun, Schwester? Viel Zeit habe ich nicht, Sie müssen verzeihen, ich bin gerade in einer Besprechung.« Er sprach Deutsch, jedoch mit einem starken italienischen Akzent, den er auch unter keinen Umständen verleugnen wollte.

»Sind Sie Pio Frascelli?«, erkundigte sich Barbara neugierig.

»Si, der bin ich«, antwortete der Pater und legte etwas überrascht den Kopf zur Seite.

»Ich bin Professor Georg Sina«, schaltete sich der Wissenschaftler ins Gespräch ein, »und das ist Schwester Barbara. Wir wurden zu Ihnen geschickt.«

Frascelli ergriff Sinas Hand und schüttelte sie hingebungsvoll. »Dio mio! So schnell sind Sie beide hier?«, flüsterte er. »Warten Sie hier auf mich, ich bin gleich bei Ihnen. Geben Sie mir eine Minute Zeit, um meine Gäste zu verabschieden und einen neuen Termin zu vereinbaren. Bene?«

»Gerne«, nickte Sina. »Wir warten hier auf Sie. Danke, dass Sie sich die Zeit nehmen.«

Er hörte Schritte hinter sich und sah Eddy, der sich ins Blickfeld schob und sich misstrauisch umsah. Pater Frascelli warf Bogner einen unsicheren Blick über seine Brille zu.

»Er gehört zu uns«, beruhigte ihn Georg.

»Sind Sie nicht dieser ehemalige Ringer vom Heumarkt, der vor Kurzem erst einen Orden bekommen hat, weil er gestrandeten Existenzen in seinem Betrieb eine ehrliche Arbeit gibt?«

»So ist es, Hochwürden«, lächelte Eddy.

»Und ich hatte so sehr darum gebetet, dass Sie niemals kommen würden«, murmelte der Priester, bevor er sich umwandte und in der Sakristei verschwand.

Die Nonne warf Sina einen verständnislosen Blick zu. Georg zuckte die Schultern und schlenderte mit den beiden anderen in das Kirchenschiff zurück. Die Bänke waren noch immer leer, stellte er beruhigt fest.

»Eines steht fest«, begann Bogner ernst, »der Pater wusste im Voraus, dass ihr zwei auf dem Weg seid.« Er legte eine Pranke auf Georgs Schulter. »Wenn das hier vorüber ist, dann möchte ich bitte erfahren, worum es wirklich geht. Ich glaube, du verschweigst mir da etwas ganz Wesentliches ...«

»Mache ich. Versprochen!«, flüsterte Sina, als er hörte, wie Frascelli mit schnellen Schritten näher kam. Der Geistliche hatte seine Brille abgenommen und putzte sie hingebungsvoll mit einem weißen Taschentuch.

»Was kann ich für Sie tun?«, fragte er Sina mit ernster Miene und schaute sich rasch in der Kirche um.

»Mir mit ein paar Auskünften weiterhelfen«, gab Georg zurück. »Wer war der Mann, der in Kühnring Zwietracht gesät hat? Ein Bekannter hat mir geraten, mich an Sie zu wenden. Sie wüssten, worum es geht. Stimmt das?«

Frascelli schnalzte verächtlich mit der Zunge, wandte sich ab und knurrte dann: »Cazzo!«

Sina zog verblüfft die Brauen hoch. Das italienische Schimpfwort war auch ihm bekannt.

Doch der Priester hob sofort abwehrend die Hände. »Nein, nein. Ich meine nicht Sie, Professore. Ich meinte Ihren ›Bekannten‹. Scusa!«

»Hm«, machte Georg, »ich habe das ungute Gefühl, dass wir nicht sehr viel Zeit haben. Also, wer ist der Mann, der Zwietracht sät, Frascelli?«

Frascelli machte ein angewidertes Gesicht und zeigte auf den Hirtenhund. »Ihren treuen Begleiter lassen Sie aber besser in der Sakristei, dies ist ein Haus Gottes und kein Zoo.«

»Vergessen Sie es«, entgegnete der Wissenschaftler kühl und nahm Tschak demonstrativ auf den Arm. »Der Hund bleibt bei mir.«

»Va bene! Dann kommen Sie mit! Ich zeige Ihnen den Mann.«

Eddy blieb zurück.

»Sie meinen, man kann ihn anschauen?«, rief Barbara entgeistert und folgte den Männern mit hastigen Schritten.

Vor einem riesigen Wandbild an der Nordwand der Kirche blieb Frascelli stehen. Er hob die Hand und deutete ins Zentrum der farbenprächtigen Darstellung. Mit einem schiefen Lächeln sagte er: »Prego, Professore, der Mann, der Zwietracht sät!«

»Lassen Sie die Scherze!«, entgegnete Sina entrüstet. »Das ist das Letzte Abendmahl von Leonardo da Vinci.«

»Temo di no… Ich fürchte, nein«, widersprach Frascelli. »Das ist die weltweit einzige, originalgetreue Kopie von Leonardo da Vincis Meisterwerk.«

Der Priester wies mit beiden Händen auf das Bild. »Unser ›Il Cenacolo‹ ist sogar weit besser erhalten als das Original in Milano. Schauen Sie doch! Es zeigt Farben und Details, die dort längst verloren gegangen sind. Seine Geschichte beginnt im Jahr 1805, als Kaiser Napoleon das legendäre Wandbild von da Vinci im Refektorium des Dominikanerklosters Santa Maria della Grazie sah. Weil er das Gemälde nicht mitnehmen konnte, beauftragte er ein Jahr später den römischen Künstler Giacomo Raffaelli, eine maßstabsgetreue Kopie für Paris anzufertigen.«

»Und diese Kopie ist nun in Wien? Dieses Bild?«, staunte Barbara und war von der Leuchtkraft der Farben beeindruckt.

»Es ist kein Bild«, wandte Frascelli ein. »Es ist ein Mosaik. Raffaelli hat Hunderttausende, nur wenige Millimeter große Glassteinchen genommen und vollkommen lückenlos aneinandergefügt. Er arbeitete acht Jahre daran. Zu lange. Napoleon war bereits auf die Insel Elba verbannt worden, und so kaufte sein Schwiegervater, Kaiser Franz I. von Österreich, das Mosaik und schenkte es der italienischen Nationalkirche.« Der Pater zeigte auf die hohen Fenster. »Es wurde sogar in derselben Art und Weise wie in Mailand aufgehängt. Der Lichteinfall der Fenster von links ist auf Christi Kopf zentriert, Jesus und die Apostel werden von vorne beleuchtet, genau wie Leonardo es wollte.«

»Wissen Sie auch, warum sich alle Apostel zu Jesus neigen?«, fragte Georg die Nonne und unterbrach damit die ehrfürchtigen Ausführungen des Priesters.

»Nein, warum?«

»Damit sie alle mit aufs Bild kommen!«, grinste Sina und ignorierte den zornigen Blick des Pfarrers.

»Sono tutte scemenze!«, brauste Frascelli auf. »Das ist kompletter Unsinn! Die Jünger neigen sich Jesus nicht zu. Sehen Sie doch genau hin. Die Gemeinschaft der Zwölf zerfällt. Sie stecken immer zu dritt die Köpfe zusammen und streiten!«

»Sie streiten? So habe ich das noch nicht gesehen«, musste Sina zugeben und fuhr sich über den Bart. »Was bedeutet das? Haben Sie eine Ahnung?«

»Certo!«, rief der Priester aus. »Leonardo hat genau jenen Moment eingefangen, in dem Jesus zu seinen Jüngern sagt: ›Doch siehe, die Hand meines Verräters ist mit mir am Tisch.‹ Und die Evangelisten berichten weiter, dass die Jünger sogleich begannen zu streiten, nicht nur darüber, wer der Verräter in ihrer Mitte ist, sondern auch darüber, wer der Ranghöchste in ihrer Runde wäre. Es entbrannte also ein Streit um die Führung der Kirche, nachdem Jesus gestorben war.«

»Und Sie meinen wirklich, darum ist Jesus der Mann, der Zwietracht sät?« Sina schüttelte den Kopf. Nein, das glaubte er nicht. Jesus Christus stellte bestimmt nicht die Lösung für Jauerlings Rätsel dar.

»Professore, Sie verstehen mich nicht.« Frascelli klang enttäuscht. »Es geht überhaupt nicht darum, ob dieser Mann in Kühnring Zwietracht gesät hat.«

»Sondern?«, brummte Georg ungehalten.

»Jesus ist einfach überall und zu jeder Zeit der Mann, der Zwietracht sät.« Der Priester sah Sina direkt in die Augen. »Und das ist es, was da Vinci uns mitteilen wollte.«

»Unsinn!«, widersprach Barbara heftig. »Der Erlöser ist die fleischgewordene Liebe unseres Herrn. Er steht für Frieden und Nächstenliebe.«

»Aber ganz und gar nicht, Schwester.« Auf Frascellis Gesicht erschien ein dünnes, abschätziges Lächeln, bevor er sich wieder Georg zuwandte. »Sie wissen, seit Sie in Schöngrabern waren, wer sich ab dem 4. Jahrhundert nördlich der Donau versteckt hat. Sonst wären Sie nicht hier. Lesen Sie das Bild mit den Augen derer, die sich und ihr Wissen gerettet haben, ermutigt durch den Brief des Bischofs von Nikomedia an Kaiser Konstantin.«

»Sie wissen erstaunlich gut Bescheid, Pater...«, murmelte Sina nachdenklich und setzte Tschak auf den Boden. »Sie meinen die Arianer?«

Frascelli nickte. »Vergessen Sie niemals, worüber die Apostel auf dem Bild streiten. Sie sind sich uneins, wer die zukünftige Kirche anführen wird. Es geht darum, wessen Auslegung von Jesu Worten, welche Version seiner Geschichte die Marschrichtung für kommende Generationen und damit den Inhalt des gesamten christlichen Glaubens vorgeben wird. Wer wird diese Kirche regieren, lautete die Frage, die Arianer oder die Dreifaltigkeit?«

»Und?« Georgs Interesse war geweckt.

»Wie es war, wissen wir nicht, und wie es geschrieben steht, war es nicht. Sie kennen den alten Spruch unter aufgeklärten Bibelgelehrten?« Frascelli warf Buchegger einen vorsichtigen Seitenblick zu. »Professore, auf dem Konzil von Nicäa sind alle Evangelien aussortiert worden, in denen Passagen enthalten waren, die für die offizielle Lehre schwierig waren. Die angeblichen Autoren der drei bedeutendsten dieser Evangelien sehen Sie hier. Sie sitzen zur Rechten des Herrn.« Der Priester zeigte auf das Mosaik. »Es sind die Jünger Thomas, Jakobus und Philippus.«

»Und was steht in diesen verbotenen Schriften?«, schaltete sich Eddy, der langsam nachgekommen war, interessiert in das Gespräch ein.

»Das Thomasevangelium ist die vielleicht umfassendste Spruchsammlung der Worte Jesu«, antwortete Frascelli prompt. »Viele betrachten es darum als jene ›Urquelle Q‹, die auch Matthäus, Markus und

Lukas wortgleich in ihren Evangelien zitieren. Aber Thomas erwähnt nicht mit einem Wort die Kreuzigung oder die Auferstehung. Und viel wichtiger, er nennt Jesus niemals ›Christus‹ oder ›Sohn Gottes‹. Er bezieht sich auch niemals auf die alttestamentarischen Prophezeiungen über das Kommen des Messias. Dann allerdings kam die Amtskirche und diffamierte genau diesen Jünger als den sprichwörtlich gewordenen ›ungläubigen Thomas‹.« Der Geistliche sah Eddy an. »Auf der anderen Seite hat aber der auferstandene Jesus nur ihm seine wahre Natur offenbart, als er Thomas erlaubte, den Finger in seine Wunden zu legen.«

»Langer Rede kurzer Sinn«, unterbrach ihn Sina. »Jesus ist im Thomasevangelium ein Mensch wie jeder andere, nicht der prophezeite Messias, der vom Heiligen Geist von einer Jungfrau empfangen wurde, wie das von den Bischöfen in Nicäa beschlossen worden war. Ist das in den beiden anderen Texten genauso?«

Der Priester nickte. »Es ist das Philippusevangelium, das genau dazu klar Stellung bezieht. Es stellt fest: ›Einige sagten: ›Maria ist schwanger geworden vom Heiligen Geist. Sie irren sich! Sie wissen nicht, was sie sagen! Wann wäre jemals ein Weib von einem Weibe schwanger geworden?‹ Es verlangt sozusagen mit dieser Feststellung für Jesus nicht nur eine Mutter, sondern auch einen biologischen Vater. Er ist ganz Mensch und nicht Gott, wie es auch das Thomasevangelium bestätigt.«

»Wie ich vor zwei Jahren von Valerie Goldmann erfahren habe, ist in den semitischen Sprachen das Wort für ›Geist‹ weiblich. Es heißt ›ruach‹, also ›die‹, und nicht ›der Heilige Geist‹. In der hebräischen Konsonantenschrift der Thora manifestiert sich der lebensspendende Geist in den fünf Vokalen AEIOU, die vom Leser ergänzt werden müssen«, erklärte Georg für die beiden anderen. »Was ist das Besondere an Jakobus?«, fragte er dann wieder Frascelli.

»Das Evangelium nach Jakobus erklärt uns den Stammbaum Jesu, macht ihn über seine Mutter zu einem Mitglied einer alten Priesterfamilie aus dem Haus Davids. Also nicht über seinen Vater Josef, wie es die vier offiziellen Evangelien tun. Bei den orientalischen Volksgruppen wird nämlich, anders als bei den europäischen, die Verwandtschaft und Zugehörigkeit zu einem Stamm oder einer Familie von der Blutlinie der Mutter, nicht von der des Vaters hergeleitet.«

»Ich verstehe«, murmelte Georg, »Sie meinen, hier hätte man die Herkunft des Erlösers also ein wenig an die Bedürfnisse der römischen Welt angepasst...« Er überlegte kurz. »Aber das ist in sich nicht schlüssig«, protestierte er dann. »Wenn Jesus der Sohn Gottes ist, vom Heiligen Geist empfangen, wie auf dem Konzil von Nicäa festgelegt, dann kann er nicht über seine Verwandtschaft mit Josef der prophezeite Retter oder Messias sein. Warum? Weil er gar nicht mit ihm verwandt ist. Das passt doch nicht zusammen!«

»Genau das ist das Problem«, bestätigte Frascelli.

»Schön, dass sich die beiden Herren einig sind«, stellte Eddy lakonisch fest. »Ich habe nämlich gerade irgendwo den Faden verloren... Aber eines weiß ich noch, Hochwürden. Sie sind uns noch immer die Antwort schuldig geblieben, warum ausgerechnet Jesus dieser Mann sein soll, der Zwietracht sät.«

Frascelli blickte hoch zu dem Mosaik und sagte: »Lassen Sie mich das Thomasevangelium zitieren. ›Jesus spricht: Wo drei Götter sind, sind sie gottlos. Und wo einer allein ist, sage ich: Ich bin mit ihm.‹ Das ist eine klare Absage an die Dreifaltigkeit und gegen das Bekenntnis von Nicäa.«

Barbara, die bisher still daneben gestanden war, war blass geworden.

»Noch immer keine Antwort auf meine Frage«, beharrte Sina.

»Hier, da ist sie doch!« Frascelli wies auf den Apostel Thomas direkt neben Jesus. »Im sechzehnten Spruch des Thomasevangeliums sagt Jesus: ›Vielleicht denken die Menschen, dass ich gekommen bin, Frieden in die Welt zu werfen. Doch sie wissen nicht, dass ich gekommen bin, Zwistigkeiten auf die Erde zu werfen: Feuer, Schwert, Krieg. Es werden nämlich fünf in einem Haus sein: Es werden drei gegen zwei sein und zwei gegen drei, der Vater gegen den Sohn und der Sohn gegen den Vater. Und sie werden dastehen als Einzelne.‹«

»Hecimanneswisa. Tatsächlich«, raunte Georg. »Die Wiese des Jesus, der nicht gekommen ist, Frieden, sondern Zwistigkeit auf die Welt zu werfen. Und Azzo weiht seine Kirche an diesem Ort dementsprechend den zwei Aposteln Jakobus und Philippus. Den dritten Apostel muss man im Geiste ergänzen, um das Gesamte zu begreifen.«

»Und in der Kirche von Schöngrabern«, murmelte Buchegger vor sich hin, »sind nur drei Apostelreliefs aus der Zeit der Kuenringer erhalten...«

»Oder jemals angefertigt worden«, ergänzte Sina. »Jakobus, Philippus und Thomas!«

Der alte Priester räusperte sich. »Wenn Sie sich die Hand des Petrus ansehen, ist sie im Verhältnis zum Körper viel zu groß gemalt. Mit Sicherheit aus voller Absicht, denn sie hält ein verborgenes Messer. Judas im Vordergrund hält einen Geldbeutel fest in der Hand. Einer Legende nach hat ihm Leonardo das Gesicht des Abtes, seines Auftraggebers, gegeben. Die einzige Zweiergruppe auf dem Gemälde Leonardos bilden also Petrus und Judas Iskariot, der Verräter. Oder wollte da Vinci sagen, diese zwei Apostel sind die beiden Verräter, die mit Jesus an einem Tisch sitzen?«

»Es werden drei gegen zwei und zwei gegen drei sein...«, zitierte Sina düster. »Die beiden stehen meiner Ansicht nach eindeutig für die römische Kirche, die der wahren Kirche Christi, den Arianern, nachstellt und die reine Lehre für Reichtum und weltliche Macht verraten hat«, sagte er dann grimmig. »Und der Zwerg im Teufelsfresko von Schöngrabern ist demnach Athanasius, der Anführer der Verfechter der Allerheiligsten Dreifaltigkeit, der von missgünstigen Zeitgenossen als kleinwüchsig und dunkelhäutig beschrieben wird. Der Satan auf dem Wandbild diktiert ihm das Bekenntnis von Nicäa.«

»Das ist Blasphemie!«, keuchte Buchegger.

»Natürlich. Sonst wären die Arianer in den Augen Roms auch keine unheiligen Ketzer«, antwortete Georg knapp. Er wandte sich dem alten Pfarrer zu. »Gut, mir wird jetzt einiges klar, Frascelli. Jesus war Mensch und nicht Gott. Dieses Abendmahl sagt mir, dass die Arianer die reine Lehre vertreten. Und sogar Leonardo war einer von ihnen...«

Barbara schüttelte mit schmalen Lippen den Kopf und wandte sich demonstrativ ab.

»Und Sie, ein katholischer Priester, sind heute ebenso Arianer«, konstatierte Sina. »Ist Mayröcker auch einer? Wenn Sie recht haben, dann stammt die Reliquie, die ich suche, von niemand Geringerem als von Jesus Christus selbst, weil er ein Mensch und eben nicht Gott gewesen ist.«

»Pfarrer Mayröcker ist tot«, meinte Frascelli düster. »Er ist zum Märtyrer geworden, verbrannt in seinem Beichtstuhl wie auf einem Scheiterhaufen. Es war heute in den Nachrichten.« Der Geistliche biss die

Zähne zusammen, und seine Augen füllten sich mit Tränen. »Und da ist noch mehr, das Sie wissen sollten«, setzte er hinzu.

In diesem Moment hörte Georg erregte Stimmen vom Eingang. Eddys Leute diskutierten mit jemandem, der versuchte, die Minoritenkirche zu betreten.

Via Silla, Rom/Italien

Paolo Bertucci lief die Stufen zu seiner Wohnung hinauf und überlegte sich fieberhaft die nächsten Schritte. Er durfte sich keinen einzigen Fehler erlauben, sonst würde Pro Deo sofort Verdacht schöpfen. Seine Abreise nach England musste nachvollziehbar sein, sichtbar für alle. Dann aber müsste er verschwinden, abtauchen in eine Zwischenwelt, und versuchen, hinter das Geheimnis zu kommen, das bereits drei Tote gefordert hatte.

Der Koffer war schnell gepackt. Bertucci stopfte ihn voll mit alten Hemden, Schmutzwäsche und zwei fleckigen Soutanen, die er seit Jahren nicht mehr getragen hatte. Dann holte er eine Reisetasche vom Schrank, in die er sorgfältig abwägend jene Dinge legte, die er für die nächsten vier oder fünf Tage brauchen würde. Länger war sein Ablenkungsmanöver nicht aufrechtzuerhalten. Spätestens dann würde Pro Deo wissen, dass er nicht in England war.

Bertucci wollte sich nicht ausmalen, was dann geschehen würde.

Zuletzt nahm er ein Sparbuch aus einer Schublade und legte es ganz obenauf in die Reisetasche. Dann verließ er seine Wohnung wieder und lief die Via Silla entlang bis zu einem Café, dessen Besitzer er seit Langem kannte.

»Darf ich dir die Tasche hierlassen?«, fragte er und bestellte einen Espresso. »Mein Neffe sollte sie abholen, aber wenn nicht, dann schaue ich in einer Stunde bei dir vorbei und nehme sie wieder mit.«

Wenige Minuten später war Bertucci wieder in seiner Wohnung und überlegte weiter. Vespa? Muss stehen bleiben, zu bekannt. Lancia? Bleibt in der Garage, mit dem Kennzeichen jederzeit erkennbar. Er würde einen Mietwagen brauchen. Nein, geht auch nicht, dachte er sich, da muss ich meine Kreditkartendaten als Sicherheit hinterlegen.

Also eine andere Lösung. Einen neutralen Wagen, den niemand kennt, von jemandem, von dem Pro Deo keine Ahnung hat. Also niemand von der Familie, von den Freunden.

Bertucci ging ans Fenster und dachte nach. Er würde sich ein Auto kaufen müssen. Die Gebrauchtwagen in Italien kamen mit Kennzeichen und Steuermarke, die Umschreibung würde einige Tage dauern. Vorher könnte er aber bereits damit fahren. Er nickte befriedigt. So musste es gehen.

Nach einem Rundgang durch die Wohnung war er sicher, nichts vergessen zu haben. Pistole hatte er keine, hatte nie eine besessen. Er würde Pro Deo mit anderen Waffen schlagen müssen.

So nahm er seinen Koffer, rief ein Taxi und sperrte sorgfältig die Eingangstüre ab. Auf der Straße stellte er sich gut sichtbar vor die Haustüre und wartete auf den weißen Wagen zum Flughafen. Für einen aufmerksamen Beobachter stand die Abreise Kardinal Bertuccis im Auftrag des Heiligen Vaters unmittelbar bevor.

Am Flughafen Fiumicino ließ sich der Advocatus Diaboli Zeit. Er kaufte sich ein Flugticket nach London in der Business Class und bezahlte mit seiner Kreditkarte von der Banca di Roma, einem Institut der Unicredit, die von jeher dem Vatikan zugetan war. Und damit dem Geheimdienst Gottes auch bereitwilligst Auskunft geben würde. Dann gab er seinen Koffer auf und wanderte durch die Sicherheitskontrolle in den Abflugbereich, mischte sich unter die Wartenden und schaute sich diskret um. Niemand beachtete ihn, aber das musste nichts bedeuten. Sicherheitskameras waren überall, die Terrorangst der letzten Jahre hatte zu einer Aufrüstung der Überwachungstechnik geführt. Das machte sein Vorhaben schwieriger.

Rund eine Stunde vor dem Abflug geschah das, was Bertucci erhofft hatte. Zwei weitere Priester kamen zu seinem Flugsteig, setzten sich plaudernd ein paar Bänke weiter und nickten ihm kurz zu.

Nun blieben ihm nur mehr dreißig Minuten.

»Du kannst noch immer nach England fliegen«, flüsterte seine innere Stimme, »noch bist du in der Normalität, in deinem geregelten Leben. Du hast alles zu verlieren...«

»... und noch mehr zu gewinnen«, murmelte Bertucci und verscheuchte den Gedanken. »Nämlich meine Selbstachtung.«

Als sein Flug nach London aufgerufen wurde, reihte sich Bertucci in die Menschenschlange hinter den beiden Priestern ein und ging langsam unter der Sicherheitskamera hindurch. Sein Herz schlug schneller. Dann, knapp vor der Ground-Hostess, die seinen Ticket-Abschnitt abreißen wollte, scherte Bertucci nach rechts aus, winkte, so als ob er einen alten Bekannten erspäht hätte, und strebte den großen Panoramafenstern zu, die den Blick auf das Rollfeld freigaben. Sekunden später war er hinter einem Pfeiler verschwunden, bückte sich, als ob sein Schuhsenkel aufgegangen wäre, überzeugte sich, dass ihn niemand beobachtete, und lief dann gebückt zu den Toiletten, nahm den zweiten Ausgang und eilte mit großen Schritten zu der Türe für Crew-Mitglieder hinüber. Zwei Stewardessen von Emirates kamen ihm entgegen und schauten ihn erstaunt an, als er sich an ihnen vorbeidrängte.

»Da dürfen Sie nicht durch, Pater«, lächelten sie, »das ist nur für Crews reserviert.«

»Ich weiß, ich weiß«, entgegnete Bertucci eifrig, »aber in der Abflughalle gibt es einen Notfall, man hat nach einem Priester gerufen, und hier durch bin ich schneller da, als an der Sicherheitskontrolle vorbei.«

»Dann gehen Sie am besten da vorne nach links.« Die beiden Frauen nickten betroffen.

Bertucci bedankte sich und schlüpfte durch die Sperre.

In der Halle angekommen, wandte er sich nach rechts, zu den Toiletten und verschwand in einem Abteil. Er zog seine Soutane aus, darunter trug er ein buntes Hemd und eine helle Freizeithose. Dann holte er einen Plastiksack aus der Hosentasche, stopfte die Soutane hinein und verließ die Toiletten. Mit gesenktem Kopf mischte er sich unter eine Gruppe von italienischen Touristen, die lautstark ihren Urlaub in der Türkei diskutierten. Er wartete einige Minuten, dann schob er sich unauffällig zum Ausgang.

Ein Taxi kam nicht infrage, der Fahrer würde sich unter Umständen an ihn erinnern. Wenn der Geheimdienst auch rasch herausfinden konnte, dass er nicht auf seinem Flug nach London war, dann würden sie trotzdem seine Spur am Flugsteig verlieren.

Bertucci lief zur Station »Fiumicino Aeroporto« des EUR hinüber. Die Züge fuhren in Fünfminutenabständen in Richtung Innenstadt. Wenn er Glück hatte, dann würde die Fahrt zum Bahnhof Termini keine vierzig Minuten dauern. So löste er sich einen Fahrschein und sprang in letzter Minute in die Schnellbahngarnitur, bevor die Türen sich schlossen. Vielleicht habe ich zu viele Spionagefilme gesehen, dachte er und setzte sich aufatmend in eine leere Bank.

Rund eine Stunde später stand Paolo Bertucci im Schalterraum der Banca Albertini in der Viale Bruno Buozzi. Er hatte sich die kleine Privatbank bereits vor mehr als zwanzig Jahren ausgesucht, um seine Ersparnisse anzulegen. Nach den Skandalen in den 70er- und 80er-Jahren traute der Advocatus Diaboli keiner Vatikan-Bank mehr über den Weg.

Das Sparbuch, das in weiser Voraussicht auf den Namen seiner Schwester lautete, war nirgends erfasst, weder beim Finanzamt noch in seinem Testament, das er irgendwann in einer Midlife-Crisis verfasst und bei einem Notar deponiert hatte.

Noch war er auf sicherem Terrain.

Der Kassierer fand nichts Besonderes dabei, Bertucci 15 000 Euro auszuhändigen, in kleinen Scheinen. Er schob die Banknoten mit einem Kuvert unter der Scheibe durch, nickte freundlich und widmete sich wieder seinen Abrechnungen.

Die Reisetasche in der Hand, wanderte Bertucci die Viale Buozzi entlang, kam an einem Telefonladen vorbei und blieb kurz vor dem Schaufenster stehen. Er durfte sein Handy nicht mehr gebrauchen, sonst könnten sie ihn orten, ging es ihm durch den Kopf, und er betrat den Laden. Nach kurzer Beratung durch den freundlichen Verkäufer kaufte er sich ein neues Telefon mit einer Prepaidkarte und bat den Händler gleich, ihm die Telefonnummern seiner alten Karte auf die neue zu übertragen. Bei der Registrierung gab er einen erfundenen Namen und eine falsche Adresse an und entschuldigte sich, dass er seinen Ausweis nicht dabeihätte. »Kein Problem«, meinte der Junge hinter dem Verkaufspult und reichte ihm das Handy. Schließlich lud er für seinen Kunden die neue Karte mit 20 Euro auf.

Zufrieden trat Bertucci wieder hinaus in den späten Nachmittag und spazierte weiter. Als er an einem Haus mit einer großen, blank polierten Messingtafel vorbeikam, auf der »Prefatura Della Santa Croce E Opus Dei« stand, wechselte er rasch die Straßenseite.

Es war warm in Rom, und die kleinen Terrassen der Cafés waren gut besucht. Bertucci hätte gerne einen Espresso getrunken, aber dann verwarf er den Gedanken doch wieder.

Schräg gegenüber sah er eine Q8-Tankstelle, die gerade vor einer Modernisierung stand und hinter Holzwänden verschwand. Davor parkte ein dunkelblauer Audi A3 mit einem großen handgeschriebenen Schild »A vendere«, das bis zu ihm herüberleuchtete. Als Bertucci sich interessiert zu den Scheiben beugte, um den Innenraum zu begutachten, trat ein Mann im Arbeitsoverall neben ihn.

»Das Auto meines Sohnes«, meinte er stolz, »er wurde nach Süditalien versetzt und bekam einen Dienstwagen, jetzt braucht er den Audi nicht mehr. Ich hatte ihn hier bei der Tankstelle geparkt, aber nun muss ich ihn wegfahren. Die bauen hier um und benötigen den Platz.« Er zog den Schlüssel aus der Tasche und wollte einsteigen, doch Bertucci hielt ihn auf.

»Das trifft sich gut, ich suche ein Auto. Was soll er kosten?«

Der Mann blickte ihn überrascht an. »Im Ernst? Das ist eigentlich ein S3, die stärker motorisierte Variante des A3. Mein Sohn will 5500 Euro haben, aber ich gebe ihn auch für 5000 her. Ich wüsste nicht mehr, wo ich ihn hinstellen soll. Schauen Sie sich doch um! Baustellen und Umleitungen, wohin man blickt.«

Der Advocatus Diaboli lächelte und klopfte mit der flachen Hand auf das Dach des Audi. »Lassen Sie uns verhandeln.«

*2. Juni 1815, Mailand, Dipartimento dell' Olona/
Italien*

Louis Ferrand senkte den Blick und zog den Hut tiefer ins Gesicht. Völlig unbeschwert hatte er vor wenigen Minuten noch die Piazza Maria delle Grazie überquert, die warme Sonne genossen und seine Blicke über den weitläufigen Platz schweifen lassen. Er hatte über die Händler, die hübschen Wäscherinnen mit ihren vollen Körben und die Kirchgänger gelächelt, völlig sorglos und entspannt. Jetzt musste er plötzlich wieder auf der Hut sein.

Gerade noch rechtzeitig hatte der Franzose die Männer bemerkt, die aus der Türe des zweigeschossigen Hauses gekommen waren, das sich an das alte Dominikanerkloster schmiegte. Ferrand zog unwillkürlich den Kopf ein und vermied es, die Fremden direkt anzusehen. Er beschleunigte seinen Schritt, eilte geschwind auf das Portal der Klosterkirche zu. Hatte er die Aufmerksamkeit der eleganten Herren auf sich gezogen? Niemand außer dem Orden wusste, dass er hier war, und so sollte es auch bleiben.

Im Schatten der ausladenden Backsteinfassade der Kirche beugte Ferrand sich interessiert über den Bauchladen eines Wanderhändlers. Aus den Augenwinkeln jedoch beobachtete er das kleine Grüppchen, bis es ins Gespräch vertieft hinter seinem Rücken vorbeigegangen war. Die Männer waren offensichtlich gut gelaunt, trugen keine Ordenskleider und sprachen untereinander Deutsch. Kein gutes Zeichen, dachte Ferrand und schnalzte kaum hörbar mit der Zunge, während der Händler sogleich enthusiastisch auf ihn einredete und ihm ein paar Bögen bedrucktes Papier in die Hand drückte. Aber der Abbé schenkte der Ware keine echte Aufmerksamkeit.

Ferrand hatte gehofft, dass der Kongress in Wien und die überraschende Rückkehr Napoleons aus Elba die Welt im Moment vollauf beschäftigen würde und sein Interesse an dem Dominikanerkloster in Mailand keine Aufmerksamkeit erregen würde. Er hatte sich getäuscht. Ferrand verzog den Mund zu einem bitteren Lächeln. »Wenn das keine Spione aus Wien sind, dann bin ich der Heilige Vater«, murmelte er und hoffte, dass es nicht schon zu spät war.

Der Händler hatte Ferrands missbilligende Miene auf seine Blätter bezogen und reagierte prompt. Schnell nahm er dem Franzosen die Grafiken wieder weg und gab ihm eine andere Mappe zur Ansicht. Ferrand schlug die Mappe auf und nahm zum ersten Mal bewusst die Drucke wahr. Er sah elegante Galane, die sich über halb nackte Kokotten beugten. Deutlich waren ihre erregten Geschlechtsorgane zu erkennen. Der Franzose räusperte sich und schlug rasch den Deckel wieder zu. »Danke, kein Interesse«, sagte Ferrand bestimmt und sah sich sofort verlegen nach allen Seiten um. Doch niemand beachtete ihn.

Ferrand hatte sein schwarzes Habit abgelegt und sah in seinem Anzug aus wie ein ganz normaler Reisender aus besserer Gesellschaft. Zur Versöhnung gab er dem Händler eine Münze und klopfte ihm zum Abschied jovial auf die Schulter. Dann schwang er seinen Spazierstock und marschierte schnurstracks auf die Türe zu, aus der die Deutschen gekommen waren.

Nach mehrfachen Zügen an der Glockenschnur ertönten Schritte auf der anderen Seite der Pforte. Ein Dominikanerpater steckte seinen Kopf durch eine Luke und sah ihn interessiert an. »Ja bitte?«

Der Abbé nahm seinen Hut ab, deutete eine Verneigung an und überreichte dem Pförtner eine elegante Visitenkarte. »Gerome Lecomtes, Kunsthändler aus Paris. Ich bin mit Monsieur Giacomo Raffaelli wegen seiner Kopie des Cenacolo verabredet. Wenn Sie mich bitte anmelden wollen!« Ferrand lächelte einnehmend, zog seine Handschuhe höher über die Narben an seinen Handgelenken und klemmte sich den Spazierstock unter den Arm.

Der Mönch starrte ungläubig von der Visitenkarte auf den eleganten Herrn vor ihm und nickte schließlich hilfsbereit. »Ich werde Signore Raffaelli mitteilen, dass Sie da sind«, erklärte er, öffnete die Tür und machte eine einladende Armbewegung. »Wenn Sie so lange hier warten wollen, ich gebe ihm Bescheid. Ich fürchte jedoch, Sie kommen zu spät, Monsieur. Es waren heute am frühen Morgen schon ein paar Herren wegen des Mosaiks da. Sie sind gerade erst gegangen.«

»Danke vielmals«, erwiderte Ferrand und betrat den Vorraum des Hauses. »Wir werden ja sehen, ob mir das Glück nicht doch noch gewogen ist.« Er hatte sich also nicht geirrt. Es hatte sich schneller als erwartet herumgesprochen, dass Raffaellis Werk zum Verkauf stand.

Der Mönch versperrte umständlich die Pforte wieder und befestigte den klirrenden Schlüsselbund an seinem Gürtel. Mit einer kurzen Verbeugung entfernte er sich.

Der Abbé wartete, bis der Dominikaner verschwunden war, dann holte er eine kurzläufige Pistole aus seiner Innentasche. Der Franzose kontrollierte umsichtig Lauf und Mechanik, klappte den Blockverschluss der neuartigen Waffe hinauf und schaute nach, ob auch wirklich eine Metallpatrone im Lauf steckte. Dann verstaute er die Waffe wieder in seinem Rock. »Colonel Pauly, mit dieser Erfindung haben Sie der Welt keinen Dienst erwiesen… Sie machen es den Menschen fortan zu leicht, sich gegenseitig über den Haufen zu schießen«, murmelte Ferrand und fügte düster hinzu: »Was mich betrifft, so haben Sie mir das Leben keineswegs erleichtert. Ich hoffe, ich brauche dieses Teufelsding nicht.« Verstohlen zählte er die Patronen in seiner Jackentasche, um auf Nummer sicher zu gehen, falls die Männer überraschend zurückkämen.

Der Jesuit setzte ein unverbindliches Lächeln auf, als er Schritte im Gang hörte, die immer näher kamen. Ein rundlicher Mann um die sechzig eilte mit ausgebreiteten Armen auf ihn zu. Er hatte eine hohe Stirn und lange dünne Haarsträhnen, die ein aufgedunsenes, ovales Gesicht umrahmten. Dunkle Pupillen über dicken Tränensäcken glänzten wie in einem Fieberanfall.

»Signore Lecomtes, ich bin ja so untröstlich«, schmetterte Raffaelli aus voller Brust. Seine Stimme war ein satter Tenor. »Ich hatte Sie ganz vergessen, und nun ist mein Mosaik bereits verkauft.«

Ferrand war von der Nachricht und dem theatralischen Auftritt peinlich berührt. »Vor wenigen Tagen aber habt Ihr mir doch noch mitgeteilt, wie sehr Euch mein Angebot gefreut hat. Wie notwendig Ihr es hättet, Eure Kopie des Letzten Abendmahls verkaufen zu müssen.«

Raffaelli verzog leidend das Gesicht.

»War es nicht die Geldnot, die Euch zu dem Verkauf drängte?«, stieß Ferrand nach. »Habt Ihr mich nicht als Eure letzte Hoffnung bezeichnet, nun, da Euer Auftraggeber Napoleon in die Verbannung nach Elba geschickt wurde und niemand mehr das Cenacolo aus seinem Besitz haben wollte?« Ferrand musterte sein Gegenüber abschätzig von oben bis unten.

Raffaelli war der forschende Blick keineswegs unangenehm. Er lachte laut. »Ach, mein Freund, es war nur leider so, dass mir ein besseres Angebot gemacht wurde. Eines, das ich nicht ausschlagen konnte und wollte.«

»Von wem?«, erkundigte sich Ferrand distanziert.

»Von jemandem, der mich und meine Arbeit wirklich zu schätzen weiß.« Der Italiener rieb sich selbstzufrieden die Hände. »Er bezahlt mich fürstlich, und man schlägt ihm besser nichts ab. Seid nicht böse, werter Freund, aber seine Summe lässt Euer Angebot recht bescheiden wirken.«

»Mag sein«, erwiderte Ferrand ruhig. »Dann verratet mir doch, wer der glückliche neue Besitzer ist und wie viel er Euch dafür bezahlen wird.« Er wollte wissen, ob sein Verdacht berechtigt war. Kaiser Franz von Österreich interessierte sich für das Geheimnis, das hatte der Orden bereits befürchtet.

»Der Käufer möchte vorerst nicht genannt werden, Signore Lecomtes«, wich der Künstler aus. Mit funkelnden Augen begann er zu deklamieren: »Ich bin Giacomo Raffaelli! Ein gefeierter Mosaikkünstler, der Miniaturmosaike auf Juwelen eingeführt hat. Mich hat Napoleon für diese Arbeit ausgewählt! Acht Jahre lang habe ich an diesem meinem Opus magnum gearbeitet. Ich kenne meinen Preis!«

Wozu dieser Ausbruch? Hatte er Publikum? Unweigerlich sah sich Ferrand um, konnte aber niemanden entdecken. Mögliche Zeugen verkomplizierten die Lage unnötig, sagte sich der Abbé, entschlossen, den Künstler aus dem Kloster auf die Gasse zu bekommen, um gefahrlos alles von ihm zu erfahren.

Der Italiener war nicht zu bremsen. »Ich habe in den vergangenen Jahren das Werk Leonardos eingehend studiert und die beste Kopie davon erschaffen, die es gibt. Ja, ich behaupte sogar, dass mein Mosaik besser als das Original geworden ist, denn seine Farben werden anders als bei der Malerei niemals verblassen.«

So Gott will, dachte der Jesuit. Raffaelli hatte es gerade selbst in die Welt hinausposaunt. Er hatte das Abendmahl studiert, eingehender und länger als jeder vor ihm. Was hatte er also herausgelesen? Und wie viel davon hatte er seinem Käufer verraten?

»Nun ja, Monsieur Raffaelli...«, begann Ferrand in freundschaftlichem Ton. »Dann gratuliere ich Euch recht herzlich zu Eurem guten Geschäft.« Er streckte seine Hand aus, die der Italiener begeistert ergriff und schüttelte.

»Ich wusste, Ihr würdet es verstehen«, freute sich der Italiener. »Ihr seid tief in Eurem Herzen ein Händler, genau wie ich. Certo, ich bin auch ein begnadeter und genialer Künstler. Aber auch ich muss von etwas leben, meine Rechnungen bezahlen...« Er fasste sich mit der Linken demonstrativ an die Brust.

Also doch vor allem knapp bei Kasse, dachte der Jesuit. Angesichts seiner Leibesfülle sprach der geniale Künstler wohl nur zu gern und oft dem Wein zu. »Wie alt seid Ihr, Monsieur Raffaelli? Sechzig?«, erkundigte er sich listig.

Raffaelli drohte grinsend mit seinem Zeigefinger. »Ihr seid ein kluger Mann, Signore Lecomtes. Oder Ihr habt einfach nur gut geraten. Meine Mama hat mich 1753 geboren.«

»Zweiundsechzig also«, lächelte Ferrand. »Ich selbst bin fünfundsechzig, auch wenn ich mit meinen weißen Haaren viel älter wirke. Wir beide sind also Männer im besten Alter und erfahrene Kaufleute, wir kennen alle Tricks...« Er zwinkerte schelmisch. »Kein Grund also, uns gegenseitig gram zu sein wegen eines misslungenen Geschäfts. Lassen Sie uns einen Schluck Wein zusammen trinken, mein Freund. Meine Enttäuschung fortspülen und Euren Erfolg begießen! Was haltet Ihr davon?«

Der Italiener lachte auf und klatschte in die Hände. »Eine ganz vorzügliche Idee! Nicht weit vom Kloster kenne ich eine Taverne, die einen ganz hervorragenden Tropfen...« Er unterbrach sich und legte Ferrand die Hand auf die Schulter. »Wollt Ihr das Werk sehen, bevor es abgeholt wird?«, erkundigte er sich ernst, und in seinen Augen erschien so etwas wie echtes Mitgefühl für den weit gereisten, aber zuletzt leer ausgegangenen Kunsthändler. »Ihr habt den ganzen weiten Weg hierher von Paris gemacht, da solltet Ihr doch zumindest die Tafeln einmal angeschaut haben...«

Ferrand hob abwehrend die Hände. »Nein danke!«, rief er aus. »Es gehört nicht mir, und ich will mir den Mund nicht wässrig machen.«

Gnädig nickte Raffaelli. »Sehr weise von Euch, Monsieur Lecomtes. Das Ergebnis meiner Mühen ist einfach großartig! Wahrlich eines Kaisers würdig. Aber in der Taverne unterhalten wir uns dann ganz gemütlich weiter.« Er verschwand, um den Mönch zu holen, der ihnen die Pforte aufsperren würde.

»O ja, das werden wir. Ganz gewiss«, murmelte Ferrand. »Euer Bild ist also nur eines Kaisers würdig?« Er blickte dem dicken Italiener hinterher. Bis zu seinem Exil hatte sich außer Napoleon niemand für diese Kopie interessiert, aber jetzt musste sie plötzlich hinter verschlossenen Klostermauern vor Dieben geschützt werden? Irgendetwas war inzwischen geschehen, das sogar Geheimpolizei aus Wien hergelockt hatte. Aber was? War der neugierige Zwerg Jauerling aus Wien bei seiner Suche etwa näher an das Geheimnis gekommen, als alle vermutet hatten? Näher, als es für ihn und für die ganze Welt gut war? Er hätte Jauerling niemals aus Lucedio entkommen lassen dürfen, bedauerte der Jesuit, aber jetzt war es zu spät. Bei Raffaelli würde er denselben Fehler kein zweites Mal machen...

Wenige Minuten später saßen sie an einem schweren, dunklen Holztisch in der nahen Taverne, und Raffaelli sprach ausgelassen dem Wein zu. Er feierte das Leben und sich selbst, leerte Becher um Becher, redete und redete. Er erzählte von sich und seinen unersetzlichen Leistungen für die Kunst, berichtete davon, wie viel Mühe und Disziplin es brauchte, Hunderttausende winziger Glassteinchen zu einer nahtlosen Oberfläche zu vereinen.

Ferrand hatte sein Kinn auf den Arm gestützt und hörte zu, stundenlang, wie es ihm schien. Gelegentlich nahm er einen Schluck Wein oder aß ein Stück Brot. Dann bestellte er einen neuen Krug, den Raffaelli gierig ergriff und sich großzügig einschenkte. Einige weitere Krüge später beugte sich der Italiener unvermittelt zu dem Abbé und flüsterte: »Soll ich Euch ein Geheimnis verraten, Signore Lecomtes?«

Endlich, dachte Ferrand, der Karpfen zappelt am Haken. »Ich bitte darum, mein lieber Raffaelli. Jetzt, wo wir so gute Freunde sind, umso mehr.«

»Wollt Ihr wissen, wer mein Mosaik gekauft hat?« Der beschwipste Künstler zwinkerte verschwörerisch und fuhr sich über den Bauch. »Niemand Geringerer als der Kaiser von Österreich! Mein Bild kommt doch noch an einen adligen Hof, wo es auch hingehört. In das Schloss Belvedere!«

»Großartig, ganz famos«, erwiderte Ferrand und tätschelte Raffaellis Unterarm. »Da habt Ihr wahrhaft Glück gehabt, mein Freund.« Seine Hand glitt in die Rocktasche.

»Nur, dass ich Ihro Gnaden nicht alles verraten habe, was ich weiß...« Der Italiener kicherte und wischte sich mit dem Handrücken über den Mund. »Euch kann ich es ja getrost sagen, Ihr seid Franzose und mein Freund. Ich bin Bonapartist, habe wie so viele andere auch an die Revolution geglaubt, an das Ende der alten Ordnung. Aber jetzt ist alles hin...« Er seufzte. »Ich glaube nicht mehr, dass der Kaiser noch einmal das Ruder herumreißen kann. Nicht ohne mich, nicht ohne Raffaelli und sein Mosaik.«

Ferrand zog die Brauen nach oben. »Was meint Ihr damit?«

»Bevor ich Euch das verrate, müsst Ihr mir versprechen, für immer darüber zu schweigen!«, forderte der Italiener und schlug zur Bekräftigung mit der Faust auf den Tisch.

Der Abbé zuckte zusammen und nickte dann enthusiastisch. »Natürlich, mein Wort als Ehrenmann! Vive Napoléon, vive la France!«, rief er halblaut und vergewisserte sich, dass sich die übrigen Gäste nicht um sie kümmerten. Keine Uniformen im Raum. Zufrieden wandte er sich wieder Raffaelli zu. »Erzählt ruhig, was Ihr herausgefunden habt für den Kaiser. Ich wollte es Napoleon ohnedies mitteilen, gleich nach meiner Rückkehr nach Paris...«

»O weh!«, schnaufte Raffaelli. »Da habe ich wohl jetzt an den Falschen verkauft.« Seine Augen füllten sich mit Tränen, und er nahm einen tiefen Schluck.

»Schwamm drüber, lieber Freund«, beruhigte ihn Ferrand. »Ihr könnt diese Scharte ganz leicht wieder auswetzen...«

»Wie?«, fragte der Italiener hilflos.

»Verratet mir genau, was Ihr in dem Bild von da Vinci gelesen habt. Ich will die Nachricht zum Kaiser tragen. Ihr werdet sehen, alles wird wieder gut.« Ferrand lächelte freundlich und spannte heimlich den Hahn seiner Pistole.

»Dann hört mir jetzt genau zu«, flüsterte Raffaelli und rückte dicht an Ferrand. »Wir haben doch schon immer geahnt, dass mehr in diesem Bild steckt als nur das Letzte Abendmahl. Oder?«

Der Jesuit nickte stumm.

»Napoleon hat mich ausgesucht, dieses Mehr zu entschlüsseln. Darum habe ich mich auch acht Jahre mit dem Bild beschäftigt. Eine bloße Kopie hätte ich schneller geschafft, glaubt mir.« Raffaelli führte ein weiteres Mal den Becher zum Mund. »Es war nicht leicht, aber...«

Ferrand hielt die Pistole fest in seiner Tasche umklammert. Er hasste, was er wohl gleich tun würde, aber es war notwendig und er selbst nur ein unbedeutender und gehorsamer Soldat Christi.

»Die Botschaft des Bildes ist klar...«, erläuterte derweil Raffaelli. »Jesus ist ein Mensch. Genauso ein blöder Madensack wie Sie und ich.« Der Italiener lachte und tippte erst Ferrand und dann sich selbst mit dem Zeigefinger an die Brust. »Und auch wieder nicht...«, kicherte er dann. »Dieser Jesus von da Vinci hat etwas ganz Besonderes, etwas, das ihn von den anderen Kriechern im Staub unsrer Erde unterscheidet. Und das ist der Heilige Geist, mein Freund. Er macht aus ihm etwas ganz Spezielles, ein Gefäß Gottes.«

»Einen Krug von Kana...«, murmelte Ferrand und ließ für einen Moment die Pistole los. Damit hatte er nicht gerechnet.

»Ihr kennt Euch aus«, meinte Raffaelli bewundernd. »Dann wisst Ihr ja auch, dass immer wieder so ein paar Spinner in dem Jünger Johannes eine Frau erkennen wollen. Maria Magdalena. Das hat der Kaiser leider auch geglaubt.« Der Italiener seufzte und schenkte sich nach.

»Und, ist es falsch?«, wollte der Abbé wissen und rückte wieder dichter an Raffaelli heran. »Keine Frau? Keine Hochzeit und damit keine Blutlinie?«

»Wenn es doch nur so einfach wäre«, stöhnte der Künstler und leerte seinen Becher mit einem Zug. »Schaut her, ich erkläre es Euch.« Raffaelli holte ein Stück Papier und einen Silberstift aus seiner Jacke und begann mit wenigen Strichen das Cenacolo zu skizzieren.

»In der Bildmitte, Signore Lecomtes, sitzen Jesus und Johannes. Leonardo hat sein Gemälde so angebracht, dass auch das Licht der Sonne genau auf die beiden fällt. Seht, hier!« Er deutete mit dem Stift auf seine Zeichnung. »Ist Euch aufgefallen, dass es auf dem ganzen Bild keinen Kelch gibt, aber jede Menge Brote? Kein Wein, keine Einsetzungsworte, kein Sakrament der Eucharistie. Nur Fleisch, aber kein Blut?«

»Das kann nicht sein!«, widersprach Ferrand heftig. Das Sakrament des Abendmahls verlangte Wein und Brot als Blut und Fleisch Christi.

»Eben!«, bestätigte Raffaelli grinsend. »Es gibt zwar auf dem Fresko keinen Kelch, aber da ist dieses Dreieck zwischen den beiden zentralen Figuren. Seht Ihr es? Gut! Ist das etwa der Kelch? Versteckt im Hintergrund?« Er schüttelte den Kopf. »Nein, das wäre zu einfach, eines Leonardos nicht würdig. Und auch nicht eines Raffaelli.«

»Wenn dieses Dreieck kein Kelch ist, was ist es dann, Monsieur Raffaelli?« Ferrand war verblüfft. »Ein Dreieck, auf den Kopf gestellt, ist ein Symbol für das Weibliche. Aber es bedeutet auch, dass sich das Geistige im Körperlichen manifestiert. Das Göttliche wird gewissermaßen Materie«, wagte er einen Versuch.

»E vero.« Raffaelli nickte begeistert. »Dieses Dreieck ist nichts anderes als der Heilige Geist, der sich auf und in die beiden Figuren in der Mitte senkt, ihnen somit Leben einhaucht. In der Genesis, im ersten Schöpfungsbericht der Heiligen Schrift, steht geschrieben: ›Und Gott schuf den Menschen zu seinem Bilde, zum Bilde Gottes schuf er ihn; und schuf sie zu Mann und Weib.‹ Wussten Sie eigentlich, dass man als Theologe früher erst ab dreißig diesen Text lesen durfte, weil er die ganze Welt enthält? Egal! Hier sitzen jedenfalls Mann und Weib beisammen.« Er zog einen dicken Kreis um Jesus und Johannes.

»Gut, nehmen wir das einmal so hin«, überlegte der Abbé. »Aber wenn Jesus der Mann ist, und dieser Jünger an seiner Seite die Frau, so ergibt sich darin ein Widerspruch.«

»Warum?«, erboste sich der Italiener und sah Ferrand aufmerksam dabei an.

»Ganz einfach: Ein rotes Unterkleid mit blauem Mantel darüber ist ausnahmslos für die Jungfrau Maria reserviert, das weibliche Prinzip. Umgekehrt, also blaues Kleid unter rotem Mantel, trägt nur Gottvater, das männliche Prinzip. Wir hätten es hier also mit einem Mann zu tun, der Frauenkleider trägt, und einer Frau, die Männerkleidung anhat. Und zu allem Überfluss sieht es bei Ihrer Zeichnung auch noch so aus, als mündeten die beiden Körper ineinander.«

»Signore Lecomtes, das sieht nicht nur in meiner Zeichnung so aus, sondern auch auf dem Original! Ich habe über acht Jahre dieses Bild kopiert, und nicht Ihr. Ich kann es im Schlaf wiedergeben. Vielleicht seid Ihr ja Kunsthändler, habt sogar an der Sorbonne in Paris Kunstgeschichte studiert, aber ich bin der Künstler und ich weiß, was ich sehe...« Er wollte aufstehen.

Ferrand hielt ihn eilig zurück. »Es tut mir leid, Ihr habt ja völlig recht. Erzählt mehr, bitte!« Da kam ihm ein faszinierender Gedanke. »Monsieur Raffaelli, was haltet Ihr davon...«, begann er vorsichtig. »Ist es nicht beim asiatischen Symbol für Yin und Yang ganz genauso: Die weiße Hälfte formt mit der schwarzen zusammen einen perfekten Kreis, aber in jeder der beiden Farbflächen befindet sich immer ein Fleck der anderen Farbe. Die beiden Prinzipien vereinen sich zu perfekter Harmonie, aber in jeder der beiden Energien befindet sich auch immer ein Rest der ergänzenden Kraft. Könnte es im Bild da Vincis etwas Ähnliches sein?«

»Ich glaube schon«, brummte der Italiener überrascht. »Woher wisst Ihr solche Sachen, um Gottes willen?«

Der Jesuit räusperte sich. »Um ehrlich zu sein, ich habe fleißig die Missionsberichte der Jesuiten aus Amerika und Asien gelesen...«

»Sie meinen also, Signore Lecomtes, Leonardo hat uns hier so ein christliches Yin und Yang, wie Sie es nennen, hinterlassen? Mann und Frau als Manifestation der göttlichen Harmonie?« Er überlegte kurz. »Das ergibt durchaus einen Sinn: Jeder Mann und jede Frau kann somit durch den Heiligen Geist zu einem Christus werden.«

»Ich habe noch etwas entdeckt«, gab Ferrand vorsichtig zu bedenken. »Die Linien der Zentralperspektive des Gemäldes, so wie Ihr es hier skizziert habt, treffen sich alle an einem Punkt: an der Schläfe von Jesus.«

»So ist es«, bestätigte Raffaelli. »Als ich das Bild genau untersuchte, spürte ich sogar das Loch des Nagels mit den Fingerspitzen, an dem Leonardo seine Fäden als Hilfslinien gespannt hatte. Ich vermute, es ist ein Wortspiel, wie es für da Vinci typisch ist«, gab Raffaelli zu bedenken.

Ferrand legte den Finger an seine Schläfe. »Im Lateinischen nennt man diesen besonderen Teil des Kopfes auch ›templum‹, den Tempel. Ihr seid wahrlich genial, Monsieur Raffaelli.«

»Schön, dass Ihr es jetzt auch bemerkt.« Der Italiener lächelte zufrieden. »Jesus, oder besser gesagt, die gesamte Menschheit ist der Tempel Gottes. In uns Menschen lebt das Göttliche, in jedem von uns, und nicht nur in ein paar Auserwählten. Da schließt sich der Kreis. Die Pfaffen und den Adel soll der Teufel holen!« Er dachte kurz nach und zeichnete dann die zwölf Apostel. Während er den Stift über das Blatt tanzen ließ, redete er weiter: »Erinnert Euch, Signore Lecomtes, Jesus hat seinen zwölf Saufkumpanen gerade verraten, dass sein Verräter, der ihn der Kreuzigung ausliefern wird, mit ihm an einem Tisch sitzt. Sofort sind sie sich uneins darüber, wer von ihnen es sein könnte. Das wären wir ja in dieser besonderen Situation auch. Wir würden uns sofort gegenseitig verdächtigen, uns fragen, wer von uns beiden der Judas ist, der den andren ans Messer liefern wird.« Er vollendete die Skizze und setzte den Silberstift ab. »Aber es geht um viel mehr, das wissen die Jünger auch, sie beginnen zu streiten, wer der Ranghöchste unter ihnen ist, wer die zukünftige Kirche anführen wird.«

»Und?« Ferrands Gedanken rasten. Es stimmte also, dass Leonardo an den Menschen Jesus geglaubt und diese Ketzerei in seinem Cenacolo verschlüsselt hatte. Was für eine Erkenntnis! Die Auferstehung hatte nie stattgefunden. Jesus war nicht der Sohn Gottes, sondern ein normaler Sterblicher. Eine Katastrophe ungeheuren Ausmaßes für die Kirche! Dieses Wissen konnte das Machtgefüge der Alten Welt zerschmettern, die Kirche einfach hinwegfegen. Er musste Raffaelli zustimmen. Weder der Adel noch Rom könnten sich weiterhin auf eine göttliche Abstammung berufen... Freiheit, Gleichheit, Brüderlichkeit… Die Ideen der Französischen Revolution waren wieder auf dem Vormarsch, was für ein Gedanke!

»Der entscheidende Punkt ist also, wo in diesem besonderen Augenblick welcher Kirchenlehrer sitzt«, erklärte Raffaelli und teilte seine Skizze mit einem dicken Strich. »Links entspricht dem Teufel, rechts dem Göttlichen, oder anders ausgedrückt: dem Unreinen und Reinen. Die Apostel zur Rechten von Jesus würden also die reine Lehre vertreten, zur Linken sitzen demnach die Verräter.«

Ferrand wurde es heiß. Der Heilige Stuhl leitete seine Macht von der Nachfolge Petri ab. Dieses Gefüge durfte unter keinen Umständen infrage gestellt werden, nicht von Leonardo da Vinci, schon gar nicht von Napoleon, auch nicht von Kaiser Franz. Dies war sein Auftrag, der Grund, warum er den Lauf der verborgenen Waffe auf Raffaelli richtete.

»Jakobus, Philippus und Thomas sitzen zur Rechten«, murmelte Raffaelli. »Von allen drei gibt es heilige Texte des Neuen Testaments, die auf dem Konzil von Nicäa aus der Bibel entfernt wurden. Doch nicht spurlos. Antike Kirchenväter haben sie zitiert. Der Besitz der Texte wurde mit dem Tod bestraft.«

»Wer sind die Verräter?« Die Stimme des Abbé begann zu zittern, er kannte die Antwort nur zu gut. Die Pistole wog immer schwerer in seiner Hand.

»Judas Iskariot, Andreas und Simon Petrus«, erwiderte der Künstler tonlos und zog mit finsterer Miene die Konturen von Petrus nach. »Der Gründer der römischen Kirche ist zweifelsfrei ein Verräter, er versteckt sogar ein Messer hinter seinem Rücken, um die wahre Lehre des Herrn zu ermorden… Hätte ich dieses Wissen dem Kaiser früher mitteilen können, er hätte den Papst niemals aus seinem Exil in Fontainebleau heimkehren lassen, sondern der Heilige Stuhl hätte als Feuerholz dienen können…«

»Ich habe jetzt genug gehört!«, zischte Ferrand, zog die Pistole aus der Tasche und wollte abdrücken.

Genau in diesem Moment sprang ein riesiger getigerter Kater mit hellem Fellkleid auf den Tisch. Die Becher und Krüge flogen wild durcheinander, krachten zu Boden. Der rote Wein ergoss sich in Bächen über die Tischplatte. Raffaelli fluchte und sprang auf. Zornig wischte er sich mit einem Tuch das Gewand ab.

Ferrand blieb wie vom Donner gerührt auf seinem Schemel sitzen.

Er spürte, wie der Wein seine Hosenbeine durchdrang. Der gewaltige Kater kauerte direkt vor ihm und starrte ihn aus eisblauen Augen an. Der Abbé wagte es nicht, sich zu bewegen. Er spürte ganz deutlich, dass diese Monstrosität nur genau darauf lauerte, um ihm ins Gesicht zu springen. Das Tier legte die Ohren an, machte einen Buckel und fauchte ihn mit weit aufgerissenem Maul an. Seine Zähne wirkten lang, spitz und messerscharf.

Ferrand sprang auf und flüchtete, so schnell er konnte, ins Freie. Er hatte ohne Zweifel zu viel getrunken. Aufatmend lehnte er sich an die kalte Hausmauer. Er hatte zwar erfahren, was er wissen wollte, aber der Künstler lebte noch immer. Andererseits würde Raffaelli niemand seine ketzerische Geschichte glauben. Und der einzige handfeste Beweis für seine Arbeit verschwand aus den Blicken der Öffentlichkeit in ein kaiserliches Schloss in Wien, wo es nur wenige Auserwählte betrachten konnten. Der Abbé schloss die Augen. Von Raffaelli und seinem Mosaik ging keine unmittelbare Gefahr aus. Dann stieß sich der Franzose von der Mauer ab und lief los. Hinter ihm hörte er Raffaelli rufen, sich doch nicht so aufzuführen wegen so einem blöden Katzenvieh. Schließlich kehrte der Künstler in die Taverne zurück und setzte sich wieder an den Tisch. Die fette, schlecht gelaunte Hauskatze, die es sich auf der Tischplatte gemütlich gemacht hatte und sich zufrieden den Wein von der Vorderpfote ableckte, verscheuchte er mit einer unwirschen Handbewegung.

Dann bestellte er einen weiteren Krug.

Tribhuvan Airport, Kathmandu/Nepal

Der Flug von Lhasa nach Kathmandu Tribhuvan International Airport dauerte genau fünfundsiebzig Minuten und war einer der spektakulärsten, die Valerie jemals in einer Linienmaschine miterlebt hatte. Die höchsten Gipfel der Welt lagen unter ihr, der Mount Everest, der Lhotse, der Nuptse und unzählige andere. Shapiro hatte für sie einen Sitz in der Business Class gebucht, aber Goldmann hatte den Verdacht, dass ihm nichts anderes übrig geblieben war: Die Economy war bis auf den letzten Platz besetzt gewesen.

Im Transitbereich des Tribhuvan Airport, den Goldmann auf der Suche nach einem ruhigen Ort zum Telefonieren durchsuchte, stauten sich Touristen aus aller Herren Länder. Kathmandu, Nepals Hauptstadt, war für viele Abenteuerreisende der Ausgangspunkt für Trips in die umliegenden Bergregionen. Der neue Flughafen, der einzige internationale Nepals, ein moderner ziegelroter Bau aus Beton und Glas, spiegelte den Fortschritt wider, der in den letzten Jahren selbst in die entlegenen Regionen der Erde vorgedrungen war.

Valerie erspähte einen Platz im Restaurantbereich, der nicht fest in der Hand der Rucksacktouristen war, und ließ sich aufatmend auf die gepolsterte Bank fallen. Dann zog sie ihr Handy heraus und fand eine SMS von Shapiro mit seiner aktuellen Telefonnummer.

»Hier bin ich«, sagte sie, als der Geheimdienstchef sich gemeldet hatte. »Was nun?«

»Wir haben unglaubliches Glück«, antwortete Shapiro, »oder nennen Sie es mein beneidenswertes Organisationstalent. Wie auch immer, eine McDonnell Douglas F-15 ›Eagle‹ der israelischen Luftwaffe befindet sich derzeit auf dem Heimflug von Korea nach Israel. Die koreanischen Streitkräfte haben eine Großbestellung von zwanzig Jets abgegeben, sie wollten aber auch noch eine F-15 in der israelischen Spezialausführung sehen und testen, bevor sie sich endgültig entscheiden. Die Tests sind vorüber, und Major Rubinstein fliegt die Eagle heim. Ich habe das Ministerium zu einem kleinen Umweg überredet.«

»Sie scherzen«, gab Goldmann verblüfft zurück. »Man steigt nicht einfach so in ein Jagdflugzeug ein und spielt Passagier. Druckanzug, Helm, Fallschirm...«

»Wollen Sie schwierig sein, Major, oder haben Sie einen Überseekoffer als Gepäck? Ich glaube nicht.« Shapiro unterbrach sie ungeduldig. »Anzug, Fallschirm und Helm hat Major Rubinstein dabei, plus einen Satz in Reserve.«

»Die werden mir kaum passen«, erinnerte ihn Valerie. »Ich habe eine andere Größe und Figur als die jungen Männer bei der Luftwaffe.«

»Wer sagt Ihnen, dass Major Rubinstein ein Mann ist?«, fragte Shapiro mit einem ironischen Unterton. »Der Jäger landet in – Moment – ... fünf Minuten mit einer Sondergenehmigung auf dem Tribhuvan Airport. Wir haben dann ein Zeitfenster von maximal dreißig Minuten zum Auftanken und Starten. Wieso, das erklärt Ihnen Rubinstein. Und, Goldmann ...?«

»Ja?«

»Ich will Sie so schnell wie möglich weit weg von China haben, bevor Li Feng oder irgendein anderer Lamettahengst aufwacht und den Alarm auslöst«, stellte der Geheimdienstchef klar. »Die Flugstunden einer F-15 werden mit Gold aufgewogen. Das hat mich Zusagen auf allen Ebenen gekostet. Wenn Sie mir aus irgendeinem Grund einen Strich durch die Rechnung machen, sorge ich dafür, dass eines unserer Kommandos Sie schnappt und nach Lhasa zurückbringt. Ohne Winterjacke. Habe ich mich klar ausgedrückt?«

»Was meinen Sie mit Strich durch die Rechnung?«, erkundigte sich Valerie stirnrunzelnd.

»Sie verlieren keine Sekunde Zeit, nerven Major Rubinstein nicht und fragen Sie, wann und ob Sie auf die Toilette dürfen«, antwortete Shapiro in einem Ton, der Widerspruch nicht einmal im Ansatz in Betracht zog. »Ich will keine Verzögerung, aus welchem Grund auch immer. Gehen Sie zum Ausgang 4, ein Wagen wird Sie zur Eagle bringen, sobald sie gelandet ist. Und dann will ich, dass Sie in diesem Jagdflugzeug sitzen, sobald es zum Stillstand gekommen ist.«

»Yes, Sir!«, gab Goldmann spöttisch zurück. Aber Shapiro hatte bereits aufgelegt.

Im Laufe ihrer Ausbildung und ihres Dienstes in der israelischen Armee war Valerie Goldmann mit so ziemlich allem geflogen, was Flügel oder einen Rotor hatte. Die McDonnell Douglas F-15 allerdings war für all jene stets »off limits« gewesen, die nicht für und auf dem Jet ausgebildet wurden. Eagle-Piloten waren eine eingeschworene Gemeinschaft, die Crème de la Crème der israelischen Luftwaffe. Ihre Ausbildung war hart, dauerte vier Jahre, und viele blieben dabei auf der Strecke, wechselten zu anderen Waffengattungen oder zu weniger anspruchsvollen Luftwaffeneinheiten. Piloten, die den 100 Millionen US-Dollar teuren Jagdflieger schließlich anvertraut bekamen, waren ausgesuchte, gut ausgebildete Spezialisten. Die israelische Armee hatte im Rahmen des »Peace-Fox-Programms« seit 1977 knapp hundert F-15 erworben, die sich in vielen Einsätzen und bewaffneten Konflikten bewähren mussten.

Die Eagle war eines der schnellsten bemannten Flugzeuge der Welt und so sah sie auch aus. Schlank und elegant gepfeilt, war der Jäger rund um zwei riesige Triebwerke mit Nachbrennern konstruiert worden. Das erhöht angeordnete Cockpit mit seiner kugelförmigen Pilotenkanzel bot einen ausgezeichneten Rundumblick, was vor allem in Kampfeinsätzen den Piloten ein Plus an Sicherheit bot.

Als Valerie zum Ausgang 4 kam, wartete der weiße Bus des Flughafens bereits mit laufendem Motor. Ein gelangweilt dreinblickender Grenzpolizist warf einen Blick in ihren Pass, drückte einen Stempel hinein und winkte sie durch.

Goldmann atmete auf.

Den kleinen Seesack über der Schulter, kletterte sie in den Bus und zog die Schiebetür zu. Der Wagen rollte sofort an, bog auf die Flughafenstraße ein und beschleunigte nordwärts. Bald lagen die internationalen Terminals und der Inlandsflughafen hinter ihnen und weitläufige Hangarkomplexe rückten ins Blickfeld. Service-Gesellschaften hatten sich hier eingerichtet, Spezialisten für Triebwerksüberholung oder Avionik, Innenausbau oder Radartechnik.

Vor einem Hangar mit der Aufschrift »Royal Nepal Airlines« hielt der Bus, und der Fahrer bedeutete Valerie auszusteigen.

Von der F-15 war weit und breit nichts zu sehen.

Eine Boeing 737 der »Gulf Air« und einige kleinere Flugzeuge der nepalesischen Fluggesellschaft parkten vor dem Hangar, umringt von Servicefahrzeugen mit Technikern und Ersatzteilen. Niemand beachtete Valerie, die sich suchend umblickte und schließlich durch das haushohe Tor den offenen Hangar betrat.

Die israelische F-15 Ra'am mit dem blauen Davidstern auf den Flügeln und unter der Pilotenkanzel sah neben den großen Verkehrsflugzeugen wie ein Spielzeug aus, das ein Kind in der riesigen Halle vergessen hatte. Auf und unter dem Jäger mit der braun-weiß-grünen Tarnbemalung turnte ein halbes Dutzend Techniker in blauen Overalls herum. Zahlreiche Kabel und Schläuche führten von der Maschine in unterirdische Schächte. Auf dem Leitwerk prangte das Zeichen der Hel HaAvir, der israelischen Luftstreitkräfte: ein geflügeltes Schwert mit einem Davidstern im Lorbeerkranz. Als Valerie näher kam, spürte sie die Hitze, die von den Triebwerken ausstrahlte.

Der Adler schien zu leben.

»Major Goldmann?« Eine helle Stimme neben ihr ließ Valerie herumfahren. »Major Rubinstein. Willkommen auf dem schnellsten Heimflug, den die israelische Luftwaffe derzeit zu bieten hat.« Die Frau, die Valerie die Hand entgegenstreckte, hatte kurz geschnittenes blondes Haar und trug einen verschwitzten olivgrünen Overall mit ihrem Namensschild auf der Brust. Sie musterte Goldmann aufmerksam. »Sie müssen etwas Besonderes sein oder Beziehungen in die obersten Regierungsstellen haben, sonst wäre ich nicht hier und Sie nicht bald auf dem Kopilotensitz.«

»Ach was, halb so schlimm«, winkte Goldmann ab und schüttelte Rubinstein die Hand. »Ich freue mich ungemein auf den Flug, so etwas habe ich mir in meiner Ausbildung immer gewünscht. Die Eagle ist ein atemberaubend schönes Stück Luftfahrttechnik.«

Rubinstein sah sie fragend an. »Luftwaffe? Welche Einheit?«

»Hubschrauberstaffel«, gab Valerie zurück, »dann Kampftruppen, aber inzwischen a.D. Ich fliege nur mehr privat. Und ich heiße Valerie...«

Rubinstein lächelte. »Esther. Und jetzt solltest du dich umziehen, während ich unsere Betankung organisiere. Wir müssen unser Zeitfenster einhalten, sonst haben wir ein Problem. Overall, Schirm und Helm findest du auf dem Kopilotensitz. Verstau deinen Seesack dahinter.«

»Wo soll ich mich umziehen?« Valerie schaute sich suchend in der riesigen Halle um.

Esther grinste. »Unter der Eagle. Die Jungs hier sollen auch was zu sehen bekommen, wenn sie schon Sonderschichten für uns schieben. Außerdem haben wir keine Zeit.«

»Das kenne ich von irgendwoher«, grinste Goldmann und eilte davon.

Als zwanzig Minuten später die fertig betankte F-15 auf die Startbahn zurollte, schlug Valerie das Herz bis zum Hals. Die Sonne war bereits hinter den Bergen des Kessels von Kathmandu untergegangen, und die Befeuerung des Flughafens leuchtete in allen Farben. Lange Ketten von Lichtern wiesen den Weg in den Himmel, zu den Terminals oder den Parkpositionen.

Rubinstein verhandelte mit dem Tower in dem üblichen englischen Singsang, während zwei Verkehrsflugzeuge der Southern China Airlines scheinbar planlos kreuz und quer über die Zufahrten rollten. Der Helm, den Esther ihr auf den Kopf gedrückt hatte, war etwas zu groß, aber der Pilotenoverall passte perfekt. Sein Geruch hatte in Goldmann Erinnerungen an ihre Zeit bei der Hubschrauberstaffel geweckt. Doch für Wehmut blieb keine Zeit.

»Alles klar?«, fragte Rubinstein sie über das Intercom. »Wir haben die Starterlaubnis. Aber mit sechzehn Tonnen Treibstoff an Bord und in den Zusatztanks darfst du dir keinen spektakulären Start erwarten.«

»Lass den Adler fliegen«, antwortete Valerie und lehnte sich zurück. Nach einigen Sekunden war ihr klar, dass Esther schamlos untertrieben hatte. Eine unerbittliche Faust in ihrem Rücken schob sie nach vorne, die Turbinen donnerten und die Nachbrenner zündeten. Dann raste die F-15 wie vom Katapult geschossen die Startbahn hinunter, mit einer wahnwitzigen Beschleunigung, die alles in den Schatten stellte, was Valerie jemals erfahren hatte. Ein kleiner Zug am Knüppel, der wie ein überdimensionierter Joystick aussah, und die Eagle stieg fast senkrecht in den Abendhimmel. Die Erde schien von ihnen abzufallen. Die Nadel des Höhenmessers rotierte wie ein Kreisel, und die digitalen Zahlen im Cockpit rauschten vom dreistelligen in den vierstelligen Bereich mit einer Konsequenz und Schnelligkeit, die Valerie sprachlos machten, während die Beschleunigung sie in ihrem Sitz festnagelte.

»Steigrate 240 Meter pro Sekunde«, plauderte Esther im Funk, als säße sie auf dem heimatlichen Sofa. »Wir gehen auf 15 000 Meter, rund 3000 unter unserer Dienstgipfelhöhe, und werden versuchen, in einer möglichst geraden Linie zu fliegen. Etwa 6600 Kilometer liegen vor uns, und wir haben es eilig. Das bedeutet einmal Auftanken in der Luft, Rendezvous-Zeit bekommen wir mitgeteilt. Wahrscheinlich irgendwo über dem Schwarzen Meer. Das ist auch der Grund, warum wir pünktlich sein müssen. Der Tanker wartet nicht.«

»Das nennst du keinen spektakulären Start?«, kommentierte Valerie atemlos. »Ich glaube, dann möchte ich nie einen spektakulären Start miterleben. Dagegen ist Hubschrauberfliegen ein gemütlicher Sonntagsspaziergang durch die Landschaft.«

Rubinstein ließ die F-15 langsam in den Horizontalflug übergehen und nahm das Gas zurück. »Die Eagle ist für Höchstgeschwindigkeiten über Mach 2,5 ausgelegt. Aber die können wir nicht lange durchhalten, sonst überhitzen die Triebwerke. Außerdem verbrennen wir dann Treibstoff wie ein Ferrari bei Vollgas. Also werden wir einen Kompromiss finden müssen. Wenn alles gut geht, dann sollten wir die Strecke in knapp vier Stunden schaffen.« Der Stolz in ihrer Stimme war nicht zu überhören.

»Wohin fliegen wir überhaupt?«, erkundigte sich Valerie.

»Hat man dir das nicht mitgeteilt? Nächster Stopp ist die Ewige Stadt. Wir fliegen nach Rom.«

Minoritenkirche, Wien-Innere Stadt/Österreich

Helmut und Frank hatten ihn schon von Weitem gesehen. Der Priester, eine schwarze Aktentasche unter den Arm geklemmt, war mit wehender Soutane direkt auf sie zugeeilt. Die beiden Männer schauten sich amüsiert an und richteten sich zu voller Größe auf.

»Ein eiliger Heiliger«, witzelte Frank, während Helmut seinen iPod leiser stellte. Dann traten sie vor das Hauptportal der Minoritenkirche und versperrten dem Geistlichen den Weg.

Der Priester blieb wie vom Donner gerührt stehen und schaute die beiden Männer verblüfft an. »Grüß Gott!«, nickte er, bevor er sich an den muskulösen Aufpassern vorbei in die Kirche drängen wollte.

»Tut mir leid, Hochwürden«, hielt Frank den Priester zurück. »Geschlossene Gesellschaft! Kommen Sie später noch mal vorbei.«

»Aber das geht so nicht!«, beschwerte sich der Geistliche und machte einen Schritt zurück. »Ich habe einen dringenden Termin, den ich nicht versäumen darf. Gehen Sie bitte zur Seite!«

»Der Termin fällt flach, Don Camillo«, lächelte Helmut, und seine Hand verschwand unter dem Sakko. »Und Ihr Ton ist nicht gerade katholisch...«, fügte er ruhig hinzu.

Dem Pfarrer war die Bewegung nicht entgangen. Er hob sofort abwehrend die Hände und bemühte sich um ein versöhnliches Lächeln. »Nur keine Aufregung, meine Herren«, beschwichtigte er, »das Büro des Erzbischofs hat mich geschickt, um mit Pater Frascelli einige Dinge zu besprechen.«

»Und was genau?« Helmut fixierte den nervösen Pater und bemerkte seine muskulösen Arme unter dem schwarzen Stoff der Soutane.

Darunter blitzten Jeans hervor. Entweder war das ein besonders sportlicher Vertreter des Herrn oder ein Wolf im Schafspelz, überlegte er.

»Das geht Sie beide beim besten Willen nichts an!«, sagte der Priester, nahm Anlauf und versuchte ein weiteres Mal, sich an den beiden vorbei in die Kirche zu drängen.

Helmut und Frank packten ihn links und rechts an den Oberarmen und schoben ihn mühelos zurück. »Schlechter Versuch, Hochwürden. Sie kommen hier nicht durch«, stellte Frank eindringlich fest.

Der Geistliche ballte die Fäuste. »Lassen Sie mich sofort in die Kirche!«, forderte er.

»Vergessen Sie es!«, grinste Helmut und verschränkte die Arme vor der Brust. »Da drinnen beichtet gerade die Prominenz und will nicht gestört werden. Also planen Sie um, verschieben Sie den Termin und machen Sie sich vom Acker.«

»Sie werden doch die Privatsphäre gewisser einflussreicher Personen nicht stören oder sich deren Zorn aufs gesalbte Haupt laden wollen, Hochwürden?«, ergänzte Frank süffisant.

Der Priester starrte die beiden Bodyguards zornig an. »Aber ich komme wieder! Die Sache wird ein Nachspiel haben, glauben Sie mir.«

»Ich bin schon ganz klamm vor Angst, Monsignore«, spottete Frank und stieß den Priester zurück. Beinahe wäre ihm die Aktentasche entglitten. »Wollen Sie mich exkommunizieren? Zu spät, Herr Pfarrer, ich bin längst aus dem Verein ausgetreten.«

Der Priester griff rasch nach seiner Tasche und hielt sie mit beiden Armen vor seiner Brust fest.

»Lass es gut sein, Frank«, ging Helmut beschwichtigend dazwischen. Ihm war eine verräterische Ausbuchtung im Leder der Aktentasche aufgefallen. »Ich trau dem Typen nicht«, flüsterte er Frank schnell ins Ohr, bevor er sich wieder dem Geistlichen zuwandte.

Doch der hatte sich bereits umgedreht und verschwand in Richtung Heldenplatz.

»Den sind wir los«, kommentierte Frank zufrieden und strich seinen Anzug wieder glatt.

»Fürs Erste jedenfalls«, gab Helmut zurück. »Ich habe das Gefühl, der kommt wieder. Mit dem stimmt etwas nicht. Lass mich sicherheitshalber eine Runde um die Kirche drehen.«

Im Inneren der Minoritenkirche herrschte betroffenes Schweigen. Die Nachricht von Mayröckers Tod hatte Georg und Barbara einen kalten Schauer über den Rücken gejagt.

»Ich hätte Jauerlings Notizen verbrennen sollen«, murmelte Georg, »aber dafür ist es jetzt auch zu spät.« Die Partie war eröffnet, am Tisch wurde Stich um Stich gemacht, aber er verstand noch immer nicht, worum das Spiel eigentlich ging.

Frascelli ließ Sina einen Augenblick mit Eddy und dem Mosaik alleine und wandte sich an Barbara. »Wissen Sie, Schwester, es geht nicht darum, was Sie und ich von Herzen glauben. Es dreht sich alles nur darum, was die Menschen in diesem Bild sehen wollen.« Er lächelte sie verständnisvoll an. »Wollen Sie erfahren, was Napoleon darin erkannt hat?«

Buchegger sah Frascelli erst unschlüssig an, dann nickte sie.

»Sie kennen die Geschichte der Blutlinie, die sich von Christus durch Maria Magdalena bis an die Merowinger, das erste Königsgeschlecht der Franken, vererbt hat?«, fragte er mit ruhiger Stimme.

»Ja danke, ich habe ›Sakrileg‹ gelesen«, winkte Barbara ab. Sie war mit ihren Gedanken noch bei dem toten Pfarrer von Schöngrabern. »Ich bitte Sie, Pater! ›Sang real‹? Was soll das sein? Ein betrunkener Spanier, der versucht, Latein zu reden?«

»Calmo e sangue freddo!«, beruhigte sie Frascelli. »Wir wollen uns darüber jetzt nicht streiten, das haben andere schon zur Genüge getan. Aber folgt man dieser Theorie, dann sind auch die Lothringer, die Herzöge von Savoyen, mit Jesus verwandt. Und damit auch die Habsburger, und ganz besonders die Familie Habsburg-Lothringen.«

»Und? Was wäre, wenn?« Buchegger war verwirrt.

Frascelli schmunzelte und beugte sich verschwörerisch zu der Nonne. »Was glauben Sie, welche Macht eine Dynastie für sich beanspruchen hätte können, wenn Sie mit dem Erlöser selbst verwandt gewesen wäre? Das Wappentier der Merowinger, die für sich schon immer eine göttliche Abstammung geltend machten, war die Biene, Symbol der Auferstehung und des ewigen Lebens bei den Germanen und den Franken. Goldene Bienen zierten daher auch den Königsmantel der Merowinger. Sie sind der wahre Ursprung der berühmten ›Fleur de Lis‹, der stilisierten Lilie Frankreichs.«

»Was hat das mit Napoleon zu tun?« Barbara versuchte, den Ausführungen Frascellis zu folgen.

»Auch das Wappen seiner Familie war eine Biene«, erklärte der Priester. »Erinnern Sie sich an das berühmte Porträt Napoleons im Krönungsmantel von Ingres? Der Kaiser der Franzosen hatte seinen Mantel ebenfalls mit 300 goldenen Bienen besticken lassen, nachdem er die kunstvollen Grabbeigaben eines fränkischen Königs betrachtet hatte. Das war 1804. Und 1805 sieht Napoleon dieses Mosaik. Er kennt die alten Legenden von den beiden Marien von Saintes-Maries-de-la-Mer in Südfrankreich, die mit einer schwarzen Dienerin übers Meer aus Jerusalem gekommen waren. Eine von ihnen hatte kurz darauf ein Kind geboren. Waren das etwa die beiden Marien, die laut den Evangelien Christi Grab am dritten Tage leer aufgefunden hatten? Die Südfranzosen jedenfalls glaubten das.«

»Dann lässt sich Napoleon von seiner geliebten Josephine scheiden, um eine Tochter des österreichischen Kaisers zu heiraten. Der dann dieses Mosaik kauft...« Die Nonne nickte nachdenklich. »Napoleonische Soldaten brandschatzten zweimal das Archiv von Schöngrabern, bis es zur Gänze verloren war. Glaubte Napoleon etwa ein Nachkomme des Herrn zu sein? Eine Dynastie mit göttlichem Blut gründen zu können? Ein Geschlecht, das tausend Jahre herrschen wird?« Sie biss sich auf die Lippen.

Frascelli lächelte geheimnisvoll.

»Johannes sieht auf diesem Gemälde tatsächlich wie eine Frau aus«, dachte Sina laut nach. »Es fehlt der Abendmahlkelch, aber zwischen Jesus und Johannes tut sich ein Dreieck auf, das nicht nur den weiblichen Schoß, sondern auch den Gral darstellen kann. Christi Blut sammelt sich so im Körper seiner Gefährtin. Ihr Kind wird zum Heiligen Gral... Darum geht es aber nicht bei unserer Suche, sagen Sie. Also – worum geht es?«

»Sie haben recht, Professore«, bestätigte Frascelli, »auf dem Cenacolo gibt es keinen Abendmahlkelch, sondern nur Brote. Kein Blut des Herrn, nur sein Fleisch! Das ist der Schlüssel zu allem.«

»Das Fleisch?« Georg sah den Pfarrer verblüfft an. »Wie bitte soll das Fleisch des Herrn der Schlüssel zu allem sein? Das ist aufgefahren in den Himmel, das muss ich Ihnen als Pfarrer doch nicht erzählen,

Himmelherrgott!« Er holte sein Notizbuch hervor und hielt dem Geistlichen Jauerlings Rätsel vor die Nase.

Dort gewann ein König seine Krone, gekrönt von dem was
Übrig blieb aus Sternen, die zu Fleisch geworden.
Staub, der lebendig Zwietracht säte, ruhte einst, wo die Kühnen
des Landes in einem Ring gestanden und wo sechs Krüge angebetet
werden, die Wasser zu Wein, den Mensch zum Gott veredeln wollen.

Sina hielt jäh inne und starrte auf das Blatt vor ihm. »Sterne, die zu Fleisch geworden«, wiederholte er leise, schlug den Collegeblock zu und schloss die Augen. »Verdammt, das habe ich übersehen«, zischte er.

»Auf dem Letzten Abendmahl, Professore«, führte Frascelli unbeeindruckt weiter aus, »ist jeder Apostel gleichbedeutend mit einem Sternzeichen des Tierkreises. Jedes Zeichen des Tierkreises, auch Zodiac genannt, beherrscht, so glaubte man in der antiken Medizin, einen Teil des Körpers. Dargestellt hat man diese Sicht der Dinge in anatomischen Zeichnungen, dem sogenannten *homo signorum*, dem Sternzeichenmann. Jede Körperregion wurde einem der zwölf Zeichen zugeschrieben: der Kopf dem Widder, der Hals dem Stier und so fort, bis zu den Füßen, den Fischen. Alle Tierkreiszeichen zusammen ergeben den menschlichen Körper.« Er wies erneut auf das Mosaik. »Also sind die Sterne zu Fleisch geworden. Zu dem Körper Jesu!«

Sina ließ sich auf eine Kirchenbank sinken, die Augen auf das Mosaik gerichtet. Ein Körper zerfiel in das, woraus er geschaffen worden war: zu Staub. Zu dem Staub aus Jauerlings Zeilen: *der lebendig Zwietracht säte,* und der *ruhte einst, wo die Kühnen des Landes in einem Ring gestanden und wo sechs Krüge angebetet werden, die Wasser zu Wein, den Mensch zum Gott veredeln wollen.*

Das also hatten die Kuenringer, Jauerling, Joseph II. und die Nazis auf dem Michelberg und in Kühnring gesucht: die sterblichen Überreste von Jesus Christus. Und überall, wo sein Leichnam auf seiner Reise Station gemacht hatte, war von den Wissenden, den Arianern, ein Krug von der Hochzeit von Kana positioniert worden.

Georg streichelte gedankenverloren Tschak, der sich neben ihn auf die Bank gesetzt hatte und ihn aufmerksam anschaute. Konnte es sein?

Wenn es wirklich der Körper von Jesus Christus war, den er für Jauerling suchen sollte, dann ergaben alle verbitterten Kommentare in den Aufzeichnungen plötzlich einen Sinn. Und doch. Georg fuhr sich mit beiden Händen durch die Haare und seufzte. Das war einfach zu viel von ihm verlangt. Wenn er auch nur einmal diese Theorie laut äußerte, egal, wie schlüssig und erdrückend die Indizien und Beweise auch waren, dann war seine Karriere im nächsten Moment beendet. Niemand würde ihn mehr als Akademiker ernst nehmen, er wäre über Nacht das Gespött seiner Kollegen, sein Lehrauftrag schlagartig beendet. Willkommen, wissenschaftliche Isolation! Und die Medien ihrerseits würden einen Kreuzzug gegen ihn führen, der seinesgleichen suchen würde.

Es gab Dinge, die durfte ein seriöser Wissenschaftler nicht einmal andenken, das wusste Georg nur zu gut. Und der Körper Christi, der stand ganz oben auf dieser Liste. Finger weg, wenn einem seine Karriere lieb war.

Vor seinem geistigen Auge sah sich Georg schon sein Büro räumen, als Gast in Nachmittags-Talkshows auftreten, in den Wiener Straßenbahnen Fahrkarten kontrollieren und schließlich Burg Grub verkaufen.

Ihn schauderte.

»Ich sehe es dir an der blassen Nasenspitze an, was du gerade denkst«, sagte Eddy leise zu ihm und beugte sich zu dem Wissenschaftler hinunter. »Gefährlicher Treibsand, religiöses Grenzgebiet, in dem man besser nicht unterwegs ist... schon gar nicht als renommierter Historiker. Nichts wie weg!« Bogner legte Georg die Hand auf die Schulter. »Aber meiner Meinung nach hast du den *Point of no return* bereits überschritten, Professor. Was ist, wenn dein mörderischer Freund den Körper findet? Was stellt er damit an? Lässt er ihn verschwinden? Oder alle Informationen, die dahin führen?« Er nickte in Richtung Buchegger, die mit hochrotem Kopf auf Frascelli einredete. »Du musst den Job jetzt zu Ende bringen und du musst die Nerven behalten, denn sie wird es nicht. Mein Tipp: Lass sie zu Hause!«

Georg war hin- und hergerissen. Er stand seufzend auf und ging wieder hinüber zu dem Priester und der Nonne. Ihre Diskussion verebbte, als sie Sina näher kommen sahen.

»Sie behaupten also, dass ich am Ende einer Strecke aus Sternzeichen den Körper von Jesus Christus finden werde. Und zwar in einer

Stadt, in der ein König dank dieser Reliquie zum Herrscher gemacht wurde.«

»So ist es, Professore«, bestätigte Frascelli und hielt dem Blick des Wissenschaftlers stand.

»Wenn das stimmen sollte, wie können Sie mit diesem Wissen leben?« Sina staunte über die Unbeirrbarkeit des Pfarrers. »Sie sind ein geweihter Priester, predigen jeden Sonntag von der Kanzel, dass Jesus Christus von den Toten auferstanden ist. Wie vereinbaren Sie das mit Ihrem Wissen und Gewissen? Sollte mich dieses Rätsel tatsächlich ans Ziel bringen und ich den Körper des Herrn finden, was werden Sie tun?«

»Nichts!« Der Italiener verzog keine Miene. »Für mich würde sich gar nichts ändern und für alle anderen, die auch an die wahre Lehre unseres Erlösers glauben, ebenfalls nicht. Selbst wenn es Ihnen gelänge, den seit zwei Jahrtausenden verborgenen Leib Christi wieder ans Licht zu bringen, könnte mich das nicht erschüttern.«

Frascelli drehte sich um und zeigte ein weiteres Mal auf das Mosaik über seinem Kopf. »Im Philippusevangelium steht geschrieben: ›*Fleisch und Blut können das Reich Gottes nicht erben*. Welches ist das Fleisch, das nicht erben kann? Das Fleisch, das wir an uns tragen! Welches aber ist das, das doch erben kann? Es ist das Fleisch Jesu – nebst seinem Blut! Deswegen sagte er: *Wer mein Fleisch nicht essen wird und nicht trinken wird mein Blut, hat kein Leben in sich*. Was bedeutet das? Sein Fleisch ist das Wort, und sein Blut ist der Heilige Geist. Wer dies empfangen hat, hat Nahrung und hat Trank und Kleidung.‹ Das ist die Botschaft des Letzten Abendmahls, das ist die Wahrheit und das ist der einzige Grund, warum es noch geben kann, was Sie suchen, Professore. Wenn der Körper nicht schon längst zu Staub zerfallen ist, was vielleicht sogar das Beste wäre.«

»Gut, für Sie ändert sich dadurch nichts«, räumte Georg ein. »Aber für Millionen Menschen da draußen wird sich sehr viel ändern, glauben Sie mir. Sie werden Jauerling, dem Verfasser dieses Rätsels, recht geben und sagen: Jesus war ein Mensch und jetzt ist er tot!«

»Da muss ich dem Professor zustimmen«, meldete sich Eddy Bogner zu Wort. »Ich bezweifle, dass die Mehrheit der Leute Verständnis für solche theologischen Spitzfindigkeiten haben. Für sie wird die Botschaft einfach sein und lauten: Keine fleischliche Auferstehung, kein Christentum, keine Kirchen mehr.«

»Da wird sich eben endlich die Spreu vom Weizen trennen«, erwiderte Frascelli schroff. »Die Amtskirche wird ernten, was sie gesät hat. Aber der Glaube wird siegen!«

»Ihr Wort in Gottes Ohr«, meinte Sina resigniert. »Ich für meinen Teil gebe Eddy recht und frage mich, ob ich für das anschließende Chaos verantwortlich sein will, wenn ich Erfolg haben sollte...«

»Jetzt aufgeben?«, rief Barbara. »Niemals! Und wissen Sie auch warum, Professor? Weil wir diesem Sternenpfad folgen werden, egal, wohin er uns auch führt. Und wir werden damit diesen Ketzern ein für alle Mal beweisen, dass dort rein gar nichts zu finden sein wird!« Sie warf Frascelli einen vernichtenden Blick zu.

»Glauben Sie tatsächlich, dass es so einfach ist?« Er drehte sich um und gab Eddy das Zeichen zum Aufbruch.

»Warten Sie!«, hielt Frascelli den Wissenschaftler zurück. »Da ist noch etwas, was Sie wissen sollten. Im Jahr 2007 hat ein italienischer Musiker und Computerfachmann eine verborgene Melodie in dem Bild entdeckt.«

»Driften wir jetzt nicht ein wenig in den esoterischen Bereich ab?«, fragte Sina unwirsch.

»Keineswegs«, entgegnete der Pfarrer gereizt. »Die Hände und Brotlaibe über der Tischkante von rechts nach links, also nach Leonardos berühmter Spiegelschrift interpretiert, als Notenwerte gelesen, ergeben ein vierzig Sekunden dauerndes feierliches Adagio. Es ist eine Hymne an Gott.«

»Das Gegenstück zur Partitur des Teufels!« Barbara wurde blass. »Man kann sie vor- und rückwärts spielen, sie klingt immer gleich.«

»Lucedio?« Frascelli horchte auf. Er blickte die Nonne durchdringend an. »Der Teufel spricht in Spiegelsprache, hat Ihnen das niemand beigebracht? Was wissen Sie noch über diesen verfluchten Ort?«

»Nichts... gar nichts...«, stotterte Barbara. »Nur das übliche Gerede.«

»Dann verrate ich Ihnen etwas darüber, Schwester«, raunte der Pfarrer und packte die Nonne am Arm. »Das Principato di Lucedio hat Napoleon gehört. Es war sein Privatbesitz, genau wie dieses Mosaik.«

Piazza Navona, Rom/Italien

Paolo Bertucci wusste, dass es angesichts seiner Lage Wahnsinn war, aber er wollte den Platz sehen, an dem man den Kopf seines Freundes Michele Rossotti gefunden hatte. Die Verhandlungen um den Kauf des Audi waren rasch abgeschlossen gewesen, und Bertucci hatte den Wagen um 4800 Euro gleich mitgenommen, nachdem er zur Freude des Verkäufers bar bezahlt hatte. Nun gewöhnte sich der Kardinal an das völlig neue Fahrgefühl im Vergleich zu seinem Lancia Thesis, der eher eine weich gefederte Komfortlimousine war. Der oftmals chaotische römische Verkehr war für den kleinen, agilen und spurtstarken Audi der richtige Prüfstein. Bertucci fühlte sich zwar etwas durchgerüttelt, aber auf Anhieb wohl. Das kleine Auto verlieh ihm ein Gefühl der Sicherheit, das im Moment in seinem Leben an allen Ecken fehlte.

Nachdem die Piazza Navona verkehrsberuhigter Bereich war und er lieber die letzten Meter zu Fuß gehen wollte, als aufzufallen, suchte er einen Parkplatz rund um den Corso Vittorio Emanuele. Er hatte Glück und schlüpfte in eine schmale Lücke zwischen zwei Lkws direkt vor der Antica Biblioteca Valle. Dann machte er sich auf den Weg zur Piazza.

Siedend heiß fiel ihm ein, dass Kleinert ihn gar nicht zurückrufen konnte, weil er ja jetzt ein anderes Handy hatte. Er änderte rasch die Einstellungen im Menü und wählte dann die Nummer Lambertis. Der Außenminister hob nach dem zweiten Läuten ab.

»Si?«

»Keine Namen, ich bin's«, sagte Bertucci, »und meine neue Nummer wird unterdrückt, besser du kennst sie nicht. Ich habe Kleinert gebeten, sich über den Fundort des Kopfes von Rossotti schlau zu machen, und er hat mir einen Rückruf versprochen. Das wird nun nicht funktionieren. Könntest du …?«

»Ruf mich in fünf Minuten an«, gab Lamberti rasch zurück und legte auf.

Gruppen von Touristen in kurzen Hosen und mit Kameras bewaffnet zogen in einem steten Strom an Bertucci vorbei. Er mischte sich unauffällig darunter, ließ sich mittreiben in Richtung der berühmten Piazza mit den drei Brunnen. Es dauerte nur wenige Minuten und der Kardinal spazierte auf einen lang gezogenen, freundlichen Platz, in dessen Mitte ein schlanker Obelisk emporragte. Der Brunnen darunter war blendend weiß.

Der Vierströmebrunnen.

Die Terrassen der Cafés waren voll, der Platz selbst mit Hunderten von Menschen bevölkert. Bertucci entspannte sich. Er hatte seine Digitalkamera aus der Reisetasche mitgenommen und tat es nun den anderen gleich, während er langsam auf den zentralen Brunnen zuschlenderte – er fotografierte. Die Polizeiabsperrung war wieder entfernt worden. Offenbar hatte die Spurensicherung nichts wirklich Interessantes gefunden, was angesichts der Menschenströme, die tagtäglich über die Piazza Navona brandeten, kein Wunder war.

Er zog sein Handy aus der Tasche und wählte erneut.

»Ich habe gerade mit Kleinert gesprochen, diesem neugierigen Hamster«, murmelte Lamberti. »Er hat in Erfahrung bringen können, dass der Kopf von Rossotti im Schoß der Figur gefunden wurde, die den Donaustrom symbolisiert. Gleichzeitig wollte er wissen, ob du schon in England eingetroffen bist.«

Bertucci zuckte zusammen. Kleinert? War es möglich?

Lamberti unterbrach seine Gedanken. »Ich habe natürlich Ja gesagt, eine Notlüge, die mir hoffentlich vergeben wird, angesichts der Lage. Halte mich auf dem Laufenden.«

»Danke«, antwortete Bertucci und meinte es ehrlich. Dann legte er auf.

Die Donau.

Eine französische Reisegruppe zog hinter einer hochgehaltenen Trikolore an ihm vorbei, die junge Führerin sprach einen südfranzösischen Dialekt, der Bertucci an seine Reisen nach Marseille und Perpignan erinnerte. Sie schwärmte von der Schönheit der Brunnen und erzählte launige Geschichten über ihre Entstehung. Als sie zur Symbolik des Vierströmebrunnens kam, schlenderte der Kardinal näher.

»Die Fontana dei Quattro Fiumi wurde von Papst Innozenz X. in Auftrag gegeben und von Gian Lorenzo Bernini zwischen 1648 und 1651 gebaut, genau in der Mitte der Piazza Navona. Wir haben hier vor uns ein Meisterwerk hochbarocker Plastik. Sehen Sie die vier Männerfiguren? Sie sind Symbole für vier Flüsse auf vier Kontinenten, die Donau, den Ganges, den Nil und den Río de la Plata. Betrachten Sie genau die Tiere und Pflanzen rund um jeden dieser personifizierten

Flüsse. Sie helfen bei der Zuordnung, sind sozusagen ein Abbild der Umwelt jedes Flusses.«

Bertucci betrachtete die blütenweißen Figuren und die Felsen, auf und vor denen sie saßen. Bildete er es sich nur ein, oder war da ein roter Fleck auf der Figur der Donau?

Die Fremdenführerin ließ eine spanische Gruppe vorbeiziehen und fuhr dann fort: »Die Symbolik dieses Brunnens ist mehrschichtig. Er repräsentiert nicht nur die damals bekannte Welt, sondern auch den Herrschaftsanspruch des Papstes über die Erde.«

Wie hatte der Unbekannte gesagt? Die Entdeckung der Symbolik des Verborgenen ist die Erkenntnis der Meister. Herrschaftsanspruch des Papstes, Brunnen, Obelisk, vier Flüsse, die Donau. Bertucci schauderte.

»In der Mitte des mächtigen Obelisken, der vom Isis-Tempel Domitians stammt, erhebt sich eine Taube, das Wappentier der Pamphilj.« Es gab einen Zwischenruf, und die Führerin lächelte. »Wer die Pamphilj waren? Sie werden sich wundern ... Olimpia Aldobrandini, geborene Borghese, heiratete 1647 in zweiter Ehe Camillo Pamphilj, den Neffen von Papst Innozenz X., dessen bürgerlicher Name Giovanni Battista Pamphilj war. Man könnte also auch von Neffenwirtschaft sprechen.« Alles lachte.

Die Taube. Neffenwirtschaft. Mehr Symbolik war eigentlich nicht möglich, dachte sich Bertucci. Dann sah er vor seinem geistigen Auge den abgeschlagenen Kopf seines Freundes Michele im Schoß der steinernen Figur, und der Zorn war wieder da.

»Ich kriege euch«, murmelte er mit gesenktem Kopf, »und dann zwinge ich euch in die Knie. Ich werde euch zeigen, wie es ist, wenn man hinterrücks überfallen, verraten und verkauft wird. Ihr wähnt euch so sicher, aber Hochmut kommt vor dem Fall. So wahr mir Gott helfe, ich werde euch das Fürchten lehren.«

Damit machte Bertucci kehrt. Er hatte genug gesehen und gehört, drängte sich zwischen den Gruppen von Touristen durch und steckte seine Kamera weg. Die Begriffe schwirrten durch seinen Kopf.

Drei Tote.

Die Archivarin in der Badewanne, in ihrem eigenen Blut. Rossottis Kopf auf dem Brunnen. Luigi, mit dem Kopf in einem Wasserschaff.

Bertucci blieb stehen, als sei er gegen eine Wand gelaufen. Wasser! Der gemeinsame Nenner in allen drei Morden. Badewasser, Brunnenwasser, das Wasser der Erkenntnis, wie der Unbekannte es genannt hatte. Wasser, ganz offenbar.

Die Donau.

Durch welche Länder führte der Fluss? Deutschland, Österreich, Ungarn und Rumänien. Was hatte Wasser mit dem Rätsel zu tun? Er zog den kleinen Zettel mit den drei Namen aus seiner Hosentasche. Theophanu, Marini oder Marino, Balthasar Jauerling.

Bertucci wäre so gerne in die Bibliothek des Vatikans für die weiteren Nachforschungen gegangen, aber daran war nicht zu denken. Er sollte längst schon aus Rom verschwunden sein. Je länger er blieb, desto leichter würden sie ihn finden. Der Advocatus Diaboli war überzeugt, dass die Spur ihn irgendwohin führen würde. Die Lösung des Rätsels lag nicht in Rom, dessen war er ebenfalls überzeugt. Warum sonst wäre die Auslandsabteilung von Pro Deo beim Papst erschienen?

Der Kardinal schüttelte den Kopf. Nein, es musste etwas sein, das Rom und den Vatikan, die Kirche und vielleicht sogar den Glauben betraf, aber es war sicherlich nicht in der italienischen Hauptstadt oder im Vatikan zu finden.

Deswegen war Caesarea auf den Weg geschickt worden.

Kleinert, diese intrigante Ratte, dachte Bertucci, als er am Wagen angelangt war und aufsperrte. Würde gerne wissen, ob ich bereits in England Fish and Chips esse. Warum bloß? Reine Neugier? Oder mehr?

Er ließ sich in den Sitz fallen und zog die Tür zu. Wenn er nur wüsste, wohin er fahren sollte, wen er fragen könnte. Er durfte seinen Vorsprung nicht verspielen, die Liste mit den drei Namen.

Pro Deo wusste nicht, dass er wusste …

Neffenwirtschaft. Bertucci musste schmunzeln, dann griff er zum Telefon und ging die Nummern durch.

»Danke für den Hinweis«, murmelte er und wählte. Nach dem zweiten Läuten meldete sich eine junge, weibliche Stimme voller Elan. »Büro Professor Graziano, was kann ich für Sie tun?«

»Scaglietti vom Sicherheitsdienst des Vatikans«, antwortete Bertucci mit einer autoritären Stimme, die keinen Widerspruch duldete. »Ich hätte gerne den Professor gesprochen in einer, nun sagen wir, persönlichen und vertraulichen Angelegenheit.«

»Einen kleinen Moment, Signore, ich verbinde Sie.« Die Sekretärin klang beeindruckt. Sie würde sich an ihn erinnern und an den Namen. Bertucci grinste noch immer, als sich der Sohn seiner Schwester meldete.

»Professor Graziano hier, wie kann ich Ihnen behilflich sein?«

»In dem du keine Namen nennst und mir zuhörst«, sagte Bertucci eindringlich, »und wenn du meine Stimme nicht erkennst, dann sind wir die letzten zwanzig Jahre völlig umsonst zu den Fußballspielen von Como Calzio gegangen und haben uns die Lunge aus dem Leib geschrien.«

»Pao ...Onkel, was ist los? Ich dachte, ein Scaglietti vom Vatikan wäre dran«, gab Graziano erstaunt zurück.

»Das wünschst du dir nicht, glaube mir«, erwiderte Bertucci düster. »Wie auch immer, für alle Welt hat ein Scaglietti angerufen, wenn du gefragt wirst. Du oder deine Sekretärin.«

»Was ist los? Irgendetwas stimmt nicht, ich kenne dich doch. Willst du es mir nicht sagen?«

»Nein«, gab der Advocatus Diaboli zurück. »Ich muss dich sehen, so schnell wie möglich. Ich brauche deine Hilfe als Historiker und Kirchenwissenschaftler. Deine Mutter hat mir erzählt, dass du wieder in Bologna bist. Seit wann?«

»Seit kaum zwei Wochen, nachdem meine Forschungsarbeit in Cambridge zu Ende ging und ich langsam, aber sicher Heimweh nach Italien bekam. Aber bist du nicht in Rom?«

»Ich bin nirgendwo und überall«, wehrte Bertucci ab. »Hast du heute Abend Zeit? Es wird zwar etwas später werden, aber wir könnten gemeinsam essen und dann könntest du mir ein Nachtlager anbieten.«

»Mit Vergnügen«, antwortete Graziano, »das Haus ist leer, Elena und die Kinder sind bei meiner Mutter in Como. Ich habe mich seelisch schon auf einen Abend mit einem der anspruchsvollen Berlusconi-Hupfdohlen-Programme im Fernsehen vorbereitet. Du kommst also gerade recht.«

Bertucci blickte auf die Uhr. »Gib mir etwa vier Stunden... Ach was, weniger... Wir treffen uns um halb neun Uhr in der kleinen Bar auf der Piazza Giuseppe Verdi, in der Nähe der Universität für Alte Geschichte. Erinnerst du dich?«

»Aber sicher doch. Der Hauswein ist hervorragend. Solltest du später kommen, warte ich auf dich«, antwortete Graziano, »und wenn ich betrunken bin, ist es deine Schuld.«

»Abgemacht«, lächelte Bertucci. »Und noch etwas. Niemand, aber auch gar niemand darf erfahren, dass ich in Bologna bin. Hast du mich verstanden? Ich habe nie angerufen.«

»Du bist in viel größeren Schwierigkeiten, als ich dachte«, erwiderte sein Neffe leise. »Aber mach dir keine Sorgen. Scaglietti wollte wissen, was er dir zum Geburtstag schenken sollte.«

»Perfekt, das hätte ich mir nicht besser ausdenken können«, gab Bertucci zu. »Salve und bis später.« Damit legte er auf und startete den Audi.

Breitensee, Wien/Österreich

Paul ließ sich in seiner Remise auf das große Ledersofa fallen. Seine Gedanken drehten sich nach wie vor um Caesarea und die 666. Was hatte den Mossad oder den Geheimdienst des Vatikans so nachhaltig alarmiert, dass sie sofort ein Team nach Unterretzbach schickten und selbst vor einem Mord nicht zurückschreckten? Denn inzwischen zweifelte Paul keine Sekunde an der Tatsache, dass der Mord an Pfarrer Wurzinger auf das Konto eines der Geheimdienste ging.

Der Reporter griff nach seinem Handy und versuchte Valerie zu erreichen, landete aber nur auf ihrer Mailbox. Georg Sina war auch noch immer verschollen oder hatte in einem Anfall von Kommunikationsverweigerung sein Handy zerstört. Der dritte Anruf Wagners galt einem Informanten bei der Polizei, dem er kurz über den brennenden Beichtstuhl in Schöngrabern erzählte und ihn bat, weitere Details herauszufinden.

Seine Anrufe bei Berner, Eddy und Burghardt endeten ebenfalls im elektronischen Postfach. »Irgendwie hab ich heute kein Glück bei meinen Freunden«, murmelte er frustriert, leerte seinen Kaffee und öffnete seinen Laptop. Dann begann er, einen weiteren Artikel über die neuesten Entwicklungen in Unterretzbach zu schreiben.

Als er schließlich mit den letzten Zeilen fertig war und auf »Senden« drückte, warf die Sonne bereits lange Schatten. Die Blätter der Bäume um seine Remise, die Wagner durch das Glasdach sehen konnte, glänzten in orangefarbenem Licht vor einem tiefblauen Himmel.

Paul stand auf und ging zum Küchenblock, um sich eine Cola zu holen. Zeit für einen ersten Überblick, dachte er sich. Wir schreiben das Jahr 1945. Zwei deutsche Soldaten auf dem Weg in den Süden kamen nach Unterretzbach. Mit dem Motorrad? Mit dem Zug, der eines Tages verlassen auf dem kleinen Bahnhof stand? Wer waren sie, von wo genau kamen sie und woher hatten sie so viel Geld? Wie sie im Kriegerdenkmal geendet waren, das hatte sich in der Zwischenzeit aufgeklärt. Aber warum war diese alte Geschichte nach so langer Zeit ganz plötzlich interessant geworden?

Nachdenklich wanderte Paul ziellos durch die Remise und grübelte. Die 666 war eine Warnung, daran gab es keinen Zweifel. Das Team im blauen Volvo wollte die letzten Augenzeugen beseitigen. Reiter war bereits tot, hatte sich in Panik die Pulsadern aufgeschnitten. Wurzinger hatte ihnen sicherlich alles erzählt, die Geschichte der zwei toten Soldaten und wer noch daran beteiligt gewesen war. Deshalb waren die vier Männer kurz darauf schon bei Maurer im Hof aufgetaucht, mit gezogener Waffe.

Sein Handy läutete, und Paul eilte mit großen Schritten zur Sitzgarnitur und nahm das Gespräch an.

»Hallo, Herr Wagner! Dr. Völker hier. Es ging doch etwas schneller, als ich vermutet hatte, aber ich muss auch zugeben, dass mir ein wenig das Glück hold war.« Die Wissenschaftlerin lachte leise. »Andererseits, wenn man bereits so lange Kriegstagebücher durcharbeitet wie ich, dann verdient man sich das wenige Glück hart genug.«

»Erst einmal danke für Ihren Rückruf«, antwortete Paul, »ich habe gerade über die beiden toten Soldaten nachgedacht. Das muss Gedankenübertragung gewesen sein.«

»Die beiden haben jetzt einen Namen«, stellte Völker fest, »und ich habe auch ein wenig mehr über ihre letzten Tage herausgefunden. Oberleutnant Gustav Richter und Feldwebel Günther Walkowski gehörten zum Ersten Grenadier-Regiment 178, oder besser gesagt zu dem, was davon noch übrig war. Sie kamen aus Ungarn, wurden von den Russen zurückgedrängt, immer weiter westlich. Wenn Sie so wollen, hat die Rote Armee die versprengten deutschen Soldaten vor sich hergetrieben. Ich denke, Richter und Walkowski hofften, in amerikanische Kriegsgefangenschaft zu geraten. Das hätte ihnen auch gelingen können, wie zahlreichen anderen. Ich habe hier einen Report gefunden, der ganz gut den Weg und die Auflösungserscheinungen bei der 8. Armee beschreibt. Hören Sie kurz zu:

1.4.45: Heeresgruppe Süd – Ungarn sind übergelaufen und kämpfen aufseiten des Feindes weiter, Verbindung zum Plattensee abgerissen, der Feind durchbrach an fünf Stellen die eigene Front ... Neusiedler See wurde preisgegeben ... Westlich bedroht Gegner Wien von Süden. In Ödenburg Straßenkämpfe ...

2.-6.4.45: Scharfes Nachdrängen des Feindes zwischen Drau und Raab, Druck auf den Raum beiderseits der Wiener Neustadt und Abdrängen der eigenen Kräfte von der Leitha ... Die 8. Armee steht weiterhin bei Neusohl unter Druck

7.4.45: Bei der 8. Armee Bildung von Brückenköpfen und Einbrüche.

8.4.45: Bei der 8. Armee weiter starker Druck, Gegner konnte vier Brückenköpfe über die March bilden, bei Lundenburg wurde er abgewiesen, im Waag-Tal örtliche Kämpfe

9.4.45: Nördlich der Donau Erweiterung des March-Brückenkopfes nach Westen.

10.-12.4.45: Die 8. Armee wurde in eine Sehnenstellung zurückgenommen. Von Wien bis March Kämpfe im Brückenkopf Lundenburg.

... 12.-14.4.45: Bei der 8. Armee verschärft sich die Lage, der Feind kam bis zur Straße Wien–Lundenburg. Von der March und bei Lundenburg setzten sich eigene Kräfte weiter ab.

Das heißt nichts anderes, als dass ab dem 12. April alles in Auflösung war. Im Lexikon der Wehrmacht wird beschrieben, dass die 76. Infanterie-Division 1945 in Deutschbrod in Tschechien in Gefangenschaft geriet. Teile des Grenadier-Regiments 178 waren ebenfalls dabei. Also müssen Walkowski und Richter in Deutschbrod gewesen sein, ich schätze einmal um den 14. April 1945.«

Völker machte eine Pause. »Sind Sie noch da?«, fragte sie dann.

»Ja, natürlich«, gab Paul zurück, »ich mache mir nur Notizen. Bitte erzählen Sie weiter.«

»So weit also zu den offiziellen Berichten. Was wissen Sie von Deutschbrod?«

»Gar nichts, um ehrlich zu sein«, gab der Reporter zu.

»Der Ort heißt heute Havlíčkův Brod, ein Bahnknotenpunkt, eine Kleinstadt mit damals etwa 15 000 Einwohnern«, setzte Völker fort, »Spinnereien, Strickereien, Textilindustrie, nichts Besonderes. Aber Ende des Krieges Endstation für einige Hundert Soldaten. Und jetzt kam mir das Glück zu Hilfe.«

Wagner horchte auf. »Spannen Sie mich nicht auf die Folter«, meinte er ungeduldig. »Ich finde es ja schon bemerkenswert, was Sie alles in dieser kurzen Zeit in Erfahrung bringen konnten.«

»Als ich Deutschbrod las, erinnerte ich mich an ein Tagebuch, das mir vor Monaten in die Hände gefallen war. Ich gestehe, damals sah ich es als eines unter vielen, auch wenn mir die Einträge gegen Ende des Krieges etwas seltsam vorkamen. Ich las mir also die betreffenden Stellen noch einmal durch. Ein Angehöriger der 76. Infanterie-Division beschreibt darin die letzten Tage vor der Gefangennahme durch die Russen. Er war auch bis Deutschbrod gelangt, in die Nähe des Bahnhofs, und er berichtet von Waggons, die dort auf einem Gleis gestanden seien, ohne Lokomotive. Einer dieser Wagen, verdächtig neu und von SS-Männern bewacht, machte den Verfasser des Tagebuchs neugierig. Da er ebenfalls einen Verwandten bei der SS hatte, ging er wohl zu einem dieser SS-Männer und unterhielt sich mit ihm.«

Wagner hörte Seiten rascheln. Völker blätterte wohl im Tagebuch, während sie mit ihm telefonierte. »Anfangs war der wohl etwas abweisend«, fuhr sie fort, »aber nach zwei oder drei Besuchen und einigen geschenkten Zigaretten wurde er gesprächiger. Ich habe die betreffende Stelle hier. Hören Sie zu: ›Seltsamer Vogel, typisch SS. Faselte von einem wichtigen Transport aus der Wewelsburg, direkt von Himmler. Verschlossener Waggon, hoch geheim. Aber das war ja bei der SS alles. Nur Wichtigtuer in der schwarzen Uniform. Man hört die Russen schon, und die bewachen noch immer einen Waggon! Habe ihn gefragt, was drin ist. Hat keine Ahnung, aber bewacht ihn trotzdem! In den anderen Wagen sind Verwundete und Beute, auch wertloses Zeug. Bin hineingeklettert. Aber was soll man mitnehmen? Wohin und wozu? Die armen Teufel im Lazarettwaggon werden kaum überleben. Schwerverwundete.‹« Völker machte eine Pause. »So weit war nichts Besonderes an diesem Bericht, bis auf den Teil, der nun kommt. ›Letzte Unterhaltung mit der Wache. Sehr nervös. Meinte, er wäre schon zu lange da. Waggon muss unbedingt in die Alpenfestung. Keine Ahnung, wo das sein soll. Dann murmelte er etwas von geweihter Erde. Spinner!‹«

»Geweihte Erde?«, wunderte sich Paul. »Haben Sie sich nicht verlesen?«

»Nein, ganz ohne Zweifel, da steht geweihte Erde«, bestätigte Völker. »Aber jetzt fragen Sie mich nicht, was das heißen soll.«

»Vielleicht war die Alpenfestung für die SS geweihte Erde«, mutmaßte der Reporter. »Wird sonst noch etwas erwähnt?«

»Nein, kurz darauf war der Zug weg. Der Tagebuchschreiber hatte ihn offenbar um ein paar Minuten verpasst. Er ging vor einem Angriff in Deckung, und als alles vorbei war, lag die SS-Wache tot am Bahndamm, und von den Waggons war nichts mehr zu sehen. Er ärgerte sich, weil es die einzige Möglichkeit gewesen wäre, den Russen zu entkommen. Zumindest war er dieser Meinung.«

»Wäre es möglich gewesen?«, fragte Paul die Wissenschaftlerin.

»Schwer zu sagen. Die Tieffliegerangriffe, Partisanen, verminte oder zerstörte Gleise... Dazu kam der Kohlenmangel. Damals war alles möglich, oder aber es endete im Fiasko, das ging ganz schnell«, stellte Völker fest.

»Könnten Richter und Walkowski von Deutschbrod bis auf österreichisches Gebiet mit dem Zug gekommen sein?«, bohrte Paul nach.

»Meinen Sie jetzt streckenmäßig?«, fragte Völker zurück. »Im Prinzip schon, mit einer unverschämten Portion Glück.«

Als Völker das Gespräch mit dem Versprechen beendet hatte, Paul eine Kopie der betreffenden Seiten zukommen zu lassen, legte der Reporter nachdenklich das Handy auf den Couchtisch.

Wewelsburg, Himmler, geheimer Transport, Alpenfestung.

Das würde eine ganze Menge erklären, unter Umständen sogar das viele Geld. Aber ein Waggon in Unterretzbach machte noch keinen ganzen Zug. Entweder Burghardt würde mehr in Erfahrung bringen, oder er, Paul, würde selbst nach Deutschbrod fahren müssen, auf der Suche nach der Wahrheit.

*Aeroporto »Leonardo da Vinci«, Fiumicino,
Rom/Italien*

Die F-15 der israelischen Luftwaffe lag in einer lang gezogenen Kurve über der Ewigen Stadt, und Valerie Goldmann wusste nicht, wohin sie zuerst schauen sollte. Der Tower hatte dem Militärjet noch keine Landeerlaubnis erteilt, und so hielt Rubinstein die Eagle mit leichter Hand in einer Warteschleife, die atemberaubende Ausblicke auf Rom und das Umland bot.

Die niedrig stehende Sonne über dem Mittelmeer ließ das Wasser golden aufleuchten, und die klare Luft, die der leichte Westwind mit sich führte, vermittelte Goldmann den Eindruck, sie könne die historischen Gebäude mit ihren Händen berühren.

»Ich könnte hier die nächsten Stunden kreisen«, meinte Valerie fasziniert. »Ich beneide dich um die Eagle, Esther, und ich bewundere deine Konzentration. Das Tankmanöver war keine leichte Übung.«

Sie hörte Rubinstein über den Funk lachen. »Ach was, das war ein Routineflug ohne besondere Herausforderungen«, antwortete die Pilotin. Dann nahm der Funkverkehr mit dem Tower ihre Aufmerksamkeit in Anspruch. »Wir haben die Landeerlaubnis«, sagte sie schließlich zufrieden. »Wir können runter.«

Rubinstein schaute sich kurz prüfend um, dann kippte sie die F-15 über die linke Tragfläche in eine enge Rolle, die Valerie den Atem nahm. Blitzschnell drehte sich die Welt um 360 Grad und kam wieder in die richtige Lage. Die Pilotin lachte. »Wenn du wieder einmal in Tel Aviv bist, dann fliegen wir richtig, unter Einsatzbedingungen«, meinte sie leichthin. »Dann lassen wir die Eagle los und sie kann dir zeigen, was wirklich in ihr steckt.«

»Lieber heute als morgen«, antwortete Valerie. »Dieser Jet macht süchtig.«

»Ich wette, da unten steht jetzt die halbe Flughafenmannschaft und wartet auf uns«, mutmaßte Rubinstein. »Die sehen eine F-15 auch nicht alle Tage auf ihrer Startbahn. Also besser, wir legen eine Bilderbuchlandung hin, sonst haben wir noch jahrelang die schlechte Nachrede von den Papagalli.«

Sie ließ die Eagle wie auf einer kerzengerade gezogenen Linie einschweben und setzte sanft auf. »Willkommen in Italien, Major Goldmann«, meinte Rubinstein lächelnd. »Auftrag erfüllt, Passagier abgeliefert.«

Wenig später rollte der Jet hinter einem kleinen Wagen des Flughafens her, der ihn mit roten Blinklichtern zu einem Hangar an der Südseite leitete.

»Für dich ist hier Endstation, ich werde etwas essen, ein paar Stunden schlafen und den Technikern Zeit zum Auftanken und für ein paar Checks geben«, meinte Rubinstein. »Dann geht's heimwärts.«

Sie hielt die F-15 vor den offenen Toren des Hangars an und unterbrach die Treibstoffversorgung. Als die Turbinen verstummten, kam auch schon ein kleiner Schlepper aus dem Hangar, der die Eagle an den Haken nahm und in die Halle zog.

»Ich beneide dich um den Einkaufsbummel«, gestand Rubinstein grinsend, als sie den Helm abzog und das Dach der Kanzel aufschwenkte. »Ich könnte mein gesamtes Gehalt hier wahrscheinlich in wenigen Stunden loswerden. Schuhe, Kleider, Schmuck und gut essen gehen, dann wäre mein Limit auch schon überzogen.«

»Nur keine falschen Hoffnungen«, lachte Valerie, »ich glaube kaum, dass mir die Zeit dazu bleibt, durch die Boutiquen zu schlendern. Ich zieh mich schnell um, dann kannst du den Overall wieder mitnehmen.«

Rubinstein winkte ab. »Lass ihn an, er steht dir. Komm lieber nach Tel Aviv und bring ihn mir persönlich zurück. Dann bring ich dir dafür richtig fliegen bei, und am Abend ziehen wir um die Häuser.«

»Versprochen!«, gab Goldmann zurück. Ein Bus des Flughafens rollte neben der F-15 aus, und der Fahrer sah die beiden Frauen etwas verwirrt an. »Ich soll Major Goldmann abholen, ist er hier irgendwo?«

Die Passkontrolle war eine reine Formalität, und als Valerie mit ihrem kleinen Seesack auf der Schulter durch die Schiebetüren in die Halle des Flughafens trat, fragte sie sich, ob sie nicht als Erstes Shapiro anrufen sollte. Sie kramte nach ihrem Handy und schaltete es ein. »Entgangene Anrufe: 1«, leuchtete es ihr auf dem Display entgegen. Sie sah Pauls Nummer und verschob den Rückruf auf später.

»Major Goldmann, ich hoffe, Sie mussten nicht lange warten, aber der Verkehr...« Valerie blickte hoch und traute ihren Augen kaum. Vor ihr stand Samuel Weinstein, seines Zeichens Militärattaché der israelischen Botschaft in Wien und Liaison-Offizier des Mossad. Seine Uniform hatte er durch einen dunklen Anzug ersetzt, der schlecht kaschierte, dass Weinstein zugenommen hatte. Die verspiegelte Brille ließ ihn wie einen jungen Mafioso aus einem Hollywood-Streifen aussehen.

»Weinstein? Was machen Sie hier? Seit wann spielen Sie Fata Morgana auf italienischen Flughäfen?«, erkundigte sich Goldmann überrascht. »Oder soll ich eher sagen Fatal Morgana?«

Weinstein lächelte gequält. »Ich nehme als Beobachter an einer Sicherheitskonferenz der Mittelmeerstaaten teil und bin deshalb für einige Tage in Rom.«

»Ah, Beobachter, das erklärt die Sonnenbrille«, lächelte Valerie maliziös. »Schick!«

Der Militärattaché wusste nicht recht, was er von der Bemerkung halten sollte. »Mr. Shapiro hat mich ersucht, Sie abzuholen und Ihnen eine sichere Leitung bereitzustellen. Er meinte, nachdem wir in den letzten beiden Jahren so gut zusammengearbeitet hätten...«

»So, meinte er das«, bemerkte Goldmann seufzend. »Wenn ich mich recht erinnere, dann hatten Sie schon in Wien Beschaffungsschwierigkeiten bei allem, das über eine Pfadfinderausrüstung hinausging. Planen Sie nun, Ihre Tätigkeiten nach Rom zu verlegen? Sozusagen auf geschichtliches Territorium? Sabotage und subversive Tätigkeiten in der Ewigen Stadt?«

»Sie tun mir Unrecht, Major Goldmann«, protestierte Weinstein. »Ich habe immer noch alles aufgetrieben, was auf Ihren Wunschlisten stand, ob Hubschrauber oder schnelles Auto.«

»Ich sage nur ›Pizza-Expresss‹«, zischte Valerie. »Das verzeihe ich Ihnen nie, Weinstein.«

»Sie sind nur nachtragend.«

»Wenn ich nachtragend wäre, dann würde ich kein Wort mehr mit Ihnen sprechen, nach Ihrer Aktion letztes Jahr. Ich erinnere mich an einen Attaché du Malheur, der mich nach meiner Rückkehr aus Berlin an den Botschafter verraten und verkauft hat.«

»... und der Sie vor Spector gewarnt hat«, verteidigte sich Weinstein.

Valerie hob die Hand. »Genug! Sie sind also zu meiner Unterstützung abkommandiert worden?«

Weinstein nickte unglücklich und lotste Goldmann zu einem schwarzen Mercedes, der vor der Ankunftshalle auf sie wartete.

»Und was ist mit Ihrem Beobachterposten auf dieser Konferenz?«
Valerie stieg ein und ließ sich auf die Rücksitzbank sinken.

»Der Einsatz ist wichtiger«, gab Weinstein zurück. »Mich hat Shapiro diesmal nicht eingeweiht, und das ist ungewöhnlich. Das heißt auch, die Geheimhaltungsstufe ist astronomisch hoch. Dünne Luftschichten, wenn Sie verstehen, was ich meine.«

Valerie schwieg nachdenklich, während der Mercedes auf die Autobahn nach Rom einbog. »Wohin fahren wir?«, fragte sie schließlich.

»In die Botschaft wegen der sicheren Leitung nach Tel Aviv«, erwiderte Weinstein. »Dann hängt es von Ihrer Entscheidung ab, wie es weitergeht. Aber ich nehme an, vor morgen früh werden Sie keine Aktionen planen.«

»Ich sicher nicht«, erwiderte Valerie, »aber Sie, Weinstein. Ich lasse Sie heute noch wissen, was ich an Ausrüstung brauche, nachdem ich mit Shapiro gesprochen habe. Dann ein komfortables Hotelzimmer, eine heiße Dusche, ein rascher Einkaufsbummel, weil ich außer dem Overall kaum etwas mitnehmen konnte.«

»Ich habe gehört, Sie saßen in einem tibetischen Gefängnis?«, erkundigte sich der Militärattaché unschuldig.

Valerie verfluchte Shapiro im Stillen. »Vergessen Sie es gleich wieder«, gab sie zurück, »sonst steht ein Ferrari morgen ganz oben auf meiner Liste.«

Die israelische Botschaft lag in der Via Michele Mercati in einem ruhigen Villenviertel nördlich des Zentrums. Hohe Palmen verdeckten einen Teil des Gebäudes, und nur die beiden Fahnenmasten und das weiße Häuschen für die Security verrieten die ausländische Vertretung. Die grünen Gittertore glitten zurück, nachdem die Sicherheitskameras den schwarzen Mercedes erfasst hatten.

»Daheim und doch nicht zu Hause«, bemerkte Valerie mit einem Seitenblick auf die Männer in dunklen Anzügen, die dem Wagen entgegeneilten. Der Knopf im Ohr und die Ausbuchtung unter den Achseln verrieten sie.

»Willkommen in Rom, Major Goldmann«, lächelte einer der Sicherheitsbeamten, als er den Schlag des Mercedes öffnete. »Ich habe gehört, Sie reisen mit leichtem Gepäck. Trotzdem würde ich gerne einen Blick darauf werfen.«

Valerie wies auf den Kofferraum. »Bedienen Sie sich...«

»... und bringen Sie den Seesack dann gleich hinauf in den Besprechungsraum«, vollendete Weinstein. »Kommen Sie, Major, wir haben nicht allzu viel Zeit.« Er nahm Valerie am Ellenbogen und schob sie zum Eingang des dreistöckigen Gebäudes.

»Könnte es sein, dass Sie die Herren von der Security nicht allzu sehr schätzen, Weinstein?«, lächelte Goldmann.

Eine Wache in Uniform salutierte und öffnete ihnen die Türe.

»Man kann alles auch ein wenig übertreiben«, murmelte der Militärattaché, bevor er den Lift betrat und auf den Knopf »S« drückte. Der Aufzug setzte sich nach unten in Bewegung. »Im Keller ist die abhörsichere Kommunikationszentrale. Ich bringe Sie hinunter, und dann treffen wir uns im letzten Stock zur Besprechung.«

Der kleine Raum mit dem überdimensionalen Flatscreen an seiner Stirnseite war kühl, und die gedämpfte Beleuchtung verbreitete eine fast gemütliche Atmosphäre. Ein Schreibtisch mit aufgeklapptem Laptop und angeschlossener Webcam stand in einer Insel aus Licht in der Mitte des Zimmers. Als Valerie in einem bequemen Sessel davor Platz genommen hatte, erwachte der Flatscreen zum Leben, und der Leiter der Abteilung »Metsada« lächelte gönnerhaft auf sie herunter.

»Major Goldmann, schön Sie zu sehen!«, eröffnete Oded Shapiro das Gespräch. »Sie sind also gut und pünktlich in Rom gelandet. Ich habe nichts anderes angenommen, Major Rubinstein versteht ihr Handwerk.«

Shapiro nahm seine Brille ab und begann sie hingebungsvoll zu putzen. Wer ihn so gesehen hätte, wäre nie auf den Gedanken gekommen, einen der wichtigsten Männer des Mossad vor sich zu haben. Er sah eher aus wie ein gemütlicher Familienvater, der sich in das falsche Büro in dem Gebäude gegenüber dem Verteidigungsministerium verirrt hatte, das den Mossad beherbergte. Unter dem karierten Hemd begann sich ein kleiner Bauch abzuzeichnen, seine Haare hatten sich in den letzten zwei Jahren immer mehr gelichtet.

Shapiro schien ihre Gedanken zu erraten. »An den grauen Schläfen haben Sie einen beträchtlichen Anteil«, stellte er trocken fest.

»Irgendwie erinnern Sie mich an meinen kurzsichtigen Onkel Herschel, der zwei Paar Brillen übereinander trug, weil er sich nicht an neue Gläser gewöhnen wollte«, gab Valerie zurück.

Shapiro setzte die Brille wieder auf, stützte sich auf die Ellenbogen und schaute direkt in die Kamera. Goldmann hatte das unangenehme Gefühl, er sah in ihr Inneres.

»Genug der Nettigkeiten«, stellte der Geheimdienstchef fest. »Kommen wir zur Arbeit. Ich habe Sie nicht zum Vergnügen auf dem schnellsten Wege nach Rom fliegen lassen. Der Gedanke an eine Valerie Goldmann in einem tibetischen Gefängnis hatte, so muss ich gestehen, allerdings auch seine Reize.« Er lächelte ironisch.

»Dafür habe ich jetzt Samuel Weinstein an meiner Seite«, erwiderte Valerie, »ich frage mich, was schlimmer ist.«

»Ich wusste doch, Sie würden es zu schätzen wissen«, grinste Shapiro, »never change a winning team!« Dann wurde er ernst. »Zu Ihrem Einsatz. Im Vatikan gab es gestern und heute eine Reihe von seltsamen Ereignissen. Sagen Sie jetzt nicht, das sei nichts Neues, Major. Drei Tote, die alle im Geheimen Vatikanischen Archiv arbeiteten und die innerhalb weniger Stunden sterben, sind ungewöhnlich. Auch die Art, wie sie umgebracht wurden, ist mehr als auffällig. Aber dazu schicke ich Ihnen alle Einzelheiten später schriftlich.«

Shapiro machte eine Pause, so als wolle er Valerie Zeit für eine Frage geben. Aber sie wartete auf die weiteren Ausführungen Shapiros.

»Es gab gestern ein Sechs-Augen-Gespräch in den Privatgemächern des Papstes, an dem neben seinem Sekretär der Heilige Vater und Kardinal Paolo Bertucci teilnahmen. Bertucci ist so etwas wie der persönliche Kurier des Papstes. Er bereitet derzeit eine Reise nach England vor, die der Heilige Vater im September antreten soll. Bei der Besprechung gestern ging es um ein Geheimnis der Kirche, das durch eine Entdeckung in Österreich ans Tageslicht gebracht werden könnte. Mir fehlen noch die Details, aber unsere Agenten arbeiten daran. Die Offenlegung dieses Geheimnisses könnte die gesamte katholische Kirche erschüttern, und uns beiden ist klar, dass das nicht unbedingt in unserem Interesse sein würde. Das katholische Bollwerk gegen den Islamismus schützt indirekt auch den Staat Israel.«

Shapiro nahm einen Stift und ließ ihn um seinen Finger rotieren. »Kurz davor war der vatikanische Geheimdienst Pro Deo beim Papst. Es liegen mir leider keine Informationen über dieses Gespräch vor. Kurz danach gab es drei Tote.«

»Wie stehen wir zu diesem Pro Deo?«, warf Goldmann ein.

»Neutral beobachtend«, antwortete Shapiro vorsichtig. »Es ist ein kleiner, aber schlagkräftiger Geheimdienst, der nur dem Heiligen Vater verantwortlich ist. Aber, ehrlich gesagt, bezweifle ich das manchmal. Vergessen Sie nicht, dass die Kurie im Vatikan eine starke Position hat. Sie überdauert Päpste. Also, wer mischt noch mit in diesem Spiel? Wo liegen die Interessen von Pro Deo? Was versuchen sie durch die drei Exekutionen zu verbergen?«

»Sie glauben, dass der Geheimdienst hinter den Todesfällen steckt?«, bohrte Valerie nach.

»Ohne jeden Zweifel«, antwortete Shapiro. »Der Vatikan ist eine Welt für sich, abgeschottet und leicht zu kontrollieren. Daher für uns auch schwer zu erfassen. Ich möchte deshalb, dass Sie morgen Außenminister Carlo Lamberti im Vatikan besuchen und ihm auf den Zahn fühlen. Bertucci ist in England, sonst hätte ich ihn als Kontakt vorgeschlagen. Aber nehmen Sie sich in Acht, Major. Lamberti ist ein Vollblutdiplomat, mit allen Wassern gewaschen und danach noch mit Teflon gespült. Sie werden sich als israelische Journalistin ausgeben, alle notwendigen Unterlagen liegen in der Botschaft für Sie bereit. Die Pressestelle im Vatikan weiß Bescheid, den Termin hat die Sekretärin unseres Botschafters vor einer Stunde fixiert. Ihr Background ist wasserdicht, der Presseausweis echt.«

»Warum ich?«, erkundigte sich Goldmann mit Nachdruck. »Die Rolle kann jeder spielen, selbst Weinstein, mit ein wenig Vorbereitung.«

Shapiro sah Valerie mit einem abschätzenden Blick an. »Das müssen Sie schon mir überlassen, Major Goldmann, ich habe meine Gründe. Einer davon ist, dass diese Geschichte nach Österreich spielen könnte, wenn meine Annahmen korrekt sind.«

»Welche Annahmen?«, stieß Valerie nach.

Der Geheimdienstchef lächelte dünn. »Ich will Sie nicht mit meinen Theorien verwirren, Major. Ich erwarte, dass Sie selbst Ihre Schlüsse ziehen. Genauer gesagt möchte ich, dass Sie den roten Faden aufrollen, dem auch Pro Deo nachgeht, egal wohin er führt.«

»Wie immer habe ich das Gefühl, dass Sie mir nicht einmal die Hälfte von dem erzählen, was ich wissen müsste.«

»Weinstein hat die Anordnung, sich zu Ihrer Verfügung zu halten«, stellte Shapiro kühl fest, ohne auf ihren Einwurf einzugehen. »Ich habe ein Zimmer im Hotel ›Exedra Roma‹ auf der Piazza della Repubblica für Sie reservieren lassen. Offiziell von Ihrer Zeitung, nachkontrollierbar selbstverständlich.« Der Geheimdienstchef lehnte sich vor. »Wenn mich nicht alles täuscht, tragen Sie noch immer den Pilotenoverall. Er steht Ihnen ohne Zweifel, aber im Vatikan wäre das definitiv deplatziert, Major. Ich würde daher vorschlagen, Sie kleiden sich noch rasch ein. Das sollte in Rom kein Problem darstellen, nehme ich an.«

»Mit Vergnügen«, gab Goldmann zurück, »ich wollte schon immer bei Prada über die Stränge schlagen...«

»Habe ich vergessen zu erwähnen, dass diese Ausgaben von meinem Büro sicher nicht abgezeichnet werden?«, lächelte Shapiro herausfordernd. »Verlieren Sie keine Minute Zeit, Major. Pro Deo hat einen Vorsprung und den Heimvorteil, Sie lediglich eine Nacht, um sich einzuarbeiten. Das Dossier kommt in wenigen Minuten per E-Mail.«

Valerie wartete auf einen Schlusssatz, aber der Flatscreen wurde einfach schwarz. Shapiro hatte das Gespräch abrupt beendet.

Als sie mit dem Lift bis in die letzte Etage fuhr, wurde Goldmann den Verdacht nicht los, dass ihre Rolle eine ganz andere war, als Shapiro versucht hatte, ihr einzureden. Sie kannte den Leiter der Metsada lange genug, um ihm alles zuzutrauen.

Bar Il Piccolo, Piazza Giuseppe Verdi,
Bologna/Italien

Die Lichter unter den Lauben von Bologna waren angegangen, als Paolo Bertucci von der zweispurigen Viale Gianbattista Ercolani in die Innenstadt abbog. Die alten, schmalen Straßen mit den zweistöckigen Häusern waren verwinkelt, und viele junge Leute zogen von Lokal zu Lokal, waren unterwegs zu den Bars und Eissalons der Stadt oder standen laut diskutierend in Gruppen beisammen.

Es versprach, eine laue Nacht zu werden. Die Tische unter den Lauben oder auf den Plätzen waren voll, in den Straßen waren Motorräder und Vespas in Pulks unterwegs. Bertucci beschwor sein Glück. Hier einen Parkplatz zu finden würde nicht einfach sein.

Von seinen vergangenen Besuchen wusste der Kardinal, dass vor der Bar Il Piccolo eine Sperre aus Steinklötzen das Halteverbot wirksam unterstrich. Er musste den Umweg über die Via Zamboni nehmen, und sein Mut sank, als er Hunderte Scooter sah, die vor den Lauben abgestellt waren. Doch dann konnte er sein Glück nicht fassen, als er schräg gegenüber der Bar in der Via de Castagnoli einen Parkplatz fand, den Audi abschloss und mit langen Schritten über den Platz eilte.

Vor der kleinen Bar, auf den blauen Sesseln unter den weißen »Heineken«-Schirmen, war kein Platz mehr frei, was Bertucci nur recht war. In einer großen Menschenmenge würde er unerkannt bleiben, in der Masse untergehen und sich frei bewegen können. Nachdem sein Neffe an den kleinen Tischen unter den Lauben nirgendwo zu sehen war, stieß der Kardinal die braune Glastür auf und betrat die Bar. Il Piccolo Bar machte ihrem Namen alle Ehre. Sie war klein und familiär, Bertucci musste sich durch die Trauben von Menschen drängen, die um die Bar mit Gläsern in der Hand die Tagesaktualitäten diskutierten. In einer Ecke, an einem der schmalen Tische, saß Professor Andrea Graziano vor einer fast leeren Karaffe mit Rotwein und winkte ihm.

»Wie du siehst, habe ich die Zeit genutzt«, lächelte er, stand auf und umarmte seinen Onkel. »Schön, dich zu sehen, auch wenn es ein überraschender Besuch ist. Setz dich doch. Was möchtest du trinken?«

»Ein Espresso wäre nach der langen Fahrt willkommen«, antwortete Bertucci, »dann halte ich mit dir mit und widme mich dem Hauswein.«

»Und danach gehen wir essen. Es gibt in der Nähe eine ausgezeichnete Trattoria, und du bist mein Gast«, entschied Professor Graziano. »Aber jetzt erzähle erst einmal, was los ist in den heiligen Mauern des Vatikans. Ich bin überrascht, dich in Bologna zu sehen. Ich dachte, du jettest gerade wieder durch die Welt, irgendwo zwischen Kapstadt und Oslo.«

»Das mache ich auch, du merkst es nur nicht«, lächelte der Advocatus Diaboli. »Hör mir bitte zu, Andrea. Ich wünschte, ich könnte dir alles erzählen, aber das ist unmöglich. Also frag mich besser nicht. Ich kann nicht für meine Sicherheit garantieren und noch viel weniger für deine.«

Sein Neffe sah ihn mit großen Augen an. Dann lehnte er sich vor. »Lass mich raten, Paolo. Du brauchst nur zu nicken. Der Vatikan weiß nicht, dass du hier bist, und du willst auch nicht, dass sie es wissen. Diesmal hast du keinen Auftrag.«

Bertucci nickte unmerklich.

»Ich habe heute Nachrichten gehört. Drei Tote. Sie sind der Grund, warum du mich sprechen willst. Das Geheimarchiv des Vatikans. Stimmt's?«

Der Kardinal seufzte. »Zugegeben, du hast etwas geerbt von mir«, sagte er ohne Umschweife. »Aber deine Mutter hat einen noch schärferen Verstand als ich. Dreimal ja.«

Graziano schaute ihn durchdringend an. Dann nickte er. »Gut, du wirst es mir erzählen, wenn die Zeit reif ist. Wie kann ich dir helfen?«

»Ich brauche einen Platz zum Schlafen, ein paar Auskünfte und deine Meinung«, zählte Bertucci auf.

Sein Neffe pfiff lautlos durch die Zähne. »Sie sind hinter dir her.« Es war keine Frage, sondern eine Feststellung. »Wenn du den Wissenspool im Vatikan nicht anzapfen kannst, dann hat das einen Grund. Die Bibliothek und das Archiv sind legendär, das brauche ich dir nicht zu sagen. Wenn du in keinem Hotel absteigen möchtest, hat das einen noch triftigeren Grund. Beides beunruhigt mich, aber es ängstigt mich nicht. Schieß los.«

Der Kellner brachte den Kaffee und eine volle Rotweinkaraffe. Bertucci wartete, bis er wieder außer Hörweite war.

»Du hast recht, eigentlich bin ich gar nicht hier, wenn du so willst, bin ich untergetaucht, spurlos verschwunden«, sagte er leise. »Ich habe es zumindest versucht.« Er griff in seine Hosentasche, zog den Zettel mit den drei Namen hervor und legte ihn vor Graziano auf die marmorne Tischplatte. Der runzelte die Stirn, bevor er ihn an sich nahm und die Brille auf seine Stirn hochschob.

Dann las er leise vor. »Theophanu, Marino oder Marini, Balthasar Jauerling.«

»Das ist nicht alles, es ist nur ein Anfang«, informierte ihn Bertucci. »Ich muss noch mehr von dir wissen, aber wir müssen irgendwo beginnen. Sag mir, was dir zu den Namen einfällt.«

Der Professor schenkte Wein nach und überlegte kurz. »Beginnen wir mit Theophanu, die ist wahrlich kein Rätsel. Eine byzantinische Prinzessin, geboren im oströmischen Reich, heiratete 972 Kaiser Otto II. und regierte elf Jahre mit ihm gemeinsam. Als er starb, übernahm die Mutter von fünf Kindern die Regierung für weitere sieben Jahre, gilt heute als eine der einflussreichsten Herrscherinnen des Mittelalters. Sie war eine der Nichten des oströmischen Kaisers, sehr intelligent, hochgebildet, eine starke Frau und kluge Machtpolitikerin. Sie war bis zu ihrem Tod 991 Regentin des Heiligen Römischen Reiches, und glaub mir, das war keine Kleinigkeit als Frau zu ihrer Zeit.« Er sah seinen Onkel an. »Hat dir das irgendeine deiner Fragen beantwortet? Legenden behaupten, Theophanu sei der Hauptgrund dafür gewesen, dass man in seiner Heimat Otto sofort und ohne Widerrede als König akzeptiert habe. Warum genau, das kann ich dir nicht sagen.«

Bertucci leerte seinen Espresso und schaute Graziano ratlos an. »Ich bin genauso klug wie vorher«, gab er zu, »oder genauso dumm. Was sagt dir der Name Marini oder Marino?«

»Das wirst du jetzt nicht gerne hören, aber er sagt mir gar nichts. Wann soll er oder sie gelebt haben? Marini ist kein seltener Name, wir haben Fußballspieler, Architekten, Zeichner, Bildhauer, Schauspieler, Musiker, Politiker und sogar einen Kardinal, wenn mich nicht alles täuscht«, zählte Graziano auf. »Die Tausenden ganz normalen und unbekannten Marinis nicht mit eingerechnet. Für Marino gilt das Gleiche. Es ist ein Ort in der römischen Provinz, der Name eines Schlagersängers, eines Violinisten, eines Autors, eines Dichters, soviel ich weiß, und ich könnte die Liste fortsetzen.«

»Danke, das war mir eine große Hilfe«, meinte Bertucci ironisch und nahm einen Schluck Rotwein. »Wenigstens der Hauswein ist ausgezeichnet...«

Der Professor tippte mit seinem Finger auf den Zettel. »Dafür sagt mir der dritte Name etwas, so seltsam es auch erscheinen mag. Der österreichische Kaiser Joseph II., der sich mit der Säkularisierung der Kloster unsterblich gemacht hat, war ein misstrauischer Machtmensch. Seine Geheimpolizei hieß das Schwarze Bureau und hatte einen berüchtigten Leiter: Balthasar Jauerling, einen kleinwüchsigen, aber genialen Strategen, der nach dem Tod des Kaisers plötzlich verschwand und nie wieder auftauchte.« Graziano kratzte sich am Kinn und schaute seinen Onkel an. »Jedenfalls bis vergangenes Jahr, als man seine Gruft in Wien fand. Es ging durch alle Medien. Er starb 1815, wenn mich nicht alles täuscht. Das heißt, er lebte 25 Jahre unerkannt irgendwo in Europa. Nachdem seine Gruft direkt vor dem ehemaligen Palais von Staatskanzler Metternich lag, glaube ich ganz fest, dass er bei dem großen Diplomaten lebte. Viele sehen in ihm den leitenden Kopf hinter dem Wiener Kongress. Eine graue Eminenz im Dunkel.«

»Ein Geheimdienst, sagst du?«, stieß Bertucci nach.

Sein Neffe nickte. »Das Schwarze Bureau war der Vorläufer der modernen Geheimdienste, die CIA seiner Zeit, und Balthasar Jauerling stand unangefochten an der Spitze. Ein gefürchteter Mann, einflussreich, nur dem Kaiser verantwortlich und sonst niemandem. Er erledigte die schmutzigen Geschäfte, kannte die schlimmsten Geheimnisse, vertraute nur sich selbst.«

»Das kenne ich von irgendwo«, murmelte der Kardinal. »Jauerling war Österreicher?«

»Soviel ich weiß, ja«, bestätigte Graziano.

»Die Donau«, murmelte Bertucci, »wenigstens etwas passt zusammen.« Als er Grazianos fragenden Blick spürte, winkte er ab. »Alle diese drei Namen müssen irgendetwas mit Wasser zu tun haben«, erklärte er dem Professor. »Jauerling und die Donau, das leuchtet ein. Wie ist es mit Theophanu?«

Graziano zuckte mit den Schultern. »Dazu fällt mir nur eines ein. Unter den Archäologen gibt es ein geflügeltes Wort – Byzanz an der Donau. Damit meinen sie nicht die Anwesenheit byzantinischen Militärs in den Kastellen entlang der Donau, sondern die zunehmende kulturelle Hinwendung des östlichen Mitteleuropas zum Byzantinischen Reich zwischen dem 6. und 10. Jahrhundert, also der Zeit Theophanus.«

»Die Entdeckung der Symbolik des Verborgenen ist die Erkenntnis der Meister«, rezitierte der Advocatus Diaboli. »Bleibt Marini oder Marino.«

»Ich frag dich lieber nicht, woher du die drei Namen hast«, warf Graziano ein, »und wie ich dich kenne, wirst du es mir sowieso nicht verraten. Aber über Marini oder Marino werden wir nicht so rasch etwas herausfinden. Da brauchen wir mehr Anhaltspunkte, etwa seine Geburts- oder Sterbedaten, eine Funktion, seinen Heimatort, irgendetwas.«

Bertucci schüttelte den Kopf. »Tut mir leid, mit mehr Informationen kann ich dir nicht dienen. Schon diese drei Namen zu kennen ist derzeit lebensgefährlich.«

»Gut! Dann lass uns etwas versuchen, bevor wir abendessen gehen«, entschied der Professor. »Das Institut für Alte Geschichte der Universität Bologna ist nicht weit weg, ein bequemer Spaziergang von einigen Minuten. Da kann ich mich ins Universitätsnetz einloggen, und wir können auf gut Glück versuchen, über deinen Marini oder Marino etwas herauszufinden. Vielleicht bekommen wir eine Eingebung, wenn wir die Namenslisten durchschauen. Wenn ich dich richtig verstehe, dann könnte er auch etwas mit Wasser, der Donau oder Byzanz zu tun haben, im Geheimdienst oder ein illegaler Sohn von Theophanu gewesen sein.« Graziano grinste. »Tut mir leid, Paolo, aber das kommt mir alles ein wenig spekulativ vor.« Damit schob er ihm den Zettel zurück.

»Ich wollte, es wäre so«, gab Bertucci düster zurück und bezahlte. »Lass uns ans Institut gehen und unser Glück versuchen.«

Auf der Piazza stand ein blau-weißer Range Rover der Polizia. Zur Überraschung von Graziano wandte der Advocatus Diaboli sein Gesicht ab, damit ihn die Beamten, die mit Passanten plauderten, nicht sehen konnten.

»Wo hast du dein Auto geparkt?«, fragte der Professor irritiert.

»Da drüben an der Ecke«, antwortete der Kardinal, »der blaue!« Damit bog er in die Via Zamboni ein und atmete auf, als er unter den Lauben angelangt war. Die Polizisten hatten ihn nicht beachtet.

»Seit wann fährst du Audi?«

»Seit heute«, gab Bertucci zurück.

Da spürte er die Hand seines Neffen auf seinem Arm. »So schlimm?«, erkundigte der sich mit ernster Miene.

»Noch schlimmer, Andrea, noch viel schlimmer«, murmelte der Kardinal, senkte den Kopf und zog Graziano tiefer in die Lauben, in Richtung des Universitätsinstituts für Alte Geschichte.

Café Westend, Wien-Mariahilf/Österreich

Vor den hohen Fenstern des Café Westend rauschte der dichte Abendverkehr über den Mariahilfer Gürtel. Der Himmel über der Stadt färbte sich langsam grau, und ein orangeroter Farbschimmer verkündete von Westen her die Abenddämmerung. Die Lichter der Straßenbeleuchtung gingen an, und immer wieder kamen Reisende mit Koffern oder Rucksäcken durch die Tür des Kaffeehauses gegenüber dem Wiener Westbahnhof.

Schwester Barbara saß auf der schmutzig grünen Bank und beobachtete die dunklen Schemen, die vor dem Fensterglas vorbeihuschten. Gelegentlich schaute Frank zu ihr herein, nickte ihr zu und zog dann weiter seine Runden um das Lokal.

Sie streckte sich ein wenig und blickte zu den hohen Holzwänden auf der anderen Seite des Gürtels hinüber, hinter denen sich seit zwei Jahren der Wiener Westbahnhof versteckte. Oder das, was von ihm noch übrig geblieben war. Von der großen, denkmalgeschützten Halle aus den 50er-Jahren war nur mehr das Dach zu sehen.

»Und Sie sind ganz sicher, dass wir heute Abend noch einen Zug bekommen?«, fragte sie und drehte sich zu Georg Sina, der noch immer völlig geistesabwesend auf den Bildschirm seines Laptops starrte.

Der Wissenschaftler reagierte nicht gleich. Er tippte in die Tasten, bevor er geistesabwesend seinen Kopf über den Rand des Notebooks hob. »Hm?«

»Ich meine die Baustelle da drüben. Glauben Sie, Eddy kann uns wirklich Fahrkarten besorgen?« Die Nonne nahm noch einen Schluck Kaffee.

»Aber ja doch!«, beruhigte sie Georg und widmete sich wieder der Landkarte auf seinem Bildschirm. Zufrieden betrachtete er das Ergebnis seiner stundenlangen Bildbearbeitung.

»Glauben Sie daran?« Barbara guckte ihn ziemlich verstört an. »Ich meine, glauben Sie, was Frascelli gesagt hat? Dass dieser Jauerling den Körper Christi gefunden hat?«

»Ich weiß es nicht«, erwiderte Sina und kratzte sich am Kinn. »Jauerling erwähnt in seinen Aufzeichnungen mit keinem Wort, dass er die Reliquie gefunden hat. Er weist uns nur einen Weg, wo wir diesen Körper finden könnten.« Georg verwendete ganz bewusst den Konjunktiv. »Aber wenn wir tatsächlich Klarheit darüber haben wollen, dann müssen wir den Weg weitergehen, wie ihn Jauerling skizziert hat. Soweit ich es erkennen kann, führt er uns nach Quedlinburg.«

Barbara steckte ein paar lose Haarsträhnen unter den Schleier zurück. »Sind Sie sicher, was die Stadt und den Ort betrifft?«

»Ganz ohne Zweifel, Schwester. Schauen Sie her!« Sina drehte den Bildschirm zu Buchegger. »Die weiße Linie, die Sie hier ausgehend von Schöngrabern und Eggenburg sehen können, stellt die zwölf Sternzeichen dar. Ich habe die Anleitung Jauerlings befolgt und ein Sternbild an das andere gefügt. Zuerst durchquert dieser Sternenpfad Tschechien, dann Deutschland. Dort bin ich plötzlich im Nirgendwo gelandet, mitten im schönsten Grün der Landkarte.«

Barbara beugte sich nach vorne und betrachtete interessiert die Grafik.

»Aber das waren ja vorerst nur die zwölf Zeichen des Tierkreises. Wenn ich Sie daran erinnern darf, fehlt uns ja noch eines. Nämlich der Schlangenträger, das dreizehnte Sternbild. Füge ich ihn hier an, dann landen wir mitten im Kernland der sogenannten Sachsenkaiser im 10. Jahrhundert, nahe von zwei ehemals sehr bedeutenden Städten der Ottonen: Hildesheim und weiter nördlich Quedlinburg.«

»Da klafft eine ziemliche Lücke, wenn Sie mich fragen«, unterbrach sie ihn zweifelnd.

»Immer mit der Ruhe«, sagte Sina, »wir haben ja noch einen Trumpf im Ärmel, oder besser gesagt sechs. Wir brauchen uns nicht nur auf den Sternenpfad zu verlassen.«

»Sie meinen doch nicht etwa die Krüge von Kana?« Barbara schaute noch skeptischer als vorher. »In Schöngrabern haben Sie noch gemeint, dass es davon Hunderte, vielleicht sogar Tausende geben könnte. Ich bin zwar nur eine Klosterschwester, aber die Betrügereien der Reliquienhändler sind auch mir nicht entgangen. Spätestens als mir klar geworden ist, dass Johannes der Täufer wohl auch nur einen Kopf gehabt haben konnte...«

Sina grinste. »Wie viele Reliquien der sechs Krüge von Kana gibt es? Schätzen Sie!«

»Zwanzig?«, sagte Barbara zögernd.

»Falsch! Es sind genau sechs«, antwortete Georg und trommelte mit den Fingern auf die Tischplatte. »Ich habe letzte Nacht eine kleine Recherche angestellt, und es sind tatsächlich nur sechs, wie es der Evangelist Johannes beschreibt. Und alle diese Gefäße stammen aus demselben fraglichen geografischen und historischen Raum, dem Vorderen Orient im 1. Jahrhundert. Und beinahe alle stehen in direkter Verbindung zu den Ottonen. Was sagen Sie jetzt?«

»Gar nichts mehr.« Die Nonne schüttelte verwundert den Kopf. »Wo sind sie heute?«

»Zugegeben, einer ist mir abhandengekommen«, musste Sina gestehen. »Bei dem muss ich mich leider ganz auf Pfarrer Mayröcker verlassen. Er hat von dem Krug aus Konstantinopel auf Schloss Ernstbrunn gesprochen. Eine entsprechende Sage ist in der Region auch tatsächlich dokumentiert, aber der Krug ist leider unauffindbar. Aber abgesehen von dem sind alle anderen Realität. Ein armenischer Journalist entdeckte erst vor Kurzem einen Krug im Kloster des heiligen Markus in Jerusalem und ist davon überzeugt, dass die Reliquie echt ist. Das wäre dann also der zweite.«

Er begann mit seinem Stift eine Liste in seinem Collegeblock abzuhaken.

»Der dritte war ein Geschenk des Königs von Asturien an einen griechischen Mönch, der die Reliquie von Spanien auf die Klosterinsel Reichenau brachte, die unter den Ottonen ihre Blütezeit hatte. Diese Geschichte ist in der sogenannten *Vita Symeonis* überliefert.«

Weiteres Häkchen.

»Der vierte wird in der Kirche St. Ursula in Köln aufbewahrt. Ursula ist die Schutzpatronin von Köln, sie wurde vom heiligen Cyriacus getauft und erlitt bei Köln das Martyrium durch die Hunnen, zusammen mit etlichen Jungfrauen. Der fünfte war über der Christussäule, einem gigantischen Bronzekunstwerk aus ottonischer Zeit, ausgestellt. Diese Säule steht im Moment sogar wieder an ihrem Originalplatz, der Kirche St. Michaelis in Hildesheim. Verblüffend daran ist, dass der Abstand zwischen der Christussäule und der Grablege des heiligen Bernward, dem Lehrer von Otto III. und einem Vertrauten der Kaiserin Theophanu, exakt der Distanz zwischen Golgotha und der Grabeskirche in Jerusalem entspricht.«

Vorletztes Häkchen.

»Last but not least, der sechste ist im Domschatz der Stiftskirche St. Servatius in Quedlinburg. Und in Quedlinburg hat Heinrich I., der erste Sachsenkaiser und Stammvater der Ottonen, erfahren, dass er zum Herrscher des Reiches gewählt worden war. Und von dort organisierte er den Widerstand gegen die einfallenden Ungarn, die bei ihrem Vormarsch die Basilika auf dem Michelberg zerstört haben. Also ist Quedlinburg unser Ziel.«

»Beeindruckend«, gab Barbara zu.

»Und es wäre eher schlimm, wenn es falsch wäre«, keuchte Eddy Bogner, der sich ächzend auf einen der Stühle neben Georg fallen ließ und ein Kuvert auf den Tisch legte. »Die Karten, wie bestellt. Aber das war ein Freundschaftsdienst, Georg. Die Schlangen vor den verflixten Kassen der ÖBB reichen bald über die Straße.«

»Danke, Eddy«, schmunzelte Sina und blätterte die Fahrkarten durch.

»Ich will jetzt keine Beschwerden zum Thema Fensterplatz oder nicht hören«, brummte Bogner. »Um nach Quedlinburg zu kommen, musst du eine kleine Odyssee mit zweimal Umsteigen in Kauf nehmen. Zunächst nehmt ihr um 19.48 Uhr den EuroNight in Richtung Hamburg-Altona von Gleis 9. In Hannover müsst ihr schon um 6.13 Uhr aus den Puppen, weil ihr auf dem Hauptbahnhof in den RE 3603 nach Halberstadt umsteigen müsst. Der geht um 6.51 Uhr von Gleis 7 ab. Und Schwester«, er wandte sich an die Nonne, »beten Sie, dass die Deutsche Bahn keine Verspätung produziert, wie es sonst üblich ist. Denn in Halberstadt heißt es die Beine in die Hand nehmen, dass Sie den HEX 80822 um 9.06 Uhr nach Quedlinburg erwischen. Wenn alles glattgeht, seid ihr morgen um 9.36 Uhr in Quedlinburg Hauptbahnhof. Viel Glück und gute Reise!«

»Du kommst nicht mit?« Georg guckte verdutzt auf seinen beleibten Freund.

»Nicht mal daran denken«, kicherte Eddy. »Ich kann hier nicht weg. Rate mal, wer auf meiner Mailbox war?«

Sina zuckte mit den Schultern. »Keine Ahnung. Paul?«

»Hundert Punkte!«, lachte Bogner. »Ich weiß ja nicht, was wieder los ist, aber auch unser rasender Reporter hat sich nicht nur Freunde gemacht... Und auch da gibt es einen toten Priester.«

»Wegen der beiden toten Soldaten im Kriegerdenkmal?« Der Wissenschaftler machte ein betroffenes Gesicht.

»Genaues weiß ich auch noch nicht, aber Paul erzählt von vier Profis, die nicht so aussahen, als seien sie auf dem Weg zu einem Plauderstündchen bei Kaffee und Kuchen«, meinte Eddy und kicherte. »Also werde ich mich um die Sorgen der Herren Wagner und Berner kümmern.« Er wandte sich an Buchegger. »Helmut hat mich auch vorhin angerufen, Schwester. Ihr Auto steht wohlbehütet in der Klostergarage in der Friesgasse.«

Er klopfte dem Wissenschaftler auf die Schulter. »Frank begleitet euch noch bis zum Zug. Von deinem Killer war nichts zu sehen, es ist uns niemand gefolgt, und der Kerl hat keine Ahnung, dass du nach Quedlinburg unterwegs bist.«

»Perfekt«, meinte Sina, obwohl er dem Frieden nicht ganz traute.

»Sie, Schwester, gehen jetzt auf die Toilette und ziehen sich um.« Eddy schaute auf die Uhr.

»Aber ich habe doch nichts zum Umziehen...«, meinte Buchegger ratlos.

»Bei der Damentoilette gibt es eine unversperrte Tür auf den Gang«, fuhr Eddy unbeirrt fort. »Dort wartet Helmut bereits auf Sie mit einem dicken Rucksack. Da ist alles drin, was ihr für die Reise benötigt, inklusive einer neuen Garderobe. Größe allerdings nur geschätzt.«

»Eddy, ich weiß wirklich nicht, wie ich dir danken soll«, meinte Georg gerührt.

Dieser winkte nur lässig ab. »Keine Ursache, das weißt du. Wichtig ist, dass du in einem Stück wieder zurückkommst. Und es ist mir völlig egal, ob mit oder ohne die paar Knochen.«

Der vierte Kreis –
SO DREHTEN SIE SICH
IN DEM FINST'REN KREISE …

28.5.2010

9. Juni 1815, Palais Metternich, Wien/Österreich

Der Mann im Lehnstuhl war kaum siebzig Jahre alt und sah aus wie hundert. Eigentlich hätte er bereits lange tot sein müssen. Nein, eigentlich hätte er nie leben dürfen, korrigierte sich Staatskanzler Clemens Fürst Metternich und schaute auf die kindliche Figur in dem abgewetzten Hausmantel hinunter. Und doch… Da war er, und der Tod wollte ihn anscheinend nicht haben. Im Licht der flackernden Kerzen, tief versunken in den Polstern, lag ein Kind im Greisenalter, die Augen geschlossen, sein Gesicht faltig und eingefallen wie das einer Mumie. Schmale, dünne Hände, von einer pergamentartigen Haut überzogen, durch die sich Venen wie blaue Fäden abzeichneten, hielten einen abgegriffenen Stock mit silbernem Knauf fest. Solange Metternich sich erinnern konnte, hatte er diese Hände nie ohne diesen Stock gesehen.

Balthasar Jauerling, der ehemalige Leiter des Schwarzen Bureaus, konnte sich kaum mehr bewegen. Er war seit Langem blind, nur sein Gehör funktionierte gut wie eh und je. Der zu große Kopf in den Kissen des Lehnstuhls sah aus wie ein Totenschädel, in dem sich nur die blutleeren Lippen unmerklich bewegten.

Metternich trat behutsam an den Ohrensessel und legte die Hand ganz leicht auf die Lehne. Auf der Straße vor dem Palais zog eine kleine Gruppe von Diplomaten nach einem ausgiebigen Bordellbesuch vorbei, ausgelassen lachend und singend wie auf einem Volksfest. Der Wiener Kongress war soeben zu Ende gegangen, und die Hauptstadt an der Donau feierte.

»Ach Clemens, ich bin ein blinder Wicht, der nicht mehr gehen kann und den selbst der Teufel nicht will. Du hast heute gewonnen, und ich kann nicht mehr verlieren«, flüsterte eine dünne Stimme, die nach raschelndem Seidenpapier klang.

»Wir können verlieren, solange wir spielen«, gab Metternich zu bedenken und zog sich einen Sessel näher an den Lehnstuhl. Jauerling hustete ein wenig. Oder lachte er? Der Kanzler lehnte sich vor und berichtete dem alten Mann von den Ergebnissen der Verhandlungen in der Hofburg. Der Zwerg lauschte aufmerksam, ohne ein Wort zu sagen.

Als der Kanzler geendet hatte, war es ruhig in dem kleinen Raum unter dem Dach des Palais am Rennweg. Metternich wollte bereits aufstehen und sich in seine Räume zurückziehen, da ertönte die Stimme Jauerlings ganz leise, aber überraschend klar.

»Ich ziehe nun schon seit siebzehn Jahren mit dir durch Europa«, flüsterte der alte Mann, »erst Dresden, dann Berlin, schließlich Paris und nun seit langen Jahren Wien. Ich bin müde, Clemens, ich bin so müde und ich kann nicht sterben.«

Jauerling holte röchelnd Luft, und Metternich lehnte sich noch weiter vor, damit der alte Freund sich nicht so sehr anstrengen musste. Der Zwerg konnte zwar nichts mehr sehen, aber er konnte genau spüren, wie weit jemand entfernt war.

»Ich habe dich beraten, so gut ich konnte, habe dir das Archiv des Schwarzen Bureaus übergeben und dir Dinge beigebracht, die nur wenige wissen. Ich habe dir... das Geheimnis gezeigt...« Jauerling holte röchelnd Luft. »Ich habe versucht, meine Fehler wiedergutzumachen, aber du und ich wissen beide, dass es zu viele waren. Ich war lange Jahre die schwarze Seite der Macht, wie es ein Kaiser einmal nannte, die rechte Hand des Teufels.« Jauerling lachte leise keuchend. »Und ausgerechnet der will mich jetzt nicht haben. Vielleicht mag er keine Krüppel.«

Metternich wollte etwas sagen, aber der Zwerg hob unmerklich seine Hand vom reich ziselierten Knauf des Stockes, und der Kanzler wartete. Er schaute nachdenklich auf den verschrumpelten kleinen Mann, der in dem Lehnstuhl fast verschwand. Hatte ihn das Schicksal nicht genug gestraft? Ein brillanter Geist in einem bizarren Körper, der durch Zähigkeit und Disziplin nicht auf einem Jahrmarkt oder in einer Schaustellerbude gelandet war.

Oder im Narrenturm.

»Ich möchte hier begraben werden, Clemens, da, vor dem Fenster.« Die Stimme Jauerlings klang wieder fester. »Ich hätte so gerne hinuntergeschaut auf Wien, ein letztes Mal, aber wir beide wissen, dass es sich nie erfüllen wird. Alles ist schwarz um mich, schwarz wie meine Seele.« Er machte eine Pause. »Du hast heute deinen größten Triumph gefeiert. Aber auch du wirst merken, dass es von ganz oben nur mehr abwärtsgehen kann. Ich werde nicht mehr da sein, aber du wirst an mich denken, wenn du fällst.«

Der Greis verstummte und dann tat er etwas, zu dem ihn Metternich nicht mehr für fähig gehalten hatte. Er nahm den Knauf seines kleinen Stockes in eine Hand und packte mit der anderen die Holzhülle. Mit einem sirrenden Geräusch zog er ein blitzendes, dreieckig geschliffenes Florett aus dem Stock und hielt es dem Fürsten hin.

»Und jetzt, Clemens, mach endlich Schluss«, flüsterte er, »ich will gehen.«

Der Kanzler schaute wie erstarrt auf den alten Weggefährten.

»Als Freund wirst du mir diesen letzten Wunsch erfüllen, nicht wahr?«, kam es aus dem Lehnstuhl. Die Hand Jauerlings zitterte nicht.

Metternich blieb stumm.

»Ich habe dir fast alles aus meinem Leben erzählt, in den langen Jahren, die wir nun gemeinsam durch Europa gezogen sind.« Jauerling hustete. »Fast alles.«

»Streng dich nicht an, alter Freund«, beruhigte ihn der Kanzler und legte ihm beruhigend den Arm auf die Hand mit dem Florett. »Der Tod wird früh genug kommen. Er ist ein hartnäckiger Mann, weißt du?«

Der Zwerg schüttelte fast unmerklich den Kopf. »Manchmal vergisst er jemanden oder er darf ihn nicht holen, so seltsam das auch klingt. Ich habe dir nie von Turin erzählt, Clemens, von jener Nacht. Ich war da, vor langer Zeit, und ich hatte Todesangst.« Jauerling holte keuchend Luft. »Ich war nach Turin gekommen wegen eines Verdachts, einer unglaublichen Geschichte. Doch in dieser Nacht verriet mir ein Fremder ein Geheimnis, das Geheimnis der Kaiser, indem er mich kurierte. Ich kannte ihn nicht, ich wollte dieses Geheimnis nicht haben, glaub mir, ich hatte keine Ahnung. Es wäre besser gewesen, er hätte es für sich behalten. Denn es ist fürchterlich und bringt Tod und Verderben.«

Metternich fragte sich, ob sein alter Freund nicht im Fieber sprach. Er legte vorsichtig seine Hand auf die Stirn des Zwerges, doch sie war kühl.

Jauerling lachte. »Nein, Clemens, ich weiß noch, was ich rede. Eine kleine rote Pille war alles, dessen es bedurfte.« Seine Augenlider hoben sich. Die toten Augen blickten ins Leere, und Metternich schauderte. »Er hat mich geholt, indem er mich zum Leben verdammte«, flüsterte er. »Und jetzt will er mich nicht haben.«

»Von wem sprichst du?«, fragte Metternich stirnrunzelnd.

»Man nennt ihn nicht im Ernst beim Namen«, raunte Jauerling, »nur wenn wir leichthin fluchen, dann kommt er uns wie selbstverständlich über die Lippen. Er ist immer da, bereit, uns zu versuchen und ins Verderben zu stürzen. Dabei ist es so leicht, ihm zu verfallen...« Die Stimme des Greises wurde immer leiser.

»Du warst in Turin und er auch?«, fragte Metternich leise.

»Ich habe ihn gesehen und mit ihm gesprochen«, wisperte der Zwerg, »einem blonden Mann mit leuchtend blauen Augen, allzu hilfsbereit, immer zuvorkommend. Zur rechten Zeit am rechten Ort. Ich wollte, ich wäre nie nach Turin gefahren. Und nach Lucedio.«

Schweigen legte sich über den Raum. Die Kerzen schienen den Kampf gegen die Dunkelheit zu verlieren. Ihre Flammen wurden kleiner, und die Schatten rückten näher. Durch das offene Fenster kam eine kühle Brise vom Wienerwald. Zwei Kerzen erloschen, und nur mehr eine einzelne letzte Flamme warf ihr mattes Licht auf den Kanzler und den Zwerg.

»Was kann ich für dich tun, alter Freund?«, erkundigte sich Metternich sanft.

»Ich bin verloren, Clemens, es gibt Dinge im Leben, die verzeiht nicht einmal Gott. Vielleicht hat er mir deshalb seinen schwarzen Engel geschickt.«

Zwei Tränen rannen über Jauerlings Wangen und zeichneten silbern glänzende Spuren. Dann hob der Zwerg wieder die Hand mit dem Florett, dessen Klinge im Licht der Flamme schimmerte. »Es gibt nur einen Weg, um zu gehen. Hilf mir, Clemens, um unserer Freundschaft willen.«

Damit drehte er mühsam das Florett um, bis die Spitze auf sein rechtes Auge zeigte. »Komm näher«, flüsterte er. »Du musst es mir ins Gehirn rammen bis zum Anschlag. Das ist der einzige Weg für mich zu sterben.«

Jauerling tastete nach der Hand des Freundes und legte sie auf den silbernen Knauf.

»Hab keine Angst, Clemens, wo ich hingehe, ist der innerste Kreis der Hölle. Und er, er wartet schon auf mich.« Der Zwerg lächelte erwartungsvoll. »Tu es für mich und zögere nicht. Die Zeit ist gekommen. Wir müssen den Tod rufen, sonst hört er uns nicht. Leb wohl.«

Damit legte er seine Hand auf Metternichs Arm und stieß mit einer letzten Kraftanstrengung die Klinge des Floretts tief in seinen Kopf.

Dann erlosch auch die letzte Kerze.

EuroNight »Hans Albers« nach Hamburg-Altona/ Deutschland

Georg Sinas Kopf pendelte hin und her. Die Augenlider wurden ihm schwer, die Buchstaben in seinem Notizbuch begannen, im Fahrtrhythmus des Nachtzuges zu tanzen. Die Linien und Bögen seiner Handschrift verschwammen zu wunderlichen Arabesken, kleinen Gesichtern, tanzenden Teufelchen und Blütenkelchen, die aufplatzten, ihre Blätter entfalteten und wie im Zeitraffer wieder verdorrten.

Tschak hatte sich auf den Füßen seines Herrchens eingerollt und schnarchte, doch plötzlich schreckte er hoch, als Collegeblock und Stift Sinas Händen entglitten und auf den Boden fielen. Aus dem tiefen Schlaf gerissen, fuhr Georg hoch. Unscharf zeichnete sich ein leerer Platz ihm gegenüber ab.

Wo war Barbara?

Wird wohl auf die Toilette gegangen sein, ging es Georg durch den Kopf, und er war knapp davor, sich wieder in Morpheus' Arme sinken zu lassen. Hoffentlich hatte er nicht allzu laut geschnarcht, dachte er noch. Doch dann richtete er sich seufzend auf, beugte sich hinab und sammelte seine Aufzeichnungen auf, den Kugelschreiber und das Notizbuch.

»Platz und geh wieder schlafen«, murmelte er Tschak zu und ließ sich wieder in die Polster fallen. »Du hast noch jede Menge Zeit, wir steigen noch nicht aus. Dann gehen wir auch Gassi, versprochen.« Kurz darauf verriet gemütliches Schnaufen und leises Grunzen, dass Tschak wieder im Reich der Träume angekommen war und die unerreichbaren Kaninchen jagte.

Durch halb geöffnete Lider sah Georg durch die Fenster nach draußen. Pechschwarze Nacht, vorbeihuschende Lichter, hin und wieder ein Bauernhof in der Ferne, die Fenster gelblich leuchtend. Das leicht derangierte Spiegelbild, das ihm aus der Scheibe entgegenblickte, fiel in die Kategorie »Ich kenne dich zwar nicht, aber ich rasiere dich trotzdem«.

Sina fielen wieder die Augen zu. Waren sie bereits unterwegs in Deutschland? Ein kurzer Blick auf die Uhr verriet ihm, dass es so war. Der EuroNight raste nordwärts durch die Nacht. Doch bis zum Umsteigen in Hannover lagen noch ein paar ruhige Stunden vor ihnen.

Zeit genug, beschloss Georg zufrieden, für noch eine Runde Schlaf! Er benutzte die Laptoptasche mit allen Unterlagen und den Papieren darin als Kopfkissen, während er sich der Länge nach, so gut es eben ging, auf der Sitzbank ausstreckte. Mit dem Gedanken »Nichts von all dem darf verloren gehen« schlief er erneut ein.

Draußen vor dem Abteil, im menschenleeren Gang, blickte sich Schwester Barbara immer wieder ängstlich um. Hoffentlich hatte sie Sina nicht geweckt, als sie die Abteiltür leise hinter sich zugezogen hatte. Aber niemand folgte ihr. Der Zug schwankte und ratterte über Weichen. Sie hielt den Atem an, blickte zurück.

Vor der elektrischen Tür in den nächsten Waggon blieb sie schließlich stehen. Mit zusammengezogenen Brauen betrachtete sie ihr Spiegelbild auf dem Glas der Schiebetür. So hatte sie sich schon seit Jahren nicht mehr gesehen: Jeans und Schlabberpulli, darüber ein müdes Gesicht. »Bin ich das?«, flüsterte sie niedergeschlagen und eilte weiter.

Beim nächsten Halt einfach aussteigen und davonlaufen, schoss es ihr durch den Kopf.

Weg, einfach nur weg. Heimgehen, nach Hause, ins Kloster zur Mutter Oberin und all den anderen. Sina einfach seinem Schicksal überlassen, das ihn ohnedies einholen würde, eher früher als später.

Ein Schauer lief ihr über den Rücken.

Mitgegangen, mitgehangen! Wollte sie das wirklich? Diese ganze Geschichte ging sie nichts an, sie war in all das nur hineingeschlittert, wie in ein Schneeloch im Winter. Dieser verfluchte Zwerg! Zweihundert Jahre waren vergangen seit den Aufzeichnungen. Und dann kam dieser Professor und begann zu suchen, zu forschen. Was ging sie das alles an?

Irgendwo zwischen zwei Waggons blieb sie einfach stehen, lehnte sich an das kalte Fenster und verbarg ihr Gesicht zwischen den Händen. Der Drang auszusteigen, alles hinter sich zu lassen, wurde immer größer. Wo würde diese Fahrt enden?

Ein Mann kam, zwängte sich an ihr vorbei und sah sie dabei mit großen Augen an, bevor er die Tür zur Toilette öffnete und darin verschwand.

Was konnte sie tun? Davonlaufen, untertauchen in der Menge der Reisenden, an irgendeinem Bahnhof auf den Gegenzug warten, Sina allein weiterfahren und entdecken lassen? Ihn zum Umkehren bewegen? Er würde niemals aufgeben.

Doch da fiel ihr plötzlich jemand ein, jemand, an den sie sich wenden konnte. Sie öffnete ihre Handtasche. Mit zitternden Fingern zog sie erst ihr Handy hervor und kramte weiter. Endlich, nach langem Suchen, zwischen Hustenbonbons und Taschentüchern, fand sie die Visitenkarte. Elegant, gedruckt in englischer Schreibschrift und geschöpft aus feinster Bütte.

Sie wählte die angegebene Nummer.

Nach kurzem Läuten hob jemand ab.

Ich wusste es, dachte sich Barbara erleichtert, er hatte ja gesagt, er arbeite oft bis in die Morgenstunden. Sie drehte sich zur Wand und drückte das Mobiltelefon mit beiden Händen dicht an ihre Wange. Der Mann kam aus der Toilette und drängte sich an ihr vorbei.

»Vater?«, flüsterte sie. »Verzeiht mir die ungehörige Zeit meines Anrufes! Aber ich bin in arger Seelennot. Das müsst Ihr mir glauben!«

Alles blieb still, nur ein entferntes Atmen war zu hören. Barbara lauschte irritiert. Sie hatte den Eindruck, als unterdrücke ihr Gesprächspartner ein Gähnen.

»Verzeiht, dass ich Euch geweckt habe, Exzellenz!«, entschuldigte sich die Nonne leise und schuldbewusst.

»Sie wissen hoffentlich, wie spät es ist, Schwester?«, brummte der Mann. »Ich hätte Ihnen bei meiner letzten Visitation diese Telefonnummer nicht gegeben, wenn Sie mir nicht sympathisch gewesen wären.« Er gähnte erneut. »Wie hat es unser Erlöser so schön formuliert: Kommt her zu mir, die ihr mühselig und beladen seid!« Ein ironischer Unterton schlich sich in seine Stimme. »Etwas prosaischer ausgedrückt: Dem Tüchtigen schlägt keine Stunde... Was kann ich für Sie tun, Schwester?«

»Exzellenz, ich danke Euch von ganzem Herzen für Eure Güte!«, begann Barbara. »Unser Herr hat auch gesagt, nicht die Gesunden, die Kranken brauchen einen Arzt! Nur darum habe ich es gewagt, Euch zu dieser Stunde zu stören.«

»Sind Sie krank, Schwester?«, fragte der Bischof verwundert. »Warum wenden Sie sich dann an mich und nicht an den Notarzt?«

»Nein, Vater. Ich bin krank, aber nicht am Körper!«, erwiderte Buchegger. »Ich bin krank an der Seele, an meinem Glauben... Ich möchte beichten!«

»Jetzt? Was drückt denn so schwer auf Ihr Gewissen, dass es nicht bis morgen warten kann? Kommen Sie um fünfzehn Uhr zu mir ins Beichtzimmer im Dom, Schwester. Dann reden wir über alles!«

»Vater, verzeiht meinen Ungehorsam, aber das ist nicht möglich.« Die Schwester klang bestimmt und verzweifelt. »Ich bin außer mir vor Angst, und nur Sie können mir helfen!«

Für einen Moment blieb es ruhig am anderen Ende der Leitung.

»Dass Sie außer sich vor Angst sind, Schwester, das höre ich«, brummte der Bischof leise. »Was in Gottes Namen ist mit Ihnen los, Schwester? Warum können Sie morgen nicht zu mir kommen?«

»Ich bin in einem Zug nach Deutschland, Vater«, flüsterte Barbara.

»Wie bitte?« Dem Bischof war die Empörung anzuhören. »Ich habe mich jetzt wohl verhört. Sie wissen schon, Schwester, dass Sie sich nicht, ohne Ihre Mutter Oberin um Erlaubnis zu fragen, aus Ihrer Provinz entfernen dürfen?«

»Genau das ist ja mein Problem, Exzellenz!«, schluchzte Buchegger und begann zu zittern. »Ich habe gegen mein Gehorsamkeitsgelübde verstoßen, meine Tracht abgelegt und meinen Glauben zutiefst verraten...« Sie schluckte. Die Tränen liefen ihr über die Wangen.

»Verraten? Ihren Glauben? Jetzt beruhigen Sie sich erst einmal«, sagte der Mann am anderen Ende der Leitung verständnisvoll. »Ich bin mir sicher, Sie hatten triftige Gründe für Ihren Ungehorsam. Ich rücke das wieder für Sie bei der Mutter Oberin gerade, machen Sie sich keine Sorgen. Ist etwas mit Ihrem Herrn Onkel? Wie ich hörte, hatte er einen schweren Schlaganfall?«

»Nein!«, protestierte Buchegger. »Ich bin mit einem Wissenschaftler unterwegs... Man wollte uns sogar umbringen... Es ist schrecklich!«

»Mit einem Wissenschaftler?« Der Bischof horchte auf. »Etwa mit Georg Sina?«

»Ja, mit Georg Sina... Woher wissen Sie, Exzellenz?«, flüsterte sie.

»Es gibt nur einen Wissenschaftler in dieser Stadt, dem regelmäßig die Kugeln um die Ohren pfeifen. Und wo der ist, kann dieser Schmierfink Paul Wagner nicht weit sein. Um das zu wissen, braucht man nur die Zeitung aufzuschlagen, meine Tochter«, antwortete der Geistliche nachdrücklich. »Diese beiden sind der Dorn in unserem Fleisch, seit mehr als zwei Jahren... Paul Wagner, die Geißel Gottes...«

Buchegger hörte den Bischof aufstehen und aufgeregt umhergehen.

»Wo fahren Sie hin, Schwester? Und warum? Erzählen Sie mir alles! Sie können mir bedingungslos vertrauen.« Der Bischof klang mit einem Mal sanft und einschmeichelnd.

Barbara hatte nur darauf gewartet. Wie ein Wasserfall brach es aus ihr heraus, sie sprudelte geradezu los. Jauerling, der Sternenweg und der Besuch in der Minoritenkirche, Schöngrabern und der Angriff der Kampfhunde, Eggenburg... Nach langen Minuten beendete sie ihren Bericht mit den Worten: »Und jetzt bin ich im Nachtzug nach Hamburg, aber wir reisen nach Quedlinburg in Sachsen-Anhalt. Und dieser Sina glaubt tatsächlich, er sucht den Körper des Herrn... Was für eine Sünde!«

»Nach Quedlinburg!«, keuchte der Bischof entsetzt. Nach einer kurzen Schrecksekunde hatte er seine Sprache wiedergefunden. »Bleiben Sie, wo Sie sind, Schwester, bei Sina. Ab sofort sind Sie Auge und Ohr der heiligen Mutter Kirche bei dieser unheiligen Ketzerei. Wenn Sie jemand fragt, ich persönlich habe Ihnen erlaubt, Österreich zu verlassen. Haben Sie das verstanden, Schwester Barbara?«

»Ja, Vater!« Barbara nickte erleichtert. »Ich folge selbstverständlich Euren Anordnungen. Ich bleibe bei Sina und beobachte ihn weiter bei seiner Suche. Aber, Vater, was werden wir finden?«

»Sina wird nichts finden, außer ewiger Finsternis, Heulen und Zähneklappern«, gab der Bischof zurück. »Sie jedoch, Schwester, Sie haben nichts zu befürchten. Sie beugen sich demutsvoll dem Willen des Allerhöchsten und tragen Ihr Kreuz bereitwillig!« Damit legte er auf.

Der Bischof in Wien, in seiner Wohnung nahe dem Stephansplatz, betrachtete schwer atmend das Handy in seiner Hand. So weit war Sina also schon gekommen! Der Zwerg hatte mehr in Erfahrung gebracht, als sie befürchtet hatten. Was noch weit schlimmer war, er hatte es in irgendeiner Form der Nachwelt hinterlassen. Und ausgerechnet dieser vermaledeite Mittelalterforscher musste darüber stolpern!

Er fluchte leise und rieb sich mit den Fingern über den Nasenrücken. Dann räusperte er sich und drückte eine Kurzwahl. »Wo ist Sina?«, fragte er knapp, nachdem sein Gesprächspartner abgehoben hatte.

»Können Sie nicht schlafen, Eminenz?«, fragte eine müde Stimme missmutig. »Lassen Ihnen Ihre Sünden keine Ruhe? Oder bereiten Sie sich auf die nächste Predigt vor, und der Stoff an frommen Sprüchen ist Ihnen ausgegangen?«

»Sehr witzig«, zischte der Bischof. »Ich wiederhole meine Frage. Wo ist Sina? Die Zeit drängt!«

»Um ganz ehrlich zu sein, ich weiß es im Moment nicht.« Der Mann gähnte lautstark. »Er wird wohl schlafen. Heute ist er mir entwischt, morgen ist auch noch ein Tag. Unsere Feindschaft dauert nun schon ein Jahr, also kommt es auf ein paar Stunden auch nicht mehr an. Oder haben Sie es eilig, Exzellenz? Setzt Ihnen jemand das scharf geschliffene religiöse Messer an den ehrwürdigen Hals?«

»Das ist keine Antwort«, gab der Bischof wütend zurück.

»Was ist schon eine Antwort? Wollen wir darüber mitten in der Nacht philosophieren? Sina hatte sich Verstärkung geholt für die Minoritenkirche, ich konnte nicht bis zu ihm vordringen. Aber machen Sie sich keine Gedanken, Monsignore, ich bleibe am Ball. Er ist schon so gut wie tot.«

»Einen Dreck ist er, wenn Sie so weitermachen!«, brauste der Bischof auf. »Sina sitzt in einem Zug nach Quedlinburg, während Sie sich faul in Ihrem Bett drehen.«

Der andere war mit einem Schlag hellwach. »Im Zug nach Quedlinburg? Sina? Woher wissen Sie das?«, stammelte er.

»Vielleicht funktionieren meine Netzwerke besser als Ihre, Sie Stümper«, keifte der Bischof. »Steigen Sie sofort in Ihr Auto und glühen Sie über die Autobahn nach Sachsen-Anhalt, sonst gnade Ihnen Gott! Die Nonne ist immer noch bei Sina, aber in Zivil, also lassen Sie sich nicht durch ihr Aussehen täuschen.«

»Was soll ich mit Schwester Barbara machen?«, erkundigte sich der Mann schnell, und der Bischof hörte ihn in seine Hose schlüpfen.

Die Antwort war kurz und eindeutig. »Sie haben bereits alle Ihre Instruktionen von mir erhalten. Keine Zeugen, keine Überlebenden!«

Autostrada Bologna–Padova, A13/Italien

Es war noch früh am Morgen, und die dreispurige Autobahn von Bologna nach Ferrara war frei, bis auf den üblichen Lkw-Verkehr, der jeden Tag in Richtung Venedig oder Udine rollte. Paolo Bertucci hatte überraschend gut geschlafen. Nach einem hervorragenden Abendessen und einer ruhigen Nacht im komfortablen Haus seines Neffens fühlte er sich wie neugeboren. Den Audi hatte er auf Anraten Grazianos – »Lass dein Auto einmal komplett überprüfen, Onkel!« – noch am Abend zu einem Bekannten gebracht, der in einem Vorort eine Mechanikerwerkstatt für die Taxis von Bologna betrieb und vierundzwanzig Stunden geöffnet hatte.

Dann hatte der Professor den Kardinal zu einem kleinen Restaurant gebracht, das alle Vorstellungen einer italienischen »Mamma-Küche« bei Weitem übertraf. So war es nach Mitternacht gewesen, bevor Bertucci endlich in einem der Gästezimmer verschwunden und todmüde ins Bett gesunken war.

Als der Wecker um 6.00 Uhr geläutet hatte, war Bertucci versucht gewesen, die Decke über die Ohren zu ziehen und das schrille Geräusch zu ignorieren. Doch dann war Professor Graziano in der Tür gestanden, einen frischen Espresso in der Hand, den er dem Advocatus Diaboli in die Hand drückte. »Guten Morgen! Dein Auto ist fertig«, hatte er gelächelt, »wir sollten es bald abholen, sonst stecken wir im Frühverkehr fest.«

Und so kam es, dass Bertucci bereits um sieben Uhr auf der Autostrada in Richtung Ferrara rollte, was ihm nur recht war. Es würde ein langer Tag werden und eine weite Fahrt. Nachdem er sich mit seinem Neffen beraten und die Suche nach Marino bzw. Marini keine schlüssigen Treffer ergeben hatte, musste er sich auf die Begriffe Donau, Wasser, Kaiser Otto II., Barock, Brunnen, Österreich und Kaiser Joseph II. beschränken.

Und auf Balthasar Jauerling, dachte er, während er eine Lkw-Kolonne überholte, vor allem auf Jauerling. Bei einer Recherche im Internet zum Leben und Wirken des Zwerges waren Graziano und Bertucci rasch auf die Geschichte der Entdeckung seiner Gruft in Wien im vergangenen Jahr gestoßen. Die Namen Paul Wagner, Prof. Georg Sina und Valerie Goldmann waren aufgetaucht.

Bertucci fragte sich, ob Pro Deo bereits von Rom aus auf dem Weg war oder ob Scaglietti und Bertani einfach die österreichische Gruppe des Geheimdienstes aktiviert hatten. Sie hatten einen Vorsprung, das stand fest, aber der Advocatus Diaboli war fest entschlossen, ihnen ein paar Knüppel zwischen die Beine zu werfen. Bei dem Gedanken lachte der kleine Italiener leise vor sich hin. Seine Strategie stand fest und sie würde den Geheimdienst an den Rand des Abgrunds bringen, davon war Bertucci überzeugt.

Theophanu, Marino oder Marini, Balthasar Jauerling.

Drei Namen, die den Tod bedeutet hatten für drei nichts ahnende Menschen.

Noch gestern Abend, beim Dessert, war endlich festgestanden, dass Wien die nächste Station Bertuccis sein würde. Rund sieben Stunden Fahrt versprach ihm sein Navigationsgerät, doch das konnte auch unterboten werden, überlegte der Kardinal. Er hatte keine Zeit zu verschenken und gab Gas.

Früher Nachmittag in Wien würde perfekt sein.

Doch vorher hatte er noch etwas zu erledigen.

Er musste drei Lunten anzünden.

Im prunkvollen Innenraum der Kirche Il Gesù in Rom war es kühl und ruhig. Die Frühmesse war vorbei, und der General der Jesuiten, der Spanier Pedro Gomez, nutzte die morgendliche Stille, um zu beten und über den Tagesablauf nachzudenken. Wichtige Entscheidungen standen an, ordenspolitische und wirtschaftliche. Wie jeder kirchliche Orden hatten die Jesuiten Nachwuchsprobleme und litten unter steigenden Austrittszahlen und an Überalterung. Die Gesellschaft Jesu, vor fast fünfhundert Jahren von Ignatius von Loyola gegründet, fühlte sich nach wie vor ihren drei Ordensgelübden verpflichtet: Armut, Ehelosigkeit und Gehorsam.

Doch die Zeiten änderten sich rasch. Ein armer Orden würde heute blitzartig in der Bedeutungslosigkeit versinken, dachte Gomez, und das konnte nicht im Interesse der Jesuiten sein. Die Ehelosigkeit wurde auch innerhalb der eher traditionellen katholischen Kreise immer häufiger diskutiert und infrage gestellt. Und was den Gehorsam betraf, so war vor allem das vierte Ordensgelübde, der besondere Gehorsam gegenüber dem Papst, unerschütterlich. Auch wenn es manchmal nicht einfach war, das musste Gomez zugeben.

Der geborene Spanier war sich seiner Position, seines Einflusses und seiner Rolle in Rom wohl bewusst: Gomez war der schwarze Papst.

Der größte Männerorden der Welt unterstand ihm bedingungslos. Gehorsam wurde großgeschrieben bei der Gesellschaft Jesu. Was manche abfällig als »Kadavergehorsam« abtaten, hatte die Jesuiten einflussreich und mächtig gemacht.

Die Spannungen der frühen 80er-Jahre mit dem Vatikan waren glücklicherweise Vergangenheit, überlegte Gomez, aber die dreihundert Jahre langen Verfolgungen des Ordens in Übersee und in Europa hatten ihre Spuren hinterlassen. Die Vorwürfe waren immer dieselben gewesen: Die Jesuiten seien habgierig und machtlüstern, sie würden Intrigen spinnen und konspirativ arbeiten, als Beichtväter der Mächtigen dieser Welt auf unrechtmäßige Weise Einfluss auf die Politik ausüben. Außerdem wären sie bedenkenlos in der Wahl ihrer Mittel und lax in ihrer Moral. Gomez seufzte. Es stand ihm nicht zu, über seine Vorgänger zu urteilen. Es war schon eine große Herausforderung, den Orden durch die Fährnisse der Gegenwart zu navigieren. Die Stimmung in der Bevölkerung war keineswegs kirchenfreundlich, egal ob es die Jesuiten betraf oder nicht.

Als sein Handy leise piepste, blickte sich Gomez schuldbewusst um, aber außer ihm war niemand in der Mutterkirche des Ordens. Sein Sekretär würde ihn in wenigen Minuten abholen, doch Gomez genoss diese kurze Zeit der Besinnung, um die er jeden Morgen wieder kämpfen musste. Sein Stundenplan hätte für einen 36-Stunden-Tag gereicht.

Der General der Jesuiten zog das Mobiltelefon aus seiner Soutane. Es war eine Privatnummer, die nur seiner Familie und einigen wenigen Vertrauten bekannt war. Hoffentlich ist nichts mit meinem Bruder, dachte er sich, als er die SMS öffnete. Alfonso Gomez war operiert worden und lag seit wenigen Tagen auf der Intensivstation eines Krankenhauses in Barcelona.

Er las die Nachricht und runzelte die Stirn. Dann las er die wenigen Zeilen nochmals. Und nochmals. Schließlich ließ er das Handy sinken. Seine Gedanken überschlugen sich. Da hörte er die Kirchentüre und wandte sich um. Sein Sekretär betrat Il Gesù und nickte ihm zu.

»Wir sollten losfahren, der erste Termin ist in einer halben Stunde«, drängte er.

»Ich komme sofort«, gab Gomez zurück, »aber zuvor muss ich dringend telefonieren.«

In den Privatgemächern des Papstes im Vatikan war es noch ruhig. Der Heilige Vater, Anhänger eines geregelten Tagesablaufs, hatte sich nach dem Morgengebet zum Frühstück zurückgezogen, und sein Sekretär blätterte in der Tagesmappe, um sich Notizen zu den einzelnen Terminen zu machen und einen Überblick über die Besuche zu bekommen.

Wie gut, dass Kardinal Bertucci in England ist, dachte er sich, sonst würde der Heilige Vater wieder einige Besprechungen abkürzen, um seinem Kurier neue Aufträge zu erteilen. Er mochte den kleinen, umtriebigen Italiener, der bereits so lange seine Aufgabe ohne einen einzigen Fehler oder Skandal erledigte. »Eine Seltenheit in diesen Mauern«, murmelte er und bemerkte mit Schrecken, dass Kardinal Kleinert um eine Audienz angesucht hatte. Das würde die darauffolgenden Termine gnadenlos nach hinten befördern.

Kleinert konnte nicht aufhören zu reden.

Von irgendwoher piepste ein Handy, und der Sekretär des Heiligen Vaters horchte auf. Nachdem er sein Mobiltelefon auf stumm geschaltet hatte, konnte es nur die Privatnummer des Papstes sein. Er stand auf und ging suchend in den Nebenraum, in das sogenannte Schreibzimmer. Auf dem kleinen Beistelltisch lag ein rotes, neues Handy, und eine blaue Leuchtdiode blinkte hektisch. »Bitte kümmern Sie sich um meine privaten Anrufe und Mitteilungen«, hatte der Heilige Vater gleich zu Beginn seines Pontifikats zu seinem Sekretär gesagt. »Ich habe keine Geheimnisse, und Sie wissen am besten, wann ich während des Tages die Zeit für Rückrufe habe.«

So fand der langjährige Sekretär Giuseppe auch nichts dabei, auf den »Lesen«-Knopf zu drücken. Es war eine kurze Mitteilung, wenige Zeilen. Was ihn als Erstes stutzig machte, war die Tatsache, dass kein Absender eingetragen war.

Dann begann er zu lesen.

Wenige Augenblicke später stürmte er unter Missachtung jeglicher Konventionen in das Frühstückszimmer des Papstes. Er stammelte: »Es tut mir leid, aber ...«, und entschloss sich kurzerhand, einfach das Handy neben den Teller mit dem Marmeladebrötchen zu legen. Der Heilige Vater runzelte wortlos die Stirn und griff nach dem Mobiltelefon.

Der Leiter der Kongregation für die Glaubenslehre war seit der Schaffung der im Volksmund als »Inquisition« bekannten Zentralbehörde der römisch-katholischen Kirche eine gefürchtete Persönlichkeit. Die Liste der Großinquisitoren wies bekannte und berüchtigte Namen auf, die Inquisition selbst blickte auf eine blutige und grausame Vergangenheit zurück.

Die wenigsten wussten, dass es sie noch immer gab.

Seit mehr als sechs Jahren stand ein amerikanischer Kardinal an ihrer Spitze, um die Aufgabe der Behörde mit aller Kraft durchzusetzen: den Schutz der Kirche vor Häresien, vor abweichenden Glaubensvorstellungen.

Kardinal Erzbischof John Frazer, ein stämmiger Kalifornier, war der Präfekt der Kongregation für Glaubenslehre. Er war der rote Papst.

Vor fünfzig Jahren im Vatikan zum Priester geweiht, hatte er im Rahmen seiner Laufbahn lange Zeit in den Vereinigten Staaten gewirkt, war in Großstädten als Priester in den Slums unterwegs gewesen und schließlich in der Hierarchie aufgestiegen, bevor er in den 70er-Jahren wieder nach Rom zurückkehrte. Frazer, ein eher konservativer Kirchenpolitiker, war berüchtigt für seine cholerischen Wutausbrüche und seine Unbeugsamkeit bei der Erfüllung seines Amtes. Er war es auch, der das amerikanische Frühstück mit Steak und Kartoffeln im Vatikan salonfähig gemacht hatte.

So war es nicht verwunderlich, dass der Kardinal etwas unwillig auf sein Mobiltelefon schaute, das ausgerechnet dann summte, als sein Steak frisch auf den Teller kam und verführerisch duftete. Frazer griff nach dem Handy.

Die Nachricht bestand aus wenigen Zeilen.

»Pro Deo ist außer Kontrolle. Drei Morde in einer Nacht, die Blutspur führt direkt in die höchsten Kreise des Vatikans. Die Kirche ist in größter Gefahr. Ein Freund.«

Paolo Bertucci steckte zufrieden sein Handy ein und stieg aus. Er ging rasch hinüber in die Autobahnraststätte, wo an einem Stand nahe der Kasse Mobiltelefone und Zubehör angeboten wurden. Der Kardinal kaufte ein Ladekabel, drei Handys und drei Prepaidkarten. Wie bereits am Tag zuvor, gab er einen falschen Namen und eine nicht existierende Adresse an und zahlte bar. Dann lief er zu seinem kleinen Audi zurück, setzte sich wieder auf den Fahrersitz und verriegelte die Tür. Er kopierte die Telefonnummern von der Karte in ein neues Handy, wie er es gestern gelernt hatte, setzte eine der neuen Karten ein und steckte das Ladekabel an.

Schließlich löschte er alle Daten aus dem ersten Handy, ließ die Karte im Gerät und startete das Auto. Bevor er sich auf die Beschleunigungsspur einreihte, blieb er kurz stehen, öffnete das Fenster und warf das Handy auf den Asphalt.

Dann gab er Gas und rollte mit dem Hinterrad darüber.

*Pension Hurikan, Deutschbrod, Ostmähren/
Tschechische Republik*

Paul erwachte aus einem tiefen Schlaf und wusste im ersten Moment nicht, wo er war. Es duftete nach Kaffee und warmem Gebäck, nach Spiegeleiern und gebratenen Würstchen. Es muss sich jemand in meine Küche verirrt haben, dachte er, und dem Geruch nach sollte er das öfter machen, egal wer es ist. Doch dann richtete er sich auf, rieb sich die Augen und sah ein gemütlich eingerichtetes Zimmer, ein Bett mit einer groß karierten rot-weißen Bettdecke und einen Fernseher, der seine besten Tage bereits lange hinter sich hatte. Erneut drang Geschirrklappern aus dem Untergeschoss, dazu leises Lachen.

Der Reporter fuhr sich mit der Hand über die Augen und kehrte langsam aus der Traumwelt in die Realität zurück. Er hatte sich gestern Abend aus Frustration darüber, dass er Burghardt nicht erreicht hatte, in den »Pizza-Expresss« gesetzt und war kurzerhand selbst nach Deutschbrod gefahren. Eigentlich hieß der Ort seit dem Zweiten Weltkrieg nun Havlíčkův Brod, aber Paul versuchte gar nicht, das auszusprechen ...

Die Fahrt war kurz und ereignislos gewesen. Der kleine Mazda MP3 hatte die wenigen Kilometer geradezu verschlungen, während Paul sich daran erinnert hatte, wie er gemeinsam mit Valerie und Georg vor zwei Jahren ebenfalls über die gleiche Autobahn in Richtung Prag gefahren war, im gleichen Auto, zu seiner eigenen Exekution in Panenske Brezany.

Aber das ist lange vorbei, dachte der Reporter und schwang die Beine aus dem Bett. Jetzt war es an der Zeit, aufzustehen und zu versuchen, etwas mehr über jenen ominösen Zug zu erfahren, der in den letzten Kriegstagen auf dem Bahnhof der tschechischen Kleinstadt gestrandet und dann in Unterretzbach geendet war.

Der Frühstückstisch war üppig gedeckt, und die Hausfrau begrüßte ihren Gast mit einem fröhlichen »Guten Morgen!«, bevor sie ihm eine Kanne frischen Kaffee hinstellte.

»Das kann nur ein guter Tag werden«, meinte Paul lächelnd und nickte der jungen Frau zu, die sich besorgt erkundigte, ob er denn auch alles hätte und vor allem, ob er von allem genug hätte.

»Danke, das werde ich kaum alles schaffen«, lachte der Reporter, »und wenn doch, dann kann ich heute Mittag gleich mit einer Diät beginnen. Aber Sie könnten mir vielleicht weiterhelfen. Ich suche jemanden, der sich mit der Geschichte dieser kleinen Stadt auskennt. Vielleicht einen Heimatforscher, einen Hobbyhistoriker oder den Verfasser einer Stadtchronik. Fällt Ihnen jemand ein?«

Die Frau dachte kurz nach und setzte sich zu Paul. »Um welche Zeit geht es dabei?«, erkundigte sie sich. »Wir haben einige Vereine, ein

Stadtarchiv im Rathaus am Hauptplatz, ein paar alte Männer, die dubiosen Träumen nachhängen, und die üblichen Ewiggestrigen.«

»Es geht um einen Zug, der zu Kriegsende hier am Bahnhof stand, unter SS-Bewachung, und dann eines Tages verschwunden war, obwohl Kohle damals bereits Mangelware war«, gab Paul zurück.

»Ach ja, die Eisenbahn, die hat von jeher die Geschichte von Havlíčkův Brod bestimmt«, nickte die junge Frau. »Da kann ich Ihnen allerdings jemanden nennen, der kennt sich perfekt damit aus. Er war nie verheiratet.« Sie zwinkerte Paul zu. »Die Bahn war stets seine einzige Passion.«

František Smetana wohnte auf der anderen Seite der Altstadt, in einem schmalen, frisch gestrichenen Haus, das bunte Vorhänge und grüne Fensterläden hatte. Er war ein dicker, gemütlicher Pensionist, der sich sichtlich freute, als Paul ihn besuchte.

»Kommen Sie nur herein«, meinte Smetana gestenreich, »wenn Sie etwas über die Eisenbahn wissen wollen, dann sind Sie hier an der richtigen Adresse.« Als Paul sich drinnen umsah, wurde ihm das ebenfalls klar. Jeder nur verfügbare Platz war mit Erinnerungsstücken, Bildern, Modellen, Plakaten, Fahrplänen, alten Fotos und Alben, Uniformen, Zugschildern, Werkzeug, Streckenplänen, alten Signalen und Regalen voller Bücher zugestellt. Selbst ein Fahrkartenautomat aus Holz aus der Zwischenkriegszeit stand in einer Ecke.

»Das ist ja ein wahres Museum«, bewunderte Paul die Sammlung, die Smetana zusammengetragen hatte. »Ich könnte hier bestimmt Tage verbringen, aber ich möchte Sie nicht lange stören und ich muss auch gestehen, die Zeit drängt etwas.«

»Setzen Sie sich doch«, forderte Smetana den Reporter auf, »wenn ich Ihnen helfen kann, dann mache ich das sehr gerne. Worum geht es?«

Der Reporter erzählte dem Sammler von dem Zug, den die SS bewacht hatte, von den beiden Soldaten Richter und Walkowski und ihrem Schicksal in Unterretzbach.

»Schrecklich«, meinte Smetana ehrlich erschüttert. »Es war eine furchtbare Zeit, ohne Regeln und Moral. Ich fürchte, ich kann Ihnen nicht allzu viel berichten. Viele Züge und Waggons passierten Deutschbrod, wie die Stadt damals hieß. Wir waren einer der wichtigsten Bahnknotenpunkte auf der Strecke nach Znaim und Wien. Ein Zug mehr oder weniger wäre hier niemandem aufgefallen, glauben Sie mir. Gruppen von Partisanen sabotierten Lokomotiven und damit auch den Nachschub oder die Verlegung deutscher Truppen. Aber abgesehen davon hatte niemand in diesen Tagen Zeit, sich näher um die Vorkommnisse am Bahnhof zu kümmern. Hier waren alle voll damit beschäftigt zu überleben. Es wimmelte von deutschen Soldaten, SS allerdings war hier kaum anzutreffen. Dann kamen die Russen und damit der Hunger. Die Gewalt ging weiter...«

Smetana zuckte die Schultern und verstummte. Dann fuhr er nach einer kurzen Pause entschuldigend fort. »Sie müssen wissen, ich war damals ein Kind und habe nicht viel gesehen. Meine Eltern ließen mich kaum auf die Straße, ich musste im Garten spielen.«

Paul nickte. Er hatte sich mehr erwartet und war enttäuscht.

Da legte ihm Smetana seine Hand auf den Arm. »Warten Sie!«, rief er aus. »Warum habe ich nicht gleich daran gedacht? Wir haben hier noch einen alten Partisanen in Havlíčkův Brod, er hat vor wenigen Wochen seinen neunzigsten Geburtstag gefeiert und dabei noch das Tanzbein geschwungen.« Der Pensionist schmunzelte. »Die rauschende Feier war selbst der Lokalzeitung einen großen Artikel wert. Kommen Sie, ich bringe Sie zu ihm.«

Als Smetana die Haustür abschloss, klingelte Pauls Handy.

»Na endlich!«, meldete er sich, als er »Berner« auf dem Display las. »Ich dachte schon, niemand will mehr etwas von mir wissen. Burgi ist verschollen, Georg ebenso, Valerie hebt nicht ab, und Eddy hört in seiner Werkstatt bei all dem Krach das Telefon nicht.«

»Zum Glück arbeitet ein gewisser pensionierter Polizeibeamter dafür umso mehr«, brummte Berner. »Mein Akku war leer, und ich bin spät nach Hause gekommen. Deswegen melde ich mich erst jetzt. Wo sind Sie?«

»In einem tschechischen Ort, der früher einmal Deutschbrod geheißen hat. Die Spur unserer beiden Soldaten führt hierher«, antwortete Paul vorsichtig. »Ich bin auf dem Weg zu einem ehemaligen Partisanen und hoffe auf seine Erinnerung und mein Glück. Was war mit dem blauen Volvo?«

»Schwierige Nachforschungen«, gab Berner zurück. »Er wurde in Wien gemietet, bei einer Niederlassung am Flughafen Schwechat. Das

Personal kann sich nicht persönlich an den Mieter erinnern, sie meinen, es war viel los und sie hatten nur wenige Leute am Counter. Aber der Führerschein, der vorgelegt wurde, war auf einen gewissen Georg Schmidt ausgestellt. Österreichischer Führerschein«, ergänzte der Kommissar, »wenigstens haben sie eine Kopie davon gemacht.«

»Lassen Sie mich raten«, unterbrach ihn Paul. »Der Name war falsch und die angegebene Adresse ebenfalls. Den Wagen haben die vier nur deshalb am Flughafen gemietet, weil alle annehmen sollten, dass sie per Flugzeug angereist sind. Ich wette, ihr Auto steht in einer der Tiefgaragen in Schwechat.«

»Oder sie sind mit dem Taxi aus Wien gekommen«, ergänzte Berner. »Sonst liegen Sie mit Ihrer Vermutung richtig. Es wird schwierig sein, die Spur weiter zu verfolgen, außer sie machen einen Fehler oder geraten in eine Polizeikontrolle. Ich habe meine Beziehungen genützt und eine stille Fahndung veranlasst.«

»Ich glaube kaum, dass unsere vier einen Fehler machen«, gab Paul leise zurück und fiel etwas hinter Smetana zurück, der gerade lautstark einen Bekannten begrüßte, der ihnen über den Weg gelaufen war. »Ich habe mehr über die 666 und Caesarea herausgefunden. Entweder haben wir es mit der Kirche oder mit den alten Bekannten aus Tel Aviv zu tun. Dabei könnte uns Valerie weiterhelfen, aber ich kann sie nicht erreichen.«

»Caesarea? Was ist das?«, fragte Berner irritiert.

»Das kann ich Ihnen jetzt nicht erklären«, antwortete Paul, »aber Sie haben doch noch die Schlüssel für die Remise. Fahren Sie hin, gehen Sie in die Küche und heben Sie den Besteckkasten hoch. Ich habe gestern Abend vor meiner Abreise nach Tschechien noch ein Memo verfasst, für alle Fälle. Lesen Sie es, dann wissen Sie Bescheid. Ich muss jetzt Schluss machen. Bis später!«

Zwei Häuser weiter blieb Smetana vor einer grün gestrichenen Schrebergartenhütte stehen, lehnte sich über den Zaun und rief laut: »Honzo!« Dann wandte er sich an Paul. »Der Garten dahinter ist riesig, da steht auch noch ein zweistöckiges Wohnhaus, aber Stepan lebt lieber in der Holzhütte. Vielleicht wird man seltsam mit zunehmendem Alter.«

Die Tür öffnete sich quietschend, und ein etwas gebückter, grauhaariger Mann in einem Arbeitsoverall trat heraus und blickte sich suchend um. Dann erkannte er Smetana am Zaun und winkte lächelnd. »Kommt herein, das Tor ist offen! Und zu holen gibt es hier sowieso nichts.«

»Ich nehme dir nichts weg, du alter Gartenzwerg, ich bringe dir jemanden«, rief der Pensionist. »Paul Wagner ist ein österreichischer Reporter, der versucht, mehr über das Kriegsende hier in der Gegend herauszufinden!« Dann meinte er leise zu Paul: »Sie müssen etwas lauter sprechen, er ist ein wenig schwerhörig.«

Der alte Mann kam ihnen leicht humpelnd entgegen, begrüßte Smetana und blickte Wagner forschend ins Gesicht. Dann streckte er die Hand aus. »Besuch aus Österreich? Willkommen, willkommen, Herr Wagner! Nennen Sie mich einfach Honzo, das ist mein alter Spitzname aus Kriegszeiten. Er ist mir geblieben, wie meine Frau.« Er kicherte und zwinkerte Wagner zu und deutete auf Smetana. »Der da kann dazu gar nichts sagen, der eingefleischte Junggeselle, der hat sich ja nie getraut zu heiraten und im Krieg hat er noch in die Windeln gemacht!«

Mit einer einladenden Handbewegung bat der Alte Paul und Smetana in die Gartenhütte. Alle Fenster standen weit offen. Die Einrichtung war einfach, aber blitzsauber, und mehrere Vasen mit Flieder verbreiteten einen schweren Duft. Mit einem Griff in den schmalen Wandschrank holte Honzo drei Schnapsgläser und eine Flasche ohne Etikett hervor.

»Marille, selbst gebrannt«, erklärte er stolz und ignorierte die abwehrenden Handbewegungen des Reporters. »Der hält gesund und jung. Prost!«

Smetana schien an das flüssige Obst zur Vormittagsstunde gewöhnt zu sein. Während Paul mit den Tränen kämpfte, füllte der Alte ungerührt die Gläser nach und lauschte der Erklärung des Eisenbahn-Enthusiasten für den unerwarteten Besuch. Als die Rede auf die SS kam, wurde der Gesichtsausdruck des alten Mannes hart.

Nachdem Smetana geendet hatte, legte sich Schweigen über die Runde. Honzo drehte sein Schnapsglas zwischen den Fingern und schien ganz weit weg zu sein, versunken in Erinnerungen und alten Bildern, die nur er sah.

Paul warf Smetana einen Blick zu, aber der zuckte nur unmerklich mit den Schultern, bevor er noch einen Schluck Schnaps nahm.

»Die SS ...« Der alte Mann hatte leise zu sprechen begonnen. »Der Schwarze Orden von Heinrich Himmler... Davon gab es in unserer Gegend am Kriegsende glücklicherweise nicht so viele. Wir haben sie gehasst wie die Pest.« Er sah Paul an. »Da gab es keine Gefangenen, wenn wir sie erwischt haben. Das war eine unausgesprochene Regel in unserer Gruppe. Wir ließen keinen am Leben.« Der Alte nickte. »Heute kann man es ja sagen. Die einfachen Soldaten haben mir oft leidgetan. Sie waren abgekämpft, am Ende ihrer Kräfte nach sechs Jahren Krieg. Kaum fünfundzwanzig und schon alte Männer, gezeichnet für ihr Leben.« Er legte die Hände flach auf das blütenweiße Tischtuch. »Wie wir alle. Eine verlorene Generation.« Seine Stimme verlor sich in Erinnerungen. Dann gab er sich einen Ruck, stand auf und öffnete die Tür einer kleinen Anrichte. Pfannen und Töpfe klapperten, bevor er sich wieder aufrichtete, eine flache Metallschatulle in der Hand.

»Nein, SS gab es nicht viel hier, wir waren tiefe Provinz, nicht Prag oder Brünn«, fuhr er fort. »Die Partisanengruppen in Ostmähren hatten sich Ende 1944 besser organisiert, wurden schlagkräftiger und mutiger. Sie konnten ja auf die Unterstützung der Bevölkerung zählen. Heydrich war nie beliebt gewesen, die Deutschen auch nicht. So baute sich ein tschechischer Widerstand auf, der einen großen Rückhalt im Land hatte. Je schlechter die Lage für die Deutschen wurde, umso heftiger wurden unsere Angriffe. Wir sabotierten alles, was den Besatzern nutzen konnte. Allerdings sprengten wir keine Gleisanlagen, weil wir genau wussten, dass sie schwer zu reparieren waren und wir einige Monate später selbst darauf angewiesen sein würden. Aber wir legten Lokomotiven lahm, griffen Truppentransporte an, sprengten Heeres-Lkws von der Straße, errichteten Sperren oder feuerten mit Panzerfäusten auf Kommandowagen. Es war ein schmutziger Krieg.«

Der alte Honzo hielt die Schatulle fest in seiner Hand, so als sei sie eine direkte Verbindung mit der Vergangenheit, die gleichzeitig weit weg und doch so nah schien.

»Deshalb erinnere ich mich genau an den Tag, als die SS hier eintraf, im April 1945.«

Paul lehnte sich gespannt vor.

»Erst kam der Zug mit den Verwundeten und dem Waggon, den das

SS-Kommando nicht aus den Augen ließ. Sie schoben Wache daneben, rund um die Uhr. Wir überlegten uns, was zu tun sei. Sollten wir einen Angriff wagen? Das wäre riskant gewesen, weil immer mehr Soldaten auf dem Bahnhof ankamen, auf ihrer Flucht vor der Roten Armee. Außerdem konnten wir nicht in Erfahrung bringen, was in dem Waggon war. Dann war plötzlich die Lokomotive weg, und die wenigen Wagen, es waren vielleicht fünf oder sechs, standen noch immer auf dem Abstellgleis. Die Wachen drehten nach wie vor ihre Runden, obwohl man die russische Artillerie bereits hörte.« Der Alte schüttelte den Kopf. »Typisch SS.«

Er nahm einen Schluck Schnaps und hustete.

»Ich schloss mich einer Gruppe an, die in einem der Schuppen eine Lokomotive unter Dampf hielt, weil wir den Russen ein Transportmittel anbieten wollten, sobald sie Deutschbrod eingenommen hätten. Dann erreichte uns die Nachricht von einer kleinen SS-Kolonne, die aus Prag auf dem Weg zu uns nach Süden war. Wir ließen alles stehen und liegen und organisierten eine Straßensperre. Aber wir hatten uns verrechnet. In der Zwischenzeit hatte sich jemand die Lok geschnappt, sie vor die paar Waggons gekuppelt und sich auf den Weg in Richtung Znaim und Österreich gemacht. Wir holten zwei der SS-Kommandowagen mit Panzerfäusten von der Straße, und als wir wieder am Bahnhof eintrafen, lagen da nur mehr drei tote SS-Männer neben den Gleisen. Der Zug war weg, die Lok verschwunden, der geheimnisvolle Waggon ebenfalls.«

»Das heißt, die Bewachung war tot, und der Waggon fuhr ohne SS-Männer weiter?«, erkundigte sich Wagner.

»Genau das heißt es, aber fragen Sie mich nicht, wer die Lok fuhr«, antwortete Stepan. »Es war sicher kein tschechischer Lokführer.«

»Was geschah dann?«, fragte der Reporter.

»Ich wurde damit beauftragt, die Uniformen der Toten zu durchsuchen, weil wir Sorge hatten, dass weitere Transporte folgen sollten. Ich leerte also ihre Taschen, aber wenige Stunden später waren bereits die ersten russischen Vorhuten da. Niemand interessierte sich mehr für die Befehle von gestern. Eine neue Zeit war angebrochen, und die Deutschen in Mähren waren bald nur mehr Geschichte.«

Er schob die Schatulle, die eigentlich eine alte Keksdose war, über den Tisch Wagner zu. »Hier ist alles drin, was in ihren Taschen war.

Ich habe manche Dinge aus dem Krieg aufgehoben, über die Jahre aber auch vieles an Historiker und das Stadtmuseum abgegeben, manches sogar an das Armeemuseum in Prag. Bevor es bei mir nutzlos herumliegt, soll es lieber die Geschichte für Schüler und Studenten greifbar machen.« Stepan sah den Reporter an und fuhr fort: »Nach den toten SS-Leuten am Bahnhof hat mich nie jemand gefragt. Wenn es Ihnen also weiterhilft in Ihrer Forschung, dann nehmen Sie die Dose gerne mit. Und wenn Sie den Inhalt nicht mehr brauchen, spenden Sie ihn einem Museum oder einer Sammlung.«

Paul nahm die Dose und öffnete den Deckel. Alte Reichsmarkscheine, Münzen und Schlüssel, Ausweise und Papiere lagen darin verstreut. »Danke, Stepan, für die Erzählung und die Erinnerungsstücke«, meinte er und klappte die Schatulle wieder zu. »Das war mehr, als ich erhofft habe.«

Zwanzig Minuten später saß Paul im »Pizza-Expresss«, die glänzende Keksdose auf seinem Schoß. Er öffnete sie erneut, schob die Geldscheine zur Seite, holte die Ausweise heraus und blätterte sie durch. SS-Obersturmbannführer Karl Lindner, SS-Unterscharführer Gerhardt Schnur und SS-Scharführer Wilhelm Mantler. Münzen, ein Anhänger an einer Uhrkette, der das Foto einer jungen Frau zeigte, die in die Kamera lächelte. Einige zusammengefaltete Blätter, in den Jahrzehnten vergilbt. Wagner zog eines vorsichtig heraus und schlug es auf. Die großen SS-Runen sprangen ihm förmlich entgegen, die Unterschrift am Ende war berüchtigt: Heinrich Himmler, Reichsführer-SS.

Dann begann Paul zu lesen und traute seinen Augen kaum.

»Geweihte Erde.«

Die Worte tanzten vor seinen Augen.

Wenige Minuten später raste der »Pizza-Expresss« über die Landstraße westwärts in Richtung Autobahn. Paul hatte mehr als sechs Stunden Fahrt vor sich und war fest entschlossen, es deutlich schneller zu schaffen.

Jetzt war keine Minute mehr zu verlieren.

*Büro des Außenministers Kardinal Lamberti,
Vatikanstadt, Rom/Italien*

Der Schweizergardist an der Pforte nahm es ganz genau. Er kontrollierte erst den Presseausweis von Valerie Goldmann, dann die Einladung und schließlich rief er im Büro von Kardinal Carlo Lamberti an, um sich den Termin bestätigen zu lassen. Anschließend bat er sie noch um eine weitere Legitimation. Mit einem dünnen Lächeln reichte er ihr am Ende alle Dokumente zurück und forderte sie mit einer Handbewegung auf, durch den Metallscanner zu gehen. In einem weiteren Gerät wurde inzwischen ihre Handtasche durchleuchtet.

»Danke, das geht in Ordnung«, sagte er mit einem deutlichen Schweizer Akzent, winkte sie durch und wandte sich dem nächsten Besucher zu.

Ein junger Geistlicher in schwarzer Soutane kam auf Valerie zu und lächelte sie an. »Frau Goldmann? Ich arbeite im Büro des Außenministers. Darf ich Ihnen den Weg zeigen? In diesem Labyrinth kann man sich leicht verlaufen, und wieder auf den richtigen Weg zurückzufinden, das kann dauern...«

»Wie im richtigen Leben?«, fragte Valerie und klemmte ihre Handtasche unter den Arm.

Der Priester ging darauf nicht ein. »Wir sollten den Terminplan Seiner Eminenz nicht überstrapazieren«, meinte er nur und wies mit ausgestreckter Hand auf eine Stiege zu seiner Linken.

»Dann lassen Sie uns gehen«, schlug Goldmann vor. Sie hatte Shapiros Ratschlag befolgt und war nach einer kurzen Einkaufstour durch die Boutiquen der Via Condotti in ein schlichtes graues Business-Kostüm geschlüpft, das einen vierstelligen Betrag verschlungen hatte. Die passenden Schuhe mit Handtasche, ein dünner weißer Pullover und dezente Ray Bans vervollständigten das Bild der erfolgreichen internationalen Journalistin. Ich muss Paul erzählen, dass ich ihm Konkurrenz mache, dachte Valerie und bekam sofort ein schlechtes Gewissen, weil sie ihn noch immer nicht zurückgerufen hatte.

Der Anblick von Major Goldmann in Prada hatte sogar Samuel Weinstein beeindruckt, als er sie am Morgen vom Hotel abgeholt und zum Vatikan gefahren hatte. Mit einem »Sie sehen so... zivil aus, Major, aber es steht Ihnen ausgezeichnet«, hatte der Militärattaché versucht, Valerie milde zu stimmen. Ein Blick in ihr Gesicht verriet ihm, dass der Versuch gescheitert war.

Die Treppen, die der Pater sie hinaufführte, schienen kein Ende zu nehmen. »Ich wusste nicht, dass der Draht zum lieben Gott so kurz ist«, meinte Goldmann nach einer Weile.

»Wir sind gleich da«, beruhigte sie der junge Priester, eilte einen Korridor entlang und stieß eine der doppelflügeligen Türen auf. Dahinter lag ein Empfangsraum mit einer Sitzgruppe und hohen Fenstern, die auf die päpstlichen Gärten hinausgingen. »Wenn Sie mich für einen Moment entschuldigen wollen, ich bin sofort wieder bei Ihnen. Ich möchte nur dem Kardinal Ihre Ankunft mitteilen.«

Valerie hatte kaum auf dem ausladenden Sofa Platz genommen, da ging auch schon die Türe auf, und Kardinal Lamberti kam mit großen Schritten und ausgestreckten Händen auf sie zu.

»Signora Goldmann! Wie schön, Sie zu treffen. Ich habe schon viel von Ihnen gehört«, begrüßte sie der Außenminister. »Wollen wir in mein Büro gehen?«

»Ich muss mich bedanken, dass Sie nach den Ereignissen der letzten Tage dennoch Zeit für mich gefunden haben«, erwiderte Valerie, die Shapiro zumindest für ihren professionellen Background als Journalistin Anerkennung zollen musste. »Ich kann mir vorstellen, dass ich nicht die Einzige bin, die sich für die Vorgänge rund um das Geheime Vatikanische Archiv interessiert.«

Lamberti schloss die Tür hinter Valerie. »Ja, es ist schrecklich, was da geschehen ist«, meinte er mit ernster Miene. »Aber es liegt mir doch sehr am Herzen, dass Ihre Leser in Israel und im gesamten Nahen Osten kein falsches Bild von den Geschehnissen bekommen. Deshalb bin ich über Ihren Besuch überaus erfreut.«

Mit einer kurzen Handbewegung wies der Außenminister auf einen Besuchersessel, der vor seinem Schreibtisch stand. »Bitte nehmen Sie doch Platz, Getränke bringt uns mein Sekretär auch sofort.« Lamberti lächelte gewinnend und setzte sich. Doch Valerie ließ sich durch das joviale Aussehen nicht täuschen. Sie war in den späten Nachtstunden das Dossier durchgegangen, das Shapiro für sie zusammengestellt hatte. Neben all den Informationen, die der Geheimdienstchef für notwendig erachtet hatte, waren auch die Lebensläufe der drei Opfer und der Werdegang von Lamberti in den Akten gewesen. Dieser so freundlich wirkende Kardinal war einer der besten und kompromisslosesten Unterhändler des Vatikans. Ebenbürtig war ihm nur noch der persönliche Kurier des Papstes, Kardinal Paolo Bertucci, der aber laut den Unterlagen Shapiros in England den nächsten Besuch des Papstes vorbereitete.

Die wichtigste Frage, die nach der Lektüre von Shapiros »gesammelten Werken«, wie Valerie sie getauft hatte, nach wie vor unbeantwortet geblieben war, beschäftigte sie seit heute Morgen unentwegt – was sollte sie eigentlich hier?

Goldmann zog ein kleines Diktiergerät aus der Tasche und stellte es auf den Schreibtisch. »Ich darf doch?«, fragte sie und schaltete es ein. »Das erspart mir die Notizen.« Lamberti nickte etwas abwesend und lehnte sich zurück.

Valerie beschloss, einfach aus der Hüfte zu schießen.

»Eminenz, der Vatikan ist nicht dafür bekannt, mit Informationen über ungeklärte Todesfälle großzügig umzugehen. Das kann man anhand einiger Beispiele aus den vergangenen Jahren leicht nachvollziehen. Die Pressestelle verweist auf mangelnde Informationen oder auf eine Nachrichtensperre, die höheren Stellen hüllen sich in Schweigen. Wie wird es diesmal gehandhabt? Gibt es bereits eine Direktive?«

»Die drei Todesfälle haben uns tief erschüttert«, begann Lamberti nach einigen Sekunden des Nachdenkens, »und völlig unvorbereitet getroffen. Der Heilige Vater hat sich bereits mit den Familien der Opfer in Verbindung gesetzt und ihnen sein tief empfundenes Beileid ausgesprochen. Ich darf Sie erinnern, dass die Opfer nicht auf dem Territorium des Vatikans ums Leben gekommen sind. Damit sind auch automatisch die italienischen Behörden zuständig, die wir aber voll und ganz bei ihrer Arbeit unterstützen.« Der Außenminister schaute Goldmann nachsichtig an. »Ich weiß, wovon Sie sprechen, wenn Sie vorhin die Nachrichtenpolitik des Vatikans erwähnt haben. Ich kann Ihnen versichern, dass es in diesem Fall keine wie immer geartete Direktive gibt. Aber bitte verstehen Sie auch, dass wir nicht durch voreilige Erklärungen die Ermittlungen der römischen Polizei stören oder gefährden möchten.«

»Man kann in allen drei Fällen von Mord ausgehen«, stellte Valerie fest und schaute Lamberti zugleich fragend an.

»Ich habe bisher nichts Gegenteiliges gehört«, seufzte der Kardinal und nickte betroffen. »Es ist furchtbar. Ich habe Kardinal Rossotti persönlich gut gekannt, wir waren lange Jahre gemeinsam in verschiedenen Ämtern und Kommissionen tätig. Er war ein hochgebildeter, integrer Kirchenhistoriker, der seine Aufgabe als Leiter des Vatikanischen Archivs nie auf die leichte Schulter genommen hat. Leider habe ich seinen Sekretär, Pater Luigi, und die Archivarin Dr. Zanolla nur ein oder zwei Mal gesehen und gesprochen.«

»Ist es nicht besorgniserregend, dass drei Mitarbeiter des Archivs innerhalb von zwölf Stunden ums Leben kommen? Stellt sich da nicht die Frage, was bei diesen Morden der gemeinsame Nenner war?« Valerie beobachtete Lamberti genau. Hatten nicht gerade seine Augen gezuckt?

Der Kardinal faltete die Hände und legte sie vor sich auf den Schreibtisch. »Ich muss gestehen, dass einem diese Frage in den Sinn kommt, wenn man sich die Umstände der Todesfälle und den sehr begrenzten Zeitraum ansieht. Aber lassen Sie mich mit einer Gegenfrage antworten: Was sollte so aktuell sein, so gefährlich, dass es eine derartig grausame Tat rechtfertigen könnte? Soviel ich weiß, war Pater Luigi in keinster Weise in Forschungstätigkeiten involviert, dasselbe gilt für Kardinal Rossotti. Ich muss hier alle enttäuschen, die im Posten des Leiters der Vatikanischen Archive eine wissenschaftlich forschende Stelle sehen. Es ist eher eine verwaltungstechnische Aufgabe. Die Einzige, die tatsächlich in die verschiedensten Projekte eingebunden wurde, war Dr. Zanolla. Da setzen auch die Nachforschungen an, die zurzeit laufen.«

Du weißt viel mehr, als du mir gerade erzählst, schoss es Valerie durch den Kopf, während sie Lamberti entwaffnend anlächelte, aber unterschätze nicht meinen Wissensstand.

Laut sagte sie: »Eminenz, soweit ich informiert bin, war Kardinal Rossotti der Advocatus Angeli, wenn es um Selig- und Heiligsprechungen ging. Sein bester Freund, Kardinal Bertucci, war neben seiner Funktion als Privatkurier des Papstes sein Gegenspieler als Advocatus Diaboli. Wie hat Bertucci auf den brutalen Tod reagiert? Immerhin fand man den Kopf seines besten und ältesten Freundes auf einer Figur des Vierströmebrunnens, und der übrige Körper bleibt nach wie vor verschwunden.«

Lamberti zögerte eine Sekunde zu lang. Touché, dachte Valerie. Da geht es weiter.

»Ein abscheuliches Verbrechen, das Kardinal Bertucci sehr naheging. Ich habe noch vor Kurzem mit ihm darüber gesprochen und versucht, ihm in diesen schrecklichen Augenblicken beizustehen«, bestätigte Lamberti.

»Nun ist es ja so, dass eine dringende Aufgabe Kardinal Bertucci nach Großbritannien gerufen hat«, setzte Valerie nach, »wie ich gehört habe, bereitet er die nächste große Reise des Papstes vor. Wäre es nicht möglich gewesen, nach dem Tod seines besten Freundes aus persönlichen Gründen diese Reise zu verschieben?«

Die Frage hatte Lamberti nicht erwartet, Goldmann sah es ihm an.

»Jeder andere hätte sicher um einige Tage Zeit gebeten, um dieses Verbrechen zu verkraften.« Valerie ließ nicht locker.

»Nun, Kardinal Bertucci ist ein sehr pflichtbewusster Mensch...«, erwiderte Lamberti zögernd. Mit Bertucci ist irgendetwas, sagte sich Valerie und sah den Außenminister an, und du, mein Lieber, verheimlichst mir eine ganze Menge.

»Meinen Informationen nach hat man den Sekretär von Rossotti, Pater Luigi, im achteckigen Speisesaal des Goldenen Hauses, einem Palast von Kaiser Nero, gefunden.« Valerie blätterte in einem Block, den sie vorbereitet hatte, der jedoch nur aus unbeschriebenen Blättern bestand. »Er hatte den Kopf in einem Wasserschaff. Dr. Zanolla badete in ihrem eigenen Blut, und der Kopf von Kardinal Rossotti lag im Schoß der Figur der Donau im Vierströmebrunnen. Die Symbolik ist schwerlich zu übersehen, Eminenz. Wer immer Zugang zu den drei Opfern hatte, war nicht nur offenbar gut ausgerüstet, sondern hatte auch einen ganz bestimmten Plan. Nämlich den, die Morde öffentlich zu machen, vielleicht als eine Warnung an andere.«

Lamberti blinzelte. »Was meinen Sie mit gut ausgerüstet?«, fragte er irritiert.

»Nun, ich glaube kaum, dass Dr. Zanolla jemanden in ihr Badezimmer eingeladen hat«, antwortete Goldmann und gab vor, wieder in ihrem Block zu lesen. »Also musste der Mörder sich ganz gezielt Zutritt zu ihrer Wohnung verschafft haben.« Aus den Augenwinkeln betrachtete sie Lamberti, der sich mit der Zunge immer öfter über die Lippen fuhr. »Mit einem Wort – alle drei Morde waren keine Zufälle, keine impulsiven Taten, sondern vorbereitete Morde mit einem Ziel, einem Zweck und einer versteckten Warnung. Tut mir leid, wenn mir da sofort Roberto Calvi und die Blackfriars Bridge einfallen. Das Muster ist ziemlich gleich, finden Sie nicht, Eminenz?«

Lamberti sah sie an und legte den Kopf schräg. »Wo soll das hinführen, Frau Goldmann?«, fragte er leise.

»Zur Informationspolitik des Vatikans«, gab Valerie ruhig zurück. »Der Mord an Calvi wurde nie aufgeklärt, der dreifache Mord an dem frisch gekürten Obersten der Schweizergarde, dessen Frau und einem Freund auch nicht. Wenn ich so nachdenke, dann wurde gar kein Mord, der ein Mitglied des Vatikans in irgendeiner Weise betraf, bisher aufgeklärt.«

Valerie ließ ihre Worte kurz einsinken.

»Und nun haben wir wieder drei Morde. Darf ich meinen Lesern mitteilen, dass der Heilige Stuhl diesmal alles daransetzen wird, den Behörden bei der Ermittlung des oder der Mörder jede nur mögliche Unterstützung zuteil werden zu lassen? Ganz gleich, welche Interessengruppen davon betroffen sind? Ich darf Sie zitieren in diesem Fall? Das Wort eines so renommierten Außenpolitikers hat in der ganzen Welt Gewicht.«

Lamberti schwieg.

Hab ich dich, dachte Goldmann, und jetzt werde ich dir wirklich etwas zum Auflösen geben. »Sagt Ihnen der Name Pro Deo etwas, Eminenz?«

Der Außenminister schaute sie mit großen Augen an. »Sie meinen...«

»... den Geheimdienst des Vatikans, der seit dem Zweiten Weltkrieg den Namen Pro Deo trägt. Damals wechselten viele Geheimdienste ihren Namen, die OSS in CIA, SMERSH in KGB und noch andere mehr.«

»Der Name ist mir bekannt«, antwortete Lamberti vorsichtig. Seine Finger öffneten und schlossen sich nervös. Seine Augen ruhten auf dem kleinen Diktafon, dessen rote Aufnahmediode hektisch blinkte. Valerie tat so, als sehe sie es nicht. Sie gab vor, konzentriert in ihrem Block zu blättern.

»Wenn Sie den Namen kennen, Eminenz, ist Ihnen eigentlich jemals aufgefallen, dass Pro Deo mit den gleichen Buchstaben beginnt wie die Loge ›Propaganda Due‹, die als Gegengewicht zur Kurienkongregation ›Propaganda Fide‹ 1887 gegründet wurde und die eine unrühmliche Rolle im Finanzskandal um die Banco Ambrosiano in den 70er-Jahren spielte?«

Valerie sah von ihrem Block auf und Lamberti direkt in die Augen. »Was macht Pro Deo eigentlich heute, Eminenz?«

»Ähh ...«, setzte Lamberti an, »darüber kann ich Ihnen leider keine Auskünfte geben.«

Valerie lächelte zuckersüß. »Können oder dürfen, Eminenz?«, fragte sie mit großen Augen, aber ihre Gedanken rasten. Wann war Lamberti nervös geworden? Bei Bertucci, der Symbolik, den professionell ausgeführten Morden, bei Pro Deo? Eine verführerische Begriffskette ...

»Beides«, meinte der Außenminister kurz angebunden und versuchte, das Gespräch wieder auf ein sicheres Gebiet zu verlegen. »Ich bin überzeugt, dass die bevorstehende Reise des Heiligen Vaters nach England im September dieses Jahres Ihre Leser interessieren wird. Das Besuchsprogramm ist dicht gedrängt, aber vor allem wollen wir nicht vergessen, dass es das erste Mal seit fünfhundert Jahren ist, dass ein katholischer Papst das Inselreich besucht.« Lamberti spürte aufatmend wieder festen Boden unter seinen Füßen.

»Sie meinen den Besuch, den Kardinal Bertucci gerade vorbereitet?«, fragte Goldmann mit einem unschuldigen Augenaufschlag. »Was uns wieder zum Thema bringt. Ist es möglich, mit dem Kardinal zu sprechen? Ich würde gerne mehr von ihm über seine Freundschaft zu Kardinal Rossotti erfahren. Sie wissen ja, der menschliche Touch...«

Lamberti verlor den Boden wieder. »Das wird leider nicht gehen...«, wich er aus und suchte verzweifelt nach einer Ausrede.

»Aber der Kardinal wird doch ein Mobiltelefon nach England mitgenommen haben«, bohrte Valerie gnadenlos. »Niemand verlässt heute das Haus ohne ein Handy.«

»Ja ... aber..: seine Nummer...«, Lamberti wusste nicht weiter.

»... ist geheim? Das macht nichts«, meinte Goldmann gönnerhaft und zog eine vorbereitete Visitenkarte aus ihrer Tasche. »Hier ist meine Mobilnummer. Ich bin mir sicher, Sie werden mit Bertucci in Ihrer Funktion als Außenminister des Vatikans in regelmäßigem Kontakt stehen. Dann würde ich es sehr zu schätzen wissen, wenn Sie ihm meine Nummer ans Herz legen, Eminenz. Und jetzt darf ich mich bei Ihnen für Ihre Zeit bedanken, es war sehr aufschlussreich, mit Ihnen zu sprechen.« Valerie stand auf und nahm das Diktafon an sich. »Ihr Sekretär hat mir schon eingangs gesagt, man dürfe Ihren Terminplan nicht überstrapazieren. Nun, ich hoffe, ich konnte das Meinige dazu beitragen, Ihnen ein wenig Luft zwischen den einzelnen Besprechungen zu verschaffen.«

Lamberti war aufgestanden. »Ja, aber wollten Sie nicht noch ...«

»Nein, nein, danke, ich habe alles erfahren, was ich wissen wollte«, wehrte Valerie ab. »Es wäre sehr freundlich, wenn Sie mein Gespräch mit Kardinal Bertucci nicht vergessen würden, Eminenz. Wann sprechen Sie ihn das nächste Mal?«

Jetzt war Lamberti endgültig aus dem Gleichgewicht gebracht. »Wahrscheinlich heute noch, aber er meldet sich nicht regelmäßig...«, versuchte er es.

»Ich möchte meinen Artikel bis heute Abend nach Tel Aviv schicken«, erklärte Valerie, während sie demonstrativ das Diktafon abstellte. Dann blickte sie Lamberti tief in die Augen. »Mein journalistisches Gespür sagt mir, dass hier etwas unter den Teppich gekehrt werden soll, in Anlehnung an alte römische Traditionen. Aber ich werde an der Geschichte dranbleiben, Eminenz, und den Teppich so lange immer wieder anheben, bis die Kakerlaken aus ihren Löchern kommen. Bemühen Sie sich nicht, ich finde hinaus.«

Als Valerie die Treppe in den Hof hinunterlief, zog sie das Handy heraus und wählte. »Weinstein? Ich bin in fünf Minuten vor dem Tor. Wir fahren direkt in die Botschaft, ich muss sofort mit Shapiro sprechen. Hier stinkt etwas ganz gewaltig.«

In einem klimatisierten Büro des Apostolischen Palastes saßen vier Männer vor einer Wand von Monitoren, die in regelmäßigem Wechsel die Bilder der unzähligen Sicherheitskameras einspielten. Sie schalteten gelangweilt zwischen den Aufnahmen hin und her und bewegten mit Joysticks die ferngesteuerten Kameras.

»Stopp. Das möchte ich genauer sehen«, rief ein Mann aus den Tiefen des Raumes, der im Halbdunkel lag. Mit großen Schritten trat er an die Monitorwand und tippte auf einen der Schirme.

»Vergrößern!«

Einige Computerklicks später erschien das Bild nachgeschärft auf dem Schwarz-Weiß-Monitor.

»Valerie Goldmann«, flüsterte der Mann ungläubig, »ganz eindeutig. Was zum ...?« Dann griff er zum Telefon. »Ich brauche Major Bertani auf einer sicheren Leitung. Jetzt!«

31. Oktober 1815, Via Emilia, vor Parma/Herzogtum Parma

Die Kolonne kroch über die brüchige Pflasterung der ehemaligen Römerstraße zwischen Piacenza und Parma der Ewigen Stadt zu. Fuhrwerke ächzten und krachten bei jedem Schlagloch, die mächtigen Ochsen brummten vor Anstrengung in ihren Jochen, während Fuhrleute versuchten, sie nach Leibeskräften und mit lauten Zurufen anzutreiben. Aber sie kamen nur langsam vorwärts, die schweren Wagen rumpelten gefährlich gemächlich gegen Osten.

Es waren nur noch drei Meilen bis ins sichere Nachtquartier im Kloster San Giovanni Evangelista in der Herzogstadt Parma, und die Fuhrleute wollten noch vor Einbruch der Dunkelheit ankommen. Doch trotz aller Mühen kam der Tross nur schleppend voran.

In den weitläufigen Feldern vor Parma meinten die Begleiter des Zuges auf der Stelle zu treten. Sie ritten immer wieder die lange Kolonne der Fuhrwerke auf und ab, versuchten, Tempo zu machen. Besorgt blickten sie nach Westen, wo sich das herbstliche Abendrot ankündigte. Ganz anders die französischen Husaren, die Ludwig XVIII. dem Transport als Eskorte auf dem Weg vom Palast Soubise in Paris nach Rom mitgegeben hatte. Sie ließen sich von den nervösen Priestern auf ihren Pferden nicht aus der Ruhe bringen, trabten gemütlich neben den Ochsenkarren her, aßen Wurst und Speck, rauchten Pfeife und tranken Wein.

Die wenigen Schweizergardisten, die zu Fuß unterwegs waren oder auf den Wagen mitfuhren, warfen den langhaarigen Franzosen neidische Blicke zu. Sie hatten nur etwas Brot und Käse zur Verfügung, schmale Rationen für einen anständigen Hunger.

»Das kann doch nur ein schlechter Scherz sein, Colonel Carlet!«, ärgerte sich ein junger Geistlicher und zog an den Zügeln seines Pferdes, um mit dem wettergegerbten Offizier auf gleicher Höhe zu reiten.

»Aber natürlich, Monsignore Marini«, lachte der schnauzbärtige Südfranzose aus dem Languedoc und biss mit Genuss in eine Zwiebel. »Was habt ihr von der Österreicherin anderes erwartet? Als ich vor fünf Jahren schon einmal hier gewesen bin, war das die französische Provinz Taro. Heute, nach dem Kongress in Wien, ist es wieder ein Herzogtum für Marie-Louise von Österreich...« Er spuckte aus und nahm einen tiefen Schluck Wein aus einer bauchigen Flasche. »Und ihr Sohn ist ganz allein in Wien kaserniert. Der kleine Napoleon wird seinen Vater nie mehr wiedersehen. Es ist zum Heulen...«

»Lassen Sie diese revolutionären Sentimentalitäten, Carlet, und hören Sie auf, diesen Wein wie Wasser in sich hineinzuschütten!«, forderte Marino Marini streng und nahm dem Soldaten die Flasche aus der Hand. »Hüten Sie Ihre Zunge! Es heißt nicht umsonst: In vino veritas.«

Der junge Monsignore verzog missbilligend seinen Mund. Es war ihm schleierhaft, wie dieser unverbesserliche Anhänger Napoleons das Kommando über diese wertvolle Fracht erhalten hatte. Jetzt, wo die Grande Armée aufgelöst war und die Bourbonen wieder fest auf dem Thron saßen. »Hier geht es nicht um Politik, sondern um Wichtigeres. Es ist doch ein Witz, dass man uns an der Grenze die Pferde abgenommen und stattdessen diese lahmen Viecher vor die Wagen gespannt hat!«

»Geben Sie mir das zurück!«, brummte der Colonel und riss Marini die Flasche wieder aus den Händen. Dann reichte er sie an einen seiner Untergebenen weiter. »Aber genau davon habe ich auch gesprochen«, erklärte Carlet. »Was, denken Sie, hat Marie-Louise von ihrem Vater, dem Kaiser Franz, und seinem Kanzler Metternich aufgetragen bekommen?« Er bohrte mit dem Zeigefinger zwischen den Zähnen und gab dabei ein schmatzendes Geräusch von sich.

»Die Habsburger sind gute Katholiken«, erwiderte Marini. »Es ist daher anzunehmen, sie befahlen, uns eine sichere und rasche Reise nach Rom zu ermöglichen.«

Der alte Haudegen schaute den Geistlichen verblüfft an und lachte laut auf. »Exzellenz, Sie haben Sinn für Humor«, prustete er und wischte sich über den Schnauzer. Seine kleinen, dunklen Augen blitzten amüsiert. »Ich habe gegen das Wiener Pack im Dezember 1805 bei Austerlitz gekämpft, müssen Sie wissen. Wir haben in all unseren Kampagnen damals nur einmal gegen die Kaiserlichen verloren.« Er hob seinen Zeigefinger. »Das war im Mai 1809 bei Aspern. Und dort haben sie uns von hinten angegriffen...« Gerome Carlet schnalzte mit der Zunge, gab seinem Pferd die Sporen und preschte voraus, auf einen dichten Baumgürtel zu.

»Der Taro, endlich...«, murmelte Marini beim Anblick des ausgedehnten Grüngürtels und trieb sein Pferd ebenfalls an, um den Colonel nicht aus den Augen zu verlieren. »Endlich sind wir am Fluss. Jetzt ist es nicht mehr weit.« Er schickte ein Dankgebet zum Himmel. Er würde heute noch auf geweihter Erde schlafen ...

An der Spitze des Zuges angekommen, richtete sich Carlet im Sattel auf und sondierte die Lage. Das Terrain fiel steil ab, um auf der anderen Seite des Taro wieder rapide anzusteigen. Der schmale Fluss wand sich in sanften Kurven dem Po zu. Er schimmerte dunkelblau bis anthrazit zwischen den Bäumen und Sträuchern am Ufer.

»Die Luft ist rein«, murmelte er und nahm einen weiteren Bissen von seiner Zwiebel.

»Was habt Ihr gemeint damit, dass die Österreicher Euch von hinten angegriffen haben?« Marino Marini brachte sein Pferd zum Stehen und blickte auf den Husaren. »Glaubt Ihr an einen Hinterhalt?«

»Ich nicht, aber Euer Onkel, Exzellenz.« Carlet grinste und ließ sein Pferd ein wenig aus dem Taro saufen.

»Onkel Gaetano?«, wunderte sich Marini und schüttelte seinen Kopf. »Aber warum? Wir transportieren doch nur das Archiv wieder zurück nach Rom.« Er schlug einen vertraulichen Ton an und klopfte Carlet wie einem Kumpan auf die Schulter. »Glaubt er, die italienischen Strauchdiebe verlangt es nach Bettlektüre? Mit dem vielen Papier könnten sie sich ja doch nur den Hintern abwischen. Was meint Ihr?« Dabei lachte er laut.

Der Colonel stimmte ein. Mit einem Handschuh wischte er sich eine Träne aus dem Gesicht. Dann wurde er wieder ernst. »Monsignore Marini, verzeiht mir, aber Ihr seid noch sehr jung«, meinte er dann. »Ihr transportiert nicht ›nur‹ das Archiv zurück in den Vatikan, Ihr transportiert DAS Archiv. Versteht Ihr?«

»Nein«, antwortete Marini ehrlich und sah Carlet fragend an.

»Der Kaiser hat im Februar 1810 nach dem Feldzug gegen Österreich beschlossen, das gesamte päpstliche Archiv beschlagnahmen zu lassen. Aber vor allem ging es ihm um das Geheimarchiv der römischen Kurie.« Er schlug mit der Hand auf das Sattelhorn. »Wir haben damals über 3230 Kisten aus Rom abtransportiert. Zuerst sollten wir nach Reims damit, aber Napoleon änderte den Plan, und wir zogen nach Paris.« Der Colonel schaute sich aufmerksam um. »Zuerst war ich von dem Auftrag gar nicht begeistert, müsst Ihr wissen, ich wollte wieder an die Front. Aber dann, dann habe ich begriffen. Meint Ihr, Napoleon hätte leichtfertig so einen Befehl gegeben? Meint Ihr, der Kaiser war ein Dummkopf, weil er ›nur‹ ein Archiv haben wollte?« Er zog die Brauen zusammen und sah Marini fragend an.

Der junge Geistliche senkte den Blick und schüttelte heftig den Kopf. »Nein, Ihr habt recht, das glaube ich nicht«, murmelte er dann, wandte sich ab und galoppierte zurück zu den Wagen.

Die Karren und Ochsen machten sich gerade bereit, den kurzen Abhang zum Fluss und dann die Furt zu überwinden.

In Marinis Kopf rasten die Gedanken. Er war zornig auf den Franzosen, aber er brauchte ihn noch. Glaubte der Colonel tatsächlich, Pius VII. sei ein Idiot, weil er das Archiv direkt nach seinem Exil in Fontainebleau wieder in Rom haben wollte?

Marini rutschte ärgerlich im Sattel hin und her. Glaubt dieser Franzose, dass der Präfekt des vatikanischen Archivs ein Schwachsinniger oder ein nepotistischer Simpel ist, weil er mich, seinen Neffen Marino Marini, zu seinem Stellvertreter ernannt hat?

Marini musste sich allerdings eingestehen, dass er auch selbst schuld an seiner misslichen Lage war. Der junge Geistliche hatte nicht erwartet, dass dieser grobe Soldat den Wert von geistigem Reichtum zu schätzen wissen würde. Darum hatte er für den Säbelschwinger auch den ignoranten Hanswurst gegeben. Aber er musste eingestehen, dass er sich in dem Franzosen offenbar getäuscht hatte.

Er preschte ans Ende der Wagenreihe und trieb die letzten Fuhrleute an, noch näher aufzuschließen.

Carlet watete derweil zu Pferd durch den seichten Taro und kontrollierte zufrieden, wie die schweren Karren nacheinander die Furt durchquerten. Das Wasser spritzte unter den Hufen der Ochsen auf, und die Räder und Achsen hielten der zusätzlichen Belastung ohne

Zwischenfälle stand. Diese italienischen Fuhrleute verstehen ihr Handwerk, dachte Carlet und gab seinen Unteroffizieren ein Zeichen, die Husaren am Ufer und im Wasser in Stellung zu bringen.

Einer der Männer trieb sein Pferd nahe zu seinem, reichte ihm die Weinflasche zurück und schaute ihn erwartungsvoll an. Der Colonel nahm einen tiefen Schluck. Dann fragte er: »Welcher von den Wagen ist es? Auf welchem wird das Wichtigste aus den Geheimen Archiven transportiert?«

»Auf dem da hinten.« Der Husar zeigte mit dem Finger auf das Gespann. »Dem vierten.«

Carlet nickte und brummte: »Wie viele?«

»Zehn Gardisten und zwei Fuhrmänner«, antwortete François und beruhigte seinen Schimmel, der aufgeregt zu tänzeln begann.

»Also zwölf.« Der Colonel nahm noch einen Zug. »Keine Pfaffen?«

»Nein. Die gackern alle bei der Nachhut herum wie die Hühner.« Der Husar unterdrückte ein hämisches Grinsen. »Die Schwarzkittel wähnen sich in Sicherheit.«

»Ein fataler Irrtum«, zischte Carlet und zog seinen Säbel, als der vierte Wagen die Flussmitte erreicht hatte. »Für den Kaiser!«, brüllte er dann. »Für Napoleon! Auf seine Befreiung von dieser stinkenden Insel! Vive la France!«

Die Husaren zogen ihre Pistolen und eröffneten das Feuer. Ihre Kugeln zerfetzten die Plane des Wagens, zerfaserten die Planken der Ladefläche, rissen Löcher in die Abdeckungen. Die Ochsen brüllten erschreckt auf, verdrehten ihre Augen und zerrten an der Deichsel. Doch ohne menschliche Führung saßen sie mit ihrer Last im Flussbett fest.

Die italienischen Kutscher stürzten tödlich getroffen ins Wasser. Ihre Leichen trieben langsam mit dem Gesicht nach unten auf das Piemont zu, während ihr Blut dunkle Wirbel in das kalte Wasser des Taro zeichnete.

Die Schweizergardisten auf der Ladefläche waren von dem Angriff völlig überrascht worden. Sie versuchten verzweifelt, sich aus den Fetzen der Planen zu befreien. Andere wieder waren verwundet, wanden sich unter Schmerzen oder griffen nach ihren Waffen.

Der Colonel zog an den Zügeln und drehte sich mit seinem

Pferd mehrmals auf der Stelle. »Feuer!«, befahl er ungerührt, und die berittenen Husaren feuerten eine weitere Salve ab. Die Wirkung war verheerend. Die hilflosen Schweizer auf den Wagen waren eine leichte Zielscheibe. Sie rissen ihre Arme in die Luft und stürzten ins Wasser.

Die Husaren lachten lauthals. Dann schossen sie abermals auf den Karren, bis gespenstische Stille herrschte.

Am Ende des Zuges horchte Marino Marini erschreckt auf. Ohne Zweifel, das waren Schüsse, die er da hörte, und sie kamen vom Fluss. Mit nervösen Fingern zählte er die Wagen, die noch auf die Passage durch die Furt warteten. Sofort begriff er, welche der Fuhren unter Beschuss stand. Aufgeregt gab er den Jesuiten ein Zeichen, ihm zu folgen, und galoppierte los.

Die alarmierten Fuhrleute und Gardisten liefen unterdessen an die Ufer, starrten auf die Toten und den zerfetzten Lastenkarren.

Dann begriffen sie und rannten um ihr Leben. Vereinzelt pfiffen ihnen Kugeln um die Ohren, aber sie duckten sich und flüchteten, als wäre der Teufel hinter ihnen her.

»Feige Bande!«, zischte Marini, als seine Soldaten, die Kutscher und ihre Gehilfen in alle Richtungen davonstoben.

Colonel Carlet betrachtete zufrieden sein Werk. »Los!«, befahl er. »Hebt die Kisten aus den Wagen und legt sie auf das Wasser.«

Die Männer starrten ihn mit großen Augen an.

»Habt ihr Bohnen in den Ohren?«, herrschte er sie an und steckte seinen Säbel zurück in die Scheide. »Die Dinger sollen wegschwimmen.« Dann sprang er aus dem Sattel, kletterte selbst auf den Wagen, schob einen Toten zur Seite und warf die erste Kiste in das Wasser. Sie stürzte mit lautem Platsch in den Taro, sank bis zur Hälfte auf den Grund und rührte sich nicht vom Fleck.

»Zu schwer! Verdammt!«, fluchte der Hauptmann und schlug mit der Faust auf die Bordwand. Er war ratlos.

»Da habt ihr wohl Pech gehabt, Colonel!«, hörte Carlet den jungen Monsignore rufen. »Nicht jeder Akt ist aus Papier...«

Der alte Soldat zuckte zusammen und drehte seinen Kopf in alle Richtungen. Doch weder auf der Straße noch an den beiden Ufern war jemand zu sehen. »Sichern!«, brüllte er seinen Männern zu, die sofort einen Kreis um den erbeuteten Wagen bildeten.

»Ticktack, ticktack!«, ertönte wiederum die jugendliche Stimme des Monsignore. »Wie schnell die Zeit vergeht.« Marini lachte. »Wie lange, glaubt ihr, brauchen die Soldaten von Marie-Louise für drei Meilen, Colonel?«

Der Franzose biss die Zähne aufeinander und ballte die Fäuste. »Als du noch in deine feinen Windeln geschissen hast, war ich schon im Krieg...«, zischte er. Dann zog er seine Pistolen aus den Halftern und feuerte planlos auf die umstehenden Bäume. Die anderen Husaren folgten seinem Vorbild. Vögel stoben aus den Wipfeln auf, Blätter und Äste fielen auf die spiegelglatte Oberfläche des Taro. Dann war es wieder ganz still. Der Colonel kicherte zufrieden.

»Daneben!«, lachte Marini mit schmerzverzerrtem Gesicht. »Ihr verliert die Nerven, alter Mann!« Er presste sich die Hand auf eine tiefe Wunde in der Schulter. Zwischen seinen Fingern trat dunkles Blut stoßweise aus.

Ein alter Jesuit mit halblangen, weißen Haaren robbte durch das Dickicht bis zu ihm. Ohne zu zögern, steckte Louis Ferrand dem verletzten Marini ein Stück Holz in den Mund, zerriss die Soutane des Verletzten und legte ihm einen Druckverband an. Marini stöhnte vor Schmerzen laut auf, aber Ferrand legte ihm seine Hand auf den Mund. »Brillant, Monsignore«, flüsterte er ihm ins Ohr. »Die Fabel von Fuchs und Bär. Gott segne die klassische Bildung! Wir dürfen den Bären niemals wissen lassen, wenn er uns erwischt hat.«

Marini nickte und spuckte das Holz aus. Dann rief er: »Colonel, wir haben einige unserer Pater nach Parma geschickt, um Hilfe zu holen...!«

Ferrand zwinkerte dem Monsignore zu und begann, umständlich eine Muskete zu laden.

»Eine Finte!«, antwortete der Offizier und lauschte aufmerksam, woher die Stimme gekommen war. »Die Pfaffen hätten an uns vorbei über den Fluss setzen müssen. Niemand hat sich mit einem Plan von hier entfernt. Ich habe nur Vernunftlose türmen sehen.« Er legte den Kopf in den Nacken und lachte. »Und selbst wenn, wir sind mit der Ladung verschwunden, bevor ihre Verstärkung eintrifft. Stimmt's nicht, Männer?« Er machte eine auffordernde Handbewegung, und die Husaren jubelten laut.

Aber in ihre Gesichter stand der Zweifel geschrieben.

»Was wollen Sie mit dem Zeug, Colonel?«, fragte Marini. »Sie können es ohnedies nicht lesen.« Er besann sich kurz, dann ergänzte er: »Die Worte lesen: ja! Aber ihre Bedeutung verstehen: nein!«

»Da haben Sie leider recht, Monsignore. Mir fehlt dafür sicher das Verständnis, aber dem Kaiser nicht!« Carlet schleuderte die Pistolen weg und zog seinen Säbel, dann glitt er langsam von dem Wagen ins Wasser und watete vorsichtig in Richtung Ufer. »Und ist Napoleon einmal von Elba befreit, dann kommt er wieder, stärker als je zuvor.« Der Soldat lachte. »Und diese Fracht und ich, wir beide werden ihm dabei helfen! Wir haben in Paris gesucht und gesucht, aber nichts gefunden. Doch dann haben Eure Krähen das Aas umkreist und sich endlich darauf niedergelassen. Jetzt weiß der napoleonische Adler, wo der Festschmaus für ihn bereitliegt...«

»Da soll der Adler sich aber vorsehen, dass ihm die Raben nicht die Augen aushacken, bevor er sich den Wanst vollschlägt!«, rief Marini zurück und lauschte. »Oder aber das Fleisch wurde vergiftet, von einem alten, erfahrenen Jäger!«

»Er kommt näher...«, murmelte Ferrand und spannte den Hahn des Gewehres. »Nicht mehr lange und er hat uns. Außer, ich habe ihn früher...« Der Abbé spähte über Kimme und Korn durch die Äste und Blätter. »Das ist wie damals im Guarani-Krieg am Río Paraná...«, flüsterte er und verdrängte die Bilder der Erinnerung. Gegen das silbrige Spiegeln und Glitzern des Taro erkannte er die Umrisse des Colonels. Er zielte auf den Kopf des Soldaten und hielt den Atem an, dann krümmte er seinen Zeigefinger am Abzug, aber es verließ ihn der Mut. »Ich kann es nicht, ich kann es einfach nicht...«, stöhnte er und warf die Büchse auf den Boden. Marini legte ihm verständnisvoll die Hand auf die Schulter und schloss die Augen.

Der Hauptmann hatte das Rascheln im Unterholz gehört und brüllte: »Dort sind die Pfaffen! Schnappt sie euch!«

Das Krachen von unzähligen Schüssen hallte durch die Stille über dem Fluss. Ferrand warf sich über Marini. Er wartete jeden Moment auf die tödliche Kugel, aber sie kam nicht. Dafür hörte er laute Schreie, aufspritzendes Wasser und das entsetzte Wiehern von Pferden.

Das österreichische Infanterieregiment war wie aus dem Nichts aus dem Unterholz gebrochen und hatte sofort das Feuer eröffnet. Die erste Linie schoss, trat zurück. Dann gab die zweite Reihe ihre Salve ab, während die erste sich für den nächsten Schuss bereit machte. Sie bissen die Zündhütchen auf und stopften die Rohre mit unglaublicher Präzision und Geschwindigkeit. Der Angriff lief ab wie ein Uhrwerk. Blitz und Donner, Blitz und Donner, immer wieder und ohne Gnade.

Der Gestank von Schwefel und Salpeter erfüllte die Luft.

Die Husaren versuchten verzweifelt zu entkommen, aber sie hatten keine Chance. Ihre Pferde bäumten sich auf, schleuderten die Reiter in den Taro. Männer und Rösser wurden augenblicklich von den Kugeln zerfetzt und verschwanden im Wasser. Die Ochsen brüllten auf und sackten tot in sich zusammen.

Der Fluss färbte sich rot, als die zitternden Körper der Husaren langsam davontrieben.

Der Colonel, wie durch ein Wunder nach der ersten Salve unverletzt, hatte den Kopf eingezogen und war in Richtung Ufer gehechtet. Auf allen vieren kletterte er den Abhang hinauf. Zwischen seinen Fingern quoll der Uferschlamm hervor, und er war zunächst erleichtert, aus dem kalten Fluss entkommen zu sein. Doch da stieß er mit seinem Kopf fast auf eine Wand aus schwarzen Schnürstiefeln mit grauen Wickelgamaschen. Zuerst waren es zwei, dann vier, sechs, acht, zehn und es wurden rasch immer mehr.

Gerome Carlet spürte die Tränen aufsteigen. Verzweifelt biss er sich in die Wangen, ballte die Fäuste und hob den Blick. Er hatte bisher alle Schlachten überstanden. Dies hier war sein finales Gefecht. Deutschmeister waren das Letzte, was er in diesem Leben sehen sollte.

Dann krachte ein Schuss, und es wurde schwarz um den Colonel.

Am nächsten Morgen stand Louis Ferrand im Sirenensaal des Klosters San Giovanni Evangelista in Parma. Der alte Abbé strich mit den Fingerspitzen über die kunstvollen Schnitzereien an den Regalen, schmunzelte über die reizvollen Körper der Nereiden und Nixen, die diesem Teil des Klosters seinen Namen gegeben hatten. Er bewunderte die Kunstfertigkeit der Arbeiten und die Hunderten Bände und Herbarien zur Apothekerkunst.

Der Jesuit hatte gleich nach der Morgenmesse den verletzten Marino Marini an seinem Krankenbett besucht. Dem Monsignore ging es etwas besser, aber leider war er noch immer nicht transportfähig. Die

Wunde an seiner Schulter würde ihn noch für einige Tage ans Bett fesseln, meinten die behandelnden Ärzte. Doch dies beunruhigte Ferrand nicht. Der Wagen mit den wertvollsten Kisten des Geheimen Archivs stand sicher bewacht in der Kapelle von San Michele.

Ferrand wanderte durch das Laboratorium und die Bibliothek des Klosters. Er war neugierig, wollte wissen, welche Fortschritte die hiesigen Benediktiner bei ihren Experimenten gemacht hatten, lebenserhaltende Drogen und Mixturen nach den Angaben des Grafen von Saint-Germain zu erschaffen.

Da hörte er hastige Schritte und drehte sich um. Völlig aufgelöst stürzte ein junger Benediktiner auf ihn zu. »Monsieur Ferrand! Monsieur Ferrand! Es ist etwas Furchtbares passiert!«, rief er keuchend.

»Ist etwas mit Marini?«, fragte der Jesuit beunruhigt.

»Nein, Monsieur!« Der Mönch beugte sich vornüber und atmete schwer. »Die Wagen...! Sie sind weg! Einfach verschwunden, zusammen mit den deutschen Soldaten!«

Ferrand taumelte zurück. »Was?«, entfuhr es ihm. »Wie konnte das geschehen? Was ist mit dem Wagen in der Kapelle des Erzengels Michael?«

Der junge Mönch sah ihn erschrocken mit großen blauen Augen an. »Ebenfalls entwendet!«

Der Abbé stieß den jungen Pater zur Seite und lief fassungslos durch den Raum, auf und ab, als könne er dadurch die Wagen wieder zurückholen. »Wie? Wann? Warum?«, wiederholte er immer wieder.

»Heute vor der Prim«, antwortete der Mönch ganz aufgelöst. »Als die Brüder und ich in die Kirche gegangen sind, um das Morgengebet zu singen, waren die Wagen bereits verschwunden. Wir haben sofort den Abt informiert, aber der meinte, die Soldaten wären bestimmt schon auf österreichisches Territorium vorgedrungen. Es sei alles zu spät.«

»Törichter Knabe!«, zischte Ferrand und fuhr sich mit beiden Händen über das Gesicht. »Ihr könnt nichts dafür. Ihr seid in jeder Beziehung blauäugig und habt nur Eurem Abt gehorcht«, murmelte er und zwang sich, aufmunternd in Richtung des jungen Benediktiners zu lächeln.

Der Mönch verstand offensichtlich nicht, was der Jesuit mit seiner Metapher gemeint haben könnte, aber erwiderte dankbar das Lächeln.

Ferrand blieb schließlich vor dem Fenster stehen und starrte hinaus. »Wenn meine Leute und ich jetzt losreiten, holen wir sie vielleicht noch ein, bevor die Deutschmeister die Grenze zur Toskana überquert haben...«, überlegte er laut.

»Das wäre völlig sinnlos, mein Freund.« Ferrand fuhr herum und sah Marini kreidebleich vor ihm stehen. Seine Lippen waren ganz dünn vor Schmerzen, und Schweißperlen glitzerten auf seiner Stirn. Der Geistliche trug eine scharlachrote Soutane und stützte sich auf den Arm eines Zisterziensers. »Ihr habt keine Chance, und das wisst Ihr. Die Deutschmeister würden Euch zusammenschießen, ohne viel zu fragen. Das ist eine Elitetruppe.«

Der weiße Pater half Marini, der sich ächzend in einen Stuhl sinken ließ. Dann sah der Zisterzienser Ferrand an. »Die Soldaten haben auf allerhöchste Weisung des österreichischen Kaisers gehandelt, auf schriftlichen Befehl, unterzeichnet von Staatskanzler Metternich und Kaiser Franz höchstselbst.« Er machte ein besorgtes Gesicht. »Und mit Wissen Ihrer Gnaden, der Herzogin. Gerade so, wie es Euer Onkel Gaetano vermutet hatte, als er die vorgeschlagene Route des Transports zum ersten Mal gesehen hatte.«

Ferrand schwieg nachdenklich, und der Pater sprach weiter. »Als dieser Dummkopf Carlet seinen Verrat an Euch beging, da waren die Soldaten längst vor Ort. Das Regiment hatte schon gestern Mittag an der Furt am Taro Stellung bezogen. Es war den Militärs natürlich sofort klar, dass dies der beste und letztmögliche Platz für einen Hinterhalt war. Hätte es nicht Carlet versucht, dann hätten es die Deutschmeister...«

Ferrand drehte sich um und blickte wieder auf den Wandelgang des Klosters, wo Mönche in kleinen Gruppen beisammenstanden. »Jauerling!«, murmelte Ferrand. »Ich weiß nicht, wie der alte Kobold das geschafft hat, aber ich verwette mein Habit, dass er hinter diesem Komplott steckt. Selbst nach seinem Tod reicht seine Hand aus der Hölle bis hierher. Bestiehlt schamlos die heilige Mutter Kirche... Der Teufel soll ihn holen, wenn er ihm nicht schon Gesellschaft leistet!«

»Rot und Weiß haben sich beraten«, begann Marini seufzend, »und wir sind übereingekommen, das Geheimarchiv nicht zurück in den Vatikan...« – er zog die Brauen zusammen und hielt sich die Brust – »... dass das Archiv nicht in Italien bleiben darf. Die Zeiten sind unruhig, der Frieden wird nicht lange halten. Die Italiener schreien bereits allerorts laut nach Freiheit, der Krieg mit Österreich ist nicht mehr aufzuhalten. Vielleicht können wir dem Archiv erst in zehn, zwanzig oder gar dreißig Jahren einen sicheren Platz gewähren. Jetzt ist es einfach zu gefährlich.«

»Großartig!«, brauste Ferrand auf. »Bei allem Respekt, aber wann haben die Kurie und diese Betschwestern gedacht, uns zu informieren?« Er zeigte mit dem Finger auf den Mann im weißen Ordenskleid. »Wann wäre Schwarz, unser General, davon in Kenntnis gesetzt worden, dass sich Rot und Weiß einig sind?«

Der Zisterzienser musterte den Abbé mit hochgezogenen Augenbrauen. »Diese Betschwestern, wie Ihr sie nennt, Monsieur, bewahren und zeigen den Glauben«, begann er ernst. »Während Ihr Euch als die Armee Christi bezeichnet. Ich dachte immer, Euer Gründer, der heilige Ignatius, hätte klar genug geregelt, dass Gehorsam zu den obersten Pflichten eines Soldaten unseres Herrn zählt!«

»Papperlapapp!«, knurrte Ferrand abschätzig. »Neumodischer kirchlicher Firlefanz.« Er trat vor den Zisterzienser hin und legte den Kopf schief. »Kennt Ihr die Hölle? Glaubt Ihr an den Teufel? Ich schon, ich war nämlich bereits bei ihm und hatte die Ehre, ihm vorgestellt zu werden. Der Fürst der Finsternis residierte vor fünfzig Jahren in den Folterkammern der allerchristlichen Könige von Spanien. Ich habe ihn getroffen, nachdem man mich in Concepción verhaftet und alle unsere Indios versklavt hatte! Ich war noch ein halbes Kind, aber das hat sie nicht abgehalten… Von gar nichts!«

Er präsentierte dem weißen Pater seine nackten, narbigen Handgelenke. »Was hat Euch damals in Rom der so gepriesene Glauben geschert, als es um den Profit aus dem Sklavenhandel und um ein paar Hufe Land für die Tiara ging?«

»Der Friede sei mit Euch!«, warf Marini beschwichtigend ein. »Wir wissen um das Leid in den Reducciones Eures Ordens, Ferrand. Hört auf, Salz in die Wunden anderer zu streuen, und mäßigt Euch!«

Einen Dreck wisst ihr, dachte der Jesuit, trat zurück und ging wieder ans Fenster. »Wohin bringen die Österreicher das Archiv? Wenn Ihr es schon eingefädelt habt, dann solltet Ihr das auch wissen.«

»Wir wissen es nicht«, gab Marini entschieden zurück und machte eine wegwerfende Handbewegung. »Keiner hat auch nur den blassesten Schimmer, ob sie es überhaupt bis an ihr Ziel schaffen. Die haben ja keine Ahnung, was sie sich mit dieser Wagenladung aufgehalst haben und wer ihnen jetzt auf den Fersen ist...«

»Berufsrisiko«, meinte Ferrand lakonisch und küsste ein Kreuz, das an einer groben Schnur um seinen Hals hing. Es wurde aus drei geschmiedeten Nägeln gebildet und durchbohrte ein Pentagramm. »Habt Ihr ihnen dreißig Silberlinge gezahlt? Die Schwärze der Nacht wird sie verschlingen auf dem Weg in die Hölle...«

Der Blick des Zisterziensers fiel auf den jungen Mönch, der noch immer in einer Ecke des Raumes hockte und wartete. Er stieß Marini an und wies mit dem Kopf auf den Zuhörer.

»Verschwinde!«, befahl daraufhin Marini matt. »Hier gibt es nichts für dich zu gaffen.«

»Sehr wohl, Exzellenz!« Der junge Benediktiner stand auf und machte eine tiefe Verbeugung.

Louis Ferrand drehte sich um. Er wollte dem Mönch noch einmal zum Abschied zulächeln.

Für einen kurzen Moment trafen sich ihre Blicke.

Der Jesuit erstarrte. Dann biss er sich auf die Lippen, bis er Blut schmeckte.

Der Mönch hatte jetzt kohlrabenschwarze Augen, und das grausame Lächeln, das um seinen Mund spielte, hatte Ferrand bereits einmal gesehen.

Vor langer, langer Zeit.

In den Folterkellern der Inquisition.

*Israelische Botschaft, Via Michele Mercati 14,
Rom/Italien*

Das Lächeln von Oded Shapiro gefiel Valerie Goldmann kein bisschen. Er sah aus wie ein zufriedener Buddha hinter seinem überladenen Schreibtisch. Wäre da nicht die Silhouette von Tel Aviv im Hintergrund gewesen, man hätte an ein indisches Werbeplakat für ein seelenpflegendes Wochenende in einem indischen Ashram denken können.

»Schon wieder zurück in der Botschaft, Major?«, erkundigte sich der Geheimdienstchef neugierig. »Sie sind doch sonst auch nicht so versessen darauf, mich zu sprechen. Woher der plötzliche Sinneswandel?«

»Was war eigentlich der Zweck dieses Interviews von Außenminister Lamberti, Shapiro? Sie haben viel Aufwand betrieben. Eine wasserdichte Identität mit Vergangenheit, die Akkreditierung bei der ›Jerusalem Post‹, ein sofort verfügbarer Termin in einem überfüllten Terminkalender, dank dem persönlichen Einfluss des Botschafters, nehme ich an.«

»Wie beruhigend, die alte Valerie Goldmann, so wie ich sie kenne. Frage mit Gegenfrage beantworten, das hatte mir bereits gefehlt.« Shapiro lachte leise.

»Dazu ein elegantes Outfit und High Heels, damit mich im Vatikan niemand übersieht«, fuhr Valerie unbeeindruckt fort. »Die Dokumentation war umfassend, aber sie enthielt keine einzige Frage, die ich dem Außenminister stellen sollte.« Goldmann brach ab und legte ihre Stirn in Falten.

»Nur weiter, Major, nur weiter«, ermunterte sie Shapiro wie ein Vater sein kleines Kind, das vom Beckenrand in den Swimmingpool springen soll.

»Sie haben angenommen, dass ich nach dem Studium Ihrer gesammelten Werke schon die richtigen Schlüsse ziehen und Lamberti ein wenig auf die Zehen steigen würde.«

»Was Sie, so nehme ich an, in Ihrer unaufdringlichen Weise charmant getan haben«, gluckste Shapiro, der sich köstlich zu amüsieren schien.

»Die drei Morde stinken zum Himmel, und es würde mich nicht wundern, wenn Pro Deo dahinterstecken würde. Lamberti war nicht nur auf der Hut, er war völlig aus dem Gleichgewicht, als ich die Rede auf Bertucci, den Geheimdienst, die Symbolik der Morde und die Informationspolitik des Vatikans brachte. Ich habe ihm zum Abschluss des Gesprächs ziemlich unverfroren angekündigt, in dem Sumpf so lange herumzustochern, bis die Wahrheit ans Tageslicht kommen würde.«

»Sehr gut, aber das war gar nicht notwendig«, erwiderte Shapiro. »Es hätte gereicht, wenn Sie einfach nur Smalltalk gemacht hätten. Etwa über das Wetter oder die Verkehrsprobleme im Vatikan, und den armen Lamberti nicht auch noch erschreckt hätten...«

»Es gibt so gut wie keinen Verkehr im Vatikan«, warf Valerie leise ein. Ihr Misstrauen wuchs exponentiell.

»Eben, eben«, winkte Shapiro ab, »Sie hätten auch von Ihren Erlebnissen in Tibet erzählen können...«

»Sie meinen, es war also völlig unerheblich, was ich Lamberti fragen sollte?«, warf Valerie ein. Sie lehnte sich vor. »Ich sollte einfach nur dort sein?«

»Sie begreifen schnell«, gestand Shapiro. »Warum, glauben Sie, wollte ich die attraktive Valerie Goldmann teuer und edel verpackt haben? Weil ich den alten Bonvivant Lamberti in Versuchung führen wollte? Quatsch!« Der Geheimdienstchef wurde ernst. »Sie sollten auffallen, Goldmann, aus der Masse herausstechen, nicht unentdeckt durch die Kontrollen kommen.«

»Die Sicherheitskameras...«, flüsterte Valerie entgeistert. »Es ging nur darum, nicht wahr?«

»Nicht nur, aber hauptsächlich«, sagte Shapiro. »Wir wissen, dass Pro Deo alle Kameras überwachen lässt, entweder an Ort und Stelle im Sicherheitszentrum, oder sie schauen sich die Aufzeichnungen an. Wir haben Glück gehabt.«

»Was heißt das?«, erkundigte sich Valerie vorsichtig.

»Das heißt, dass Sie sofort aufgefallen sind. Nur wenige Minuten, nachdem Sie den Vatikan verlassen hatten, war Bertani, einer der Abteilungsleiter des Pro Deo, beim Heiligen Vater. Und das war bestimmt kein Zufall.« Shapiro nickte zufrieden.

»Wieso verstehe ich Sie nicht?«, warf Goldmann misstrauisch ein. »Warum vermute ich gerade einen Ihrer hinterhältigen Tricks?«

»Im Krieg und in der Liebe ist alles erlaubt. Napoleon Bonaparte. Wir sind im Krieg, Major. Also werden Sie nicht pingelig. Seit Ihrem Einsatz letztes Jahr in Wien ist Ihr Bild in Verbindung mit Ihrem Namen dank Paul Wagner durch die Weltpresse gegangen. Balthasar Jauerling und seine Gruft, der versuchte Umsturz in Österreich. Man kennt Sie, Major. So unangenehm mir das sonst bei meinen Agenten ist, diesmal war es notwendig und unumgänglich.«

»Sie haben mich den Krokodilen zum Fraß vorgeworfen«, flüsterte Valerie ungläubig. »Ich hätte es mir denken können. Sie wollten Pro

Deo alarmieren, sie wissen lassen, dass wir wissen. Sie wollten den Mossad ganz offiziell auftreten lassen und genau dazu haben Sie mich gebraucht.«

»Unter anderem ja«, gab Shapiro zu.

»Unter anderem?«

»Unter anderem.«

»Das können wir lange spielen«, merkte Valerie bissig an. »Warum ich? Warum nicht Weinstein etwa? Den Smalltalk bei Lamberti hätte er auch hingekriegt.«

»Weil diese Angelegenheit in eine Sicherheitsstufe hineinreicht, in der Militärattaché Weinstein nichts mehr zu suchen hat«, gab Shapiro hart zurück.

»Ein einfaches Gespräch mit dem Außenminister des Vatikans?«, entfuhr es Valerie.

»Das ist nur die Oberfläche, der Beginn«, erwiderte Shapiro. »Lassen Sie sich nicht täuschen, Major. Der große Knall wird kommen, und ich habe nur nachgeholfen, indem ich das Streichholz an das Pulver gehalten habe. Sie werden jetzt die Botschaft verlassen und nicht mehr zurückkehren. Ihr Auftrag in Italien ist erledigt. Nehmen Sie den nächsten Flug nach Wien, Weinstein soll sich um den schnellsten Weg kümmern, Sie über die Alpen zu bringen.«

»Nein.« Das Wort stand im Raum wie eine massive Wand.

»Wie bitte?« Shapiro lehnte sich vor.

»Ich gehe nirgends hin, solange ich nicht weiß, worum es geht und was Sie vorhaben«, entschied Valerie und verschränkte die Arme vor der Brust. »Diese ganze Geschichte sieht ganz nach einer Ihrer typischen Charaden aus. Nichts Genaues weiß man nicht, aber das umso sicherer. Raus mit der Sprache, Shapiro, sonst gehe ich auf einen ausgedehnten Einkaufsbummel in Rom, und wenn ich damit fertig bin, dann ziehe ich nach Mailand weiter. Also?«

Shapiro trommelte mit den Fingern auf die Tischplatte und überlegte.

»Soll ich Ihrer Entscheidungsfreudigkeit ein wenig auf die Sprünge helfen?«, erkundigte sich Valerie scheinheilig. »Drei Morde im Vatikan, die uns nichts angehen dürften. Pro Deo, den Sie als ›neutral beobachtend‹ klassifiziert haben. Ein Besuch des Papstes in England, der uns kaltlässt, auch wenn es der erste seit fünfhundert

Jahren ist. Dann wollen Sie mich nach Wien schicken, obwohl Sie gerade in Italien jenen Geheimdienst aufgeschreckt haben, dem wir ja angeblich so freundlich gegenüberstehen. Worum geht es hier eigentlich? Was hat Wien damit zu tun? Wir sind im Krieg? Dann möchte ich wissen, gegen wen und warum. Oder Sie holen sich Weinstein, Sicherheitsstufe hin oder her.« Valerie stand auf und winkte in die Kamera. »Wir sehen uns wieder, wenn die Hölle zufriert, Shapiro. Und grüßen Sie den Premierminister von mir. Der soll jemanden mit einer High Clearance für Sie suchen. Ich bin draußen. Shalom!«

»Gut, setzen Sie sich«, brummte Shapiro unwillig. »Wahrscheinlich haben Sie recht.«

»Neue Töne, allein ich glaube sie nicht«, gab Goldmann kühl zurück und ließ sich auf den Sessel sinken. »Zwei Jahre Informationspolitik à la Shapiro haben mich für mein Leben verdorben.«

»Vor rund hundertzwanzig Jahren ist ein wichtiger, wenn nicht der wichtigste Teil des Geheimarchivs des Vatikans verloren gegangen, in der Nähe von Parma, in der Emilia-Romagna«, begann Shapiro widerwillig zu erzählen. »Bis heute ist er nicht wieder aufgetaucht. Die Verzeichnisse darüber, was genau in den Kisten war, sind unter Verschluss und gehören zu den geheimsten Papieren, die der Vatikan hütet. Die Spur des Archivs durch die Geschichte und durch Europa konnte nie nachgezeichnet werden. Während die einen behaupten, die Kisten mit den Papieren und Dokumenten, Büchern und Aufzeichnungen seien alle im Taro versunken und damit unbrauchbar geworden, schwören andere Kreise Stein und Bein, dass die Österreicher sich der Fracht bemächtigt hätten und damit abgezogen seien.«

Valerie lauschte gespannt.

»Nun, Sie werden sagen, das ist nichts Neues, das Archiv ist seit Langem verschwunden und man hätte mehr als ein Jahrhundert Zeit gehabt, es zu suchen. Richtig! Man hat es auch gesucht, fieberhaft, vor allem vatikanische Stellen, aber auch die Erzdiözesen in allen europäischen Ländern gingen jedem noch so kleinen Hinweis nach. Viele unverständliche Entscheidungen, die vom Heiligen Stuhl in den letzten hundert Jahren getroffen wurden, lassen sich mit dieser Suche erklären, aber es würde zu weit führen, das hier aufzulisten. Einige Historiker waren sogar der Ansicht, das Archiv sei nach Israel, ins Gelobte

Land, zurückgebracht worden, aber ich kann Ihnen versichern, das ist blanker Unsinn. Das Archiv war nie außerhalb Europas, so viel haben wir zweifelsfrei festgestellt.«

»Und jetzt werden drei Mitarbeiter des Archivs in einer Nacht ermordet«, murmelte Valerie, »und in allen drei Fällen spielt das Wasser eine symbolische Rolle. Ich beginne zu verstehen. Der Taro.«

»Vielleicht, vielleicht auch nicht«, gab Shapiro zu. »Das kann auch eine weitere, tiefere Bedeutung haben, die wir noch nicht durchblicken. Wie auch immer, ich bin ganz Ihrer Meinung, Major. Pro Deo hat in einer Nacht-und-Nebel-Aktion Spuren beseitigt. Irgendetwas muss sie aufgescheucht haben, alarmiert und erschreckt bis in die Knochen. Wer Pro Deo auch befehligt, er muss die Nerven verloren haben.«

»Wer befehligt den Geheimdienst wirklich?«, wollte Valerie wissen.

Shapiro zuckte mit den Schultern. »Wer weiß das bei Geheimdiensten schon so genau? Viele Dinge entstehen durch eine Eigendynamik, Reaktion auf eine Aktion, die eigentlich nicht direkt gewollt, aber als Beiprodukt eines Einsatzes plötzlich da war. Schauen Sie nach Amerika. Wer befehligt die CIA? Oder werden Präsidenten nur informiert, auf einer Need-to-know-Basis? Meine Antwort auf Ihre Frage lautet also – ich weiß es nicht.«

»Trotzdem. Was geht uns das alles an, Shapiro?« Valerie schlug mit der flachen Hand auf den Tisch. »Sie reden zwar viel, aber Sie sagen nichts. Das Archiv ist nicht unseres, wir wissen nicht, was drin ist, und es hat uns mehr als hundert Jahre lang auch keine schlaflosen Nächte gekostet. Also?«

»Jetzt kommen wir zur Sicherheitsstufe, von der ich gesprochen habe«, antwortete Shapiro nach einem kurzen Nachdenken. »Das, was ich Ihnen jetzt sage, ist höher als topsecret. Es darf nie bekannt werden, niemals und unter keinen Umständen. Haben Sie mich verstanden, Major?«

»Sind Sie sicher, dass ich die Voraussetzungen erfülle?«, antwortete Goldmann ironisch. »Ich bin aufmüpfig, freiheitsliebend, nicht gerade autoritätshörig und gehöre Ihrem Verein nur zeitweise an. Dann nämlich, wenn ich dazu gezwungen werde.«

Shapiro lächelte müde. »Stochern Sie ruhig in meinen Wunden,

Major. Meine grauen Haare kommen nicht von ungefähr, das habe ich Ihnen schon einmal gesagt. Aber ich halte Sie für absolut vertrauenswürdig, und das ist meine Entscheidung. Sollte es schiefgehen, kostet es mich den Kopf.«

»Ein verführerischer Gedanke«, gab Valerie lächelnd zurück. »Aber jetzt im Ernst. Was geht uns das alles an?«

»Wir haben seit Langem zwei Informanten im Vatikan«, erklärte Shapiro leise. »Beide in hohen Positionen, beide einflussreich und fest in der Kurie verankert. Nun haben wir nur mehr einen.«

Valeries Augen verengten sich zu Schlitzen.

»Rossotti war Mitarbeiter und Informant des Mossad«, setzte Shapiro fort, »und man legt nicht den Kopf eines unserer Mitarbeiter ungestraft auf einen Brunnen mitten in Rom.«

Samuel Weinstein wartete neben dem offenen Schlag des Mercedes und las Zeitung. Als er den schnellen Schritt von Major Goldmann aus dem Treppenhaus hörte, faltete er seufzend das Blatt zusammen und gab dem Fahrer ein Zeichen, den Motor zu starten.

Valerie ließ sich in die Polster fallen, sagte »Zum Flughafen!« und wartete, bis der Militärattaché sich neben ihr auf die Rücksitzbank schob. »Wir müssen nach Österreich, nach Wien, genauer gesagt, und zwar so schnell wie möglich.« Goldmann kritzelte etwas auf ihren Block, während sie sprach. »Und ich meine schnell, Weinstein.«

»Sie hätten mir etwas früher Bescheid geben können, dann wäre mir mehr Zeit geblieben, etwas zu organisieren«, beschwerte sich der Militärattaché und griff zu seinem Handy. »Jetzt habe ich gerade mal dreißig Minuten, bis wir am Flughafen sind.«

»Weinstein, das hier ist Italien und nicht Schwarzafrika. Es sollte kein Problem sein, einen Jet nach Schwechat zu finden, oder? Habe ich Ihnen übrigens schon erzählt, dass Li Feng zum Militärkommandeur von Lhasa ernannt wurde? Ich wette, wir brauchen an der dortigen Botschaft noch dringend einen Militärattaché unseres Vertrauens.«

Weinsteins Blick hätte auch eine Klapperschlange in ihren Korb zurückgetrieben.

*Pension Ingrid, Quedlinburg, Sachsen-Anhalt/
Deutschland*

Glück gehabt, dachte Georg Sina, als er den Kugelschreiber wieder hinlegte, mit dem er das Gästestammblatt der etwas abgewirtschafteten »Pension Ingrid« in der Weberstraße ausgefüllt hatte. Bestimmt würden die pfiffigeren Mitarbeiter der Tourismusbehörde sich später wundern, dass ausgerechnet Nelson Muntz und Edna Krabappel Kurtaxe bezahlt und zusammen in dem kleinen Hotel abgestiegen waren.

Die freundliche alte Dame, die der Pension ihren Namen gegeben hatte, überreichte Barbara und Sina die Zimmerschlüssel, ohne Verdacht zu schöpfen. Warum nicht?, schmunzelte Sina, auch Zeichentrickfiguren machen einmal Urlaub und bilden sich. Ein UNESCO-Weltkulturerbe wie die Stiftskirche St. Servatius lockte alle möglichen und unmöglichen Besucher nach Quedlinburg …

Die Touristen aus aller Herren Länder, die mit den üblichen Kameras bewaffnet das Stadtzentrum unsicher machten, waren ohnedies die einzigen Leute gewesen, die Barbara und er auf dem Weg hierher getroffen hatten. Die Stadtmitte brummte von bunt gekleideten Gästen wie ein gut gepflegter Bienenstock, mit frischen Fassaden, offenen Lokalen und Gastgärten in einer sonnigen Fußgängerzone.

Doch kaum ums Eck gebogen, hatte sich abrupt alles verändert. Als das Zentrum hinter ihnen lag, hieß es: *Bonjour tristesse!* Eine Wirklichkeit mit holprigem Straßenbelag, brüchigen Fassaden, noch nicht abbezahlten Wendekrediten und Hartz IV. So waren sie zwischen den Fachwerkhäusern, in den verwaisten Nebenstraßen und auf den Plätzen abseits der Sightseeing-Trampelpfade immer wieder alleine unterwegs gewesen.

»Hier kann man sich sehr schnell sehr einsam fühlen«, hatte Barbara gesagt und damit den Nagel auf den Kopf getroffen.

Die kleine Pension, keine fünf Minuten vom Stadtkern entfernt und doch Teil einer anderen Welt, war in zwei vor zwanzig Jahren liebevoll restaurierten Villen untergebracht. Doch der Zahn der Zeit hatte genagt: Das Speiselokal im Keller erinnerte eher an eine Kneipe aus den 70er-Jahren. Der Preis war moderat, der Komfort auch.

»Kommen Sie, Barbara, wir bringen jetzt unsere Sachen auf die Zimmer und dann gehen wir los.«

Kaum zwanzig Minuten später standen die Nonne und Sina wieder auf dem Hauptplatz und folgten den Wegweisern zur Stiftskirche. Der Weg nach St. Servatius war nicht weit, aber steil. Durch enge, unregelmäßig gepflasterte Gassen ging es bergauf, an Fachwerkhäusern, Souvenirgeschäften und Restaurants vorbei.

Aus fast jeder Auslage grinsten eine oder gleich mehrere Hexen die Passanten an. Es waren kleine und größere Puppen, mal hässlich, dann wieder aufreizend, die auf ihrem Besen zum Sabbat auf den Brocken ritten. Der Harz war nahe und damit der legendäre Hexentanzplatz der Walpurgisnacht.

Georg schmerzten vom vielen Laufen über das unebene Pflaster langsam die Füße. Auch Barbara sah blass und angespannt aus. Je näher sie den zwei rot gedeckten Kirchtürmen über den Dachfirsten kamen, umso bedrückter wurde sie.

Was erwartete sie in St. Servatius?

Tschak zog wie immer von alldem ungerührt an seiner Leine und schnüffelte begeistert an jedem Eck und in allen Winkeln. Von denen gab es in dem engen Straßengeflecht um den Schlossberg eine Menge. Der Hirtenhund flitzte hin und her, von einer Gassenseite zur anderen, und zwang die Passanten oft zu einem Hindernislauf über die gespannte Leine. Immer wieder blieb der kleine Hund stehen und blickte aufmunternd zurück.

Vor einem Straßenschild mit der Aufschrift »Finkenherd« blieb Sina stehen. »Genau hier ist es gewesen«, sagte er und wies nach oben. »Hier wurde der Legende nach Heinrich I. gekrönt, nachdem er auf dem Reichstag von Fritzlar 919 zum deutschen König gewählt worden war. Er war damals vierzig Jahre alt, stand in der Blüte seiner Jahre, wie die alten Griechen sagten.« Mit einem Lächeln klopfte er Barbara auf die Schulter. »Dieses war der erste Streich... eins zu null für Jauerling!«

»Und der zweite folgt sogleich«, ergänzte die Nonne etwas säuerlich. »Sollten Sie mich nicht ›Edna‹ nennen, Nelson?«, erkundigte sie sich spitz.

»Was stört Sie denn an dem Namen? Wir konnten uns ja schlecht unter unseren richtigen Namen in der Pension registrieren, oder? Haben Sie den Irren aus Kühnring schon vergessen, Schwester?

»Eddy war überzeugt, dass niemand unseren Aufenthaltsort kennt«, schnappte Barbara. »Edna Krabappel. Musste es ausgerechnet eine nymphomanische Grundschullehrerin sein?«, murmelte sie dann.

»Nichts liegt einer Nonne ferner, dachte ich«, antwortete Sina vergnügt. »Zeigen Sie doch etwas Sinn für Humor.« Der Wissenschaftler steckte die Hände in die Hosentaschen und schlenderte weiter. »Jetzt kann es nicht mehr weit sein, das sieht man schon an den Felsen überall. Bald haben wir es überstanden.«

Barbara schnaubte leise und folgte dann Sina. Ihre Nervosität wuchs, je näher sie St. Servatius kamen. Sie wollte sich nicht ausdenken, was geschehen würde, wenn sie da oben in der Stiftskirche auf das stießen, was Jauerling ihnen in seiner Vermessenheit versprochen hatte.

Das ging eindeutig über ihre Vorstellungskraft.

Wiener Südeinfahrt, Triester Straße, Wien/Österreich

Die Uhr des Audi zeigte 13.44, als Kardinal Bertucci von der Südautobahn abfuhr und über die Stadtgrenze von Wien rollte. Er bemerkte einen großen, halbleeren Parkplatz vor einigen Einkaufszentren und bog ab. Direkt vor dem Schaufenster eines Erotik-Fachmarktes hielt er an und stellte den Audi ab. Die beste Tarnung für den Advocatus Diaboli, dachte er sich und musste lächeln. Dann nahm er eines der Handys, schaltete es ein und wartete, bis es das richtige Netz gefunden hatte. Sofort wählte er die Nummer von Lamberti.

»Ich bin's«, sagte er nur kurz angebunden. »Muss ich etwas wissen?«

»Eine israelische Journalistin war bei mir und hat unangenehme Fragen gestellt«, murmelte der Außenminister. »Sie war erstaunlich gut informiert, auch über dich. Du sollst sie zurückrufen, und ich würde dir raten, es zu tun. Sonst wirbelt sie noch mehr Staub auf und findet womöglich heraus, dass du nicht in England bist. Hier ist ihre Nummer.«

Lamberti las von der Visitenkarte ab, während Bertucci die Zahlenreihe auf ein Stück Papier kritzelte. »Und ihr Name?«, erkundigte sich der Advocatus Diaboli.

»Valerie Goldmann, schreibt für die ›Jerusalem Post‹«, erwiderte Lamberti.

»Der Name sagt mir etwas, aber in einem anderen Zusammenhang«, gab Bertucci vorsichtig zurück. »Ich kümmere mich darum. Sonst noch was?«

»Kleinert hat heute einen Termin beim Heiligen Vater, sonst sieht alles ruhig aus«, flüsterte Lamberti.

»Sieht nur so aus, sieht nur so aus«, lächelte Bertucci. »Gleich bekommt der Flächenbrand Nachschub. Ich melde mich wieder.«

»Warte, ich...«, versuchte es Lamberti, aber der Advocatus Diaboli hatte bereits aufgelegt.

Goldmann.

Er erinnerte sich an die Berichte über die Entdeckung der Gruft des Balthasar Jauerling, von der sein Neffe erzählt hatte. Wagner, Sina und Goldmann. Das war es. Valerie Goldmann.

Schau, schau, dachte sich Bertucci, was für ein Zufall. Goldmann in Rom und dann gleich beim Außenminister im Vatikan...

Dann begann er, eine SMS zu tippen.

»Pro Deo hat Päpste überlebt, aber haben Päpste auch Pro Deo überlebt? Hier ist nichts und niemand jemals sicher... Ein Freund.«

Als er die Nachricht an die letzte der drei Nummern geschickt hatte, übertrug er wieder alle Adressen auf eine neue Karte, schaltete dann das Mobiltelefon aus, entnahm die Karte und stieg aus. Ein junges Mädchen auf dem Weg in den Sexshop lief an ihm vorbei.

»Entschuldigen Sie! Gehört das Telefon Ihnen?«, rief er ihr nach und hielt das Handy hoch.

Sie drehte sich um, tastete in ihren Taschen und schüttelte dann den Kopf. »Nein, meines ist in meiner Jackentasche hier. Ich weiß nicht, wem das gehört.«

»Ich habe es gerade auf dem Parkplatz gefunden«, meinte Bertucci, »nehmen Sie es, ich bin nur auf der Durchreise. Sie können es ja behalten, es ist ein ganz neues Modell, oder Sie geben es in dem Laden ab.«

Das Mädchen kam zurück und lächelte. Dann warf sie einen interessierten Blick auf das Mobiltelefon, und Bertucci sah die Gier in ihren Augen aufblitzen. Er reichte ihr das Gerät und verabschiedete sich schnell. Im Gehen nahm er die Karte, knickte sie in der Mitte und ließ sie in einen Kanaldeckel gleiten.

Viel Spaß bei der Ortung, ihr Ratten, dachte er, während er auf ein kleines Restaurant zulief. Er hatte Hunger und außer einem Kaffee heute früh nichts im Magen.

Eine freundliche Kellnerin nahm seine Bestellung auf, stellte rasch den Kaffee und einen gut gefüllten Brotkorb vor ihn hin und meinte: »Die Spiegeleier werden noch ein paar Minuten dauern.« Bertucci lächelte sie dankbar an und begann die Nummer von Valerie Goldmann zu wählen. Doch da ertönte nach dem ersten Läuten bereits die Ansage der Mailbox.

Enttäuscht legte der Kardinal das Handy zur Seite. Wo sollte er in Wien beginnen? Wagner? Sina? Die Gruft Jauerlings würde bereits lange wieder verschlossen sein. Ein Besuch in Sacré-Coeur würde ihn also nicht weiterbringen. Außerdem erinnerte er sich, gelesen zu haben, dass die Verantwortlichen der Schule nichts vom Vorhandensein des geheimen Raums gewusst hatten.

Also Wagner oder Sina. In den Artikeln war ausführlich beschrieben worden, dass Professor Sina zwar am Institut für Geschichte der Universität Wien lehrte, aber auf einer Burg im Waldviertel lebte. Doch einen Versuch war es wert, beschloss Bertucci und fragte die Bedienung nach einem Telefonbuch. Es dauerte keine drei Minuten, bis er das Sekretariat des Institutsvorstandes, Professor Dr. Wilhelm Meitner, in der Leitung hatte.

»Es tut mir leid«, meinte die nette Dame zuvorkommend, »aber Professor Sina ist im Rahmen eines Forschungsauftrags unterwegs, und Professor Meitner ist gerade nicht da, er sitzt der Prüfungskommission vor. Sie wissen ja, wir sind mitten in der Examenszeit. Kann ich Ihnen sonst irgendwie weiterhelfen?«

Bertucci überlegte kurz, während die Kellnerin einen großen Teller mit drei Spiegeleiern vor ihm platzierte und einen guten Appetit wünschte. »Wenn ich Professor Sina nicht erreichen kann, wissen Sie dann vielleicht, wo sein Freund, der Reporter Paul Wagner, wohnt? Ich habe gehört, er soll in Wien zu Hause sein.«

»Ja, ja, ganz genau, warten Sie«, antwortete die Sekretärin eifrig, und Bertucci hörte sie blättern. »Ich habe die Adresse hier irgendwo aufgeschrieben. Es ist aber nicht leicht zu finden, hat man mir erzählt, Herr Wagner lebt nämlich in einer ehemaligen Straßenbahnremise. Halt, da ist sie ja: Paul Wagner, Alter Güterbahnhof 43, Breitensee. Telefonnummer habe ich leider keine aktuelle notiert. Das hier dürfte eine alte Nummer sein, sie ist nämlich durchgestrichen.«

Beim Hinausgehen fiel der Blick des Kardinals auf einen Drehständer mit den lokalen Tageszeitungen. Ein Foto ließ ihn nicht mehr los. Es war eine Großaufnahme der Zahl 666, die offenbar jemandem in die Haut geschnitten worden war. Darüber stand: »War der Priester mit dem Teufel im Bunde?« Bertucci suchte hastig nach Kleingeld und kaufte eine Ausgabe, dann überflog er den Artikel und unterdrückte einen Fluch.

Caesarea war bereits da.

Kommissar Berner zog die schwere Tür der Remise hinter sich zu, ließ seinen Mantel auf einen der Fauteuils fallen und schlenderte zum Küchenblock hinüber. Er stöberte durch die Schubladen und fand schließlich den Besteckkasten, von dem Wagner berichtet hatte. Darunter lagen wie versprochen die Blätter des Memos. Berner zog sie hervor und schaute sich nach der Kaffeemaschine um. Wenn er schon nicht die Zeit hatte, ins Prindl zu gehen, dann musste wenigstens Wagners Blue-Mountain-Vorrat daran glauben.

Bald durchzog der Duft von frischem Kaffee die Remise. Berner legte die dicht beschriebenen Blätter auf den niedrigen Tisch der Sitzgarnitur, ging zurück in die Küche und goss sich eine große Tasse ein. Dann ließ er sich schwer auf das Ledersofa fallen und schlürfte mit Andacht den heißen Genuss.

»So, jetzt schauen wir mal, was die Presse gestern recherchiert hat«, murmelte er und begann zu lesen.

Kardinal Bertucci hatte sich heillos verfranst. Auf dem unübersichtlichen Gelände des alten Güterbahnhofs führten Sackgassen in alle Richtungen, endeten vor Lagerhäusern oder im Dickicht oder an einem Prellbock, der wiederum von Gras und Gebüsch überwuchert wurde. Baumgruppen wuchsen in unregelmäßigen Abständen. Plätze mit welligem Kopfsteinpflaster wechselten sich mit getrocknetem Lehmboden ab, in den Lkw tiefe Furchen gefahren hatten. Weit und breit war kein Mensch zu sehen. Als Bertucci wieder einmal hoffnungsvoll in eine Richtung fuhr und dann frustriert vor einem Dutzend Bahngleisen stehen bleiben musste, sah er in der Ferne einen der bekannten Wiener Würstelstände. Er war gut besucht, stand aber auf der anderen Seite des Bahndamms und damit unerreichbar weit weg.

Der Kardinal seufzte und wendete den Audi. Hier nützte sein Navigationsgerät nichts mehr, hier war Ortskenntnis gefragt. Aber dazu hätte er erst einmal jemanden finden müssen, den er fragen hätte können. Das einzige Lebewesen, das er sah, war ein Hase, der seelenruhig vor dem Audi über die offene Fläche hoppelte, auf der Dutzende Rollen von Eisendraht gelagert waren.

Das ist hoffnungslos, sagte sich Bertucci, hier kann ich tagelang unterwegs sein und am Ende in Sichtweite des Würstelstandes verhungern. Er hielt auf eine Gruppe von hohen Bäumen zu, die er bei seiner Ankunft bereits bemerkt hatte. »Hier muss auch wieder die Ausfahrt aus diesem Labyrinth sein«, murmelte er hoffnungsvoll, doch dann musste er sich eingestehen, dass er sich völlig verirrt hatte. Ein Stück geteerter Straße führte zu einem Ziegelbau mit hohen, grünen Toren. Davor stand ein alter Opel Astra mit Wiener Kennzeichen.

Bertucci parkte den Audi daneben und stieg aus. An einem der Pfeiler konnte der Kardinal eine gemalte, verwitterte Nummer erkennen. Es war die 43. Sollte er am Ende zufällig die richtige Adresse gefunden haben? Er blickte durch die Scheiben der hohen Türen und erkannte einen älteren Mann, der auf einem Sofa saß und las. Die Grundfläche des alten Hauses war ein einzelner, riesiger Raum.

Der Kardinal ging um die Ecke und suchte nach einer Klingel oder einem Namensschild, doch er fand weder das eine noch das andere. Achselzuckend drückte er die Klinke der schweren Tür nieder und zog sie auf.

»Hallo!«, rief er. »Können Sie mir helfen?«

Der Mann vom Sofa war verschwunden.

»Aber sicher doch«, brummte da eine Stimme hinter ihm, und er hörte, wie eine Pistole entsichert wurde. »Das ist meine Spezialität. Bewegen Sie sich nur einen Zentimeter, und ich verhelfe Ihnen zu einem Treffen mit Ihrem Schöpfer. Gratis.«

*Stiftskirche St. Servatius, Quedlinburg,
Sachsen-Anhalt/Deutschland*

Die engen Häuserzeilen lichteten sich, und schroffe Felsen wuchsen aus dem Pflaster eines kleinen Platzes. Die schlanken Renaissancegiebel des Schlosses ragten weit in den blauen Himmel. Weiße Kumuluswolken zogen über den Dächern und den beiden schroffen Türmen von St. Servatius vorbei. Mit einem Mal wirkten die Menschen am Fuße des Schlossberges winzig, die Touristen wie kleine Farbkleckse auf einem kantigen und grotesk verwitterten Stein.

Auf den Felsen, auf Klappstühlen oder direkt auf dem Pflaster saßen Kunststudenten, ihre Skizzen- und Aquarellblöcke auf den Knien oder auf Feldstaffeleien. Jeder versuchte auf seine Weise, die Atmosphäre Quedlinburgs auf Papier zu bannen.

Neugierig blieb Barbara immer wieder stehen und lugte den Zeichnern über die Schulter. Georg indes stand regungslos und betrachtete, den Kopf in den Nacken gelegt, das Schloss rund um seine romanische Stiftskirche. Von diesem Gebäude ging noch immer etwas aus, das schlecht in Worte zu fassen war. Es war beeindruckend, es drückte den Betrachter nieder und erhob ihn zugleich.

Der steile Steig durch die engen Tore auf den Vorplatz der Kirche hinauf war ernüchternd. »Sieht aus wie jede andere touristisch erschlossene Burg«, seufzte Georg desillusioniert. »Erinnert mich an Meißen oder die Wartburg...« Er zuckte mit den Schultern.

Das Bild von ächzenden Radnaben und dampfenden Rössern beim Anstieg zum Schlosshof verblasste jäh. Statt der Spuren unzähliger Meißel, die dem Berg Weg und Form abgerungen hatten, rückten die wuchtigen Torflügel mit ihren geschmiedeten Angeln in sein Blickfeld, vor denen eine lange Schlange auf die Benutzung der öffentlichen Toiletten wartete. Männer und Frauen in Regenjacken, den Fotoapparat um den Hals, warteten geduldig vor einem weiß gefliesten Vorraum und einem kleinen Tischchen. Darauf stand ein Teller mit 50-Cent-Münzen. In unmittelbarer Nähe pries ein Wirtshaus auf farbigen Tafeln günstige Menüs und den schönsten Stadtblick auf Quedlinburg an.

»Guten Morgen, Herr Professor«, sagte Sina zu sich selbst. »Tagtraum beendet. Die Erde hat uns wieder. Pack die Geldbörse aus, der Tourismus ist da.«

Mit seiner romantischen Stimmung fühlte er auch die Hoffnung schwinden, hier auf diesen von Touristenturnschuhen ausgetretenen Pfaden noch irgendetwas zu finden, das noch nicht auf Katalogen, Prospekten oder in TV-Beiträgen aller Welt bekannt gemacht worden war. Die Zeichen standen hier und jetzt denkbar ungünstig, um ein Geheimnis zu lüften ...

»Schauen Sie sich das an, Nelson! Das ist wirklich gruselig!«, rief Barbara aus einiger Entfernung. Sie stand direkt am Chor der Stiftskirche und schaute auf einen Felsen zu ihren Füßen.

Georg antwortete prompt: »Ich komme schon, Edna, mein Liebling!« Der Blick, der ihn daraufhin aus den Augenwinkeln der Schwester traf, hätte eine Gefriertruhe in den Blitzkühl-Modus geschaltet. Sina musste lachen.

»Ja, machen Sie sich ruhig lustig über mich«, beschwerte sich Buchegger und deutete auf ein Loch im Felsen, das die deutliche Form eines menschlichen Körpers hatte. »Was ist das?«

»Ein Grab, schätze ich. Aber da steht es doch genau«, erwiderte Georg knapp und machte einen Schritt auf die Schautafel am Kopfende der seltsamen Grube zu. »11./12. Jahrhundert n. Chr. Kopfnischengrab«, las er vor.

Barbara stand mit offenem Mund daneben und starrte entsetzt in das Loch. »Schauen Sie doch, was Tschak da macht, um Gottes willen...«, stotterte sie. »Was, wenn er jetzt... Ich meine, wenn er... Wenn er hier...« Sie brachte keinen klaren Satz heraus.

»Oje!«, murmelte Georg und blickte sich verlegen nach allen Seiten um. »Aber das war ja mal fällig...«

Tschak hatte sich mit großen Augen in das Kopfnischengrab gekauert. Als er fertig war, scharrte er zufrieden etwas loses Erdreich hinter sich.

»Aber das geht doch nicht...« Barbara drohte dem kleinen Hirtenhund mit dem Zeigefinger. »Böser Tschak!«, rief sie und versuchte, die anklagenden Blicke der Umstehenden zu ignorieren.

»Ach was, keine Panik!«, beruhigte Sina sie. »Seit dem 11. oder 12. Jahrhundert ist viel Zeit vergangen und einiges zerfallen.« Er zog einen kleinen grauen Plastikbeutel aus der Hosentasche. Dann verschwand er zuerst in der flachen Grube und dann in Richtung Mülleimer. Die Empörung der Zaungäste löste sich in Wohlgefallen auf.

»Und auch das ist nicht sicher«, flüsterte Babara ihm zu. »Lesen Sie doch weiter, wer hier und wann...« Sie zog die Brauen nach oben, nickte verschwörerisch und zeigte auf die Tafel. »Lesen Sie! Mich hat es jedenfalls geschaudert, als ich an Schöngrabern dachte...«

»Was?« Sina machte ein missmutiges Gesicht. »Wo sollte es hier in Sachsen-Anhalt eine Parallele zum Waldviertel geben? In Schöngrabern gab es kein Kopfnischengrab, sondern eine Grabkammer...« Er verstummte und begann, den Text auf der Tafel über dem Grab zu lesen. »Es ist eine von ehemals mehreren in den anstehenden Felsen getriebenen Grablegen, welche 1936 bei Ausschachtungsarbeiten für eine neue Treppenanlage zum Portal der Krypta freigelegt wurden. Die Ausgrabungen wurden auf Befehl des Reichsführers-SS Heinrich Himmler unter Leitung der SS ausgeführt und dienten der Suche nach den verschollenen Gebeinen Heinrichs I.«

»Wer's glaubt, wird selig, und wer's nicht glaubt, kommt auch in den Himmel...«, brummte Georg und fuhr sich über den Bart. »Die verschollenen Gebeine von Heinrich I.... Niemals! Die haben etwas ganz anderes gesucht! Und zwar Jesus Christus. Das fügt sich zusammen wie Nut und Feder. Zwei zu null für Jauerling! Dasselbe Jahr, dieselbe Aktion. Und ich möchte Hermann Göring heißen, wenn es nicht auch die SS war, die 1936 in Schöngrabern keinen Stein auf dem anderen gelassen hat und die am Michelberg graben hat lassen.«

Sina ging auf und ab, die Hände tief in den Hosentaschen vergraben. »Ich bin mir jetzt völlig sicher, dass die Kirche auf den gestohlenen Fotos aus dem Museum für Völkerkunde Schöngrabern war. Und weil wir darauf so manchen SS-Granden erkannt hätten, sind sie jetzt bestimmt schon den Weg alles Irdischen gegangen. Diese Krypta sollten wir uns unbedingt ansehen, wenn sie von Himmler einen neuen Zugang bekommen sollte. Möglicherweise ist sie der Endpunkt unserer Suche.«

Barbara nickte stumm, dann hielt sie Georg zurück und deutete abermals auf das Schild. »Hier steht noch mehr: Der Leichnam aus diesem Grab ist verschwunden. Hier schreibt man dazu: ›Das in dieser Felskammer gefundene Skelett wurde bei der Freilegung 1936 geborgen und ist seither verschollen.‹« Sie räusperte sich. »Meinen Sie, es war...«

»Nein, ganz sicher nicht«, unterbrach Sina sie. »Hätte Himmler gefunden, was er gesucht hatte, dann wäre es publik geworden, glauben Sie mir. Der Reichsführer-SS war kein Mann, der sich in Bescheidenheit geübt oder sein Licht jemals unter den Scheffel gestellt hätte. Er hätte seinen Fund in die Welt posaunt, als erste Posaune der Apokalypse. Oder in seinem Sinne eher die Einleitung für Ragnarök, die germanische Götterdämmerung...« Er trat einen Stein weg und ging dann langsam zum Eingang des Schlossmuseums. »Nein, hätte er den Corpus gefunden, dann hätte er etwas inszeniert, etwas Theatralisches...« Er blieb stehen. »Wozu oder wonach hätte er sonst zeitgleich auch in Schöngrabern suchen lassen? Nein, hier passt irgendetwas noch nicht zusammen. Ein wichtiges Steinchen im Mosaik fehlt uns noch. Wenn ich nur wüsste, welches...«

Barbara zuckte mit den Schultern und kraulte Tschak zwischen den Ohren.

»Kommen Sie mit«, sagte Georg und zog die Tür zum Museum auf. »Ich werde versuchen, uns ungestört in die Gruft zu bringen. Tschak nehmen wir auch mit, den lasse ich ganz sicher nicht alleine hier draußen.«

Als Barbara und Georg, den Hund an der Leine, den Kassenraum mit der Glastür zur Stiftskirche betraten, verstummten alle Anwesenden und sahen sich fragend an. Nur wenige Augenblicke später kam den drei neuen Besuchern ein junger, blonder Aufseher entgegen und wedelte abwehrend mit den Händen. »Entschuldigen Sie, aber der Hund darf nicht...«

»Grüß Gott!«, antwortete Sina laut und stoppte damit den jungen Mann unvermittelt. »Ich bin Professor Wilhelm Meitner von der Universität Wien, und das ist meine Assistentin. Und der Hund heißt Tenzing Norgay und ist ein tibetischer Rassehund.« Er musterte den verdutzten Aufseher von oben herab. »Sie werden einsehen, dass ich ihn nicht alleine vor der Türe sitzen lasse. Womöglich wird er noch gestohlen oder endet als Ragout. Unvorstellbar!«

»Wie auch immer, Professor...«, versuchte es der Aufseher und bekam rote Wangen. »Hunde sind weder in der Kirche noch im Museum...«

»Entschuldigen Sie bitte – wie war noch gleich Ihr Name?«, erkundigte sich Georg von oben herab. »Sie glauben doch nicht im Ernst, dass ich mit meiner Doktorandin den ganzen weiten Weg von Wien hierher angereist bin, nur um mit der Recherche für unsere nächste internationale Publikation an einer lächerlichen Hausordnung zu scheitern?«

Im Grunde seines Herzens bedauerte Sina den Aufseher. Er hatte stets derartige Auftritte seiner Kollegen gehasst und sich in Grund und Boden geniert. Aber manchmal heiligte der Zweck die Mittel. »Ich werde mich beim Kultusminister persönlich über Sie beschweren!«, donnerte er noch.

»Ist gut, Dirk. Ich übernehme ab hier.« Eine mollige Frau um die fünfzig legte dem Mann ihre Hand auf die Schulter. Sie schenkte ihm erst ein Lächeln, dann forderte sie den jungen Kollegen mit einer Kopfbewegung auf zu gehen. Schließlich wandte sie sich Sina und Barbara zu. Sie hatte eine ovale Brille auf der Nase, halblange blonde Haare mit Stirnfransen, und ihr Blick war aufgeweckt und neugierig. »Guten Tag, Professor Meitner! Ich bin Regina Scheugert vom Besucherdienst der Stiftskirche St. Servatii Quedlinburg. Was kann ich für Sie tun?«

Sina lächelte ein Filmstarlächeln, wie er es von Paul Wagner gelernt hatte. »Frau Scheugert, freut mich sehr, Ihre Bekanntschaft zu machen.« Georg wechselte blitzartig von Moll nach Dur. »Wir hätten eine Bitte, ich weiß, es wird nicht leicht, aber vielleicht könnten Sie das für uns in die Wege leiten, bitte.«

Beide Frauen sahen Sina neugierig an.

»Wir sind extra aus Wien gekommen, um uns die Gruft von König Heinrich für unser nächstes Buch einmal genauer anzusehen. Dazu müssten wir aber bitte ungestört sein, und den Hund, meinen kleinen Tenzing Norgay, würde ich gerne dabeihaben. Er ist mein Maskottchen und meine Spürnase.« Sina lächelte gewinnend.

Regina Scheugert blickte sich kurz nach den anderen Museumsangestellten um, dann nahm sie den Professor etwas zur Seite und raunte ihm zu: »Ich verstehe. Das geht aber nicht während den regulären Öffnungszeiten, Professor Meitner, schon gar nicht, solange ich Führungen durch die Krypta mache. Um 17.30 Uhr bin ich mit dem letzten Rundgang fertig, um 18.00 Uhr wird das Museum geschlossen. Seien Sie also um halb sechs hier, ich hole Sie hier ab, und dann wollen wir doch einmal sehen, was wir für Sie tun können.«

»Das ist überaus freundlich von Ihnen«, strahlte Georg. »Wir werden ganz sicher pünktlich sein.«

Alter Güterbahnhof, Breitensee, Wien/Österreich

Kommissar Berner hatte die Pistole in Reichweite vor sich auf den Tisch gelegt und betrachtete nachdenklich den schmalen Italiener, der ihm auf dem Sofa gegenübersaß und bemerkenswert ruhig seinen Kaffee umrührte.

»Sie kommen also aus Rom, wollen Paul Wagner oder Georg Sina sprechen und mir sonst nicht wirklich viel erzählen«, fasste Berner zusammen, der den unerwarteten Besucher ergebnislos nach Waffen durchsucht hatte, bevor er ihn in das Sofa gedrückt und ihm zur Wiedergutmachung für den Schrecken einen Kaffee in die Hand gedrückt hatte. »Das ist ein wenig zu dünn, um Paul zu alarmieren oder Professor Sina zu stören. Da müssen Sie mir schon ein paar zusätzliche Details liefern.«

»Tut mir leid, aber ich kann Ihnen nicht mehr erzählen«, erwiderte Bertucci bestimmt. »Ich bin so weit gekommen, weil ich vorsichtig war, spurlos untergetaucht bin und niemandem vertraut habe.«

»Ich weiß nicht, wer Sie sind, warum Sie hier sind, wo genau Sie herkommen und vor allem nicht, vor wem sie Angst haben«, gab Berner ungerührt zurück. »Paul Wagner ist unterwegs im Ausland und Georg Sina nicht erreichbar. Das muss Ihnen genügen. Sie werden also mit mir vorliebnehmen müssen, ob Sie wollen oder nicht. Ansonsten – wünsche ich Ihnen noch eine gute Weiterreise. Arrivederci!«

Der Kommissar stand auf, steckte seine Pistole in den Halfter und sah sein Gegenüber herausfordernd an. »Bitte, da drüben ist die Tür, und ich gebe Ihnen noch ein paar Ratschläge mit auf den Weg, wie Sie aus dem Labyrinth des Güterbahnhofs wieder herausfinden.« Er nahm Wagners Memo und faltete es zusammen, bevor er es einsteckte. »Was ich gerade gelesen habe, reicht für mindestens fünf Albträume. Damit ist mein Bedarf für die nächste Zeit gedeckt. Sollten Sie auch noch ein paar im Gepäck haben, dann nehmen Sie die ruhig wieder mit. Paul wird nicht vor morgen Abend wieder zurückkommen, und ich sollte auch schon längst unterwegs sein. Hier laufen ein paar Killer frei herum, und ich weiß nicht einmal, ob Sie nicht vielleicht auf deren Seite sind.«

Bertucci sah Berner über den Rand der Kaffeetasse hinweg an. »Sie haben mir auch nicht gesagt, wer Sie sind«, meinte er leise.

»Und damit sind wir auch quitt«, gab der Kommissar ungerührt zurück und machte eine unmissverständliche Geste in Richtung Tor. »Ich mag es nicht, wenn man ohne Anklopfen in die Wohnungen meiner Freunde hereinstolpert, dazu sind die schlechten Erinnerungen noch zu frisch.« Er sah demonstrativ auf seine Armbanduhr. »Und jetzt darf ich Sie bitten, wieder hinauszustolpern. Ich habe zu tun.«

»Bertucci«, kam es leise vom Sofa, »Paolo Bertucci.«

»Berner«, erwiderte der Kommissar, »Bernhard Berner. Und jetzt? Sollte mir Ihr Name irgendetwas sagen?«

»Kardinal Bertucci«, ergänzte der Italiener und stellte die Tasse ab.

»Kommissar Berner«, gab Berner überrascht zurück. »Sie sind Geistlicher? Sie sehen gar nicht so aus.«

»Sie sind Polizist?«, lächelte Bertucci. »Sie sehen gar nicht wie ein Beamter aus.«

Berner musste grinsen. »Touché!« Er zog seine Legitimation aus der Tasche und legte sie vor Bertucci auf den Tisch. »Zufrieden?«

»Ich kann leider nicht mit einem Ausweis aufwarten.« Der Kardinal reichte Berner das Dokument wieder zurück. »Weder Gott noch der Teufel stellen einen aus.«

»Der Teufel?«, wunderte sich der Kommissar.

Der Kardinal nickte. »Ich bin der Advocatus Diaboli, der Anwalt des Teufels im Vatikan.«

Berner sah ihn erst erstaunt an, dann ging er rasch zu dem großen Tor, warf einen Blick nach draußen und schloss sorgfältig ab. Schließlich kam er zu der Sitzgruppe zurück, baute sich vor Bertucci auf und betrachtete ihn wie eine seltene Spezies. Mit einer Hand zog er das Memo Wagners aus der Tasche und strich es mit der anderen glatt.

»Da kommen Sie ja von der richtigen Stelle. Kennen Sie Caesarea?«

Bertucci fuhr zusammen. Schließlich nickte er langsam, ohne Berner aus den Augen zu lassen.

Der Kommissar ließ die wenigen Seiten vor dem Advocatus Diaboli auf den Tisch fallen. »Dann studieren Sie das, ich mache uns noch einen Kaffee.« Er beugte sich vor, bis sein Gesicht nur mehr Zentimeter vor Bertuccis war. »Wenn Sie damit fertig sind, möchte ich Ihre Geschichte hören. Und zwar die ganze, Kardinal Bertucci. Dann überlege ich mir, ob ich Paul Wagner anrufe oder Ihren Chef oder meine Kollegen.«

»Wenn es nur so einfach wäre«, seufzte Bertucci und begann zu lesen.

Berner kam mit zwei Tassen frisch gebrühtem, dampfendem Blue-Mountain-Kaffee zurück, als der Kardinal gerade die letzten Zeilen überflog.

»Gut recherchiert«, murmelte er, als er das Memo zurücklegte. »Ich nehme an, Paul Wagner hat die Fakten zusammengetragen.«

Berner nickte und setzte sich neben den Kardinal. »Sie werden mir vertrauen müssen, Eminenz. Sie sind untergetaucht, haben Sie gesagt, also müssen Sie vor etwas oder vor jemandem davonlaufen. Leider sind Sie aber nicht mehr in Italien, sondern auf fremdem Terrain, wo ich mich vielleicht ein wenig besser auskenne und einen Heimvorteil habe. Es ist Ihre Entscheidung.«

Bertucci schwieg und schien mit sich zu kämpfen.

»Warum genau wollen Sie eigentlich mit Paul sprechen?«, setzte Berner nach.

»Es geht um die Entdeckung einer Gruft in Wien im letzten Jahr, bei der Paul Wagner, Professor Sina und eine gewisse Valerie Goldmann eine Rolle gespielt haben«, antwortete Bertucci. »Ich muss mehr über jenen Mann wissen, der dort begraben war.«

»Balthasar Jauerling«, brummte Berner, »und nicht begraben *war*... Er liegt immer noch unter dem Rennweg.«

»Sie wissen davon?«, fragte Bertucci überrascht.

»Ich war damals auch dabei«, sagte der Kommissar und sah den Advocatus Diaboli mit gerunzelter Stirn an. »Was will der Vatikan von Jauerling? Hat er vor zweihundert Jahren der Geistlichkeit im Auftrag von Joseph II. zu schmerzhaft auf die Füße getreten? Will ihn Rom posthum exkommunizieren?«

»Sagen Ihnen die Namen Theophanu, Marino oder Marini etwas?«, erkundigte sich Bertucci, ohne auf die Frage des Kommissars einzugehen.

»Nie gehört«, schüttelte Berner den Kopf. »Aber, wie Paul Wagner jetzt sagen würde, der Informationsaustausch wird etwas einseitig, glauben Sie nicht, Eminenz?«

»Besser ein einseitiger Informationsaustausch als eine böse Überraschung«, gab Bertucci trocken zurück. »Ich habe heute bei meiner

Ankunft in Wien die Zeitungen gesehen: 666 und der Priester des Teufels. Pro Deo und Caesarea sind blutige Realität, Kommissar, und sie schrecken vor nichts zurück. Ich habe es bis in diese Remise geschafft, weil ich keinen Fehler gemacht habe und offiziell eigentlich ganz woanders bin.«

»Ich habe den Priester in der Kirche von Unterretzbach gefunden«, brummte Berner, »gemeinsam mit Paul Wagner und einem Kollegen. Erzählen Sie mir also nichts von Blut und Realität.« Der Kommissar schaute erneut auf die Uhr. »Bertucci, entweder Sie kommen endlich zur Sache, treffen eine Entscheidung oder Ihre Recherche endet hier. Von mir aus können Sie gern auf eigene Faust weitermachen, wenn Sie das für zweckmäßig halten. Ich bin aber fest davon überzeugt, dass wir gemeinsam mehr erreichen werden. Also – wer ist hinter Ihnen her und wer sind Sie wirklich?«

Der Advocatus Diaboli lächelte grimmig. »Ich bin der persönliche Kurier des Papstes und der Erzfeind von Pro Deo.«

Dann begann er zu erzählen.

Nur wenige Kilometer entfernt bestiegen Valerie Goldmann und Samuel Weinstein genau in diesem Augenblick am Flughafen Schwechat den wartenden Wagen der israelischen Botschaft.

»Soll ich Sie zuerst nach Hause fahren?«, erkundigte sich der Militärattaché. »Sie können ja danach immer noch in mein Büro kommen.«

»… um es leer vorzufinden«, gab Valerie lakonisch zurück. Sie hatte seit zwei Jahren eine kleine Wohnung in Wien-Alsergrund, in die sie immer wieder gerne zurückkam. »Lassen Sie mich als Erstes telefonieren«, ergänzte sie und wählte Wagners Nummer. »Ich schulde Paul bereits einen Anruf seit meinem Flug von Kathmandu nach Rom.«

Als der Reporter abhob, hörte Valerie im Hintergrund das Röhren des »Pizza-Expresss«.

»Na endlich!«, rief Paul aus. »Du bist schwieriger zu erreichen als der Papst. Wo treibst du dich herum?«

»Gerade in Wien angekommen«, antwortete Goldmann, »und du?«

»Fast an meinem heutigen Ziel«, gab der Reporter vorsichtig zurück. »Ich bin im tiefsten Deutschland unterwegs und werde voraussichtlich erst morgen wieder in Wien sein. Das Beste wäre, du sprichst inzwischen mit Berner. Der sitzt wahrscheinlich in meiner Remise und brütet über ein paar Recherchen von mir oder jagt vier Killer, die untergetaucht sind. Außerdem zerbricht er sich den Kopf über Einsatztruppen von diversen Geheimdiensten und könnte sicher deine Hilfe gebrauchen.«

»Ist es so dringend?«, fragte Goldmann mit einem Seitenblick auf Weinstein.

»Eher noch eiliger«, gab Paul zurück.

»Dann rufe ich Bernhard gleich an«, beruhigte ihn Valerie. »Ich bin für die Botschaft unterwegs, aber ein wenig Zeit kann ich sicher erübrigen...«

»Hat Shapiro dich wieder einmal eingewickelt?«, erkundigte sich der Reporter ironisch.

»Eher herausgepaukt, aber das erzähle ich dir morgen«, erwiderte Valerie zerknirscht. »Was recherchierst du?«

»Das kann dir Kommissar Berner viel besser erklären, nachdem er mein Memo gelesen hat«, meinte Paul, »oder besser noch, du liest es selbst. Bis morgen!« Damit legte der Reporter auf.

»Bringen Sie mich bitte nach Breitensee, zum alten Güterbahnhof«, sagte Valerie zum Fahrer des Botschaftswagens und wählte bereits wieder. »Verlegen Sie Ihr Handy nicht, Weinstein, es kann sein, dass ich heute noch Sehnsucht nach Ihnen habe.«

Berners Telefon läutete mitten in Bertuccis Schilderung, wie er Luigis Leiche gefunden hatte.

»Valerie! Du musst Gedanken lesen können!«, meldete sich der Kommissar.

»Wenn Paul recht hat, dann bin ich auf dem Weg zu dir, Bernhard, und in rund zwanzig Minuten in der Remise. Bist du noch immer da?«, erkundigte sich Goldmann.

»Ich warte auf dich«, brummte Berner, »und bring Zeit mit. Hier sitzt ein Besucher aus Rom, der dich sicher interessieren wird.«

»Aus Rom?«, fragte Goldmann erstaunt. »Da komme ich gerade her. Genauer gesagt, aus dem Vatikan.«

»Eben«, erwiderte Berner, »und den Advocatus Diaboli trifft man auch nicht alle Tage.«

2. Juli 1936, Stiftskirche St. Servatius, Quedlinburg/ Deutschland

SS-Obersturmbannführer Karl Lindner war nervös. Er schwitzte unter seiner Uniform und dem schwarzen, glänzenden Stahlhelm, als er mit großen Schritten durch die schmalen kopfsteingepflasterten Straßen von Quedlinburg eilte. Überall wehten überdimensionale Hakenkreuzfahnen an den Häusern im leichten Sommerwind, zahllose kleine Fähnchen an Fenstern und Straßenlaternen flatterten fröhlich. Auf den Plätzen, wo Fackelträger und Feuerpodeste eine feierliche Stimmung verbreiteten, standen Gruppen von aufgeregten Menschen und beobachteten, wie schwere Mercedes-Limousinen fast lautlos an ihnen vorbeirollten.

Quedlinburg hatte sich herausgeputzt. Zu dem Blumenschmuck und den Fahnen, den Plakaten an den Auslagenscheiben, den Wimpeln und Flammenschalen mit den SS-Runen standen Hunderte von makellos uniformierten SS-Männern Spalier. Die Fahrtroute der Prominenz des Reiches war gesäumt und gesichert von schwer bewaffneten Elitesoldaten.

Lindner salutierte abwesend, als er von den Angehörigen der SS-Standarte »Germania« begrüßt wurde, die am Schlossberg die Bewachung übernommen hatten, und drängte sich durch die Absperrung. Seine Armbinde gewährte ihm nicht nur freien und ungehinderten Zutritt zu allen Feierlichkeiten, sie wies ihn als Mitglied des Stabes Himmler aus. Damit gab es keine Einschränkung für den jungen SS-Mann, der in der neu gegründeten »Stiftung Ahnenerbe« ein Jahr zuvor seine kometenhafte Laufbahn begonnen hatte. Lindner war vorurteilslos an die manchmal etwas seltsamen Vorhaben herangegangen, mit denen Himmler die Stiftung immer wieder beauftragte. Rasch war der junge, ehrgeizige Mann dem Reichsführer-SS aufgefallen, der ihn schließlich im Frühjahr 1936 in den Kreis seiner persönlichen Adjutanten aufgenommen hatte. Fortan war Lindner, der Verbindungsmann zwischen Himmler und Ahnenerbe, auf vielen Fotos gemeinsam mit Himmler zu sehen. Groß, schlank, dunkelblond und eine beeindruckende Ordensspange auf der Brust, stand er stets einen Schritt hinter Himmler, mit ernstem Gesicht und stets dienstfertigem Benehmen, Blumen, Zeremoniendegen oder den Helm des Reichsführers haltend.

Die neue Position hatte Vor- und Nachteile, dachte sich Lindner, als er völlig durchgeschwitzt gerade noch rechtzeitig auf dem kleinen Vorplatz auf dem Schlossberg ankam, um den offenen Mercedes Himmlers ausrollen und stehen bleiben zu sehen. Prominenz aus Partei und SS, Gauleitung und Stadt warteten bereits, im Halbkreis in der Nachmittagssonne stehend. Als der Reichsführer-SS ausstieg, schnellten die Hände zum Hitlergruß nach oben. Die Mehrzahl der Minister war Himmlers Ruf gefolgt. Reichs- und Gauleiter, sogar Hitlers Sekretär, Martin Bormann, war nach Quedlinburg gekommen. Der nickte Lindner kurz zu, bevor er Himmler begrüßte.

Nach den Honneurs begannen alle, angeführt vom Reichsführer-SS, den Aufstieg zur Kirche. Das Pflaster der steil ansteigenden Gasse war uneben und glänzte im Nachmittagslicht. Das Spalier der bewaffneten SS-Männer war hier enger als unten in der Stadt. Lindner hatte bereits vor Monaten mit den Vorbereitungen für den Besuch und die Feierlichkeiten begonnen. Straßen mussten ausgebessert, Häuser frisch gestrichen und Parkanlagen in Ordnung gebracht werden. Tausende Laufmeter Girlanden waren vorbestellt, die örtlichen Hitlerjugend-Verbände mit dem Anbringen des Schmucks betraut worden.

Bisher war alles gut gegangen.

Aber Lindner traute dem Frieden nicht. Er stapfte hinter einer Wand aus schwarzen Uniformen zur Stiftskirche hinauf und betete im Stillen, dass nichts schiefgehen möge.

Himmler sah nicht gut aus, abgemagert und blass, fast schon anämisch. Seine Augen irrten zwischen den hohen Steinwänden und den unbeweglichen SS-Wachen hin und her. Der steile Anstieg schien ihm zuzusetzen. Auf einem kleinen Platz blieb er stehen, bewunderte das Schloss und blickte nachdenklich auf die große mittelalterliche Kathedrale, Zeichen einer Religion, die er hasste und verachtete. Wer predigte schon Mitleid für die Schwachen, trat für Gemeinschaft aller Menschen ein und akzeptierte einen Juden als Gottes Sohn? Lindner schien es, als könne er die Gedanken Himmlers lesen.

Schließlich setzte der Reichsführer-SS mit einem unmerklichen Kopfschütteln seinen Weg fort, und wie auf ein unhörbares Kommando hin schritten auch alle anderen wieder andächtig hinter ihm her.

Aber das hier war etwas anderes, dachte Lindner, diese Kathedrale war für Himmler und sein Vorhaben angeblich von eminenter Wichtigkeit. Sie barg die Gruft von Heinrich I. und dessen Frau und damit vielleicht auch die Zukunft des deutschen Volkes, das aus der ruhmreichen Vergangenheit lernen und gestärkt in ein neues Jahrtausend gehen sollte. Der junge SS-Mann erinnerte sich etwas ratlos an Himmlers Worte. Welche Rolle sollte eine Gruft schon groß in der Zukunft des deutschen Volkes spielen?

Inzwischen war Himmler durch eine Gasse aus hochgereckten rechten Händen im Halbdunkel der reich geschmückten St.-Servatius-Kirche verschwunden, und Lindner atmete auf. Die Weihestunde zum 1000. Todestag Heinrichs I. konnte beginnen.

Kaum sechs Stunden später war alles vorbei. Die Ansprachen, die Kranzniederlegung Himmlers in der Krypta, die Gesänge und feierlichen Rezitationen. Der Großteil der Prominenz hatte seine Zimmer in den Hotels und Gasthäusern in der Stadt bezogen, die Übertragungswagen des Radios und die meisten Journalisten waren bereits wieder fort.

Lindner hatte den geordneten Abzug der Standarte »Germania« überwacht. Die Tritte der genagelten Stiefel waren zwischen den alten Mauern durch die schmalen Gassen gehallt. Fackeln waren entzündet worden und tauchten nun den Schlossberg und die Kathedrale in ein gespenstisches Licht, das sich in den Helmen der wenigen Sicherheitskräfte spiegelte, die noch durch die Straßen patrouillierten.

Es war ruhig geworden, und der SS-Obersturmbannführer setzte sich auf eine niedrige Mauer vor der Stiftskirche, von wo er die gesamte Stadt überblicken konnte. Er zündete sich eine Zigarette an und schaute dem Rauch nach, der in schlanken Spiralen nach oben strebte. Der Himmel wechselte von blau im Westen zu lila und endlich zu tiefschwarz im Osten. Lindner begann sich zu entspannen.

»Obersturmbannführer?« Eine leise Stimme riss Lindner aus seinen Betrachtungen. Einer der Adjutanten Himmlers stand hinter ihm und gab dem Obersturmbannführer ein ungeduldiges Zeichen. »Kommen Sie mit, der Reichsführer-SS will Sie sehen.«

»Warum?«, fragte er überrascht und drückte die Zigarette aus. »Ich dachte...«

»Denken Sie nicht«, seufzte der Adjutant, »das kann ins Auge gehen. Kommen Sie!« Er ging eilig voran zur Türe der Kathedrale, und Lindner folgte ihm rasch.

»Haben Sie eigentlich bemerkt, dass die Türklinke die Form eines Schweinehundes hat?«, lächelte der Adjutant dünn, zog den schweren Flügel auf und bedeutete Lindner einzutreten. »Sie werden gewünscht, nicht ich«, murmelte er leise und schob den Obersturmbannführer in das Dunkel.

In dem romanischen Chor der Kathedrale schimmerte der riesige Adler mit dem Hakenkreuz in seinen Fängen im Licht Dutzender Fackeln und Hunderter Kerzen. Die Kirche war menschenleer, auch die Ehrenwache war abgezogen. Lindner drehte sich um und wollte fragen, was Himmler hier noch machen sollte, wo doch keine Wache mehr für seine Sicherheit sorgen könne, doch der Adjutant hatte wortlos die Tür hinter ihm zugeschlagen und war draußen geblieben.

Irritiert blickte sich der Obersturmbannführer um. Es war völlig still in dem weiten Kirchenhaus, aus dem fast alle christlichen Symbole entfernt worden waren. Lindner ging ziellos in Richtung Apsis, blickte sich um. Himmler war nirgends zu sehen. Die Nervosität nistete sich wieder ein. Was war hier los? Versuchte ihn jemand zu kompromittieren? Röhm fiel ihm ein und der schwarze Freitag der SA vor zwei Jahren. Er tastete instinktiv nach seiner Pistole. Der kalte Stahl beruhigte ihn.

Da hörte er plötzlich Schritte zu seiner Rechten. Er versuchte die Dunkelheit zu durchdringen, aber er konnte niemanden ausmachen. Die Schritte wurden immer lauter, und doch war niemand zu sehen.

Lindner zog seine Waffe und entsicherte sie. Angst machte sich in seinem Magen breit.

Die Schatten in dem Gotteshaus tanzten und narrten seine Augen. Wie ein Gespenst tauchte plötzlich der Kopf Himmlers aus dem Boden der Kirche auf, und das Herz Lindners setzte für einen Augenblick aus. Dann erkannte er im Schein der Fackeln, dass der Reichsführer-SS eine Treppe heraufstieg, die aus der Krypta oder einer Gruft in den Hauptraum der Kirche führte. Der Oberkörper erschien. Himmler trug eine schneeweiße Uniform und den Ehrendolch der SS. Sein Gesicht war regungslos, der Blick ging ins Leere. Wie ein Automat stieg er gemessenen Schritts immer höher, bis er vor Lindner stand.

»Wollen Sie mich erschießen?«, fragte der Reichsführer-SS mit einem spöttischen Unterton, als Lindner verlegen die Pistole in den Halfter steckte.

»Ich ... ich meine ... es war so ruhig und dann plötzlich...«, versuchte der Obersturmbannführer hilflos eine Erklärung.

Himmler sah ihn mit einem seltsamen Blick an. »Sie gefallen mir, Lindner, Sie haben Courage. Und Sie sind ehrlich, im Gegensatz zu vielen anderen der Lemuren, die heute hier waren.« Er warf dem Reichsadler einen langen Blick zu, bevor er fortfuhr. »Dieses Volk braucht eine Vergangenheit, auf die es stolz sein kann. Es muss eine Kraft haben, aus der es schöpfen kann, ein Ziel und ein Selbstbewusstsein, ein Selbstbewusstsein, das in Versailles vernichtet wurde. Deshalb werden wir Quedlinburg und die Gruft Heinrichs zu einem Wallfahrtsort der SS machen, einer nationalen Pilgerstätte.«

»Eine katholische Kirche?«, wagte Lindner einen Einwurf.

Himmler tat so, als habe er ihn nicht gehört. »Viele sagen, ich sei ein Spinner, der sich als Reinkarnation Heinrichs sieht. Sie und ich wissen, das ist Quatsch. Sollen sie mich ruhig König Heinrich nennen, das lenkt von den wahren Hintergründen ab.« Der Reichsführer-SS grinste schief. »Ich liebe Theaterinszenierungen. Die täuschen die Nichtsahnenden. Brot und Spiele. Wahrscheinlich sitzen alle bereits beim Abendessen und lassen sich volllaufen.«

Diesmal schwieg Lindner und wartete.

Himmler ließ ihn nicht aus den Augen. »Unterschätzen Sie mich nicht«, sagte er schließlich leise, »die katholische Kirche ist eine perfekte Zugabe. Wir haben ja noch nicht einmal die Gebeine Heinrichs I. gefunden, seine Gruft ist leer. Das hat aber heute bei der Feierstunde niemanden wirklich gestört.« Himmler schüttelte den Kopf. »Wir werden dafür sorgen, dass bei der nächsten Feier das Grab gefüllt ist. Ich werde Nachforschungen in Auftrag geben, und Sie werden sich darum kümmern, Lindner.«

Der Obersturmbannführer nickte stumm.

»Aber es ist nicht ein Skelett mehr oder weniger, es ist der Platz, der zählt«, murmelte Himmler, »der Platz.« Er fasste Lindner am Arm und zog ihn mit sich in Richtung der Treppe, die in der Dunkelheit fast unsichtbar war. »Kommen Sie mit, ich werde Ihnen das Geheimnis zeigen«, sagte er, bevor er begann, wieder in den Untergrund hinunterzusteigen.

Lindner hatte eine Gänsehaut, als er dem Reichsführer-SS in die

Tiefe folgte. Die weiße Uniform leuchtete vor ihm, es wurde kühler, und die Luft roch abgestanden.

»Kennen Sie die Legende der Auferstehung?«, schallte Himmlers Stimme durch das Dunkel. Er ging immer weiter, ohne sich umzudrehen, durch einen Gang, der zur Apsis und damit zur Krypta führte. »Jesus, ganz in Weiß, verlässt sein Grab.«

Der Obersturmbannführer schluckte schwer. War Himmler noch ganz klar im Kopf? War er deshalb in seiner weißen Galauniform aus den Tiefen der Kirche gestiegen? Er nahm sicherheitshalber eine der Fackeln von der Wand und hob sie über seinen Kopf. Im flackernden Lichtschein sah er die weiße Gestalt zwischen den Pfeilern verschwinden.

Sie waren in der Krypta angelangt. Von den Pfeilern glotzten Fratzen auf Lindner herunter, Bestien fletschten ihre Zähne, und selbst ein Teufel erwachte im Schein der Fackel zum Leben. Plötzlich erfüllte ein Quietschen den Raum, das durch Mark und Bein ging. Der Obersturmbannführer eilte weiter nach vorn, wo Himmler im Dunkel verschwunden war. Er sah den Reichsführer-SS vor der offenen Gruft Heinrichs kauern, das schwere, in den Boden eingelassene Gitter stand weit offen.

»Kommen Sie her, Lindner, kommen Sie her und sehen Sie selbst.« Die weiße Figur winkte ihn näher. Als Lindner neben Himmler in die Knie ging und mit der Fackel in das Felsengrab leuchtete, huschten einige große Spinnen davon.

Verwirrt sah der SS-Obersturmbannführer nach unten. Staub, einige Steine auf Holzbrettern, ein schmaler Durchlass in einen weiteren Grabraum. Ansonsten – nichts.

»Aber ...«, setzte Lindner hilflos an, doch Himmler stoppte ihn mit einer schroffen Handbewegung.

»Keine voreiligen Schlüsse«, flüsterte er. »Denken Sie nach!«

Der junge SS-Mann zuckte mit den Schultern. Er warf nochmals einen Blick in das Grab, ließ die Fackel herumwandern, spürte die Hitze der Flamme. Da war nichts, gar nichts. Er begann am Verstand Himmlers zu zweifeln. Heinrich Himmler vor König Heinrichs Grab – das war eine brisante Kombination ...

»Sie enttäuschen mich, Lindner«, murmelte der Reichsführer-SS. »Sehen Sie genau hin. Wozu Holzbretter in einer aus dem Felsen geschlagenen Gruft?«

Der Obersturmbannführer beugte sich vor und leuchtete in das Grab. Dann sprang er kurz entschlossen einfach hinunter und landete mit einem dumpfen Knall auf den Planken. Er bückte sich, hob eine der Bohlen hoch und hielt die Fackel zwischen die Holzbretter. Ein weiterer Hohlraum lag unter ihm, aus dem massiven Stein gehauen.

Er war leer.

»Heinrich hat ihn mit seinem eigenen Körper beschützt«, flüsterte Himmler von oben. »Selbst im Tod noch hat er das Geheimnis gehütet. Wie es sich für einen König geziemt.«

Lindner richtete sich auf und sah den Reichsführer-SS verwirrt an. »Wen hat Heinrich noch im Tod beschützt?«, fragte er ungläubig.

»Jesus«, gab Himmler tonlos zurück, drehte sich brüsk um und verschwand im Dunkel.

Wewelsburg, Kreis Büren/Deutschland

Zwei Staus auf der A38 vor Kassel hatten Paul aus dem Zeitplan geworfen. So war es kurz vor 18.00 Uhr, als der »Pizza-Expresss« durch die Straßen des kleinen Ortes Wewelsburg röhrte. Ein Schild »Gutbürgerliche Küche im Gasthof Ewers Alte Mühle« löste bei Wagners Magen einen pawlowschen Reflex aus: Er knurrte. Also folgte der Reporter dem gewundenen Weg, der von Haselnusssträuchern und Bäumen dicht gesäumt war, an der Burg vorbei und landete bald vor einem einladenden Biergarten mit großen Tischen und weißen Schirmen.

Die Kellnerin warf erst Paul einen langen Blick zu und schaute dann auf den Mazda mit dem Wiener Kennzeichen. »Vom Weg abgekommen bei der Zustellung?«, grinste sie und wies auf die riesigen Buchstaben.

»Nur geringfügig«, gab Paul zurück. »Ich suche ein kühles, frisch gezapftes Bier, ein deftiges Abendessen und ein sauberes Zimmer. Immer nur Pizza ist auch nicht das Richtige.«

»Nichts einfacher als das«, antwortete die Kellnerin. »War das auch die Reihenfolge?«

Wagner nickte dankbar und streckte sich.

»Bier kommt gleich!«, rief sie und legte die Speisekarte vor Wagner auf den Tisch. »Ich nehme an, eines für Erwachsene...«

»Volljährig und durstig«, bestätigte der Reporter und warf einen Blick auf die Wewelsburg, die majestätisch im Schein der tief stehenden Sonne lag. Es ärgerte Paul, dass er auf der Fahrt so viel Zeit verloren hatte. Es wird sicher keine reguläre Führung mehr geben, dachte er, aber vielleicht lässt sich privat etwas einfädeln.

Wenige Minuten später stand die Kellnerin mit dem Bier und einem Zimmerschlüssel vor dem Reporter. »Groß, schlank, blond...«

»... ein Traum...«, lächelte Wagner.

»... und das Nachtlager ist auch schon organisiert«, meinte die junge Frau, »bleibt nur noch das Abendessen.«

»Und eine Auskunft«, ergänzte Paul und deutete auf die Burg. »Ich wollte heute noch die Wewelsburg besichtigen, aber der Verkehr hat mir einen Strich durch die Rechnung gemacht. Ich suche jemanden, der mir mehr dazu erzählen kann, zu der Vergangenheit des Bauwerks und den letzten Kriegstagen. Und der mich vielleicht heute noch auf eine Führung mitnimmt.«

Die Kellnerin sah ihn zweifelnd an. »Gehören Sie zur rechten Szene, die hier regelmäßig ihre Feiern abhält?«

»Ach wo, ich bin Journalist und einer Geschichte auf der Spur«, beruhigte sie Wagner. »Ich habe nur leider wenig Zeit. Berufskrankheit...«

»Dann essen Sie erst einmal in aller Ruhe«, meinte die junge Frau und deutete auf die Speisekarte. »Der Kustos des Museums oben auf der Burg trinkt jeden Freitag sein Bier bei uns, so gegen acht. Ich mache Sie bekannt, und alles andere liegt dann bei Ihnen.«

Breitensee, Wien/Österreich

»Paolo Bertucci? Ich dachte, Sie sind in England unterwegs und bereiten den Boden für die Reise des Heiligen Vaters«, begrüßte Valerie Goldmann den Kardinal, nachdem sie Kommissar Berner umarmt hatte.

»Ich habe gehört, Sie waren heute Vormittag noch im Vatikan bei Außenminister Lamberti und haben ihm ein wenig eingeheizt, Frau

Goldmann«, gab der kleine Italiener lächelnd zurück und schüttelte ihre Hand.

Berner schaute erstaunt von einem zum anderen. »Ihr kennt euch? Warum habe ich manchmal das Gefühl, dass ich dringend einen längeren Urlaub brauche? Ich überrasche den persönlichen Kurier des Papstes in Zivil dabei, einfach in Pauls Remise hereinzuwandern, und jetzt kommst du aus Rom und...« Der Kommissar verstummte und warf einen misstrauischen Blick auf Goldmann. »Zu viele Zufälle in zu kurzer Zeit. Lass mich raten, Valerie. Du erledigst schon wieder einen Auftrag, oder?«

Goldmann ging nicht darauf ein. »Paul hat mir gesagt, es gäbe ein Memo für mich und dann hättest du noch die letzten Neuigkeiten dazu.«

Der Kommissar schob ihr die Blätter zu und winkte ab. »Gegen das, was Kardinal Bertucci zu erzählen hat, verblasst alles andere. Und je mehr ich darüber erfahre, umso sicherer glaube ich, dass diese ganze Geschichte nach Österreich spielt.«

»Das hat mein... Kontakt auch gemeint«, antwortete Valerie und sah Bertucci an. »Es wäre an der Zeit für einen Informationsaustausch, meinen Sie nicht, Eminenz?«

»Lesen Sie erst in Ruhe das Memo von Paul Wagner zum Thema Caesarea«, warf der Advocatus Diaboli ein, »dann reden wir. Ich kann inzwischen meine Brandstiftung fortsetzen.« Bertucci zog eines der Handys aus der Tasche und schaltete es ein.

»Caesarea?«, fragte Goldmann ratlos. »Was hat die Stadt damit zu tun?«

»Was meinen Sie mit Brandstiftung?«, erkundigte sich Berner argwöhnisch.

»Commissario, ich habe Ihnen gesagt, dass ich der Erzfeind von Pro Deo bin«, murmelte der Kardinal. »Diesen Staat im Staat kann man nur mit seinen eigenen Mitteln bekämpfen. Also schicke ich regelmäßig äußerst beunruhigende SMS an drei Männer in Rom, Männer, denen Pro Deo Rechenschaft ablegen müsste.« Er zeigte Berner die übrigen Mobiltelefone. »Ich benütze jedes nur einmal, damit man es nicht nachverfolgen kann.«

»Ich habe Sie unterschätzt, Eminenz«, gestand ihm der Kommissar zu und nickte anerkennend. »Und Ihr Auto?«

»Gestern gebraucht gekauft und noch nicht umgemeldet«, antwortete Bertucci. Dann begann er die Kurznachricht zu schreiben.

»Wie bezahlt?«, wollte Berner wissen.

»Bar!« Bertucci tippte weiter.

Berner hielt ihn mit einer ungeduldigen Handbewegung auf. »Wo haben Sie geschlafen?«

»Bei meinem Neffen in Bologna, in seinem Privathaus«, gab der Kardinal zurück.

»Haben Sie eine Beschattung bemerkt?«, erkundigte sich Berner nachdenklich.

»Nein, ich habe darauf geachtet, aber das müsste ein ziemlich schneller Schatten sein, bei dem Audi«, lächelte Bertucci.

»Dann hat Pro Deo tatsächlich keine Ahnung, dass Sie in Österreich sind«, fasste Berner zusammen. »Und jetzt hören Sie auf zu schreiben!«

Bertucci blickte ihn erstaunt an. »Weshalb?«

»Weil wir jetzt das Kriegsbeil offiziell ausgraben.« Der Kommissar hielt ihm sein Handy hin. »Nehmen Sie meines und schicken Sie Ihre SMS.«

»Aber, dann werden die sofort...«, warf Bertucci ungläubig ein.

»Genau! Das hoffe ich«, meinte Berner grimmig. »Schluss mit der Heimlichtuerei! Jetzt sollen die Ratten aus ihren Löchern kommen. Wenn wir Glück haben, dann fahren sie einen blauen Volvo. Und ich freue mich schon auf sie...«

Wewelsburg, Kreis Büren/Deutschland

Der Mann, der sich Paul gegenüber an den Tisch setzte, mochte Mitte dreißig sein. Das etwas zerzauste dunkelblonde Haar stand anarchisch in alle Richtungen, und die Jeansjacke über dem schwarzen T-Shirt war ausgewaschen. Auf einer der Brusttaschen prangte ein Duffy-Duck-Pin. »Stefan Ahrends«, begrüßte er Wagner lächelnd und streckte ihm die Hand entgegen.

»Nett, dass Sie selbst nach Feierabend noch Zeit für mich haben«, meinte der Reporter, schüttelte Ahrends die Hand und schob eine Visitenkarte über den Tisch. »Außerdem sehe ich, dass Sie auf dem Trockenen sitzen ... Die Kellnerin meinte, Sie kämen jeden Freitag auf ein Bier vorbei. Dabei sollten wir auch bleiben.« Er bestellte zwei große Helle und wandte sich wieder seinem Gegenüber zu. »Ich bin auf der Suche nach jemandem, der sich mit der Wewelsburg und möglicherweise mit den letzten Tagen des Dritten Reiches hier auskennt.«

»Nun, ich werde versuchen, Ihre Fragen zu beantworten, soweit ich Bescheid weiß. Ich bin der neue Kustos des Museums oben auf der Burg und kann nur aus den Dokumenten schöpfen«, erwiderte Ahrends. »Persönlich bin ich viel zu jung, um die Zeit miterlebt zu haben.«

Die Kellnerin brachte die zwei Bier und stellte eine Kerze daneben. Die Abenddämmerung malte die Schatten lila und tauchte die Burg in ein mystisches Licht.

»Gehen Sie bitte davon aus, dass ich so gut wie keine Ahnung von Himmler auf der Wewelsburg habe«, klärte Paul Ahrends auf. »Ich recherchiere über einen Transport, der im März 1945 von hier abgegangen sein soll und im Norden Österreichs unplanmäßig strandete.«

»Wie viele Transporte zu dieser Zeit«, nickte Ahrends. »Ich bin eigentlich Zeitgeschichtler am Historischen Institut der Universität Paderborn, keine zwanzig Kilometer von hier. Was glauben Sie, wie viele Lkws damals nie mehr ankamen, spurlos verschwanden oder einfach requiriert wurden? Ihre Fracht landete auf der Straße oder im Wald. Wenn Ihr Transport bis nach Österreich gelangt ist, dann hat er es verdammt weit geschafft.«

»Das steht in der Zwischenzeit fest«, bestätigte der Reporter und dachte an die Kassette in seinem Auto, die ihm der alte Widerstandskämpfer in Deutschbrod mitgegeben hatte. »Ich möchte aber mehr über die Hintergründe erfahren.«

Ahrends nahm einen tiefen Schluck und wischte sich mit dem Handrücken über den Mund. »Dann lassen Sie mich kurz zusammenfassen. Die Anfänge des Bergschlosses Wewelsburg, wie es richtig heißt, gehen auf das Jahr 1123 zurück. Es ist eine der wenigen dreieckigen Festungsanlagen in Deutschland. Bei seinem ersten Besuch 1933 beeindruckte genau das Heinrich Himmler ganz ungemein. Er war auf der Suche nach einem passenden Rahmen für eine SS-Schulungsstätte, und so begannen ein Jahr später die Umbauarbeiten, die sich über einige Jahre ziehen sollten. Himmler ließ den Putz abschlagen und den Graben vertiefen, damit das Schloss trutziger, ›burgenähnlicher‹, wirkte. Neben neu errichteten Sälen prägten bald viele nordische Symbole und Ornamentik die Innenräume. Aber Himmler wollte noch mehr. Je größer die Macht der SS im Deutschen Reich wurde, umso monumentaler wurden seine Bau-Absichten. Eine gigantische Burganlage sollte rund um das Schloss in Wewelsburg entstehen, umsetzen sollten diese Pläne Häftlinge eines extra für die Bauvorhaben eingerichteten Konzentrationslagers in Wewelsburg.« Ahrends schüttelte den Kopf. »Der Krieg hat auch das verhindert, und am Schluss ist nichts davon errichtet worden. Sogar in der Burg selbst sind nur mehr zwei Räume aus der Zeit erhalten, den Rest sprengte die abziehende SS. Im April 1945 befreite schließlich die amerikanische Armee das KZ.«

»Das heißt also, Himmler hatte vor, die Wewelsburg vor Ende des Krieges zu zerstören?«, hakte Wagner nach. Das würde einen Transport im März 1945 plausibel machen.

»Man kann davon ausgehen«, bestätigte der Historiker. »Als bauliche Überreste der NS-Architektur gibt es heute im Nordturm die ›Gruft‹ und den ›Obergruppenführersaal‹. Keiner weiß, wofür sie geplant waren. Die ›Schwarze Sonne‹, ein Bodenornament aus dem Saal, ist seit rund zwanzig Jahren zu einem Erkennungszeichen für rechte Gruppierungen hochstilisiert worden. Außer dem Museum, fürchte ich, gibt es also nicht viel zu sehen, das Sie interessieren könnte. Wir haben aber auch eine Jugendherberge am Schloss. Wenn Sie eine billige Unterkunft suchen …«

Paul winkte ab und wies auf den Zimmerschlüssel. »Danke, das hat sich bereits erledigt.« Er sah auf die Uhr und dann auf die Burg, die in der einfallenden Dunkelheit grau-weiß leuchtete. »Es mag unverschämt sein, aber ich muss morgen früh wieder weiterfahren. Könnten Sie mir trotz der späten Stunde kurz die beiden Räume zeigen, die noch erhalten sind? Dabei fallen mir sicherlich einige Fragen ein …«

»Wenn Sie mich vorher noch in Ruhe austrinken lassen, dann sollte das kein Problem sein«, nickte Ahrends lächelnd. »Und wenn Sie mir versprechen, keinen Blut-und-Boden-Artikel für ein rechtes Blatt zu schreiben.«

»Nichts liegt mir ferner!«, wehrte der Reporter ab, rief die Kellnerin und bezahlte.

Nachdem sie ihre Gläser geleert hatten, wanderten die beiden Männer zum Parkplatz. »Ist das Ihrer?«, fragte Ahrends angesichts des »Pizza-Expresss« amüsiert. Wagner nickte.

»Dann gehen wir besser zu Fuß, sonst überfallen uns die Gäste der Jugendherberge und bestellen hemmungslos Pizza Margarita«, meinte der Historiker lachend. »Die Nacht ist lau, und ein wenig Bewegung wird uns außerdem guttun.«

Breitensee, Wien/Österreich

Valerie und Berner lauschten konzentriert dem Bericht des Advocatus Diaboli. Durch das Glasdach der Remise sah man zwischen den Blättern der Bäume die Sterne aufleuchten. Es hätte eine gemütliche Abendrunde bei einigen Gläsern Rotwein werden können, aber davon konnte keine Rede sein.

Nachdem Bertucci geendet hatte, saßen Berner und Goldmann in Gedanken versunken auf dem Sofa und schwiegen.

»So, jetzt wissen Sie alles von meiner Seite«, bekräftigte der Kardinal und tippte auf Pauls Memo, »und ich habe aus Wagners Recherchen erfahren, was in Österreich geschehen ist.« Er schaute Valerie an. »Aber was genau bringt Sie in diese Affäre, Frau Goldmann?«

»Gute Frage«, brummte Berner und nickte, »das würde mich auch interessieren. Du hast am Telefon gesagt, du kommst aus Rom. Das Interview mit Außenminister Lamberti als Journalistin der ›Jerusalem Post‹ heute Vormittag ist mir nach dem Bericht des Kardinals nun auch geläufig. Aber was bringt dich überhaupt in den Vatikan? Und seit wann machst du Paul Konkurrenz?«

Valerie schwieg und schob ihre Kaffeetasse mit abgezirkelten Bewegungen über die gläserne Tischplatte des Couchtisches.

»Drei Namen, drei Tote«, murmelte sie dann, als hätte sie Berners Einwurf nicht gehört. »Ein Archiv, hinter dem alle wie der Teufel her sind, das alle haben wollen und das zweihundert Jahre lang die Kirche doch nicht wiederbekommen hat.« Sie blickte auf und schaute Bertucci durchdringend an. »Was kann in einem so alten Aktenbestand drinnen sein, das heute noch alle interessiert? Das drei Morde rechtfertigt? Das einen...« Sie zögerte. »Nein, zwei Geheimdienste in Alarmzustand versetzt.«

»Und Caesarea mobilisiert«, ergänzte Bertucci leise.

»Ja, Caesarea nicht zu vergessen«, gab Valerie bitter zu, »davon hat mir... hat mir niemand etwas gesagt.«

»Zwei Geheimdienste?«, warf Berner ein. »Heißt das...?«

Goldmann nickte. »Ja, das heißt es«, gab sie seufzend zu, »genau das.«

Bertucci blickte verwirrt drein.

»Sie werden gleich verstehen«, beruhigte ihn Valerie. »Ich muss lediglich versuchen, alle Informationen zusammenzuführen.« Sie trommelte mit den Fingern auf die Tischplatte. »Lasst mich nur vorher ein paar Dinge klarstellen. Die beiden Leiter der Auslandsabteilung von Pro Deo...«

»Scaglietti und Bertani«, warf Bertucci ein.

»Genau, Scaglietti und Bertani, waren beim Papst, bevor sie ins Archiv des Vatikans gingen oder danach?«, erkundigte sich Goldmann.

»Davor«, antwortete der Kardinal, »ich hatte einen Termin, und sie verließen den Heiligen Vater, als ich den Raum betrat.«

»Danach besuchten die beiden Kardinal Rossotti, wurden von Luigi im Archiv betreut, hatten den Zettel mit den drei Namen aber bereits in der Hand«, überlegte Valerie. »Sie gingen ja zum Leiter des Archivs und wollten etwas über Jauerling, diesen Marini und Theophanu herausfinden.«

»Richtig«, bestätigte Bertucci.

»Aber es steht keinesfalls fest, dass alle drei Namen auch tatsächlich mit ein und derselben Begebenheit in Verbindung stehen«, gab Valerie zu bedenken. »Was ist, wenn jeder dieser Namen für ein ganz eigenes Ereignis steht? Wir sind immer davon ausgegangen, dass die drei Namen mit einem einzigen Thema in Verbindung gebracht werden müssen. Aber was ist, wenn es drei verschiedene Ereignisse sind, die nur lose in einem Zusammenhang stehen? Was ist, wenn sie gar nichts miteinander zu tun haben? Marini, dem Namen nach Italiener, Jauerling, der Österreicher aus Nussdorf, und Theophanu, die Prinzessin aus Byzanz.« Goldmann legte Bertucci ihre Hand auf den Arm. »Denken Sie nach, Kardinal. Drei Tote im Archiv – Rossotti, weil jemand erkannt hatte, dass er die drei Namen gelesen und sich notiert hatte. Luigi, weil er die Männer von Pro Deo begleitete und natürlich wusste, was sie suchten. Dr. Zanolla, weil sie ganz offenbar an einem Thema gearbeitet hatte, das entweder alle drei Namen oder einen davon betraf.«

Der Advocatus Diaboli nickte nachdenklich.

»Wissen wir, wonach Zanolla geforscht hat?«, wollte Goldmann wissen.

Bertucci schüttelte den Kopf. »Das wollte sie mir beim Abendessen verraten, zu dem es nie kam.«

»Dann werden wir auf vatikanischer Seite nichts mehr dazu erfahren«, erklärte Valerie bestimmt. »Spätestens jetzt hat Pro Deo alle möglichen Lücken geschlossen, die Spuren verwischt. Die machen das nicht zum ersten Mal. Es bleibt uns also nur mehr die Möglichkeit, es vonseiten der Namen aufzurollen. Jauerling, darüber müsste Georg am meisten wissen. Marini, da tappe ich völlig im Dunkeln, und Theophanu, da könnten wir Professor Meitner fragen, den Vorstand des Instituts für Geschichte an der Wiener Universität. Ich glaube, das Mittelalter ist seine Spezialität.«

»Aber mindestens einer dieser Namen muss doch mit dem verschwundenen Archiv zu tun haben, wenn ich dich richtig verstanden habe«, warf Berner ein. »Jauerling hatte zwar ein Archiv, es war aber das des Schwarzen Bureaus und stammte sicher nicht aus dem Vatikan.«

»Richtig«, nickte Bertucci, »ganz sicher nicht. Das Vatikanische Geheimarchiv wurde übrigens erst im 16. Jahrhundert aus der Bibliothek herausgelöst und bekam eine eigene Verwaltung und einen Archivar.«

»Aber er könnte davon gewusst haben«, schränkte Berner ein. »In Besitz hatte er die verschwundenen Dokumente sicher nicht.«

»Damit fällt auch Theophanu flach«, gab Valerie zu bedenken. »Ich erinnere mich zwar nicht genau, wann sie gelebt hat, es war aber knapp vor der Jahrtausendwende. Also eindeutig zu früh für ein Vatikanisches Archiv. Bleibt dieser Marini.«

»Ja, Marino oder Marini, der muss mit dem Archiv verbunden gewesen sein«, brummte Berner. »Wenn nicht, dann fällt unsere ganze Theorie von den Namen und dem Archiv ins Wasser. Dann haben nämlich die drei Namen gar nichts mit den verlorenen Dokumenten zu tun und wir sind wieder bei Punkt null angelangt.«

»Ich glaube, es ist an der Zeit, einen kleinen Ausflug zu machen, Kardinal Bertucci«, meinte Valerie, »ich möchte, dass Sie jemanden kennenlernen.« Sie stand auf, ging kurz zur Bibliothek Wagners, suchte einen Augenblick, zog ein Buch heraus und steckte es in ihre Handtasche. Dann kam sie wieder zur Sitzgarnitur zurück.

Bertucci sah sie etwas überrascht an. »Sind Sie sicher? Um diese Uhrzeit? Ist es nicht etwas spät für Besuche?«

»Ach wo, glauben Sie mir, der Mann schläft nie«, gab Goldmann zurück. »Wir nehmen Ihren Wagen, ich fahre.«

Berner grinste. »Haben Sie in letzter Zeit gebeichtet, Eminenz? Wenn nicht, dann sollten Sie jetzt einen guten Draht zu dem alten Herren da oben haben und seine Worte beherzigen: Fürchtet Euch nicht…«

Valerie warf Berner einen giftigen Blick zu. »Wir sehen uns spätestens morgen früh, Bernhard. Du solltest untertauchen und es Pro Deo nicht zu leicht machen, dich zu finden.«

»Ich hab da schon so eine Idee«, beruhigte sie der Kommissar. »Macht euch auf den Weg!«

Als der Audi anrollte und zwischen den Gebüschen verschwand, begann Berners Telefon zu läuten. Er warf einen kurzen Blick auf das Display, runzelte die Stirn und nahm das Gespräch an.

»Polizeistelle Hollabrunn, guten Abend, Herr Kommissar. Wir haben versucht, Kommissar Burghardt zu erreichen, aber er meldet sich nicht. Herr Maurer hat hier eine Plastiktasche mit einigen persönlichen Dingen vergessen. Wissen Sie, wem wir die übergeben können?«

»Moment«, warf Berner verwirrt ein, »wieso vergessen? Ich dachte, der alte Maurer sitzt in Sicherheitsverwahrung bei einem Bier vor dem Fernseher in seiner komfortablen Zelle.«

»Wussten Sie das nicht?«, erkundigte sich sein Gesprächspartner überrascht. »Kommissar Burghardt hat heute Nachmittag hier angerufen und die Sicherheitsverwahrung für beendet erklärt. Maurer wurde rund eine halbe Stunde später von zwei Männern abgeholt.«

»Lassen Sie mich raten«, brummte der Kommissar müde, »sie fuhren einen blauen Volvo.«

»Genau!«, bestätigte der Polizeibeamte. »Wahrscheinlich seine Familie.«

»Ganz bestimmt«, seufzte Berner, »ganz bestimmt.«

Quedlinburg, Sachsen-Anhalt/Deutschland

Pünktlich um 17.30 Uhr standen Georg und Barbara im Schlosshof vor dem Eingang des Museums und warteten. Tschak rollte sich auf den Rücken und gähnte geräuschvoll. Er hatte ausgiebig gefressen, jetzt wollte er nur noch ein Nickerchen.

In dem Moment ging die Türe auf, und Regina Scheugert kam auf den Hof. »Hallo!«, rief sie positiv überrascht beim Anblick ihrer Wiener Gäste. »Sie sind pünktlich, das ist sehr gut. Kommen Sie mit. Ich habe die letzte Führung etwas abgekürzt, damit wir genügend Zeit haben.« Mit einem strahlenden Lächeln winkte sie den Wissenschaftler und die Nonne zu sich herein. »Ihren kleinen Freund können Sie auch mitnehmen, ich habe alles geregelt. Stubenrein ist er ja?«

»Meistens jedenfalls«, schmunzelte Sina und erinnerte sich an die peinliche Panne im Kopfnischengrab. »In der Stiftskirche wirst du dich aber benehmen, hörst du!« Er hob drohend seinen Zeigefinger und beugte sich zu dem kleinen Hirtenhund hinunter, der ihn unschuldig anschaute. Dann folgte er rasch den beiden Frauen ins Museum.

»Da hinten steht eine Aluleiter. Nehmen Sie die bitte mit!« Scheugert zeigte auf eine offene Besenkammer. Georg übergab Barbara die Hundeleine und zog die Klappleiter hervor.

»Wozu brauchen wir die?«, flüsterte die Nonne Sina stirnrunzelnd zu.

»Keine Ahnung«, antwortete Georg und zuckte mit den Achseln, »aber wenn sie meint, dann nehmen wir sie mit. Wer weiß, was uns erwartet.«

»Oder was sie mit uns vorhat«, ergänzte Barbara, kniff die Brauen zusammen und wandte sich Regina Scheugert zu. »Eine Leiter? Ist das nicht ein bisschen auffällig? Was werden die anderen Besucher sagen, wenn wir damit in die Krypta kommen?«

»Nichts«, lachte Regina und machte eine wegwerfende Handbewegung, »die Krypta ist menschenleer, ich habe sie schon abgeschlossen. Sie können also ungestört arbeiten.« Damit drehte sie sich um und bedeutete Sina und Barbara, ihr in das hohe Kirchenschiff zu folgen.

Das Langschiff von St. Servatius präsentierte sich zunächst düster, nur wenige Besucher spazierten zwischen den wuchtigen Säulen und eckigen Pfeilern der Seitenwände umher. Das spärliche Licht fiel aus schmalen Rundbogenfenstern unter der schweren, hölzernen Decke herein. Im Osten ragte eine glatte Wand auf, anstelle des gotischen Altarraums stand ein fensterloses, pseudoromanisches Gebilde aus schmucklosen Steinquadern. Himmlers Vorstellung einer romanischen Kathedrale.

Die Kirche war in zwei Ebenen geteilt. Hinter einem Altartisch führten zwei Treppen nach oben zum eigentlichen Hauptaltar und der Apsis, links und rechts eines Bogens, der den Blick in die darunter liegende Krypta freigab.

Die Kirche wirkte leer und spartanisch. Im Jahr 1936 von jedem für unnötig befundenen Zierrat befreit, war von dem ehemaligen Prunk wenig geblieben. Georg sah sich um. So hatten sie es auch in Schöngrabern gemacht, überlegte er. Reste früherer Pracht waren die romanischen Zwillingsfenster zur Westempore, die Zierleisten und Friese aus verschlungenen Fabelwesen, Drachen und Vögeln, und die Kapitelle der Pfeiler. An der Westwand entdeckte Georg zwischen den Tieren und Fratzen der steinernen Verzierungen auch Symbole, die entweder Bäume oder Jakobsmuscheln darstellen konnten.

Scheugert wartete vor einer niedrigen Türe im Seitenschiff und klimperte dezent mit einem riesigen Schlüsselbund.

Die Mauer mit den beiden Treppen zum Hochaltar wirkte abweisend wie ein Bollwerk. Georg konnte sich des Eindrucks nicht erwehren, dass dieser Raum absichtlich so gestaltet worden war. Das einfache Volk sollte sich klein und winzig fühlen, sobald es sich im Angesicht des Allerheiligsten befand.

Die eisige Atmosphäre einer SS-Weihestätte wehte noch immer an diesem Ort, daran konnten auch die frischen Blumen und die Kerzen auf den Altären nichts ändern.

»Wie Sie ja sehen können«, erklärte Scheugert leise, als Georg zu ihr trat, »ließ Heinrich Himmler hier massive Umbauten vornehmen, als er 1936 die Stiftskirche in eine SS-Weihestätte umwidmete.« Sie zeigte nach oben zum Hochaltar. »An der Stelle des gotischen Flügelaltars standen zu Himmlers Zeit vier große Kandelaber, in die jeweils eine der vier Kardinaltugenden eingraviert worden war. Weiter vorn, an der Rückwand der Apsis, war in einem Fenster ein riesiger Parteiadler aufgestellt worden. In seinem Rücken fiel das Licht der Sonne in das Innere der Kirche und machte aus dem Symbol des Dritten

Reiches einen Schattenriss. Und von Himmler selbst erzählt man sich so einige Geschichten...«

»Nämlich?« Barbara rückte mit Tschak auf dem Arm näher.

»Ganz in Weiß soll er am Ostermorgen aus der Krypta gestiegen sein...«, raunte Regina, »so als wäre er selbst der Auferstandene. Dort hinten, aus dieser Türe im Boden soll er gekommen sein. Aus dem Nichts frühmorgens aufgetaucht, in weißen Gewändern und im Schein von Fackeln. Wie ein Spuk. Aber Sie wissen ja...« Sie tippte sich mit dem Finger an die Stirn und schüttelte den Kopf.

»Für Nazi-Folklore habe ich nichts übrig. Mich interessiert eher das ottonische Erbe...«, wandte Georg ein und spähte durch die Seitentüre in die Krypta, wo er ein Gewölbe auf schlanken Säulen, rote Kapitelle und Reste von einst farbenprächtigen Malereien sehen konnte.

»Das beruhigt mich, Herr... ja, wie heißen Sie eigentlich wirklich?« Sie sah den Wissenschaftler durchdringend an.

»Was meinen Sie? Ich habe mich doch bereits vorgestellt.« Georg stellte die Leiter ab und legte seinen Kopf schief. »Ich bin Professor Wilhelm Meitner, und das ist...«

»Nein«, unterbrach sie Scheugert resolut, »Wilhelm Meitner sind Sie nicht. Der Mann auf dem Foto der Homepage der Universität Wien sieht anders aus.«

»Das ist richtig«, antwortete Sina ruhig und verschränkte die Arme vor der Brust. »Wenn Sie die Seite weiter gelesen haben, dann wissen Sie auch, wer ich bin. Oder?«

Scheugert legte den Kopf schief und wartete.

»Ich bin Professor Georg Sina und recherchiere für ein wissenschaftliches Einzelprojekt, von dem ich nicht möchte, dass es mir jemand vor der Nase wegschnappt. Darum habe ich den Namen meines Freundes benutzt. Können Sie das nachvollziehen und es mir nachsehen?«

»Ja.« Ein zufriedenes Lächeln erschien in Scheugerts Gesicht. »Und Ihre Begleitung? Ihre Freundin?« Sie wies auf Barbara.

»Meine Assistentin, wie gesagt«, meinte Georg kurz angebunden und ergriff die Leiter. »Können wir jetzt?«

»Gern.« Scheugert nickte und sperrte auf, bevor sie dem Wissenschaftler die Tür aufhielt. »Sie werden verstehen, dass wir vorsichtig sein müssen, wem wir unsere Hilfe angedeihen lassen. Tendenzielle Artikel oder Hetzschriften der Ewiggestrigen sind nicht unsere Plattform.«

Barbara zog den Kopf ein, als sie durch den niederen Türsturz in die Unterkirche schlüpfte. »Sie können ganz unbesorgt sein, wir sind ganz sicher keine Nazis, nur Pilger auf einem Sternenweg...« Sie lächelte ein wenig säuerlich.

»Aha.« Regina schloss hinter ihnen ab. »Einen Sternenweg werden Sie hier nicht finden, dafür jede Menge starker Frauen. Hier oben auf dem Schlossberg haben die großen Ehefrauen und Herrscherinnen der ottonischen Dynastie residiert. Allen voran die legendäre Theophanu, die byzantinische Ehefrau von Otto II. und Regentin für ihren Sohn Otto III. Und einige der Damen sind zum Teil auch hier bestattet. Ihre Epitaphe sehen Sie hier an den Wänden. Nachdem Heinrich I. im Jahr 936 in Memleben gestorben war, wurde das Kloster Wendhusen bei Thale nach Quedlinburg verlegt und einer ›Vereinigung gottgeweihter Jungfrauen‹ gestiftet. Heinrich I. kam damit, so erzählt man sich, einem Wunsch seiner Frau Mathilde nach. Die Beisetzung des Königs fand auf dem Burgberg in der Pfalzkapelle der damaligen Quitilingaburg statt. Königin Mathilde leitete das Stift bis 966, und es wurde zu einem der bedeutendsten und mächtigsten Frauenstifte, die es jemals gegeben hat.«

Barbara sah sich in der niedrig gewölbten Krypta um. Die meisten der Frauen auf den Grabsteinen trugen Ordenstracht, waren zu Lebzeiten Vorsteherinnen des Nonnenklosters gewesen. In ihren ausdruckslosen, aber durchdringenden Augen fühlte sie sich nackt und bloßgestellt mit ihrem lächerlichen Pullover und den Jeans. Es tut mir leid, dachte sie, aber ich muss mich verstellen, sonst erfahre ich nie, was ich wissen muss... Dann wandte sie den Blick ab und ging auf das schwere eiserne Gitter im Boden zu.

»Auch in den Fresken werden die Legenden herausragender Frauengestalten der Bibel erzählt: Judith, Susanna und Ruth«, erklärte Scheugert und zeigte auf die einzelnen Bilder auf den Gewölbebögen.

»Auch die Marien am Grab Christi?«, erkundigte sich Sina wie beiläufig.

»Natürlich«, nickte die rundliche Frau. »Ohne sie gäbe es ja keine Frohe Botschaft, kein Osterfest. Und so auch keine Osterpfalz. Die drei Marien haben ja erst Petrus und die anderen Jünger informiert, dass Jesus auferstanden war.«

Georgs Blick wurde von einem rot gefassten Kapitell gebannt. Es zeigte eine Teufelsfratze, aus deren Mund zwei Schlangen als Zungen krochen. »Der spricht mit gespaltener Zunge...«, murmelte Sina und fuhr sich über den Bart.

»Ja, so könnte man sagen.« Scheugert hatte sich neben den Wissenschaftler gestellt. »Der Teufel ist hier unten als Verbreiter von Irrlehren dargestellt. Aber die Macht Gottes hält ihn im Zaum.«

Das habe ich so, oder so ähnlich, auch schon in Schöngrabern gesehen, schloss Georg und fuhr langsam mit den Fingerspitzen über das aufgerissene Maul des Satans, aus dem sich die Schlangen wanden.

»Wahrscheinlich, um falschen Lehrmeinungen das Fundament zu entziehen, schenkte der Papst der kaiserlichen Familie ein Buch der vier Evangelien. Vielleicht auch, um den orthodoxen Glauben Theophanus und ihren Einfluss auf den jungen Kaiser einzudämmen«, erzählte die Fremdenführerin. »Zum Osterfest im Jahr 1000 jedenfalls wurde das Otto-Adelheid-Evangeliar, so heißt das Werk, vermutlich zum ersten Mal benutzt. Wahrscheinlich sogar von Otto III., dem Sohn Theophanus. Dieses Evangeliar ist endlich, nach seiner unglaublichen Odyssee in den 40er-Jahren von Texas über ganz Europa, wieder in den Domschatz von Quedlinburg heimgekehrt. Es ist ein überaus kostbares Buch, denn die lateinische Handschrift wurde mit einem goldenen Einband versehen. Darauf sind vier Elfenbeinschnitzereien: Jesu Geburt, Taufe, Kreuzigung und Kreuzabnahme.«

»Keine Auferstehung?«, fragte Barbara.

»Nein. Keine Auferstehung.« Scheugert schüttelte den Kopf.

»Was ist das hier hinten? Dieses Loch?« Buchegger stand am Rande einer halbrunden Vertiefung im Boden hinter dem Grab Heinrichs I. In die Rückwände des ehemaligen Kapellenraumes, jetzt ohne Decke, waren zwölf Nischen eingelassen. Zwölf Sitzgelegenheiten, reich mit Stuck und Gips verziert.

»Das ist die ehemalige Confessio.« Die Museumsbedienstete stellte sich an den Rand gegenüber und deutete mit dem Finger nach unten. »Dies war zur Zeit der Ottonen das kultische Herz des Damenstiftes. Hier war der Reliquienschrein aufgestellt.«

»Confessio bedeutet so viel wie ›ich bekenne‹«, sagte Sina. »Was bekannte man hier? Seinen Glauben?«

»Ohne Zweifel.« Scheugert ging in die Hocke. »In der Mitte, so nimmt man an, war einmal ein Pfeiler, der das Gewölbe getragen hat. Die drei Nischen vorne werden links von Königin Mathilde, der Frau Heinrichs, von ihm selbst in der Mitte und rechts von ihrer Enkelin Mathilde I., Äbtissin des Damenstiftes, quasi verschlossen. Das heißt, von ihren Sarkophagen, die exakt in die Nischen passen.«

»Ein Sitzplatz auf Lebenszeit sozusagen«, murmelte der Wissenschaftler. »Somit haben wir unter den beiden Gittern hier vorne in der Mitte Heinrich, daneben seine Frau und seine Enkelin. Richtig?«

»Die Gitter über der Grablege hat Himmler anbringen lassen. Die Grüfte waren früher mit Steinplatten verschlossen.« Scheugert zeigte auf etwas, das aussah wie eine zu niedrige Parkbank aus Stein. »Von Heinrichs ursprünglichem Sarkophag sind nur mehr diese Bruchstücke erhalten. Himmler hat ihm einen neuen machen lassen. Er ist oben in der Ausstellung zu sehen.«

»Nur gefunden hat er den König nicht, wie ich hörte.« Georg betrachtete ein wenig skeptisch die Reste des steinernen Sarges. »Der Körper Heinrichs gilt seit dem 18. Jahrhundert als verschollen.«

»Nicht ganz, Professor.« Regina Scheugert trat näher an ihn heran. »Es ist nicht viel bekannt darüber, aber angeblich hat der Leiter der Ausgrabungen, Hermann Wäscher, 1937 seinen Assistenten anvertraut, er habe Heinrich gefunden. Zumindest fand er einen Schädel mit Hasenfellkappe, den er in den fraglichen Zeitraum datierte. Dann versteckte er diesen Fund hier irgendwo in der Krypta, damit er Himmler nicht in die Finger fiel.« Sie deutete mit gestrecktem Arm über die Krypta. »Keiner seiner Assistenten hat diesen Toten mit der Hasenfellkappe jemals wieder gesucht, und das, obwohl in Wäschers Tagebüchern klare Hinweise enthalten sein sollen, wo er den Toten versteckt hat. Aber da Himmler keinen Rückschlag vertragen konnte, legte er einfach ein anderes, mittelalterliches Skelett in den neuen Sarkophag für Heinrich I. und behauptete, es sei tatsächlich Heinrich.«

»Vielleicht den Toten aus dem Kopfnischengrab?«, mutmaßte Barbara.

»Möglich«, brummte Sina. »Was hat Wäscher hier unten sonst noch gefunden?«

»Einen geheimen Raum, drei Meter tief und circa 1,50 Meter breit. Direkt aus dem Fels gehauen und genau unter dem Sarkophag Heinrichs.« Scheugert zeigte auf die Gruft des deutschen Königs.

»Warum wird diese Kammer nirgends erwähnt?« Sina stemmte die Fäuste in die Hüften und schaute Regina ungläubig an.

»Das ist auch der Grund für die Leiter«, lächelte Scheugert. »Sehen Sie doch einfach selbst nach!« Sie packte einen Griff des geschmiedeten Gitters und zog es mit einem heftigen Ruck auf. Dann stellte sie vorsichtig die Füße der Aluleiter auf die Bruchstücke des königlichen Sarkophags und lud Sina mit einer Handbewegung ein, nach unten zu steigen.

Ein feuchter und modriger Geruch schlug dem Wissenschaftler entgegen. In den Ritzen und Ecken sah er dunkle, dicke Spinnen in ihre Wohnröhren flüchten. Ihre dichten Gespinste hafteten an allem, an den Sarkophagen, an den Wänden und auf dem Boden. In der Kammer war an aufrechtes Stehen nicht einmal zu denken. Sina musste in die Knie gehen und sich vornüberbeugen, um sich nicht den Kopf zu stoßen und in dem engen Raum voranzukommen. Er konnte sich nur mit Mühe bewegen.

Direkt vor seinem Kopf stand der verwitterte Metallsarg der Äbtissin in einer Nische. Erinnerungen an die Gruft unter dem Rennweg, an das Skelett Jauerlings stiegen in ihm auf, an hinterlistige Sporen und tödliche Atemwegserkrankungen. Doch diese einmalige Gelegenheit, in König Heinrichs Grab zu klettern, die konnte er sich keinesfalls entgehen lassen.

Der Boden war nicht aus Fels, wie es der Wissenschaftler erwartet hätte. Georg ging in die Knie und berührte die Holzbalken mit der flachen Hand. »Holz!«, rief er nach oben. »Der Boden ist aus Holz!«

»Darunter ist die Kammer, von der ich gesprochen habe. Sehen Sie nach!«, forderte Regina und trat näher an das offene Gitter, um Sina eine Taschenlampe zu reichen.

Georg versuchte, einen Blick nach unten durch eine der breiteren Ritzen zu erlangen. Aber statt in den steinernen Raum schaute er einer Spinne in die Augen. Beim Zurückzucken schlug er sich um ein Haar den Schädel an. Er leuchtete mit der Lampe zwischen den Bohlen durch, als Barbara eine kleine Digitalkamera aus ihrer Bauchtasche zog und sie ebenfalls nach unten reichte.

Optik und Blitz dicht über einem Spalt zwischen den Bohlen, drückte Georg den Auslöser. Gespannt wartete er auf das Bild am Display. Tatsächlich, unter ihm war eine rechteckige Kammer. Mit jedem Foto gab die verborgene Kammer ein weiteres ihrer Geheimnisse preis.

»Da unten gibt es eine Aussparung«, beschrieb Sina den Frauen, was er erkennen konnte. »Von Norden nach Süden, groß genug, um einen Sarg hineinzustellen. Und an der Westwand des Schachtes ist ein Brett oder so etwas. Sieht in meinen Augen aus wie eine ziemlich verwitterte Sitzbank. Gerade so, als ob man sich an den Sarkophag gesetzt hätte, um da unten im Felsen stille Andacht zu halten.«

Barbara fuhr ein eiskalter Schauer über den Rücken. Hatten Heinrich und seine Nachkommen etwa dort, in der Felsengruft, wirklich am Grab des Herrn gebetet? War es wahr, was der Zwerg behauptete? Sie fuhr herum und starrte in die Confessio hinunter. Der Corpus Christi hier, bewacht von zwölf Jungfrauen? Eine wiederkehrende Reminiszenz an die Frauen, die das leere Grab gefunden hatten? Die heilige Ursula von Köln, gestorben mit elf Jungfrauen, aus denen die Legende elftausend gemacht hatte... Und auch in ihrer Kirche ein Krug von Kana...

Die Nonne biss sich auf die Lippen. Sie wollte nicht mehr weiter denken und doch...

Hatten die drei Marien Petrus am Ostermorgen angelogen, den Leichnam wirklich in der Nacht fortgeschafft, wie Pilatus es befürchtet hatte? Diese drei waren es auch gewesen, die den Toten gewaschen und balsamiert, ihn zur letzten Ruhe gebettet hatten. Sie kannten das Grab. Und die römischen Wachen waren eingeschlafen, berichtete die Heilige Schrift...

»O Gott«, entfuhr es Buchegger und sie schlug beide Hände vors Gesicht. Der Boden unter ihren Füßen schien zu schwanken. Mit zittrigen Fingern tastete sie nach einer Säule und lehnte sich mit dem Rücken dagegen.

»Eines ist klar«, freute sich Sina, als er wieder aus der Gruft kletterte. »Was auch immer da unten aufbewahrt wurde, es war so wertvoll, dass es Heinrich mit seinem eigenen Körper beschützte. Fast ist man versucht zu denken, der alte Spruch ›Nur über meine Leiche‹ käme von hier.«

Er wischte sich die Spinnweben aus dem Haar und streichelte Tschak, der die ganze Zeit über nervös vor dem offenen Loch auf und ab gelaufen war. Jetzt war er sichtlich froh, dass sein Herrchen wieder oben war.

»Sie haben gesagt, in der Confessio wurde der Reliquienschrein des heiligen Servatius aufbewahrt. Was wissen wir über diesen Schrein?«, erkundigte er sich bei Scheugert.

»Der Schrein ist Teil des Domschatzes«, antwortete Scheugert und betrachtete interessiert die Fotos auf der Digitalkamera. »Das Servatiusreliquiar ist ein Elfenbeinkasten, der mit Goldfiligranarbeiten verziert ist. Er entstand um 870 im westfränkischen Reich. Die Darstellungen zeigen Jesus im Gespräch mit elf seiner Apostel. Einer, ich vermute, der Verräter Judas Iskariot, wurde weggelassen. Diese Szene spielt unter Rundbogenarkaden, über denen in kleinen Nischen die Tierkreiszeichen dargestellt sind. An der Vorderseite ist ein Amethyst als Verzierung angebracht, in Form des Kopfes des heiligen Dionysios.«

»Die Tierkreiszeichen und ein Amethyst...« Sina wurde heiß und kalt, er traute seinen Ohren nicht. »Sie haben aber vorher gesagt, das Kloster wurde 936 gegründet, und die Gebeine des Servatius wurden erst 961 aus Maastricht hergebracht. Soviel ich über Ihren Heiligen nachgelesen habe, bevor ich heute hergekommen bin, geht man davon aus, dass er identisch ist mit dem in alten Urkunden erwähnten Sarbatios, der auf der Synode von Sardika im Jahre 350 als erbitterter Gegner der Arianer aufgetreten war und im heutigen Belgien als Bischof gestorben ist. Sein eigentlicher Schrein wird bis heute in Maastricht verehrt. Zwischen der Ankunft des Reliquiars und der Entstehung des Quedlinburger Elfenbeinkastens liegen demnach 91 Jahre.« Er holte sein Notizbuch hervor und begann, wild darin zu blättern. »Fassen wir zusammen: Wir haben hier eine leere Schatzkammer sowie einen westfränkischen Schrein, der 91 Jahre darauf wartet, mit Knochen vom heiligen Servatius, einem erklärten Gegner des Arianismus, angefüllt zu werden. Auf diesem Schrein sind die zwölf Tierkreiszeichen und, wie zum Hohn, ein Amethyst, genau wie in Jauerlings Rätsel. Und wir haben eine fränkische Basilika auf dem Michelberg, die von den Ungarn, Gott weiß warum, zerstört worden ist. Was hätten die Ungarn von dort oben stehlen wollen, wenn nicht einen kostbaren Schatz wie diesen? Wenn Sie mich fragen, Barbara, drei zu null für Jauerling.«

Er klappte den Collegeblock geräuschvoll zu. »Jetzt wird mir endlich so einiges klar. Dieser Schrein war auf der Flucht. Immer in Bewegung, um nicht von heranrückenden Feinden gestohlen zu werden. Und Heinrich war der Stärkste, der Einzige, der mit seinem Heer in der Lage gewesen ist, die Ungarn aufzuhalten. Ganz klar, er bekommt den Schrein vom Michelberg, um ihn vor den Invasoren zu beschützen. Erst sein Inhalt macht ihn zum König, die Ottonen zu Kaisern und zu ernst zu nehmenden Rivalen der Päpste. Und sein Inhalt war nichts anderes als...«

»Nichts!«, rief Buchegger laut, stieß sich von der Säule ab und eilte in Richtung Ausgang. »Ich will hier raus! Ich kann nicht mehr atmen, ich bekomme keine Luft!« Sie zog Tschak an der Leine hinter sich her und verschwand im Halbdunkel.

»Nicht sehr professionell, die junge Kollegin«, schmunzelte Scheugert und blickte Buchegger mitleidig hinterher. »Ein wenig dünnhäutig, vor allem für Ihr Thema, Professor.«

»Was meinen Sie genau?«, erkundigte sich Sina vorsichtig. Er musterte Regina misstrauisch. Wusste sie etwas?

»Hören Sie mir gut zu«, begann die Museumsbedienstete leise. »Mein Vater hat hier auf dem Schlossberg gegraben, mit Wäscher und den anderen Archäologen des Reichsführers-SS. Er war weder ein Wissenschaftler noch ein SS-Angehöriger, aber er hat brav als Hitlerjunge Schubkarren voll Erde ins Freie gefahren. Eine nach der anderen, Hunderte. Dabei hat er oft genug die Grabungsleiter bei ihren Besprechungen belauscht. Vater verstand nicht alles, aber er konnte sich seinen Teil dazu denken...« Sie schaute Sina tief in die Augen. »König Heinrich haben diese Leute nicht für Himmler gesucht. Der König war nur eine Alternative, ein Plan B. Plan A wurde nie gefunden. Aber der Schrein des Servatiusreliquiars ist genauestens von einem SS-Offizier, einem Obersturmbannführer von der Abteilung Ahnenerbe, unter die Lupe genommen worden, wie ebenso die Confessio und der Rest der Krypta. Sie haben ganz recht, was auch immer Himmlers Leute gesucht haben, es war einmal in diesem Schrein, aber es ist nicht mehr da. Es ist verschwunden. Aber, so erzählte Vater, es sollte, sobald man es gefunden hätte, auf die Wewelsburg gebracht werden. Zu Forschungs- und Vergleichszwecken.«

»Vergleichen?«, wunderte sich Georg. »Womit?«

»Tut mir leid, das weiß ich nicht.« Scheugert machte ein enttäuschtes Gesicht. »Der Tross aus Archäologen zog weiter. Vater wurde mit einigen anderen Hitlerjungen als Hilfskraft mitgenommen. Man grub in jeder großen Kirche der Ottonen, in jedem Dom, der ein sogenanntes Kaiserscheingrab enthalten hat. Unter anderem in Goslar, aber vor allem in Memleben, in der Pfalz, in der Heinrich gestorben ist.«

»Danke für Ihr Vertrauen!« Der Wissenschaftler reichte ihr seine Hand. »Ich muss jetzt wirklich gehen.« Er überlegte kurz. »Hat Ihr Vater jemals die Krüge von Kana erwähnt?«

Scheugert schüttelte den Kopf. »Aber im Domschatz befindet sich einer, den Sie morgen sehen können, wenn das Museum wieder geöffnet ist. Direkt daneben liegt das Otto-Adelheid-Evangeliar.«

»Danke, das werde ich ganz sicher machen.« Georg schlug seinen Collegeblock auf und zückte seinen Stift. »Ein gewisser Bernward war der Lehrer von Otto III. Was wissen Sie über seine Stadt, über Hildesheim? Dort befindet sich ebenfalls ein Krug von Kana. Dieser Krug war über der Christussäule ausgestellt. Und in St. Michaelis ist auch eine weitere, bevor Bischof Bernward hineinkam, ungenützte Grablege. Der Abstand dieses Grabes zur Christussäule entspricht genau der Distanz von Golgotha zur Grabeskirche. War Ihr Vater vielleicht auch in Hildesheim?«

»Hildesheim...«, wiederholte Scheugert gedankenverloren. »Nein, tut mir leid, dort war er nicht. Ich weiß nur, dass Bischof Bernward oft hier in Quedlinburg weilte, bei Kaiserin Theophanu. Er wollte unter ihrem Schutz Hildesheim zu einem neuen Rom machen. Zu einer Stadt, die mit ihren Kirchen und Heiligtümern der Stadt der Päpste ebenbürtig sein, ja Konkurrenz machen sollte. Der Dom, seine riesigen Tore aus Bronze, die Kirche St. Michaelis mit der Krypta und eben jener Christussäule stammen aus dieser Zeit...«

Sie dachte angestrengt nach. »Da fällt mir doch noch etwas ein. In der Stiftskirche St. Cyriacus in Gernrode ist Vater mit Hermann Wäscher gewesen. Dort befindet sich die älteste Kopie des Heiligen Grabes in Europa. Gernrode sollten Sie sich unbedingt ansehen, wenn Sie sich für derartige Geheimnisse interessieren.« Sie packte Georg am Arm und beugte sich zu ihm. »Sie denken doch nicht, dass Himmler nach Jesus gesucht hat, Professor?«

»Nein, Frau Scheugert, der ist aufgefahren in den Himmel«, erwiderte Sina prompt. »Ich folge nur einem alten Rätsel und bin gespannt, wo es mich hinbringt. Mehr nicht. Danke, Sie haben mir wirklich sehr geholfen!«

St. Cyriacus, notierte Georg in seinen Collegeblock und trat dann hinaus ins Freie. Just jener Heilige, der die heilige Ursula getauft hatte. Und wie auch beim heiligen Michael war ein überwundener, in seinem Fall in Ketten liegender, Teufel das Attribut des heiligen Mannes. Schöngrabern, Quedlinburg, Hildesheim, Gernrode, überall zeigte der Teufel seine Präsenz.

Sina kratzte sich am Hinterkopf. Jetzt hatte er die Spuren des Schreins gefunden, aber noch nicht seinen Inhalt. Wo war er verborgen? Flüchtete der Corpus etwa vor dem Teufel?

Der Teufel? Wie sah der wohl aus? War er eine Schlange oder eine groteske Fratze, wie in den Kirchen, zu denen ihn Jauerling geschickt hatte? Sina schüttelte den Kopf. Wohl kaum.

Da erinnerte er sich an die älteste bekannte Darstellung des Teufels auf einem Mosaik in S. Apollinare Nuovo in Ravenna. »Jesus wird die Guten von den Bösen unterscheiden, wie ein Hirt die Schafe von den Ziegen scheidet...«, murmelte er. Und vor seinem geistigen Auge erschien dieses Bild. Jesus in der Mitte, zwischen Schafen und Ziegen, wie im Letzten Abendmahl mit seinen Jüngern. Links von ihm der Teufel, der Engel Luzifer, blond mit blauen Augen, in ein blaues Gewand gehüllt. Blond und blauäugig, wie ein SS-Mann ...

Sina trat aus der Kirche und atmete tief die kühle, frische Abendluft ein. Er sah sich suchend nach Barbara und Tschak auf dem Schlosshof um. Nur noch wenige Besucher genossen den Abend. Für einen kurzen Moment traf sich sein Blick mit dem eines Mannes, vielmehr dem eines schemenhaften Umrisses, eines Schattens, der sofort wieder aus seinem Blickfeld verschwand. Der Fremde war sichtlich unfrisiert, und Georg hätte schwören können, dass er Pullover und Jeans trug.

Sina wusste zuerst nicht, woher, aber er war sich sicher, diesen Mann zu kennen.

Barbara stand mit Tschak an der Brüstung einer Aussichtsplattform und blickte auf das abendliche Quedlinburg hinunter. Der Wissenschaftler lief schnell zu ihr hinüber und sah sich dabei nach allen Seiten um. Er hakte sich bei der Nonne unter und zog sie in Richtung Stadt.

»Schnell! Verschwinden wir hier«, flüsterte er ihr zu. »Ich weiß nicht, wieso, aber ich glaube, wir haben Gesellschaft bekommen... Unser Freund vom Michelberg ist da. Gehen wir zurück ins Hotel, und Sie schließen Ihr Zimmer ab! Im Ernstfall haben wir noch immer Tschak als Wachhund.«

Barbara schluckte. Wie hatte das passieren können? Was hatte sie getan?

Wewelsburg, Kreis Büren/Deutschland

Die Wewelsburg schien in der Dunkelheit zu wachsen, je näher Paul und der Historiker dem Schloss kamen. So freundlich der Anblick bei Tageslicht gewesen war, so abweisend und unnahbar erschien er dem Reporter nun. Die Mauern ragten fast schmucklos vier und fünf Stockwerke hoch in den Nachthimmel.

»Beeindruckend, nicht wahr?«, fragte Ahrends, als sie über die steinerne Brücke durch das Burgtor den Innenhof betraten. Einige der Fenster waren erleuchtet, und von einem der oberen Stockwerke ertönte Lachen. »Die Jugendherberge«, erklärte der Historiker und führte Wagner zu dem mächtigen, runden Turm, der die Spitze der dreieckigen Burg bildete. »Jetzt stellen Sie sich vor, dass überall SS-Wachen patrouillierten, bis an die Zähne bewaffnet. Sicherheit war damals oberstes Gebot, denn viel Prominenz war hier zu Gast: Reinhard Heydrich, Leiter des Reichssicherheitshauptamtes, Kurt Daluege, Chef der Deutschen Ordnungspolizei, oder Himmlers Stabschef Karl Wolff.«

Die Schritte der beiden Männer hallten über das Pflaster des Innenhofs.

»Bald nach 1934 wurde hier ein Forschungsbetrieb aufgenommen und eine umfangreiche Bibliothek eingerichtet«, erzählte Ahrends. »Schulungen fanden in der ›SS-Schule Haus Wewelsburg‹ aber nie statt. Himmler ordnete im Gegenteil zahlreiche Maßnahmen an, mit denen er die Wewelsburg in eine abgeschirmte, zentrale Versammlungsstätte für die SS-Generalität umgestalten wollte.«

»Gibt es eine Liste der hier eingesetzten SS-Männer?«, erkundigte sich Wagner und dachte an die Ausweise aus Deutschbrod.

»Ja, gibt es«, antwortete Ahrends, »die Männer wurden alle 1935 in den persönlichen Stab Reichsführer-SS übernommen. Das blieben die meisten auch bis zum Kriegsende.«

»Darf ich einen Blick auf die Liste werfen, wenn wir die beiden Räume besichtigt haben?«, erkundigte sich Paul.

Ahrends lächelte. »Das sollte sich machen lassen, ich weiß zufällig genau, wo sie liegt.« Dann wies er mit dem ausgestreckten Arm auf den düsteren Turm vor ihnen. »Der Nordturm der Wewelsburg, der nach den Vorstellungen Himmlers nach dem Endsieg der Mittelpunkt der neuen SS-Welt werden sollte.«

»Der Mittelpunkt der Welt?«, wunderte sich Paul. »Wenn schon hoch gegriffen, dann wenigstens gleich nach den Sternen. Zum Glück kam es nie dazu.«

»Sie sagen es«, bestätigte Ahrends und schloss ein Holztor auf, bevor er Wagner mit einer Handbewegung zum Eintreten aufforderte. »Auf Initiative des ersten Burghauptmanns Manfred von Knobelsdorff ließ sich eine Gruppe ausgewählter SS-Wissenschaftler auf der Wewelsburg nieder. Ihre Studien, unter anderem in den Bereichen Volkskunde, Ahnenkunde, Archäologie sowie Vor- und Frühgeschichte, sollten vor allem dazu dienen, der SS-Rassenlehre eine theoretische Basis zu geben. Außerdem beschäftigten sie sich mit germanischen Riten und dem Ahnenkult. Vergessen Sie nicht, dass die Stiftung Ahnenerbe nur wenige Monate zuvor von Himmler gegründet worden war.«

»Es wäre also durchaus möglich, dass wichtige Unterlagen, Akten, historische Dokumente oder Artefakte hierher gebracht worden waren«, schloss der Reporter.

»Nun, wenn nicht hierher, wohin dann?« Ahrends öffnete eine Gittertüre und betätigte einen versteckten Lichtschalter. »Am 30. März 1945 verließ die SS-Mannschaft bereits die Burg, Ihr Transport muss also früher abgegangen sein. Da Himmler sichergehen wollte, dass die Kunstschätze und Unterlagen, die sich noch auf der Wewelsburg befanden, nicht von den Alliierten entdeckt wurden, ordnete er die Zerstörung der Anlage an. Aber der Sprengstoff reichte nicht aus, und so brannte die Burg zwar aus, doch die Außenmauern und der Nordturm blieben bestehen.«

Im Licht eines Dutzends dezent angebrachter Leuchten erstreckte sich ein runder Saal vor Paul. In der Mitte des Steinbodens, eben eingelassen, prangte ein Ornament aus dunkelgrünem Stein, die Schwarze Sonne. Zwölf Säulen trugen die Decke, die Wände dahinter waren von zwölf Fenstern durchbrochen.

»Der Obergruppenführersaal.« Ahrends Worte hallten durch den leeren Raum. »Die genaue Bestimmung konnte nie geklärt werden. Manche behaupten, die Heilige Lanze, die heute wieder in der Wiener Schatzkammer aufbewahrt wird, sollte hier ausgestellt werden. Knobelsdorff jedenfalls hielt auf der Burg Mittsommernachtzeremonien ab. Nach und nach sollte die Religion der SS und der Nazis alle anderen ersetzen. So wurden SS-Führer hier auch auf der Wewelsburg getraut, in einer ganz eigenen Feier. Sie durften ja bekanntlich nicht katholisch heiraten.«

Paul schlenderte durch den Raum, während er Ahrends' Ausführungen lauschte. Er fand den Saal seltsam uninspirierend, wie eine Theaterkulisse. »Die Gruft befindet sich darunter?«, fragte er schließlich.

»Ja, im Jahr 1943, als das Projekt nach den militärischen Niederlagen an allen Fronten gestoppt wurde, war nur der Nordturm fertiggestellt, und auch hier blieb das oberste Stockwerk unausgebaut. Der Turm, Mittelpunkt der geplanten riesigen Anlage und später auch der Welt, sollte vor allem einen Schutz für die Krypta darstellen, die ursprünglich eine Zisterne war.« Ahrends machte Paul ein Zeichen und löschte die Lichter wieder. »Kommen Sie, gehen wir nach unten.«

»Hat sich jemand über die Häufung der Zahl Zwölf hier den Kopf zerbrochen?«, erkundigte sich Wagner neugierig.

»Viele«, winkte Ahrends ab. »König Artus und seine Tafelrunde von zwölf Rittern, zwölf Hauptämter der SS, zwölf Monate, zwölf Apostel, es gab bereits alle Arten von Auslegungen. Fest steht nur eines: Das Hakenkreuz an der Decke der Krypta war genau mit der Schwarzen Sonne ausgerichtet, die ursprünglich eine goldene Scheibe in ihrem Zentrum trug und zwölf Sieg-Runen vereint.«

Die Gruft war kreisrund, lag nur wenig unter Bodenniveau und wurde ebenfalls von kleinen, aber starken Scheinwerfern erleuchtet. In ihrer Mitte war eine runde Vertiefung, etwa drei Meter im Durchmesser. »Manche nehmen an, es könnte sich auch um die letzte Ruhestätte von Himmler handeln, die er noch zu Lebzeiten dazu bestimmt hatte.«

Ahrends zuckte mit den Schultern. »Andere wiederum behaupten, man habe geplant, nach dem Krieg in der Mitte etwas aufzustellen, eine Götzenfigur oder ein besonderes Heiligtum. Genaueres werden wir wahrscheinlich nie erfahren. Auch die Funktion der zwölf Steinpodeste ist ungeklärt.«

»Keine Unterlagen?«, warf Paul ein.

»Alles verbrannt«, antwortete der Historiker. »Die Liste von SS-Männern, die ich Ihnen gleich zeigen werde, blieb nur durch einen Zufall im Ort erhalten. Wäre sie auf der Burg gewesen, dann hätten wir weniger Glück gehabt.«

Die beiden vergilbten Blätter waren mit Maschine geschrieben und trugen das Datum 18. Februar 1945. Wagner spürte die Nervosität aufsteigen, sich in seinem Magen einnisten. Er zog den Ausweis aus der Tasche und klappte ihn auf.

»SS-Obersturmbannführer Karl Lindner ist der Mann, nach dem wir suchen«, murmelte er. »Die beiden anderen waren nur Chargen.«

»Blättern Sie um, der Buchstabe L ist auf der anderen Seite«, meinte Ahrends.

Im oberen Drittel sprang Wagner der Eintrag »Lindner, Karl, Obersturmbannführer« entgegen.

Er stand seltsamerweise in der zwölften Zeile.

Israelische Botschaft, Wien-Währing/Österreich

»Weinstein, sind Sie noch im Büro?«

Valerie lenkte den Audi mit der rechten Hand, während sie mit der linken das Handy ans Ohr drückte. Dann beschleunigte sie voll über eine gelbe Ampel, schaltete in den nächsten Gang und ließ dazu das Lenkrad aus. Der Audi schoss nach vorne wie von einer Feder geschnellt. Bertucci kauerte starr auf dem Beifahrersitz und fragte sich, ob er die Fahrt überleben oder ob Goldmann Pro Deo die Arbeit abnehmen und ihn direkt in die Familiengruft befördern würde.

»Öhh... also, um genau zu sein...«, versuchte es Weinstein mit einer Hinhaltetaktik.

»Sie sind genauso vorhersehbar wie Chanukka«, unterbrach ihn Goldmann. »In zehn Minuten in der Botschaft, oder Sie schaffen sich besser schon einen Reiseführer für Lhasa an.«

»Es ist fast Mitternacht!«, protestierte Weinstein empört.

»Knapp nach 23.00 Uhr, um genau zu sein, und damit noch früh am Abend«, gab Valerie ungerührt zurück. »Außerdem dachte ich sowieso immer, Militärattachés sind ständig im Dienst für das gefährdete Vaterland. Rauben Sie mir nicht die letzten Illusionen, Weinstein. Jetzt sind es nur mehr neun Minuten, ich bin schnell unterwegs.« Damit legte Valerie das Handy beiseite, und Bertucci atmete auf, als er die zweite Hand Goldmanns wieder am Lenkrad sah.

»Weinstein?«, fragte er nach und hielt sich fest, als Valerie den kleinen Audi über alle vier Räder driftend in eine Linkskurve schwenkte.

»Samuel Weinstein, der Militärattaché meines Vertrauens«, grinste Goldmann. »Kampferprobt im Bürokrieg, gestählt im Grabenkampf der diplomatischen Banketts und erfahren in allen Taktiken, die eine unvermittelte und möglichst lang anhaltende Untätigkeit zum Ziel haben. Ach ja, und bevor ich es vergesse, wir fahren in die israelische Botschaft.«

»Was ich mir fast gedacht habe«, lächelte der Advocatus Diaboli hintergründig.

Rund zehn Minuten später öffnete sich das Tor zur Botschaft lautlos, und Valerie ließ den Audi in den Hof rollen. »Einen netten kleinen Wagen haben Sie da, Eminenz«, lächelte sie, als sie den Motor abstellte, ausstieg und dem Kardinal den Schlüssel zurückgab. »An den könnte ich mich gewöhnen. Und er hat vor allem keine meterhohe Werbeaufschrift.«

Weinstein, der an der Türe auf sie wartete und sie gehört hatte, machte ein griesgrämiges Gesicht. Er trug ein zerknautschtes Hemd und ungebügelte Jeans zu Sandalen. »Schick!«, konnte sich Valerie nicht verkneifen. »Sie sehen so... zivil aus.«

Der Militärattaché drehte sich wortlos um und wollte die Treppen hinaufsteigen, aber Valerie hielt ihn zurück. »Falsche Richtung, wir brauchen eine sichere Leitung nach Tel Aviv, und Sie wissen genau, zu wem«, meinte sie wie nebenbei.

»Aber...« Weinstein wies besorgt auf Bertucci. »Sie können doch nicht...«

»Lassen Sie das meine Sorge sein, Weinstein, sonst schlafen Sie wieder schlecht. Diesen Besucher vergessen Sie auch gleich wieder. Er war nie da, Sie haben ihn niemals gesehen und erinnern sich an gar nichts.« Valerie wurde ernst. »Das geht weit über Ihre Sicherheitseinstufung hinaus, nur damit wir uns recht verstehen.«

Der Militärattaché blickte Bertucci mit neu erwachtem Interesse an.

»Während wir telefonieren, organisieren Sie bitte ein Zimmer in der Botschaft, das beste, das wir frei haben. Ich möchte mir bis morgen keine Gedanken über die Sicherheit unseres Gastes machen müssen.« Goldmann lächelte dem Advocatus Diaboli aufmunternd zu. »Hier sind Sie gut aufgehoben.«

Wenige Minuten später blickte ein erstaunter Oded Shapiro vom riesigen Flatscreen auf Goldmann und Bertucci. »Major ... Was genau soll das?«

»Sie haben heute Vormittag von der höchsten Sicherheitsstufe gesprochen, Shapiro. Darf ich vorstellen? Kardinal Paolo Bertucci, der persönliche Kurier des Papstes, der Advokat des Teufels im Vatikan und der Erzfeind von Pro Deo. Höher geht es wahrscheinlich nicht, wenn man vom Heiligen Vater selbst einmal absieht.«

Shapiro war sprachlos.

»Fehlen Ihnen zum ersten Mal die Worte, seit wir uns kennen?«, stichelte Goldmann. »Ein bemerkenswerter Tag.«

»Das verstößt gegen alle Regeln...«, warf der Geheimdienstchef ein.

»Welche Regeln?«, bemerkte Valerie kalt. »Jene, die Sie immer dann ändern, wenn es Ihnen passt? Wie in den vergangenen Jahren? Das müssen Ihre sein, denn gegen meine Regeln verstößt es nämlich nicht. Nur ein Wort dazu: Caesarea.«

Ein alarmierter Blick trat in Shapiros Augen. »Was zum Teufel...?«

»Lassen Sie den Teufel aus dem Spiel, sein Anwalt sitzt hier«, gab Goldmann zurück. »So, und jetzt genug geplänkelt.« Sie griff in ihre Tasche und zog das Buch heraus, das sie aus Wagners Bibliothek mitgenommen hatte.

Dann legte sie den blauen Band demonstrativ vor Bertucci auf den Tisch.

»Sie waren es doch, der so große Angst vor der Sicherheitsstufe hatte«, meinte sie wie beiläufig zu Shapiro. »Nun, das hier ist eine Bibel, und der Mann, der davor sitzt, ist einer der einflussreichsten Männer der katholischen Kirche, sozusagen die rechte Hand des Papstes. Lassen Sie ihn schwören, Shapiro, mit der Hand auf der Bibel. Eine höhere und bessere Security-Clearance kann Ihnen nicht einmal der liebe Gott persönlich verschaffen.«

Der fünfte Kreis –
... INDEM SIE MIT DEN ZÄHNEN SICH ZERFLEISCHTEN

29.5.2010

Pontificio Collegium Russicum,
Via Carlo Cattaneo, Rom/Italien

Der kleine Sitzungsraum unter dem Dach des Collegium Russicum war stickig und voller Rauch. Die Aschenbecher auf der polierten Tischplatte quollen über, leere Zigarettenschachteln lagen durcheinandergewürfelt zwischen offenen Mineralwasserflaschen und gebrauchten Pappbechern. Mit sonorem Klang schlug die Uhr der Basilika Santa Maria Maggiore ein Uhr morgens.

Die vier Männer, die sich um den runden Tisch mit der päpstlichen Flagge in der Mitte versammelt hatten, waren jedoch hellwach. Keiner von ihnen hatte in den letzten achtundvierzig Stunden geschlafen. Nachdem ein junger Priester ein weiteres Tablett mit vollen, dampfenden Kaffeetassen abgestellt hatte, entließ ihn einer der Anwesenden mit einer ungeduldigen Handbewegung.

»Fassen wir zusammen.« Der Mann im dunklen Anzug und mit dem dünnen, goldenen Kreuz am Revers warf einen Blick in die Runde. Er mochte etwa sechzig Jahre alt sein, hatte eine Adlernase, auf der rahmenlose Gläser saßen, und dunkle Augen, denen nichts entging. Ein goldener Montblanc-Füllhalter rotierte ohne Pause um seinen Zeigefinger. »Die Situation ist Ihnen aus den Händen geglitten. Der Vatikanische Geheimdienst torkelt von einer Niederlage in die andere. Und ich dachte, Sie wüssten, was Sie tun.« Der Ton seiner Stimme war eisig. »Ich weiß nicht, warum ich Sie nicht alle an die Inquisition ausliefern sollte. Kardinal Frazer hätte seine wahre Freude daran, Sie wie sein Steak zu sezieren. Zum Frühstück.«

Major Alessandro Bertani schaute sein Gegenüber seelenruhig an. »Überschätzen Sie sich nicht, Dottore«, meinte er leise, »auch Sie sind nur eine Karte in diesem Spiel, die geopfert werden kann. Ein kleiner Hinweis hier, eine Vermutung dort...«

»... und Sie wären tot«, zischte der Mann im Anzug. »Sie haben alle die gleiche Berufskrankheit. Sie sind größenwahnsinnig und glauben, Sie seien unverwundbar. Nur ein kleiner Fingerzeig von mir und Sie verlassen dieses Gebäude nicht mehr lebend. Habe ich mich klar ausgedrückt?«

Bertani lächelte dünn. »Ich halte nichts von Übertreibungen. Und sie helfen uns nicht weiter.«

»Ach ja? Was hilft Ihnen denn weiter? Stehen Sie doch einfach einmal auf, gehen Sie ans Fenster und schauen Sie hinunter. Was sehen Sie? Eine der üblichen römischen Nebenstraßen. Aber so ist es nicht...«

Der Chef der Auslandsabteilung von Pro Deo stand auf, und Scaglietti sah die erste Unsicherheit in den Augen seines Kollegen aufblitzen. Bertani schob den Vorhang zurück und legte seine Stirn ans Fenster, um besser zu sehen. Auf der gegenüberliegenden Straßenseite standen ein paar Gruppen von Männern vor einer kleinen Bar beisammen, diskutierten, tranken Kaffee oder blätterten in Zeitungen.

»Genau bis dahin kämen Sie, Bertani, und dann würde man Ihre Leiche in die Autopsie bringen«, meinte der Mann im Anzug. »Ach ja, und natürlich würde man Ihren Tod nie aufklären, nach alter Tradition.«

Sein Nachbar am Tisch war ein kleiner, rundlicher Geistlicher mit Hamsterbacken, der unentwegt an seiner fleckigen Soutane herumwischte. Nun kicherte er. »Wie schön, wie schön, wer möchte schon einen Mord aufdecken, der dem Vatikan peinliche Fragen und Nachforschungen bescheren könnte?«

Er fuhr sich mit einem Taschentuch über die Glatze und verzog sein Gesicht. »Ich muss dem Dottore recht geben. Bisher haben Sie eine sehr mittelmäßige Vorstellung gegeben, Bertani. Ich hatte mir von Pro Deo mehr erwartet. Ich habe Ihnen Bertucci vom Hals geschafft, indem ich ihn nach England geschickt habe, das Bild des armen Luigi vor Augen. Rossotti ist tot, Lamberti vollbeschäftigt damit, die Wogen zu beruhigen. Kleinert, dieser Hampelmann Gottes, tänzelt um den Heiligen Vater herum und macht sich wichtig. Worauf warten Sie noch? Sie kennen die Namen, Sie haben freie Hand, Sie waten in Geld. Wir warten auf die Erfolgsmeldungen.«

Major Ettore Scaglietti warf Bertani einen kurzen Blick zu, dann legte er die Hände flach auf den Tisch. »Das ist alles nicht so einfach, wie Sie sich das vorstellen, Eminenz. Unangenehmerweise ist Bertucci nicht in England, sondern untergetaucht. Oder besser gesagt, bereits wieder aufgetaucht. Leider in Österreich und nicht auf den Britischen Inseln.«

Der Mann im Anzug fuhr herum. »Das ist jetzt nicht Ihr Ernst, Scaglietti. Oder?«

»Doch, leider. Wir haben Grund zu der Annahme, dass der Advocatus Diaboli uns alle an der Nase herumgeführt hat. Vor ziemlich genau zwei Stunden traf eine SMS bei Kardinal Erzbischof Frazer, General Gomez und dem Heiligen Vater ein. Absender war ein Mobiltelefon in Österreich. Der Wortlaut war kurz und bündig. ›Pro Deo mordet auch in Österreich. 666. Caesarea.‹ Wir arbeiten noch daran, den genauen Absender zu ermitteln.«

»Bertucci ist in Österreich? Wie in aller Welt konnte er bis dahin kommen?«, fragte der Dottore zornig. »Ich dachte, Sie hatten ihn bis zu seinem Abflug unter ständiger Überwachung?«

»Hatten wir auch«, gab Bertani zu, »aber dann lief alles schief. Er verschwand einfach, und als wir nach der letzten SMS Verdacht schöpften und die Sitzplatzlisten durchgingen, bestätigte sich unsere Befürchtung. Bertucci hatte nie vor, nach England zu fliegen.«

In diesem Moment öffnete sich nach einem kurzen Klopfen die Tür, und der junge Pfarrer trat ein, blickte entschuldigend in die Runde und überreichte Scaglietti einen Umschlag. Der Geheimdienstchef riss ihn auf. »Die Telefonnummer gehört einem pensionierten österreichischen Kriminalbeamten, Bernhard Berner, in Wien.«

»Bravo, bravo!«, rief der pausgesichtige Pfarrer aus. »Sie haben also nicht nur den Mossad alarmiert, sondern jetzt auch noch die österreichische Bundespolizei. Machen Sie noch ein wenig weiter so, und wir haben bald Gesellschaft von der CIA.«

»Dilettanten«, warf der Mann im dunklen Anzug abschätzig ein. »Sie können nicht einmal einen siebzigjährigen Kardinal stoppen. Wie weit sind Ihre Leute in Österreich?«

»Wir haben den alten Maurer aus der Schutzhaft geholt und uns einen Trumpf in der Hinterhand gesichert«, erklärte Scaglietti.

»Wie schön, wie schön. Und das Archiv?«, bohrte der Pfarrer nach.

»Wir suchen es noch«, gab Bertani zu. »Aber wenn der alte Maurer...«

»Wenn, wenn, wenn«, unterbrach ihn der Dottore ungeduldig. »Und wenn nicht? Wollen Sie dann anfangen zu beten, um Erleuchtung durch den Heiligen Geist? Der starrsinnige Pfarrer in Unterretzbach hat Ihnen nichts verraten außer dem Namen des alten Maurer. Was ist, wenn der auch nicht mehr weiß? Weil einfach niemand mehr lebt, der sich an die Vorkommnisse damals erinnern kann. Der Heilige Stuhl geht nun seit fast zweihundert Jahren jedem noch so kleinen Hinweis nach, wo dieses verdammte Archiv stecken könnte. Als der Anruf aus Österreich kam, da war es die erste vielversprechende Spur seit langer Zeit. Wir haben uns genau auf diesen Tag vorbereitet. Und jetzt? Jetzt sieht es so aus, als zerrinne uns alles zwischen den Fingern.« Der Mann im dunklen Anzug kniff die Augen zusammen und fixierte Bertani. »Über Valerie Goldmann und den Mossad will ich jetzt gar nicht nachdenken, weil mir sonst übel werden könnte, wenn mir nicht schon schlecht wäre. Können Sie sich mit Ihrem kleinen Geist ausmalen, was passieren würde, wenn das Archiv nach Israel geht? Dann dürfen Sie Ihr kleines Ränzchen packen und um Asyl in einer anderen Galaxis ansuchen. Wie konnte es geschehen, dass der israelische Geheimdienst seine Nase in diese Todesfälle hineinsteckte?«

Bertani zuckte mit den Schultern. »Ich bin kein Hellseher.«

»Leider nicht«, gab der Dottore giftig zurück, »das würde vieles vereinfachen. Wie lange werden wir Frazer, Gomez und den Heiligen Vater noch beruhigen können? Dreimal drei SMS sind neun zu viel.«

»Wir haben es auf eine Indiskretion und einen geistig Verwirrten geschoben«, murmelte Scaglietti.

»Wie einfallsreich«, ätzte der Dottore. »Es ist hoch an der Zeit, die Dinge wieder ins Lot zu rücken. Sie werden Bertucci, diesen Möchtegern-Machiavelli, finden, und ich will ihn nie mehr nach Rom zurückkehren sehen, nur um das klarzustellen. Dann werden Sie diesen Kriminalkommissar, diesen Berner, daran hindern, irgendetwas von seinem Treffen mit dem Advocatus Diaboli zu erzählen. Und zwar für immer. Ich will keine Mitwisser. Der alte Maurer hat sowieso eine ziemlich geringe Lebenserwartung, sorgen Sie dafür, dass es auch so bleibt. Was den Mossad betrifft...« Der Mann im dunklen Anzug machte eine Pause, der Füller hörte auf, sich zu drehen. »... da wird es schwieriger.

Wahrscheinlich werden uns nur unser Informationsvorsprung und eine gewisse Schnelligkeit gepaart mit entschiedenem Vorgehen retten. Wen haben Sie in Österreich vor Ort?«

»Die üblichen Teams«, gab Scaglietti unverbindlich zurück.

Der Dottore winkte verärgert ab. »Das meine ich nicht. Wen haben Sie an Informanten, Kennern von Land und Leuten, Fachleuten für Geschichte? Wer ist Ihnen verpflichtet und daher willens, Sie zu unterstützen, ohne viel zu fragen?«

Bertani kam Scaglietti zu Hilfe. »Es gibt jede Menge kirchlicher Stellen...« Ein bohrender Blick des Mannes im Anzug ließ ihn verstummen.

»Niemanden im Besonderen«, gab Scaglietti seufzend zu.

»Also gar niemanden«, präzisierte der Dottore höhnisch. Er griff in die Tasche und zog einen Zeitungsartikel hervor, den er Bertani über den Tisch zuschob. »Schon gelesen? Jauerling und seine Gruft.«

Der Geheimdienstchef winkte ab. »Alte Geschichten. Ein Journalist und ein Wissenschaftler lösten im letzten Jahr das Rätsel um das Grab des alten Zwerges.«

»Richtig.« Der Montblanc rotierte wieder.

»Wie schön, wie schön.«

Bertani blickte verwirrt von einem zum anderen. »Was genau soll das heißen?«

»Sie würden eine Lösung nicht einmal erkennen, wenn sie Ihnen in den Hintern tritt«, murmelte der Dottore resigniert. »Warum, glauben Sie, habe ich Ihnen den Namen Jauerlings genannt? Weil er ein entfernter Verwandter von mir ist? Der Leiter des Schwarzen Bureaus wusste vom Corpus, er wusste vom kaiserlichen Geheimnis, er wusste überhaupt alles. Worauf warten Sie noch? Suchen Sie diesen Wissenschaftler und diesen Reporter und bringen Sie in Erfahrung, was die bei ihren Recherchen herausgefunden haben. Vielleicht hat dieser Zwerg irgendwelche Aufzeichnungen hinterlassen. Er starb im gleichen Jahr, in dem das Archiv verschwand, allerdings ein paar Monate früher. Benutzen Sie den Journalisten und den Wissenschaftler, zahlen Sie ihnen Geld oder finden Sie die Leichen in deren Keller und erpressen Sie die zwei. Wir müssen dieses verdammte Archiv haben! War der Journalist in Unterretzbach bei der Auffindung der Leichen?«

»Keine Ahnung«, gab Scaglietti zurück, »ich habe mit unserem Team in Österreich darüber nicht gesprochen. Sie haben aber nichts dergleichen erwähnt.«

»Dann fragen Sie Ihre Mitarbeiter, Major«, zischte der Dottore. »Und erhöhen Sie endlich die Schlagzahl. Der Mossad wird inzwischen auch nicht untätig sein.«

»Wie Sie uns ja berichtet haben, ist Valerie Goldmann gestern Mittag mit einem israelischen Militärattaché nach Wien geflogen«, erinnerte ihn Hamsterbacke. »Soviel ich weiß, ist die Ballsaison vorbei.«

»Wir konnten sie ja nicht aufhalten«, erwiderte Scaglietti trotzig.

»Genug!« Der Dottore schlug mit der flachen Hand auf den Tisch. »Major, in diesem Haus wurden seit den 50er-Jahren Agenten der katholischen Kirche ausgebildet und hinter den Eisernen Vorhang geschickt, um zu missionieren und zu spionieren. Sie gingen unter falschem Namen in ihre russischen Gemeinden. Zuvor bekamen sie noch alle heiligen Sakramente, einschließlich der Letzten Ölung. Warum, das können Sie sich leicht ausmalen.« Der goldene Montblanc blieb mitten in der Bewegung stehen. »Ich garantiere Ihnen, dass Sie genau dieses Sakrament auch brauchen, wenn Sie nicht endlich Erfolge vorweisen. Mit dem einen Unterschied, dass ich mich auch gleich um jene finale Lösung kümmere, derer sich damals der KGB annahm.«

Ewers Alte Mühle, Wewelsburg, Kreis Büren/Deutschland

Guten Morgen! Besuch ist für Sie da!« Die Stimme der Kellnerin klang fröhlich, ausgeschlafen und beneidenswert energiegeladen durch die Tür. Paul versuchte verzweifelt, sein Gehirn einzuschalten und zu begreifen, was er soeben gehört hatte. Besuch? Für ihn?

Er fuhr sich mit der Hand übers Gesicht und hörte die Bartstoppeln kratzen.

»Sind Sie wach? Oder soll ich reinkommen?«, flötete die Kellnerin.

»Nicht nötig«, brummte Paul, »aber was heißt hier Besuch? Es ist mitten in der Nacht!«

»Es ist acht Uhr, und Sie haben eine Verabredung mit Dr. Ahrends. Er sitzt bereits am Frühstückstisch und sieht hungrig aus.«

»Ach du…«, stieß Wagner hervor und schwang sich aus dem Bett. »Sagen Sie ihm bitte, er soll schon loslegen, ich komme gleich!«

Fünfzehn Minuten später begrüßte ihn ein lächelnder Historiker, der mit erbarmungslosen Schlägen sein Frühstücksei köpfte. »Wie ich sehe, haben Sie gut geschlafen. Die würzige Landluft und ein weiches Bett wirken Wunder.«

»Nicht immer! Sie sollten einmal auf der Burg von meinem Freund Georg übernachten. Brot, Wasser, hartes Lager und Kälte. Dann denken Sie anders darüber. Im Übrigen tut es mir leid«, entschuldigte sich Paul, »es war ein langer Tag gestern.«

»Keine Ursache, ich habe inzwischen einen Vorsprung herausgefrühstückt«, feixte Ahrends. »Der Kaffee ist köstlich, die Eier kernweich, die Brötchen frisch. Danke für die Einladung.«

»Ich bin es, der zu danken hat«, entgegnete Paul. »Ohne Ihre Hilfe wäre ich gestern nicht mehr so weit in meiner Recherche gekommen.«

»Sie wollten mir noch etwas zeigen«, erinnerte ihn Ahrends und schenkte sich Orangensaft nach.

Der Reporter zog die Schatulle aus seiner Reisetasche, die Stepan ihm in Deutschbrod mitgegeben hatte, und stellte sie auf den Tisch. »Nicht nur, ich wollte mich auch erkenntlich zeigen für Ihre Zeit und Mühe.« Dann erzählte Paul von dem alten tschechischen Widerstandskämpfer, seinen Erinnerungen und seiner Hütte im Garten, der SS und dem verschwundenen Transport. Am Ende öffnete er den Deckel der Keksschachtel und schob sie Ahrends zu. »Stepan hatte mich gebeten, diese Stücke an ein Museum oder eine Sammlung weiterzuleiten, um sie auszustellen und damit Geschichte lebendig zu machen. Ich glaube, bei Ihnen wären sie in den richtigen Händen. Ich brauche nur noch zwei Dinge für ein paar Tage: den Ausweis von Karl Lindner und diesen Befehl.« Er zog das gefaltete Blatt aus der Schatulle und hielt es Ahrends hin. »Lesen Sie und erklären Sie mir, was geweihte Erde in diesem Zusammenhang bedeutet.«

Der Historiker legte sein Besteck zur Seite und nahm den vergilbten Briefbogen vorsichtig mit den Fingerspitzen an den Ecken. Er pfiff leise durch die Zähne, als er die Unterschrift und die Ortsangabe sah.

»Sicher einer der letzten Befehle, die Himmler hier erlassen hat«, murmelte er. »Gratuliere, damit haben Sie eine lückenlose Beweiskette.

Aber in einem Punkt muss ich Sie enttäuschen, Herr Wagner. Ich habe keine Ahnung, was mit der geweihten Erde gemeint ist, in die der Inhalt des Transports gebettet werden soll. Das lese ich zum ersten Mal.«

»Irgendeine Vermutung?«, stieß Paul nach.

Ahrends schüttelte den Kopf. »Der Begriff kommt doch eher aus dem christlichen Bereich, normalerweise ist damit ein Friedhof oder eine Gruft in einem Gotteshaus gemeint. Also geweiht durch einen Pfarrer, denken Sie nur an das Weihwasser. Für die Nationalsozialisten gab es keine geweihte Erde. Es gab zwar Weihestätten, eine solche war die Wewelsburg auch, oder der Braunschweiger Dom genauso wie die Staufer-Gedenkstätte im Kloster Lorch. Aber geweihte Erde?« Der Historiker faltete den Befehl vorsichtig wieder zusammen und reichte ihn Wagner zurück. »Also kann Himmler nur, so seltsam es auch klingen mag, kirchlich geweihte Erde gemeint haben. Dann bleibt nur noch die Frage – warum?«

»Darüber zerbreche ich mir seit gestern Abend auch den Kopf«, gab Wagner zu.

Ahrends verteilte nachdenklich Butter auf sein Brötchen. »Betrachten wir diese ganze Geschichte des Transports doch einmal von Beginn an. Von der Wewelsburg macht sich Ende März ein Waggon auf den Weg südwärts. Er wird von Himmler befohlen und von SS-Männern begleitet, Tag und Nacht bewacht. Er kommt bis Deutschbrod, dann geschieht etwas Unvorhergesehenes – die Lokomotive ist plötzlich weg.«

Der Reporter nickte. »Doch dann ist eine andere Lok ebenso plötzlich wieder da, allerdings sind die SS-Männer weg, und zwei Soldaten, Walkowski und Richter, scheinen den Transport wissentlich oder unwissentlich übernommen zu haben. Sie kommen bis in den kleinen Bahnhof von Unterretzbach, das ist sicher. Dort allerdings lassen sie den Zug stehen, vielleicht weil ihnen die Kohle ausgegangen ist, und steigen auf ein Motorrad um, die Packtaschen voller Geld. Sie kommen aber nicht weit. Ende der Geschichte. Ich sehe keine geweihte Erde.«

»Ich auch nicht«, gab Ahrends zu, »aber mir fällt etwas anderes auf. Keiner, der je mit diesem Transport zu tun hatte, hat es überlebt. Schlimmer noch, sie alle starben eines gewaltsamen Todes.«

Paul erstarrte in der Bewegung. Er sah den Historiker völlig überrascht an.

»Na ja, überlegen Sie. Beginnen wir mit Himmler, der den Befehl gab. Er brachte sich 1945 wenige Wochen später mit einer Zyankalikapsel um und krepierte elendiglich. Obersturmbannführer Lindner starb in Deutschbrod, gemeinsam mit den beiden SS-Männern der Wachmannschaft. Der Konvoi der SS wurde von Partisanen überfallen, alle Insassen der beschädigten Wagen sofort hingerichtet. Ihr Widerstandskämpfer Stepan war dabei. Walkowski und Richter kamen bis Unterretzbach, wurden dort ermordet und ins Kriegerdenkmal eingemauert.«

»Markhoff, der Mörder der beiden Soldaten, wird in Russland von Wölfen zerrissen, Reiter schneidet sich vor drei Tagen die Pulsadern auf, der Pfarrer wird gefoltert und an die Glocke gehängt«, ergänzte Paul und spürte, wie sich seine Nackenhaare aufstellten. »Sie haben recht. Nur der alte Maurer hat bis heute überlebt.«

»Ich möchte jetzt nicht Orakel spielen«, meinte Ahrends, »aber es würde viel dafür sprechen, dass auch er nicht friedlich im Bett stirbt.«

Wagner schwieg betroffen.

»Es sieht ganz so aus, als habe der Transport Unglück gebracht«, fuhr der Historiker fort, »und zwar nicht nur damals, sondern auch heute noch.«

»Geweihte Erde«, flüsterte Paul. »Gibt es durch die Jahrhunderte nicht Artefakte, die man besser nicht anrührt? Die mit einem Fluch belegt sind, oder habe ich zu viele amerikanische Filme gesehen?«

»Sie meinen Dinge wie die Bundeslade, den Sarkophag des Pharao oder bestimmte berühmte Diamanten?« Ahrends zuckte mit den Schultern. »Kommt darauf an, woran Sie glauben. Manchmal sieht es fast so aus.«

»Wollte Himmler deshalb den Transport in geweihter Erde wissen?«, dachte Paul laut nach. »Weil er um die Gefahr wusste, die von ihm ausging?«

»Nun, der Reichsführer-SS war sicher ein esoterisch angehauchter Mensch, der Astrologen und Wahrsagern ebenso zuhörte wie Vertretern der Hohlen-Erde-Fraktion«, lächelte Ahrends. »Niemand wird ihn je ganz durchschauen können, dazu war diese Persönlichkeit zu vielschichtig und manchmal auch einfach zu unberechenbar. Stiftung Ahnenerbe, Suche nach dem Gral, Expeditionen nach Tibet. Also erwarten Sie von mir bitte keine Erklärung für die geweihte Erde. Vielleicht wollte Himmler auch nur sichergehen, eine Art Rückversicherung abschließen, wenn Sie wissen, was ich meine.«

Paul nickte. »Nutzt es nichts, dann schadet es auch nichts.«

»Zum Beispiel«, erwiderte der Historiker.

»Aber war es nicht so, dass der Reichsführer-SS im Krieg mit der katholischen Kirche lag?«, gab Paul zu bedenken. »Wollte er nicht eine eigene NS-Religion anstelle aller anderen einführen? Dann passt die geweihte Erde aber nicht unbedingt zu seinen spirituellen Weltanschauungen.«

»Ich habe Ihnen ja gesagt, er war nicht einfach zu durchschauen.« Ahrends trank seinen Kaffee aus. »Denken Sie an Quedlinburg, den berühmten Dom, in dem Himmler seine Heinrichsfeiern abhalten ließ. Da wählte er auch eine katholische Kirche als Rahmen für seinen Kult. Obwohl die Gebeine des Angebeteten nie gefunden wurden.«

»Wie weit ist Quedlinburg von hier?«, erkundigte sich Paul.

»Ach, etwas mehr als zweieinhalb Stunden Fahrt, über Kassel, Göttingen und Goslar. Sie sollten sich die Stadt und den Dom anschauen, wenn Sie bereits so weit gefahren sind.« Der Historiker klappte den Deckel der Schatulle zu und nickte Paul zu. »Danke für die Erinnerungsstücke. Ich werde sie gut verwahren und ausstellen, das verspreche ich Ihnen. Ich wollte, wir hätten mehr erhaltene Unterlagen über die Wewelsburg zur Zeit der SS. So haben wir ja nicht die leiseste Ahnung, woraus dieser Transport überhaupt bestand. Und wenn wir ganz ehrlich sind, dann wissen wir ja auch nicht, wo er geendet hat. Unterretzbach kann nur eine Zwischenstation gewesen sein. Fiel er in die Hände der Russen? Kam er etwa bis nach Wien? Oder nach Moskau? Niemand weiß es.«

»Sie sehen also keine Chance, den Inhalt zu rekonstruieren?«, erkundigte sich Paul.

Ahrends schüttelte den Kopf. »So leid es mir tut, nein. Zumindest nicht hier, nicht aus den Papieren, die noch vorhanden sind. Es gibt so viele unbeantwortete Fragen, was die Wewelsburg betrifft, da ist Ihr mysteriöser Transport nur eine mehr.«

Donaustadt, Wien/Österreich

»Burgi und der alte Maurer sind verschwunden, und ich habe lausig geschlafen«, brummte Berner schlecht gelaunt, als Eddy ihm einen Becher Kaffee in die Hand drückte und entschuldigend lächelte.

»Mein Sofa in der Werkstatt ist kein Himmelbett und nicht für Übernachtungen gedacht, Herr Kommissar«, meinte Eddy und schob Berner einen Teller mit zwei belegten Brötchen zu. »Aber dafür ist das Frühstück umso besser und die Nachtruhe eine sichere.«

»Wie wäre es einmal mit ein wenig Putzen und Aufräumen, oder sind das unanständige Begriffe in der Metallbearbeitungsbranche?«, erkundigte sich der Kommissar, nachdem er einen Blick auf die fleckigen Wände und die fast undurchsichtigen Scheiben von Eddys Büro geworfen hatte. »Ein paar neue Einrichtungsstücke würden dem Konzern Bogner auch nicht schlecht stehen.«

Der Mann hinter dem Schreibtisch kicherte und verschränkte die Hände über dem kugelrunden Bauch. Eddys Gesicht, rund und voll wie das eines pausbäckigen Engels, strahlte vor Zufriedenheit. »Aber dann wäre doch die gesamte Atmosphäre ruiniert, Herr Kommissar. Und meine Kunden würden alle ihre Aufträge wieder stornieren, weil sie einen plötzlichen Reichtum durch Preiserhöhungen oder unmoralisch hohe Margen vermuten würden.«

»Eine Putzfrau kostete nicht die Welt«, grummelte Berner. »Aber die käme ja nicht einmal bis in dein Büro, weil sie vorher der Schlag getroffen hätte.« Berner wies auf den alten, abgesessenen Drehstuhl für Besucher, der vor Eddys Schreibtisch stand. »Den kenne ich jetzt auch schon seit meinen Kindertagen ...«

»Sie übertreiben, Herr Kommissar«, wehrte Eddy ab und fuhr sich mit der Hand über seinen völlig kahlen Kopf. »Ich habe mein Netzwerk angezapft, was Burghardt und den alten Maurer betrifft, aber bisher leider ohne Erfolg.«

»Und genau das beunruhigt mich zutiefst«, gab Berner zu. »Hat sich in der Nacht jemand für die Werkstatt interessiert? Vier Männer in einem blauen Volvo etwa?«

Eddy schüttelte energisch den Kopf. »Zwei meiner Mitarbeiter standen Wache. Alles blieb ruhig. Sonst hätte ich Sie geweckt. Professor Sina ist jetzt seit fast zwei Tagen in Quedlinburg, aber es macht mich ein wenig unruhig, dass er sich noch nicht gemeldet hat. Ich hätte ihm vielleicht doch einen Leibwächter mitgeben sollen.«

»Georg weiß schon, was er tut«, beruhigte ihn Berner. »Aber wie immer auch, danke, Eddy, ich stehe in deiner Schuld, wieder einmal.« Der Kommissar stand auf und ging zu den fast blinden Scheiben, die vor Jahren vielleicht einmal einen Blick in die Werkstatt ermöglicht hatten. Jetzt erkannte er die Arbeiter nur mehr schemenhaft im harten Licht der Schweißbrenner durch die Schmutzschichten. »Pro Deo ist langsamer, als ich dachte. Wer war der Killer, von dem du mir erzählt hast? Der vorgestern Nachmittag Georg an den Kragen wollte? Was sagt dein Netzwerk dazu?«

Eddy wiegte nachdenklich den Kopf hin und her. »Das würde ich auch gerne wissen. Mir ist gar nicht wohl bei dem Gedanken, den Herrn Professor einfach so Rätsel lösend durch deutsche Kirchen spazieren zu lassen. Aber er wollte es. Allerdings haben meine Männer vor zwei Tagen nur einen Pfarrer daran gehindert, die Minoritenkirche zu betreten.« Eddy zuckte mit den Schultern. »Sonst ließ sich niemand blicken. Vielleicht hat unsere Anwesenheit den Killer doch abgeschreckt.«

»Einen Pfarrer?«, fragte der Kommissar misstrauisch. In diesem Moment klingelte sein Handy, und Berner nahm das Gespräch an. »Ah, sieh da, die Presse ist auch schon wach«, murmelte er und dann lauter: »Guten Morgen nach Deutschland!«

»Nicht nur wach, sondern bereits unterwegs!«, gab Paul zurück. »Das habe ich gehört. Gibt es etwas, das ich unbedingt wissen sollte? Ich wollte eigentlich noch nach Quedlinburg fahren und mich dann wieder auf den Heimweg machen.«

»Moment, Quedlinburg?«, warf Berner ein und schaute Eddy fragend an. »War das nicht das Ziel unseres Professors?«

»Georg ist in Quedlinburg?«, wunderte sich Paul. »Hat er endlich den richtigen Knopf an seinem Mobiltelefon gefunden und ist wieder erreichbar? Dann versuche ich gleich, ihn anzurufen. Noch was?«

Berner seufzte. »Leider ja.« Dann berichtete er dem Reporter vom Eintreffen Bertuccis und Valeries in der Remise, Burghardts und Maurers Verschwinden und der SMS an Pro Deo von seinem Handy. »Und außerdem versucht noch jemand, Sina auszuschalten. Im Zeichen des Nagelkreuzes. Sagt Ihnen das etwas?«

»Nie gehört«, gab Paul zu. »Gibt es auch etwas Erfreuliches? Volles Programm zu Hause und ich bin weit weg. Georg übernehme ich, aber Sie sollten mit Valerie reden. Ihre Beziehungen sind Gold wert. Was ist mit unserem Ordensträger im Blaumann?«

»Der hat sich um Georgs Sicherheit gekümmert, als er noch in Wien war. Und das Hotel Eddy hat mich heute Nacht beherbergt«, antwortete der Kommissar bitter lächelnd. »Nicht zu empfehlen, ein halber Stern.«

»Aber dafür ungefährlich«, gab Paul zu bedenken. »Bernhard?«

»Ja?«

»Pass auf dich auf. Ich würde ungern nach Wien zurückkommen und mir einen neuen Freundeskreis suchen müssen.«

»Ist schon gut, Paul«, murmelte Berner gerührt, »so leicht mache ich es dir nicht.«

»Dann bin ich beruhigt. Ich melde mich, sobald ich in Quedlinburg angekommen bin und Georg gefunden habe.« Damit legte der Reporter auf.

Eddy schob die Unterlagen auf seinem überfüllten Schreibtisch beiseite und stellte einen neuen vollen Becher Kaffee vor Berner ab. »Schwarz wie die Seele der Inquisition«, kicherte er. »Wo fangen wir an, Herr Kommissar?«

Ein Klopfen an der Tür unterbrach sie. Franz, der Theaterexperte, der vor langer Zeit einmal Platzanweiser im Wiener Volkstheater gewesen war, bevor er auf die schiefe Bahn geriet, steckte seinen Kopf herein. »Chef? Ein blauer Volvo ist gerade auf den Zufahrtsweg eingebogen.«

Eddys Werkstatt lag in einer Gegend Wiens, die gemeinhin als »Transdanubien« bezeichnet wurde. In der östlichen Wiener Vorstadt, wo die Ausläufer der Pannonischen Tiefebene an den Ufern der Donau versickerten, wurden nach den Hochhauswohnblöcken die Häuser immer kleiner, niedriger, schienen sich zu ducken und in Deckung zu gehen, um dem Abriss zu entkommen. Die freien Wiesenflächen hingegen wurden größer, die Baulücken häufiger. Autohändler, Gärtnereien und Holzhandlungen, Baumärkte und Einkaufszentren, Schrebergartensiedlungen und Bungalows aus den 70er-Jahren existierten einträchtig nebeneinander. Das »Wiener Tor zum Balkan« unterschied sich seit jeher von den noblen Vororten im Westen oder Norden. Jenseits der Donau, auf der anderen, der billigen Seite des Stromes, hatten sich nach dem Krieg kleine Handwerksbetriebe angesiedelt, am Wirtschaftswunder mitverdient und waren trotzdem in Familienhand geblieben. Als manche in die Krise rutschten, mussten nicht viele Arbeiter entlassen werden, man hatte ja kaum noch welche. Man war immer unter sich geblieben, bescheiden und mit beiden Beinen auf dem Boden.

Hier hatte Eddy nach dem Ende seiner Ringerkarriere einen Metall verarbeitenden Betrieb aufgebaut, der ausschließlich Vorbestrafte und ehemalige Gefängnisinsassen beschäftigte. Angewandte Resozialisierung nannte Bogner sein Projekt, das mit den Jahren dank der Verbindungen des »Chefs« immer erfolgreicher und größer geworden war. Viele von Eddys Mitarbeitern hätten ohne ihn nie wieder im normalen Alltag Fuß fassen können. So aber hatten sie alle eine Zukunft, ein gutes Einkommen, viele hatten eine Familie gegründet und führten nun ein geregeltes Leben. Das waren nur einige der Gründe, warum Eddys Männer für ihren Chef jederzeit durchs Feuer gegangen wären. Als es im vergangenen Jahr galt, vier verminte Depots von Senfgasgranaten in Wien zu entschärfen, waren alle Mitarbeiter Eddys Berner, Paul und Georg zu Hilfe gekommen und hatten ihr Leben riskiert, ohne lange zu fragen.

Der Zufahrtsweg, über den der blaue Volvo nun rollte, war eine schmale, unkrautverwachsene Nebenstraße, die nach hundert Metern in einen Feldweg mündete, bevor sich die beiden Spuren völlig im dichten, hochstehenden Gras verloren. Er führte entlang eines schiefen Eisenzauns auf ein Tor zu, das seit mindestens zehn Jahren nicht mehr bewegt worden war und nur mehr lose in den Angeln hing, gezeichnet vom Rost. Ein kleiner Nussbaum, der durch das Eisengerippe gewachsen war, hätte jeden Versuch erfolgreich verhindert, das Tor jemals wieder zu schließen.

Berner und Eddy verfolgten den Weg des Volvo auf einem kleinen Schwarz-Weiß- Monitor, der an eine unauffällige, aber hochauflösende Sicherheitskamera unter dem Dach der scheinbar so windschiefen Wellblechbude angeschlossen war, in der die »Metallverarbeitung Bogner« residierte.

Doch der Schein täuschte, wie immer bei Eduard Bogner.

Das Gebäude aus Fertigbetonplatten war mit den Wellblechen nur »auf alt« getrimmt worden, um zufällig vorbeikommende Spaziergänger zu täuschen. Das Chaos vor der Halle, das ungepflegte Grundstück, das mit Metallteilen, Gittern, Rohren und Stangen, Alteisen und undefinierbaren Zylindern übersät war, die noch aus der Zeit nach dem Krieg stammen mussten, war reine Tarnung. Das wurde einem bewusst, wenn man die Werkstatt betrat, die mit den modernsten Maschinen ausgestattet war. CNC-Fräsen, Laserschneidegeräte, computergesteuerte Drehbänke und sogar ein Schweißroboter füllten die Werkstatt bis auf den letzten Quadratmeter.

Berner zündete sich eine Zigarette an und tippte auf den Bildschirm. »Nur zwei der Vögel sind mitgekommen«, brummte er. »Die andere Hälfte der Mannschaft ist verschollen.«

»Die nehmen an, dass für Sie zwei Killer genug sind, Herr Kommissar«, grinste Eddy. »Die kennen Sie nicht näher.«

Die beiden Männer ließen den Wagen vor dem schiefen Eisentor stehen und stiegen aus. Einer von ihnen hielt ein Gerät in der Hand, das er im Halbkreis schwenkte, bevor die kurze Antenne auf die Wellblechbaracke zeigte.

»Mein Handy liegt eingeschaltet in deinem Büro«, erklärte Berner. »Die verwenden irgendein illegales Ortungsgerät.«

Aus dem Kofferraum des Volvo holten die beiden Männer zwei MP5-Maschinenpistolen von Heckler & Koch, luden seelenruhig durch und liefen los.

»Schwere Artillerie! Da mag Sie aber jemand überhaupt nicht«, meinte Eddy ironisch.

Berner zog seinen Colt 45 aus dem Halfter und wollte die Pistole entsichern, doch der Exringer fiel ihm in den Arm. »Aber nicht doch, Herr Kommissar. Wollen Sie meinen Jungs jede Freude nehmen?« Damit drückte Eddy auf einen Knopf unter dem Fenster. In der Werkstatt ging ein rotes Licht an, aber es schien nichts am Arbeitseifer der Männer zu ändern. Das Klopfen und Hämmern, Schweißen und Feilen ging unvermindert weiter.

Berner schaute Eddy fragend an, aber der winkte nur ab.

Mit einem lauten Knall flog das Tor zur Werkstatt auf, und die beiden Killer stürmten herein, die Maschinenpistolen in den ausgestreckten Händen. Sie eröffneten augenblicklich das Feuer. Garben von Kugeln rasten durch die Luft, Querschläger jaulten zwischen den schweren Maschinen, Leuchtstoffröhren gingen zu Bruch. Funken sprühten. Zwei der Fenster zwischen Büro und Werkstatt lösten sich in einem Glasschauer auf.

Als die Magazine leer waren, luden die Angreifer nach. Einer von ihnen deutete auf die schmutzige Tür zum Büro.

Eddys Männer waren blitzschnell in Deckung gegangen und aus dem Blickfeld verschwunden, als die Tür aufgeflogen war. Jetzt war es totenstill in der Werkstatt. Nur mehr zwei Neonröhren brannten und erleuchteten mehr schlecht als recht das Durcheinander an Maschinen und Werkbänken, halbfertigen Kundenaufträgen und Metallteilen.

Einer der Killer war die drei flachen Stufen zum Büro hinaufgestiegen, stand vor der fleckigen Holztür und hob die Maschinenpistole. Da ertönte ein seltsames Geräusch. Es war ein kurzes leises Zischen, wie aus einem undichten Reifen, gefolgt von einem dumpfen Schlag. Ein schwarzer, gefiederter Bolzen nagelte das Handgelenk des Mannes mit unglaublicher Wucht an das alte, ölige Holz der Wandverkleidung. Er schrie gellend auf, ließ die Waffe fallen und versuchte vergeblich, das Projektil aus seinem Arm zu ziehen. Der zweite Attentäter wollte in einem ersten Impuls zu ihm eilen, überlegte es sich dann aber und presste sich mit dem Rücken gegen eine riesige Maschine, die fast bis zur Decke reichte. Sein Kopf ruckte von rechts nach links und wieder zurück.

Doch niemand war zu sehen.

Das schwarze Benzin-Öl-Gemisch, das ihn überraschend von oben traf, rauschte wie ein Sturzbach auf ihn herunter. Franz, der ganz hoch unter der Decke auf der Maschine kauerte, ließ den Kübel los und zog sein Zippo. Er klappte es auf, der Funke sprang, und dann ließ Franz das Feuerzeug einfach nach unten fallen. Mit einem Fauchen erwachten die Flammen zum Leben. In Sekundenbruchteilen stand der Killer in Flammen. Er brüllte auf, die Maschinenpistole klapperte zu Boden, und dann bauten sich auch schon zwei Männer Eddys vor ihm auf, die Feuerlöscher im Anschlag.

»Ich hätte gute Lust, dich durchzugaren«, meinte einer von ihnen ruhig, bevor er auf den Auslöseknopf schlug. Der weiße Spezialschaum hatte leichtes Spiel, Sekunden später waren die Flammen erstickt, und der Mann wand sich stöhnend am Boden.

»Sie müssen wissen, Armbrustschießen ist der neue angesagte Sport in meiner Truppe«, meinte Eddy ungerührt zu Berner, der ein wenig schuldbewusst auf das Chaos und die Zerstörung in der Werkstatt blickte. »Nachdem ihnen die bisherigen Modelle zu wenig Durchschlagskraft hatten, war massives Tuning angesagt. Offenbar erfolgreich.« Der Stolz in Eddys Stimme war unüberhörbar.

»Mein Soll-Konto bei dir und den Jungs wird immer größer, Eddy«, brummte Berner und schlug ihm auf die Schulter. »Danke.«

»Nicht der Rede wert«, wehrte Eddy ab. »Wenigstens rostet die Mannschaft nicht ganz ein.« Er blickte sich in seinem Büro um, das mit Glassplittern übersät war. »Das mit der Putzfrau ist vielleicht doch keine schlechte Idee«, sagte er kopfschüttelnd, bevor er sich durch die Tür in die Werkstatt schob.

Israelische Botschaft, Wien-Währing/Österreich

Valerie Goldmann lief die Treppen zu Weinsteins Büro hinauf und auf halber Strecke dem israelischen Botschafter in Wien, Alon Bar Ilan, direkt in die Hände.

»Exzellenz, so früh schon unterwegs?«, fragte Goldmann, nachdem sie Bar Ilan begrüßt hatte.

»Leider ja, ein wichtiger Termin im Bundeskanzleramt mit dem diplomatischen Korps, selbst an einem Samstag«, antwortete der Botschafter. »Und glauben Sie mir, Major, es tut mir wirklich leid, weil ich das Vergnügen hatte, mit Kardinal Bertucci zu frühstücken und mich gerne noch länger mit ihm unterhalten hätte. Ein überaus interessanter und gebildeter Gesprächspartner. Ich hatte bereits viel von ihm gehört, aber noch nicht das Vergnügen, ihn persönlich zu treffen. Es würde mich freuen, Sie beide gemeinsam zu einem Abendessen in der Botschaft begrüßen zu können, wenn es Ihre Zeit erlaubt. Und jetzt entschuldigen Sie mich bitte, ich muss wirklich los!«

Mit einem Lächeln und einem Kopfnicken war Bar Ilan auch schon um die Ecke verschwunden, als Goldmann vom zweiten Stock Schritte hörte, die sie nur zu gut kannte. Samuel Weinstein, in voller Uniform mit Ordensspange und der Kappe unter dem Arm, eilte die Treppen herunter und versuchte, sich mit einem kurzen Gruß an Valerie vorbeizudrängen.

»Guten Morgen und nicht so hastig, mon cher!«, bremste ihn Goldmann. »Der Samstag ist noch jung, und das mit dem arbeitsfreien Wochenende wollen wir gleich wieder vergessen. Das Vaterland braucht Sie. Also keine Fahnenflucht.«

»Ich muss zu einem Empfang in der Hofburg in offizieller Mission...«, protestierte Weinstein.

»... und sind schon wieder zu spät dran, ich weiß«, vollendete Valerie. »Ich nehme an, es handelt sich um ein informelles Mittagessen, gefolgt von einem lockeren Beisammensein bei Kaffee und Cognac, das wir in den Sonntag ausklingen lassen.« Sie tippte auf die Ordensspange. »Interessant ... und so dekorativ. Wenn ich daran denke, dass Eddy Bogner im vergangenen Jahr das goldene Verdienstkreuz um die Republik Österreich bekommen hat und den ganzen Tag im fleckigen Blaumann herumläuft...«

Weinstein machte ein saures Gesicht. »Major Goldmann...«

»Wie geht es meiner Liste, die ich Ihnen gestern Abend in die Hand gedrückt habe?«, erkundigte sich Valerie mit unschuldigem Augenaufschlag.

»Sie meinen heute früh, Major«, verbesserte sie der Militärattaché, »oder besser gesagt, mitten in der Nacht.«

»Keine Spitzfindigkeiten«, beendete Goldmann die Diskussion. »Haben Sie alles zusammengestellt?«

»Fast alles«, gab Weinstein zurück. »Bestimmte Dinge sind nicht um drei Uhr morgens aufzutreiben.«

Valerie schaute unbeeindruckt auf die Uhr. »Aber um zehn Uhr vormittags sicherlich«, gab sie zurück. »Waffen?«

»In einer Sporttasche, auf die Ihr italienischer Besuch aufpasst. Er ist übrigens in meinem Büro«, erwiderte Weinstein ungeduldig.

»Auto? Und ich hoffe, Sie haben keinen weiteren ›Pizza-Expresss‹ aufgetrieben.«

»Steht auf dem Botschaftsparkplatz.«

»Und...?«

»Major, ich muss jetzt wirklich weg!«, unterbrach sie Weinstein, winkte ihr kurz zu und stürmte die Treppen hinunter.

Misstrauisch schaute ihm Valerie hinterher. »Warum habe ich nur so ein blödes Gefühl im Magen?«, murmelte sie und machte sich auf den Weg in den zweiten Stock.

Der kleine Italiener saß auf dem Besuchersofa in Weinsteins Büro und blätterte in einer neuen Ausgabe der »Jerusalem Post«.

»Ich hoffe, Kardinal Lamberti wird nicht böse darüber sein, dass kein Artikel über ihn erschienen ist«, lächelte Valerie zur Begrüßung. »Guten Morgen, Eminenz. Gut geschlafen? Dass Sie in den höchsten Kreisen gefrühstückt haben, das hat man mir schon berichtet.«

Der Advocatus Diaboli lachte leise. »Guten Morgen, Major Goldmann, und danke für das perfekte Nachtquartier. Das nächtliche Gespräch mit ... Tel Aviv war äußerst aufschlussreich. Auch wenn nicht alles, was ich über meinen Freund Rossotti gehört habe, meine Zustimmung findet, um es diplomatisch auszudrücken.«

»Ich habe es für einfacher gehalten, Sie direkt mit Shapiro kurzzuschalten, als um den heißen Brei herumzureden«, gestand Valerie und suchte nach der Tasche, von der Weinstein gesprochen hatte. »Haben Sie hier eine Sporttasche gesehen, Eminenz? Der Militärattaché meines Vertrauens hat meine Bestellliste von heute Nacht abgearbeitet, zumindest behauptete er das im Vorüberfliegen.«

»Meinen Sie diese?«, fragte Bertucci und deutete auf eine schwarze Tasche mit der Aufschrift »We think we can«, die unter Weinsteins Schreibtisch stand. »Wo sollen wir beginnen, Major Goldmann? Nachdem Kommissar Berner die Meute von Pro Deo auf seine Spur gelockt hat ...«

»Nur kein schlechtes Gewissen deswegen«, erwiderte Valerie, »Bernhard weiß schon, was er tut.« Sie holte die Tasche hervor, stellte sie auf den Schreibtisch und zog den Reißverschluss auf.

»Das hoffe ich für ihn«, murmelte Bertucci. »Nach dem nächtlichen Gespräch mit Oded Shapiro ist mir klar geworden, dass es Pro Deo um den verschwundenen Teil des Vatikanischen Geheimarchivs geht.« Der Advocatus Diaboli stand auf und ging nachdenklich zum Fenster. »Drei Menschen sind gestorben für ein Geheimnis, das vor zweihundert Jahren bei einer Flussüberquerung abhandenkam. Was die Informationen betrifft, haben wir mit dem Geheimdienst aufgeschlossen. Trotzdem sind wir noch keinen Schritt weiter. Wir haben drei Namen, die Pro Deo auch hat, woher auch immer. Wir wissen nichts über den

Inhalt, über die Geschichte des Archivs nach jenem Überfall am Taro, nichts über seinen Verbleib.«

»Wir wissen auch nicht, für wen Pro Deo das Archiv sicherstellen soll«, meinte Valerie leise, die in der Tasche kramte. »Und Weinstein bringe ich bei nächster Gelegenheit um«, fügte sie murmelnd hinzu, »er konnte so gut wie gar nichts besorgen. Dieser Mann ist ein diplomatischer Blindgänger.«

»Wo sich das Archiv derzeit befindet, das soll der Geheimdienst in Österreich herausfinden«, meinte Bertucci unbeeindruckt, während er den Park vor dem Fenster der Botschaft betrachtete, in dem die ersten gelben Rosenknospen leuchteten. »Deswegen ist Caesarea da, die Einsatzgruppe. Aber die Folter des armen Priesters in Unterretzbach scheint sie auch keinen Schritt weitergebracht zu haben.«

Valerie machte die Sporttasche frustriert wieder zu. »Ich bin Ihrer Meinung, Eminenz, dass wir neben Pro Deo an der Startlinie zum letzten Rennen stehen. Jetzt wird es darauf ankommen, wer den besseren Parcours erwischt, die besten Berater hat und am Schluss die wenigsten Skrupel.«

»Dann haben wir schon verloren«, lächelte Bertucci dünn.

»Abwarten!«, gab Goldmann zurück und schob den Advocatus Diaboli sanft auf den Gang. »Im Ernstfall wenden wir uns an Ihren zweiten Chef.«

Universität Wien, Wien-Innere Stadt/Österreich

Professor DDr. Wilhelm Meitner, Leiter des Instituts für Geschichte an der Universität Wien und von seinen Studenten respektvoll »Wilhelm der Streitbare« genannt, war verzweifelt. Die Zahl der Prüfungen in diesem Jahr war sprunghaft angestiegen, dafür war der Lehrkörper nach einer rapiden Diät, bedingt durch wissenschaftliche Forschungen und Auslandseinsätze, ausgedünnt. So hatte man zwei Termine auf einen Samstag legen müssen, was Meitner von vornherein als Anschlag auf sein heiliges Wochenende betrachtet hatte. Und dann noch diese ignorante, hilflose und unvorbereitete Doktorandin, die ihm den letzten Nerv raubte!

»Frau Kollegin!«, schnaubte er. »Um mich auf Ihr Niveau zu begeben, müsste ich mich flach auf den Boden legen. Was Ihnen fehlt, ist elementares Basiswissen, nicht der Streusel auf dem geschichtlichen Kuchen. Mir stellt sich die Frage, was Sie in den letzten Monaten an diesem Institut getan haben?«

Meitner drehte sich frustriert um und stürmte unter den mild erstaunten Blicken der Mitglieder des Kollegiums aus dem Prüfungszimmer. Der laute Knall der zufallenden Tür war Balsam für seine angegriffene Moral.

»Professor Meitner?« Eine Stimme ließ den Historiker herumfahren. Er wollte zu einem »Wer sagt das?« ansetzen, da erkannte er Valerie, und seine Laune besserte sich schlagartig.

»Ah, endlich ein Lichtblick in meinem düsteren Universitätsalltag«, lächelte er. »Was führt Sie in die manchmal gar nicht so erlauchten Hallen der Wissenschaft, Frau Goldmann?«

Meitner und Valerie hatten sich im vergangenen Jahr beim Empfang des Bundespräsidenten anlässlich der Ordensverleihung an Eddy Bogner in der Hofburg kennengelernt. Nachdem sie das Erbe ihres Großvaters angetreten hatte, war Goldmann fest entschlossen gewesen, einige wissenschaftliche Projekte zu unterstützen. Darunter hatten sich auch zwei befunden, an denen Meitner federführend beteiligt war.

»Ein Archiv, drei Namen und eine Blutspur durch halb Europa«, antwortete Valerie leise. »Darf ich vorstellen? Kardinal Paolo Bertucci aus Rom, Professor Wilhelm Meitner.«

»Dann kommen Sie besser in mein Büro«, meinte der Institutsvorstand, nachdem er Bertucci begrüßt hatte. »Und es wäre gelogen, würde ich sagen, ich sei nicht neugierig.«

Meitners Büro, eigentlich ein einfacher Schreibtisch zwischen hohen Bücherregalen, die alle vier Wände des Raums einnahmen, glänzte im Gegensatz zum Arbeitsraum Sinas durch rigorose Ordnung. Zwei bequeme Besucherstühle standen vor einem ordentlich aufgeräumten Schreibtisch, den ein Computerbildschirm dominierte, auf dem sich das Siegel der Universität als dreidimensionaler Bildschirmschoner drehte.

»Kaffee und Mineralwasser kommen gleich«, begann der Historiker mit einem entschuldigenden Blick zu Bertucci, »auch wenn ich mit keinem original italienischen Espresso dienen kann. Und jetzt erzählen Sie mir, was es genau mit diesem Archiv und den drei Namen auf sich hat.«

»Es geht um einen Teil des Geheimarchivs des Vatikans«, führte Valerie aus, die ihr Diktiergerät aus der Tasche zog, es auf den Tisch stellte und einschaltete. »Wir werden Sie nicht zitieren, Professor Meitner, aber es erspart mir das Mitschreiben. Genauer gesagt, geht es um jenen Teil...«

»... der 1815 verschwunden ist«, vollendete Meitner den Satz lächelnd. »Habe ich recht? Das war zu erwarten, nachdem Sie gleich geistliche Verstärkung aus Rom mitgebracht haben.«

Valerie nickte überrascht.

»Ein Transport, der unter keinem guten Stern stand«, fuhr Meitner fort. »Aber lassen Sie uns beim Anfang beginnen. Im Februar 1810, auf dem Höhepunkt seiner Macht, erließ Napoleon ein Edikt zur Beschlagnahmung der päpstlichen Archive in Rom. War zuerst Reims in der französischen Champagne als Bestimmungsort vorgesehen, so wurde etwas später Paris zum Aufbewahrungsort bestimmt. In der Folge machten sich mehrere Züge von riesigen Wagen mit insgesamt mehr als 3200 Kisten, wenn ich mich recht erinnere, auf den Weg und verließen Rom im Februar 1811. Kisten- und körbeweise wurden Dokumente, Bücher, Verzeichnisse, Originalakten aus den Archiven der römischen Kurie nach Paris gekarrt. Der Hauptteil der transportierten Akten gehörte zu den Beständen des Vatikanischen Geheimarchivs. Aber es blieb nicht bei dem einen Transport, weitere folgten. Napoleon wollte alles haben.«

Eine Sekretärin stellte ein Tablett mit den Getränken auf den Schreibtisch.

»In Paris wurden die zahlreichen und wertvollen Schriftstücke der päpstlichen Archive im Palast Soubise zwischengelagert, von wo sie in das damals im Bau befindliche Zentralarchiv beim Champ de Mars gebracht werden sollten. Aber alles kam ganz anders. Der Stern Napoleons sank rasch, wurde zur Sternschnuppe. Sein Nachfolger, König Ludwig XVIII., entschied sich, die Vatikanischen Archive wieder dem Papst in Rom zurückzugeben, das Pariser Gastspiel war zu Ende. Die Akten traten wieder die Heimreise an, oder besser gesagt, so lautete der Plan.«

Meitner rührte nachdenklich seinen Kaffee um.

»Der Papst schickte zwei Männer nach Paris, um die Verpackung und Rückkehr des Archivs zu überwachen. Den damaligen Präfekten des Vatikanischen Archivs, einen gewissen Gaetano Marini, und dessen Neffen, Marino Marini.«

»Sagten Sie Marini?«, warf Bertucci erstaunt ein und sah Valerie an. »Daher der Name auf dem Zettel! Verzeihen Sie, Professor, ich wollte Sie nicht unterbrechen.«

Der Historiker nickte nachsichtig.

»Die beiden Marinis machten sich also auf den Weg nach Paris und übernahmen tatsächlich im April 1815 offiziell die Bestände. Doch dann machte das Schicksal dem Vatikan einen Strich durch die Rechnung: Napoleon kam zurück, es gab das berühmte Zwischenspiel der Hundert Tage, und in dieser Zeitspanne liefen die Bestimmungen der Archivrückgabe ab. Wenig später geschah etwas Seltsames: Einer der Marinis, Gaetano, starb noch in Paris, den anderen, Marino Marini, warf man kurzerhand aus der Stadt. Er reiste unverrichteter Dinge wieder nach Italien zurück.«

»Das Archiv blieb also vorläufig in Paris?«, stieß Valerie nach.

»Ja, und es erlitt bereits da große Verluste«, bestätigte Meitner. »Ich habe mich mit dieser Geschichte deshalb so intensiv beschäftigt, weil einer meiner Doktoranden seine Arbeit über das ›französische Intermezzo‹ verfasst hat. Selbst wenn es schwer vorstellbar erscheint, aber damals tauchten vatikanische Akten sogar auf dem Pariser Fischmarkt als Einpackpapier auf. Wie auch immer, im August 1815 war Marino Marini wieder zurück in Paris, nachdem der Stern Napoleons endgültig untergegangen war. Und der junge Monsignore Marini erwies sich als eifrig und zielstrebig. So rollte bereits im Oktober der erste Transport in Richtung Süden, den er auch begleitete, weil er sich den triumphalen Einzug in Rom nicht nehmen lassen wollte. Doch auf der Rückfahrt geschah etwas Unvorhergesehenes: Trotz aller Sorgfalt gingen bei der Überquerung des Taro im Piemont Teile des Vatikanischen Geheimarchivs verloren. Die Hoch- und Deutschmeister erbeuteten die Kisten und Körbe für Österreich mit Waffengewalt. So weit die Fakten.«

Meitner lehnte sich zurück und legte die Fingerspitzen aneinander, während er Bertucci und Goldmann beobachtete. »Ab da verschwand das Archiv in den Tiefen der Zeit. Es bleiben uns nur mehr Vermutungen, Rückschlüsse, Legenden und einige wenige Fakten.«

»Deswegen sind wir hier«, warf Valerie ein.

»Nicht unbedingt sehr wissenschaftlich, Frau Goldmann«, lächelte Meitner. »Aber bevor wir zu Theorien kommen, hier vorab eine unumstößliche Tatsache: Die Geschichte dieses Archivs wurde seit Paris mit Blut geschrieben.« Er wurde ernst und schaute Valerie tief in die Augen. »Vielleicht klingt es seltsam, aber es scheint, als sei jemand dahinter her, so unbeirrbar wie der Teufel hinter den Seelen.«

Stiftskirche St. Servatius, Quedlinburg,
Sachsen-Anhalt/Deutschland

Georg Sina stand in dem dunklen, würfelartigen Raum im Norden des Ostchores der Stiftskirche und wunderte sich. Das herrschende Zwielicht war nur durch die punktuelle Beleuchtung in den Vitrinen erhellt. Das Gold, das Elfenbein und die Edelsteine an den Reliquien und Bucheinbänden des Domschatzes schimmerten im Licht der Spots. Der steinerne Krug, der in einem düsteren Eck den Besuchern präsentiert wurde – sollte er tatsächlich einer jener berühmten sechs aus dem Johannesevangelium sein? Der Wasserkrug, mit Griff und Schnabel, war zwar äußerst kunstfertig aus einem Stein geschnitten, mit wunderschöner Maserung von Braun bis Ocker, er war aber trotz allem nur ein römisches Gefäß, mehr nicht.

Es gab rein gar nichts Außergewöhnliches an diesem Gefäß, nichts, das dem Betrachter verriet, dass in ihm einmal durch ein Wunder Wasser zu Wein verwandelt worden wäre... Georg schüttelte den Kopf. Nein, die unglaubliche Geschichte, das ausgefeilte Rätsel des Zwerges, alles das lag weit weg, betrachtete man diesen einfachen Steinkrug.

Ganz anders wirkten im Vergleich dazu die anderen Kunstschätze auf den Betrachter, das prunkvolle Otto-Adelheid-Evangeliar und das effektvolle Servatiusreliquiar. Oder, wie es Sina von Jauerling besser wusste, der Schrein für den Corpus Christi. Der war ganz goldene Pracht und Herrlichkeit. In diesem wertvollen Behälter waren die sterblichen Überreste von Jesus durch ganz Europa hierher gereist, unter den Schutz des mächtigen Königs Heinrich. So erzählte es zumindest die Geschichte der Krüge, von denen einer hier so unbeteiligt in einem Eck stand und langsam Staub ansetzte.

Der Sternenweg hatte Schwester Barbara und ihn an diesen Platz geführt.

Sie waren am Ziel.

Und doch ... Sie standen jetzt wieder ganz am Anfang. Der goldene Reliquienschrein war leer, oder besser gesagt, es lag der Falsche darin. Nicht mehr der Erlöser, den Jauerling und, wie es schien, auch Himmler gesucht hatten, sondern ein katholischer Heiliger und Gegner der Menschlichkeit Jesu.

Wo war der versprochene Körper des Messias? Wohin hatte man die Reliquie gebracht?

Sina fixierte den Krug, als könnte er ihm so sein Geheimnis entreißen. Sackgasse, wiederholte er im Geiste und ging dann zur Vitrine des Servatiusreliquiars hinüber. Von dem wuchtigen Amethyst an der Stirnseite ging in dem Halbdunkel ein eigenartiger Zauber aus. Er ging in die Knie, um besser sehen zu können, und näherte sein Gesicht dem Vitrinenglas.

In dem Moment vibrierte das Handy in seiner Hosentasche, und er zuckte zusammen.

»Mich trifft noch einmal der Schlag...«, keuchte er überrascht und schaute auf das Display. Der Anrufer war Paul. Wer sonst? Er eilte aus dem Ausstellungsraum und drückte die Annahmetaste. »Paul!«, sagte er. »Schön, dich zu hören.«

»Du bist schwerer zu erreichen als der Bundespräsident«, maulte Wagner halb im Ernst und halb im Spaß. »Ich versuche seit Tagen, den werten Herrn Professor zu sprechen, aber lande jedes Mal nur auf deiner Mobilbox...«

»Das tut mir leid. Ich hatte auch schon ein schlechtes Gewissen deswegen, aber du glaubst nicht, was mir in den letzten Tagen so alles passiert ist...«, begann Sina, ignorierte bewusst die strafenden Blicke der Umstehenden wegen dem strengen Handyverbot in der Kirche und bewegte sich langsam in Richtung Ausgang.

»Ich weiß zumindest einiges«, fiel ihm Paul ins Wort, »dank Eddy, dem Informationsprofi. Auch, dass du gerade in Quedlinburg die Kirchen unsicher machst und dir ein Killer im Zeichen eines Nagelkreuzes auf den Fersen ist.«

»So ist es«, bestätigte Georg und stieg langsam die Treppen zum Volksaltar hinunter. »Unser alter Freund Jauerling hat mir mit seinem Privatarchiv einen gordischen Knoten zum Auflösen gegeben. Das Zeichen, das ich beim Michelberg auf der Windschutzscheibe des Autos gefunden habe, ist exakt jenes Kreuz aus Nägeln über einem Pentagramm, das wir beide auf den Akten zu »Il Diavolo in Torino« zum ersten Mal gesehen haben, wenn du dich an Maria Laach erinnerst.« Der Wissenschaftler sah sich misstrauisch um. »Leider fehlt mir zu allem Überfluss im Moment auch das Schwert, um den kunstvollen Knoten wie damals Alexander einfach durchzuhauen. Mit anderen Worten: Ich stecke in einer Sackgasse. Schlimmer noch, mein Verfolger scheint mir noch immer auf der Spur zu sein und mich sogar hier in Sachsen-Anhalt gefunden zu haben.«

»Wie kommst du darauf?«, warf Paul ein.

»Ich glaube, ich habe ihn gestern Abend erkannt. Ich war mir nicht ganz sicher, aber das war keine ruhige Nacht...«

»Nicht wirklich erfreulich«, stellte Wagner trocken fest. »Meine Recherche hat gut begonnen, aber dann leider stark nachgelassen. Was hältst du von einem Informationsaustausch? Vielleicht fällt dem anderen etwas mehr ein.«

»Guter Gedanke, aber wie du weißt, bin ich in Sachsen-Anhalt«, erinnerte ihn Georg knapp und stapfte durch das Langschiff nach draußen. »Wo steckst du gerade? Eddy hat mir erzählt, du wärst in Unterretzbach bei Berner und Burgi. Er hat von zwei toten Wehrmachtssoldaten in einem Kriegerdenkmal gesprochen und davon, dass du eine Menge böser Erinnerungen an das Kriegsende in die Gegenwart geholt hast. Was dir, wie ich gehört habe, auch ganz neue Freunde eingebracht hat, die fest entschlossen sind, euch über den Jordan zu schicken.«

»Ja, das wird schon fast zur Manie...«, seufzte Paul. »Wie auch immer. Ich bin jedenfalls näher als du denkst und ich habe gerade einen alten Freund getroffen. Rate mal, wen?«

»Keine Ahnung.« Georg zuckte ratlos mit den Schultern.

Der Wissenschaftler trat auf den Schlosshof hinaus, in die pralle Mittagssonne. Sofort begann Tschak zu bellen und lief schwanzwedelnd auf ihn zu. Der Mann, den er an der Leine hinter sich herzog, war Paul Wagner.

»Scherzkeks!«, grunzte Sina und legte auf. »Du hättest mir auch gleich sagen können, dass du im Schlosshof bist. Was das wieder kostet...!«

»Ach was!«, rief Paul lachend und klopfte Georg auf den Rücken. »Das bringt dich schon nicht um.«

»Nein, das besorgt der Idiot mit dem Nagelkreuz schon.«

Die beiden Freunde umarmten sich. Es tat gut, das alte Team endlich wieder vereint zu wissen.

Barbara beobachtete Paul und Georg aus einiger Entfernung. Dann entschied sie sich, doch näher zu kommen.

»Barbara Buchegger hast du ja bereits kennengelernt, nachdem dich Tschak an der Leine hat.« Sina winkte die Nonne näher.

»Ja.« Paul nickte. »Deine reizende Begleiterin hat mich schon ins Kreuzverhör genommen, wer ich bin und warum ich Tschak kenne.«

»Das Wichtigste war, dass Sie der Hund auch erkannt hat, Herr Wagner.« Barbara lächelte und kraulte den kleinen Hirtenhund hinter dem Ohr. »Und Ihr Presseausweis war mir auch eine gewisse Entscheidungshilfe...«

»Siehst du, Georg«, lächelte Paul, »eine gewissenhaftere Dog-Sitterin kann man sich gar nicht wünschen. Unterzieht mich sogar einer Ausweiskontrolle...«

»Das ist auch ganz gut so«, murmelte Sina halblaut und zog seinen Freund ein wenig zur Seite. »Es ist nicht so, wie du jetzt vielleicht denkst, Paul.« Er deutete mit dem Kopf auf Barbara. »Sie ist die Nichte von Benjamin, dem Messerschmied von der Dumm-Mühle, und sie ist eine Nonne.«

»Eine Nonne?« Paul schaute ungläubig auf die Frau in Jeans. »So sieht sie gar nicht aus. Hat sich da in den Bekleidungsvorschriften etwas verändert und ich weiß nichts davon?«

»Nein, Eddy hat ihren Look...«, Sina überlegte kurz, »... nun, sagen wir, modifiziert«, ergänzte er und steckte die Hände in die Hosentaschen. Dann sah er sich wieder um. »Was mich mehr beunruhigt, ist dieser Killer, der mich selbst hier gefunden hat. Er wollte uns beide, dich und mich, schon einmal umbringen. Vergangenes Jahr, in der Gruft unter dem Rennweg...«

Paul sah ihn konsterniert an. »Wie bitte?«

»Weißt du noch? Es ist derselbe Kerl, der uns in Jauerlings Gruft zur ewigen Ruhe betten wollte. Und er hat eine Obsession. Er will mich tot sehen. Wenn er dich jetzt auch noch hier sieht, könnte es gut sein, dass er sich Hoffnungen macht, uns alle beide auf einen Streich...« Er verstummte und blickte sich erneut um. »Komm, besser wir reden dort drüben in dem Wirtshaus weiter.« Er zeigte auf das Restaurant neben dem Burgtor und gab der Nonne ein Zeichen. »Und da kannst du mir auch in Ruhe erzählen, was dich nach Quedlinburg geführt hat.«

»Du warst also auf der Wewelsburg? Das ist gut!«, sagte Georg und setzte sein Bierglas ab. Die drei hatten einen Platz an einem Tisch etwas abseits von den Touristen gefunden, auf der Terrasse mit dem angeblich »schönsten Stadtblick auf Quedlinburg«. Nachdem er sich ausgiebig ein Zubrot vom Mittagessen erbettelt hatte, lag Tschak nun unter dem Tisch und hielt seinen Verdauungsschlaf.

Die Sonne brannte vom tiefblauen Himmel, und die Stadt vor der Silhouette des Harzes am dunstigen Horizont verströmte Frieden und Beschaulichkeit. Ganz anders als Barbara, die nervös an einem Stück Brot kaute. Sie hatte Wagner nicht aus den Augen gelassen, während er von den Ereignissen der letzten Tage erzählt hatte.

»Keine Angst, so geht es bei uns nicht immer zu, Barbara«, lachte Paul und versuchte sie zu beruhigen. Ihm waren das immer blasser werdende Gesicht der Nonne und ihr verschreckter Gesichtsausdruck nicht entgangen. Spätestens die Erwähnung des toten Priesters, kopfüber an der Glocke aufgehängt und mit einer »666« auf der Brust, hatte ihr das Mittagsmenü total verleidet.

Der Reporter wandte sich wieder an Georg: »Warum ist das gut, dass ich auf der Wewelsburg war?«

»Ganz einfach...«, setzte Sina leise an und begann, Dreier auf die Tischplatte zu zeichnen, »weil ich dann nicht mehr hinfahren muss.« Er holte sein Notizbuch hervor und schlug es auf. »Unser Freund Jauerling hat mich mittels eines Sternenweges hierher nach Quedlinburg gelockt. Sein Versprechen war verlockend: Ich würde am Ende seines Rebus die größte Reliquie der Christenheit finden: den Körper von Jesus Christus.«

»Du machst Witze!« Paul lehnte sich überrascht vor und warf einen unsicheren Seitenblick auf Barbara. Aber diese blieb stumm und senkte nur betroffen den Blick.

»Das genügt mir schon als Antwort«, kommentierte der Reporter leise. »Es ist also wahr. Aber was hat das mit Himmler und der Wewelsburg zu tun?«

»Soviel ich bisher in Erfahrung bringen konnte, haben nicht nur Jauerling, Joseph II. und ein paar andere, sondern auch die SS im Laufe der Geschichte nach der Reliquie gesucht«, erklärte Sina und begann in seinen Aufzeichnungen zu blättern. »Überall, wo der Körper auf seiner Flucht vor diversen Invasoren, wie den Persern oder den Ungarn, Station gemacht hat, postierte jemand einen der sechs Krüge von Kana. Die Position dieser Krüge habe ich herausgefunden. Selbst hier in Quedlinburg ist einer, ich habe ihn mir gerade angesehen.«

»Ist die Reliquie auch da?« Paul nahm Georg den Collegeblock aus der Hand und überflog rasch die Notizen.

»Nein, nur noch ihr Schrein«, musste Sina zugeben. »Aber eine Museumsangestellte hat mir bestätigt, dass ihr Vater bei den Grabungsarbeiten in den 30er-Jahren hier in der Stiftskirche erfahren hatte, dass ›das gesuchte Artefakt‹ auf die Wewelsburg geschafft werden sollte.« Er sah Paul an. »Und ich meine nicht den Körper von König Heinrich I., falls dir jemand erzählt hat, Himmler habe in Quedlinburg nach seinem Idol suchen lassen.« Der Wissenschaftler drehte das Bierglas in seinen Händen. »Was du mir von Obersturmbannführer Lindner und seiner Mission erzählt hast, von der Situation auf der Wewelsburg, das ergänzt sich perfekt mit den Erinnerungen des alten Herrn. Der Vater hat von genau einem solchen Obersturmbannführer erzählt: groß, blond und vom ›Ahnenerbe‹.«

»Du glaubst, es geht auch bei dem Transport aus Deutschbrod um den Corpus Christi?« Wagner schaute seinen Freund zweifelnd an. »Du meinst, Himmler wollte in seinem Ordenszentrum gar nicht den Speer des Schicksals oder sich selbst verehren lassen, sondern Jesus verwahren?«

»Je länger ich darüber nachdenke, umso wahrscheinlicher erscheint es mir«, gab Sina zurück. »Wären seine Leute in St. Servatius fündig geworden, hätten sie ihre Ergebnisse in die Wewelsburg zu Forschungs- und Vergleichszwecken überstellen müssen.« Georg tippte auf den entsprechenden Eintrag in seinem Notizbuch. »Und jetzt kommst du an und erzählst mir, dass die SS einen Transport von der Wewelsburg bewacht hat, bevor ihnen die Kisten im Protektorat Böhmen gestohlen und nach Unterretzbach gebracht worden sind.«

»Wo zwei Soldaten und zuletzt ein Priester dafür ermordet wurden«, erwiderte Paul nachdenklich. »Könnte sein.«

»Ich sehe da einen Zusammenhang, wie auch immer.« Sina richtete sich auf. »Deine geheimnisvolle Fracht musste ausdrücklich in geweihte Erde. Ich habe mich auf meiner Suche bisher nur auf solcher bewegt. Egal, in welcher Kirche, überall gab es eine leere Grabkammer, und die SS war 1936 auch schon einmal da gewesen…« Er fuhr sich über den Bart. »Aber das Eigenartigste ist, was du mir über die Wewelsburg selbst erzählt hast. Sie ist dreieckig wie die Heilige Lanze, die Jesus getötet hat. Der Kultraum und die Gruft sind im äußersten Turm untergebracht. Mehr noch, der Versammlungsraum mit der schwarzen Sonne ist ein Stockwerk über der Grabkammer.«

»Genau.« Wagner ließ seinen Freund nicht aus den Augen. »Was leitest du daraus ab?«

»Auf Burg Grub ist es genauso, auch wenn du mich jetzt für völlig verrückt hältst.« Sina skizzierte rasch den Grundriss seiner Burg auf ein Blatt des Collegeblocks. »Die jüngeren Gebäude aus dem 13. Jahrhundert bilden mit dem Kapellenturm auch ein Dreieck. Genau unter der Kapelle, im Fundament des Turmes, ist eine ältere Grabkammer. Sie ist leer, ohne jeden Hinweis, dass sie jemals benutzt worden wäre. Grub liegt exakt auf Jauerlings Sternenpfad nach Quedlinburg und Hildesheim. Die Burgkapelle, die noch dazu dem Fest der Kreuzerhöhung geweiht ist, ist im oberen Stockwerk, genau wie der Saal mit der Schwarzen Sonne. Hier!« Er zeichnete einen Kreis um das Gotteshaus. »Die Kreuzerhöhung ist zudem jenes Fest, an dem Helena, die Mutter von Kaiser Konstantin, der Legende nach das wahre Kreuz gefunden hat.« Er warf Barbara einen besorgten Seitenblick zu. Dann fuhr er fort. »Hat sie damals bei ihren Ausgrabungen unter dem Venustempel von Jerusalem mehr als nur das Kreuz und die Kreuzinschrift entdeckt? Hat sie vielleicht den Corpus gefunden und ihn auf die Reise geschickt? Vier Fliegen mit einer Klappe: Damit waren die sterblichen Überreste von Jesus in ihrem Besitz, und sie entzog ihn den Blicken der restlichen Welt, setzte ihren Willen durch und hob ihn auf seinen Sockel als Gottes Sohn.«

Wagner war verblüfft. »Du hast vielleicht recht«, meinte er leise und tippte mit einer Fingerspitze auf den improvisierten Plan. »Das sieht im Prinzip tatsächlich aus wie auf der Wewelsburg. Nur dass es dort eben keine Kapelle, sondern eine Art Rittersaal über der Gruft gibt, mit zwölf Nischen und einer Vertiefung in der Mitte.«

»Und exakt so verhält es sich auch hier in Quedlinburg, sowohl in der Confessio von St. Servatius als auch übrigens von St. Wiperti. Sie waren Ziele des Reichsführers-SS und seiner Untersuchungen. Aber weit über Quedlinburg hinaus finden wir dieselbe Raumplanung auch in der Krypta von St. Michaelis in Hildesheim und, was noch irritierender ist, auch im Kloster Lucedio bei Turin. Zumindest, wenn man der Legende von den zwölf Wächtern in der dortigen Unterkirche glaubt.«

»Eine abenteuerliche Theorie«, gab Wagner zu. »Du bist also der Meinung, der Körper von Jesus Christus ist an all jenen Plätzen gewesen, an denen die SS Forschungen und Grabungen finanziert hat. Sogar bei dir daheim im Rübenkeller...«

»Nein«, widersprach Sina vehement. »Ich glaube, dass es eine bestimmte Architektur braucht, um den Corpus darin zu beherbergen. Eine Krypta oder einen Kultraum in der Art und Ausführung, wie wir sie auf unseren Recherchen angetroffen haben. Himmler ließ einen solchen Raum auf seiner Wewelsburg bauen, nach alten Plänen und gemäß den historischen Vorbildern, die er in den Kirchen der Ottonen ausgegraben hatte. In seinem Kultraum oder in der Gruft darunter wollte er die Reliquie verwahren, es seinem Vorbild Heinrich nachmachen, tausend Jahre später. Den dazugehörigen Schrein hatten Himmlers Leute ja bereits gefunden. Er befindet sich immer noch hier in St. Servatius.«

Georg zog einen Prospekt mit einer Abbildung des Schreins hervor und schob ihn Wagner zu. »Aber mehr als diesen Schrein braucht der Körper offenbar auch zwölf Wächter oder Wächterinnen. Zufall? Wohl kaum.«

»Wozu?«, wollte Wagner wissen.

»Bitte? Wozu was?« Sina war ganz in Gedanken versunken.

»Wofür die Wächter?«, wiederholte der Reporter. »Der Schrein und seine Funktion sind mir ja klar, aber wofür die Leibgarde?«

»Wenn ich das wüsste...«, brummte Sina und malte wieder Dreier vor sich auf die Tischplatte. »Solche rituellen Bauwerke folgen immer Regeln, entweder um etwas abzubilden, die kosmische Ordnung zum Beispiel, oder um eine Energie zu bündeln...«

»... oder draußen zu halten«, ergänzte Paul. »Du hast gesagt, der Corpus war auf der Flucht. Vor wem? Die beiden Soldaten im Kriegerdenkmal waren ebenfalls auf der Flucht, wie ihr ganzer Eisenbahnzug, deren Inhalt die SS in geweihter Erde wissen wollte...« Er beugte sich zu Georg und sprach leiser weiter. »Wenn ich es nicht besser wüsste, müsste ich mich langsam, aber sicher mit esoterischen Überlegungen anfreunden. Etwa mit einem Fluch, der auf dem Inhalt der Waggons liegt, oder gleich mit dem Teufel selbst als Verfolger... aber das führt doch zu nichts.« Er tippte sich an die Stirn.

»Na ja...«, seufzte Georg und blätterte in seinen Notizen. »In jeder Kirche, die ich mir bisher mit Barbara angesehen habe, gibt es tatsächlich klare Hinweise auf eine direkte Bedrohung durch den Teufel. Ob in Schöngrabern oder auch hier in der Krypta von St. Servatius. Ich denke, der Teufel wurde einfach als Symbol benutzt, als personifizierte Bedrohung durch Ketzer oder nichtchristliche Aggressoren, die den Körper unter keinen Umständen in die Finger bekommen durften.«

»Und an wen denkst du da konkret?« Echte Feinde fand Wagner ungleich wahrscheinlicher als einen Teufel, der sich persönlich ins Weltgeschehen einmischte.

»Zuerst haben wir da die Perser«, referierte Sina, unterstützt von seinen Notizen. »Ihre Armeen fallen im 8. Jahrhundert ins Heilige Land ein. Wegen dieses Konfliktes wird die Reliquie zunächst nach Spanien gebracht. Meine Theorie dazu ist, sie reist von Nordafrika zu König Sisibutus nach Oviedo, in die Hauptstadt des Königreichs Asturien. Ganz einfach. Zwischen 711 und 712 erhält dieser König, der anders als seine arianischen Kollegen ein treuer Katholik gewesen ist, die sogenannte ›Arca Santa‹ aus Alexandria. Diesen Schrein, in dem sich auch das Sudarium, das Bluttuch Christi, und andere Reliquien befunden haben, versteckt er in einer Kirche am Monsacro bei Oviedo. Genauer gesagt, er verbirgt ihn in einer unterirdischen Felsenkammer, dem ›Pozo de Sto. Toribio‹.«

»Aber das ist doch Unsinn!«, mischte sich jetzt Barbara ein. »In Oviedo ist die ›Arca Santa‹ bis heute zu sehen! Die Kathedrale von Oviedo ist eine der bekanntesten Pilgerstätten Nordspaniens. Sogar Franco und seine Frau sind dort gewesen. Angeblich klebt sogar noch etwas von ihrem Lippenstift an der Reliquie…«

»Und was hat sie dort so inbrünstig verehrt?«, wollte Sina wissen.

»Wie Sie gesagt haben, das Sudarium, das Bluttuch Christi…«, begann sie.

»… das genau wie die sechs Krüge von Kana nur im Johannesevangelium erwähnt wird«, schnitt ihr Sina brüsk das Wort ab. »Wenn Sie ›Arca Santa‹ übersetzen, dann heißt das auch: Heiliger Sarg. Wenn das in Ihren Augen alles nur Unsinn ist, dann erklären Sie mir doch bitte, warum Alfons II., König von Asturien, einem griechischen Mönch ausgerechnet einen Krug von Kana schenkt, als die Araber in Spanien einmarschieren. Genau dieser Mönch bringt das Geschenk auf die Klosterinsel Reichenau.«

Barbara verschränkte demonstrativ die Arme und drehte den Kopf weg.

»Oje!«, seufzte Wagner kaum hörbar und forderte Georg mit einer Handbewegung auf fortzufahren. Er wusste, dass man sich mit dem Professor besser nicht anlegte, war er einmal in Fahrt gekommen.

»Auf der Reichenau wird es allerdings auch langsam ungemütlich, man kämpft um Land, um die Vorherrschaft und ums nackte Überleben. Der Corpus bekommt in dieser Zeit von den fränkischen Königen einen neuen kostbaren Schrein. Er wird dadurch zu einem Schatz, der damals bekanntlich Land und Leute zusammenhält und den man am besten wieder auf einem Berg verwahrt. Wie für die Franken typisch, begeben sie sich unter den Schutz des Erzengels Michael, dem Befehlshaber der himmlischen Heerscharen, und bringen ihren Schatz auf den Michelberg bei Korneuburg… Also möglichst weit weg von allen aktuellen Konflikten!« Georg sah Paul erwartungsvoll an.

»Gut, so weit ist mir das Prinzip klar. Für Details habe ich jetzt sowieso keinen Kopf.« Wagner hob abwehrend die Hände. »Hast du einen weiteren Beweis für deine Theorie, also etwas Griffigeres als die Krüge?«

»Aber sicher doch.« Sina lächelte dünn. »Im Domschatz von Hildesheim gibt es ein Reliquiar aus dem Besitz des heiligen Godehard, einem engen Freund und Nachfolger von Bischof Bernward, der Hildesheim unter Kaiserin Theophanu zu einem neuen, einem ottonischen Rom ausbauen wollte. Und in diesem Silberreliquiar ist ein Stück des Sudariums aus Oviedo! Wie wäre es aus Spanien dorthin gekommen, wenn nicht gemeinsam mit dem fraglichen Reliquientransport, mit dem Schatz? Die Geschichte, dass es plötzlich an einem heiligen Rosenstrauch gehangen sein soll, glaubt doch kein Mensch. Gerade, weil das Stoffstück echt und keine Fälschung ist. Die fromme Sage sollte nur die wahre Herkunft des Stückes verschleiern...«

»Das beweist alles noch gar nichts!«, warf Barbara ein und wollte aufspringen. Wagner hielt sie mit einer beruhigenden Geste zurück.

»Genau das ist das Problem!«, seufzte Sina. »Selbst wenn wir die Knochen in den Händen halten würden, wäre nichts bewiesen. Die Herren Kleriker haben mir in jeden Schrein, in fast jede Grabkammer einen anderen Heiligen reingepackt! Was mir, Jauerling und auch Himmler gefehlt hat, ist der eindeutige Beleg dafür, was oder besser wer diese Leiche ist, wenn wir sie gefunden haben. Sonst ist und bleibt es nur ein Haufen antiker Knochen! Wenn wir tatsächlich die endgültige Begräbnisstätte von Jesus finden wollen, dann weiß ich trotz Jauerling und seinem Sternenweg noch nicht, wo ich sie suchen soll... Denn in St. Servatius sind seine Überreste nicht mehr.«

Barbara lehnte sich zufrieden zurück.

»Jetzt beginne ich zu verstehen...« In Pauls Augen erschien ein begeistertes Leuchten, das Sina nur zu gut kannte und das Buchegger erschreckte. »Du meinst, der Transport ist das fehlende Glied in der Kette? Himmler hatte einen untrüglichen Beweis dafür gefunden, dass tatsächlich ein Körper von Jesus existierte. Für ihn gab es ein ganz anderes Problem als für Jauerling oder dich. Er hatte den unwiderlegbaren Beleg, aber er hatte keinen Körper...«

Sina schlug mit der flachen Hand so laut auf den Tisch, dass Tschak aufwachte und ihn erstaunt ansah. »Genau! Zum ersten Mal seit fast zweitausend Jahren ergibt sich die Gelegenheit, alles zusammenzubringen. Ich glaube, dass die Suche Jauerlings und die Ergebnisse von Himmlers Leuten zusammen ein Werkzeug ergeben, das sticht... Und zwar genau dorthin, wo es wehtut. Nämlich mitten ins Herz!«

»Darum tummeln sich auch plötzlich mehrere Geheimdienste in der österreichischen Provinz und bringen mögliche Mitwisser um...« Die römisch-katholische Kirche will unter allen Umständen verhindern, dass die ganze Sache bekannt wird. Verständlich.« In Pauls Kopf begann sich ein Leitartikel zu formen. »Im Namen von Caesarea...«, murmelte er.

»Sie beide haben aber leider auch keinen Körper!«, erinnerte Barbara und bremste so rasch die aufkeimende Begeisterung.

»Stimmt! Aber«, sagte Sina, »wir haben Jauerlings Rätsel und einen konkreten Hinweis, wo Himmlers Team damals als Nächstes gegraben hat: in Gernrode, in der Stiftskirche St. Cyriakus!«

Wagner grinste und hob sein Glas: »Und, was noch wichtiger ist, wir haben Erfahrung in solchen Dingen!«

Donaustadt, Wien/Österreich

Der Fahrweg zu Eddys Werkstatt war völlig zugeparkt mit zwei Ambulanzen, drei Einsatzwagen der Polizei und einem Zivilfahrzeug der Kriminalabteilung. Die rotierenden Blaulichter warfen stroboskopartige Reflexe auf das Chaos im Vorgarten und ließen die Wellblechbaracke in einem unwirklichen Licht erscheinen. Nach der medizinischen Erstversorgung hatte Berner dem Kollegen der Kriminalpolizei die Situation geschildert und vereinbart, dass er die beiden Italiener zuerst verhören und dann den Ambulanzärzten übergeben würde.

»Sie wissen, dass dies ... hm, eher ungewöhnlich ist, Herr Kollege«, hatte der Beamte gemurmelt.

»An dieser Geschichte ist alles ungewöhnlich«, brummte Berner, »das werden Sie schon noch sehen. Wie wäre es, wenn Sie sich zuerst die Augenzeugenberichte anhören und mir fünf Minuten Zeit geben?«

Die Werkstatt wimmelte von Beamten in Uniform und Zivil. Berner gab Eddy und Franz ein Zeichen, und alle drei verschwanden zwischen den Maschinen.

»Holt mir die zwei Vögel her«, bat Berner, zündete sich eine Zigarette an und lehnte sich mit dem Rücken an eine der riesigen CNC-Fräsen. Keine Minute später schoben Eddy und Franz die beiden Italiener vor sich her und ins Gesichtsfeld des Kommissars. Erste

Untersuchungen hatten ergeben, dass einer der Killer nur geringe, oberflächliche Verbrennungen ersten Grades erlitten hatte, während der andere einen dicken, weißen Verband um das Handgelenk trug.

Berner zog seinen Ausweis und hielt ihn den Männern unter die Nase. »Polizia«, sagte er und kramte in seinem italienischen Wortschatz nach den richtigen Ausdrücken, als Franz ihm zu Hilfe kam.

»Ich übersetze gerne, Herr Kommissar«, meinte der Theater- und Musikexperte lächelnd, »jahrelang italienische Opern hören muss ja auch einmal sein Gutes haben...«

»Perfekt«, antwortete Berner. »Dann frag die beiden Kasper, wo sie Burghardt und den alten Maurer versteckt haben, bevor ich sie für die nächsten zwanzig Jahre ins Gefängnis werfe.«

Die Antwort war Schweigen und ein verächtlicher Blick.

»Dann nicht«, der Kommissar zuckte mit den Schultern. »Am besten schneiden wir einen von ihnen in der großen Fräse in Streifen und sagen dem Kollegen von der Kripo, er ist hineingefallen. Die zwei haben ja keine Ahnung, dass wir den italienischen Carabinieri noch einiges beibringen können, vor allem was das Freimachen von Gefängniszellen betrifft. Nehmen wir den eingeölten...«

Die Augen des Killers mit den Brandwunden weiteten sich in Überraschung.

»Sieh da, sieh da, wir verstehen ja doch Deutsch«, brummte Berner zufrieden. Er tippte den Killer mit der Fingerspitze an. »Letzte Chance für eine vernünftige Antwort. Wo sind Burgi und Maurer?«

Den italienischen Fluch musste Franz nicht übersetzen. Er war international verständlich.

»Sollte Kommissar Burghardt unversehrt davonkommen, dann geht ihr für zwanzig Jahre ins Gefängnis. Sollte er allerdings auch nur einen Kratzer abbekommen, dann sorgen meine Freunde hier und ich dafür, dass ihr den Rest eures Lebens hinter Gittern verbringt«, zischte Berner.

»Wir sind nach einer diplomatischen Demarche spätestens nach vier Wochen wieder in Italien«, antwortete der Killer gleichgültig. »Was immer auch mit Ihrem Kommissar geschieht.«

Wortlos nahm Berner sein Handy und drückte auf den Auslöser der Kamera. »Wenn das so ist, dann brauche ich ja noch ein Foto, damit ich mich an eure Visage erinnere«, meinte er und gab Franz einen Wink. »Bring sie zu den Kollegen zurück, bevor ich mich vergesse.«

»Jetzt sind wir so weit wie vorher«, stellte Eddy fest. »Keinen Schritt näher an Kommissar Burghardt.«

»Abwarten«, gab Berner zurück, rief das Foto mit den beiden Killern aus dem Speicher des Handys ab und schrieb darunter: »Zwei Killer von Pro Deo in Wien geschnappt.« Dann kontrollierte er in der Liste der gewählten Rufnummern, bis er die drei italienischen fand.

»Kardinal Bertucci hat von meinem Handy seine letzten SMS geschickt, also warum nicht den Flächenbrand mit neuem Brennstoff versorgen?« Berner lachte grimmig und drückte auf den Senden-Knopf.

Drei MMS waren unterwegs zu ihren Empfängern.

Universität Wien, Wien-Innere Stadt/Österreich

Professor Meitner war aufgestanden und hatte eine Reihe von Büchern aus seiner Bibliothek geholt, die er nun sorgfältig auf dem Schreibtisch aufstapelte. »Wenn wir uns mit der Geschichte des Archivs nach den Ereignissen am Taro beschäftigen wollen, dann müssen wir uns vor Augen halten, dass es fast keine Aufzeichnungen dazu gibt. Wir können nur Rückschlüsse aus dem Verhalten von Mächtigen und Staaten, von Kirche und Parteien oder von Verantwortlichen und Eingeweihten ziehen.«

Er ging durch sein Büro zu einem hohen Bücherregal, zog eine Leiter heran und stieg hinauf.

»Wahrscheinlich war es genau dieser Zeitraum, der Dr. Zanolla interessierte«, stellte Bertucci leise, zu Valerie gewandt, fest. »Davon wollte sie mir bei einem Abendessen berichten. Vielleicht fand sie auch Aufzeichnungen in den jetzigen Geheimarchiven dazu, etwa die Berichte von den emsigen Recherchen Roms nach dem Verbleib der Kisten und Körbe. War es das, wonach Scaglietti und Bertani von Pro Deo suchten?«

»Ganz sicher«, raunte Valerie. »Aber niemand kann sagen, was sie tatsächlich gefunden haben.«

Professor Meitner kam wieder zurück an den Tisch und schlug das Buch auf, das er mitgebracht hatte. »Beginnen wir mit dem 31. Oktober 1815, dem Tag, an dem die wichtigsten Teile des Archivs dem österreichischen Infanterieregiment der Hoch- und Deutschmeister in die Hände fallen. In wessen Auftrag sie handelten, konnte niemals geklärt werden. Fest steht, dass sie wussten, was da von Paris nach Rom transportiert wurde und wann. Woher? Darüber zerbrechen sich die Historiker bis heute den Kopf.«

»Jauerling und sein Archiv«, murmelte Valerie und sah Bertucci an. »Und der Staatskanzler Metternich, der alte Fuchs, wusste es.«

Meitner sah sie fragend an, aber Goldmann winkte ab.

»Die Truppen machten sich auf den Weg nach Wien«, fuhr der Professor fort, »aber von da an ging alles schief. Unglaubliche Gewitterstürme mit Blitz und Schnee, Hagel und Eiseskälte brachen über die Soldaten herein. Ein Wintereinbruch, wie er nur alle hundert Jahre vorkam, tobte in den Alpen und machte die Wege unpassierbar. Riesige Mengen Schnee stürzten als Lawinen ins Tal, verschütteten Mensch und Tier. Hunderte Tote säumten die Straßen und Pfade, die Soldaten erfroren reihenweise. Dann ging auch noch die Verpflegung zur Neige.«

Meitner blätterte um. »Als die Einheit in Wien ankam, war sie nur noch ein Schatten ihrer selbst. Aber sie hatte das Archiv in die Hauptstadt gebracht, wie befohlen, allem Unbill zum Trotz. Jetzt stellte sich die Frage – wohin damit? Wo war es sicher?«

Der Historiker griff zu einem anderen Buch, das in seiner Mitte ein Lesezeichen hatte. »Staatskanzler Metternich, der so gut wie sicher bei dem Vorfall am Taro seine Finger im Spiel hatte, musste eine Entscheidung treffen – und er hatte einen genialen Einfall. Wie aus den Aufzeichnungen seines Sekretärs hervorgeht, wurden ›Kisten und Körbe fuhrwerkeweise‹ unverzüglich in sein Palais am Rennweg gebracht. Nachdem durch Zufall im vergangenen Jahr die Gruft Jauerlings entdeckt wurde, ist mir auch klar, wo das Archiv fast fünfzig Jahre lang aufbewahrt wurde: in dem roten, unterirdischen Raum mit dem großen steinernen Kreuz.«

»Sie meinen, das Vatikanische Geheimarchiv lag in einer Gruft?« Bertucci beugte sich vor und schaute Meitner ungläubig an.

»Einer sehr großen Gruft«, präzisierte der Historiker. »Eher einem unterirdischen kleinen Saal, in dem auch ein großer Bagger Platz hatte. Aber das ist eine andere Geschichte, die Ihnen Frau Goldmann sicher gern einmal erzählt.« Meitner lächelte. »Der Vorteil für Metternich lag auf der Hand. Er hatte die wertvollen Akten stets griffbereit, niemand wusste, wo sie waren, er brauchte keinem Menschen vertrauen, und der Zugang war nur durch sein Palais möglich. Ein idealer Platz.«

»Beschützt durch den Leiter des Schwarzen Bureaus persönlich und das Patriarchenkreuz«, ergänzte Valerie. »Wie ging es weiter?«

»Metternichs Glanz als Politiker erlosch 1848, er wurde zur Abdankung und zum Verlassen des Landes gezwungen. Es kam für ihn nicht infrage, das Archiv zurückzulassen, andererseits konnte er es nicht ins Exil nach London mitnehmen. Dasselbe galt übrigens für das Archiv des Schwarzen Bureaus, die Aufzeichnungen Jauerlings. Während Metternich die Aufzeichnungen seines treuen Freundes und Ratgebers unter einer Bodenplatte der Kirche von Maria Laach versteckte, ließ er das Archiv in einer Nacht-und-Nebel-Aktion nordwärts bringen, ins Waldviertel, ins Schloss Horn. Ein Augenzeuge berichtete später, dass sich die Kutscher geweigert hätten, bei Dunkelheit zu fahren, aber der Kanzler wollte um keinen Preis das Risiko eines Transports bei Tageslicht eingehen. Also verdoppelte, ja verdreifachte er den Lohn der Fuhrwerker. Doch irgendetwas musste auf dieser Fahrt geschehen sein.« Meitner nahm seine Brille ab und putzte sie hingebungsvoll. »Ein weiterer Bericht erzählt, dass die Kutscher auf dieser Fahrt weiße Haare bekommen hätten und niemals über die Ereignisse in dieser Nacht sprachen.«

»Aberglauben«, murmelte Bertucci kopfschüttelnd.

Meitner blickte auf und runzelte die Stirn. »Wie auch immer«, fuhr er fort, »das Archiv blieb nicht lange auf Schloss Horn. Im August 1866 machte die Preußische Elbe-Armee hier Quartier mit achttausend Mann. Sie entdeckte offenbar die Dokumentensammlung und beschloss, sie als Kriegsbeute mitzunehmen. Metternich war seit sieben Jahren tot, in Horn wusste niemand so recht, was mit den Kisten und Körben geschehen sollte – und wer wollte sich einem Heer von achttausend Mann widersetzen? Also zog das Archiv erneut nordwärts – und mit ihm der Tod.«

»Wieso das?«, erkundigte sich Valerie erstaunt.

»Die Cholera«, antwortete Meitner. »Die Armee, die man auch als ›die verdammte‹ bezeichnete, wurde von der Krankheit dezimiert wie Schnee im Frühling. Hunderte, ja Tausende fielen ihr zum Opfer.«

»Man könnte wirklich annehmen, dieses Archiv stehe unter keinem guten Stern«, räumte Bertucci ein.

»Darüber hinaus gibt es Berichte, wonach Rudel von Wölfen und wilden Hunden unablässig die Soldaten angegriffen und einige von ihnen in Stücke gerissen hätten«, fuhr Meitner fort. »Die ersten Stimmen wurden laut, die von einem Unglücksarchiv sprachen, das man so rasch wie möglich wieder loswerden sollte. Wie auch immer, ab hier verliert sich der Weg der Dokumente das erste Mal völlig im Dunkel der Geschichte.«

»Was unternahm der Vatikan in dieser Zeit?«, wollte Valerie wissen.

»Der Heilige Stuhl benützte alle seine diplomatischen und kirchlichen Kanäle, um Informationen über den Verbleib des verschwundenen Archivteils zu erhalten«, stellte der Historiker nachdenklich fest. »Während Papst Leo XIII. im Jahr 1888 die Päpstlichen Archive für Gelehrte öffnete, zumindest auf dem Papier, ging im Hintergrund die Jagd nach den Dokumenten weiter. Ohne Erfolg. Dann kam der Erste Weltkrieg, und Europa stürzte ins Chaos.«

»Keine Vermutungen? Keine Legenden? Fünfzig Jahre lang nicht der kleinste Hinweis?« Bertucci konnte es nicht glauben.

»Eminenz, ich habe Ihnen schon eingangs gesagt, es gibt Abschnitte in dieser Geschichte, die sich nicht belegen lassen.« Meitner lächelte geheimnisvoll. »Aber wenn Sie möchten, dann können wir einen Augenblick das harte Pflaster der Tatsachen verlassen und uns in die Gefilde der Vermutungen begeben. Es gibt Stimmen, die das verschwundene Archiv mit dem kleinen Ort Rennes-le-Château in den Pyrenäen und dem Priester Béranger Saunière in Verbindung bringen, der mit einem Mal um die Jahrhundertwende reich und mächtig wurde. Erpresste er den Vatikan mit seinem Wissen? War das Archiv in der ehemaligen Hauptstadt der Westgoten versteckt oder in einer der Burgen in der Umgebung? Oder war es in der Provence, in die zu Beginn der 30er-Jahre Heinrich Himmler den Gralsforscher Otto Rahn schickte? Auf Montségur, der letzten Festung der Katharer?«

Der Historiker zuckte mit den Schultern. »Sie sehen, den Vermutungen sind keine Grenzen gesetzt. Aber kommen wir zurück zu den Tatsachen, die sind seltsam genug. Im Juli 1933 konnte Adolf Hitler seinen ersten außenpolitischen Erfolg durch das Konkordat mit dem Vatikan verbuchen, das ihn als gleichberechtigten Vertragspartner auf der internationalen Bühne einführte und die Isolation erstmals durchbrach. Könnte es darauf zurückzuführen sein, dass Hitler dem damaligen Papst seinen Trumpf zeigte, sich jedoch hütete, ihn zurückzugeben? Erklärt sich damit auch die Politik des Heiligen Stuhls gegenüber den Nationalsozialisten bis nach dem Krieg, als die braunen Ratten das sinkende Schiff Europa verließen, mit Rotkreuzpässen aus dem Vatikan? Wenn dem so ist, dann bringt uns das zu der Frage – was war oder ist so Gefährliches in diesem Archiv, dass man die Kirche damit erpressen konnte?«

»Ein Archiv, für das heute noch Menschen sterben müssen«, fügte Bertucci bitter hinzu. »Die Blutspur ist noch nicht zu Ende.«

Donaustadt, Wien/Österreich

Zur gleichen Zeit dachte keine zehn Kilometer weit entfernt Kommissar Berner an den Advocatus Diaboli. Er hielt sein Mobiltelefon in der Hand, warf einen Blick auf die drei italienischen Nummern und war versucht, eine zu wählen, einfach um zu sehen, wer sich melden würde. Zum ersten Mal fragte er sich, wen Bertucci für seine »Aktion Flächenbrand« ausgesucht hatte.

Da klingelte das Handy, wie auf Bestellung.

»Sina hier«, erklärte eine Stimme unwirsch, nachdem sich Berner gemeldet hatte. »Warum habe ich das Gefühl, dass jede Menge Probleme auf mich zukommen, wenn Sie auch nur einmal in Bogners Werkstatt übernachten? Was war das für eine Schießerei heute Vormittag?«

»Schön, Sie zu hören, Herr Doktor«, gab Berner seufzend zurück und stellte sich den Wiener Polizeipräsidenten vor, wie er stirnrunzelnd am Fenster seines Büros auf die Ringstraße hinunterschaute. »Ich wollte Sie gerade anrufen und um einen Gefallen ersuchen. Wir haben hier zwei ausländische Agenten geschnappt, die wild um sich schießend in Bogners Werkstatt gestürmt sind. Ich erspare Ihnen die Hintergründe fürs Erste, zwei weitere sind noch auf freiem Fuß. Ich möchte, dass der Innenminister eine Protestnote an den Vatikan schickt, adressiert an Außenminister Lamberti. Der vatikanische Geheimdienst Pro Deo hat eine Einsatzgruppe mit dem Codenamen ›Caesarea‹ geschickt, und ich befürchte, die nächste ist schon unterwegs.«

»Wie stellen Sie sich das genau vor, Berner?«, erkundigte sich Sina.
»Eine diplomatische Protestnote verfasst man nicht so einfach, die muss gute Gründe und einen noch besseren Hintergrund haben.«

»Reichen der grausame Mord an einem Pfarrer in Unterretzbach, der Mordversuch an mir und der Belegschaft von Eddy Bogners Unternehmen?«, brummte Berner. »Ohne die Hilfe der gesamten Mannschaft hier würden wir nicht mehr miteinander telefonieren.«

Der Präsident schwieg lange. Dann meinte er unvermittelt: »Sind Sie noch vor Ort, Berner? Ich möchte mit Ihnen und Bogner reden, bevor ich mich beim Innenminister lächerlich mache.«

»Wir warten auf Sie«, gab der Kommissar kurz zurück.

»Und, Berner?« Die Stimme des Präsidenten klang angespannt. »Diese ganze Agentengeschichte hat besser Hand und Fuß, sonst können wir nächste Woche gemeinsam ins Exil gehen. Möglichst weit weg.«

Universität Wien, Wien-Innere Stadt/Österreich

Als Professor Meitner kurz von seiner Sekretärin zurück in den Prüfungsraum gebeten wurde, nutzten Valerie und Bertucci die Zeit, um Bilanz zu ziehen.

»Zwei der drei Namen haben sich damit geklärt, Jauerling und Marini«, stellte Goldmann zufrieden fest. »Theophanu kann nichts mit dem Archiv zu tun haben, weil sie als byzantinische Prinzessin einfach viel früher lebte. Das muss einen anderen Zusammenhang haben.«

Bertucci nickte. »Ganz Ihrer Meinung. Aber mir fehlt vor allem noch eines: Der Weg des Archivs im Dritten Reich und nach dem Zweiten Weltkrieg. Pro Deo ist nicht zur Vergangenheitsbewältigung angetreten. Die sind etwas Konkretem auf der Spur.«

»Um den Professor zu zitieren – was kann in einem Archiv so Gefährliches sein, um die Kirche, den Papst, den Vatikan zu erpressen, und zwar über fast zweihundert Jahre?« Valerie schüttelte den Kopf. »Eigentlich unvorstellbar. Aber wenn es tatsächlich so ist, dann wird Pro Deo alles daransetzen, um als Erste die Hand auf die Akten und Aufzeichnungen zu legen.«

»Und wenn wir schneller sind?«, gab Bertucci zu bedenken. »Was dann? Wollen Sie das Wissen dem Mossad übergeben? Ein neues Kapitel in der Geschichte der Erpressung aufschlagen?«

Die Rückkehr des Historikers enthob glücklicherweise Valerie der Antwort.

»Entschuldigen Sie mich, aber manchmal kann man sich nicht so einfach absentieren«, erklärte Meitner und setzte sich wieder hinter seinen Schreibtisch. »Diese Prüfungen rauben mir zurzeit den letzten Nerv. Wo waren wir stehen geblieben?«

»Bei der Frage des Verbleibs des Archivs im Dritten Reich«, half Goldmann ihm. »Und dem Inhalt.«

»Richtig.« Meitner schob einen Stapel Bücher zur Seite und schlug ein großes Werk auf, das den Titel »Die Strukturen des NS-Regimes von 1933–1945« trug. »Wenn wir davon ausgehen, dass dieses Archiv in die Hände der Nationalsozialisten gelangte, dann können wir mit einiger Sicherheit annehmen, dass es durch Himmlers ›Ahnenerbe‹ oder eine ähnliche Organisation der SS gefunden wurde. Keine andere Stelle im Machtapparat der Nazis wäre so interessiert, so prädestiniert und mit dem ausreichenden finanziellen Hintergrund ausgestattet gewesen.«

»Also Heinrich Himmler und sein Schwarzer Orden«, murmelte Valerie.

Meitner nickte. »Ich habe keinerlei Aufzeichnungen darüber gefunden, dass jemand die Kisten oder Körbe katalogisiert, aufgearbeitet oder auch nur umgepackt hätte. Allerdings gibt es Hinweise auf einen wechselnden Aufbewahrungsort. Schwer bewachte Transporte, deren Zweck und Inhalt sich bis heute niemand erklären kann. Fast alle erlitten große Verluste. Einmal kam es zu tödlichen Unfällen, dann wieder fegten in Gebieten wie dem Harz oder den Alpen Bergrutsche die Lkws von der Straße in eine Schlucht, aus der sie nur schwer geborgen werden konnten. Diese sogenannten ›Sondertransporte Himmlers‹ standen unter keinem guten Stern. Dann wieder wurden plötzlich Kirchen zum Sperrgebiet erklärt oder umgewidmet wie in Quedlinburg, Klöster wurden geräumt oder irrationale, geheimnisvolle Bauaufträge erteilt.«

Meitner tippte auf eine der Seiten, die ein wunderbares romanisches Kirchenportal zeigte. »In St. Wiperti bei Quedlinburg etwa baute die

SS im Jahr 1936 auf persönlichen Befehl Himmlers die Gruft und die Krypta um. Auch die nahe gelegene Stiftskirche St. Servatius wurde beschlagnahmt und umgebaut.« Der Historiker schüttelte den Kopf. »Die Liste der Beispiele ist lang. Meiner Meinung nach machte es Himmler Staatskanzler Metternich nach und wollte das Archiv so nahe wie möglich bei sich wissen. Deswegen ist die Wewelsburg als Aufbewahrungsort ab 1938 durchaus denkbar, wenn nicht sogar wahrscheinlich. Ist ihre dreieckige Form nicht das Symbol der Spitze der Heiligen Lanze? Damit hielt Himmler Rom in Schach. Er installierte seine eigene Religion, seinen Glauben, seine Zeremonien und Weihefeiern. Und der Vatikan? Der schaute zu und hielt seinerseits still, von ein paar Ausnahmen abgesehen.«

»Was uns zum Inhalt bringt«, warf Bertucci ein, »und zu Ihrer Frage von vorhin.«

»Ich werde mich sicher nicht auf Vermutungen diesbezüglich einlassen, Eminenz, das wäre pure Spekulation. Die Listen der fehlenden Dokumente liegen inzwischen sicher gut verwahrt in den Geheimen Päpstlichen Archiven in Rom. Nur schade, dass sie niemand einsehen kann... Lediglich ein einziger Punkt steht für mich unverrückbar fest. Der Inhalt des Archivs muss an den Grundstrukturen der katholischen Kirche rütteln, sie infrage stellen und Alarmstufe Rot für Rom darstellen.«

Bertucci zuckte zusammen. Er erinnerte sich an sein letztes Gespräch mit dem Heiligen Vater in dessen Arbeitszimmer an dem Tag, an dem alles begann. Fast dieselben Worte. Dabei ging es um Reliquien, *die* Reliquie... Sollte es tatsächlich ...?

»Eine letzte Frage, Professor«, bat Bertucci. »Kann es Ihrer Meinung nach einen Zusammenhang zwischen der byzantinischen Prinzessin Theophanu und dem Archiv geben?«

»Theophanu?« Meitner schien verwirrt. »Mit dem Vatikanischen Archiv? Kaum. Was mir dazu spontan einfällt, ist der große und prunkvolle Hoftag ihres Mannes Otto des Großen in Quedlinburg 972. Ein Jahr zuvor hatte er Theophanu in Rom geheiratet, und sie war an seiner Seite. Aber das wäre dann auch schon die einzige geografische und zeitliche Verbindung, die mir in den Sinn kommt. Die Kaiserin war bereits Jahrhunderte tot, da wurde das Päpstliche Archiv erst geschaffen.«

Bertucci nickte düster. Er hatte es geahnt.

Der dritte Name bezog sich nicht auf die vor zweihundert Jahren verschwundenen Unterlagen und Akten des Vatikanischen Geheimarchivs.

Er betraf die größte und wichtigste Reliquie, die zugleich der Untergang der katholischen Kirche sein würde.

Die sterblichen Überreste von Jesus Christus.

*Stiftskirche St. Cyriakus, Gernrode,
Sachsen-Anhalt/Deutschland*

Die Spur von Georg Sina und dieser Klosterschwester in Quedlinburg wieder aufzunehmen, war leichter als erwartet ausgefallen. Der Professor hätte ihn zwar gestern Abend im Schlosshof vor dem Museum um ein Haar bemerkt, aber er hatte rasch wieder im Schatten der Arkaden verschwinden können. Die Nonne schwebte ohnedies in anderen Sphären, sie war am Frühstücksbuffet im Hotel direkt neben ihm gestanden und hatte ihn nicht einmal wahrgenommen.

Zufrieden lächelnd folgte der Mann in Jeans und Pullover dem Mazda mit dem Wiener Kennzeichen und der unpassenden Aufschrift. Er hatte in Quedlinburg ganz einfach von einem geparkten Wagen das Kennzeichen abmontiert und es an seinem Auto angebracht. Perfekte Tarnung, dachte er, zumindest für kurze Zeit. Als vermeintlich Ortsansässiger konnte er jetzt seine Opfer verfolgen, ohne unnötig Verdacht zu erwecken.

Er warf einen Blick auf die Karte. Seit dieser hässliche »Pizza-Expresss« in die »Straße der Romanik« nach Gernrode eingebogen war, gab es keinen Zweifel mehr über das Ziel der drei »Pilger«: die Stiftskirche St. Cyriakus, kaum zehn Minuten von Quedlinburg entfernt. Auf dieser Strecke gab es sonst nichts, was im Hinblick auf die »unheilige Ketzerei« interessant wäre, wie der Monsignore in Wien Sinas Vorhaben getauft hatte. Außerdem hatten der Bücherwurm und die Betschwester ihre Nasen bisher nur in romanische Kirchen gesteckt. Es war also äußerst unwahrscheinlich, dass sie ihre Aufmerksamkeit jetzt auf etwas anderes richten würden.

Er schaltete das Autoradio ein und summte beschwingt vor sich hin. Was für ein Glück, dass heute auch noch Paul Wagner nach Sachsen-Anhalt gekommen war! Das sparte Zeit und Aufwand. Zwei Freunde, zwei Kugeln, dann eine Schaufel und etwas Kalk – ein namenloses Grab. Herrlich unspektakulär. Kein Hahn würde mehr nach den beiden krähen, und nach der Nonne erst recht nicht. Ein paar weitere Vermisste, ihr Fall abgelegt unter zahllosen Akten nach ergebnislosen Recherchen.

Glück und eine günstige Gelegenheit waren bei seiner Revanche bisher seine besten Verbündeten gewesen. Allerdings sollte man von dieser Gleichung die Schlappe vor der Minoritenkirche abziehen, gestand er sich ein. Dort hatten sich zwei unerwartete Unbekannte eingeschlichen, und der Professor war ihm, wenn auch nur kurzfristig, entwischt.

Doch dann war ihm das Glück wieder hold gewesen. Als er gestern ohne jede Reisevorbereitung aus Wien kommend in Quedlinburg eingetroffen war, da hatte es laut Tourismus-Information doch tatsächlich nur noch ein einziges Hotel in der Stadt mit freien Zimmern gegeben: das Hotel »Pension Ingrid«. Und wie sehr hatte sich doch die alte Plaudertasche an der Rezeption gefreut, dass sie jetzt nicht mehr nur zwei, sondern sogar drei, ja im Grunde sogar vier Wiener beherbergen konnte: Fräulein Krabappel, Herrn Muntz, Muntzens niedlichen Hund und jetzt auch noch ihn!

Er zischte verächtlich. Wie blöde musste jemand sein, wie weltfremd, um nicht zu bemerken, dass dies falsche Namen waren? Ausgerechnet aus den »Simpsons«... Die kannte wohl jedes Kind... Wer dieser »Nelson Muntz« mit seinem Hund in Wahrheit war, daran zweifelte er nicht eine Sekunde. Das konnte nur einem einfallen ...

Und nun? Nach fast einem Jahr Warten, Beobachten, Taktieren durfte er jetzt nichts überstürzen, sondern musste auf den richtigen Zeitpunkt warten. Auf seinem Bett liegend, spürte er die Nähe seiner Opfer. Nur durch die Zimmerdecke von der Erfüllung seines Wunsches abgehalten zu werden, war erregend. Seine Opfer waren ahnungslos, aber er war ihnen auf den Fersen, kannte jeden ihrer Schritte, hatte es in seiner Hand, ihr Leben zu beenden oder noch ein paar Minuten oder Stunden draufzulegen. Er war Gott oder so nahe an der Allmacht, wie Normalsterbliche nie kommen würden.

Nach der kurzen Begegnung auf dem Schlossberg gestern hatte er Sina und die Nonne beim hastigen Abendessen in der Innenstadt beobachtet. An einem anderen Tisch sitzend, nur Meter entfernt, hatte er es sich schmecken lassen, bevor er hinter ihnen durch die laue Nacht zum Hotel spaziert war.

Niemand hatte ihn bemerkt.

Er hatte sich ganz entspannt in seinem Zimmer aufs Bett geworfen und einfach nur gelauscht.

Er liebte diese Innigkeit, diese Verbundenheit mit dem Todgeweihten. So intensiv hatte er es vorher noch nie gefühlt. Der dümmliche Professor hatte ja keine Ahnung, wie nah er in dieser Nacht dem Tod gewesen war. Er hatte zwar die Vorhänge zugezogen, kein Licht gemacht, mehrmals das Türschloss kontrolliert... Doch es war alles umsonst. Sein Feind lag die ganze Zeit über direkt unter ihm, mit der Waffe in der Hand.

Nicht einmal, als er sich am frühen Morgen hinter dem schmutzig grauen Vorhang ans Fenster gestellt und beobachtet hatte, wie der Wissenschaftler mit seinem albernen Hund auf den Parkplatz hinter das Haus gegangen war, hatte er seine Anwesenheit bemerkt. Während der Köter gerade sein Bein an einem der Gebüsche gehoben hatte, hätte er, der unsichtbare Todesengel, nur seinen Zeigefinger krumm machen müssen, und die ganze Geschichte wäre mit einem Knall vorbei gewesen.

Aber das war nicht sein Stil. Er wollte die Jagd genießen, der Herr der Zeit und der Zukunft sein. Er allein würde darüber bestimmen, wann es zu Ende war. Die Angst in Sinas Augen wäre ein Bonus, aber darauf kam es ihm nicht an. Er war ihm bereits vor einem Jahr entwischt. Diesmal würde es kein »nächstes Mal« geben. Er träumte von einer Hinrichtung. Oft genug hatte er sich die Szene ausgemalt, immer und immer wieder.

Dann hatte die Vorsehung ein Einsehen gehabt und ihm auch noch Paul Wagner auf einem Pizzatablett serviert, als »Gruß aus der Küche« sozusagen, gratis und steinofenfrisch.

Mehr konnte man sich nicht wünschen.

Er schmunzelte vergnügt, während er den »Pizza-Expresss« nicht aus den Augen verlor. In der Umhängetasche auf dem Beifahrersitz stapelten sich Ersatzmagazine für seine Automatik. Er hatte genug Kugeln für alle dabei, sogar für den Hund. Das war die Revanche für seine beiden getöteten Lieblinge am Michelberg. Wütend schlug er mit der Faust aufs Lenkrad.

Doch schnell beruhigte er sich wieder. Bei der Jagd kam eben alles auf den richtigen Augenblick an. Wer warten konnte, bekam alles. Wer zu früh feuerte, verscheuchte den ganzen Wald und kam mit leeren Händen heim.

Kaum zehn Minuten später beobachtete er Paul Wagner, der mit seinem Versuch, mit dem Mazda bis vor den Hochaltar von St. Cyriakus zu fahren, kläglich gescheitert war. Der »Pizza Expresss« musste im Rückwärtsgang das umzäunte Gelände um die Stiftskirche wieder verlassen, vorbei an dem Fahrverbotsschild am Zaun, das der Reporter offensichtlich ignoriert und damit den Hausmeister des angrenzenden Cyriakusheims auf den Plan gerufen hatte.

»Schau, dass du Land gewinnst mit deiner Karre!«, rief er, als Wagner rückwärts aus dem kleinen Park rollte.

Der Killer gab Gas und bog in die schmale Seitengasse nach St. Cyriakus ein. Als er anhalten musste, weil der »Pizza-Expresss« natürlich genau in diesem Moment die Straße blockierte, hupte er nachdrücklich. Wagner gestikulierte hektisch hinter dem Steuer, bevor er bergauf zwischen den Einfamilienhäusern verschwand und in einer Ausfahrt anhielt, um zu wenden.

Sein Verfolger gab beschwingt Gas und röhrte vorbei. Im Rückspiegel sah er noch, wie der Reporter mit säuerlicher Miene den Mazda wendete und vor dem Kaffeehaus »Der Froschkönig« gegenüber der Kirche parkte.

Gut so, dachte der Mann erfreut. Jetzt waren seine drei Zielobjekte genau da, wo er sie haben wollte.

»Blöder Arsch…«, murrte Wagner und stieg aus dem Wagen. »Muss der Kerl auch ausgerechnet jetzt da durchwollen…«

»Vielleicht wäre etwas weniger Gottesnähe besser angekommen«, versuchte es Georg diplomatisch. »Und manchen Leuten pressiert es eben dauernd.«

Paul schnaufte verächtlich, sperrte den Wagen ab und ging über die Straße zur Kirche hinüber. Umsäumt von saftig grünen Bäumen, ragte hinter dem hohen Gitterzaun die Ostseite der romanischen Kirche auf, im Westen flankiert von zwei hohen Rundtürmen. Im Westen wie im Osten hatte dieses massig wirkende Gotteshaus je eine Apsis.

»Als hätte man die ganze Kirche beidseitig benutzbar gemacht«, kommentierte Sina seinen ersten Eindruck »Die werden hier doch nicht an beiden Enden einen Altar...« Er unterbrach sich jäh. Unmöglich, im Westen lag der Sonnenuntergang, die Nacht! Das Reich des Todes.

Georg schüttelte den Kopf. Blödsinn! Es sei denn, man wollte Messen in beide Richtungen lesen... eine für Gott und vielleicht eine für den...

Nein, so etwas sollte man nicht einmal denken, das war Quatsch. Aber seine Neugier und sein Misstrauen waren geweckt. Hier war etwas... Er konnte es nicht erklären, nicht zu fassen kriegen. Aber sein Gefühl hatte ihn noch selten getäuscht. Schon in Schöngrabern hatte es recht gehabt.

Sina sah hoch zu den glatten, schmucklosen und abweisenden Mauern. Die mittelalterlichen Gottesburgen schüchterten selbst nach Jahrhunderten noch die Besucher ein. Der kleine, gut gepflegte Park um die Kirche milderte die Strenge etwas. Barbara, die Tschak an der Leine führte, sah sich immer wieder verstohlen nach dem Hausmeister um. Doch als von dem nichts mehr zu sehen war, ließ sie den tibetischen Hirtenhund zu den dicken Lindenstämmen in der Wiese abbiegen.

Georg wanderte nachdenklich die hohen Außenmauern entlang und suchte nach einer offenen Tür. Irgendetwas beunruhigte ihn, verursachte ein Kribbeln und eine Gänsehaut. Er blieb abrupt stehen, drehte sich um.

Da war niemand.

»Hier geht's hinein!« Paul winkte dem Wissenschaftler und der Schwester. Er stand vor dem schlichten Hauptportal im Nordwesten der Kirche und drückte die massive Klinke. »Es ist offen. Ich bin dann mal drinnen! Geht ruhig noch eine Runde mit Tschak!« Damit verschwand er im Inneren.

Barbara betrachtete mit einem flauen Gefühl im Magen die Kirche von St. Cyriakus. Auch sie fühlte sich nach Schöngrabern zurückversetzt. Eine geheimnisvolle Atmosphäre umgab dieses Gotteshaus, eine Mischung aus urtümlicher Kraft und Magie. Die Nonne ließ ihren

Blick über die Fassade schweifen. Rechts und links über dem Eingang befanden sich zwei Löwenreliefs. Erst auf den zweiten Blick erkannte sie in den Vordertatzen die Menschenmasken, die sie sich vom Gesicht gezogen hatten. Ihren Schweif hielten sie zwischen den Beinen versteckt.

Georg trat zu ihr und folgte ihrem Blick.

»Das sind als Menschen verkleidete Dämonen, nicht wahr?«, flüsterte sie mit geweiteten Augen.

Der Wissenschaftler nickte. »Seid nüchtern und wacht, denn euer Widersacher, der Teufel, geht umher wie ein brüllender Löwe und sucht, wen er verschlinge...«, murmelte er dann. »Das kennen wir ja schon.«

»Ich gehe da nicht hinein!« Barbara schüttelte energisch den Kopf. »Ich habe genug von Ketzern, finsteren Krypten und dem Satan, der mir ständig im Nacken sitzt.«

»Aber das ist doch nur sakrale Kunst, Schwester, ich bitte Sie!« Georg lächelte. »Man glaubte im Mittelalter, Dämonen könnten ihr Spiegelbild nicht ertragen. Deswegen sollten derartige Darstellungen böse Mächte vom Gotteshaus fernhalten... Was Ihnen Angst macht, ist nicht da drinnen, sondern hier draußen.«

»Das bezweifle ich.« Sie schüttelte energisch den Kopf. »Ich bleibe mit Tschak hier drüben auf der Bank. Ich warte dort in der Sonne auf Sie. Viel Spaß!« Damit drehte sie sich um und ging.

Tschak blieb stehen und warf Georg einen fragenden Blick zu.

»Ja, mach nur. Geh spielen!«, seufzte Sina und gab seinem Hund einen Wink, bei der Nonne zu bleiben.

Georg lehnte sich gegen das Tor der Kirche, und ein Schwall kalter Luft kam ihm entgegen. Seltsamerweise roch es nicht nach Weihrauch, sondern nach Kalk und Mörtel. Vor einem umfunktionierten Küchentisch mit einer Handkasse und mehreren Prospekten darauf stand ein verwaister Stuhl. Alles schien improvisiert.

Irritiert blickte sich Sina nach allen Seiten um. Meterhohe Stellwände an Baugerüsten, schmutzige, halbtransparente Plastikplanen, davor kleine Schilder mit erklärenden Texten. Die Handvoll Scheinwerfer hinter den Planen sahen aus wie hinter einer gefrorenen Wand. Hämmern ertönte, ein Bohrer fraß sich mit einem ohrenbetäubend schrillen Quietschen durch Metall. Teile der Kirche wurden gerade umfassend restauriert. Besucher gab es keine.

Zwischen zur Seite gezogenen Planen entdeckte Georg den Reporter im Gespräch mit einem Mann, der ihm gestenreich etwas zu erklären schien. Der Wissenschaftler musste lächeln. Er wusste nicht, wie Paul das immer machte, aber er hatte einfach den richtigen Riecher, den journalistischen Instinkt, der ihn immer zu den passenden Ansprechpartnern führte.

Wagner schaute suchend zur Tür und winkte seinem Freund zu, als er Sina bemerkte. »Komm her, Georg!«, rief er aufgeregt. »Das musst du dir anhören!«

Der Mann, der den Wissenschaftler freundlich begrüßte, war der örtliche Pfarrer, der den Fortgang der Bauarbeiten überwachte. Der schlanke, blonde Pastor, aus dessen blauen Augen der Schalk blitzte, stellte sich lächelnd vor. Er hieß Willibald Zloduch und war ein sympathischer, bartloser Mittvierziger. Er trug eine dunkelblaue Cordhose und ein weißes Polohemd, darüber einen Mantel gegen die Kälte in der Kirche.

»Schön, dass Sie eine so weite Reise auf sich genommen haben, um uns einen Besuch abzustatten«, meinte er nicht ohne Stolz und schüttelte dem Professor aus Wien die Hand. Er wies hinter die Baupläne. »Leider kommen Sie zu einem ungünstigen Zeitpunkt. Hier haben die Bauarbeiter das Regiment übernommen, und ich bin nur mehr geduldet. Aber hier ist das Heilige Grab.«

Sina war zuerst verwirrt und dann beeindruckt. Er stand direkt vor einer reich gestalteten Steinwand, der Schauwand, mit zahllosen Figuren- und Heiligendarstellungen. Maria Magdalena stand trauernd am Grab, in den seitlichen halbrunden Nischen erhoben sich Säulen mit Zungenblattkapitellen. Im umlaufenden Fries wechselten sich Fisch- und Schlangenköpfe ab, zudem sah man Maskenköpfe, die durch gewellte Ranken verbunden waren.

Christus, der Fisch, und der Teufel, die Schlange. Georg fühlte sich förmlich in die Steinmetzarbeit hineingesogen. Er erkannte im inneren Rahmen den gedrehten Lebensbaum, Fabelwesen mit dem Gesicht hübscher Frauen, Vögel, einen Hirsch, den Heiligen Geist und ein Lamm mit Kreuzstab und Kreuznimbus, das alles zu beherrschen und zu ordnen schien.

»Beeindruckend, nicht?« Zloduch schmunzelte, als er Sinas Erstaunen sah. »Dieser Einbau datiert etwa in die Zeit um 1080, aber das ist Überlieferung. Schriftliche Zeugnisse existieren erst ab der Mitte des 15. Jahrhunderts. Sie sprechen vom *sepulchrum domini*, dem Grab des Herrn.«

Georg schwieg. Mit einem vielsagenden Lächeln fuhr der Pfarrer fort: »Besser erhalten ist die rechte Nordwand, aber die ist gerade in Arbeit. Ihre Fläche wird durch Rundstäbe in neun Felder geteilt. Das zentrale Thema dieses Gesamtkunstwerks zeigen die beiden Seitenfelder dort. Der Auferstandene begegnet Maria Magdalena und ruft ihr zu: *Rühre mich nicht an! Denn ich bin noch nicht aufgefahren zu meinem Vater.* Johannes, Kapitel 20, Vers 17.«

Paul stieß Georg an, schluckte und nickte stumm.

Georg lief ein eisiger Schauer über den Rücken, als er den forschenden Blick des freundlichen Mannes auf sich spürte. »Was ist im Inneren?« Seine krächzende Stimme kam ihm fremd vor.

»Zwei nahezu quadratische Kammern«, antwortete Zloduch. »Eine nach oben offene Vorkammer und die eigentliche Grabkammer. Die betritt man durch eine niedrige Tür in der Verbindungswand. Gehen wir doch hinein!« Er machte eine einladende Handbewegung und schlüpfte durch eine schmale Pforte ins Innere des Grabes.

Paul und Georg warfen sich vielsagende Blicke zu und folgten ihm. Sie traten ins Dunkel der Kammer, das der Pfarrer mit einem Feuerzeug erleuchtete. Im orangeroten Licht der Flamme begannen schwarze Schatten über die Wände zu tanzen. Aus den Nischen und Rundbögen blickten sie Skulpturen an, deren Augen den Bewegungen der Männer zu folgen schienen.

Es war kalt. Auf der rechten Seite erkannte Georg fröstelnd die drei Marien, die mit Salbtöpfen und Weihrauchgefäßen in den Händen zum Grab gingen.

Zloduch hielt sein Feuerzeug vor die westliche Wandnische, und eine überlebensgroße Figur wurde sichtbar. Es war ein schlanker Mann, das lange Haar in der Mitte gescheitelt, das ernste, schmale Gesicht von einem Bart an Wangen und Kinn umrahmt. »Hier sehen Sie Christus mit Bischofsstab und Märtyrerzweig. Jesus als guten Hirten, der für die Seinen sein Leben ließ.« Ein kaum merkliches Lachen umspielte seine Mundwinkel. »Einige wollen in dieser Statue den Auferstandenen erkennen.«

»Und Sie?«, erkundigte sich Wagner ganz unschuldig. »Was sehen Sie?«

Zloduch legte seinen Kopf schief und sah Paul dabei direkt in die Augen. »Ich meine, Sie wissen doch, wer ich bin und was ich hier tue...«

»Natürlich.« Paul lächelte unschuldig.

»Können wir wieder nach draußen?«, unterbrach Georg das darauf folgende Schweigen. »Entschuldigen Sie, aber enge Räume drücken immer ein wenig auf mein Gemüt.«

»Selbstverständlich«, beeilte sich Zloduch zu versichern und hielt sein Feuerzeug hoch, um den Weg nach draußen zu beleuchten. »Leiden Sie unter Klaustrophobie? Oder ist es dieser Raum und die Geschichte, die er erzählt?«

»Eine Panikattacke, ausgelöst von Dunkelheit, schlechter Luft und Enge«, brummte Sina. »Da spielt die bildende oder darstellende Kunst keine Rolle...« Aufatmend trat er wieder in das Langschiff hinaus und atmete gierig die kühle, aber frische Luft ein. Er war froh, als er Paul neben sich spürte.

»Wann ist diese Kirche eigentlich gegründet worden? Sie wirkt auf mich wesentlich älter als aus dem 11. Jahrhundert«, wandte sich der Reporter an den Pfarrer, der sein Feuerzeug wieder in der Hosentasche verschwinden ließ.

Der Pastor lächelte freundlich. »Der Bau wurde circa 1080 vollendet. Die Gründer unserer Stiftskirche waren der Markgraf Gero und sein Sohn Siegfried. Ihr Plan war es, ein freies, weltliches Damenstift einzurichten. 959 war Siegfried tot, aber Gero ließ nicht locker, verfolgte das Vorhaben und erlangte dafür 961 sogar königlichen Schutz von Otto I. und Otto II. Damit war selbst Immunität verbunden. So reiste Gero 963 nach Rom und erwirkte auch ein entsprechendes päpstliches Edikt.«

»Wozu die Reise nach Rom?«, wollte Georg wissen.

»Um das Stift dem Machtbereich des Bischofs von Halberstadt zu entziehen.« Der Pastor gluckste. »Von seiner Reise brachte Gero nicht nur die totale Unabhängigkeit von weltlicher und kirchlicher Macht mit, sondern auch eine kostbare Reliquie des heiligen Cyriakus, dem die Kirche dann auch geweiht wurde. Gero ließ seine verwitwete Schwiegertochter Hathui zur ersten Äbtissin weihen, die das Stift fünfundfünfzig Jahre lang regierte. Vierunddreißig weitere Äbtissinnen sollten ihr nachfolgen.«

Georg war wie versteinert. St. Cyriakus, der Heilige mit dem Teufel. Ausgerechnet. Er zog sein Notizbuch heraus und blätterte schnell. Ja, es war auch Cyriakus, der die heilige Ursula von Köln getauft hatte. Jene Märtyrerin, in deren Kirche ein weiterer Krug von Kana aufbewahrt wurde und die mit mehreren Jungfern ums Leben gekommen war. War das der gesuchte Hinweis? Ging es von Gernrode jetzt weiter nach Köln?

»Wozu gründete man hier ein Damenstift?« Paul sah den Pfarrer fragend an. »Das nächste in Quedlinburg ist doch keine zehn Minuten mit dem Auto entfernt.«

»Ich verstehe, was Sie meinen, Herr Wagner.« Zloduch nickte und betrachtete seine Schuhspitzen, an denen Mörtel und Baustaub klebte. »Nun, dieses Damenstift war eine Schule, müssen Sie wissen. Vor allem Adelheid I., Tochter von Theophanu und Otto II., hatte es geschickt verstanden, den Stiftsbesitz, ihr Wissen und ihren Einfluss auszubauen. Man schulte sogenannte Sanktimonialen, also Stiftsdamen, in diversen Künsten. Sie lebten hier mitsamt ihrer Dienerschaft und durften sogar Fleisch und Käse essen. Und auch Wein, Bier und Brot gab es ausreichend.« Er lächelte verschmitzt.

Wie die Jungfrauen der heiligen Ursula, durchfuhr es Georg. »Wie viele Stiftsdamen hat man hier zugleich ausgebildet?«

»Vierundzwanzig.« Zloduch zeigte nach oben. »Ihren Platz während der heiligen Messe hatten sie dort oben auf der südlichen Querhausempore, nahe bei der Reliquie des heiligen Cyriakus. Bei ihrer Heirat verließen die Damen das Stift wieder. Nach ihrer Erziehung und Ausbildung waren sie repräsentative Partnerinnen für jeden Fürsten...« Er grinste Sina an. »Zweimal zwölf, das kommt Ihnen bestimmt bekannt vor. Und es ist natürlich kein Zufall...«

»Nein, bestimmt nicht.« Georg war auf der Hut. Andererseits hatte er genug davon, um den heißen Brei herumzureden. Was wusste dieser Pfarrer? Sina entschloss sich zu einem Überraschungsangriff. »Gibt es in Gernrode einen Sternenweg?« Er hörte sich diese Worte sagen und konnte es selbst nicht glauben.

Paul starrte seinen Freund völlig entgeistert an.

Zloduch schien keineswegs überrascht. Er machte eine wegwerfende Handbewegung. »Ob es einen Sternenweg gibt, fragen Sie? Hier ist *der* Sternenweg, Professor. Sind Ihnen die Schilder neben dem Tor nicht aufgefallen?«

»Nein. Welche Schilder?« Georg verstand jetzt überhaupt nichts mehr.

»Gelbe Muschel auf blauem Grund«, erklärte Zloduch freundlich. »Sie sind hier auf dem Jakobsweg, den man früher auch den Sternenweg genannt hat. Weil er auf das Sternenfeld, das *Campostella*, führt. Von Österreich über Tschechien nach Sachsen-Anhalt, und von hier über Köln via Frankreich nach Santiago de Compostela. Die alte Sternenstraße, eine Heerstraße der Franken, die bei Roncesvalles über die Pyrenäen führt, bringt sie direkt vor die Kathedrale des heiligen Jakob auf dem Sternenfeld.« Er steckte die Hände in die Hosentaschen und sah Sina mit schief gelegtem Kopf an.

»Was sagst du dazu?«, flüsterte Paul überrascht. »Ich glaube es nicht...«

»Natürlich!« Georg fiel es wie Schuppen von den Augen. »Schon auf dem Michelberg, in Schöngrabern, in Eggenburg, in Quedlinburg... Die ganze Zeit über war ich auf dem Jakobsweg unterwegs... Wie konnte ich das nur übersehen?«

»Wer suchet, der findet. Wer klopfet, dem wird aufgetan...«, zitierte Zloduch lächelnd.

Sina hörte ihn nicht. Er blätterte fieberhaft in seinen Aufzeichnungen. Eine Zeile im Rätsel Jauerlings sprang ihm entgegen:

> *Gehe von Kaisers Osterfest im Norden mit dem Sternenweg nach Westen, so weit die Erde reicht, dort liegt, was ich dir versprochen habe.*

Gernrode war nach Quedlinburg, der Osterpfalz der Ottonen, die nächste Station auf dem Pilgerweg nach Westen.

Und Santiago?

Santiago lag am *Finisterre*, am Ende der Welt.

Das war es, was Jauerling ihm sagen wollte.

Jesus lag am Ende der Welt.

Der Körper des Nazareners lag in der Kathedrale von Santiago de Compostela!

Piazza del Gesù, Rom/Italien

Das Innere der Kirche Il Gesù mit den prächtigen Deckenfresken und den üppigen goldenen Verzierungen war kühl und ruhig. Der Mesner, ein alter gebückter Mann, der bereits seit mehr als vierzig Jahren die Kerzen nachfüllte, die Opferstöcke leerte und den Blumen auf dem Altar frisches Wasser gab, stolperte langsam und bedächtig durch das Halbdunkel. Er war schwerhörig wie ein Stein und halb blind, doch aus Rücksicht auf seine religiöse Hingabe und seinen Eifer hatte es der Pfarrer auch dieses Jahr nicht übers Herz gebracht, ihn zu entlassen. So wischte er mit fahrigen Bewegungen über den Marmor und versuchte mit gichtigen Fingern und halb offenem Mund, die Deckchen zurechtzurücken, in einer Ausrichtung, die nur er kannte.

Pedro Gomez saß ganz still in der vorletzten Bank und betrachtete nachdenklich den Mesner in seinem schwarzen, ausgefransten Mantel. Der General der Jesuiten hatte sein Handy auf dem Schoß liegen, die MMS mit dem Bild aus Wien auf dem Display.

Die Lage war ernst.

Gomez war der einzige Besucher im Innenraum von Il Gesù und er wusste, warum. Vor den Türen standen vier beeindruckend große Leibwächter, die einen ganz genau umrissenen Auftrag hatten.

Der Spanier seufzte. »Der Mesner würde nicht einmal die Jungfrau Maria erkennen, wenn sie auf einem Esel in das Gotteshaus geritten käme«, hatte er den beiden Sicherheitsleuten draußen gesagt. »Kümmert euch nicht um ihn.«

Er schaute auf seine Uhr. Es war kurz vor Mittag, gleich würde die Glocke läuten. Dann würden zwei Männer kommen, in einfachen Soutanen, durch den Nebeneingang.

Gomez fragte sich, wer der Letzte sein würde.

Der Mesner stolperte die Stufen vom Altar herunter und wäre fast hingefallen. Gomez verzog das Gesicht. War der Alte ein Symbol für diese Kirche? Schwerhörig, blind gegenüber allen Veränderungen, tapsig und unbeholfen, mit Kleinigkeiten beschäftigt, während draußen das Leben vorbeiraste? War diese Kirche am Ende? Geschüttelt von Skandalen, verlassen von immer mehr Gläubigen, die ihr Seelenheil woanders suchten, hilflos angesichts der Herausforderungen, die täglich auf sie einstürmten, und ohne Halt in einer Kirche, die genauso schwankte wie ein Schiff im Sturm?

Die schwere Tür knarrte, und ein Streifen Sonne fiel auf die alten, farbigen Steine des Fußbodens. Gomez hörte Schritte, die entlang der Sesselreihen im hinteren Teil der Kirche immer näher kamen. Der General der Jesuiten drehte sich nicht um. Er erkannte den Besucher am Gang.

»Gott zum Gruß, Eminenz.«

Die massige Figur war stehen geblieben und blickte auf den schlanken Spanier herab, der in der dunkelbraunen Bank schmal und unauffällig wie ein Landpfarrer auf Rombesuch aussah. Kardinal John Frazer trug eine rote Soutane und eine glänzende Aktentasche mit dem päpstlichen Siegel.

»Manchmal frage ich mich, ob er uns da oben noch hört«, seufzte Frazer und ließ sich neben Gomez auf die Bank gleiten. Er bemerkte das Handy in den Händen des Jesuiten.

»Unschöne Geschichte«, murmelte er und wies mit dem Finger auf das Display.

»Die Tatsache, dass die Leute von Pro Deo gefasst wurden, oder meinen Sie den ganzen Einsatz?« Gomez lächelte zynisch.

»Ironie steht Ihnen nicht«, gab Frazer zurück. »Oft genug waren es die Jesuiten, die solche Einsätze durchführten, damals...«

»... sagt die Inquisition«, spottete Gomez.

Die Glocke schlug zwölf Uhr Mittag.

»Er hat Verspätung«, bemerkte Frazer leichthin.

»Terminkalender, Verpflichtungen, Sekretäre, strikt geplanter Tagesablauf... Sie wissen ja, wie es ist«, erwiderte Gomez. »Ich wette, Kolonnen von Schweizergardisten in Zivil mit dem Finger am Abzug rutschen jetzt von einer Nervenkrise in die andere.«

»Und Pro Deo fragt sich, wohin er fährt.« Frazer schaute Gomez lauernd von der Seite an. »Oder er weiß es bereits...«

»Was soll das heißen?« Gomez hob sein Handy. »Darf ich Sie daran erinnern, dass ich auch auf der Verteilerliste stehe?«

»Nichts leichter als das«, gab Frazer herablassend zurück.

»Streiten bringt uns keinen Schritt weiter«, meinte da eine sanfte Stimme hinter den beiden Kardinälen. »Darauf baut alle Welt, und wir sollten ihr die Freude nicht machen.«

Der freundliche, grauhaarige Mann mit dem rundlichen Gesicht und den dunklen Augen bedeutete den anderen beiden, sitzen zu bleiben. Dann schlug er ein Kreuzzeichen, ging vor bis in den Mittelgang und kniete nieder. »Lasset uns beten, dass wir die richtige Entscheidung treffen, der Heilige Geist unsere Gedanken lenke und der Herr in seiner unendlichen Weisheit seine Hand über uns halten möge. Welcher Ort, wenn nicht diese Kirche, ist in diesem Augenblick der richtige Platz dafür?«

Die beiden Kardinäle erhoben sich und gingen neben ihm in die Knie. Das Triumvirat der Päpste, das höchste geheime Konsortium der katholischen Kirche, war wieder auferstanden.

»Gott im Himmel, steh uns in der Stunde der Verzweiflung und der Ratlosigkeit bei. Beschütze Deine Kirche, wenn wir zu schwach dazu sind. Führe uns auf den richtigen Weg aus der Dunkelheit ans Licht. Gib uns die Kraft, die Wahrheit und Deinen Willen zu erkennen. Amen.«

Die drei Päpste knieten nebeneinander, im Gebet versunken, die Köpfe gesenkt und die Hände gefaltet. Ganz leise drang der Lärm des Großstadtverkehrs in das Halbdunkel des Gotteshauses, während der alte Mesner mit einem Schlüsselbund rasselte, um die Opferstöcke aufzusperren. Die wenigen Münzen klimperten in das Stoffsäckchen.

»Gehen wir ein paar Schritte, es wird uns guttun«, meinte Gomez und begann, in Richtung Altar zu schlendern. »Ich nehme an, jeder von uns hat die heutige Nachricht erhalten. Von einem geistig Verwirrten oder einem Zufall auszugehen, einer Provokation oder einem einfachen Versehen, das verbieten mir meine Intelligenz und der Respekt vor der Ihren.«

»Die lahmen Erklärungsversuche, die Pro Deo bisher halbherzig vorgebracht hat, machen mich nur noch misstrauischer«, gestand Kardinal Frazer, der missmutig sein Handy herausgezogen hatte und das Foto betrachtete. »Der Geheimdienst hat keinen wie immer gearteten Auftrag von mir erhalten, mir keinen Bericht geliefert. Ich bin bestürzt über die Entwicklung und besorgt über die Folgen. Wir haben bereits jetzt ein Vertrauensdefizit, das in einem beängstigenden Maß wächst. Wenn jetzt noch der Geheimdienst des Vatikans mordend durch Europa zieht, dann brauchen wir uns über unsere

Zukunft keine Sorgen mehr zu machen. Dann hat diese Kirche nämlich keine.«

»Ich verstehe eure Sorgen«, warf der Heilige Vater ein, »und sie sind auch die meinen. Ich habe Scaglietti und Bertani ebenfalls keinen Auftrag erteilt. Der letzte Bericht, den ich von ihnen erhalten habe, war die Nachricht, dass sich der Mossad für die drei Morde interessiert und eine Agentin in den Vatikan geschickt hatte, um ein Interview mit Carlo Lamberti zu machen.«

»Glaubt ihr an die Behauptung des Unbekannten, Pro Deo stecke hinter den Morden hier in Rom und in Österreich?«, erkundigte sich Gomez.

»Ihr beide kennt mein Misstrauen gegenüber Geheimdiensten«, stellte Frazer bestimmt fest. »Vielleicht habe ich zu lange in den USA gelebt und bin CIA-geschädigt, aber ich glaube an ein Eigenleben, das sich mit der Zeit bei jedem Dienst entwickelt. Wir sollten beginnen, im eigenen Haus zu ermitteln, schon damit wir keine böse Überraschung erleben.«

Der Heilige Vater schwieg.

Die drei Männer spazierten durch die schwer bewachte Kirche, unbeachtet vom Mesner, der an den sechs großen Kerzenleuchtern am Altar herumpolierte. Endlich sprach der Mann in der weißen Soutane. »Es gibt da noch etwas anderes, das ihr wissen solltet. Die Bruderschaft des Nagelkreuzes hat mich vor wenigen Tagen kontaktiert. Jemand ist dem alten Geheimnis auf der Spur. Es sieht ganz so aus, als sei in Österreich das zweihundert Jahre alte Archiv des Schwarzen Bureaus ans Tageslicht gekommen, private Aufzeichnungen, die unsere Kirche in den Grundfesten erschüttern könnten.«

Er verstummte und blickte hinauf zu der reich geschmückten Kanzel mit ihrem rechteckigen Dach. »Wir kämpfen also an zwei Fronten. Einerseits gehen wir jedem noch so kleinen Hinweis nach, um die verschwundenen Teile des Geheimarchivs zu finden, andererseits können wir die gefährlichen Aufzeichnungen des Schwarzen Bureaus nicht ignorieren. Ich habe Paolo Bertucci auf den Weg geschickt, um zu retten, was noch zu retten ist.« Der Heilige Vater sah Gomez und Frazer durchdringend an. »Und ich habe Pro Deo kein Wort davon gesagt.«

Zehn Minuten später hatten sich alle drei zu einem gemeinsamen Beschluss durchgerungen, und das Treffen war zu Ende gegangen. Die

Kirche lag wieder ruhig und verlassen da, die schweren Limousinen und die Leibwächter hatten die Piazza Il Gesù verlassen.

Als die ersten Touristen wieder in das Gotteshaus strömten, mit Kameras und Wasserflaschen bewaffnet, schlurfte der alte Mesner mit hängendem Kopf durch den Seitenflügel in die Sakristei. Dort zog er ein nagelneues Handy aus der Tasche seines fleckigen Mantels. Er hielt das Gerät nur Zentimeter vor seine Augen. Er hatte es noch niemals benutzt, aber man hatte ihm erklärt, wie es funktionierte. So drückte er zweimal auf einen grünen Knopf, die richtige Telefonnummer war bereits eingespeichert.

Es war die einzige Nummer, die in dem Kartenspeicher des Mobiltelefons abgelegt war.

Auf der anderen Seite läutete es. Zwei Mal. Drei Mal. Dann wurde abgehoben.

»Bertani!«, meldete sich eine ungeduldige Stimme.

In stockenden Worten begann der alte Mann zu berichten.

Donaustadt, Wien/Österreich

Kommissar Berner lehnte am rostigen Gittertor in Eddys Einfahrt und genoss in Ruhe seine Zigarette. Es war warm in der Sonne, ein linder Ostwind wehte aus der ungarischen Tiefebene herüber und schob weiße Schäfchenwolken vor sich her. Den blauen, gemieteten Volvo hatte der Kollege von der Kriminalpolizei nach einer kurzen Durchsuchung auf Fingerabdrücke und andere Spuren mitgenommen. Doch außer zwei weiteren Reservemagazinen für die Maschinenpistolen in einer kleinen Tasche im Kofferraum und einem Päckchen Kaugummi im Seitenfach der Türe war der Wagen leer gewesen.

Berner schaute einem Hasen zu, der seelenruhig über die Ackerfurchen hoppelte und sich auch durch das wütende Bellen eines Hundes in einem der angrenzenden Grundstücke nicht beeindrucken ließ. Der Kommissar überlegte, während er auf Polizeipräsident Dr. Sina wartete, wo wohl die beiden anderen Pro-Deo-Leute steckten, die andere Hälfte der Einsatzgruppe Caesarea? Wo hielten sie Burgi und den alten Maurer gefangen? Glaubten sie tatsächlich, über den alten Mann einen

Schritt weiterzukommen? Wusste Pro Deo etwas, das Berner, Wagner und Burghardt in Unterretzbach entgangen war?

Zu viele Fragen und zu wenig Antworten, dachte der Kommissar und drückte die Zigarette aus. Er hörte den schweren Mercedes kommen, bevor er noch um die Ecke bog.

»Sina ante portas«, murmelte Berner und war überrascht, den Wagen des Polizeipräsidenten ohne Eskorte über die Schlaglöcher des Fahrwegs auf sich zurollen zu sehen.

Der massige, grauhaarige Mann, der ausstieg, blieb kurz stehen und schaute sich um. Als er Berner sah, bedeutete er seinem Chauffeur zu warten, holte sein Jackett von der hinteren Sitzbank und zog es an, während er auf die Einfahrt und Berner zuging.

»Eddy wird sich über so viel Prominenz in seinem wirtschaftlichen Imperium freuen«, lächelte Berner, als er Sina die Hand schüttelte. »Willkommen tief im Osten.«

»Keine abfälligen Bemerkungen über die Donaustadt«, entgegnete der Polizeipräsident und schnupperte in den Wind. »Mein Heimatbezirk, ich wurde hier geboren. Zwischen Gstätten, Beisln und Pawlatschen.«

»... die immer weniger werden«, ergänzte Berner und ging voran, den gewundenen Weg entlang, der durch das Chaos auf Eddys Lagerplatz führte.

Der schmale, halb vom Gras überwachsene Weg endete vor der Werkstatt, in der bereits wieder gearbeitet wurde. Das grelle Licht der Schweißgeräte und kräftiges Hämmern drangen durch die Ritzen der Baracke. Als Berner die Werkstatttüre aufzog, erfüllte eine Wolke von Metallstaub die Luft, und der Geruch nach brennendem Schweißdraht überwältigte ihn.

Sechs oder sieben Männer in fleckigen blauen Overalls blickten kurz auf und arbeiteten dann weiter. Maschinen liefen auf Hochtouren, der Boden war noch immer schwarz und rutschig, Metallstücke und Eisenspäne, Werkzeug und ölverschmierte Werkbänke bildeten ein einziges Durcheinander. Aber die Glassplitter waren bereits verschwunden, die Neonröhren ersetzt, und von den Folgen der Schießerei war nicht mehr viel zu sehen.

An der Wand, an der Sina und Berner auf ihrem Weg ins Büro vorbeikamen, hing einer der üblichen Pin-up-Kalender. Wie Berner feststellte, war es noch immer derselbe wie vor zwei Jahren. Er stammte aus dem Jahr 1988.

»Die Damen sind ja schon alle Großmütter«, brummte Berner kritisch, als ihm Eddy strahlend entgegenkam. »Du erinnerst dich an Dr. Sina?«

Für Eddy und seine Mannschaft hatte im letzten Jahr im Büro des Polizeipräsidenten ein Abenteuer begonnen, das einen von ihnen das Leben gekostet, die Stadt Wien und das ganze Land aber vor einer Katastrophe bewahrt hatte.

»Sehen Sie es als verspäteten Gegenbesuch, Herr Bogner«, meinte der Polizeipräsident lächelnd. »Ich würde mir nur wünschen, der Anlass wäre ein erfreulicherer.« Er deutete auf die zerbrochenen Fenster.

»Kollateralschaden«, winkte Eddy ab und schüttelte die Hand Sinas. »Die waren ziemlich entschlossen, Kommissar Berner direkt ins Jenseits zu befördern.«

»Genau deswegen bin ich da«, nickte Sina. Er beäugte misstrauisch den löchrigen Besuchersessel, ließ sich vorsichtig darauf nieder und schaute Eddy und Berner an. »Und jetzt möchte ich die ganze Geschichte hören, von Anfang an, bevor ich mich entscheide, ob ich den Innenminister anrufe oder nicht.«

Universität Wien, Wien-Innere Stadt/Österreich

Valerie Goldmann und Paolo Bertucci stiegen nebeneinander die breite Treppe der Universität zur Aula herunter. Der Kardinal machte einen abwesenden, nachdenklichen Eindruck. Nur wenige Studenten kamen ihnen entgegen, es war ruhig, die Flure lagen verwaist da.

»Sind Sie zufrieden mit den Erkenntnissen?«, meinte Valerie und blickte Bertucci von der Seite an.

»Ist es der Mossad?«, gab der Advocatus Diaboli einsilbig zurück und zog die Schultern hoch. »Wir wollen nicht vergessen, dass Sie ganz sicher zu bestimmten Zwecken nach Österreich geschickt wurden. Wie lauten Ihre Befehle? Sie sind ja nicht auf einer touristischen Besichtigungstour, Major Goldmann.«

»Wir stehen auf der gleichen Seite«, erinnerte ihn Valerie lächelnd. »Zumindest, solange es gegen Pro Deo geht«, gestand ihr Bertucci zu. »Und dann? Sie haben doch gerade vorhin gesagt, wir stehen nebeneinander auf der Startlinie. Sind wir in einem Staffellauf oder einem Sprint, bei dem jeder um den Sieg kämpft?«

Goldmann zog den Kardinal auf eine Steinbank nahe dem Eingang und setzte sich neben ihn. »Legen wir die Karten auf den Tisch, Eminenz. Sie haben Oded Shapiro kennengelernt. Glauben Sie tatsächlich, er füttert uns mit allen Fakten?«

Bertucci schüttelte nur stumm den Kopf.

»Also kann ich Ihnen nur das sagen, was ich weiß. Bisher ging es dem Mossad lediglich um Pro Deo und die Tatsache, dass jemand den Kopf Rossottis auf den Vierströmebrunnen gelegt hatte. Einen Agenten des ›Instituts‹ tötet man nicht ungestraft. Ich wurde ins Spiel gebracht, um den vatikanischen Geheimdienst zu beunruhigen, nicht, um ein Archiv zu finden und an Israel auszuliefern. Ich soll den Tod Ihres Freundes aufklären und rächen, aber nicht nach Dokumenten suchen und dann, wie Sie es nannten, ein neues Kapitel in der Geschichte der Erpressung aufschlagen. Das ist ganz sicher nicht meine Absicht.«

Valerie schwieg und beobachtete ein junges Paar, das untergehakt an ihnen vorbeischlenderte.

»Danke für Ihre Aufrichtigkeit«, erwiderte Bertucci leise. »Je länger ich darüber nachdenke, was Professor Meitner uns berichtet hat, umso überzeugter bin ich, dass es nur zwei Optionen geben kann. Entweder das Archiv wird wieder in den Bestand des Vatikans eingegliedert, oder man lässt es besser da, wo es gerade ist. Alles andere ist ein Spiel mit dem Feuer, das nur schiefgehen kann. Das haben uns die letzten zweihundert Jahre gelehrt.«

»Da sind wir einer Meinung«, murmelte Valerie. »Es gehörte dem Heiligen Stuhl und es sollte wieder dahin zurück. Aber wo steht Pro Deo? Warum wollen sie diese Dokumente? Lautet ihr Auftrag, die Bestände zurückzubringen?«

Bertucci schüttelte grimmig den Kopf. »Dann hätte es keinen Grund gegeben, Rossotti oder Dr. Zanolla zu töten. Sie forschten ja nach den verschwundenen Akten, waren Spezialisten auf ihrem Gebiet und beide hätten sofort dafür gesorgt, dass die Kisten wieder in Richtung

Rom unterwegs gewesen wären. Damit hätte Pro Deo bereits die ersten Fachleute in seinem Team gehabt. Nein, der Geheimdienst steht auf seiner ganz eigenen Seite oder handelt auf Anweisung einer Instanz, die wir nicht kennen.«

»Dem Papst?«, warf Valerie ein.

»Niemals«, erwiderte Bertucci bestimmt. »Der Heilige Vater...« Er brach ab.

Goldmann sah den Advocatus Diaboli forschend an. »Verschweigen Sie mir etwas, Eminenz?«

Der kleine Italiener wiegte den Kopf. »Ich habe in den vergangenen Jahrzehnten vieles gehört und gesehen und gelernt zu schweigen. Deswegen bin ich noch immer unterwegs im Auftrag des Heiligen Stuhls und noch nicht in Pension.« Er betrachtete seine Hände, die er in seinem Schoß gefaltet hatte. »Aber Vertrauen gegen Vertrauen, Major Goldmann. Ich habe keine Bibel bei mir und ich wüsste nicht, ob Sie darauf schwören könnten.« Bertucci lächelte dünn. »Oder ob es für Sie irgendeine Verpflichtung darstellen würde. Ich habe jedoch in all den Jahren eine gute Menschenkenntnis erlangt, auf die ich mich verlassen kann. Sie hat mich noch nie im Stich gelassen.«

»Darum beneide ich Sie«, gab Goldmann zu. »Aber ich verstehe nicht...«

»Das werden Sie gleich«, winkte Bertucci ab. »Ich möchte keine dieser Informationen bei Shapiro wissen, wenn es hart auf hart geht, haben wir uns verstanden?«

»Wenn es nicht eine Gefahr für Israel oder für Menschen darstellt, die ich liebe, dann haben Sie mein Ehrenwort, Eminenz. Es bleibt unter uns«, meinte Valerie ernst.

»Das genügt mir«, nickte der Advocatus Diaboli. »Denn nicht immer ist alles so, wie es scheint.« Er blickte Valerie an. »Der Heilige Vater weiß, wo ich bin. Er hat mich gebeten, nicht nach England zu fliegen, sondern gab mir den Auftrag unterzutauchen. Nur dachten wir beide nicht, dass es so schwer sein würde.« Bertucci lächelte. »Ich bin darin nicht unbedingt geübt, müssen Sie wissen. Aber es gibt immer ein erstes Mal.«

»Sie meinen...«, fiel ihm Valerie erstaunt ins Wort.

»Sie werden gleich verstehen, Major Goldmann. Eigentlich begann der Auftrag unter ganz anderen Vorzeichen. Ich sollte einem Hinweis nachgehen, der über Umwege beim Heiligen Vater gelandet war. Es sei ein Archiv ans Tageslicht gekommen, in dem der Weg zu einer der wichtigsten Reliquien der Christenheit beschrieben sei, einer Reliquie, die zugleich auch das Ende der katholischen Kirche bedeuten könnte: zu den sterblichen Überresten von Jesus Christus.«

Valerie sah Bertucci völlig überrascht an.

»Der Hinweis war aus Österreich gekommen, die Spur würde also auch dahin führen. Allerdings war alles nebulös und wenig greifbar. Andererseits war das Thema wichtig genug, um eine gewisse ... Unruhe beim Heiligen Stuhl aufkommen zu lassen.«

»Jesus tot und begraben«, flüsterte Goldmann.

»Genau, nicht auferstanden und in den Himmel aufgefahren, kein wundertätiger Sohn Gottes, sondern ein sterblicher Mensch, dessen Skelett irgendwo da draußen liegt«, ergänzte Bertucci ernst. »Aber dann kam alles ganz anders, überschlugen sich die Ereignisse. Als ich mehr zu diesem Thema bei meinem Freund Rossotti recherchieren wollte, war Pro Deo schon da, tauchte der Zettel mit den drei Namen auf und dann...« Der Kardinal schluckte. »Dann kam der nächste Morgen und das Grauen nahm seinen Lauf. Drei Tote in Rom, der Kopf Micheles im Schoß der Donau.«

»Aber Sie waren entschlossen, Ihren Auftrag trotzdem durchzuführen«, fuhr Valerie fort, »egal, ob es um ein Archiv in Österreich ging oder um eine Liste von drei Namen, die Sie wieder auf die Spur eines ganz anderen verschwundenen Archivs brachte.«

»Nicht nur«, gab Bertucci zu. »Ich muss gestehen, dass ich meinen Freund rächen und Pro Deo stoppen wollte. Das war vielleicht egoistisch und verwerflich...«

»... aber sehr menschlich«, beruhigte ihn Valerie. »Ich hätte genauso gehandelt. Waren Sie überrascht, als die Liste der Namen Sie ebenfalls nach Österreich führte?«

»Ja, aber ich habe den ursprünglichen Auftrag hintangestellt«, gab Bertucci zu. »Pro Deo war und ist noch immer meine erste Priorität, der Grund für meine SMS nach Rom. Der Geheimdienst ist hinter dem Archiv des Vatikans her, in wessen Auftrag auch immer. Ich bin überzeugt, dass sie das Verzeichnis der verschwundenen Akten bei ihrem Besuch bei Rossotti mitgenommen haben. Aber das konnte ich Professor Meitner nicht sagen.«

»Dann haben wir doch ein gemeinsames Ziel«, erinnerte ihn Valerie. »Wir müssen Pro Deo stoppen und den Tod Rossottis aufklären. Um die Archive können wir uns später kümmern, die laufen uns nicht mehr davon.« Sie blickte Bertucci nachdenklich an. »Und sollte Jesus tatsächlich tot sein, dann sollten wir vielleicht nicht allzu schnell eine Bestätigung dafür finden.«

»Außer jemand findet sie vor uns und macht daraus eine internationale Schlagzeile«, gab Bertucci düster zurück.

Donaustadt, Wien/Österreich

Eines muss Ihnen klar sein«, stellte Dr. Sina nach einem langen Schweigen fest und schaute Berner in die Augen. »Wenn ich jetzt den Innenminister anrufe, dann ist die Lawine unterwegs ins Tal und nichts kann sie mehr aufhalten. Wir können nicht morgen oder in zwei Tagen feststellen, hoppla, wir haben uns geirrt. Was ich gehört habe, genügt mir, weil ich Ihnen beiden vertraue. Aber ich bin nicht maßgebend. Das wird Kreise nach oben ziehen, in Regionen, wo andere Interessen zählen und manche irrationale Entscheidung getroffen wird.«

Der Polizeipräsident stand auf und schaute durch die halbblinden Scheiben in die Werkstatt, wo unentwegt gehämmert und geschweißt wurde. »Ich für meinen Teil bin der Meinung, dass wir Caesarea stoppen sollten, und zwar schnell. Ich bin ein Kind des Kalten Krieges, als Wien ein Tummelplatz von Agenten aus aller Herren Länder war. Mein Bedarf an Spionen ist seit mehr als zwanzig Jahren gedeckt. Ich will nicht, dass diese Stadt wieder zu einer Arena der Geheimdienste wird.«

Sina zog sein Handy aus der Tasche und sah Eddy und Berner an. Als beide stumm nickten, begann er die Nummer des Innenministeriums zu wählen.

Bogner zog sich diskret in die Werkstatt zurück, und der Kommissar verließ das Büro, um auf dem überfüllten Lagerplatz vor der »Metallverarbeitung Bogner« eine Zigarette zu rauchen. Er machte sich zunehmend Sorgen wegen Burgi und Maurer. Wenn der eine Teil des Caesarea-Teams aus Wien nicht rechtzeitig zurückkäme, dann würden bei den beiden anderen Agenten des Vatikans die Alarmglocken läuten.

Berner blieb nicht mehr viel Zeit, höchstens zwei oder drei Stunden. Dann würde die andere Hälfte von Caesarea ungeduldig und misstrauisch werden, versuchen, Kontakt mit Rom aufzunehmen, oder beginnen, die Informationen aus dem alten Maurer herauszupressen und Burgi als Druckmittel zu verwenden.

Der Kommissar gab einem der alten Blechteile frustriert einen Tritt. Wo hielten die Agenten ihre beiden Geiseln gefangen? Es hatte gar keinen Sinn, die Kollegen von der Polizei aufzuscheuchen, ohne jeden näheren Hinweis. Die stille Fahndung nach dem blauen Volvo hatte auch keine Ergebnisse gebracht. Die Agenten waren trotzdem unbehelligt bis vor Eddys Werkstatt gefahren.

Der blaue Volvo ... Berner trat die Zigarette aus. Ihm war eine Idee gekommen. Nur Sekunden später hatte er den ermittelnden Beamten in der Leitung.

»Berner hier. Herr Kollege, ich wollte Sie etwas fragen. Hat der Volvo, den Sie in der Donaustadt sichergestellt haben, ein Navi?«

»Hmm ... lassen Sie mich kurz nachschauen gehen, der Wagen steht hier bei uns im Hof. Moment, Kollege Berner«, antwortete der Kriminalbeamte diensteifrig. Dann hörte der Kommissar rasche Schritte. Eine Wagentüre wurde aufgesperrt, dann ertönte ein »Ping«.

»Zündung ist ein, Navi fährt hoch und initialisiert sich.«

»Ich nehme an, der letzte Zielpunkt ist die Werkstatt von Eddy Bogner«, stellte Berner nachdenklich fest. »Aber blättern Sie im Menü. Ich möchte gerne wissen, woher die beiden kamen. Was ist als vorletzter Zielpunkt eingetragen?«

»Nicht so rasch, Kollege, ich bin kein Elektronikspezialist...«, murmelte der Kriminalbeamte. »Ahh! Da ist es! Nun, als einziger Punkt davor ist Unterretzbach Zentrum eingetragen, also der Hauptplatz. Sonst gibt es keine Eintragung im Menü.«

Berner bedankte sich und legte auf. Eigentlich vollkommen logisch, dachte er, als das Handy läutete und der Kommissar »Valerie« auf dem Display las.

»Keine Angst, ich lebe noch, Major Goldmann«, meldete sich Berner. »Hast du dich um die Sicherheit unseres Advocatus Diaboli gekümmert?«

»Schön, deine Stimme zu hören, Bernhard«, gab Valerie zurück. »Kardinal Bertucci hat mit dem Botschafter gefrühstückt, bevor wir einen äußerst aufschlussreichen Termin bei Professor Meitner an der Uni Wien wahrgenommen haben. Ich wollte jetzt eigentlich mit dem Kardinal nach Unterretzbach fahren, um mit Burgi zu reden. Wir haben jede Menge Neuigkeiten erfahren und könnten unsere Informationen austauschen.«

»Das wird nicht so leicht sein«, brummte Berner und begann zu erzählen.

Stiftskirche St. Cyriakus, Gernrode, Sachsen-Anhalt/ Deutschland

Paul und Georg hatten Pfarrer Zloduch zum Abschied die Hand geschüttelt und traten hinaus ins Freie. Der Wind rauschte durch die hohen Linden, und Vögel zwitscherten in den Ästen, aber die beiden Freunde waren viel zu versunken in ihren Gedanken, um davon Notiz zu nehmen.

»Jauerling hat also recht gehabt«, murmelte Wagner. »Er wusste, dass Jesus ein Sterblicher war, dass sich keine Dynastie auf ihm begründen ließ, kein Kaiser von ihm seine Macht ableiten konnte. Der Sohn Gottes war tot und begraben, nicht in den Himmel aufgefahren und auch nicht unsterblich.«

Georg nickte nur stumm.

»Er konnte es sogar beweisen«, fuhr Paul fort und beobachtete einen Reisebus, der vor dem Gittertor gehalten, seine Türen geöffnet hatte und nun eine Reisegruppe ausspie. »Was machte er also? Er zog sich zurück. Der Leiter des Schwarzen Bureaus wollte keinem Herrn mehr dienen, nachdem er festgestellt hatte, dass keiner der Kaiser sich von Gottes Gnaden herleiten konnte. Es gab keine Blutlinie.«

»Und wenn es sie gab, dann war es eine Linie zu einem einfachen Menschen, einem jüdischen Propheten, gekreuzigt und gestorben und nicht mehr auferstanden.« Sina lehnte sich an die Wand der Kirche St. Cyriakus und beobachtete die Schar rüstiger Rentner in Regenjacken, die nach und nach den Platz vor der Kirche besetzten. »So verschwand

Jauerling von der politischen Bühne, reiste aus Turin ab. Er, der die Schattenlinie vor dem Aussterben gerettet hatte, wurde selbst zu einem Schatten. Wo er wohl Quartier bezog?« Sina strich sich über den Bart.

»Vergiss nicht, er kannte alle Möglichkeiten unterzutauchen, wusste um die Tricks und kleinen Seitenwege, um den Großen nicht zu begegnen«, gab Paul zu bedenken.

»Oder seinen eigenen Agenten«, ergänzte Georg trocken. »Dann kam Metternich. Entweder der Kanzler fand ihn, oder er fand den Kanzler. Wahrscheinlich werden wir das nie erfahren. Wie auch immer, die beiden bildeten jahrzehntelang eine politische Symbiose, die Europa aus den Angeln hob.« Der Wissenschaftler kaute an seiner Unterlippe.

Jesus in Santiago.

Wie musste sich Jauerling gefühlt haben? 1790, inmitten eines katholisch dominierten Europas? Wie allein war der Zwerg danach gewesen? Sina warf Paul einen Seitenblick zu. Hatten sie nur die leiseste Ahnung, was hier vorging?

»Unser Balthasar Jauerling muss für den Rest seines Lebens ein einsamer Mensch gewesen sein«, meinte Wagner schließlich. »Er wusste um eines der größten Geheimnisse der Religionsgeschichte und konnte es doch niemandem verraten.«

»Wahrscheinlich glaubte er an gar nichts mehr«, ergänzte Sina, packte den Kirchenführer von St. Cyriakus zu seinen Notizblöcken und wollte sie einstecken.

»Darf ich sehen?« Paul streckte die Hand aus.

»Was meinst du?«, gab Georg zurück. »Meine Aufzeichnungen? Gerne.« Er reichte dem Reporter die Blöcke, der sie durchblätterte. Er las Beschreibungen, Namen wie Schöngrabern und St. Servatius, sah kleine Skizzen.

»Hier ist deine ganze Reise versammelt, wenn ich das richtig sehe«, meinte er schließlich und gab sie Georg zurück.

»Ja, und die Lösung für Jauerlings Rätsel«, ergänzte der Wissenschaftler.

»Dann pass besser gut darauf auf«, lächelte der Reporter. »Wir werden jedes Detail für meine Schlagzeilen und deine Arbeit brauchen.« Er bemerkte die wachsende Nervosität Sinas. Die Falten auf der Stirn des Wissenschaftlers wurden immer tiefer. Paul kannte seinen Freund bereits seit den Kindertagen und er konnte in ihm lesen wie in einem offenen Buch. Aber was er nun sah, das gefiel ihm gar nicht.

»Lass mich raten«, begann er, »du bist nicht zufrieden. Dir sind die Antworten in einer Flut von ungelösten Fragen abhandengekommen. Hinter jeder vermeintlichen Lösung standen in Wahrheit immer wieder neue Probleme. Und das geht dir gegen den Strich.«

Sein Freund lächelte dünn. »Ist es so offensichtlich?«

»Wir wissen jetzt, wo der Corpus ist«, ließ sich Wagner nicht beirren. Er wollte Georg ein wenig aus dem Labyrinth seiner Gedanken heraushelfen. »Aber was machen wir nun? Auf nach Spanien, nach Santiago?«

Der Wissenschaftler schüttelte den Kopf. »Nein, das wäre sinnlos«, meinte er resigniert, »zumindest im Moment. Solange wir nicht wissen, was Himmler in geweihter Erde begraben wollte, können wir uns die Reise sparen.«

»Warum?« Paul reagierte rein intuitiv. Eigentlich hatte er nichts dagegen, seine Recherche weiterzuführen, Spanien links liegen zu lassen und sich auf Himmler und seinen Transport zu konzentrieren. Andererseits wollte er Georg um kein Geld der Welt im Stich lassen. Sicher würden sie zu zweit mehr erreichen.

»Weil vielleicht Himmler etwas gefunden hat, das Licht in beide Fälle bringen könnte«, dachte Sina laut nach. »Schau, wir wissen nach wie vor nichts über den Inhalt dieses Transports nach Österreich. Du hast zwar herausgefunden, dass er kein Hirngespinst war, dass es ihn tatsächlich gab und dass er von der Wewelsburg abging. Aber was seinen Inhalt betrifft, sind wir völlig ahnungslos.« Der Wissenschaftler seufzte. »Ich habe es dir schon in Quedlinburg gesagt. Selbst wenn ich die Knochen von Jesus in den Händen halten würde, es gäbe keinen einzigen Beweis dafür, dass es sich tatsächlich um die Überreste von Christus handelt. Wir werden nicht die Erlaubnis erhalten, das Grab in Santiago zu öffnen. Und selbst wenn … Was möchtest du finden?«

Paul lehnte sich neben Sina an die Kirchenmauer und blickte den letzten Pensionisten hinterher, die im Inneren von St. Cyriakus verschwanden.

»Wir haben nichts, außer einem zweihundert Jahre alten Rätsel eines exaltierten Zwerges, eine Menge Indizien und einen Transport Himmlers, wenn der denn Teil dieser Geschichte ist. Alle Gläubigen dieser Welt sind der Meinung, dass in der Kathedrale von Santiago der Apostel Jakobus verehrt wird, der Spanien von den Mauren befreit hat. Niemand würde mir, würde uns, auch nur ein Wort glauben. Möchtest du dich hinstellen und verkünden: He, Leute, ihr irrt euch, das ist nicht der Jünger, sondern der Meister selbst! Leider tot und zerfallen, aber immer noch hier!«

Wagner musste schmunzeln, während sich Georg schon wieder als Kontrolleur in den Wiener Verkehrsbetrieben sah. Dann wurde er wieder ernst. »Ist es denn überhaupt denkbar, dass die Reliquie von Jakobus in Wahrheit Jesus ist? Immerhin pilgern seit dem Mittelalter Gläubige aus ganz Europa zum Ende der Welt.«

»Natürlich ist es möglich!«, meinte Sina bestimmt. »In Santiago erlangte man die totale Vergebung seiner Sünden, was immer man auch getan hatte. Sogar für Totschlag gab es den Generalablass! Wobei eine Fußreise dorthin damals ohnedies einem Todesurteil gleichkam, aber das ist eine andere Geschichte.« Der Wissenschaftler legte die Hand auf den Arm des Reporters. »Schau doch nach Santiago! Heute sind mehr Menschen denn je auf dem Jakobsweg unterwegs. Nicht mehr nur aus religiösen Gründen, versteht sich. Die ganze Pilgerreise ist zur Mode geworden, aber die Verehrung der Reliquie von Santiago wurde erst recht spät schriftlich dokumentiert.« Er überlegte kurz. »Die Überreste von Jakobus wurden der Legende nach in dem recht großzügigen Zeitraum zwischen 818 und 834 mittels einer Lichterscheinung entdeckt. Kurz danach setzte auch die Verehrung ein. Aber im August 997 zerstörten Truppen des Kalifen von Cordoba die Stadt und Kathedrale von Santiago de Compostela. Erst rund hundert Jahre später wurde die Kathedrale wieder aufgebaut, Ende des 11. Jahrhunderts. Und erst damit, so um 1080, wird Santiago zu einer der wichtigsten Pilgerstätten der Christenheit, neben Jerusalem und Rom.«

»Willst du mir sagen, das Apostelgrab wurde von den Mauren zerstört?«, fragte Paul mit ungläubiger Miene. »Trotzdem senden die Ottonen den Corpus Christi zurück nach Spanien? Das wäre doch Unsinn. Wenn sie Angst gehabt hätten, die Araber könnten Europa überrennen, warum schicken sie den Körper nicht nach Grönland, ans andere Ende des Kontinents?«

»Guter Einwand«, musste Georg zugeben. »Die Britischen Inseln wären auch eine gute Option gewesen. Es sei denn...« Er dachte kurz nach. »Im fraglichen Zeitraum, also um 1070 herum, herrscht Krieg. In Sachsen regiert ein Gegenkönig, nämlich Rudolf von Rheinfelden. Während des Investiturstreits wechselte er die Seiten. Er unterstützte ab 1077 den Papst gegen den Kaiser...«

»Du meinst, dieser Gegenkönig nimmt den Kaisern ihren wichtigsten Trumpf aus der Hand, die Reliquie des Herrn. Was zwangsläufig dazu führt, dass die sich Rom unterwerfen müssen?«

»Genau!«, bestätigte Sina zufrieden. »Schau dir doch nur einmal die Pfalzkapelle in Aachen an. Auf den ottonischen Mosaiken lässt sich der römisch-deutsche Kaiser als Stellvertreter Christi auf Erden verherrlichen. Wie kann er es wagen, wenn er nicht im Besitz eindeutiger Beweise für seine Behauptung wäre?«

»Ziemlich gewagt, aber plausibel, die These...«, sagte Wagner. »Das erklärt mir aber noch nicht, warum dieser Rudolf von Rheinfelden die Reliquie nach Spanien schaffen lassen sollte, wo sie zwangsläufig den Moslems in die Hände fallen würde.«

»Dabei hilft uns die mittelalterliche Denkweise«, erklärte Sina. »Wer immer auch den Kampf um die Vormachtstellung in Europa gewinnt, Kaiser oder Papst, ist letztlich egal, wenn der Kontinent vom Islam überrannt wird. Dann regieren die Kalifen. Welche Bedeutung jedoch Reliquien im mittelalterlichen Kriegswesen einnahmen, dafür gibt es leuchtende Beispiele: das wahre Kreuz im Heiligen Land, die Heilige Lanze in der Schlacht an der Unstrut gegen die Ungarn... Sie alle wendeten das Kriegsglück zugunsten christlicher Armeen. Hast du die Gebeine des Erlösers selbst, dann wäre das vergleichbar mit einer Atombombe, die du auf deine Gegner werfen könntest... Im mittelalterlichen Denken würden die Heere der Ungläubigen von der Allmacht Gottes zerschmettert.«

»Mit viel Verve von dir vorgetragen, muss ich gestehen, trotzdem weiß ich nicht recht...« Paul zögerte einen Moment und blickte sich um. »Wo sind eigentlich Barbara und Tschak?«, fragte er dann. Von der Nonne war nirgends etwas zu sehen, auch nachdem sich die lärmende Reisegruppe schon längst im Inneren der Kirche verloren hatte.

Georg stieß sich von der Wand ab und sah sich um. Dann erinnerte er sich an die beiden erschossenen Hunde auf dem Michelberg und wurde blass. »Sie wollte mit Tschak dort drüben auf der Bank auf uns warten...«, sagte er leise und rannte mit großen Schritten zum ausgemachten Treffpunkt.

Nichts.

Weit und breit war nichts von Barbara und Tschak zu sehen.

Panik machte sich in Sina breit. Was, wenn ihnen etwas passiert war? Der Killer ihnen heimlich bis hierher gefolgt war?

»Bestimmt ist sie eine Runde mit dem Kleinen spazieren gegangen«, beruhigte ihn Paul. »Schauen wir einmal zum Auto, vielleicht warten sie ja dort auf uns.«

Aber auch beim »Pizza-Expresss« wartete niemand. Georg begann laut nach Tschak zu rufen, während er nervös auf und ab lief. Immer wieder blieb er kurz stehen, um nach einem entfernten Bellen zu lauschen.

Doch nichts war zu hören, außer dem Nachmittagsverkehr und Vogelgezwitscher.

Da fiel Pauls Blick auf einen kleinen Zettel, der unter einen der Scheibenwischer geklemmt worden war. Nach einem kurzen Seitenblick auf den Wissenschaftler zog er das Blatt heraus. Ein Zeichen, das Nagelkreuz über einem Pentagramm, sprang ihm als Erstes ins Auge. Es entsprach bis ins letzte Detail dem Symbol auf dem Titelblatt der Akte »Il Diavolo in Torino«.

Georg hatte also recht gehabt.

Der Killer aus Österreich war hier. Er war ihnen auf den Fersen.

Die Nachricht war kurz und eindeutig. In zackiger Blockschrift, wohl in großer Erregung zu Papier gebracht, stand da: »Wenn Sie die Nonne und den Hund lebend wiedersehen wollen, dann kommen Sie zur Klosterkirche von Memleben. Einen Anfahrtsplan finden Sie auf der Rückseite.«

Paul drehte den Zettel um und bemerkte, dass seine Hände zitterten. Die skizzierte Wegbeschreibung war hastig hingekritzelt, aber verständlich.

»Ich weiß, wo sie sind!«, rief er seinem Freund zu. »Wir müssen nach Memleben.«

Mit wenigen Schritten war der Wissenschaftler bei Paul am Wagen und starrte ungläubig auf das Blatt in der Hand des Reporters. »Ich hatte doch recht, er hat uns gefunden...«, murmelte er verzweifelt.

»Leider«, musste Wagner zugeben. Er stieg rasch in den Mazda und klemmte sich hinter das Lenkrad. »Los, komm!«, rief er Sina zu. »Jetzt wird's ungemütlich... Keine Zeit hatten wir gestern...«

Unterretzbach, Weinviertel/Österreich

Die Nachmittagssonne stand bereits tief über dem Manhartsberg. Die Straßen und Wege gehörten den Fahrradfahrern, die am Wochenende Spritztouren in das nördliche Weinviertel unternahmen. Kurzausflügler mit Kindern, Tourenfahrer mit Rucksack und Packtaschen, dazwischen Sportfahrer mit den neuesten Titanium-Rennmaschinen bevölkerten den Hauptplatz von Unterretzbach, kehrten in der Gastwirtschaft oder bei den drei Heurigen des Ortes ein und genossen das warme Wetter.

Der Spielplatz neben dem Kriegerdenkmal wurde lautstark belagert. Kaum jemand achtete auf die Beschädigung des Gedenksteines oder bemerkte die fehlenden Figuren.

Eine kleine Gruppe von Radlern strampelte gemütlich die Weinberggasse entlang. Die beiden älteren Männer und die junge, dunkelhaarige Frau ließen sich die leicht abfallende Straße herunterrollen und plauderten angeregt miteinander. Zwei Kinder mit ihrer Mutter kamen ihnen entgegen, grüßten kurz und traten dann in die Pedale. Einige der Weinkeller standen offen, neben einer der verwitterten Türen saß ein dicker, alter Mann mit einer roten Knollennase. Er hob grüßend seine Hand, als die Gruppe vorbeirollte.

Dann schien es plötzlich, als habe die junge Frau Probleme mit ihrem Rad. Sie bremste, stieg ab und beugte sich zu ihrem Vorderreifen hinunter. Ihre Begleiter hielten ebenfalls an und schauten ihr neugierig zu. Die Frau rollte schließlich ihr Fahrrad an den Straßenrand, lehnte es an die Wand eines etwas heruntergekommenen Presshauses. Sie ging in die Knie, schüttelte bedauernd den Kopf und nahm ihre Fahrradpumpe vom Rahmen. Doch bevor sie begann, den offenbar platten Vorderreifen wieder aufzupumpen, klopfte sie mit einem lauten »Halloo!« an die verschlossene Tür des Hauses.

»Könnten Sie uns vielleicht helfen?«, rief sie und hämmerte hartnäckig mit der Faust gegen die kleinen Fenster, die in den Rahmen klirrten. »Wir haben ein Problem!« Ihre laute Stimme hallte durch die Straße, und die ersten Fenster öffneten sich, neugierige Gesichter erschienen.

Im Haus blieb es ruhig. Nichts geschah, es war, als sei das alte Gebäude verlassen. Doch die junge Frau ließ nicht locker. Sie klopfte wild entschlossen abwechselnd an die Tür und an die Fenster, laut rufend, immer wieder. Schließlich öffnete sich die Tür einen Spalt und ein dunkelhaariger Mann schob sich heraus, der die Fahrradfahrerin unwirsch ansah. »Gehen Sie, gehen Sie!«, bedeutete er ihr schroff, stieß sie zurück und wollte den Türflügel wieder zuschlagen, da pustete ihm Valerie Goldmann mit ihrer Fahrradpumpe eine Ladung Chilipulver in Augen und Nase. Völlig überrascht schlug der Mann die Hände vors Gesicht, doch bevor er aufschreien konnte, rissen ihn Berner und Bertucci von der Türe weg auf die Straße und warfen ihn unsanft auf den Asphalt.

Nun wurden die ersten neugierigen Rufe aus den Nachbarhäusern laut, doch der Kommissar zog unbeeindruckt einen Kabelbinder aus der Tasche und fesselte dem Agenten, der laut vor sich hin fluchte, die Handgelenke auf den Rücken.

»Alles bleibt ruhig«, brummte Berner, »außerdem verstehe ich kein Wort.«

Der Advocatus Diaboli seinerseits war weniger feinfühlig. Er zischte wutentbrannt dem Gefesselten etwas auf Italienisch zu, das ihn auf der Stelle verstummen ließ. Als Berner aufblickte, war Valerie bereits im Inneren des Presshauses verschwunden, ihr Fahrrad lehnte verwaist an der Hausmauer.

»Verdammt«, murmelte der Kommissar, zog den Colt aus der kleinen Seitentasche seines Drahtesels und bedeutete Bertucci, bei dem Gefangenen zu bleiben. Dann entsicherte er die Waffe und sprang in die Dunkelheit des Presshauses, Goldmann hinterher.

Berner hatte natürlich vergessen, dass es keine Treppe in Burgis Weinkeller gab, und so segelte er auf den gestampften Lehmboden hinunter mit der Eleganz eines abstürzenden Graureihers. Sein Bein gab nach, ein stechender Schmerz schoss hoch bis zur Hüfte. Gleichzeitig peitschten zwei Schüsse durch den Raum. Die Kugeln verfehlten den Kommissar um Haaresbreite, weil er auf einer der zahllosen leeren Flaschen ausglitt und der Länge nach hinfiel. Auf dem Bauch liegend, hielt Berner verzweifelt nach Valerie Ausschau und versuchte, die Schmerzen zu ignorieren. Im Halbdunkel sah er außer den sich auftürmenden Bergen von Gerümpel, leeren Kisten und einem Meer von Flaschen gar nichts. Jedes Mal, wenn er sich bewegte, klirrte Glas in der Stille des Presshauses und gab seine Position preis.

Ein kühler Luftzug auf seinem Gesicht verriet Berner, dass die Kellertüre offen stehen musste. Wahrscheinlich versteckte sich der Schütze hinter den schweren Eichenbrettern des doppelflügeligen Tores in der Kellerröhre und wartete nur darauf, dass sich im Presshaus irgendetwas bewegte.

Valerie war unbewaffnet, das wusste Berner. Die Idee mit dem Chilipulver und der Fahrradpumpe war eine Improvisation gewesen, aus der Eile und den Umständen heraus geboren. Es würde also an ihm liegen, den letzten Agenten der Einsatzgruppe Caesarea unschädlich zu machen.

Doch da hörte der Kommissar ein seltsames Geräusch, so als öffnete jemand die alten Springschlösser eines Reisekoffers ... Der Koffer des SS-Mannes Markhoff! Ohne lange nachzudenken, ergriff Berner eine der leeren Flaschen und schleuderte sie in Richtung Kellertüre. Und noch eine ... und dann noch eine. Der Krach splitternden Glases erfüllte den Raum. Zwei weitere Schüsse waren die Antwort, doch sie lagen zu hoch und schlugen weit über Berner in die unverputzte Wand ein. Was für ein Glück, dass Burgi hier noch nicht aufgeräumt hat, dachte Berner und warf zwei weitere Weinflaschen. Flach auf dem Boden liegend, konnte er die Kellertüre zwar nicht sehen, weil sie hinter einem Berg von Gerümpel versteckt lag, aber er hörte, wie seine Wurfgeschosse mit einem dumpfen Laut auf dem Holz auftrafen und dann zersplitterten.

Dann schien es, als explodierte die Luft im Presshaus. Die alte Luger-Pistole in Valeries Hand erwachte zum Leben, als sie den Abzug betätigte und rasch hintereinander drei Schüsse auf die Tür abgab. Die Kugeln durchdrangen das massive Holz, ein lauter Schrei ertönte, gefolgt von einem italienischen Fluch. Aus den Augenwinkeln sah Berner Goldmann aufspringen, leichtfüßig einen Haken um einen Stapel Kisten schlagen und an der Wand entlang zur Kellertür hasten.

Der Kommissar richtete sich auf, ignorierte sein protestierendes Bein und brachte den Colt in Anschlag. Als er bemerkte, dass der Türflügel langsam aufschwang, lag sein Finger bereits am Abzug. Die blasse Hand, die kurz im Spalt erschien, hielt eine Handgranate, bereit zum Wurf. Goldmann war zwei Meter entfernt und rückte ahnungslos auf die Kellertür vor. Berner überlegte nicht lange. Er schrie »Vorsicht, Valerie!« und drückte ab. Der erste Schuss ging daneben, aber der zweite traf die Hand, riss sie zurück, die Handgranate fiel auf die Treppe und kullerte davon in Richtung Keller.

»Deckung!«, rief Berner, ließ sich fallen, und dann schien die Welt unterzugehen. Eine ohrenbetäubende Explosion, gefolgt von einem Feuerball riss die beiden schweren Türflügel aus ihren Verankerungen und schleuderte sie meterweit durch die Luft. Die enge Röhre des Kellerabgangs konzentrierte die Druckwelle und spie sie aus. Im Presshaus brach das Chaos aus, alles schien zu rutschen. Eine Flut von Kisten und Flaschen, Zeitungen und Kartons setzte sich in Bewegung und begrub Berner unter sich. Glassplitter schossen wie Schrapnelle durch die Luft. Bertucci, den die Schüsse alarmiert hatten und der im Türrahmen des Presshauses kauerte und verzweifelt versuchte, etwas zu erkennen, wurde rücklings wieder hinaus auf die Straße geschleudert.

Die Deckenbalken des alten Hauses knirschten wie der Rumpf eines Holzschiffes im schweren Seegang.

»Bernhard! Alles in Ordnung?«, rief Valerie besorgt, als sie Berner nirgendwo entdecken konnte.

Kardinal Bertucci tauchte wieder im hellen Viereck des Türrahmens auf und hielt sich den Kopf. »Was war das?«, stöhnte er.

»Nicht gerade die feine Klinge«, brummte Berner und setzte sich ächzend auf. »Eine Handgranate inmitten von Hunderten leeren Flaschen ist kein Knallfrosch, sondern garantiert tödlich. Pro Deo ist wohl nicht für seine Raffinesse bekannt.«

Wenige Augenblicke später stand Valerie neben dem Kommissar und half ihm hoch. »Bist du verletzt?«, fragte sie, als Berner voll Schmerz das Gesicht verzog.

»Ich glaube, mein Bein ist gebrochen«, antwortete er missmutig. »Ich habe es gewusst. Dieses Abrisshaus bringt nichts als Unglück. Aber jetzt geh und such Burgi und den alten Maurer. Ich wette, sie liegen gut gekühlt im Keller.«

Während Valerie sich vorsichtig einen Weg durch das Chaos in Richtung Keller bahnte, kletterte Bertucci über Kisten und Kartons zu Berner. »Es tut mir leid«, murmelte er und stützte den Kommissar.

»Sie brauchen sich nicht für den vatikanischen Geheimdienst zu entschuldigen, Eminenz«, gab Berner zurück. »Sie waren der Erste, der versucht hat, ihn aufzuhalten. Caesarea ist ausgeschaltet. Jetzt müssen Sie dafür sorgen, dass Rom keinen Ersatz schickt, der morgen hier die Arbeit fortsetzt.«

Bertucci nickte wortlos. Der Kommissar hörte Stimmen aus dem Keller und atmete erleichtert auf. Burgi schimpfte lautstark wie ein Rohrspatz, dazwischen keifte der alte Maurer.

»Wenigstens geht's dem Hausherrn gut«, brummte Berner schmunzelnd. »Besser, Sie schicken diesmal die SMS von Ihrem Handy, Eminenz. Oder wollen Sie vielleicht nicht doch telefonieren?«

In diesem Moment tauchte ein etwas zerzauster und schmutziger Kommissar Burghardt in der Kellerröhre auf, gefolgt von einem nicht minder mitgenommen aussehenden Maurer, der sich schwer auf seinen Stock stützte. Den Schluss bildete Valerie, die zu Bertucci trat und dem Kardinal etwas in die Hand drückte.

Es war ein blutverschmierter Pass des Vatikans.

»Von seinem Besitzer ist nicht mehr viel übrig«, murmelte Goldmann, »aber vielleicht brauchen Sie eine Argumentationsgrundlage in bestimmten kirchlichen Kreisen.«

»Und der Innenminister eine Entscheidungshilfe«, ergänzte Berner trocken. »Geben Sie gut auf den Pass acht, Eminenz, und überlassen Sie ihn mir, wenn Sie ihn nicht mehr benötigen.«

»Das ist wohl das Mindeste, was ich als Gegenleistung für Ihre Hilfe machen kann«, nickte Bertucci.

Während Valerie die Nummer der Rettung wählte, stapfte ein indignierter Ferdinand Maurer schwerfällig an Berner vorbei, ohne ihn eines Blickes zu würdigen, stieg ächzend aus dem Presshaus und verschwand murrend auf der Straße.

»Ich glaube, er hat mir das mit der Sicherheitsverwahrung nicht verziehen«, grinste der Kommissar und wandte sich an Burghardt, der sich niesend und mit einem zerknirschten Ausdruck auf seinem Gesicht einen Weg durch das Chaos bahnte. »Das kommt davon, wenn man sich überraschen lässt und dann in seinem eigenen Keller abgelegt wird.

Wenigstens war er einmal seit Jahrzehnten zu etwas nutze. Du kannst gleich mit mir ins Spital mitfahren, Burgi.« Dann sah er sich um. »In dieses Unglückshaus bringen mich sowieso keine zehn Pferde mehr zurück. Valerie, ruf bitte auch Dr. Sina an, wir haben noch ein Mitglied von Caesarea abzuholen.«

Der Kommissar stützte sich auf Burghardt und begann mit schmerzverzerrtem Gesicht aus dem Presshaus zu humpeln. »Ich kann nur hoffen, dass Kardinal Bertucci mit seiner Strategie Erfolg hat. Sonst können wir uns auf einen heißen Sommer gefasst machen.«

Kloster Memleben, Gemeinde Kaiserpfalz, Sachsen-Anhalt/Deutschland

Eine Stunde und etliche ausgelöste Radarfallen später erreichten Paul und Georg Memleben. Laut Navigation hätte die Fahrt rund neunzig Minuten dauern sollen, aber das hatte der Reporter hochtourig widerlegt.

Sina hatte nichts geredet, sondern die ganze Zeit über nur schweigend und mit eisigem Blick aus dem Fenster gestarrt.

Mit quietschenden Reifen bremste Paul schließlich auf einem Besucherparkplatz nahe des Klosters. Achtlos stellte er den »Pizza-Expresss« quer über zwei Parkplätze.

»Springen wir raus und dem Gauner direkt vor die Flinte oder machen wir es mit Überlegung?«, raunte Wagner dem Wissenschaftler zu. Doch der war bereits draußen und schlug die Tür zu. Paul seufzte und folgte ihm.

Sie sahen sich nach allen Seiten um. Eine warme, steife Brise blies ihnen um die Ohren, zwischen den Zähnen schmeckten sie Sand und Staub.

Es war ein Dorf mitten im Nirgendwo. Vereinzelte Einfamilienhäuser, dahinter grüne Hügel, Felder und ein dunkler Waldrand. Auf einem verwahrlosten Industriegelände verwitterten die Wagen eines Wanderzirkus. Die bunte Farbe blätterte großflächig von den leeren Wohnwagen, schmutzige Vorhänge bewegten sich geisterhaft hinter gesprungenen und zerschlagenen Fenstern im Wind.

Er gab Georg ein Zeichen und marschierte zielstrebig auf ein kleines, weißes Häuschen zu, auf dem groß »Kasse« zu lesen war. Hinter einem Zaun lagen die Ruinen des ehemaligen Klosters und der Kaiserpfalz Memleben.

Die freundliche Dame hinter dem Tisch freute sich über zwei weitere Besucher, reichte ihnen zwei Eintrittskarten, eine Broschüre mit Lageplan und wies ihnen dann den Weg zum Eingang. Rasch betraten Georg und Paul das Ausstellungsgelände.

Eine drückende Stille lag über den alten Bauten. Waren sie die einzigen Besucher? Es kam ihnen ganz so vor. Selbst die Vögel schienen weitergezogen zu sein.

Zwischen den Ruinen einer mittelalterlichen Kirche leuchteten bunte Frühlingsblumen, Bienen brummten von Blüte zu Blüte. In den Augen von Georg und Paul war es ein trügerischer Frieden. Die Nerven der beiden Männer waren zum Zerreißen gespannt. Jedes Geräusch, jede Bewegung ließ sie aufschrecken.

Wo waren Barbara und Tschak?

»Dort!«, rief der Reporter plötzlich und zeigte mit ausgestrecktem Arm auf eine weite Sandfläche im Schatten einer mächtigen Steinmauer. Er war auf einen der Reste der Außenmauer der ehemaligen Klosterkirche geklettert und hatte sie entdeckt.

Mitten auf der freien Fläche standen Barbara und Tschak.

»Warum hier?«, flüsterte Georg Paul zu und spürte die gähnende Leere des weiten Platzes vor sich geradezu körperlich. Die beiden kleinen Figuren kamen ihm so unerreichbar weit weg vor.

Auf dem Präsentierteller, dachte er, hob die Hand über die Brauen und kniff die Augen zusammen, um besser sehen zu können. Die Sonne stand schon tief im Westen und blendete ihn. Das große Feld aus gestampfter Erde und Sand wirkte wie ein riesiger Spiegel, der die Hitze der Sonne reflektierte.

Die Ruhe vor dem Sturm, schoss es ihm durch den Kopf. Der Wind wirbelte den Sand auf, und vereinzelt tanzten winzige Wirbelstürme im flirrenden Gegenlicht über den Platz.

Paul nickte ihm kurz zu, zuckte die Achseln und ging langsam auf die dunklen Umrisse in der Mitte des Platzes zu. Er bewegte sich langsam, schlenderte scheinbar unbeeindruckt von der Gefahr auf die beiden zu. Der kleine Hirtenhund fing an zu bellen und an der Leine zu zerren.

Die Nonne bewegte sich nicht.

Georg ging neben ihm, wortlos und entschlossen. Wenn ihre Zeit jetzt gekommen war, starben sie zumindest zusammen. Wie gelebt, so gestorben, resümierte er, sah Paul von der Seite an, und ein Lächeln huschte über sein Gesicht.

Das Bellen wurde lauter und frenetischer.

Sina hob beide Hände und versuchte auf die Entfernung, die Freude seines treuen Begleiters ein wenig zu besänftigen. Barbara stand noch immer stocksteif. Sie war leichenblass, und dicke Schweißperlen glänzten auf ihrer Stirn.

Paul beobachtete die Züge der Nonne genau, ließ sie nicht aus den Augen. Fast unmerklich bewegte sie die Augenbrauen, deutete so nach rechts oben. Paul versuchte, aus den Augenwinkeln etwas zu entdecken. Da war die hohe Steinmauer zur Straße, ein Baum, ein alter Rundbogen mit neuem hölzernen Flügeltor, erhöht angeordnet. Der Reporter sah genauer hin. Zwischen dem grünen Gras dort oben blitzte plötzlich ein gleißend weißer Lichtpunkt auf.

Die Lichtspiegelung auf der Linse eines Zielfernrohrs.

Paul hechtete ohne nachzudenken nach vorne, riss die Nonne mit sich zu Boden und rollte sich ab. In diesem Augenblick brummte mit einem bösartigen Laut ein Projektil durch die Luft, schlug neben ihnen in den Boden ein und warf eine Sandfontäne auf.

»Dieses Schwein hat einen Schalldämpfer«, flüsterte Wagner und sah seinen Freund, der Tschak packte, ihn hochnahm und im Zickzack auf die Steinmauer zustürmte. Neben dem Tor war ein weiterer, kleinerer Durchlass im dicken Gemäuer.

Eine Tür.

Egal, ob offen oder nicht, die Nische war hier und jetzt die einzige Deckung.

Paul beobachtete Georg für den Bruchteil einer Sekunde, sah den Torflügel und die Pforte links davon. Sofort war ihm klar, was Sina vorhatte. Er sprang auf und riss Barbara auf die Beine.

Die Einschläge links und rechts von ihm verrieten, dass er zu langsam gewesen war. Er erstarrte in der Bewegung.

Von der Mauerkrone hallte eine zynische Stimme über den Platz.

»Herr Wagner! Wie schön, Sie wiederzusehen! Darf ich zur Feier des Tages um einen Tanz bitten? Tanzen Sie für mich, Herr Wagner!«

Dann lachte der Killer laut auf und feuerte eine weitere Salve ab.

Die Einschläge im Sand rückten immer näher ...

Eine Reihe von kleinen Sandfontänen spritzte auf, knapp vor den Füßen von Barbara und Paul.

»Auf solches Mauerwerk klettere ich mit einem Kübel Mörtel am Gürtel noch vor dem Frühstück...«, knurrte Georg leise und zog sich behände auf die Mauerkrone. Das Gras war feucht und schlüpfrig, aber die Mauer selbst ungewöhnlich breit. Er drehte sich kurz um und schaute nach unten. Jetzt begriff er, wo er war. Die Mauer war die ehemalige Südwand einer Kirche mit monumentalen Ausmaßen. In den sandigen Platz war mit niedrigen Mauern der Grundriss des einstigen Domes der Kaiserpfalz markiert. Die Ausmaße dieser Kirche waren gewaltig, fast hundert Meter lang. Keine Zeit für nähere Betrachtungen, sagte er sich, er musste weiter. Als er den Kopf wieder hob, schaute er in den Lauf eines Steyr-Sturmgewehrs.

Vor ihm stand breitbeinig der Killer und grinste.

Tschak knurrte und bellte am Fuß der Mauer. Mit kräftigen Sprüngen wollte er seinem Herrchen zu Hilfe kommen, doch so hoch konnte auch er nicht springen.

»Seit wann sind sie Freestyle-Kletterer, Professor Sina?«, fragte der Mann in Jeans und Pullover süffisant und tippte Georg mit dem Lauf der Waffe auf die Brust. »Ich hätte nicht damit gerechnet, Sie aus der Nähe zu sehen. Willkommen am Sterbeort von Heinrich I. und Otto I., seinem Sohn, genannt der Große! Ein traditionsreicher Platz, um das Zeitliche zu segnen, das werden Sie zugeben müssen. Sie drei Kleinen werden es jetzt den Großen gleichtun ... Hier endet für Sie diese Geschichte, dieses Spiel. Einer muss den Anfang machen...«

Er lachte und wollte den Zeigefinger um den Abzug krümmen, da erscholl plötzlich ein lautes Krächzen. Wild flatternd stürzten sich zwei Raben aus dem nahen Baum. Sie flogen zielstrebig auf den Killer zu.

Georg traute seinen Augen nicht. Während einer der Vögel mit vorgestrecktem Schnabel auf den Kopf des Bewaffneten niederstieß, umkreiste der andere mit lautem Gekreische den Wissenschaftler.

Sina bewegte sich nicht. Selbst Tschak war so überrascht, dass er zu bellen vergaß. Der Killer hob schützend seine Arme vors Gesicht, schlug nach dem Raben. Doch der Vogel wich nicht zurück, ließ nicht von ihm ab, griff immer wieder an. So taumelte der Mann mehrere Schritte rückwärts, kam dem Mauerrand immer näher.

Paul wollte etwas rufen, aber seine Stimme versagte. Er schaute ungläubig auf die Raben.

Mit einem Aufschrei rutschte der Killer auf dem nassen Gras aus, verlor das Gleichgewicht und stürzte von der Mauer. Mit einem hässlichen Geräusch schlug er auf dem sandigen Boden der riesigen Kirchenruine auf.

Sina stürzte nach vorn und spähte vorsichtig über den Rand nach unten. Der Mann schien ihn mit blicklosen Augen anzusehen. Seine Arme waren im rechten Winkel ausgestreckt, das linke Bein gerade, das rechte ein wenig angewinkelt.

»Wie der Gekreuzigte«, raunte Sina und sah entsetzt, wie einer der Raben sich auf das Gesicht des Toten setzte und ihm mit seinem Schnabel ins Auge hackte. Dunkles Blut aus Nase und Ohren zeichnete kleine Rinnsale in den Sand.

Der zweite Rabe landete auf dem Oberkörper des Toten. Es war, als wolle er noch einmal dem Mann ins Gesicht schauen.

Paul stand wie erstarrt. Er versuchte sich zu bewegen, um die Vögel zu verscheuchen, aber es gelang ihm nicht.

Schließlich, mit einem letzten Krächzen, flogen die Raben auf, flatterten über die Mauerkrone und verschwanden hinter einem Hausdach.

Nach einem Blick auf den Toten drehte sich die Nonne weg und verbarg das Gesicht zwischen ihren Händen. Ihre Schultern zitterten.

Paul kniete neben der Leiche nieder. Unter dem Kragen des Pullovers war ein silberner Anhänger zum Vorschein gekommen. Der Reporter blickte sich rasch um, griff zu und nahm dem Mann die Halskette ab. Während Georg wieder von der Mauer herabkletterte, stand der Reporter auf und betrachtete das Schmuckstück in seiner Handfläche. Es war ein silbernes Kreuz aus Nägeln, das ein Pentagramm durchbohrte, und glich dem Nagelkreuz auf der Akte »Il Diavolo in Torino« aufs Haar. Erstaunt drehte Paul das Kreuz um. Auf der Rückseite war in verschlungenen Buchstaben ein Name eingraviert: *Louis Ferrand*.

Mit Tschak an der Leine lief Sina auf Paul und die Nonne zu. »Hast du die Raben gesehen?«, fragte er entsetzt. »Was machen wir jetzt?«

»Abhauen, und zwar rasch«, entgegnete Wagner knapp, nahm Barbara am Arm und schob sie Richtung Ausgang.

»Wohin?«, schluchzte die Schwester. Ihre Augen waren knallrot und verschwollen.

»Nach Quedlinburg zurück.« Der Reporter setzte ihr kurzerhand seine Sonnenbrille auf. Niemand achtete auf sie, aber alle drei mussten beim Verlassen des Geländes wieder an der Kassiererin vorbei. Besser kein Aufsehen erregen, dachte er.

»Du kannst bei mir im Zimmer schlafen«, schlug Georg vor, als sie rasch die Straße überquerten.

Paul wartete auf die ersten alarmierten Rufe, aber nichts geschah. Er schloss den »Pizza-Expresss« auf und bedeutete den anderen, rasch einzusteigen. »Nein, das kommt nicht infrage. Wir müssen weiter weg, das Land verlassen. Am besten raus aus Deutschland. Der Tote wird nicht lange unentdeckt bleiben, und unser Vorsprung schmilzt mit jeder Minute. Aber wohin sollen wir?«

»Nach Turin«, sagte Sina prompt. »In der Stadt im Piemont hat alles angefangen, vielleicht bringen wir es dort auch zu Ende!«

»Ein Schuss ins Blaue?« Paul startete den Mazda und betete um eine kleine Atempause.

»Ein Verdacht«, gab Georg zu. »Nein, mehr als das. Am Ende von Jauerlings Aufzeichnungen hat er drei Hühner skizziert. Ich konnte nie etwas damit anfangen. Es gibt kein Sternbild des Huhns«, brummte Georg, während der »Pizza-Expresss« mit quietschenden Reifen die Straße hinunterröhrte. »Lass uns unser Glück in Turin versuchen. Am Fuße der Berge begegnete der Zwerg beinahe seinem Schicksal. Vielleicht wartet es dort auch auf uns.«

»Dann auf nach Turin«, gab Wagner zurück. »Versuchen wir, einen Flug zu bekommen. Wenn uns das nicht gelingt, dann rufe ich Valerie an. Vielleicht hat sie eine Lösung.«

»Hoffentlich«, erwiderte Sina. »Mir gehen nämlich langsam die Optionen aus.«

Unterretzbach, Weinviertel/Österreich

Zur gleichen Zeit schlenderte der Advocatus Diaboli die Weinberggasse hinunter in Richtung Hauptplatz. Hinter ihm hatten Einsatzkräfte der Polizei die unmittelbare Umgebung um das Presshaus abgeriegelt, die Spurensicherung war mit ihrer Arbeit fast zu Ende.

Berner und Burghardt hatte ein Rettungswagen abgeholt, um sie ins Krankenhaus zu bringen. Nachdem der alte Maurer sich geweigert hatte, Unterretzbach zu verlassen, und von einem Krankenhausaufenthalt nichts wissen wollte, war Valerie Goldmann mit Berner und Burgi mitgefahren und hatte Bertucci ihren Wagenschlüssel in die Hand gedrückt, für seine Rückkehr nach Wien.

Der Kardinal griff an seine Brusttasche und spürte den Pass, den Berner ihm gegeben hatte. Er lächelte grimmig. Das würde Bertani und Scaglietti endgültig das Genick brechen. Jetzt musste er nur noch herausfinden, wer Rossotti getötet und ihm den Kopf abgeschnitten hatte. Mehr konnte er für seinen Freund nicht mehr tun.

Doch vorher galt es, seinen Auftrag zu erledigen, und dazu musste er einen Besuch machen, hier im Ort. Bertucci bog um die Ecke und erkannte das Kriegerdenkmal vor sich, daneben den Spielplatz, auf dem einige Kinder herumtollten. Als er an einer verwitterten Bank vorbeikam, setzte er sich. Er spürte die Wärme der rissigen Hauswand an seinem Rücken, es roch nach Frühsommer und frisch geschnittenem Gras.

Zu seiner Linken leuchtete die weiße Barockkirche im Nachmittagslicht auf ihrem Hügel. Hin und wieder rollten Gruppen von Radfahrern vorbei, unterhielten sich oder beschlossen, im Dorfwirtshaus einzukehren und eine kurze Rast zu halten. Bertucci genoss das friedliche Bild, die paar Minuten der Ruhe.

Einige Häuser weiter öffnete sich eine Tür, und ein alter Mann trat heraus auf die Straße. Hinter ihm ertönte eine Stimme. »Vater! Jetzt bleib doch da! Du gehörst ins Bett!«

Bertucci sah genauer hin. Es war der alte Maurer, der unmutig abwinkte, mit seinem Stock zornig auf den Boden stieß und das Haustor hinter sich zuschlug. Mit gesenktem Kopf und vor sich hin murmelnd, trottete er die Hauptstraße entlang. Als er fast die Bank mit dem Advocatus Diaboli erreicht hatte, hob er den Blick und stockte.

»Nirgends hat man mehr seine Ruhe«, brummte er und schaute Bertucci feindselig an.

»Ich glaube, hier ist genug Platz für uns beide«, gab der Kardinal zurück und rückte ein wenig zur Seite. »Setzen Sie sich, das erspart mir den Weg zu Ihnen.«

»Sie sitzen auf meiner Bank«, fuhr ihn der Alte trotzig an. »Ich komme jeden Nachmittag um diese Zeit hierher.«

»Und ich bin morgen nicht mehr hier«, beruhigte ihn Bertucci. »Also werden Sie an einem Tag Ihren kostbaren Platz mit jemandem teilen und es überleben.«

Maurer murmelte etwas Unverständliches, bevor er sich schwerfällig niederließ. Er stützte seine Hände auf den Stock und blickte starr geradeaus, fest entschlossen, den Fremden zu ignorieren. Bertucci lehnte sich zurück, verschränkte die Arme vor der Brust und streckte die Beine aus. Er schloss für einen Moment die Augen und dachte nach. Dann spürte er wieder den Pass unter seinen Fingern und gab sich einen Ruck.

»Zwei alte Männer auf einer Bank sehen zu, wie das Leben an ihnen vorbeizieht«, meinte er lächelnd. »Erinnert mich an Statler und Waldorf aus der Muppet Show.«

Maurer sagte gar nichts. Er drehte nicht einmal den Kopf.

»Kommissar Berner hat mir von dem Koffer erzählt, von Markhoff, der Uniform und der Urkunde. Nachdem Reiter und Wurzinger, ich glaube, so haben sie doch geheißen, tot sind, gibt es nur mehr einen lebenden Augenzeugen von damals. Sie!«

Der Alte kniff die Lippen zusammen und schaute weiter geradeaus.

»Hatten Sie eigentlich nie Gewissensbisse, dass Sie geholfen haben, die beiden Soldaten ins Kriegerdenkmal einzumauern? Nicht gerade ein christlicher Ruheplatz.« Bertucci schaute Maurer fragend von der Seite an.

»Noch immer besser als ein Straßengraben«, murmelte der alte Mann. »Die Zeiten damals waren anders, das kann niemand verstehen, der nicht dabei war. Warum, glauben Sie, gibt es noch immer so viele Vermisste? Weil man Leichen einfach irgendwo verscharrt hat. Schnell weg, keine Fragen, nie wiedergefunden.« Maurer nickte, wie um sich selbst recht zu geben.

Der Kardinal schwieg.

»Wer sind Sie überhaupt?«, erkundigte sich der Alte und kniff die Augen zusammen. »Ich habe Sie vorhin beim Presshaus dieses Kommissars aus Wien gesehen. Außerdem haben Sie einen Akzent. Sie sind nicht von hier.«

Bertucci schüttelte den Kopf. »Nein, ich bin nicht von hier«, gab er ruhig zurück. »Und ich dachte nie, dass ich einmal hier sitzen würde.«

»Sind Sie von der Polizei?«, erkundigte sich Maurer, und ein feindseliger Ausdruck kam in seine Augen. »Von denen habe ich die nächste Zeit die Nase gestrichen voll.«

»Sie tun Burghardt und Berner Unrecht«, antwortete der Kardinal. »Die sind in Ordnung.«

Maurer zuckte nur mit den Schultern und schaute wieder geradeaus.

»Nein, ich bin nicht von der Polizei«, fuhr Bertucci fort. »Ich komme aus Rom, als persönlicher Gesandter des Papstes.«

»Und ich heiße Schneewittchen, und die sieben Zwerge wohnen in meinem Weinkeller«, gab Maurer bissig zurück. »Das hier ist Unterretzbach und nicht Paris oder Wien. Abgesandter des Papstes. Fällt Ihnen nichts Besseres ein?«

Bertucci griff in seine Hosentasche und zog etwas heraus, das er dem alten Mann hinhielt. Es war eine Lederhülle, die der Advocatus Diaboli aufklappte. Das päpstliche Siegel mit dem Schlüssel Petri glänzte golden in der Nachmittagssonne.

Maurer warf einen Blick drauf und schnaubte verächtlich. »Na und? Das bekommt man bei uns im katholischen Kindergarten, wenn man alles aufgegessen hat.« Er sah Bertucci herausfordernd an. »Beweist das irgendetwas?«

Der Kardinal klappte das Lederetui wieder zu und seufzte. »Mein Name ist Paolo Bertucci, ich bin Kardinal und Kurier Seiner Heiligkeit.«

Maurer sah an Bertucci herunter. »In Zivil, wie ich sehe. Oder ist das die neue Tracht in Rom?« Er schüttelte den Kopf. »Verarschen können Sie jemand anderen. Eigentlich sind Sie doch auch schon zu alt für solche Scherze. Wenn ich gewusst hätte, dass meine Bank von einem Spinner besetzt ist, dann wäre ich gar nicht aus dem Haus gegangen.«

Bertucci schwieg.

»Ich glaube, ich geh jetzt wieder heim«, murmelte Maurer und stand auf. »Das nächste Mal lassen Sie sich eine bessere Geschichte einfallen, wenn Sie jemanden auf die Schippe nehmen wollen.« Er wandte sich zum Gehen und trippelte los.

»Herr Maurer!« Die Stimme Bertuccis hatte einen Unterton, der den alten Mann zusammenfahren und stehen bleiben ließ. »Mir liegt nichts ferner, als Sie zum Narren zu halten. Ich habe den weiten Weg gemacht, um die Wahrheit zu finden. Die Wahrheit über ein Archiv, das die katholische Kirche seit zweihundert Jahren sucht, das gefährliche Dokumente enthält und das vielleicht im Zuge der letzten Kriegshandlungen nach Österreich gelangt ist. Ich scherze nicht, dazu ist das Thema viel zu brisant.«

Maurer drehte sich um. »Und was habe ich damit zu tun? Suchen Sie Ihr Archiv, finden Sie es, was geht mich das an?«

Er kam mit langsamen Schritten wieder zurück zur Bank. »Ich habe noch nie etwas davon gehört. Weder damals noch all die Jahre danach. War es das, was Sie wissen wollten? Das ist ein kleiner Weinbauort, bis zur Öffnung des Eisernen Vorhangs war das hier eine bitterarme Region. Seitdem geht es langsam aufwärts. Glauben Sie nicht, dass hier jeder alles zu Geld gemacht hätte, wenn er etwas gefunden hätte? Hier haben sich vierzig Jahre lang jeden Abend Fuchs und Hase gute Nacht gewünscht, Herr Kardinal, und man hat öfter Kerzen ausgeblasen als das elektrische Licht abgeschaltet ...«

Bertucci klopfte mit der flachen Hand auf die Bank neben sich. »Setzen Sie sich doch wieder, so redet es sich leichter. Was war das für eine Geschichte mit dem zweiten Weinkeller von Markhoff?«

Maurer sah sein Gegenüber lange stumm an. Dann schüttelte er den Kopf. »Sie sind auf einer falschen Spur«, sagte er nur und setzte sich wieder. »Hier gab es vor dem Krieg jede Menge Keller. Einige verlassene, andere bereits verfallene, viele vergessene. Ich kann Ihnen Hohlwege zeigen, da waren früher Dutzende aus dem feuchten Sand herausgegrabene Kellerröhren. Heute sehen Sie dort gar nichts mehr außer Abhängen und hin und wieder eine Grube.«

Bertucci schwieg. Der alte Maurer blickte in die Ferne, verloren in den Tiefen seiner Erinnerung. »Das Geschenk an den gehorsamen Parteigenossen der ersten Stunde war nichts Besonderes«, setzte er leise fort, »die Partei hätte ihm noch fünf Keller schenken können.

Oder zehn. Wenn es sonst nichts gab, Keller gab es hier im Überfluss. Sie bedeuteten nur Arbeit und füllten sich nicht von alleine. Man ließ sie verfallen, oft waren sie ja nicht einmal ausgemauert. Der Sand rutschte nach, Teile stürzten ein. Manchmal fuhr ein Traktor über ein Feld, drückte dabei die Decke eines Kellers ein, man leerte Sand und Erde in die Grube, und wieder war ein Keller vergessen und verschwunden.«

Eine überraschend große Gruppe von asiatischen Radfahrern rollte vorbei, die sich suchend umsahen und dann in Richtung Wirtshaus und den schattigen Garten abdrehten.

»Sie haben ja gesehen, selbst zum Presshaus des Wiener Kommissars gehört ein sehr großer Keller. Auch leer.« Maurer grinste. »Ich kann mich nicht daran erinnern, den jemals voll gesehen zu haben. Markhoffs waren arm. Ich glaube, keiner von denen hat jemals einen Fuß in den zweiten Keller gesetzt. Wahrscheinlich wären nur Reparaturen angestanden.«

Maurer stieß mit dem Stock auf den Boden wie zur Bekräftigung.

»Dann kamen die Russen, und in den Wochen danach muss er dann zerstört worden sein. Kein Hahn hat danach gekräht. Die Erinnerung verblasst, die Alten sterben. Wenn der Kommissar den Koffer mit der Bescheinigung nicht gefunden hätte, dann wäre die alte Geschichte schon lange vergessen.«

Der alte Mann schnupperte. »Riecht nach Gulasch aus dem Gasthaus, geröstete Zwiebeln.« Er sah Bertucci an. »Wer hätte schon einen weiteren Keller gesucht, wo es doch Dutzende leere gab? Ich wüsste auch nicht mehr genau, wo der Markhoff-Keller einmal war. Irgendwo unter der Kirche. Sie dürfen nicht vergessen, dass es hier vor langer Zeit mehr als dreihundert Weinbaubetriebe gab. Heute sind noch knapp fünfzig davon übrig geblieben.«

Der Kardinal überlegte. »Gab es schwere Kämpfe hier zu Kriegsende?«, fragte er dann.

Maurer schüttelte den Kopf. »Nein, nur ein paar Gefechte, kaum der Rede wert. Aber glauben Sie mir, die Russen klauten wie die Raben, soffen wie die Pferde und waren hinter jedem Rock her. Wenn ein Keller zu Kriegsende noch nicht ganz leer war, dann war er es meist einige Wochen später. Und die Russen waren jähzornig, mein Gott! Wenn sie nichts zu trinken fanden, dann randalierten sie und zerstörten alles.

Gut möglich, dass sie den Keller einfach gesprengt haben, weil da keine einzige volle Weinflasche oder kein Fass lag.«

Es klang ehrlich. Der Advocatus Diaboli lehnte sich vor. »Haben Sie jemals den Namen Jauerling gehört?«, fragte er unvermittelt.

»Nein, wer soll das sein?«, gab Maurer zurück und blickte den Kardinal erstaunt an.

Der winkte ab. »Vergessen Sie es«, sagte er dann leise, »nicht wichtig.«

Fast lautlos bog ein schwarzer Mercedes mit abgedunkelten Scheiben in die Hauptstraße ein und beschleunigte in Richtung Retz. Bertucci konnte das Kennzeichen nicht erkennen.

»Wochenende«, meinte Maurer griesgrämig und wies mit dem Stock auf die Limousine. »Lauter Auswärtige.«

»Haben die Italiener Sie etwas gefragt?«, erkundigte sich Bertucci. »Sie wissen schon, die Männer, die Sie aus der Schutzhaft abgeholt haben.«

»Die waren nur nervös und sonst gar nichts«, murmelte der Alte abfällig. »Einmal haben sie mir gedroht. Ich hätte ja erlebt, was sie mit dem Pfarrer, dem alten Wurzinger, gemacht hätten. So würde es mir auch ergehen, wenn ich ihre Fragen nicht beantworten würde.« Maurer zuckte die Schultern. »Aber dann haben sie doch keine einzige Frage gestellt. Mir kamen die ziemlich planlos vor, so als würden sie auf irgendetwas warten. Und mir wurde langsam kalt in dem verdammten Keller!« Er warf Bertucci einen alarmierten Blick zu. »Aber vielleicht gehören Sie ja auch zu denen! Sie sind doch ebenfalls Italiener, wenn ich mich nicht täusche ...«

»Genau«, schmunzelte der Kardinal, »aus Como, im Norden, nahe der Schweizer Grenze. Aber ich kann Sie beruhigen, ich gehöre ganz sicher nicht zu denen. Sonst wären Sie nicht mehr am Leben.«

»Wahrscheinlich haben Sie recht«, gab Maurer zu und warf einen Blick auf die Kirchenuhr. »Ich werde wieder nach Hause gehen, die letzten beiden Tage waren doch anstrengender, als ich gedacht habe. Wenn Sie also keine Fragen mehr haben ...«

»Was war eigentlich der Pfarrer, Ihr Freund Wurzinger, für ein Mensch?«, fragte Bertucci den alten Mann, der im Begriff war aufzustehen.

»Jemand, der es nicht verdient hat, kopfüber an einer Glocke aufgehängt zu enden«, erwiderte Maurer bitter. »Ein redlicher Kauz, ein wenig naiv, nicht sehr gesprächig. Sein Hobby war das Malen. Er zog durch die Felder und Weingärten mit seiner Staffelei und einem Beutel voller Farben und genoss die Stille. Die meisten seiner Bilder und Zeichnungen verschenkte er. Ich glaube, niemand im Dorf entkam ihm.« Maurer schmunzelte. »Wer sagt seinem Pfarrer schon, dass ihm die Farben nicht gefallen und die Perspektive völlig falsch ist?«

Bertucci musste lachen. »Niemand, nehme ich an.«

»Ich habe auch ein paar geschenkt bekommen, aber fragen Sie mich nicht, wo sie sind. Wahrscheinlich verstauben sie auf dem Dachboden. So, jetzt wird es aber Zeit für mich.«

»Sie können ruhig noch länger sitzen bleiben, ich muss sowieso nach Wien zurückfahren«, lächelte Bertucci. »Die Bank gehört wieder Ihnen.«

»Ach was«, meinte der alte Mann, »was gehört uns schon? Wenn Sie wirklich Kardinal sind, dann beten Sie für mich. Wenn nicht, dann kann es auch nichts schaden.« Damit stand er auf, winkte kurz und ging langsam davon.

Bertucci blickte Maurer hinterher, wie er mit vorsichtigen Schritten die Hauptstraße entlangtrottete. »Wie wahr ... was gehört uns schon?«, murmelte er nachdenklich. Dann griff er zum Telefon und wählte eine Nummer in Rom, die er auswendig kannte.

Berner hatte recht, die Zeit der SMS war vorbei.

Nach dem dritten Läuten hob jemand ab und meldete sich mit: »Pronto?«

»Giuseppe? Ich bin's, Paolo Bertucci. Ich muss dringend den Heiligen Vater sprechen.«

Landesklinikum Hollabrunn, Weinviertel/Österreich

»Untersteh dich, darauf zu unterschreiben«, brummte Kommissar Berner, der auf zwei Krücken zum Ausgang des modernen Krankenhauses in Hollabrunn humpelte. Der Gips an seinem rechten Bein war jungfräulich weiß, ganz im Gegensatz zu Berners Gesicht. »Zuerst kaufst du dir ein Abbruchhaus, dann lässt du dich von italienischen

Anfängern überraschen und im wahrsten Sinne des Wortes kaltstellen, und wenn die Kavallerie kommt, um dich zu befreien, dann bleibt sie in den Fußangeln deiner Ruine hängen.«

Kommissar Burghardt lief mit schuldbewusstem Gesicht neben Berner her, ein großes Paket Taschentücher in der Hand, aus dem er immer wieder eines herauszog, um sich lautstark zu schnäuzen.

»Und steck mich nicht an, du Bazillenschleuder! Ich bin schon lädiert genug.« Berner stieß wütend eine Schwester zur Seite, die ihn nicht gesehen hatte und fast in den Kommissar hineingerannt wäre. »Heute hat sich alles gegen mich verschworen«, beschwerte er sich und stapfte weiter in Richtung der Glastüren, vor denen bereits Valerie Goldmann mit Berners altem Opel Astra wartete.

»Der alte Maurer und ich, wir hätten bei der Explosion auch draufgehen können«, wagte Burghardt einen schüchternen Einwurf. »Zum Glück hatten die uns ganz hinten im Keller deponiert.«

»Soll ich jetzt Trauer tragen, dass es dich nicht erwischt hat?«, entgegnete Berner trocken. »Du hast einen simplen Schnupfen und ich einen komplizierten Bruch. Das kostet dich ein paar Abendessen im Prindl, Eddy und seine Mannschaft inklusive.«

»Und ich komme auch mit«, ergänzte Goldmann und hielt Berner die Wagentüre auf. »Ihr ganz persönlicher Krankentransport, Herr Kommissar.«

Berner ließ sich in die Polster des Beifahrersitzes fallen. »Danke, Valerie. Wir lassen dich in Wien aussteigen, und Burgi fährt mich anschließend nach Hause. Nach allem, was heute passiert ist, gibt es nur einen Gedanken, der mich beruhigt.«

Valerie ließ Burghardt einsteigen und sah Berner fragend an.

»Dass du mit meinem alten Astra keine Rennen veranstalten kannst«, grinste der Kommissar und lehnte sich zurück. »Der alte Herr ist bereits in Pension, so wie ich.«

Als Valerie eine knappe Stunde später vor der israelischen Botschaft ausstieg, sich von Berner verabschiedete und das Steuer an Burghardt übergab, läutete ihr Handy.

»Kardinal Bertucci, sind Sie bereits wieder auf dem Weg nach Wien?«, meldete sich Valerie, als sie den Namen des Advocatus Diaboli auf dem Display gelesen hatte.

»Ja, genauer gesagt auf dem Weg zur Botschaft, mein Auto abholen und Ihres zurückbringen. Dann mache ich mich unverzüglich auf den Rückweg nach Rom. Nachdem Professor Sina und Paul Wagner noch immer in Deutschland sind, kann ich niemanden zu Jauerling und den Aufzeichnungen des Schwarzen Bureaus befragen. Ich hatte außerdem soeben ein langes Gespräch mit dem Heiligen Vater. Er wünscht, dass ich so schnell wie möglich in den Vatikan zurückkehre. Mein Freund, Außenminister Carlo Lamberti, hält zu allem Überfluss eine Protestnote der österreichischen Regierung in Händen und ist ziemlich aufgebracht. Wie es aussieht, zieht sich die Schlinge um Pro Deo zusammen.«

»Damit haben Sie zumindest bei einem Ihrer Vorhaben Erfolg gehabt«, meinte Goldmann, »und es besteht die Chance, Sie in nächster Zeit wieder einmal in Wien anzutreffen.«

»Ich glaube, nicht nur bei einem Vorhaben«, gab Bertucci geheimnisvoll zurück. »Aber dazu später. Sehen wir uns noch, bevor ich losfahre?«

»Sie wollen nicht fliegen?«, wunderte sich Valerie. »Ich bringe Sie gerne zum Flughafen Schwechat.«

»Ich werde über Nacht fahren«, erwiderte Bertucci, »in zehn Stunden bin ich in Rom. Die Abendmaschine ist ausgebucht, und der Heilige Vater erwartet mich morgen um zehn.«

»Schlafen Sie auch irgendwann, Eminenz?«, erkundigte sich Goldmann und stieß die Tür zur Botschaft auf, als der elektrische Summer ertönte. »Sie sind ja noch schlimmer als Paul. Wir könnten aber noch gerne ein kleines Abendessen einplanen, bevor Sie Ihre Reise beginnen. Ich warte in der Botschaft auf Sie.«

»Ich bin in einer Stunde da«, antwortete Bertucci, bevor er auflegte.

Goldmann wollte gerade den Sicherheitsbeamten am Empfang nach Major Weinstein fragen, da läutete ihr Handy erneut.

»Hallo Valerie«, meldete sich Paul Wagner, und Goldmann erkannte an seiner Stimme, dass etwas ganz und gar nicht stimmte. »Wo bist du?«

»In Wien, in der Botschaft«, gab sie zurück. »Was ist los?«

»Wir müssen nach Turin, und zwar so rasch wie möglich.« Paul klang gehetzt. »Fahren kommt nicht infrage, Fliegen ist die einzige Option.

Wir sind in Quedlinburg, und ich habe herausgefunden, dass der internationale Flughafen Magdeburg-Cochstedt keine fünfundzwanzig Kilometer entfernt ist. Von da fliegen aber nur Charterlinien, und zwar spärlich und nach Spanien. Der letzte Flug aus Berlin nach Turin geht um 19.35 Uhr, das schaffen wir niemals.«

»Was bedeutet, ich soll etwas organisieren?«, erkundigte sich Valerie.

»Das Beste wäre, du fliegst uns«, stellte Wagner fest. »Dann könnte ich dir alle Informationen während des Fluges geben und dich auf dem Laufenden halten, was hier gerade passiert. Jauerling hatte recht, es ist unglaublich. Und vertrau mir, das wird Shapiro auch interessieren.«

»Gib mir eine Stunde, Paul, ich ruf dich zurück.« Valerie beendete das Gespräch und beugte sich zu dem jungen Sicherheitsoffizier, der sie erwartungsvoll ansah.

»Was kann ich für Sie tun, Major Goldmann?«, erkundigte er sich mit glänzenden Augen. Valerie sah den Satz ›Gehen Sie mit mir abendessen und Sie werden es nicht bereuen‹ quer über seine Stirn geschrieben.

»Nicht das, was Sie denken«, antwortete sie. »Könnten Sie versuchen, Attaché Weinstein zu erreichen? Er wechselt so schnell seine Telefonnummern, dass ich zu lange suchen müsste.« Sie strahlte den jungen Securityguard an. »Manche behaupten ja, er macht das wegen mir, aber das ist wohl eine böswillige Unterstellung.«

Es dauerte keine fünf Minuten und Valerie hatte einen griesgrämigen Weinstein in der Leitung. Im Hintergrund hörte sie Gläser klirren, gedämpfte Musik und helles Lachen, das sich verdächtig nach exzessivem Alkoholgenuss anhörte.

»Sind wir schon beim Après angekommen?«, fragte Valerie scheinheilig. »Das klingt nicht mehr nach Arbeitssitzung, und für das Mittagessen ist es Stunden zu spät.«

»Womit habe ich Sie verdient, Major Goldmann?«, seufzte Weinstein. »Und woher haben Sie überhaupt diese Nummer?«

»Von einem reizenden jungen Mann in der Botschaft, der über Ihre Handynummern Buch führt«, meinte Valerie und zwinkerte dem Sicherheitsoffizier zu, dessen Miene wie ein festlicher Weihnachtsbaum erstrahlte. »Sind Sie noch aufnahmefähig, Weinstein, oder haben Sie bereits die Segel gestrichen? Ich brauche einen Flug für Paul und Georg von Quedlinburg nach Turin.«

»Von wo nach Turin? Wir sind kein Charterflugunternehmen für die Presse oder verirrte Wissenschaftler, wenn mich nicht alles täuscht«, gab Weinstein kämpferisch zurück. »Wie wäre es mit zwei Flugtickets?«

»Ist Ihnen der Alkohol zu Kopf gestiegen, Weinstein?«, erwiderte Valerie eisig. »Ich sage nur – Lhasa. Entweder Sie denken kreativ nach, oder ich rufe Shapiro an und melde Sie für den Außenposten. Viel Spaß mit Li Feng!«

»Was haben Wagner und Sina mit Ihrem Auftrag zu tun?«, versuchte es der Militärattaché erneut.

»Überlassen Sie das mir«, schnitt Valerie ihm das Wort ab. »Was fällt Ihnen zu Quedlinburg-Turin ein?«

»Nichts. Ich weiß nicht einmal, wo dieses Quedlindings ist.« Weinstein klang verärgert. »Es ist Samstagabend, Major, Wochenende. Ich will nicht einmal von Sabbat sprechen, aber hat das nicht Zeit bis Montag?«

»Packen Sie die langen Unterhosen und den warmen Schal ein, in Tibet ist es kalt«, sagte Valerie wie beiläufig. »Es bleiben Ihnen nur mehr fünfundvierzig Minuten. Ich habe Paul versprochen, ihn in einer Stunde zurückzurufen.«

»Wieso mir?« Weinsteins Stimme überschlug sich fast. »Warum ich? Was schwebt Ihnen denn so vor? Noch eine F-15 Eagle? Ein Kampfhubschrauber mit Luft-Luft-Raketen? Es ist Samstag und es ist Wien, Major Goldmann.«

»Eben«, gab Valerie unerschüttert zurück. »Wo liegt das Problem?«

Weinstein war für ein paar Momente sprachlos. Dann wurden die Musik und die Stimmen immer leiser, bis sie schließlich völlig verstummt waren. Eine Tür schlug zu. »Sie meinen das ernst?« Es klang, als sei Weinstein mit einem Mal völlig nüchtern.

»Ich möchte entweder einen schnellen Hubschrauber oder einen Learjet mit Kopilot.« Plötzlich fiel Valerie Kardinal Bertucci ein. »Und ich brauche ein Flugroutenclearing für die Strecke Wien-Magdeburg-Turin-Rom.«

»Wieso jetzt auch noch Rom?«, fragte der Militärattaché überrascht.

»Weil ich jemandem noch ein paar Stunden Schlaf schenken möchte. Aber das ist kein Quiz, Weinstein, und ich habe keine Lust, mich mit Oded Shapiro über Ihre Sicherheitsstufe zu streiten«, erklärte Goldmann kategorisch. »Deshalb: no comment!«

»Das wird aber nicht leicht«, gab Weinstein zu bedenken.

»Vierzig Minuten und die Uhr läuft.« Valerie war unerbittlich. »Ich will spätestens in zwei Stunden in der Luft sein. Ach ja, und noch etwas, Weinstein. Auf dem Hof der Botschaft steht ein Audi S3 mit italienischem Kennzeichen. Der sollte morgen Vormittag in Rom sein. Ich würde vorschlagen, Sie organisieren jetzt meinen Flug, trinken zwei starke Espressi, ziehen sich um und brausen dann südwärts, der Sonne entgegen. Wir treffen uns um 11.00 Uhr auf einen Imbiss an der Piazza Navona. Seien Sie pünktlich!« Goldmann legte auf, ohne eine Antwort abzuwarten.

Der junge Sicherheitsoffizier strahlte sie noch immer bewundernd an.

»Und jetzt geben Sie mir bitte eine sichere Leitung zu Oded Shapiro in Tel Aviv«, bat ihn Valerie. »Ich bin gerade in der richtigen Stimmung dafür.«

*An Bord eines Learjet 45 auf dem Flug
nach Magdeburg-Cochstedt*

Kardinal Bertucci ließ sich aufatmend in die tiefen Lederpolster des Sitzes fallen. Das Platzangebot und das Ambiente in dem neunsitzigen Learjet 45 mussten jeden Passagier der ersten Klasse in normalen Linienflugzeugen vor Neid erblassen lassen. Edle Holztäfelungen, große Tische für Besprechungen oder elegante Diners, Beinfreiheit bis zum Horizont. Der zweistrahlige Business-Jet war an Komfort kaum zu überbieten.

Als eine lächelnde Valerie Goldmann durch die Cockpittüre kam und es sich gegenüber von Bertucci bequem machte, legte sich der Learjet in eine weite Kurve nordwärts. Wien verschwand aus dem Blickfeld und machte den weiten Hügeln des Weinviertels Platz, die sich in der Abenddämmerung bläulich färbten.

»Eine exquisite Art des Reisens, das muss ich zugeben«, stellte der Advocatus Diaboli fest. »Ich habe ganz eindeutig etwas falsch gemacht in den letzten vierzig Jahren. Meist hat es nicht einmal für die Business Class gereicht. Oder nur dann, wenn die Economy ausgebucht war.«

Valerie lachte. »So schlimm wird es schon nicht gewesen sein«, gab sie zurück. »Leider war keine Zeit mehr, Essen und Getränke an Bord zu nehmen. Wir werden versuchen, das in Magdeburg nachzuholen.«

»Ach was, das Essen ist nicht so wichtig. Ich wollte mich bei Ihnen für den Flug nach Rom bedanken«, meinte Bertucci und sah auf seine Rolex. »Wenn alles nach Plan läuft, dann bekomme ich vielleicht doch noch ein paar Stunden Schlaf, bevor ich morgen pünktlich um zehn bei meinem Termin im Vatikan erscheine.« Er blickte aus dem Fenster hinunter auf die vorbeiziehende Landschaft. Auf einer viel befahrenen Straße waren die Scheinwerfer der Autos wie auf einer doppelten Perlenschnur aufgefädelt. »Der arme Major Weinstein. Er sah nicht gerade glücklich aus.«

Goldmann winkte ab. »Vergessen Sie es! Weinstein sieht nie glücklich aus, wenn er aus seinem tagtäglichen Trott gerissen wird. Er wird Ihren Wagen rechtzeitig nach Rom bringen, Eminenz. Dafür lade ich ihn morgen zu einem Frühstück ein«, schmunzelte sie. »Die paar ermunternden Worte von Oded Shapiro haben ihn völlig ausgenüchtert. Dafür hat der gute Shapiro ein Händchen, das muss man ihm lassen.«

»Ich bin nicht im Geringsten unglücklich darüber, nicht nach Rom fahren zu müssen, sondern die luxuriöse Reisevariante gewählt zu haben«, entgegnete Bertucci. »Der kleine Umweg nach Magdeburg und Turin fällt dabei wirklich nicht ins Gewicht.«

»So haben Sie auch Gelegenheit, Paul und Georg kennenzulernen«, gab Goldmann zu bedenken. »Unser Flug nach Turin wird knapp zwei Stunden dauern, das sollte für einen Informationsaustausch genügen.«

»Daran habe ich auch gedacht.« Bertucci warf Goldmann einen nachdenklichen Blick zu. »Ich frage mich, ob Sie das bewusst eingefädelt haben, Major. Was erwarten Sie von mir?«

»Ich habe es Ihnen bereits bei unserem Gespräch in der Universität gesagt, Eminenz. Sie können Paul und Georg vertrauen. Ich lege meine Hand für die beiden ins Feuer.« Valerie erwiderte Bertuccis Blick ungerührt. »Legen Sie einfach die Karten auf den Tisch. Seien Sie offen und ehrlich, damit kommen Sie bei den beiden am weitesten. Fragen Sie alles, verschweigen Sie nichts. Kommissar Berner und Paul sind in den letzten Jahren so die besten Freunde geworden. Und die hatten einen schlechteren Start als Sie, glauben Sie mir.« Goldmann musste lächeln, als sie an das anfängliche Misstrauen dachte, das Berner »der Presse« im Allgemeinen und damit Paul im Speziellen entgegenbrachte.

»Paul Wagner ist ein internationaler Journalist auf der Jagd nach Schlagzeilen«, erinnerte sie Bertucci. »Professor Sina gilt als lebende Legende, was die Mittelalterforschung betrifft, und verfolgt die Spur eines alten Archivs, das ihm Ruhm und wissenschaftliche Ehren einbringen kann. Warum sollten die beiden nicht so schnell wie möglich an die Öffentlichkeit gehen? Warum sollte ich ihnen auch noch zusätzliche Informationen liefern? Ich will und werde dem Vatikan nicht schaden, Signorina Goldmann.«

»Warum? Weil sie meine Freunde sind«, antwortete Valerie schlicht. »Paul und Georg sind neugierig, oft besessen von ihren Entdeckungen und den Spuren, die sie verfolgen. Sie lassen nie locker, gehen durch dick und dünn und, wenn es sein muss, bis in die Hölle und zurück. Aber sie sind vor allem eines: Sie sind menschlich geblieben, ganz gleich, was sie antreibt. Das haben sie in den vergangenen Jahren immer wieder bewiesen.« Goldmann lehnte sich vor. »Ich kann Sie zu nichts zwingen, Eminenz, und es liegt mir fern, dem Vatikan schaden zu wollen. Aber glauben Sie mir bitte eines. Sie werden keine besseren Verbündeten finden als Sina und Wagner, was immer auch am Ende dieser Geschichte steht. Denken Sie darüber nach, ich muss wieder ins Cockpit.«

Damit stand Valerie auf und ließ den Advocatus Diaboli mit seinen Gedanken allein.

Der Landeanflug auf Magdeburg-Cochstedt war trotz Dunkelheit einfacher, als Valerie erwartet hatte. Die einzige Piste des kleinen Platzes war perfekt befeuert und der Tower nach einem Anruf von Weinstein und der Privatfluggesellschaft auf ihr Kommen vorbereitet.

»Wir bleiben nur ganz kurz hier«, informierte Goldmann den Kopiloten, als sie vor dem niedrigen Terminal hielten und die Turbinen abstellten. »Auftanken, die Passagiere zusteigen lassen, vielleicht lässt sich etwas zu essen auftreiben. Dann sind wir auch schon wieder weg. Ich hole meine Freunde aus der Abflughalle.«

Der junge Mann im Pilotenhemd nickte kurz und griff zum Funkmikrofon, um die Anweisungen weiterzugeben, während Valerie aufstand und zu Bertucci nach hinten ging.

»Erste Zwischenlandung auf dem Heimweg«, lächelte sie, entriegelte die Flugzeugtüre und klappte die Stufen der Gangway aus. »Ich hole unsere restlichen Passagiere. Wollen Sie mitkommen und sich ein wenig die Beine vertreten?«

»Mit Vergnügen«, antwortete der Kardinal, »ich erledige einen Anruf, während Sie Wagner und Professor Sina suchen. Die frische Nachtluft wird mir guttun.«

Die Abflughalle des kleinen Flughafens, der normalerweise nur einmal pro Tag von Chartergesellschaften und Billigfluglinien angeflogen wurde, lag leer und verlassen da, als Valerie die Schwingtür aufstieß und sich suchend umblickte.

»Wo sind die jetzt wieder geblieben?«, murmelte sie, bevor sie durch die Halle in Richtung Ausgang lief. Der menschenleere Flughafen löste ein beklemmendes Gefühl bei ihr aus. Als die Schiebetüre aufglitt, um ihr den Weg zu den Parkplätzen freizugeben, sprang ein weißes Etwas auf sie zu und umkreiste sie laut bellend.

»Tschak! Du kleiner Rabauke! Wenigstens du versäumst deinen Flug nicht«, rief Valerie aus und hob den Hirtenhund hoch, der ihr begeistert über das Gesicht schleckte. »Wo sind denn die anderen?«

Als die drei um die Ecke bogen, sah Valerie sofort, dass etwas ganz und gar nicht stimmte. Der verkniffene Gesichtsausdruck Sinas, die hektischen Blicke Wagners über seine Schulter und die verweinten Augen jener jungen Frau, die wohl Schwester Barbara sein musste, sprachen Bände.

»Ich wusste nicht, dass ihr die Kavallerie so dringend benötigt«, begrüßte Goldmann besorgt ihre Freunde. »Der Jet steht bereit, kommt! Erzählen könnt ihr später!«

»Uns fällt ein Stein vom Herzen«, gab Paul zu und umarmte Valerie kurz. »Wir wollten nicht Stunden vor dem Flughafen stehen und im ›Pizza-Express‹ womöglich auffallen. So sind wir bis zur letzten Minute herumgefahren.«

Valerie drängte zum Aufbruch.

»Los jetzt! Zeit zum Abflug. Ich muss heute noch nach Rom.« Sie nahm kurz entschlossen die junge Frau am Arm und geleitete sie über das Vorfeld. »Sie müssen Schwester Barbara sein«, stellte sie neugierig fest, aber die Angesprochene nickte nur abwesend.

Kardinal Bertucci telefonierte immer noch. Sein Gesicht war ernst, aber als er Valerie mit den anderen kommen sah, beendete er rasch sein Gespräch. Ein kleiner Tankwagen rollte davon, und der Kopilot gab Goldmann das »Daumen hoch«-Zeichen.

»Darf ich vorstellen?« Valerie wies auf Bertucci. »Der Anwalt des Teufels, der Vertraute und Kurier des Papstes, Kardinal Paolo Bertucci.«

Schwester Barbara fuhr herum wie vom Blitz getroffen. Sie starrte den kleinen Italiener mit angstvoll geweiteten Augen an und brach in Tränen aus. Dann lief sie die Stufen der Gangway hinauf und verschwand im Learjet.

»Sie haben eine seltsame Wirkung auf Nonnen, Eminenz«, kommentierte Valerie und stellte den Advocatus Diaboli Paul und Georg vor. »Und jetzt sucht euch alle einen Platz. Wir starten in wenigen Minuten.«

Als der Learjet von der Startbahn abhob und nach Süden einschwenkte, waren die beiden Freunde und Kardinal Bertucci bereits tief ins Gespräch vertieft. Schwester Barbara hatte sich abseits gesetzt, in eine andere Sitzreihe, und die Augen geschlossen.

Valerie Goldmann im Cockpit gab den Kurs nach Torino-Caselle ein. Sie würden den Flughafen Sandro Pertini in knapp zwei Stunden erreichen. Bis dahin würde sich auch der Advocatus Diaboli entscheiden müssen: Georg und Paul zu vertrauen oder seine Erkenntnisse für sich zu behalten.

Valerie hoffte inständig, er würde die richtige Entscheidung treffen.

Der sechste Kreis –
DENN UM DIE GRÄBER SAH MAN
FLAMMEN BRENNEN,
VON DENEN SIE SO DURCH UND
DURCH ERGLÜHTEN ...

30.5.2010

Via Silla, Rom/Italien

»Guten Morgen, es ist Sonntag, der 30. Mai, 9.00 Uhr. Die Nachrichten. BP gehen die Ideen aus. Jetzt ist auch Top-Kill gescheitert – ebenso wie alle bisherigen Versuche, den Ölfluss im Golf von Mexiko zu stoppen. Die Südküste der USA bereitet sich darauf vor, dass bis August dieses Jahres Öl in den Golf sprudelt. Und die Hurrikan-Saison steht unmittelbar bevor...«

Kardinal Bertucci stand seufzend vom Frühstück auf, legte die Serviette zur Seite und drehte das Radio leiser. Er war zu müde und zu erschöpft, um sich vor seinem Termin mit dem Heiligen Vater den Kopf über Katastrophen zu zerbrechen, die alleine schon für einen Horrorfilm ausgereicht hätten. Der Advocatus Diaboli merkte, dass ihn die Unterhaltung von gestern Nacht mit Wagner und Sina viel mehr beschäftigte, als er sich selbst eingestehen wollte. Wenn man dann noch die Informationen dazurechnete, die aus Israel über Valerie Goldmann gekommen waren, dann gab es wenig Grund zur Freude.

Der kleine Italiener ging ins Schlafzimmer hinüber, wollte instinktiv nach seiner Soutane greifen, doch dann erinnerte er sich im letzten Moment daran, dass der Heilige Vater ihn heute »in Zivil« sehen wollte – warum auch immer. Er hatte jedenfalls bei seinem letzten Gespräch mit Bertucci ausdrücklich darauf bestanden. Vielleicht sollte der Kardinal gleich wieder los? Nach England oder Südamerika in einer anderen privaten Mission? Also warf der Advocatus Diaboli einen Blick aus dem Fenster, sah das strahlende Wetter und entschloss sich zu einem kurzärmeligen Hemd, einer hellen Leinenhose und einem Blazer, der dem Ganzen ein wenig Formalität verlieh.

Als er sich im Vorübergehen im geschliffenen Glas des Spiegels betrachtete, den er vor Jahrzehnten von seiner Großmutter geerbt hatte, war er fast versucht, in Urlaubsstimmung zu geraten. Aber dann dachte er an all die Arbeit, die noch vor ihm lag, an den toten Killer in Deutschland, der im Auftrag einer religiösen Bruderschaft unterwegs gewesen war, und daran, dass Pro Deo nach wie vor die Fäden hinter den Kulissen des Vatikans zog. Rechnete man die diplomatische Protestnote der österreichischen Regierung dazu, den toten Pfarrer in Unterretzbach und die drei Ermordeten in Rom, dann hatte er nicht wirklich viel erreicht.

Oder doch?

Bertucci war müde. Zugleich war er Valerie Goldmann dankbar, dass sie ihn knapp nach 1.00 Uhr früh am Flughafen Fiumicino mit den Worten »Schlafen Sie schnell, tief und effizient, Eminenz« aus dem Learjet komplimentiert hatte.

So hatte er wenigstens fünf Stunden Schlaf bekommen. Nach einer Rasur, einer schnellen Dusche und in frischen Kleidern fühlte er sich nicht gerade wie neugeboren, aber immerhin wie ein Mensch.

Er öffnete eine Schublade und nahm sein altes Handy heraus. Irgendwie war es wie ein Schritt zurück in die Normalität, in ein geregeltes Leben. Heraus aus dem Schatten und den Verstecken. Er schaltete es ein und wartete, bis sich das Mobiltelefon eingebucht hatte. Als er die Liste der versäumten Anrufe durchging, fiel ihm einer von Carlo Lamberti auf, der gestern Abend offenbar versucht hatte, ihn von seiner privaten Handynummer aus zu erreichen. Nach einem kurzen Blick auf seine Armbanduhr wählte Bertucci die Nummer des Außenministers. Lamberti hob nach dem ersten Läuten ab.

»Paolo! Wo bist du?«, zischte er aufgeregt ins Telefon.

»Du wirst es nicht glauben, Carlo, aber wieder zurück in Rom«, erwiderte der Advocatus Diaboli.

»Hier ist der Teufel los, wenn du mir das Wortspiel verzeihst. Deine SMS haben eingeschlagen wie eine Bombe, und die Protestnote der Österreicher wurde keineswegs auf die leichte Schulter genommen. Ganz im Gegenteil. Eine Sitzung jagt die nächste.«

»Hat die Polizei schon etwas wegen der drei Morde herausgefunden?«, stieß Bertucci nach.

»Nein, die tappen noch immer im Dunkeln«, antwortete Lamberti. »Man munkelt schon in der Presse, dass der Vatikan seine schützende

Hand über die Täter hält und die Untersuchungen im Sand verlaufen würden, nach guter alter Tradition.«

»Hält der Vatikan seine schützende Hand über die Täter?« Bertuccis Tonfall triefte vor Ironie.

»Fängst du jetzt auch schon damit an, Paolo? Du erinnerst mich an diese Journalistin aus Israel, die vor Tagen bei mir war.«

»Valerie Goldmann, ich weiß«, half Bertucci seinem Freund auf die Sprünge. »Sehr professionell, hilfsbereit und das Herz auf dem richtigen Fleck. Ohne sie wäre ich nicht so weit mit meinem Auftrag gekommen. Aber das erzähle ich dir ein anderes Mal.«

»Bist du offiziell wieder hier oder noch immer inkognito?«, erkundigte sich Lamberti rasch.

»Ich habe eine Audienz beim Heiligen Vater um zehn«, gab Bertucci zurück. »Danach kann ich dir wahrscheinlich sagen, wie es weitergeht. Hast du etwas Neues von Pro Deo?«

»Die Abteilung Innere Sicherheit wurde zum Rapport befohlen und zum Stillhalten verpflichtet, sonst weiß ich nicht viel«, räumte der Außenminister ein. »Aber ich renne auch von einer dringenden Sitzung in die nächste. Also frag mich besser etwas anderes.«

»Wann hast du Zeit für ein gemeinsames Essen?«, erkundigte sich Bertucci lächelnd.

»Vielleicht im Herbst, wenn der Zirkus hier so weitergeht«, brummte Lamberti.

»Ich muss los, Carlo«, beendete Bertucci das Gespräch. »Nach meiner Unterhaltung mit dem Heiligen Vater wissen wir mehr.«

Die Vespa startete auf den ersten Tritt, und mit einem Gefühl der Zufriedenheit mischte sich der Advocatus Diaboli in den morgendlichen Verkehr der Stadt am Tiber. Waren es unter der Woche vor allem Berufspendler, die lokalen Transporteure und großen Lieferwagen, die in den Straßen die Fahrspuren verstopften, so rollten an Sonntagen Touristenbusse, Stadtrundfahrten, Ausflügler und unzählige Taxis auf der Jagd nach Fahrgästen durch Rom. Bertucci wusste nicht, was er bevorzugte. Leere Straßen gab es in der Ewigen Stadt nie. Damit hatte er sich längst abgefunden und so schlängelte er sich zügig und routiniert zwischen den Fußgängergruppen und den langsamen Reisebussen durch.

Je näher er dem Vatikan kam, umso dichter wurde das Gedränge und der Strom der Besucher, die zu Tausenden in Richtung Petersplatz und Dom unterwegs waren. Auf seinem üblichen Parkplatz unweit des Tores stellte Bertucci die Vespa ab, nahm die große Aktentasche, die er zwischen seine Beine gestellt hatte, und machte sich auf den Weg zum Apostolischen Palast. Ein Blick auf seine Armbanduhr sagte ihm, dass er gut in der Zeit lag.

Die Kontrolle durch die Schweizergarde war rasch und professionell wie immer. Es gab einen kleinen außerplanmäßigen Aufenthalt, als einer der Metallscanner wohl ein Fehlsignal empfing und neu justiert werden musste. Dann war auch Bertucci an der Reihe und wurde durchgewunken.

Der Advocatus Diaboli war noch keine fünfzehn Meter gegangen, als er hinter sich eine aufgeregte Stimme hörte.

»Kardinal Bertucci! Kardinal Bertucci!« Ein Schweizergardist kam ihm nachgelaufen und hielt ihn auf. »Ich soll Ihnen ausrichten, dass Sie dringend ins Archiv kommen sollen. Ihr Termin mit dem Heiligen Vater verschiebt sich auf halb elf.«

»Sind Sie sicher?«, erkundigte sich der Kardinal überrascht.

»Ja, ganz unzweifelhaft«, nickte der Uniformierte. »Sie kennen den Weg?«

»Danke, bemühen Sie sich nicht«, antwortete Bertucci und wandte sich nach links. Wenige Minuten später winkte er dem Portier am Empfang der Apostolischen Bibliothek kurz zu, bevor er zur Sicherheitsschleuse eilte, die zu den Büros der Verwaltung führte. Noch im Gehen zog Bertucci seinen Ausweis hervor und legte ihn dem Sicherheitsbeamten neben die Tastatur.

»Eminenz«, begrüßte ihn der Schweizergardist, bevor er begann, Namen und Uhrzeit in den Computer einzutippen. Dann schob er den Ausweis in den Scanner.

»Wie lange werden Sie heute im Archiv bleiben?«, wollte der Sicherheitsbeamte wissen.

»Nur kurz, ich muss danach zum Heiligen Vater«, gab Bertucci geistesabwesend zurück.

»Ich sehe gerade, dass ich eine Nachricht für Sie habe«, teilte ihm der Schweizergardist mit. »Sie sollen bitte in die neuen Räumlichkeiten des Archivs unter dem Cortile della Pigna kommen. Teile davon werden derzeit mit einer neuen Klimaanlage ausgestattet, wie Sie vielleicht wissen, daher sind die Zugänge nicht versperrt. Gehen Sie ruhig hinein.«

»Von wem ist die Nachricht?«, fragte der Kardinal misstrauisch.

Der Gardist blickte erneut auf den Bildschirm: »Soweit ich es sehen kann, kommt die Nachricht vom Sekretär Seiner Heiligkeit.« Damit drückte er einen Knopf und wies auf eine Tür. »Da ist der kürzeste Weg zum Untergeschoss. Folgen Sie einfach der Beschilderung. Heute haben wir nur wenig Personal in den Archiven, daher werden Sie Ihren Weg selbst finden müssen.«

Bertucci nickte und machte sich auf den Weg. Als er die Tür hinter sich zuzog, schaute er einem Porträt in die Augen, das er nur zu gut kannte. Giulio Antonio Santori, Kardinal und Großinquisitor im 16. Jahrhundert. Der Advocatus Diaboli blieb kurz davor stehen und betrachtete das Gemälde nachdenklich.

Hier ist nichts und niemand jemals sicher ...

An der Sicherheitsschleuse hatte der Schweizergardist das Telefon abgenommen, eine Kurzwahl eingetippt und einen einzigen Satz gesagt: »Er ist auf dem Weg.«

Dann hatte er den Namen Bertuccis aus der elektronischen Besucherliste des Vatikanischen Geheimarchivs wieder gelöscht.

Für alle, die nun nachforschen würden, war er nie hier gewesen.

Hotel Diplomatic, Via Cernaia, Turin/Italien

Das Wetter in Turin hatte sich über Nacht verschlechtert. Regenschauer aus dunkelgrauen, tief ziehenden Wolken prasselten auf die alten Pflastersteine der Innenstadt, kalte Luft aus den Bergen hatte die sommerliche Wärme ersetzt. Die Tische und Stühle, die vor den Cafés unter den kilometerlangen Arkaden standen und auf Gäste warteten, waren verwaist.

Paul, Georg und eine schweigsame Schwester Barbara hatten nach ihrer Ankunft und einem raschen Abschied von Goldmann und Bertucci den bequemen und fast leeren Flughafenbus ins Zentrum genommen.

»Wir werden schon ein Hotel finden«, hatte Paul zuversichtlich gemeint, nachdem die Tourismus-Information am Flughafen bereits seit Stunden ihre Pforten geschlossen hatte. Als sie am Bahnhof Porte Susa aus dem Bus gestiegen waren, lagen gleich zwei Hotels in unmittelbarer Nähe und lockten mit flackernden Neonreklamen. Das »Dock« war ausgebucht gewesen, und so hatten sie im »Diplomatic«, einem typischen Stadthotel mit liebloser Ausstattung und übertriebener Sterne-Bewertung, drei Zimmer bezogen. Niemand hatte mehr um die Häuser ziehen und die nächtliche Stadt entdecken wollen. Alle waren todmüde ins Bett gefallen und sofort eingeschlafen.

So kam es, dass Paul erst ziemlich spät am nächsten Morgen auf der Suche nach einem Frühstück auf Georg traf, der mit missmutigem Gesicht an der Rezeption stand, einen unruhig ziehenden Tschak an der Leine.

»Kein Frühstück mehr im Hotel, wir sind zu spät dran«, brummte er unglücklich. »Bei unserer Nonne hab ich an der Türe geklopft, aber niemand hat mir aufgetan.«

»Die schläft wohl noch fest«, meinte Wagner und legte dem Wissenschaftler den Arm auf die Schulter. »Lass uns in ein Café gehen, auf der Suche nach unserem Frühstück. Ich war vor Jahren für ein paar Tage in der Stadt. Glaub mir, wir werden nicht verhungern. Tschak sieht außerdem ziemlich hektisch aus. Ich glaube, ein Spaziergang wird uns allen guttun.«

»Bei dem Wetter? Es regnet Sturzbäche vom Himmel«, gab Sina zu bedenken.

»Dafür hat Turin vorgesorgt«, lächelte Wagner. »Die Innenstadt besteht fast durchwegs aus herrschaftlichen Palazzi, die häufig über ganze Straßenzüge hinweg mit barocken Arkadengängen versehen sind. Insgesamt gibt es so mehr als achtzehn Kilometer überdachte Gehsteige. Wir werden unser Frühstück also trockenen Fußes erreichen. Ist heute nicht Sonntag?«

»Doch, es ist Sonntag«, nickte Georg. »Vor lauter Ländern kommt man ganz durcheinander.«

»Dann wird unsere Schwester in der nächsten Kirche zu finden sein«, gab Paul zu bedenken, »bei der Morgenmesse in tiefer Andacht. Hinterlassen wir ihr eine Botschaft an der Rezeption und gehen wir auf die Jagd nach einem guten, starken Espresso oder einem großen Bicerin.«

»Was ist das wieder?«, erkundigte sich Sina misstrauisch.

»Die lokale Spezialität, benannt nach dem Turiner Kaffeehaus, das ihn erfunden hat. Man nehme zu gleichen Teilen Espresso und Trinkschokolade, gieße sie vorsichtig in ein kleines Glas, mit einer Schicht Sahne dazwischen.« Paul fuhr sich genießerisch mit der Zunge über die Lippen. »Die Schichten dürfen sich nicht vermischen. Einfach göttlich!«

»Klingt nach einem kompletten Frühstück im Glas«, antwortete Georg und stieß die Tür zur Straße auf. »Zumindest, was die Kalorien betrifft.«

Der breite Gehsteig vor dem Hotel war zur Gänze überdacht. Arkaden erstreckten sich entlang der Via Cernaia, so weit das Auge reichte. Darunter bauten Buchhändler ihre Stände auf, mit Sonderangeboten oder antiquarischen Raritäten. Tschak allerdings war mehr von den unzähligen Säulen angetan und zog sofort schnüffelnd los.

»Richtung Zentrum?«, fragte Sina den Reporter, der sich kurz umblickte.

»Tschak ist schon in der richtigen Richtung unterwegs«, bestätigte Paul, und beide Freunde trabten los. Kaum hundert Meter entfernt standen verchromte Tische und Stühle unter den schützenden Lauben.

»›Nostradamus Café‹«, las Georg leise und betrachtete sehnsüchtig die Croissants, Kuchen und Torten in der Auslage. »Egal, ob seine Centurien entziffert sind oder nicht, ich rieche ein Frühstück.«

»Zwei!«, grinste Paul. »Und genug Kaffee, um uns aufzuwecken!«

Nachdem er die Bestellung aufgenommen hatte, kam der Kellner in seiner langen weißen Schürze nochmals zurück und legte mit den Worten »Mit schönem Gruß von der Stadtinformation« einen Reiseführer von Turin auf den Kaffeetisch. »Sollten Sie ihn nicht benötigen, dann lassen Sie ihn einfach liegen, für andere Gäste. Oder Sie nehmen ihn mit und entdecken die Stadt! Kaffee kommt gleich.«

»Zu Jauerlings Zeiten wird das ganz anders gewesen sein«, sagte Georg und blätterte in dem reich bebilderten Band.

»Was uns wieder zum Grund unseres Besuchs zurückbringt«, erinnerte ihn Paul. »Was genau erwartest du dir von Turin? Wir sind zwar den Killer los, aber dafür sind wir geradewegs in die Stadt des Teufels gereist, wenn ich dich richtig verstanden habe. Ist deshalb unsere Nonne so unruhig?«

»In die Stadt des Grabtuches, des Teufels und des Zentrums der drei magischen Dreiecke, wie mir gestern Kardinal Bertucci verraten hat.« Georg nahm genussvoll einen Schluck Espresso und sah aus dem Fenster neben sich.

»Da muss ich gerade mit Valerie konferiert haben«, meinte Wagner ratlos. »Welche magischen Dreiecke?« Die Croissants mit Butter und Marmelade, die der Kellner vor den beiden Freunden auf den Tisch stellte, dufteten verführerisch.

»Es gibt eine Legende, wonach ein weißes, ein schwarzes und ein rotes Dreieck in Turin aufeinandertreffen. Das weiße Dreieck der Magie hat die Eckpunkte Turin-Lyon-Prag, das schwarze Turin-London-San Francisco und das rote Turin-Wien-Florenz.« Sina zuckte die Schultern. »Was immer man auch davon halten mag, die Farben sind schon interessant. Drei Päpste, drei Dreiecke, die gleichen Farben wie auf der Wappenwand in Wiener Neustadt.«

Paul nahm geistesabwesend den Reiseführer zur Hand, während er mit einem kurzen Winken noch einen Bicerin bestellte. »Das Zeichen Turins ist der Stier. Die Stadt wurde von den Römern gegründet, nach strengen Regeln auf dem Reißbrett entworfen.« Er blätterte weiter, übersprang einige Seiten. »Hör zu. Um den Einfluss der katholischen Kirche zu unterwandern, hatten die Savoyer in Piemont seit jeher alternative religiöse Bewegungen zugelassen. Nicht nur Mormonen oder Sieben-Tage-Adventisten, auch Okkultisten, Spiritisten und Mesmeristen, die andernorts in Italien streng verboten waren, fanden willkommene Aufnahme in Turin. Der Papst beschuldigte die Savoyer, ›Satanisten‹ zu protegieren, Turin wurde zur ›Stadt des Teufels‹ erklärt.«

Er griff in die Tasche, zog den silbernen Anhänger hervor, den er dem Killer abgenommen hatte, und legte ihn auf die Tischplatte.

»Woher hast du das denn?«, erkundigte sich Sina überrascht. »Das ist doch das Nagelkreuz, das auch auf der Akte von Jauerling zu finden ist!«

»Ich habe es dem Unbekannten abgenommen, der uns in Memleben ins Jenseits befördern wollte. Ob es etwas mit dem Teufel zu tun hat?«, meinte Wagner nachdenklich.

»Wahrscheinlich hat es das«, antwortete Sina. »Schwer zu sagen, wie alt es ist oder woher es kommt. Es kann vielerlei bedeuten: zum einen, dass Christi Tod am Kreuz den Teufel überwunden hat, zum anderen aber auch, dass der Teufel das Kreuz quasi selbst trägt: sein Reich, das die Welt ist, also alles Körperliche und damit das Symbol des Felsens Golgotha, auf dem die Erlösung geschehen ist. Es kann aber auch heißen, dass es ohne das Böse kein Gutes gibt, es sich wechselseitig bedingt und so alles im Gleichgewicht bleibt...«

In diesem Moment flog die Tür auf, und ein grauhaariger, schlanker Mann mit wehendem Mantel betrat das »Nostradamus«. Er stand mit zwei großen Schritten am Tisch Wagners und Sinas, seine Hand schoss vor und legte sich beschützend auf das Amulett.

»Woher haben Sie das?«, fragte er brüsk.

»Weshalb sollte Sie das interessieren?«, gab der Reporter zurück, während Sina das Handgelenk des Unbekannten packte und es festhielt.

»Lassen Sie den Anhänger los«, zischte der Wissenschaftler, »sonst geht hier einiges zu Bruch und Sie enden in der Auslage. Es wäre schade um die Torten...«

»Verzeihen Sie, so war es nicht gemeint«, lenkte der Mann ein und zog vorsichtig die Hand zurück. »Darf ich mich setzen? Ich glaube, wir haben einiges zu besprechen.«

»So, glauben Sie?«, gab Georg unbeeindruckt zurück. »Wir haben vielleicht gar nichts mit Ihnen zu besprechen.«

»Mein Name ist Alessandro Cavoretto, ich bin Maler, in dieser Stadt geboren, und sammle... nun sagen wir, außergewöhnliche Objekte.« Seine graublauen Augen ließen das Amulett nicht los. »Wir könnten unter Umständen... die gleichen Interessen haben...« Seine Stimme hatte einen fragenden Unterton.

Paul warf Georg einen warnenden Blick zu. Dann meinte er unverbindlich: »Möglicherweise...«

»Darf ich fragen, woher Sie kommen?« Cavoretto bestellte einen Cappuccino und lehnte sich neugierig vor. »Und weshalb Sie hier sind?«

»Wir sind auf Empfehlung eines Freundes nach Turin gekommen«, antwortete Paul und wog seine Worte genau ab, »und möchten die Stadt und ihre Sehenswürdigkeiten entdecken. Die Kaffeehäuser mit ihren Kuchen und Torten erinnern uns jedenfalls an Wien.«

»Sie kommen aus Wien? Eine wunderbare Stadt«, schwärmte der Grauhaarige mit einem Seitenblick auf Georg, der ihn misstrauisch beobachtete. »Ich war als Kunststudent ein paarmal da, in der Stadt Heimito von Doderers.« Er tippte auf das Nagelkreuz. »Doderer glaubte an den Teufel, wussten Sie das? Er traf sich in einem Lokal namens Blauensteiner oft mit Satanisten.«

Sina sah Cavoretto erstaunt an.

»So sagt man«, fügte der abschwächend hinzu, »man kann ja nicht alles glauben, was die Leute so erzählen...«

Paul begann sich unwohl zu fühlen in der Gegenwart dieses so unverbindlich plaudernden Malers, der nach wie vor von dem Nagelkreuz fasziniert war und es mit sparsamen Bewegungen immer einige Zentimeter verschob und wieder zurechtrückte. »Doderer konnte dank seiner Ausbildung alle mittelalterlichen Handschriften lesen und bei Bedarf übersetzen. Die meisten Zeugnisse über das Auftreten des Teufels stammten natürlich aus dem Mittelalter.« Er lächelte dünn, und seine Augen blitzten. »Solche Urkunden werden von den Satanisten erworben und gesammelt, selbst wenn manche sie kaum verstehen oder nicht mit solch brisantem Material umgehen können.«

»Sind das diese Objekte, von denen Sie gesprochen haben? Die Sie sammeln?«, wollte Paul wissen.

»Unter anderem«, gab der Maler zu und drehte das Amulett um. »Ich konnte in Wien einige wirkliche Schätze finden. Kennen Sie Louis Ferrand?«

»Wen?«, fragte Georg verwirrt und nahm das Nagelkreuz endgültig vom Tisch.

»Den Mann, dessen Name auf der Rückseite eingraviert ist«, entgegnete Cavoretto ruhig. »Eine interessante Persönlichkeit. Weit gereister Jesuit, einst vom Papst beauftragt, das Kloster Lucedio vor den Toren Turins zu säubern, nachdem man dort Berge von Leichen entdeckt hatte. Manche sprachen von schwarzen Messen und schauerlichen Riten.«

Georg betrachtete die Gravur auf der Rückseite des Amuletts. »Lucedio... Seltsam, das hat Jauerling auch erwähnt...«, murmelte er.

Paul stieß ihn unter dem Tisch an. Gleichzeitig versuchte er den Mann im Mantel vom Amulett abzulenken. »Ist Turin wirklich die Stadt des Teufels?«, fragte er und schlug die betreffende Seite im Stadtführer auf.

»Ist Rom wirklich die Stadt Gottes?«, antwortete Cavoretto geheimnisvoll. »Hier gibt es zwei Eingänge zur Hölle, eine helle und eine dunkle Macht, die miteinander ringen, den Heiligen Gral und das berühmte Leinentuch mit dem Abbild Christi, Orgien in Katakomben und die Gestalt Luzifers, die über die Stadt wacht.« Sein Gesicht bekam einen listigen Ausdruck. »Entscheiden müssen Sie selbst, was Sie sehen wollen.«

»Der Reiseführer spricht von einer sehr liberalen Einstellung zu allen Arten von Religionen und Sekten«, bohrte Wagner nach.

»Ach, das ist ganz einfach zu erklären.« Cavoretto leerte seine Tasse und bestellte noch einen Cappuccino. »Der Teufelsglaube nistet sich immer dort ein, wo die Kirche sich zurückzieht und Terrain verliert. Im Piemont sind mehr als tausend Pfarreien wegen Priestermangels verwaist. Beantwortet das Ihre Frage? Luzifer, der Lichtbringer, erhellt die Dunkelheit der Unwissenden, nachdem sie von der Kirche verlassen wurden.«

Georg ließ das Amulett plötzlich auf den Tisch fallen und sah Paul alarmiert an. Er hätte schwören können, dass es mit einem Mal glühend heiß geworden war ...

Apostolischer Palast, Vatikanstadt, Rom/Italien

Kardinal Bertuccis Schritte auf den alten Steinböden hallten durch die langen Gänge des Vatikanischen Archivs. Hunderte Gemälde und Fresken zogen an ihm vorbei, stumme Zeugen einer jahrtausendealten Geschichte. Niemand begegnete ihm auf seinem Weg, kein Laut war zu hören, außer seinen eiligen Schritten und dem Knarren der Ledertasche, die er fest in der rechten Hand trug. Alle seine Aufzeichnungen, Unterlagen und Kontakte waren darin gesammelt.

Der Heilige Vater würde Fragen haben, Antworten erwarten.

Der Advocatus Diaboli war vorbereitet.

Der Weg ins Untergeschoss war weiter, als er gedacht hatte. Der große, unterirdische Archivbau, der im Oktober 1980 von Papst Johannes Paul II. eingeweiht und eröffnet worden war, bildete die umfassendste Erweiterung seit Bestehen der Bestände: kilometerlange Gänge unter einer meterdicken Betondecke, fernab jeder Romantik oder künstlerischen Ausgestaltung, wie etwa im Saal der Apostel oder dem Turm der Winde.

Bertucci fand nach einigem Suchen den Abstieg in die archivarische Unterwelt und lief die Treppen hinunter. Die Räumlichkeiten unter dem Cortile della Pigna waren ein reiner Zweckbau. Riesig, durch zahllose Neonröhren über den Hauptgängen in ein kaltes Licht getaucht, mit unverputzten Betonpfeilern und kilometerlangen Metallregalen, die bis zum letzten Stellplatz mit Büchern, Folianten oder hellbraunen Dokumentenschachteln gefüllt waren. Wo immer sich noch Platz gefunden hatte, waren grüne Metallschränke dazwischengeschoben worden, gefüllt bis zum Rand mit Verzeichnissen oder Indizes, Aufstellungen oder Fotomappen. Sein Freund Rossotti hatte die langen Fluchten aus Regalen und Bücherwänden immer wenig respektvoll als den »Papstbunker« bezeichnet. Nun, da der Advocatus Diaboli erstmals die schmalen Gänge unter der niedrigen Decke betrat, konnte er die Eindrücke des Chefarchivars nachvollziehen.

Kisten mit Teilen der Klimaanlage, Werkzeug und ein paar getragene, fleckige Overalls zeugten von den Reparaturarbeiten, von denen der Schweizergardist gesprochen hatte. Die Luft roch nach altem Karton, war aber überraschend frisch. Es war, als wehte ein ständiger leichter Luftzug durch die Regalschluchten.

Der Kardinal blieb stehen und lauschte. Außer seinem Herzschlag war es völlig still. Selbst der Verkehrslärm der Millionenstadt wurde durch die dicken Betonschichten ausgesperrt. Bertucci dachte an die sprichwörtliche Nadel, die man hier fallen hören würde.

Was sollte er hier?

Sich vorsichtig umsehend, betrat der Advocatus Diaboli das Labyrinth aus unzähligen Regalen. Vor ihm erstreckte sich ein etwas breiterer Gang, der durch eine gelbe Linie gekennzeichnet war, bis ans andere Ende des Kellers. Er mochte etwa hundertfünfzig Meter lang sein. Davon gingen in gleichmäßigen Abständen von etwa zwei Metern Quergänge nach beiden Seiten ab, die wieder von weiteren Gängen unterbrochen wurden.

Bertucci wurde schwindlig, als er an all die Akten, Dokumente und Bücher dachte, die in diesem Archivbau ruhten. Wer hier etwas verstecken wollte, der konnte so gut wie sicher sein, dass es wohl nie mehr gefunden würde.

Langsam, fast zögernd, folgte der Kardinal der gelben Linie weiter, hinein in die Tiefen des geheimen Wissens.

Sollte er rufen? Aber nach wem?

Auf der rohen Betondecke zeichneten sich noch die Umrisse und Maserungen der Verschalungsbretter ab. Die grauen Metallregale reichten vom Boden bis zu dem niedrigen Plafond. Bertucci warf einen Blick auf die Beschriftungen eines Kartons. Nummern, Buchstaben und Codes auf weißen Zetteln, unverständliches Archivkauderwelsch, das wohl nur von Eingeweihten zu entziffern war.

Wer erwartete ihn in diesem Bunker?

Er bog in einen Seitengang ab und strich mit seinem Zeigefinger über alte, abgegriffene Folianten, die in Leder gebunden waren. Juristische Werke neben alchemistischen Rezeptsammlungen, die Geschichte der Heiligen neben frühen Bibelausgaben. Wenn es ein System gab, dann durchblickte es der Advocatus Diaboli nicht.

Plötzlich hob er den Kopf. War da ein Geräusch gewesen? Kam jemand die Treppe herunter? Er blieb stehen und hielt den Atem an.

Nichts, er hatte sich getäuscht.

Ungeduldig warf er einen Blick auf die Uhr. Es war bereits 10.10 Uhr, und der Heilige Vater würde auf ihn warten. Warum hatte er auf den Schweizergardisten gehört und war zuerst ins Archiv gegangen? Dafür wäre später auch noch Zeit gewesen, ärgerte er sich.

»Hallo! Ist da jemand?«

Seine Stimme wurde von der meterhohen Papierflut rund um ihn verschluckt. Er würde in den Hauptgang zurückgehen müssen, um gehört zu werden. Entschlossen machte er sich auf den Weg zur gelben Linie.

Wenige Augenblicke später stand er in dem langen Gang, der noch immer menschenleer war. Über seinem Kopf flackerte summend eine Neonröhre.

»Hallo!«

Er kam sich etwas lächerlich vor, wie ein kleiner Schuljunge, der bei einem Ausflug die Klassenkameraden und seine Lehrerin verloren hatte. Ein schmaler Schreibtisch stand an einem der Regale im Gang, und Bertucci deponierte seine Aktentasche auf der bekritzelten Schreibunterlage. Dann sah er sich erneut um.

Hier war niemand, das war sicher.

Hier ist nichts und niemand jemals sicher... Die leise Stimme in seinem Kopf schien nur auf diesen Moment gewartet zu haben, um ihr Mantra wieder anzustimmen.

»Blödsinn«, sagte Bertucci laut. Er sah das kleine weiße Hinweisschild »Scala« mit einem schwarzen Richtungsweiser auf einem der Pfeiler und sein Beschluss stand fest. Entschlossen schnappte er seine Tasche. Dabei rutschte die Schreibunterlage vom Tisch und fiel auf den Boden. Der Advocatus Diaboli bückte sich, hob sie auf und legte sie sorgsam wieder zurück.

Dann wandte er sich zum Gehen.

»Nicht so rasch, Eminenz!«

Ein Mann war in einiger Entfernung aus einem der Seitengänge getreten und kam auf ihn zu. Die Pistole in seiner Hand ließ keine Zweifel an seiner Absicht aufkommen.

»Major Bertani!«, rief Bertucci überrascht aus. »Was machen Sie hier?«

»Ich habe auf Sie gewartet, irgendwann mussten Sie ja wieder zurückkommen von Ihrem Kampf gegen die Windmühlen«, gab der Pro-Deo-Chef trocken zurück.

»Sie haben uns eine Menge Unruhe beschert«, ertönte eine Stimme hinter Bertucci. Als er herumfuhr, stand Scaglietti vor ihm, die Hände in die Hüften gestützt. Das offene Sakko verbarg das Schulterhalfter nur ungenügend. »Wie kann ein so gescheiter Mensch gleichzeitig so dumm sein?«

»Mörder!«, stieß Bertucci zwischen den Zähnen hervor. »Sie waren es, die Rossotti, seinen Sekretär und Dr. Zanolla umgebracht haben! Sie haben einen Staat im Staat errichtet, jede Moral verloren und glauben nun, Sie seien Herren über Leben und Tod. Aber es gibt nur einen Gott, egal welcher Religion wir angehören. Und vor dem werden Sie sich verantworten müssen.«

»Machen Sie sich deshalb keine Sorgen, alter Mann«, winkte Scaglietti ab, »Sie werden ihm früher begegnen als wir. Da haben Sie dann genug Zeit, um mit ihm an der Anklage zu basteln.«

»Und wer weiß, vielleicht bekommen wir ja einen päpstlichen Generalablass?« Bertani lächelte nachsichtig. »Sie haben ja keine Ahnung, Bertucci. Sie stürmen durch die Weltgeschichte, immer das Gute vor Augen und das Böse im Genick. Vielleicht hätten Sie sich vorher mit Ihrem zweiten Chef besprechen sollen...«

»Hören Sie mit Ihrer Blasphemie auf! Der Heilige Vater kann davon niemals etwas gewusst haben«, eiferte sich der Advocatus Diaboli, »geschweige denn irgendeine Anordnung gegeben haben, drei Morde auszuführen. Da gibt es keinen Augenblick des Zweifels für mich!«

»Ihr Glaube ehrt Sie, aber er bringt Sie auch ins Grab«, erwiderte Bertani ungerührt. »Die Welt ist nicht schwarz-weiß, manchmal ist sie auch grau. Es gibt Interessenkonflikte, Abwägungen, politische Bestrebungen und wirtschaftliche Notwendigkeiten.«

Bertucci trat einen Schritt vor, und Bertani hob instinktiv die Pistole.

»Aber Mord bleibt immer Mord, wie immer Sie es auch drehen und wenden«, zischte der Kardinal. »Daran hat sich seit den Zeiten der Borgias nichts geändert, und es wird auch in den nächsten Jahrtausenden noch so bleiben. Wer hat meinem Freund Rossotti den Kopf abgeschnitten? Waren Sie es oder Ihr werter Partner Scaglietti? Haben Sie auch Dr. Zanolla ihr letztes Bad eingelassen und den armen Luigi im Wasserschaff ertränkt? Wer von Ihnen machte die Drecksarbeit?«

Bertani schüttelte den Kopf und sah Bertucci mitleidig an. »Spielt das eine Rolle?«, fragte er. »Entscheidend ist doch, dass es getan wird. Ich habe schon immer besonders viel von Teamarbeit gehalten, die war in diesem Fall besonders wichtig. Wir wollen doch nichts dem Zufall überlassen, oder?«

»Warum, glauben Sie, sind wir nun ebenfalls zu zweit hier?«, kam es von Scaglietti, der seine Waffe aus dem Schulterhalfter zog, entsicherte und durchlud. »Was für ein passender Platz zum Sterben, finden Sie nicht, Eminenz? Inmitten des alten Wissens von Generationen, Tausenden schlummernden Geheimnissen, ungelesenen Briefen oder ungeliebten Wahrheiten. Im Bett sterben kann jeder, im Vatikanischen Geheimarchiv sterben nur Auserwählte.«

»Haben Sie wirklich geglaubt, Sie könnten Pro Deo diskreditieren? Dieser Geheimdienst ist wichtiger als Sie, mächtiger als Päpste und gefürchteter als der Teufel«, stellte Bertani selbstgefällig fest. »Es wird ihn und uns geben, solange diese Institution Kirche existiert. Sie kann ohne uns nicht leben, ohne den Schutz im Schatten. Wir sind die Stütze der Päpste und wir entscheiden über ihr Ende. Denken Sie an Papst Johannes Paul I.«

»Sie sind verrückt«, flüsterte Bertucci. »Sie haben den Verstand verloren.«

Bertani war unbeeindruckt und blickte den Kardinal mitleidig an. »Das genau ist Ihr Fehler, Bertucci: Sie denken in den falschen Dimensionen. Die Ränge der Despoten, Militärs, Geheimdienste und Tyrannen wären leer, wenn wir nach Ihren Definitionen vorgehen und urteilen würden. Wer ist denn noch wirklich normal in dieser Welt?«

Der Advocatus Diaboli schaute Bertani entsetzt an. »Sie glauben tatsächlich, was Sie da sagen«, wisperte er.

Scaglietti trat vor und streckte die Hand aus. »Genug! Geben Sie mir Ihre Tasche, Bertucci. Sie werden sie nicht mehr brauchen, und bei uns ist sie gut aufgehoben.«

Der Kardinal presste die große Ledertasche vor seine Brust. »Niemals. Dann werden Sie mich schon erschießen müssen.«

»Das hatte Ihr Freund Rossotti auch gesagt, als ich ihn vor die Wahl stellte, uns die Originalakten und -listen auszuhändigen oder zu sterben«, wandte Bertani ironisch ein. »Das ist keine Option, Eminenz. Sie sterben sowieso. Ob Sie uns die Tasche vorher geben oder wir sie uns nach Ihrem Tod nehmen, ist doch völlig egal.«

»Sie sind der Abschaum der Menschheit...« Bertucci rannen die Tränen herunter, als er an seinen Freund Rossotti und dessen Mut dachte.

»Knien Sie nieder!«, befahl Scaglietti und hob die Pistole. »Ihr Weg zur Wahrheit ist hier zu Ende. Sie sind sowieso bereits zu weit gekommen.«

Der Advocatus Diaboli ging auf die Knie, spürte den harten, kalten Beton. Er dachte an seine Schwester und an Como, an die vielen erfüllten Jahre, die hinter ihm lagen, an seine Freunde, an Rossotti und Lamberti, und er fing an zu beten.

Er wollte mit offenen Augen sterben.

Vor ihm erstreckte sich der lange Gang, von der gelben Linie zerteilt, wie ein Wegweiser ins Jenseits.

Dann erlosch das Licht.

Kathedrale di San Giovanni Battista,
Via XX. Settembre, Turin/Italien

Schwester Barbara betete. Immer und immer wieder schlug sie sich mit der rechten Faust auf die Brust und wiederholte im Geiste die uralten Worte: »Durch meine Schuld, durch meine Schuld, durch meine große Schuld...«

Sie wusste, sie hatte schwer gegen ihren Glauben gesündigt, in Gedanken, Worten und Werken, und das brachte sie beinahe um den Verstand.

»Deinen Tod, o Herr, verkünden wir und deine Auferstehung preisen wir, bis dass Du kommst in Herrlichkeit!«, flüsterte sie und schlug sich abermals auf den Brustkorb. Ihre Fingerknöchel hatten bereits Blutergüsse unter ihrem Schlüsselbein verursacht, aber sie machte weiter, unbeirrbar und verbissen.

Die anderen Andächtigen in der Seitenkapelle des Duomo San Giovanni beäugten die junge Frau auf der hölzernen Kniebank vor der marmornen Kommunionschranke argwöhnisch von der Seite mit einer Mischung aus Mitgefühl und Misstrauen. Die blasse, ätherische Figur musste wohl Schweres durchleiden, dachten einige und beobachteten die rastlos Gebete murmelnden Lippen. Für andere war sie nichts als eine Sünderin, vielleicht eine Ehebrecherin, oder eine dieser schamlosen Touristinnen, die bereits die Klauen des Satans spürte. Nach den Sinnesfreuden kam die Reue, das Niederknien und um Vergebung Beten, dachten einige Alte hämisch und bekreuzigten sich. Bestimmt trug sie bereits den Lohn für ihr gottloses Treiben unter ihrem Herzen. Ein wohliger, wollüstiger Schauer durchfuhr die alten Damen bei dem Gedanken an jugendliche Ausschweifungen und sinnliche Laster aller Arten.

Aber Schwester Barbara trug etwas gänzlich anderes auf ihrem Herzen. In den verkrampften Fingern ihrer linken Hand hielt sie eine kleine Tasche umklammert, die sie unter ihrer Regenjacke vor den Blicken Neugieriger verborgen hatte. Durch den dünnen Stoff spürte sie ganz deutlich, was sie seit Memleben darin verborgen hielt.

Es war kalt, hart und tödlich.

Wenn sie die Wahl gehabt hätte, dann wäre eine Waffe das Letzte, womit sie jemals zu tun bekommen wollte.

Doch bei der »harmlosen Sightseeing-Tour im eigenen Vorgarten« war einfach alles schiefgegangen. Warum war sie nicht bei Onkel Benjamin geblieben? Warum hatte sie unbedingt mit diesem gottlosen Wissenschaftler auf eine Reise ins Ungewisse gehen müssen? Es war ein Horrortrip in die tiefsten Abgründe gewesen, in die Welt der Ketzerei und des Unglaubens.

»Verflucht sei der Tag, an dem ich diesen Professor getroffen habe!«, flüsterte sie zwischen ihren Gebeten. »Verflucht seine verführerischen Worte, die mich zu einem ›lustigen Ausflug‹ verführt haben... Verflucht sei auch Onkel Benjamin, der mich in die Obhut dieses teuflischen Wissenschaftlers gegeben hat.«

Doch kaum hatte sie den Satz beendet, das letzte Wort ausgesprochen, durchzuckte sie ein eiskalter Schreck. Sie hatte verflucht, sogar ihren nächsten, geliebten Verwandten, wo sie doch gelobt hatte, ihre Feinde zu lieben, ihnen sieben Mal siebenfach zu verzeihen. Wieder bestrafte sie sich und bekannte ihre Schuld, doch die Bilder der Erinnerung begannen sie erneut zu quälen.

Als sie dann der Mann in Gernrode vor der Stiftskirche St. Cyriakus angesprochen, ihr die Grüße des Monsignore aus Wien übermittelt und sie schließlich mitsamt dem Hund in seinem Auto mitgenommen hatte, ja, da hatte sie für einen kurzen Moment Hoffnung gespürt. Ein Licht am Ende des Tunnels. Sie war mit einem Mal fest davon überzeugt gewesen, ihr nächtlicher Anruf aus dem Zug hätte Gutes bewirkt und ihr Martyrium wäre endlich zu Ende. Wie sehr hatte sie darauf vertraut, der Mitarbeiter der Erzdiözese würde sie endlich erlösen und heimbringen. Aber wie sehr hatte sie sich geirrt, wie sehr hatte sie sich in dem freundlichen Mann in Jeans und Pullover getäuscht.

Alles war nur noch viel schlimmer geworden.

Böses sollte mit Bösem vergolten werden! In kühlen Worten hatte er ihr im Auftrag der heiligen Mutter Kirche Unmögliches abverlangt. Dabei hatten sie seine Augen spöttisch und abschätzend angesehen.

»Das kann doch nicht Dein Plan sein, dass Du mich so auf die Probe stellen möchtest«, betete sie verzweifelt zu dem schemenhaften, bärtigen Gesicht auf dem Bild hinter der hohen Wand aus Panzerglas. Doch sie erhielt keine Antwort, da war keine Stimme, die ihr alles erklärte. Die Verbindung schien unterbrochen ...

Schwester Barbara hatte sich noch nie in ihrem Leben so alleine gefühlt. Es schien ihr, als kämen die Dunkelheit und eine eisige Kälte näher gekrochen. Dämonen schlüpften aus jedem Schatten der barocken Verzierungen der Kathedrale und griffen nach ihr, ein Alb legte sich auf sie und schnürte mit unsichtbaren Fingern das Herz in ihrer Brust zu. In ihrem Kopf hörte sie bereits deutlich das Brüllen eines Löwen, der hungrig um seine Beute schlich...

Sie schluchzte laut auf. Wäre es nicht besser, mit der Kirche und einer Lüge zu leben als mit der Wahrheit, aber ohne Heimat?

Ein alter Mann, der sich neben sie gekniet hatte, reichte ihr ein besticktes Taschentuch. »Grämen Sie sich nicht, alles geht vorüber«, sprach er sie völlig unerwartet auf Deutsch an. Sein hageres, schmales Gesicht war beherrscht von einer Hakennase, die Augen darüber waren durchdringend. Ein forsches Kinn und ein energischer Zug um seinen Mund verrieten Entschlusskraft. Er sah Buchegger dünn lächelnd an und legte dabei seinen vogelartigen Kopf etwas zur Seite.

Barbara wusste nicht, woher, aber die Züge des Alten kamen ihr vertraut vor. Wo hatte sie diesen Mann schon einmal gesehen? Auf einem Porträt vielleicht, vor ewigen Zeiten?

Der große Mann stützte sich leise ächzend auf seinen Gehstock und stand mühsam auf. Er zog das Hosenbein seines eleganten Seidenanzugs ein wenig hoch und klopfte mit dem Stock gegen eine Unterschenkelprothese. Der metallische Klang ließ Barbara erschauern.

»Wir haben alle unser Kreuz zu tragen«, flüsterte er ihr zu. »Jeder muss nur lernen, einmal mehr aufzustehen, als er niedergefallen ist. Doch das Wichtigste im Leben ist, sich selbst treu zu bleiben. Wenn jemand von Ihnen etwas verlangt, was Sie nicht tun wollen, dann machen Sie es einfach nicht! Manchmal ist Warten die beste Option, sanft wie die Taube und schlau wie die Schlange im Gras.« Er zwinkerte ihr zu. »Wenn man nur lange genug warten kann, lösen sich viele Probleme wie von selbst, Sie werden sehen.« Er wandte sich zum Gehen, doch plötzlich drehte er sich noch einmal um und beugte sich zu der Nonne. »Auch Felsen werden eines Tages zu einem Staubkorn, das der Wind verweht. Vergleichen Sie das mit einem Leben. Wenn Sie Glück haben, dann sterben Ihre Widersacher einfach über Nacht. Alle, die Ihnen jetzt unbezwingbar erscheinen und Ihnen Angst machen, sind dann plötzlich weg... Tot und vergessen.« Er nickte ihr ermunternd zu. »Lassen Sie die Zeit für sich arbeiten, sie ist erbarmungslos, und niemand entkommt ihr...«

Dann verabschiedete er sich mit einem kurzen Winken, sah sich um und ging gut gelaunt und mit schwingendem Spazierstock davon. Der silberne Engel auf dem Knauf blitzte zwischen seinen sehnigen Fingern im Licht Hunderter Kerzen.

Alessandro Cavoretto redete und redete. Er schlenderte mit Georg und Paul durch die Fußgängerzone, auf dem Weg zum Königspalast, dem »Palazzo Reale« der Savoyer im Zentrum von Turin.

Wagner, der vorher eigentlich Schwester Barbara suchen gehen wollte, hatte sich von der Begeisterung des Malers anstecken lassen. Cavoretto wusste mehr über die Stadt am Fuße der Berge und ihre abenteuerliche Geschichte als jeder Fremdenführer. Warum also sein Angebot ausschlagen, die beiden Freunde durch Turin zu begleiten?

Georg Sina fiel es zunehmend schwer zu glauben, was der eigenartige Maler und Sammler okkulter Artefakte so alles erzählte. Mehr als nur unwahrscheinlich, geradezu hanebüchen, kamen ihm seine Berichte und Geschichten vor, die unzähligen Anekdoten und kleinen Tragödien, die sich hinter jedem Laubenbogen, jeder Fassade zu verstecken schienen. Nichtsdestotrotz, vieles deckte sich mit dem, was Bertucci erzählt und Jauerling aufgeschrieben hatte.

Tschak war das alles nur recht. Er schnüffelte zufrieden an den Hunderten Pfeilern der Arkaden, an den alten Hausecken und Laternen und genoss den langen Spaziergang.

»Und Sie meinen wirklich, dass es in Turin zwei magische Stadtteile gibt? Das kann ich mir nicht vorstellen...«, hörte Sina den Reporter sagen. Der ironische Unterton war kaum zu überhören.

»Ich meine nicht, Herr Wagner«, entgegnete der Maler schroff, »es ist so. Hier in Turin müssen Sie akzeptieren lernen, was Ihnen vielleicht höchst unwahrscheinlich vorkommt, ja unglaublich erscheint. Ich kann mir so vieles nicht vorstellen, Elektrizität zum Beispiel, die Signale der Handys, Magnetismus, und trotzdem:...« Cavoretto sah Wagner spöttisch an. »Die Dinge, die Sie und ich nicht wissen, füllen ganze Bibliotheken...«

»Hier in dieser Stadt verläuft die Grenze zwischen der heiligen und der dämonischen Stadt exakt zwischen den beiden Figuren der Zwillinge Romulus und Remus auf dem Portal des Palazzo Reale, der wenige Meter von hier vor uns liegt«, erklärte Cavoretto im unverbindlichen Plauderton und stieß dabei mit der Schulter gegen einen alten, eleganten Herrn, der gerade die Stufen des Doms herabgeschritten war. Durch den Zusammenstoß stolperte der Maler in eine tiefe Wasserpfütze.

»Können Sie nicht aufpassen?«, herrschte er den Alten an.

Doch der hagere, große Mann reagierte nicht. Er nahm wortlos von einem asiatisch aussehenden Begleiter einen weißen Strohhut entgegen, setzte ihn auf und zog die Krempe tief ins Gesicht.

»Ich rede mit Ihnen!«, ereiferte sich Alessandro und wollte den Mann an der Schulter zurückhalten. »Meine Schuhe sind ruiniert!«

Der Asiate drehte sich sofort um, schlug Cavorettos Hand weg und stellte sich vor den alten Mann. Doch der hielt seinen Leibwächter mit einer sanften Handbewegung zurück und schüttelte den Kopf. Der Bodyguard nickte gehorsam und spannte einen Regenschirm auf, um ihn schützend über den alten Gentleman zu halten, der sich auf seinen Stock stützte und den Maler von oben bis unten betrachtete.

»Alles Erdreich ist Ordnungsstörern untertan? Lautet so Ihre Philosophie, Cavoretto? Meine jedenfalls nicht...« Der elegante Herr lächelte vieldeutig und entfernte sich dann gemessenen Schrittes, ohne sich ein weiteres Mal umzusehen.

Cavoretto zuckte zusammen und fuhr erschreckt zurück. Dann sah er dem ungleichen Paar hinterher, schüttelte den Kopf und bedeutete Wagner und Sina, ihm rasch in den Dom zu folgen. »Sanctuarium. Geweihte Erde...«, fluchte er dabei kaum hörbar durch die Zähne.

Paul und Georg wechselten verwirrte Blicke.

Der Maler bemerkte ihr Zögern und winkte rasch ab. »Ein alter Bekannter, ich habe ihn nur nicht gleich erkannt...«, versicherte er. »Ich bin eben sehr umtriebig, habe viele Freunde in der Stadt und kann mir nicht jedes einzelne Gesicht merken...«

»Für mich sah das aber gerade ganz anders aus...«, murmelte Paul Georg zu und beobachtete zugleich misstrauisch, wie Cavoretto durch das Tor die Kathedrale betrat. Er stieß einige Besucher brüsk zur Seite, würdigte die Weihwasserbecken am Eingang keines Blickes und drängte sich in das Gotteshaus.

»Unser Fremdenführer scheint nicht nur Freunde in der Stadt zu haben«, stellte Paul fest.

»Sieht auch nicht so aus, als ob er sich unbedingt überall welche machen will...«, ergänzte Georg halblaut und schüttelte nachdenklich den Kopf. Er sah dem alten Mann im Anzug hinterher. »Woher kenne ich den bloß?«, murmelte er in seinen Bart. Lauter sagte er zu Wagner: »Ich bleibe hier draußen mit Tschak. In die Kathedrale kann ich ihn sowieso nicht mitnehmen und noch einmal verlieren will ich ihn nicht...« Er wies in die Richtung, in die der Mann mit dem Stock verschwunden war. »Ich bestelle mir dort drüben einen Espresso und warte unter den Lauben im Trockenen auf euch. Vielleicht läuft mir ja Schwester Barbara auch noch über den Weg. Ich würde mich sehr wundern, wenn ihr erster Weg nicht hierher geführt hat, in den Dom zum Grabtuch...« Georg sah den Reporter ernst an. »Wenn dir an dem pinselnden Komiker irgendwas spanisch vorkommt, dann lauf einfach und ruf mich an, ich bin in der Nähe!«

»Gemacht!«, rief Wagner, lief die Stufen hinauf zum Dom und schloss sich mit gemischten Gefühlen Cavoretto an.

Im Dom war es trotz der Besuchermassen ruhig und kühl. Der Maler wartete bereits auf ihn und wunderte sich darüber, dass Sina nicht mit zur Besichtigung gekommen war.

»Was hat der alte Mann zuvor bloß mit ›Ordnungsstörer‹ gemeint?«, erkundigte sich Paul neugierig. Die flüchtige Begegnung vor San Giovanni ließ ihm keine Ruhe, ja mehr noch, sie brachte alle seine Alarmglocken zum Schrillen.

»Ich habe Ihnen doch schon gesagt, ich kenne einfach zu viele Menschen...«, brummte der Maler unwirsch.

»Das mag ja sein...«, entgegnete der Reporter trocken, »dennoch scheint es mir so, als hätte der Mann etwas ganz Spezielles angesprochen, etwas, das nur Sie beide wissen können...«

»Was weiß ich, was in so einem alten Krauskopf vorgeht«, beruhigte ihn Cavoretto und lächelte verschmitzt. »Vielleicht meinte er einfach nur den unbedingten Respekt vor dem Alter. Aber das entspricht nicht meiner Vorstellung von Ordnung.«

»Sondern?« Wagner ließ nicht locker.

»Nur das Starke hat Respekt verdient, das Junge, Kräftige und Lebensbejahende«, gab der Maler leise zurück. »Das aktive Prinzip, das den Willen zur Macht verinnerlicht hat, den Willen zum Leben, nicht das Passive und schon gar nicht das Reaktive. Das ist Ordnung!« Er deutete auf die Knienden in den Kirchenbänken. »Alles Passive, Schwache und Winselnde hat sich dieser, der wahren Ordnung unterzuordnen, ihr zu dienen. Sie alle, die hier mit ihren Gebeten die Luft verunreinigen, haben sich dem Willen der Starken unterzuordnen. Sie glauben vergeblich, ihr Sklavengott wird sie erretten.« Er unterdrückte ein Lachen. »Aber es gibt kein ewiges Leben nach dem Tod, das Leben ist hier und jetzt. Und die Jahre machen nicht weiser, oder respektwürdiger, sie machen nur alt. Alt, schwach und gläubig. Verstehen Sie mich, Herr Wagner?«

»Ja. Wer reine Luft will, hat nicht in Kirchen zu gehen. Friedrich Nietzsche, *Antichrist*«, antwortete Paul ungerührt. »Und Sie? Sind Sie die ›blonde Bestie‹, von der er an anderer Stelle schreibt, die sich die Welt erobert dank ihrem ungebrochenen, unverzagtesten Willen zur Macht?« Unwillkürlich musste er bei seinen Worten an Obersturmbannführer Lindner und an die SS denken.

»Sehen Sie mich an, Herr Wagner«, lachte der Maler. »Ich bin grauhaarig. Und doch, ja, ich bin der ›blonden Bestie‹ näher, als Sie denken. Ich habe sie verinnerlicht, wenn Sie so wollen.« Er legte theatralisch die Hand aufs Herz.

»Dann zeigen Sie mir die Bestie!«, forderte der Reporter. Ich will sehen, leg deine Karten auf den Tisch, ging es ihm durch den Kopf.

»Kommt Zeit, kommen Antworten …«, beschwichtigte Cavoretto kryptisch, zog Wagner mit sich und schlenderte auf eine der Seitenkapellen zu. »Ich spüre es deutlich, Sie sind anders als diese Knechte, sogar anders als Ihr Freund. Sie wissen, dass man sich im Leben nehmen muss, was man will. Es ist so kurz, man sollte es genießen und es nicht mit Büchern voll überkommener, verstaubter Moralphantasien vergeuden. Ich habe doch recht?«

»Ich verstehe nicht, was Sie meinen«, wich Paul aus.

Cavoretto schmunzelte. »O doch, das wissen Sie nur zu genau. Sie packen den Augenblick beim Schopf, nehmen, was Sie kriegen können, und das ist auch gut so.« Er wies nach vorne. »Ich werde Ihnen noch etwas erklären, Herr Wagner. Hinter diesem Panzerglas, in einem mit Gas gefluteten Schrein liegt die größte Ikone der katholischen Kirche. Dieses Leinentuch ist keine Reliquie, es ist viel mehr: ein Abbild von Jesus Christus, eingebrannt im Moment seiner Auferstehung. Dieses Tuch ist der direkte und einzige Beweis für die versprochene Ewigkeit, für das Reich Gottes!«

Der Maler hatte beide Hände tief in den Hosentaschen versenkt. Vor der hohen Glaswand, hinter der ein Foto vom Gesicht des Erlösers auf dem Grabtuch aufgehängt war, blieb er stehen. »Es ist gleichzeitig der Gegenpol, der die aufwallenden Wogen des Chaos, das ohne Unterlass unter der dünnen Oberfläche dieser Stadt brodelt, im Zaum hält. Eine Wegscheide und die Pforte zweier Welten! Und es ist Ihre Entscheidung, in welcher Sie leben...«

Wagner lief ein Schauer über den Rücken. Auf einem roten, rechteckigen Tuch war ein goldenes Kreuz mit Dornenkrone über den Nägeln der Kreuzigung zu erkennen. Das Symbol erschien dem Reporter in diesem Moment wie eine Variation des silbernen Anhängers, den jetzt Georg bei sich trug.

»Schauen Sie sich um, Wagner«, murmelte Cavoretto und legte dem Reporter seinen Arm auf die Schultern. »Die Menschen kriechen aus aller Welt hierher, knien sich in den Staub und beten. Zu einem Tuch! Zu einem Tuch, dessen Echtheit noch nicht einmal wissenschaftlich belegt ist! Dabei handelt es sich um das meistuntersuchte Objekt der ganzen Welt!« Der Maler schüttelte völlig verständnislos den Kopf. »Ob es original ist, traut sich keiner endgültig festzustellen. Einmal widerlegt, dann doch wieder bewiesen, wie die ganze Wahrheit an sich. Ein lächerliches Auf und Ab. Und doch, für diese Leute da ist dieses, bis heute völlig unerklärliche Bild eines toten Mannes auf einem Stück Stoff ein Symbol der Hoffnung, dass sich ein allmächtiger Gott ihrer kleinen, unbedeutenden Leben persönlich annimmt.« Er schnaufte verächtlich. »Als ob ein Gott es notwendig hätte, sich mit den alltäglichen Problemen aus Kinderzimmer, Küche und Büro seiner Kreaturen auseinanderzusetzen? Hilf dir selbst, dann hilft dir Gott!«

»Wo soll dieser Gedankengang hinführen?«, erkundigte sich Wagner ratlos. »Das Dilemma des Tuches ist bekannt, der Rest ist Glauben.«

»Anstatt hier den vermeintlichen Gott der Liebe anzuflehen, sollten die Menschen lieber den Gewalten Respekt zollen, die tatsächliche Macht über sie haben.« Cavoretto war in Fahrt geraten. »Und sich mit dieser Macht verbünden, sie sich nutzbar machen!« Er ballte begeistert die Faust.

»Gut ist, was funktioniert?« Paul wurde dieser Mann immer unheimlicher. Die leutselige Maske bekam Sprünge, unter der etwas Unergründliches, Böses lauerte. Was Wagner unangenehm berührte, war die Komplizenschaft, die Cavoretto immer wieder anklingen ließ. »Meinen Sie mit dieser Macht etwa den Teufel? Den Herrn der Welt? Ist das der Grund für Ihre Sammlung? Wollen Sie die Grundlage schaffen, um mit Satan zu palavern, sich von ihm bessere Konditionen auszuhandeln? Planen Sie einen der berühmten Verträge, der mit Blut geschrieben wird?«

»Machen Sie sich nicht lächerlich«, wehrte der Sammler ab. »Das alte Schreckgespenst vom Gottseibeiuns ist doch längst passé... Niemand glaubt mehr an Blutverträge, und es schlachtet auch kein Mensch mehr Katzen, um den Teufel gnädig zu stimmen.« Cavoretto sah Wagner durchdringend an. »So billig gibt er es nicht.«

Die Bänke leerten sich langsam, ein Reisebus von Gläubigen zog weiter, und Cavoretto ließ sich auf eine der harten hölzernen Sitzflächen in einer Nebenkapelle fallen. Dann lud er Paul mit einer Handbewegung ein, sich neben ihn zu setzen. »Wenn jedoch Satan der Herr der Welt ist, wie Sie selbst sagen, und ihm die Güter dieser Erde gehören, dann sollten wir wohl eher ihn darum bitten, meinen Sie nicht? Wenn er der Herrscher des sogenannten Bösen ist, warum beten wir nicht gerade darum zu ihm, damit er uns verschont? Das ist doch viel schlüssiger, als einen gekreuzigten, toten Zimmermann anzujammern...«

Paul blickte sich um, während der Maler weitersprach. Mit einem Mal fiel ihm eine vertraute Silhouette auf. »Schwester Barbara!«, rief er aus und eilte auf die kniende Schwester zu.

Barbara hob den Kopf und blickte Wagner überrascht an.

»Schauen Sie nicht so entgeistert«, lächelte Paul. »Georg und ich haben Sie überall in der Stadt gesucht.«

»Ich habe Professor Sina doch eine SMS geschrieben...«, stammelte die Schwester und stand auf. »Dass ich in den Dom gehe, um vor dem Grabtuch zu beten.«

Cavoretto ließ ein heiseres Lachen hören und wandte sich dann angewidert ab.

»Aber leider bin ich zu spät gekommen. Das Santa Sindone war nur bis zum 23. Mai ausgestellt. Sogar der Heilige Vater war am 2. Mai hier, um es zu verehren...«

»Das wäre sicher großartig für Sie gewesen, das Grabtuch oder den Papst zu sehen, nicht wahr...«, nickte Wagner. Er sah die rot geweinten Augen der Nonne, hakte sich behutsam bei ihr unter und führte sie zum Ausgang. »Georg wartet draußen in einem Café auf uns. Er wird sich auch freuen, Sie zu sehen. Ich weiß ja nicht, was er immer mit seinem Telefon anstellt, aber die SMS ist im Äther verschwunden. Wir haben uns große Sorgen um Sie gemacht...« Er hielt Barbara die Türe auf und schubste sie ins Freie, dann schaute er sich nach Alessandro um.

Er stand direkt hinter ihm.

Nachdem Buchegger langsam die Stufen zum Platz hinunterschritt, wandte sich der Reporter um. »Ich denke, Signore Cavoretto, es ist an der Zeit, Ihren Worten endlich Taten folgen zu lassen!«, sagte er entschieden. »Sie haben sehr viel geredet, aber gesagt haben Sie nichts. Und ich habe noch viel weniger gesehen, als ich gehört habe, wenn Sie mich verstehen...«

»Wenn es so ist und Sie das möchten, dann soll das kein Problem darstellen«, schmunzelte Cavoretto. »Aber sagen Sie Ihrem Freund, er soll seinen Hund lieber im Hotel lassen. Wo wir heute Abend zusammen hingehen werden, ist es besser, keine Tiere mitzunehmen, es sei denn als Geschenk für den Gastgeber...«

Unter dem Cortile della Pigna, Vatikanstadt, Rom/Italien

Kardinal Bertucci blieben die Worte seines Gebets im Hals stecken. War jetzt alles vorbei? War er bereits tot und hatte den Schuss nicht gehört? Wie fühlte es sich an, erschossen zu werden?

Er riss die Augen auf, aber er sah überhaupt nichts. Endlose Schwärze umgab ihn, Stille und Kälte.

Kälte? Spürte man als Sterbender noch den kalten Fußboden unter seinen Knien?

Plötzlich hörte Bertucci eine Bewegung hinter sich. Kleidung raschelte, jemand tuschelte aufgeregt.

Dann wurde es mit einem Schlag wieder hell. Der Gang vor ihm war noch immer leer, und der Kardinal spürte eine kalte Mündung an seinem Hinterkopf.

»Kurzer Stromausfall«, hörte er die zufriedene Stimme von Bertani. »Wir bedauern die Verzögerung. Übrigens, wenn Sie den Kopf nach rechts wenden, dann werden Sie sehen, dass Sie genau vor den Akten der Glaubenskongregation sterben. Die Inquisition lässt grüßen!«

»Sie ist bereits hier!«, donnerte eine Stimme aus dem Hintergrund. Der Mann in der roten Soutane schien aus dem Seitengang zu fliegen, niemand hätte ihm bei seiner Leibesfülle diese Schnelligkeit zugetraut. Mit wenigen Schritten stand er neben Bertani und Scaglietti. Der Colt 45 in seiner riesigen Hand sah aus wie ein gefährliches Spielzeug.

»Warum machen Sie nicht weiter, Bertani?« Damit richtete Kardinal Erzbischof John Frazer den Colt auf die Schläfe des Geheimdienstchefs. »Wie mal jemand in einem Film gesagt hat – make my day!«

Scaglietti stand wie vom Blitz getroffen, dann riss er verzweifelt seine Waffe hoch und zielte auf Frazer. »Dann sterben Sie auch!«, kreischte er.

»Hören Sie auf, Gott zu spielen«, ertönte eine weitere Stimme aus einem der Quergänge, »Sie widern mich an.«

Aus den Schatten der Regale trat eine Gestalt ganz in Schwarz. Der General der Jesuiten war unbewaffnet, aber eine Aura der Unberührbarkeit ging von ihm aus. Pedro Gomez schien über dem Boden zu schweben, wie ein schwarzer Racheengel, dem keiner entkommen konnte.

»Sie haben die Kirche in eine ihrer schwersten Krisen gestürzt und glauben tatsächlich, mit ein paar Morden ließe sich das alles unter den Teppich kehren?« Der schwarze Papst trat zu Scaglietti, dessen Waffe nun zwischen Frazer und Gomez hin und her schwankte. »Sie meinen wirklich, Sie seien wichtig? Selbstüberschätzung ist tödlich in Ihrem Beruf. Wie sagten Sie so schön? Pro Deo sei mächtiger als der Papst und gefürchteter als der Teufel?« Gomez musterte Scaglietti verächtlich von oben nach unten. »Sie hatten noch nie wirklich Angst und nicht im Ansatz so viel Mut wie der Mann, der vor Ihnen kniet. Stehen Sie auf, Bertucci.«

»Nein!«, schrie Scaglietti, der die beiden Päpste nicht aus den Augen ließ. Er spürte, wie ihnen die Situation entglitt. »Sie haben nicht das Recht ...!«

Gomez sah ihm in die Augen und hob einfach nur seine Hand. In den Seitengängen schienen plötzlich die Schatten zum Leben zu erwachen, wie Dämonen, die sich materialisierten. Dutzende Männer in Tarnanzügen und schusssicheren Westen, in ihren Händen Heckler-&-Koch-Sturmgewehre mit Laserzielgeräten, traten lautlos zwischen den Regalen hervor und legten an.

Die roten Punkte ihrer Laser tanzten auf der Stirn und dem Hinterkopf von Scaglietti.

»Glauben Sie nicht, die Spezialeinheit der Schweizergarde würde auch nur den Bruchteil einer Sekunde zögern, Sie zu erschießen. Sie wären schneller tot, als Sie Amen gesagt hätten.« Gomez' Stimme war ruhig und gefasst. »Und wissen Sie was? Das wäre noch viel zu rasch für Ungeziefer wie Sie.«

Das war der Augenblick, da sich die Reihen der Schweizergardisten öffneten und eine weitere Gestalt in das Licht der Neonröhren trat. Die weiße Soutane raschelte, als er, ohne die beiden Geheimdienstchefs eines einzigen Blickes zu würdigen, zu Bertucci trat und ihm half, aufzustehen.

»Heiliger Vater«, stotterte der Kardinal verwirrt, die große Ledertasche noch immer an seine Brust gedrückt.

»Mein lieber Paolo, es tut mir so leid«, murmelte der Papst und schaute Bertucci besorgt in die Augen. »Ich weiß nicht, wie ich das jemals wiedergutmachen kann. Gott segne Sie für Ihren Mut.«

Der Advocatus Diaboli blickte verdutzt auf den Mann in Weiß vor ihm. Der drehte sich um und wandte sich an Bertani und Scaglietti.

»Lassen Sie Ihre Waffen fallen oder wollen Sie drei Päpste erschießen? Wenn ja, dann haben Sie jetzt die letzte Gelegenheit dazu.«

Er breitete seine Arme aus und stand völlig ruhig.

Die Zeit schien stillzustehen.

Die roten Lichtpunkte zitterten nicht mehr.

Bertucci hielt den Atem an.

Dann fielen zwei Waffen klappernd auf den Beton, und die Männer der Spezialeinheit sprangen vor und rissen Bertani und Scaglietti zu Boden.

Der Heilige Vater schüttelte nur stumm den Kopf, drehte sich um und legte seinen Arm um Bertucci. »Sie müssen mir verzeihen, Paolo, ich wusste nicht, dass es so knapp werden könnte.«

»Heißt das ...?«

Frazer trat dazu, reichte einem der Elitesoldaten den Colt und nickte. »Ja, mein lieber Bertucci, das heißt es. Wir wussten nicht, wem wir in unserem Umkreis vertrauen konnten, als wir Ihre SMS erhielten. Also haben wir eine Krisensitzung einberufen, im engsten Kreis, und uns entschlossen, nun, sagen wir, etwas unkonventionelle Mittel anzuwenden, um den Geheimdienst zu entlarven.«

»Dazu brauchten wir Sie«, murmelte der Heilige Vater, »gutgläubig und nicht vorgewarnt. Wir haben sogar eine Panne im Metallscanner vortäuschen lassen, damit die Kameras von Pro Deo Sie nicht übersehen würden.«

»Ich verstehe«, murmelte Bertucci erstaunt, »deswegen in Zivil. Ich sollte bei der Kontrolle auffallen. Es gibt zu viele Soutanenträger im Vatikan ...«

Der General der Jesuiten trat lächelnd näher. »Ganz genau. Dann waren die Würfel gefallen, und wir mussten sehen, wohin das Spiel sich entwickelte. Das Archiv war meine erste Vermutung, und ich sollte recht behalten. Als der Schweizergardist an der Sicherheitsschleuse Ihren Namen eintippte und mich anrief, blieb uns nicht mehr viel Zeit.«

»Sie wollten Scaglietti und Bertani auf frischer Tat ertappen ...« Bertucci begann zu verstehen. »Und dazu brauchten Sie einen Lockvogel, jemanden, für den die beiden alle Vorsicht vergessen würden.«

»Den Advocatus Diaboli, einen der mutigsten Männer, die ich kenne«, antwortete der Heilige Vater. »Ich bete darum, dass Sie uns verzeihen können, Paolo.«

Der kleine Italiener war noch etwas wacklig auf den Beinen, aber er nickte bereitwillig. »Dann konnte ich meinen Auftrag immerhin ein Stück weit erledigen«, stellte er zufrieden fest und deutete auf seine Tasche. »Alle Ergebnisse meiner Reise befinden sich hier drin.«

»Vertrauen Sie sie mir an, Paolo?«, fragte der Heilige Vater lächelnd.

Wortlos reichte Bertucci sie dem Papst. Der wog die schwere Tasche in seiner Hand. »Kommen Sie, lassen Sie uns in mein Arbeitszimmer gehen«, sagte er dann. »Wir sind alle gespannt auf Ihren Bericht.«

Er nickte kurz Frazer und Gomez zu und wandte sich zum Ausgang. Einer der Elitesoldaten sprang vor und wollte ihm die Tasche abnehmen, doch der Heilige Vater wehrte dankend ab. »Eine Tasche, für die jemand gestorben wäre, bevor er sie ausgeliefert hätte, kann auch der Papst tragen«, meinte er ernst und begann, die Treppen hinaufzusteigen.

Der Sekretär des Heiligen Vaters begrüßte Bertucci erfreut. Als er hörte, dass er alle Termine für den restlichen Tag absagen und auf einen anderen Zeitpunkt verlegen musste, sank seine Laune deutlich. Nach einem leichten Mittagessen berichtete Kardinal Bertucci hinter verschlossenen Türen den drei Päpsten ausführlich über seine Reise und von den Entdeckungen Paul Wagners und Georg Sinas.

Am späten Nachmittag, am Ende langer Beratungen, waren die wichtigsten Entscheidungen gefällt worden.

Am Abend noch telefonierte der Papst auf einer sicheren Leitung mit Oded Shapiro und dem israelischen Ministerpräsidenten. Dann wählte er eine Nummer im Bundeskanzleramt in Wien.

Lobelix Café, Piazza Savoia, Turin/Italien

Der Regen hatte an Intensität noch zugenommen. In den alten, buckligen Straßen und Gassen standen große Pfützen, die von vorbeifahrenden Autos immer wieder in meterhohe Fontänen verwandelt wurden. Die Dunkelheit kam rasch und früh, das Grau der Wolken wurde schwarz, und schließlich glitzerten die Straßenlaternen gelb auf dem nassen Pflaster.

»Mir wachsen langsam Schwimmhäute«, lästerte Paul und stieß nach einem strafenden Blick zum Himmel die Tür zum Lobelix Café auf. Ein Schwall von Gelächter und lauter Unterhaltung, Gläserklirren und Musik schlug ihnen entgegen. Das Lobelix, über die Grenzen der Stadt hinaus bekannt, war das beste Aperitivo-Lokal Turins. Tagsüber eine unscheinbare Bar wie viele andere, verwandelte sich das Ecklokal jeden Abend nach 18.00 Uhr zu einem Treffpunkt der hungrigen, jungen Turiner Szene.

Einen einzigen Platz zu ergattern, kam einem Ritterschlag gleich. Der Wunsch nach einem Tisch für vier entlockte auch dem freundlichen Kellner nur ein hilfloses Lächeln. »Signori, das wird nicht leicht sein«, stöhnte er und wies auf das restlos gefüllte Lokal, in dem selbst Stehplätze Mangelware waren. Alles drängte sich um die verschiedensten Speisen, die auf Platten im gesamten Lokal verteilt waren und von denen jeder nach Herzenslust essen konnte.

Das Lobelix war ein einziges, riesiges Buffet, das jeden Abend aufs Neue belagert wurde.

»Man kann nicht immer Glück haben«, zuckte Paul mit den Schultern und wollte sich bereits zum Gehen wenden, da sah er, dass die Gäste an einem der kleinen, in einer Nische versteckten Tische zahlten. Mit zwei Sprüngen stand der Reporter neben dem Kellner, der das Geld einstrich, und wies lächelnd auf den Tisch. »Kann ich den reservieren?«, fragte er unschuldig.

»Si, Signore, gerne«, erwiderte der Kellner. »Für wann?«

»Für sofort!«, antwortete Paul und winkte den anderen. »Haben Sie Mitleid mit uns armen, durchnässten Ausländern, oder zumindest ein wenig Einsehen.« Er schob einen Fünfeuroschein über den Tisch.

Der Kellner lachte. »Also gut, es ist Ihr Tisch. Buon appetito!«

Bevor er die drei alleine ließ, wies er mit einer umfassenden Handbewegung auf die unzähligen Platten des Buffets, die überall im Raum verteilt waren. »Lassen Sie mich wissen, was Sie trinken wollen, wenn Sie so weit sind. Aperitivo heißt, dass Sie für das Getränk bezahlen, nicht für das Essen.«

»Völlig neues Konzept«, wunderte sich Georg. »Ein Bier kostet neun Euro, das Essen gibt's gratis dazu. Was mache ich, wenn ich noch mehr Durst habe?«

»Du bestellst noch ein Bier, für noch mal neun Euro, und isst bis morgen früh«, erklärte Paul das Prinzip. »Sie können aber auch etwas Antialkoholisches bestellen, Schwester. Der gleiche Preis.«

Barbara blickte sich schweigend um. »Ich habe gerade gar keinen Hunger«, stellte sie leise fest.

»Das ist nicht der geeignete Platz für den Beginn einer Diät«, warf Georg mit einem Blick in die Runde ein. »Allerdings ist mir der seltsame Maler auch ein wenig auf den Magen geschlagen.«

»Du meinst Cavoretto? Ich frage mich, wo er steckt.« Paul warf einen Blick auf die altertümliche Uhr über der Theke. »Und dann frage ich mich noch eine ganze Menge mehr. Dieser Typ ist undurchsichtig, glitschig wie ein Fisch und gewandt wie eine Schlange. Bei all seiner Freundlichkeit und Höflichkeit beschleicht mich ein ungutes Gefühl in seiner Gegenwart.«

»Er weiß viel über die dunklen Seiten Turins«, gab Sina zu. »Ich vermute, er selbst ist ein Teil davon, so etwas wie ein Zeremonienmeister, ein großer Magier oder mächtiger Hexenmeister vielleicht.« Der Wissenschaftler zwinkerte Paul zu und gluckste.

»Das ist doch alles Nonsens!«, entrüstete sich Barbara. »Diese Scharlatane nutzen schamlos die Gutgläubigkeit verzweifelter oder suchender Menschen aus. Es gibt keine Magier!«

»So strikt würde ich das nicht sehen«, ertönte da eine Stimme neben ihr, die ein wenig herablassend klang. Cavoretto, ganz in Schwarz, beugte sich zu der Nonne herab, ergriff ihre Hand und führte sie an seine Lippen. »Ich sage ja auch nicht, dass es keinen Heiligen Geist gibt.«

Verwirrt zog diese hastig ihre Hand zurück und schaute angestrengt auf die Tischplatte.

Die grauen Haare des eleganten Mittsechzigers standen nicht mehr wirr um seinen Kopf, sondern waren sorgsam nach hinten gekämmt, an den manikürten Fingern prangte ein großer Ring mit verschlungenen Buchstaben. Paul begrüßte den Maler und deutete erstaunt auf die silberne Kette, die zwischen den Aufschlägen seines Jacketts blitzte. »Ist das nicht ein Nagelkreuz?«

Cavoretto nickte. »Es ist das gleiche Symbol wie Ihres. Nur der eingravierte Name auf der Rückseite ist ein anderer. Deshalb war ich heute Morgen auch so erstaunt, als ich Ihr Amulett auf dem Kaffeehaustisch liegen sah.«

Georg betrachtete den seltsamen Sammler etwas belustigt. »Wohin wird unser Ausflug in die Turiner Nacht führen? In den Untergrund oder auf einen der umliegenden Berge zu einem Hexensabbat?«

Der Mann in Schwarz lächelte geheimnisvoll. »Lassen Sie sich überraschen! Doch zuerst wollen wir essen. Das ist das beste Aperitivo-Lokal in der ganzen Stadt, und wir haben noch jede Menge Zeit.« Er legte den Kopf schief und fixierte Georg. »Macht man sich nicht dann über etwas lustig, wenn man unsicher ist, Professor Sina?«

Fast zwei Stunden später verließen die beiden Freunde, Barbara und Cavoretto das Lokal. Es hatte zu regnen aufgehört, ein kräftiger Wind trieb die Wolken auseinander, und vereinzelte Sterne schimmerten über der Stadt. Die Nonne zog ihren Mantel fester um die Schultern und fröstelte.

»Wissen Sie, es ist nicht so, dass man in dieser Stadt an allen Ecken und Enden auf Teufelsrituale trifft«, meinte der Maler, der sorgfältig seinen breitkrempigen Hut aufsetzte und sich suchend umblickte. »Früher war das alles einfacher. Aber dann machte die Turiner Stadtverwaltung den Katakombenorgien ein Ende und ließ das Pantheon der Bella Rosin zumauern, dessen Altar von den Satanisten häufig für ihre Feiern genutzt worden war. Auch der alte Friedhof von San Pietro in Vincoli wurde geschlossen, weil Teufelsanbeter in der Kryptakapelle angeblich ihre Tänze aufführten. Die offiziellen Stellen sahen die Hostiendiebstähle und Grabschändungen gar nicht gern.« Cavoretto winkte einem Taxi, doch es war bereits besetzt. »Der Erzbischof von Turin behauptete, es gäbe rund 40 000 Teufelsanbeter in und um die Stadt am Fuße der Berge. Das ist Unsinn.«

»Lassen Sie mich raten«, wandte Paul, der neben ihm herging, grinsend ein. »Es sind mehr.«

»Sie sollten sich nicht darüber lustig machen, Signore Wagner.« Cavorettos Stimme klang keineswegs amüsiert. »Satan hat in dieser Stadt eine lange Tradition und eine hingebungsvolle Anhängerschaft, die äußerst beeindruckende Rituale feiert.« Er blieb stehen und sah Paul durchdringend an. »Sie haben mich gefragt, ob Turin die Stadt des Teufels ist. Nun, sollte er irgendwo auf dieser Erde wohnen, dann sicherlich hier.«

Ein Wetterleuchten des abziehenden Gewitters erhellte in diesem Moment die Bergketten am Horizont. Kein Donner war zu hören, die Stille war gespenstisch.

Cavoretto schaute zum Himmel und lächelte wissend.

»Er fühlt sich deshalb hier wohl, weil seine Verehrer kein Klassenbewusstsein haben. Mit ihm will man schneller Karriere machen, bessere Geschäfte oder eine gute Partie. Es hat nichts mit der inbrünstigen und meiner Meinung nach sinnlosen Heiligenverehrung Süditaliens zu tun. Das Gespräch mit dem Teufel ist hier meist zweckgebunden.« Er machte eine effektvolle Pause. »Und erfolgreich«, fügte er dann hinzu.

Paul fragte sich, ob Cavoretto es tatsächlich ernst meinte oder ob er nur die Nonne provozieren wollte. Die unerschütterliche Überzeugung in der Stimme des Mannes verunsicherte den Reporter. Georg und Barbara standen allerdings etwas abseits und waren in ein Gespräch vertieft.

»Zwei dunkle Kirchen- und Glaubensgemeinschaften scharen hier in Turin die Anhänger des Fürsten der Finsternis um sich: die ›Kirche Satans‹ und die ›Kinder Satans‹, die regelmäßig irgendwo in der Stadt jeden Sonntagabend ihre schwarzen Messen feiern.« Cavoretto hielt ein weiteres Taxi auf und bedeutete allen, einzusteigen.

»Palazzo Trucchi di Levaldigi«, nannte der Maler dem Taxifahrer als Adresse und wandte sich dann wieder seinen Gästen zu, die auf der Rückbank saßen. »Hier in Turin hat alles seine Symbolik, seine tiefere Bedeutung. Die Bewohner haben gelernt, damit zu leben und sich ihren Reim darauf zu machen. Schauen Sie die alten Palazzi an, mit ihren majestätischen Portalen, dem üppigen Figurenschmuck, den kleinen Nischen und teilweise grandiosen Deckenmalereien. Sie alle erzählen eine Geschichte, bilden Teile eines großen Ganzen, das diese Stadt ausmacht. Diese Stadt ist nach strikten geometrischen Prinzipien gebaut. Erinnern Sie sich an das Tor mit Romulus und Remus? Von dort zur Piazza Statuto, einem der Eingänge der Hölle, beträgt die Entfernung genau 1288 Meter, zu den Altären der beiden Kirchen nahe dem Teufelstor sind es genau 644 Meter.«

Paul wurde blass. Georgs und sein Blick trafen sich. »Ein Li und zwei Li, das chinesische Längenmaß ist wieder da, wie im Drachenviereck in Wien«, flüsterte der Reporter entsetzt.

Die Arkaden, an denen sie vorbeifuhren, waren noch immer voller Menschen, die flanierten oder sich auf einen späten Drink trafen. »Seit dem 18. Jahrhundert etablierten sich in Turin zahlreiche Sekten, esoterische und Initiationssekten, angefangen von der Carboneria über die Giovane Italia bis zur Massoneria, die sich mit Magie beschäftigten. Doch diese Geheimgesellschaften mussten sich vor den Tausenden indiskreten Augen verstecken. Zum Glück gab und gibt es in Turin unzählige, zum Teil noch heute unerforschte unterirdische Gänge, kilometerlange Tunnel, die einst als Versteck dienten, aber auch geheime Höhlen, wo verbotene Magie ungestört praktiziert werden konnte.«

»Turin ist also ein ideales Pflaster, um darunter zu verschwinden«, brummte Sina, »in einem jahrtausendealten Labyrinth im Untergrund, zu dem nur die Symbole den Weg weisen.«

»Ganz genau«, bestätigte Cavoretto. »Deshalb bringe ich Sie nun zum sogenannten ›Tor des Teufels‹. Dahinter, so sagt man, beginnt sein Reich.«

Tief unter der Erde, zwischen Piazza San Carlo und Po, Turin/Italien

Weder Georg noch Paul waren besonders von dem Palazzo beeindruckt, vor dem sie der Taxifahrer aussteigen ließ. Cavoretto holte zwei Schirme aus dem Kofferraum, reichte einen an Sina weiter und nickte dem Fahrer zu. Das Taxi rollte lautlos davon.

»Müssen Sie nicht bezahlen?«, erkundigte sich Wagner verwundert. Der Maler sah ihn mit einem merkwürdigen Blick an. »Unsere Gemeinschaft ist so groß, dass viele ihr angehören, und so klein, dass fast alle sich kennen«, antwortete er unverbindlich. Er hakte sich wie selbstverständlich bei Schwester Barbara ein, die nichts dagegen zu haben schien, und wies auf das Gebäude vor ihnen. Es sah aus wie viele andere in der Stadt, ein Eckbau, der auch ein elegantes Wohngebäude, ein alteingesessenes Verwaltungszentrum, ein Zusammenschluss von Rechtsanwaltskanzleien oder ein Finanzamt hätte sein können.

»Das ist die Banca Nazionale des Lavoro«, erklärte da auch schon Cavoretto mit einem hinterlistigen Blick.

»Das Tor des Teufels führt also in eine Bank…«, stellte Georg schmunzelnd fest. »Wie bezeichnend…«

»Ja, die Legende behauptet, die geschnitzte Doppeltüre sei ganz einfach über Nacht da gewesen, damals, vor über 200 Jahren. Die Turiner sprachen von einem Teufelswerk, und wenn Sie ganz genau hinsehen, dann können Sie ihn auch sehen, den Fürsten der Finsternis.« Ihr Führer wies auf einen blank polierten messingfarbenen Türklopfer, der das Gesicht eines Dämons hatte und im Licht der Straßenbeleuchtung glänzte. Die reich verzierte und geschnitzte Tür war ein Kunstwerk.

Tiere und Ornamente, Drachen und Phantasiegestalten umkreisen den Teufel.

»Tagsüber, zu den Bankstunden, ist sie geöffnet, und die beiden Flügel sind fast unsichtbar. Doch bei Nacht...« Cavoretto machte eine Pause und spielte mit dem Nagelkreuz um seinen Hals. »Wie Sie sehen, hat sich Satan im Zentrum eines wundersamen Kosmos angesiedelt, der erneut voller Mysterien, Symbolik und magischer Hinweise ist«, ergänzte er, »wie im täglichen Leben, wenngleich die meisten Menschen dafür auch keinen Sinn haben, weil sie unsensibel sind.«

Ein Windstoß schlug in einem der umliegenden Häuser eine Tür zu. Der Maler horchte auf und lachte dann laut. In der menschenleeren Gasse klang es gespenstisch und hohl.

»Kommen Sie, es wird Zeit, in die Unterwelt abzutauchen«, meinte er leichthin und zog Barbara mit sich. »Wir sollten nicht vor der Türe stehen bleiben, wenn man drinnen erwartet wird.«

Die Via Vittorio Alfieri war eine schmale Gasse, die über einen großen Platz, die Piazza San Carlo, führte. »Würden wir immer geradeaus gehen, kämen wir an den Po, einen der beiden großen Flüsse, an denen Turin erbaut wurde. Übrigens ganz nach den wahren magischen Prinzipien, an die Sie ja leider nicht glauben, Schwester. Vier Tore und vier Windrichtungen.« Er sah sie von der Seite an. »Wenn die Piazza Statuto mit der Gestalt des Lichtbringers das schwarze Herz Turins ist, dann ist der Stadtteil bis zum Fluss sein Bauch. Und der hat immer Hunger...«

Schwester Barbara sah unbeirrt geradeaus und stolperte gehorsam neben Cavoretto her. Georg hatte die junge streitbare Frau noch nie so schweigsam erlebt und wunderte sich darüber, dass sie kein Wort der Erwiderung hören ließ.

»Am anderen Ende der Via Alfiero, in unserem Rücken, liegt die Piazza Solferino mit dem Engelsbrunnen«, plauderte Cavoretto weiter. »Wie man behauptet, befindet sich dort der Eingang zur Ewigkeit. Vielleicht sollten wir umdrehen?«

»Wir sollten vor allem aus dem Regen verschwinden«, brummte Georg und versuchte im Dunkel zu erahnen, wohin Cavoretto sie führte. Sie waren auf einer weiten Fläche angekommen, deren Seiten von Palazzi mit breiten Lauben eingefasst war. Eine Neonreklame blinkte rot »Caffè Torino«.

»Ihr Wunsch ist mir Befehl, Professor«, lächelte der Maler, bog links ab und strebte den Vordächern auf der anderen Seite der Piazza San Carlo zu. »Unter unseren Füßen liegt eine Tiefgarage, sehr prosaisch. Früher führte ein Gang vom Portal des Teufels direkt in die jahrtausendealte Unterwelt der Stadt, aber dann kamen die Bagger...« Er zuckte bedauernd mit den Schultern.

Riesige, schmiedeeiserne Gaslaternen beleuchteten die Bögen der Arkaden, und Paul fühlte sich mit einem Mal in die Vergangenheit zurückversetzt. Hohe, reich verzierte Gittertore führten zu Innenhöfen oder kleinen Gärten von Palazzi, blank polierte Messingschilder neben den Elfenbein-Klingelknöpfen trugen die Namen bekannter Turiner Familien.

Vor einem dieser Gittertore blieb Cavoretto schließlich stehen. Eine große »22« schmückte das ansonsten unbeschriftete Schild neben dem Hauseingang. Darunter war hinter Glas das Objektiv einer Überwachungskamera zu sehen und eine weitere, rot erleuchtete Fläche. »Es ist wohl unnötig, Ihnen einen Exkurs über die Zahl 22, die Meisterzahl, zu halten.« Der Maler wandte sich zu Wagner und Sina um. »Nur so viel: 666 minus 22 ergibt 644. Vielleicht sollten Sie einmal darüber nachdenken, wenn die Zeit gekommen ist.« Dann hielt er sein Nagelkreuz, das er um den Hals trug, an die kleine rote Fläche unter der Kamera. Mit einem leisen Summen öffnete sich daraufhin ein Flügel der Türe und schwang auf.

Vor ihnen lag ein Garten mit überdachten Gehwegen, in dem nach und nach versteckte Lichter angingen, während sie vorbei an blühenden Büschen und Brunnen tiefer in den alten Palazzo vordrangen. Am anderen Ende, unter einem Baldachin, der von zwei goldenen Stangen gehalten wurde, stand ein Mann im schwarzen Anzug und erwartete sie.

»Willkommen, Bruder Alessandro«, begrüßte er Cavoretto und verbeugte sich vor ihm. »Ihr bringt Gäste mit?«

»Guten Abend, Vigilante«, erwiderte der Maler und neigte den Kopf. »Was für den einen Bestimmung ist, ist für den anderen Vergnügen, lautet ein alter Spruch. Aber da ist etwas Wichtigeres.« Er wandte sich an Georg und hielt die Hand auf. »Geben Sie mir bitte Ihr Nagelkreuz, Professor?«

Sina zog das Symbol hervor, und Cavoretto legte es in die Hand des Wächters. Der betrachtete es, drehte es um und las die Gravur auf der

Rückseite. »Ihr erlaubt, dass ich einen Anruf tätige?«, murmelte er daraufhin, zog ein Handy aus der Tasche und wählte eine Nummer. Der Angerufene schien trotz der späten Stunde noch wach gewesen zu sein und hob sofort ab.

»Eminenz?«, meinte der Wächter leise. »Drei Fremde begehren Einlass. Sie weisen das Zeichen von Louis Ferrand vor.«

Die Stille, die darauf folgte, verhieß nichts Gutes. Georg und Paul konnten die Anspannung des Wächters spüren, der sie aus den Augenwinkeln beobachtete. Schwester Barbara war ganz in die Betrachtung eines Marmorbrunnens versunken, der zwei elegante, nymphenartige Wesen in einem Reigen mit einem Satyr zeigte.

Dann schien der Unbekannte am anderen Ende der Leitung zu sprechen und dem Wächter Anweisungen zu geben.

»Der ehrenwerte Gesandte möchte von Euch wissen, wie Ihr zu dem Zeichen gekommen seid oder wo es Euch verliehen wurde«, wiederholte der Vigilante und sah Cavoretto entschuldigend an. Der nahm ihm daraufhin verärgert das Mobiltelefon aus der Hand.

»Kleinert, seien Sie nicht schwierig, es sind meine Gäste«, zischte er, und seine Hand schloss sich um das Amulett an der Silberkette um seinen Hals. »Ich bürge für sie, also sehe ich nicht, was...«

»Sie sehen vieles nicht, Alessandro«, unterbrach ihn Kardinaldekan Kleinert ruhig. »Deshalb bin ich ja da, wo ich bin, weil ich mehr Augen habe, die für mich sehen, als Sie dunkle Flecken auf Ihrer Seele. Was ist mit dem Zeichen, und wer sind Ihre Gäste?«

»Ein Journalist, ein Wissenschaftler und eine Nonne«, gab Cavoretto pikiert zurück, »und ich sehe nicht ein, was der Ursprung des Zeichens damit zu tun hat. Es ist echt, eindeutig und unzweifelhaft.«

»Eben das ist es, was mir Sorgen macht«, erwiderte Kleinert. »Sein Besitzer war ein... Vertrauter, der es nicht aus der Hand geben sollte. Bleiben Sie jetzt ganz unauffällig, Alessandro. Lauten die Namen Ihrer Gäste vielleicht Wagner, Sina und Buchegger?«

»Ganz genau«, antwortete Cavoretto und konnte sein Erstaunen nicht ganz unterdrücken. Paul und Georg bemerkten es prompt und sahen sich wortlos an.

»Gut, gut, oder, um mit einem meiner ehrwürdigen Kollegen zu sprechen, wie schön, wie schön«, gab Kleinert nachdenklich zurück. »Und jetzt hören Sie mir ganz genau zu, Alessandro...«

Der Weg in den Turiner Untergrund war von Beginn an spektakulär. Ein hochmoderner, klimatisierter Lift, bestückt mit Kameras und ausgelegt mit einem dicken Teppich, der die Schritte schluckte, setzte sich langsam in Bewegung. In der gedämpften Beleuchtung zog die Geschichte Turins in Schichten an den makellos geputzten Glasscheiben vorbei. Nach den Grundmauern des Palazzos folgten mittelalterliche Fundamente mit Brandspuren, ein intakter Raum, der wohl ein Keller gewesen sein musste, und schließlich die Reste römischer Mauern.

»Ausgrabungen haben ergeben, dass hier einst die Villa eines reichen römischen Kaufherrn stand«, erklärte Cavoretto, der ganz in der Rolle des Gastgebers und Fremdenführers aufzugehen schien. Die Glastüren glitten zischend zurück, und eine atemberaubend lebensechte Skulptur eines Stieres, effektvoll beleuchtet, zog alle Blicke auf sich. »Das Zeichen des Hausherrn war, wie Sie sehen können, der kampfbereite Stier«, ergänzte der Maler mit einem ironischen Unterton.

»Eine wunderbare Arbeit«, flüsterte Schwester Barbara und strich bewundernd mit ihren Fingern über den eiskalten Marmor.

»Wäre der Geißbock nicht passender?«, warf Sina ein und sah etwas besorgt dem Lift hinterher, der lautlos nach oben glitt. Es gab keine Ruf-Taste hier unten, und der Wissenschaftler fragte sich, wie man den Aufzug wieder zurückholen konnte.

»Nein, Professor, keineswegs. Der Legende nach wurde Turin durch die Ägypter gegründet, lange bevor die Römer hierherkamen. Apis, der ägyptische Stier, ist das Sinnbild von Ptah, des Hauptschöpfergottes, eines Erdgottes, der die Menschen aus Ton formte und sich aus sich selbst erschuf.« Er sah Sina durchdringend an. »Was ist der Geißbock dagegen? Sie werden Ihre Symbolik schon eine Stufe höherschrauben müssen.«

Cavoretto schien Georgs Gedanken lesen zu können. »Außerdem werden wir die unterirdische Stadt durch einen anderen Ausgang verlassen«, ergänzte er, »das Labyrinth hat viele Eingänge und Wege nach draußen ...«

»... aber nur ein Zentrum«, ergänzte Wagner und sah den Mann in Schwarz fragend an.

»Ganz recht«, bestätigte Cavoretto, »und jetzt lassen Sie uns gehen, sonst kommen wir zu spät.« Er drückte eine Tür auf, und es war, als ob sie von der gepflegten Kulisse einer Ausgrabungsszene mit einem Schritt in einem stinkenden, feuchten Abwasserkanal gelandet wären.

»Das ist etwas tiefer angesiedelt als der Bauch von Turin«, flüsterte Sina seinem Freund zu. »Mehr gegen das untere Ende.«

Der Kanal wurde durch Fackeln erleuchtet, die sich in einer schmutzstarrenden Brühe in der Mitte des Tunnels spiegelten. Der Gestank war atemberaubend, doch Cavoretto ignorierte die angeekelten Mienen seiner Gäste und ging voran, über scheinbar zufällig verstreute Steine, die aus der Kloake ragten. »Glauben Sie mir«, rief er, und seine Stimme hallte in dem unterirdischen Gewölbe wider, »hier beginnt ein Weg zur Erkenntnis. Aus dem Dunkel und der stinkenden Brühe der Exkremente zu einer Lichtgestalt, der immer wiederkehrende Kreislauf der Menschheit, die stete Neugeburt der Hoffnung und des Glaubens.«

Er war am anderen Ende des Tunnels angekommen und stieß eine Tür auf, die geschickt getarnt war. Ein Stück der Wand schien plötzlich nach innen zu schwingen und gab den Blick auf einen kleinen Saal frei, der durch Neonröhren hell erleuchtet war. Verwirrt sah sich Schwester Barbara, die unmittelbar hinter Cavoretto den Raum betreten hatte, um. Moderne Schließfächer bedeckten die Wände, auf langen Metalltischen lagen Goldbarren und Stapel von Banknoten. Sicherheitskameras überwachten surrend das Depot.

»Greifen Sie zu, Schwester, nehmen Sie, so viel Sie tragen können«, rief Cavoretto gönnerhaft und mit einer theatralischen Geste. »Wie viel Brot für die Armen könnten Sie damit kaufen, wie viele wohltätige Werke in Entwicklungsländern finanzieren, die über kurz oder lang sowieso im Sand verlaufen würden?« Er lachte aus vollem Hals, als er Paul dabei beobachtete, wie er einen der Goldbarren verblüfft in seiner Hand wog. »Dachten Sie, das wären Requisiten? Angepinselte Bleibarren? Sie enttäuschen mich, Herr Wagner. Hier ist alles echt. Das Geld, das Gold ...« Er machte eine Pause. »... und die Versuchung.«

Cavoretto kniff die Augen zusammen. »Nehmen Sie! Greifen Sie zu! Sie brauchen nie wieder zu arbeiten, Sie könnten Recherchen aus eigener Tasche finanzieren, für immer unabhängig sein. Ist das nicht der wahre Götze der modernen Welt? Der, der alles möglich macht und alle Wege ebnet? Wofür beten Sie denn in der Kirche, deren Betreiber eigentlich eine mächtige Wirtschaftsorganisation ist? Für Ihr Seelenheil oder für den Erfolg Ihrer Unternehmungen?« Sein abschätziger Blick ruhte auf Buchegger. »Und Sie glauben nicht an Magie, Schwester? Dann schauen Sie doch einmal die Magie des Goldes an, wie es gierige Banker und unersättliche Konzerne zu einer Union zusammengeflochten hat, die alle Wirtschaftskrisen überdauert.«

Mit wehendem Umhang eilte der Maler zu einem der Tische und warf Sina ein Bündel 500-Euro-Scheine zu. »Hier, Professor, 50 000 Euro würden doch eine Menge Steine bewegen auf Ihrer halb verfallenen Burg. Oder Löcher stopfen in Ihrem Forschungsbudget. Oder brauchen Sie zehn Bündel? Auch kein Problem. Hier liegt genug. Und wenn es irgendwann weniger werden sollte, dann sprudeln neue Quellen, unentwegt, gespeist aus einem unerschöpflichen Reservoir.«

Georg betrachtete die Banknoten in seiner Hand, bevor er sie auf einen der Tische fallen ließ. »Der Pfad der Versuchung, hm?«, murmelte er. »Gut inszeniert, beängstigend real.«

»Hier ist alles echt, im Gegensatz zu den Kirchen da oben, diesen pompösen Inszenierungen aus vergoldetem Karton und Gips«, zischte Cavoretto und wandte sich um. Mit wehendem Mantel eilte er weiter. »Kommen Sie!«, rief er, und eine Metallschiebetüre glitt zur Seite. »Wir haben nicht endlos Zeit.«

Ein dunkler, enger Gang erwartete sie, der nach der hellen Halle umso bedrückender erschien. Als die Tür wieder zurückglitt, war es abgesehen von einigen nackten Glühbirnen stockdunkel. Von irgendwo ertönten Schreie.

»Versteckte Lautsprecher?«, erkundigte sich der Reporter, nachdem er zusammengezuckt war, als fast direkt neben ihm ein Stöhnen erklang.

»Sie enttäuschen mich schon wieder«, erwiderte Cavoretto, blieb stehen und schob einen versteckten Schieber zur Seite, der den Blick auf eine Art Zelle freigab, die nur spärlich rot beleuchtet war. Ein riesiges Kruzifix war in den Steinboden eingelassen, auf das ein Corpus mit erigiertem Penis genagelt war. Eine Frau in Nonnenkleidung hob ihre Tracht, kauerte sich darüber und begann nach einem Aufstöhnen, sich auf- und abzubewegen.

»Besser wir lassen Schwester Barbara darüber ein wenig in Unkenntnis, das Fegefeuer sieht für alle anders aus.« Der Maler schob den Schieber entschieden zurück. »Sie wissen ja. Der Weg in die Hölle ist mit guten Vorsätzen gepflastert.«

Barbara hielt sich die Ohren zu, was ihr Führer mit einem lauten Lachen quittierte.

Paul schluckte schwer.

Kam es ihm nur so vor oder war es wärmer geworden? Er spürte einen Schweißtropfen an seiner Schläfe entlangrinnen. Doch Cavoretto ließ ihnen keine Zeit zum Nachdenken. Er eilte bereits wieder voran, durch den Gang des Stöhnens, der nun leicht bergab führte. Links und rechts zweigten weitere Tunnel ab, die der Maler ignorierte.

»Das ist tatsächlich riesig«, flüsterte Georg seinem Freund zu. »Die halbe Stadt muss unterminiert sein wie ein Schweizer Käse.«

Cavoretto war stehen geblieben und wies in einen breiten Gang, der zu seiner Rechten abzweigte. »Hier geht es zu den alchemistischen Grotten unter dem Palazzo Madama, ganz nahe dem Palazzo Reale, dem königlichen Palast der Savoyer. Dort arbeiteten die besten Gelehrten aus ganz Europa an dem Auftrag, unedles Metall in Gold zu verwandeln oder den Stein der Weisen zu finden. Unter dem Schutz der königlichen Dame Maria Cristina von Frankreich, die auf der Suche nach der ewigen Jugend war, arbeiteten die Alchemisten im Untergrund lange Jahre unerkannt und ungestört. Selbst Paracelsus folgte dem Ruf nach Turin.«

»Die Suche nach dem ewigen Leben«, wisperte Paul und sah seinen Freund alarmiert an. »Kennen wir das nicht?«

»Dafür betet ja auch Schwester Barbara alltäglich ganz selbstlos vor dem Altar«, grinste der Maler, wandte sich um und eilte weiter, ohne eine Antwort abzuwarten.

Ihr Weg durch das unterirdische Labyrinth fand kein Ende. Längst hatte es Paul aufgegeben, sich zu orientieren. Nach dem langen Gang des Stöhnens war Cavoretto einige Stufen hinabgestiegen, dann war er scheinbar unbeirrbar durch eine Flucht von Kellerräumen, Gängen und Treppen geeilt.

Als von irgendwoher leise Musik ertönte, war ihr Führer endlich langsamer geworden. Schließlich waren sie durch ein Portal getreten, das an einen antiken Tempel erinnerte.

»Das sind vergessene Katakomben der Pfarrei der Anbetung des Heiligen Kreuzes, rund vier Stock unter dem Straßenniveau«, flüsterte Cavoretto und wies nach vorne. »Seien Sie leise und stören Sie die

Andacht nicht. Sie wird heute nach mittelalterlichen Riten gefeiert, und einige der Teilnehmer haben bis zu siebentausend Euro dafür bezahlt, um hier sein zu dürfen.«

Wagner und Sina hatten Kapuzenmänner und Maskierte erwartet, die im Fackellicht Opfer bis aufs Blut quälten und geißelten, während sie auf einem Geißbock ritten. Aber nichts davon schien hier zuzutreffen. Männer in dunklen Anzügen zeigten ohne Scheu ihr Gesicht und blickten erwartungsvoll in Richtung eines teilweise schwarz verhüllten Altars, während junge Paare sich an den Händen hielten und die Klänge der Partitur des Teufels den Raum erfüllten. Schwarze Kerzen auf schmiedeeisernen Leuchtern und zahlreiche Kreuze, die allerdings verkehrt herum aufgehängt worden waren, verliehen dem Raum eine seltsame Atmosphäre der Feierlichkeit. Etwa hundert Andächtige warteten auf den Beginn der Feier.

Schwester Barbara hatte erst entrüstet die Augen geschlossen, als sie die Kruzifixe mit dem Erlöser sah, der kopfüber hing. Doch als ein erwartungsvolles Murmeln durch die Menge ging, blinzelte sie doch durch die halb geschlossenen Augenlider auf die Szene, die sich ihr bot. Eine nackte Frau war von rechts eingetreten, einen goldenen Kelch in ihren hoch erhobenen Händen. Sie blieb vor dem Altar stehen, stellte langsam und bedacht das Gefäß ab und verneigte sich. Die Menge stimmte ein Gebet an, eine Art Mantra, das rhythmisch wiederholt wurde.

Von links betrat eine weitere nackte junge Frau den Raum, ein schwarzes Bündel in ihren Armen. Sie legte es neben den Kelch, verneigte sich ebenfalls und zog sich wieder zurück. Buchegger blickte Cavoretto entsetzt an. »Ist das ...das kann nicht sein ...«

»Ein Neugeborenes, das nun Satan geopfert wird?« Der Maler lächelte unergründlich. »Sie sollten nicht so viel schlechte Literatur lesen, Schwester. Die meisten der Anwesenden hier sind prominente Turiner Bürger, die zwar an die Kraft im Dunkel glauben und die Macht Satans verehren, aber keine Verbrecher sind. Ein wenig Nervenkitzel und eine Ersatzreligion sind eines, ein Mord in der Öffentlichkeit ist etwas ganz anderes. In dem Bündel befindet sich eine Frauenhand, die 1732 einer englischen Adeligen nach teuflischen Spielen in privatem Rahmen abgehackt worden war. Die einbalsamierte Hand wurde früher als Lockmittel für den Teufel und für blutige Liebesspiele benutzt.«

»Früher?«, erkundigte sich Paul misstrauisch. »Warum liegt sie dann jetzt hier auf dem Altar?«

»Vielleicht funktioniert es ja doch, damit den Herrn der Unterwelt zu beschwören«, gab Cavoretto kurz angebunden zurück.

»Dann sind alle Berichte über verstümmelte junge Frauen, die immer wieder in der Umgebung von Turin gefunden werden, erlogen? Es gibt gar keine monströsen Riten? Lucedio war ein Kloster für urlaubende Mönche, die nach Nervenzusammenbrüchen etwas Ruhe brauchten?«, warf Sina verärgert ein und hielt den Maler mit hartem Griff am Arm fest. Einige Köpfe wandten sich ihm zu, und die ersten »Schhh!«-Rufe ertönten.

»Das habe ich nie behauptet«, antwortete Cavoretto kühl. »Was in privaten Zirkeln geschieht, ist eine andere Sache. Extremisten gibt es überall, in allen Religionen. Denken Sie an die Assassini oder die Kreuzzüge, die Inquisition oder den Heiligen Krieg des Islam.« Dann legte er den Finger auf die Lippen und wies nach vorne.

Ein Mann im schwarzen Umhang hatte die Katakomben betreten, eine reich verzierte und glänzende Schale in einer und eine rauchende, stinkende Kerze in der anderen Hand. Die Musik schwoll an, während die Gebete verstummten.

Erwartungsvoll blickte alles zum Altar.

»Der Hohepriester«, flüsterte Cavoretto. »Er hat die Hostien mitgebracht und die geweihte Kerze mit Tierhaaren.«

»Hostien?«, erkundigte sich Buchegger stirnrunzelnd.

»Gestohlen aus den Tabernakeln der Turiner Kirchen, natürlich nach der Weihe«, erklärte der Maler wie selbstverständlich. »Wie auch Knochen aus den Friedhöfen und Mausoleen der Stadt. Ich habe selbst einige in meiner Sammlung.« Er blickte nach vorne, wo ein schwarzer Hahn von einer der Frauen hereingebracht wurde. Der Hohepriester nahm das Tier geschickt in Empfang, hielt es fest und trennte mit einem entschiedenen Schnitt den Kopf vom Körper.

Sofort sprang eine der Frauen hinzu und fing das spritzende Blut in einem weiteren Kelch auf.

Die Partitur des Teufels verklang in der Ferne, und es herrschte eine absolute Stille. Mit einem Ruck zog der Hohepriester das schwarze Tuch vom Altarbild. Das überlebensgroße Bild eines schwarzen Engels kam zum Vorschein, der seine Hand segnend ausstreckte. Dann allerdings drehte der Priester das Bild um, das um seine Hochachse rotierte. Von der Rückseite des Gemäldes starrte die Furcht einflößende Fratze eines Gehörnten auf die Andächtigen nieder.

Sina und Wagner erstarrten.

Es war, als bewege sich das Gesicht, wechslete unentwegt seinen Ausdruck, als verändere es die Blickrichtung.

»Das Gegenstück zum Grabtuch«, flüsterte Cavoretto andächtig. »Nur wenige bekommen es je zu Gesicht.«

Die Menge fiel auf die Knie. Georg und Paul konnten ihren Blick nicht von der Fratze abwenden, die ihnen direkt in die Seele zu starren schien.

Die beiden nackten Frauen legten sich auf den Altar, spreizten die Beine, und der Hohepriester begann andächtig, je eine Hostie an ihren Schamlippen zu reiben. Die Musik setzte wieder ein, der Priester murmelte lateinische Verse, während die ersten Andächtigen aufstanden und sich vor dem Altar aufreihten, um diese bizarre Kommunion zu empfangen. Nach einem kleinen Schluck Tierblut aus dem Kelch kehrte jeder wieder auf seinen Platz zurück.

Das Gesicht auf dem Gemälde hörte nicht auf, sich zu bewegen, und manchmal glaubte Georg, einen zufriedenen Ausdruck über die Fratze huschen zu sehen. Endlich riss er sich von dem hypnotisierenden Blick los. Cavoretto stand neben ihm, wie versteinert, die Hände gefaltet und tief in Anbetung versunken. Paul lehnte an einem der Pfeiler der Katakomben und versuchte ebenfalls, die Erstarrung abzuschütteln.

Aber wo war Schwester Barbara?

Sina sah sich hastig um. Von der Nonne war weit und breit nichts zu sehen. Der Wissenschaftler wollte Cavoretto anstoßen, ihn aus seiner Andacht reißen, da geschah etwas Seltsames. Der Hohepriester unterbrach die Zeremonie mit einer abrupten Handbewegung, legte seine Finger ans Ohr.

»Brüder und Schwestern«, begann er mit einer mächtigen Stimme, die den ganzen Raum füllte, »ich erfahre gerade, dass wir einen außerordentlichen Besuch haben, eine Fügung, wie sie besser nicht sein könnte und die unseren Herrn Satanas mit Befriedigung erfüllen wird.« Er machte eine Pause. Die Partitur des Teufels wurde wieder lauter, aber es gelang ihm mühelos, mit seiner Stimme die Musik zu übertönen.

»Das Schicksal hat uns eine wahre Jungfrau Gottes beschert, eine Gemahlin Jesu, eine reine Seele.« Er tauchte die Finger in das Blut des Kelches und spritzte ein paar Tropfen in die Menge. Nun waren alle auf den Beinen, blickten erwartungsvoll zum Altar und dem Hohepriester. Das Raunen der Andächtigen schwoll an. Ihre Gesichter bekamen einen begeisterten, fanatischen Ausdruck.

»Unser Herr wird sich über das Geschenk ihrer Jungfräulichkeit freuen!«, donnerte der Priester und hob beide Hände hoch zu der Fratze, als zwei junge Männer, eine sich sträubende Schwester Barbara in ihrer Mitte, neben den Altar traten.

Die Menge heulte begeistert auf. Grinsend verfolgte Cavoretto das Schauspiel, lässig an eine der Säulen gelehnt.

»Sagen Sie ihnen, sie sollen aufhören«, zischte Paul in sein Ohr. Als sich der Maler spöttisch erkundigen wollte, wieso er das tun sollte, spürte er den kalten Stahl einer Waffe in seinem Ohr. »Sie können auch noch ein wenig warten und gleich zu Ihrem Fürsten der Finsternis ziehen. Vollpension in der Hölle für immer. Ist das nicht verlockend?«

An dem panischen Blick Cavorettos erkannte der Reporter, dass er das Angebot nicht wirklich zu schätzen wusste.

»Sagen Sie ihnen, dass sie die Schwester laufen lassen sollen. Sofort!«, forderte Wagner mit Nachdruck. Aber Sina war bereits auf dem Weg nach vorne zum Altar. Als sich der Hohepriester ihm in den Weg stellen wollte, holte der Wissenschaftler aus und beförderte ihn mit einem Faustschlag auf den Altar, wo er auf einer der beiden nackten Frauen landete, die laut aufschrie.

»Endlich ein authentisches Opfer«, rief Sina ihm nach, bevor er den staunenden jungen Männern Barbara aus den Händen riss und sie vor sich her durch die zurückweichenden Andächtigen stieß. »Laufen Sie, Schwester«, zischte er der völlig verdatterten jungen Frau zu, »die meinen es ernst hier.«

Als beide neben Paul standen, der noch immer seine Glock an Cavorettos Ohr hielt, hörten sie den Hohepriester stöhnen. Die Menge bewegte sich drohend auf sie zu.

Kurz entschlossen feuerte Paul drei Mal in das Bild der Fratze über dem Altar. In dem engen Raum dröhnten die Schüsse wie Kanonenschläge.

Alle Köpfe fuhren herum.

Dann, wie einem unsichtbaren Befehl gehorchend, sanken alle auf die Knie.

Aus den Löchern auf dem Gemälde strömte Blut.

»Bringen Sie uns auf dem schnellsten Weg hier heraus, oder wir versuchen es auf eigene Faust, aber dann sind Sie mausetot, Cavoretto«, stieß Sina hervor, während in Barbaras Augen der pure Horror stand.

Wagner traute seinen Augen kaum und konnte seinen Blick nicht von dem blutenden Gemälde lösen. Georg schüttelte ihn. »Los jetzt, komm, in einer Minute ist hier der Teufel los!«

»Der ist jetzt schon los«, gab Paul zurück. Dann schob er Cavoretto vor sich her in den Gang, durch den sie gekommen waren. »Los, rennen Sie, wir sind dicht hinter Ihnen! Ich gebe Ihnen fünf Minuten, dann will ich klare Nachtluft atmen.«

Cavoretto zögerte, sah Wagner kurz an. Mit einem Misston brach in den Katakomben die Musik ab.

Der Reporter hob die Pistole.

»Grüßen Sie ihn von mir«, sagte er, doch da drehte sich Cavoretto plötzlich um und stürmte los.

Es dauerte nicht ganz fünf Minuten, bevor Sina, Wagner und Schwester Barbara hinter Cavoretto durch eine schmale Metalltür am Ufer des Pos traten. Der Regen hatte aufgehört, ein fahler Mond spiegelte sich im Fluss.

»Verschwinden Sie, Cavoretto«, stieß Wagner atemlos hervor. »Ich will Sie nie wieder sehen.«

Wortlos stolperte der Maler los, schaute unsicher über seine Schulter, rannte dann über den Corso Cairoli und verschwand in einer Nebengasse.

»Das... war... knapp«, murmelte Sina, noch immer außer Atem. »Woher hattest du bloß die Pistole?«

»Hat mir Valerie aus ihrer Sporttasche mit auf den Weg gegeben«, antwortete Paul müde lächelnd. »Sicher ist sicher.«

»Wer mit dem Teufel pokert, sollte eine Rückversicherung dabeihaben«, nickte Georg. »Wir sollten nicht zu lange hier herumhängen, wer weiß, was der Teufelsgemeinde einfällt.« Er winkte einem vorbeifahrenden Taxi und nannte dem Fahrer den Namen des Hotels »Diplomatic«. Dann drehte er sich zu Paul und der Nonne um. »Morgen wird ausgeschlafen, ich bin erledigt. Vor Nachmittag braucht mich niemand anzusprechen. Von mir aus kann Tschak in die Duschwanne pinkeln.«

»Das sehe ich genauso«, gab Wagner seufzend zurück. Schwester Barbara hatte die Augen geschlossen, sich in die Polster zurückgelehnt und nickte nur stumm.

Der siebente Kreis –
... ENTLANG DES STRUDELS SCHARLACHROTER FLUT, DRAUS DAS GEKREISCH ERSCHOLL VERMALEDEITER ...

31.5.2010

Gasthof »Tre Galline«, Turin/Italien

In der überfüllten Stube des ältesten Turiner Gasthofes unweit der Piazza della Repubblica war kein einziger Platz mehr frei. Touristen und Einheimische machten sich seit den frühen Abendstunden die wenigen Tische unter den dunklen Deckenbalken streitig – mit dem Erfolg, dass alle noch enger zusammenrücken mussten. Eine Handvoll Kellner servierte eifrig mit italienischer Nonchalance und Grandezza dampfende Teller gefüllt mit Spezialitäten der piemontesischen Küche.

Vor dem unscheinbaren Eingang des Lokals war die schmale Via Gian Franco Bellezia in ein dunkelblaues, fast mystisches Abendlicht getaucht. Die schwarzen Häuserwände schienen noch höher in den Himmel zu wachsen und weiter zusammenzurücken als sonst. Kurz nach 21.00 Uhr war die Sonne untergegangen, und kühle Luft strömte von den Bergen herunter. Gruppen von Männern in eleganten, dunklen Anzügen standen plaudernd auf der Gasse und genossen den Abend. Einige von ihnen hatten ihre langen, schwarzen Haare zu Pferdeschwänzen zusammengebunden, andere sogar zu Zöpfen geflochten. Ihre asiatischen Gesichtszüge kontrastierten mit den italienischen Maßanzügen, deren Schnitt geschickt die Schulterhalfter kaschierten.

Immer wieder betrachteten die Männer unauffällig, aber aufmerksam die Umgebung, musterten die Passanten, die sich in dichten Trauben an ihnen vorbeischoben, und warfen ab und zu einen Blick nach oben, wie um sich zu vergewissern, dass die Sterne über Turin auch heute wieder aufblitzen würden.

Die alten Kugellampen in der Gaststube tauchten die bunt gemischte Gesellschaft in ein gelbliches, heimeliges Licht. Unter die einheimischen Feinschmecker, die sich wie jeden Abend in dem Turiner Traditionslokal versammelt hatten, mischten sich vor allem im Sommer Urlauber und Durchreisende aus aller Herren Länder. Der Lautstärkepegel im »Tre Galline« war beeindruckend und auf gehobenem, italienischem Niveau.

Dagegen war das Extrazimmer mit der dunklen Eichentäfelung und dem großen Tisch eine Oase der Ruhe. Georg jedoch erschien es wie eine Sackgasse, eine Falle, aus der keiner von ihnen lebend entkommen würde. Nervös irrte sein Blick zwischen den drei zwölfarmigen Kerzenleuchtern auf dem weißen Tischtuch des großen Tisches, den flackernden Flammen, der Türe und dem kleinen Fenster mit den farbigen Butzenscheiben hin und her. Draußen zog die Nacht über Turin herauf. Die Geister der Vergangenheit saßen mit ihnen am Tisch, er konnte sie spüren. Das rote Wachs der tropfenden Kerzen glühte auf dem frisch gestärkten Leinen wie Blut.

Die Schatten wurden länger.

All das kam Sina unheimlich bekannt vor, wie ein Déjà-vu. Er war schon einmal hier im »Tre Galline« gewesen, damals, vor zweihundert Jahren, beim Lesen der blutroten Zeilen von Jauerlings Vermächtnis.

Sie hätten nicht hierherkommen dürfen, schoss es Sina durch den Kopf. Sie machten genau denselben Fehler wie der Leiter des Schwarzen Bureaus damals. Sie hatten dieselbe falsche Karte ausgespielt, am selben Ort, unter denselben Umständen, nur mit anderen Stichen. Eine weitere Runde Piquet war zu Ende gespielt, und das Deck wartete darauf, neu gemischt zu werden.

Völlig erschöpft von den Ereignissen des Vortages hatten Paul, Georg und Barbara bis in die späten Nachmittagsstunden geschlafen. Dann hatte es nur mehr einen Weg gegeben, den sie in Turin noch nicht gegangen waren – den auf Jauerlings Spuren.

Nein ... es gab keine Alternative, und Balthasar Jauerling, der geniale Stratege und umsichtige Spielleiter, musste es auch gewusst haben, als er ebenfalls genau hier gesessen hatte, vielleicht sogar an diesem Tisch, in diesem Raum ...

Auf der abgewetzten Bank, die entlang der Wände lief, rutschte Paul ebenfalls unruhig hin und her und war zugleich doch tief in Gedanken versunken. Hin und wieder beobachtete er aus den Augenwinkeln Barbara, die ihnen gegenüber stumm in der Speisekarte blätterte.

Der gestrige Abend hatte Spuren in ihrem Gesicht hinterlassen. Sie sah grau aus, ihre Bewegungen wirkten fahrig. Sina und Wagner hatten Barbara auf ihr Zimmer begleitet. Die Nonne war sichtlich verstört gewesen, hatte kein Wort mehr gesagt bis auf ein leises »Wir sehen uns morgen«.

Als die Tür zur Gaststube aufsprang, brandete eine Woge aus Licht und Lärm in das Extrazimmer, begleitet vom Duft des Fritto misto alla Piemontese, der Spezialität des Hauses.

Die Kerzen flackerten im Luftzug, und die Schatten in den Ecken des Raumes erwachten zum Leben.

Paul atmete erleichtert aus, als ein Kellner mit gezücktem Bleistift und einem dünnen Block in der Hand eintrat. Er schob sich an den Tisch und blickte sie der Reihe nach erwartungsvoll an, bevor sein Blick an Barbara hängen blieb. Georg wunderte sich über die asiatischen Züge und den langen Pferdeschwanz, zu dem die dicken, schwarzen Haare gebunden waren.

»Che cosa desidera, signora?« Das Italienisch des Obers war akzentfrei.

Mit fahrigen Bewegungen deutete Barbara stumm auf ein Gericht und legte dann die Karte wieder zurück.

»Keine Vorspeise?«, fragte der Kellner geschäftsmäßig.

Sie schüttelte nur den Kopf.

»Bringen Sie uns bitte einen Nero d'Avola«, bestellte Georg, und Paul ergänzte: »E una bottiglia d'acqua minerale gassata.«

»Und was darf es für Sie zum Essen sein?«, hakte der Ober nach, während er die Getränke notierte.

»Solo due insalate«, meinte Paul, und Georg nickte einfach. Seine Kehle war wie zugeschnürt, und er wusste nicht, ob er auch nur einen Bissen des Salats anrühren würde.

Der Mann mit der schwarzen Schürze nickte kurz, steckte seinen Block ein und verschwand wieder. Als die schwere Tür hinter ihm zuschlug, herrschte bedrückende Stille im Raum. Barbara betrachtete ihre Hände, und Paul fragte sich, was in ihrem Kopf vorging.

Die Entscheidung rückte näher.

»Warum sind wir hierhergekommen?«, fragte sie, ohne den Blick von der Tischplatte zu heben. »Hätten wir nicht einfach wieder abreisen können? Zurück...« Ihre Stimme zitterte.

»… in ein Leben, in dem nichts mehr so sein würde wie vorher?« Georg klang müde. »Wir haben etwas gefunden, das den Lauf der Geschichte bestimmt hat, für zwei Jahrtausende, das Leben von uns allen, egal ob wir daran geglaubt haben oder nicht. Jesus war ein Menschensohn, ein Prophet des Heiligen Geistes, aber er ist nie fleischlich auferstanden von den Toten. Er wurde gekreuzigt, begraben und für Hunderte Jahre blieb er, wo er war – zwei Meter tief im Felsen in der Erde von Jerusalem. Bis zu dem Zeitpunkt, wo seine Gebeine eine abenteuerliche Reise kreuz und quer über den Kontinent antraten.«

»Er war ein Unruhestifter in seinem Leben und er war es auch nach seinem Tod«, stellte Paul entschieden fest. »Für Rom war er eine Lichtgestalt, deren Wundertätigkeit um jeden Preis aufrechterhalten werden musste. Schließlich basiert die christliche Kirche auf ihm, auf seiner Person, seinen Erlebnissen und nicht zuletzt auf seinem Namen. Jesus Christus.«

»Aber warum?« Barbara schluckte. »Warum dann hierher? Warum im ›Tre Galline‹? Warum Turin?«, flüsterte sie.

»Weil Turin die Stadt des Teufels ist, der Berührungspunkt der drei Dreiecke«, erinnerte sie Paul, »dem roten, dem weißen und dem schwarzen. Wie es auch drei Päpste in Rom gibt, einen weißen, einen roten und einen schwarzen. Haben Sie schon vergessen? Die Kirche von Bérenger Saunière in Rennes-le-Château? Der Teufel, in Rot, hält das Weihwasserbecken und spielt Schach gegen Jesus, der auf der anderen Seite des Brettes steht. Ein Mosaik aus weißen und schwarzen Platten. Sie sind die ewigen Gegenspieler, Jesus und der Teufel, der gefallene Engel, der Lichtbringer Luzifer, und der in den Himmel aufgefahrene Jesus.«

»Bezeichnete die Kirche nicht immer Jesus als das Licht der Welt? Das Lamm Gottes, das zur Schlachtbank geführt wird?« Georg malte Dreien auf die Tischplatte und schaute mit starrem Blick in die Kerzenflammen vor ihm.

»Er hat es selbst vorausgesehen. Im dreizehnten Kapitel nach Markus steht es geschrieben«, flüsterte Barbara mehr zu sich als zu den beiden anderen. »Wenn nun jemand zu jener Zeit zu euch sagen wird: ›Siehe, hier ist der Christus! Sieh, da ist er!‹, so glaubt es nicht. Denn mancher falsche Christus und falsche Prophet wird sich erheben und Zeichen und Wunder tun, sodass sie auch die Auserwählten verführen würden, wäre es möglich. Ihr aber, seht euch vor! Ich habe es euch alles zuvor gesagt!«

Paul blätterte abwesend in der Speisekarte und versuchte, die Nonne und die Leere in seinem Magen zu ignorieren, die ganz sicher nicht vom Hunger stammte.

Als Georg wieder hochblickte, schaute er direkt in den Lauf einer großkalibrigen Pistole, die leicht schwankte.

Die beiden älteren, unaufdringlich elegant gekleideten Herren, die einen kleinen Tisch in der hintersten Ecke des »Tre Galline« reserviert hatten und sich nun mit Hingabe einem fünfgängigen Menü widmeten, unterhielten sich angeregt. Von Zeit zu Zeit warfen sie einen Blick zur Tür, die ins Extrazimmer führte. Einer der beiden, ein hagerer Mann mit schmalem, asketischem Gesicht und einer ausgeprägten Hakennase, ergriff die schwere Gabel und spießte mit Nachdruck ein Cannellono auf. Das energische Kinn und die schmalen Lippen verrieten Entschlossenheit und Energie. Seine feingliedrigen Hände allerdings hätten einem Künstler oder Musiker gehören können, so zart waren sie.

Schließlich ergriff er das Glas mit dem schweren Barolo und prostete seinem Tischnachbarn zu, einem Asiaten mit massiger Figur und einer dichten Haarmähne. Ein rundes, leicht mongolisch angehauchtes Gesicht verriet seine Herkunft. Die dunklen, schräg stehenden Brauen über den fast schwarzen Augen ließen ihn stets ein wenig martialisch und schlecht gelaunt aussehen. Aber das täuschte. Das Alter hatte ihn milde gestimmt, und der Blick, den er nun über das Weinglas auf seinen Begleiter warf, war der eines sinnlichen Genießers, der den Barolo und die piemontesische Küche nur allzu gut zu schätzen wusste. Er erwiderte den Trinkspruch, dessen Bedeutung nur sie beide verstanden, geheimnisvoll lächelnd.

Als der Kellner mit einem leichten Kopfschütteln aus dem Extrazimmer gekommen war, hatten die beiden kurz aufgeblickt und sich dann wieder ihrer Mahlzeit gewidmet. Nur wer die alten Herren genau beobachtete, der hatte das Zeichen des hageren Mannes nicht übersehen können. Mit einer fast unmerklichen Bewegung des kleinen Fingers hatte er soeben eine Armee in Alarmbereitschaft versetzt.

»Paul, ziehen Sie Ihre Pistole mit zwei Fingern aus der Jacke und legen Sie sie vorsichtig auf den Tisch.« Die Stimme Barbaras war leise und zitterte leicht. Ihre tiefe Verzweiflung jedoch und ein aufkeimender blinder Hass sprachen aus jedem ihrer Worte.

Georg blickte nur stumm und unbeweglich auf die Waffe und in das blasse Gesicht der Klosterschwester, die ihn nicht aus den Augen ließ. Sein Freund würde keine falsche Bewegung machen, das wusste er, darauf konnte er sich verlassen. Aber eine zu allem entschlossene, verzweifelte Nonne war jetzt ein Risiko, das unberechenbar war.

Als Paul seine Glock vorsichtig auf den Tisch gleiten ließ, wischte sie Barbara entschieden mit einer weiten Armbewegung vom Tisch. Rumpelnd fiel die Waffe auf den Holzboden und schlitterte ins Dunkel.

»Ihr wisst ja gar nicht, was ihr getan habt«, stieß sie hervor und sprang auf. Ihre Pistole schwankte zwischen Paul und Georg hin und her. »Mit einer Ignoranz und einer Naivität ohnegleichen seid ihr in ein Abenteuer hineingestolpert, das weit über euren Horizont hinausgeht. Hartnäckig wie immer habt ihr nicht aufgegeben...«

»Das gehört nicht zu unseren Optionen«, unterbrach sie Paul aufgeregt. »Wenn die Wahrheit auf dem Spiel steht, dann hat sie in uns die besten Verbündeten.«

Barbara schaute ihn hasserfüllt an. »Ihr habt Milliarden Christen die Grundlage ihrer Religion entzogen. Jesus ist tot, und jeder kann sein Grab besuchen! Eine Legende weniger und dafür ein Abenteuer für Wagner und Sina mehr! Was macht das schon? Ich habe meinen Glauben verloren, meine Welt, mein Ein und Alles, mein Gestern und mein Morgen. Und ihr, ihr geht in ein italienisches Restaurant essen und glaubt, alles ist gut?«

Paul und Georg sahen sich stumm an. Dann stand Sina ruhig auf und lehnte sich vor.

»Falsch! Glauben Sie wirklich, wir sind zufällig hier gelandet? Nach dieser Reise durch Europa war uns doch allen klar, was uns in Turin erwarten würde. Es hätte kein Ende dieser Suche gegeben ohne die Gewissheit hier, in der Stadt des Teufels. Santiago de Compostela ist der helle Teil, Turin der schwarze, den die Kirche damit versucht, unter Kontrolle zu bringen, indem sie ihre wichtigste Reliquie, das Grabtuch, hier aufbewahrt. Dieses Abenteuer ist erst dann zu Ende, wenn wir durch die Hölle gegangen und wieder zurückgekommen sind.«

»Sie sind mit dem Teufel im Bund!«, schrie sie und spuckte Georg an. »Sie sind ein Gotteslästerer, eine Ausgeburt der Hölle! Ihr werdet beide sterben und dahin zurückkehren, woher ihr gekommen seid – in Satans Reich! Und ich bin die Erfüllungsgehilfin der göttlichen Macht!«

Ihre Pistole ruckte nach oben, und ihr Zeigefinger krümmte sich.

Eine große Gestalt erschien hinter Barbara aus dem Schatten, machte einen Satz nach vorne, schien aus der Dunkelheit ins flackernde Kerzenlicht zu fliegen, lautlos und doch erschreckend real. Das war keine Illusion. Mit einem Mal wurde es kalt im Raum und es war, als ob die unerklärliche Erscheinung das Licht aufsaugte und eine schwarze Aura um sich verbreitete. Eine Faust schoss vor und hatte sich, bevor sich die Schwester umdrehen konnte, unerbittlich um Barbaras Kehle geschlossen. Doch es war nur ein Finger, der auf den richtigen Punkt drückte, unnachgiebig und mit einer eisernen Härte. Barbara sank augenblicklich in sich zusammen wie eine Gliederpuppe, der man die Fäden abgetrennt hatte. Ihre Pistole polterte auf den Boden, doch der Mann im schwarzen Mantel beachtete die Waffe gar nicht.

Er packte die Bewusstlose unter den Schultern, legte sie auf die Bank und drehte sie mit dem Gesicht zur Wand. Es sah aus, als schliefe sie. Dann griff er in seine Manteltasche und zog Wagners Glock hervor, legte sie auf den Tisch und schob sie wortlos dem Reporter zu. Dabei leuchteten seine blauen Augen wie helle Saphirkristalle.

»Ich glaube, wir können uns wie zivilisierte Menschen miteinander unterhalten und brauchen keine Waffen«, lächelte der Unbekannte, zog einen Sessel zu sich und ließ sich darauf nieder. Seine Züge lagen nun im Dunkel der breiten Hutkrempe, doch ein Schopf widerspenstiger, blonder Haare stahl sich darunter hervor und leuchtete wie helles Stroh im Licht der Kerzen.

Georg ließ sich verblüfft zurücksinken, ohne den Mann aus den Augen zu lassen. Paul hielt den Atem an und wagte es nicht, nach der Pistole zu greifen, die doch nur wenige Zentimeter von seiner Hand entfernt lag.

Sie waren am Ende ihrer Reise angekommen.

Wir sind so gut wie tot, dachte Paul. Gott, sei uns gnädig und lass es schnell gehen.

»Sind Sie der…«, setzte Georg an, doch der Mann unterbrach ihn und legte den Zeigefinger auf seine Lippen.

»Schsch, Professor«, raunte sein Gegenüber, »wir brauchen keine Namen, keine albernen Begriffe oder kindischen Klischees. Sie beide wissen. Ich weiß, und das sollte genügen. Jedenfalls freue ich mich, dass Sie meine Einladung angenommen haben.«

Er lehnte sich in seinem Sessel zurück und schlug lässig die Beine übereinander. Dann zupfte er mit spitzen Fingern die Bügelfalte zurecht, während er weitersprach. »Wie Sie sich vorstellen können, hätte ich Sie beide in den letzten Tagen einige Male ins Verderben stürzen können. Ein kleiner Wink des Schicksals hätte genügt… Aber wozu? Sie haben sozusagen die Arbeit für mich gemacht, und wenn auch einiges dabei nicht ganz nach meinem Plan verlaufen ist, so wird sich die Neuigkeit von der Entdeckung des Jesus-Grabes doch wie ein Lauffeuer um die Welt verbreiten. Vor allem, da es doch aus einer so renommierten und verlässlichen Quelle kommt.« Der Schatten lachte. »Ein unbestechlicher Reporter und eine lebende Legende, wenn es um Forschung und Wissenschaft geht. Was will ich mehr?«

»Sie wissen genau wie wir, dass es im Grunde völlig egal ist, ob Christus ein Mensch war und starb oder der Sohn Gottes und in den Himmel auffuhr«, wagte Georg mit flacher Stimme eine Entgegnung. »Es wird die Gläubigen kaum beeindrucken. Es wird keinen Unterschied machen für die Christen dieser Welt. Wissen hat die Menschen noch nie am Glauben gehindert.«

»Das überlassen Sie ruhig mir, Professor Sina«, meinte der Unbekannte bestimmt. »Denn mit der Entdeckung des Grabes allein ist es nicht getan. Das hätte ich einfacher und schneller haben können. Bereits vor einigen Hundert Jahren. Da gab es einen kleinen Mann…«

Der Mann sagte es mit einer Selbstverständlichkeit, die Georg und Paul Schauer über den Rücken jagte.

»Nein, es geht um etwas ganz anderes.« Ihr Gegenüber lehnte sich vor. Das erste Mal fiel der Kerzenschein auf sein Gesicht, und die beiden Freunde sahen seine Züge aus nächster Nähe. Die eisblauen Augen schienen aus Stahl zu sein. Ein grausamer Zug spielte um seinen Mund. Paul und Georg prallten entsetzt zurück. Peer van Gavint schien von den Toten auferstanden zu sein und hatte sie in Turin aufgespürt.

»Das ... das ist unmöglich«, flüsterte Paul tonlos, »das kann nicht sein. Schwester Agnes hat Sie vor zwei Jahren ans Kreuz genagelt ... Sie waren tot. Ich habe es selbst gesehen.«

Der Reporter spürte, wie er begann, den Verstand zu verlieren. Alle Gedanken schienen ihm zu entgleiten, und es wurde kalt.

»Glauben Sie nicht alles, was Sie sehen, Herr Wagner. Das menschliche Auge kann leicht getäuscht werden«, gab der Unbekannte ungerührt zurück, und gleichzeitig war es Wagner, als würden die Züge des Mannes unscharf.

Dieses verdammte Kerzenlicht, dachte er sich und schloss die Augen. Als er sie wieder öffnete, lag das Gesicht seines Gegenübers erneut im Dunkel.

»Es geht um etwas, das Sie gefunden haben und das ich haben möchte, an das ich aber nicht herankomme«, fuhr er im Plauderton fort, »aus Gründen, die Sie nur zu gut verstehen werden. Die Nachricht der Auffindung des Grabes Jesu ist viel mehr wert, wenn ich mit Originaldokumenten beweisen kann, dass die Kirche und der Vatikan bereits seit jeher von der Existenz dieser Gruft wussten.«

Er zog eine altmodische silberne Taschenuhr aus seiner Brusttasche, schaute kurz auf das Zifferblatt und legte sie vor sich auf den Tisch.

»Und nicht nur das. Wenn Sie so wollen, hat Rom gelogen, seit Anbeginn. Die Kirche hat Jesus zu etwas gemacht, was er nie war: zu Gottes Sohn. Aber der alleinige Gott hat weder Vater noch Mutter, und schon gar keine Kinder.« Dann schaute er Georg nachdenklich an. »Sie haben sicherlich recht, Professor, die Entdeckung der sterblichen Überreste Jesu allein würde kein vernichtendes Erdbeben durch die Welt der Gläubigen schicken. Aber in Verbindung mit dem unwiderlegbaren Beweis einer seit Jahrtausenden bewusst lügenden katholischen Kirche sieht alles wieder ganz anders aus, nicht wahr?«

Es klopfte kurz an der Tür, und der Kellner trat ein, das Tablett mit Gläsern, Wein und einem Korb mit Brot balancierend. Er stellte es rasch auf den Tisch. Seine dunklen Augen huschten nervös im Raum hin und her, von dem Unbekannten zu Wagner und Sina und schließlich zu der auf der Bank liegenden Barbara.

Mit einer nachlässigen Handbewegung entließ ihn der Mann. Er verteilte die Gläser selbst und füllte sie mit Rotwein. Dann nahm er eine Scheibe Weißbrot und brach sie in der Mitte auseinander.

»Ein Symbol?«, spottete er. »Oder eine ganz gewöhnliche Geste? Was wäre vom Letzten Abendmahl übrig geblieben, hätte Leonardo da Vinci es nicht gemalt? Eine dunkle Erinnerung an eine weitere Legende? Wie an die der sechs Weinkrüge? Oder finden Sie, dass ich jetzt blasphemisch bin? Sie wissen doch, ich rede gerne in Spiegelsprache. Und manchmal schreibe, komponiere oder male ich auch so …«

Sein vergnügtes Lachen hallte durch den Raum. »Brot und Wein, und der Tod sitzt mit uns am Tisch. Wir sind Brüder, er und ich, aber nur er ist manchmal gnädig.«

Der Kellner war mit einem entsetzten Gesichtsausdruck aus dem Extrazimmer getreten und hatte alarmiert in Richtung der beiden alten Herren geblickt, die in der Zwischenzeit beim Hauptgang angelangt waren. Dann hatte er kurz die Schultern hochgezogen, ratlos. Schließlich, als er sicher war, dass ihn die beiden beobachteten, trat er den Weg in Richtung Küche an. Wie nebenbei machte er ein Zeichen, das man auf der ganzen Welt kannte. Er streckte den Zeigefinger und den kleinen Finger aus, während sein Daumen die anderen beiden Finger auf die Handfläche drückte.

»Kommen wir also zu unserem Handel. Ich glaube, Sie werden mir zustimmen, dass mein Anliegen wirklich nicht vermessen ist.«

Paul hatte den Eindruck, dass ihr Gegenüber sich auflöste, nur mehr aus Schatten und ineinanderfließenden Schemen bestand. Oder war es der Wein, der ihm zu Kopf stieg und Trugbilder in sein Gehirn zeichnete? Er hätte nicht mehr mit Bestimmtheit sagen können, ob es ein Mann oder eine Frau war, die vor ihnen saß, und das machte ihm mehr Angst als alles andere. Zum ersten Mal in seinem Leben waren seine Sinne dabei, ihn zu verraten.

»Ich will das Archiv. Jene Kisten, die 1815 bei der Flussüberquerung des Taro von den Fluten hinweggespült wurden, von den Ochsenkarren ins Wasser gefallen sind und seither eine abenteuerliche Reise durch die Geschichte und durch Europa gemacht haben. Das geheime Archiv des Vatikans, das verborgene Wissen der römischen Kirchenmacht. Und ich gebe Ihnen eine Minute Zeit, sich zu entscheiden.« Mit spitzem Finger klopfte er auf das Glas der Taschenuhr vor ihm.

»Wie kommen Sie darauf, dass wir es haben oder auch nur wissen, wo es ist?« Georg versuchte fieberhaft, Zeit zu schinden, um seine Gedanken ordnen zu können.

»Was bekommen wir dafür? Sie haben von einem Handel gesprochen«, kam ihm Paul zu Hilfe und versuchte krampfhaft, die Spinnweben in seinem Kopf loszuwerden.

Der Mann lachte leise in sich hinein, und es klang gefährlicher als jeder Wutausbruch.

»Ich mache die Spielregeln und ich breche sie auch, wenn ich es für richtig halte«, flüsterte er. »Versuchen Sie nicht, mich für dumm zu verkaufen. Seit einigen Tagen haben Geheimdienste, Religionsgemeinschaften und mächtige Gruppierungen versucht, Ihnen das Geheimnis abzujagen. Aber Sie beide waren geschickt, das muss ich Ihnen zugestehen. Sie haben alle getäuscht und sie auf eine ganz andere Fährte gelockt. Das Grab, Santiago de Compostela, das Sternenfeld, Finisterre, das Ende der Welt. So hat niemand mehr an Unterretzbach gedacht, an den Weinkeller unter der Kirche, mit den beiden Raupenschleppern-Ost und ihrer wertvollen Fracht. Geweihte Erde.«

Er machte eine Pause, und seine blauen Augen blitzten unter der Hutkrempe hervor. Plötzlich hob er seine Faust und zertrümmerte mit einem mächtigen Schlag die Taschenuhr. »Die Minute ist vorbei«, zischte er, »und meine Geduld ist zu Ende. Sie holen die Kisten für mich aus diesem verfluchten Keller unter der Kirche, bringen sie ans Tageslicht, und damit ist Ihre Aufgabe erfüllt.«

Er stand auf, lehnte sich über den Tisch, und sein Gesicht war keine dreißig Zentimeter mehr von dem Pauls entfernt. Die Luft zwischen ihnen schien zu gefrieren. »Und was Sie davon haben, Herr Wagner? Ganz einfach. Ich lasse Sie leben, mit all Ihren Albträumen und Ihren Ängsten, Ihren Hoffnungen und Ihren kleinen Ambitionen. Ich schenke Ihnen noch ein paar Jahre.«

Er richtete sich auf, und es war, als ob sein Körper im Schein der flackernden Kerzen immer größer wurde und bis an die Decke reichte.

»Der kleine Balthasar Jauerling war ein tapferer Mann«, sagte er wie zu sich selbst. »Er saß an derselben Stelle wie Sie jetzt, vor 220 Jahren. Und er hatte Angst, eine Angst, die ihn von innen heraus auffraß. Aber er kam trotzdem hierher, in den innersten Kreis, in mein Reich.«

Georg konnte nur zu gut nachempfinden, wie sich der Leiter des Schwarzen Bureaus gefühlt haben musste. Er war knapp davor, sich zu übergeben.

»Wie Sie sehen, schmiede ich meine Pläne über einen längeren Zeitraum. Oder dachten Sie, die Spur, die Sie vor einem Jahr zu den Dokumenten Metternichs und damit zum Leichnam Jauerlings und dem Archiv des Schwarzen Bureaus führte, war ein reiner Zufall? Das würde nur ein Narr denken...«

Ohne eine Antwort abzuwarten, drehte er sich um, öffnete rasch die Tür und verschwand mit gesenktem Kopf und wehendem Mantel im Gastraum des »Tre Galline«.

In der Via Gian Franco Bellezia war in der Zwischenzeit offenbar eine asiatische Reisegruppe eingetroffen, die nur aus durchtrainierten Sportlern zu bestehen schien. Als eine hochgewachsene elegante Frau im schwarzen Mantel aus dem »Tre Galline« trat und sich nach kurzem Zögern nach rechts wandte, machten ihr die Männer bereitwillig Platz. Einige sahen ihr nach, wie sie die schmale Gasse entlang in Richtung Innenstadt ging, mit wehenden blonden Haaren, bevor sie mit den Schatten der Nacht verschmolz.

Dann ging die Tür zu dem Feinschmeckerlokal ein weiteres Mal auf, und die beiden alten Herren traten in die Kühle des Abends. Der Hagere stützte sich auf einen Spazierstock mit einem großen, silbernen Knauf, der einen Engel mit weit nach rückwärts gestreckten Flügeln darstellte.

»Das hätte schlimm enden können«, meinte er nachdenklich zu seinem Begleiter, der mit einer Handbewegung den Großteil der Leibwächter wieder in ihre Fahrzeuge beorderte.

»Wir hätten aber noch ein kleines Wörtchen mitzureden gehabt«, lächelte der Asiate. »Waren wir Chinesen nicht immer schon Meister im Verhandeln?«

»Ich bewundere Ihre Weitsicht und Weisheit, mein Freund«, antwortete der Mann mit der Hakennase, und mit einem Mal blitzten seine Augen vergnügt. »Ein Trumpf in der Hinterhand beruhigt ungemein, selbst in einer scheinbar ausweglosen Situation.«

Augenblicke später rollte ein schwarzer Mercedes mit verdunkelten Scheiben fast lautlos vor, hielt sanft an, und einer der Leibwächter öffnete den beiden alten Herren den Schlag, während die übrigen aufmerksam die Umgebung sicherten.

Als Georg und Paul in Begleitung einer benommenen und völlig verwirrten Barbara, die sich an nichts erinnern konnte, eine halbe Stunde danach aus den »Tre Galline« kamen, lag die Via Gian Franco Bellezia ruhig und verlassen da.

Epilog I

Der Advocatus Diaboli hatte es wieder einmal eilig. Kardinal Paolo Bertucci lief die Treppe zu den Gemächern des Papstes im dritten Stock des Apostolischen Palasts hinauf, nahm zwei Stufen auf einmal und warf so ganz nebenbei auch noch einen Blick auf seine Rolex Daytona.

»Das wird knapp«, murmelte er.

Er war zu spät dran, und das ärgerte ihn gerade heute ungemein. Sina und Wagner würden bereits da sein, und er, der Kurier des »Heiligen Stuhles«, hastete der Zeit hinterher ...

Ohne den Blick zu heben, nahm Bertucci den nächsten Treppenabsatz in Angriff, und dann wäre ihm beinahe ein Fluch über die Lippen gekommen. Kardinaldekan Hartmut Kleinert, der Vorsitzende des Kardinalkollegiums, die graue Eminenz im Apostolischen Palast, die personifizierte Unnötigkeit, wie ihn Bertucci insgeheim getauft hatte, schritt majestätisch die Treppe herunter und erinnerte den Advocatus Diaboli dabei an Eddy Bogner, zumindest, was die Leibesfülle betraf.

Bei dem Gedanken musste Bertucci grinsen.

»Ich sehe, Sie haben es eilig, Eminenz«, konnte er sich nicht verkneifen, angesichts der Behäbigkeit, mit der Kleinert ihm entgegenkam.

»Sagt nicht schon eine irische Lebensweisheit: ›Möge Gott auf deinem Weg vor dir her eilen‹?«, erwiderte der Kardinaldekan salbungsvoll.

»Dann würden Sie ihn aus den Augen verlieren«, ätzte Bertucci kurz angebunden. »Was hat Sie zu dieser frühen Stunde bereits bewogen, im Dienst der Kirche unterwegs zu sein?«

»Ein wahrer Diener Gottes kennt kein Innehalten in seinen Bemühungen«, lächelte Kleinert.

»Eben, deswegen bin ich auch bereits wieder weg«, nickte Bertucci und drängte sich an dem Kardinaldekan vorbei. »Ich werde zum Frühstück erwartet.«

»Sie frühstücken mit dem Heiligen Vater?«, fragte Kleinert ungläubig. Allein der neidische Unterton entschädigte Bertucci für vieles in den vergangenen Tagen.

»Vielleicht ja, vielleicht nein«, gab sich der Advocatus Diaboli unverbindlich. »Und jetzt entschuldigen Sie mich.«

»Man hört Gerüchte, dass Sie sich aus dem aktiven Kirchenleben zurückziehen und in Pension gehen wollen«, setzte Kleinert nach und verschränkte seine Hände über dem ausladenden Bauch. »Haben Sie bereits über einen Nachfolger nachgedacht?«

»Eminenz, mein Spitzname lautet ›Seine Eiligkeit‹, vielleicht beantwortet das Ihre Frage«, antwortete Bertucci ungerührt. Bevor er die Treppen wieder in Angriff nahm, konnte er sich ein »Aber wenn Sie dreißig Kilo abnehmen, dann vielleicht…« nicht verkneifen.

Der Sekretär des Heiligen Vaters wartete bereits auf ihn, als Bertucci schließlich etwas außer Atem, aber in blendender Laune die Tür zum Arbeitszimmer aufstieß.

»Paolo! Schön, dich gesund und munter wiederzusehen. Ich habe mir Sorgen gemacht.«

»Ach was, Giuseppe«, winkte Bertucci ab, »dieser Kleinert und Co. sind die Nägel zu meinem Sarg, nicht die Aufträge Seiner Heiligkeit. Bin ich der Letzte?«

Der Sekretär schmunzelte. »Ich dachte schon, ich würde diesen Tag nicht erleben. Ja, du bist der Letzte, und ja, alle anderen sind bereits da.« Er nahm den Advocatus Diaboli am Arm und zog ihn in Richtung der päpstlichen Privatgemächer. Als er eine schwere Doppeltür aufstieß, sah Bertucci eine kleine Gruppe am Fenster stehen und den Ausblick auf den Petersplatz bewundern. Paul Wagner, Georg Sina, Kardinal Erzbischof John Frazer und der General der Jesuiten, Kardinal Pedro Gomez, wandten sich erwartungsvoll um, als Giuseppe Kardinal Bertucci mit den Worten »Den Advocatus Diaboli brauche ich in diesem Rahmen wohl nicht vorstellen« in den Raum schob.

Im gleichen Augenblick öffnete sich eine weitere Türe, und der Papst betrat das große, reich geschmückte Empfangszimmer, nickte lächelnd den beiden Kardinälen zu und ging dann mit offenen Armen auf Paul Wagner und Georg Sina zu.

»Es ist mir eine große Freude, Sie beide im Vatikan begrüßen zu können. Ich habe mit großem Interesse Ihre Suche nach der Wahrheit verfolgt und hoffe, beim anschließenden Frühstück mehr darüber zu erfahren«, meinte der Heilige Vater zur Begrüßung. »Das Archiv dieses Balthasar Jauerling muss außerordentlich interessant sein.« Nach einem Seitenblick zu Frazer und Gomez, die unmerklich mit dem Kopf nickten, nahm er seine beiden Besucher etwas zur Seite und beugte sich vertraulich zu Wagner und Sina. »Nur eines vorweg, bevor wir alle zu Tisch gehen. Ich habe mich mit meinen Brüdern Frazer und Gomez beraten, und wir sind zu dem Entschluss gekommen, eine Bitte an Sie zu richten. Bei den derzeitigen Schwierigkeiten, denen sich die katholische Kirche gegenübersieht, wäre es ein schwerer Schlag, wenn die Nachricht vom wahren Ort des Grabes Jesu in die Öffentlichkeit gelangen würde. Die Tatsache eines sterblichen Erlösers, dessen Überreste seit Jahrtausenden als Reliquie durch Europa unterwegs waren und schließlich in Santiago die Compostela zur Ruhe gebettet wurden, würde unsere Kirche in ihren Grundfesten erschüttern und möglicherweise einen religiösen Erdrutsch auslösen, der auch nicht in Ihrem Interesse sein kann.«

Paul sah erst den Papst und dann Georg an, der nachdenklich den Kopf gesenkt hatte.

»Mir ist durchaus bewusst, dass wir viel von Ihnen verlangen«, fuhr der Heilige Vater eindringlich fort. »Wir haben daher auch darüber nachgedacht, wie wir Ihnen diesen Verzicht etwas versüßen könnten. Der Nachfolger Kardinal Rossottis als Vorstand des Vatikanischen Geheimarchivs wurde angewiesen, Ihnen vorbehaltlos Einsicht in alle Dokumente zu gewähren.«

Der Papst machte eine kurze Pause. Georg sah auf und blickte direkt in die Augen des Pontifex, die ihn fixierten. »Und ich meine in alle, Professor Sina.«

Der Wissenschaftler schluckte. »Ohne Einschränkungen?«, murmelte er erstaunt.

»Ohne jede Einschränkung«, bestärkte der Heilige Vater und wandte sich an den Reporter. »Das gilt auch für Sie, Herr Wagner. Ich erwarte nur eines von Ihnen: Seien Sie fair zur Kirche in Ihrem Urteil und Ihrer Einschätzung.«

Georg und Paul sahen sich an. Dann nickten beide gleichzeitig.

»Habe ich Ihr Wort?«, fragte der Papst abschließend.

»Ja, Eure Heiligkeit«, antwortete Wagner. »Sie haben unser Wort.«

»Sie haben sogar mehr als das«, sagte Sina und übergab dem Pontifex seinen Collegeblock. »Das sind die gesammelten Ergebnisse meiner Suche. Geben Sie ihnen einen guten Platz in Ihrem Geheimarchiv, bitte.«

»Dann lassen Sie uns frühstücken«, nickte der Papst und ging voran in seine Privatgemächer.

Ein zufriedenes Lächeln spielte um seine Lippen.

Epilog II

Der Direktor der Vatikanbank IOR, des Istituto per le Opere di Religione, Dottore Emilio Borgogno, stand im kleinen Sitzungssaal des Pontificio Collegium Russicum und schaute aus dem Fenster hinunter auf die Via Carlo Alberto. Er hatte eine Krisensitzung einberufen und wartete seit mehr als zwanzig Minuten auf Kardinal Montesolo, auf Bertani und Scaglietti. Alle drei waren verspätet. Borgogno war wütend und verzweifelt. Alle Anstrengungen, das Archiv in Österreich zu lokalisieren, waren vergeblich gewesen. Der Geheimdienst hatte gepatzt, trotz der riesigen Geldsummen, die von der Bank in die Taschen Pro Deos geflossen waren. Nach der diplomatischen Protestnote der österreichischen Regierung waren alle Bemühungen, das Archiv zu finden, offenbar gestoppt worden oder im Sand verlaufen.

Pro Deo spielte ein doppeltes Spiel, davon war der Bankmanager inzwischen überzeugt. Das machte ihn über alle Maßen zornig. Caesarea war geschnappt und keine weitere Einheit auf den Weg gebracht worden. Doch heute würde der Bankdirektor des IOR den beiden Geheimdienstchefs ein Ultimatum stellen. Entweder eine sofortige Wiederaufnahme der Aktion in Österreich, oder die ungeduldigen Kontakte bei der sizilianischen Mafia, die seit Jahren Premiumkunden des IOR waren und über zahlreiche schwarze Konten ihre Einkünfte aus Drogenhandel, Glücksspiel und Prostitution wuschen, würden einen Hinweis erhalten.

Und zwei Namen.

Borgogno hörte ein Geräusch, drehte sich um und sah Kardinal Montesolo das Sitzungszimmer betreten.

»Wie schön, wie schön, Sie sind schon da, Dottore«, säuselte der Kardinal ganz außer Atem. »Es tut mir leid, der Verkehr, Sie wissen ja...«

Der Mann im schwarzen Anzug nickte ungeduldig. »Schon gut. Haben Sie irgendwo Bertani und Scaglietti gesehen? Sie haben weder angerufen, dass sie später kommen, noch sich entschuldigt.«

»Warten wir noch ein paar Minuten, dann werden wir sicherlich das Vergnügen mit Pro Deo haben«, feixte Montesolo, ließ sich in einen der Sessel um den großen Besprechungstisch fallen und wischte sich den Schweiß von der Stirn.

»Unsere Freunde und Investoren werden zu Recht unruhig«, meinte Borgogno schlecht gelaunt. »Wir sind noch immer keinen Schritt näher an das Archiv herangekommen, die Österreicher sind verstimmt, und die drohende Kontrolle der Konten und Geldbewegungen durch die neu eingesetzte Bankenaufsicht der Kurie steht unmittelbar bevor.« Er wandte sich zu Montesolo. »Das wäre fatal. Ich habe die Summen zusammengerechnet. Allein in den letzten drei Wochen sind über Konten des IOR Überweisungen in der Höhe von 824 Millionen Euro getätigt worden, der Großteil davon anonym. Das kann uns das Genick brechen. Entweder wir können dieses Archiv als Druckmittel einsetzen oder wir haben verspielt.«

Doch auch eine halbe Stunde später waren Bertani und Scaglietti noch nicht eingetroffen. Alle Versuche Borgognos, sie zu erreichen, schlugen fehl. Niemand hob das Telefon ab.

Schließlich resignierte er und verließ gemeinsam mit Kardinal Montesolo das Collegium Russicum.

»Kommen Sie, ich nehme Sie in meinem Wagen mit«, lud er niedergeschlagen den Geistlichen ein. »Wir müssen so rasch wie möglich eine Lösung finden. Die Zeit ist fast abgelaufen.«

»Wie schön, wie schön, dann erspare ich mir das Taxi«, strahlte der Kardinal unbeeindruckt. »Können Sie mich am Vatikan absetzen? Ich sollte noch ein wenig Präsenz zeigen.«

Der neue, schwarze Mercedes stand im Halteverbot. Borgogno sah sich nach seinem Chauffeur um, konnte ihn aber nirgends entdecken. »Dieser Weiberheld sitzt wieder in einer Bar und flirtet mit der Kellnerin«, stellte der Bankmanager schlecht gelaunt fest. Er beugte sich vor und blickte durch die Scheibe. Der Schlüssel steckte im Zündschloss.

»Selber schuld, dann kann er zu Fuß zur Bank zurücklaufen«, murmelte Borgogno, öffnete die Tür und gab Montesolo das Zeichen, einzusteigen. Dann startete er die schwere Limousine, ließ die Basilika Santa Maria Maggiore links liegen und bog in die Piazza Dell' Esquilino ein.

Ströme von Touristen ergossen sich über den Platz. Borgogno hupte ungeduldig, als sich einige Nachzügler einer Reisegruppe nicht schnell genug vor dem beschleunigenden Mercedes auf den Bürgersteig in Sicherheit bringen konnten.

Ein rot glühender Feuerball schien die Limousine zu verschlingen, als die beiden Sprengstoffpakete unter dem Fahrer- und Beifahrersitz durch den Hupenkontakt gezündet wurden. Der Mercedes wurde durch die ungeheure Wucht der Explosion in die Luft geschleudert und zerbarst in mehrere Teile. Der Lärm der Detonation wälzte sich wie eine massive Schallwand durch die Gassen und über den Platz. Der Luftdruck fegte Menschen von den Füßen und ließ Scheiben und Auslagen zersplittern.

»Bomba!«, schrie jemand. »Terroristi!«

Dann brach Panik aus.

Die beiden Insassen des Wagens wurden durch die Wucht der Explosion in so kleine Stücke zerrissen, dass eine Identifizierung durch die Kriminalisten nur mehr über Teile der Finger möglich war.

Die Särge, die einige Tage später bei Feiern im kleinen Familienkreis bestattet wurden, waren mit Sand und Steinen gefüllt.

Epilog III

Paul Wagner stand unerschütterlich in den schwarzen Wolken von Dieselabgasen, die der schwere Bagger mit einem wütenden Brüllen immer wieder ausstieß. Um nichts in der Welt wäre er auch nur einen Meter zurückgewichen.

Er hob den Kopf. Die weiße Kirche von Unterretzbach thronte unbeeindruckt über ihnen und leuchtete in der Morgensonne.

Die Arbeiten waren nun seit einer Stunde im Gange. Der Bürgermeister des Ortes hatte grünes Licht gegeben, nachdem ihm der Reporter die Geschichte erzählt und das kleine Bild gezeigt hatte, das jahrelang unbeachtet im Tanzsaal des Gasthauses gehangen war. Es zeigte die Kirche und den Hügel, die Kellereingänge und die niedrigen Häuser, die sich an den Hang schmiegten. Die Perspektive war zwar etwas verzerrt, aber eines war ganz eindeutig zu erkennen: Neben dem Kulturkeller, den die Gemeinde vor einem Jahrzehnt in einem der verlassenen Keller eingerichtet hatte, hatte Pfarrer Wurzinger einen weiteren Eingang gemalt. Direkt unter der Kirche.

Ein Eingang, den es in Wirklichkeit nicht gab.

Oder besser gesagt nicht mehr gab.

Georg Sina, der auf der anderen Seite der Straße stand, hielt das Bild hoch und verglich die gemalte Darstellung mit der Realität.

Der Bagger grub an der richtigen Stelle.

Sandhaufen türmten sich neben der Straße auf und mit jeder Schaufel wurden sie höher. Neugierige Anwohner lehnten sich aus den Fenstern, andere waren gekommen, um die Grabungsarbeiten aus nächster Nähe zu sehen.

»Jetzt kann es nicht mehr lange dauern«, meinte Georg, der zu Paul getreten war und schreien musste, um den Lärm des Baggers zu übertönen. »Oder wir sind einer Phantasie des malenden Pfarrers aufgesessen.«

»Ziemlich unwahrscheinlich«, rief Wagner und wies auf die Kirche über ihnen, »wir sind in geweihter Erde. Alles passt zusammen. Kardinal Bertucci hatte recht mit seiner Vermutung, da bin ich mir ganz sicher.«

Zwei Polizisten, die den Verkehr auf der Hauptstraße umleiteten, drehten sich immer wieder um und warfen dem Bagger eher ungläubige Blicke zu. Sie waren in Unterretzbach geboren, und ihre Mienen sprachen Bände: Zeit- und Geldverschwendung.

Zehn Minuten später ging ein Raunen durch die Menge, und die Polizisten vergaßen vor Überraschung den spärlichen Verkehr. Der Bagger durchbrach eine letzte Barriere aus Sand und legte nach und nach den Eingang einer Kellerröhre frei, die wie ein gieriger Schlund dunkel im Hang gähnte.

Auf ein Zeichen von Paul eilten die beiden Uniformierten zu dem Kellereingang und nahmen davor Aufstellung.

»Bitte informieren Sie den Bürgermeister und sorgen Sie dafür, dass niemand den Keller betritt«, meinte Wagner und nahm die Taschenlampe, die ihm Georg stumm in die Hand drückte.

Dann verschwanden die beiden Freunde im Dunkel.

Die Luft, die ihnen entgegenschlug, war abgestanden und roch nach Moder und Feuchtigkeit. Eine Schräge aus Sand, in der deutlich Kettenspuren zu erkennen waren, führte tiefer in den Hügel hinein.

»Sind die mit einem Panzer hier hereingefahren?«, murmelte Paul ungläubig, während der Kegel seiner Taschenlampe über die Wände und die Decke der Kellerröhre irrte.

»Zu schmal für einen Panzer«, gab Georg leise zurück. »Außerdem kannst du nichts damit transportieren.«

Das Licht der Taschenlampen durchdrang die Dunkelheit und riss verrostete Metallgestänge, Stücke einer Plane, Aufbauten über Kettengliedern aus dem Dunkel.

»Ein Kettenfahrzeug!«, rief Paul fasziniert. »Ich hatte doch recht.« Aufgeregt lief er los und stand wenige Augenblicke später neben dem RSO. Dann sah er den zweiten. »Zwei Raupenschlepper-Ost! Unglaublich!«

»Der Pfarrer wusste, was er zeichnete«, meinte Sina nachdenklich. »Kannte er auch das Geheimnis des Kellers? Wusste er vom Archiv?«

»Das werden wir nie erfahren«, antwortete Paul und fuhr mit der Hand vorsichtig über das rostige Führerhaus. »Er wusste, dass es einen Keller gab, dass er zugesprengt wurde, aber er erzählte niemandem davon. Er malte ein Bild und verschenkte es. Das war sein Vermächtnis.«

Georg ließ den Strahl seiner Taschenlampe über den Sandboden wandern. Ein kleiner Weg aus Fußspuren führte aus einem Nebenarm des Kellers zu den Raupenschleppern.

»Schau mal, Paul«, sagte der Wissenschaftler überrascht und wies auf die Spuren. »Gibt es womöglich noch einen Eingang, den wir nicht kennen?«

Wagner sah sofort, was Georg gemeint hatte. Ihre Taschenlampen auf den Boden gerichtet, folgten sie den Spuren durch einen kleinen Seitenarm des Kellers und einen weiteren Raum, bevor sie eine Steinmauer erreichten.

»Die können ja nicht durch die Wand gegangen sein«, stellte der Reporter fest und ging in die Hocke.

»Sind sie auch nicht, schau dir die Steine in der Mitte an, die sind neu eingesetzt worden. Was ist hier dahinter?«

»Hmm ... ich glaube, der Kulturkeller«, rief Paul, richtete sich auf und lief mit großen Schritten zu den Raupenschleppern zurück.

Er schlug die eine der Planen zur Seite, die sich mit einem reißenden Geräusch in mehrere Stücke auflöste, und leuchtete hinein.

Die Ladeplattform des Raupenschleppers-Ost war leer.

In diesem Moment hörte Paul ein Geräusch, das ihm die Haare zu Berge stehen ließ. Irgendwo im Ort heulte ein Hund.

Es klang wie ein zorniges Wehklagen aus einer anderen Welt.

Im Gastgarten der Wirtshauses, nicht weit von der Kirche entfernt, waren alle Tische besetzt. Zwei alte Herren, unauffällig umringt von einer Gruppe wachsam umherschauender Männer in dunklen Anzügen, prosteten sich zu.

»Er wird uns ewig böse sein«, sagte der Hagere mit der Hakennase. Ein Spazierstock mit dem geflügelten Engel lehnte neben ihm.

Sein Tischnachbar trank genießerisch einen Schluck Zweigelt, bevor er antwortete: »Wir sind ihm noch jedes Mal zuvorgekommen.« Er setzte das Glas ab und verzog spöttisch den Mund. »Und dorthin, wo wir die Kisten versteckt haben, wird er niemals seinen Fuß setzen. Heiliger Boden.«

Der Hagere lächelte. »Unter dem hellsten Licht ist der Schatten am dunkelsten«, sagte er versonnen. »Und wem würden bei über achtzig Kilometern Regalen ein paar Kisten mehr oder weniger schon auffallen?«

Paul Wagner gelang es mit Eddys Hilfe, einen der beiden Raupenschlepper-Ost aus dem Keller in Unterretzbach in seine Remise zu bringen. Dort parkte er das seltene Wehrmachtsfahrzeug als Erinnerungsstück neben seiner Sammlung von alten Rennmotorrädern. Den Wirt von Unterretzbach hatte er überzeugt, ihm das Bild mit dem Eingang in Burgis Weinkeller unter der Kirche gegen eine kleine Spende zu verkaufen. Er hängte es über die Sitzgarnitur in seiner Remise. Als er einige Wochen später damit beginnen wollte, endlich Valerie eine Freude zu machen und die Klebebuchstaben vom »Pizza-Expresss« zu entfernen, rief ihn Kommissar Berner mit dem Angebot an, ihn und Burghardt auf einen Sommerurlaub nach Apulien zu begleiten – vorausgesetzt, er bringe das passende Auto mit... So warf Paul mit einem schelmischen Lächeln in den Augenwinkeln seine schnell gepackte Reisetasche in den Mazda MP3, ließ die Buchstaben, wo sie waren, sammelte Berner und Burghardt ein und brach auf in Richtung Süden. Gerüchte, wonach sie in der Nähe von Brindisi den italienischen Kollegen bei einem geheimnisvollen Mordfall so erfolgreich unter die Arme griffen, dass man sie auf zwei weitere Wochen kostenlosen Urlaub einlud, wurden von den drei bis heute nicht bestätigt. Fest steht allerdings, dass Berner bei ihrer Rückkehr gegrummelt haben soll, das sei der langweiligste Urlaub seines Lebens gewesen. Wagner beteuert heute noch immer, der Kommissar habe damals sogar seinen Polizeiausweis mitgenommen, um selbst am Strand auf alles vorbereitet zu sein ...

Georg Sina fiel ein Stein vom Herzen, als er Barbara wieder in die Obhut ihres Onkels Benjamin entlassen konnte. Er verschwand hinter den dicken Mauern seiner Burg und setzte die Zugbrücke ihrem Namen entsprechend ein.

Im Schutz von Grub vollendete er in wenigen Wochen die verpflichtende Publikation zu seinem Forschungsprojekt über den Nachlass des Balthasar Jauerling. Santiago de Compostela erwähnte er darin nicht, nur das eigenartige Manuskript eines Theaterstücks, das in der kaiserlichen Zensur Josephs II. stecken geblieben war: »Il Diavolo in Torino«.

Das war weniger eine Lüge als vielmehr eine Entscheidung, beruhigte der Wissenschaftler sich. Aber bei seinen Spaziergängen über den

Burghof lief ihm jedes Mal ein Schauer über den Rücken, wenn sein Blick auf den Kapellenturm und die leere Grabkammer darunter fiel.

Nach Abschluss des Forschungsprojektes nahm Sina, sehr zur Freude von Institutsvorstand Wilhelm Meitner und zum Leidwesen so manches Studierenden, die Unterrichtstätigkeit an der Universität Wien wieder auf und raufte sich oft nach endlosen Direktoriumssitzungen und Budgetdebatten die Haare. Die Aussicht, in den Vatikanischen Geheimarchiven bald so manchen sensationellen Fund zu machen, entschädigt ihn für den stressigen Universitätsalltag.

Tschak hatte zwar die Zuwendungen der italienischen Zimmermädchen sehr genossen, freute sich jetzt trotzdem, die Abende wieder mit seinem Herrchen zu verbringen.

Bernhard Berner nahm Kommissar Burghardt das Versprechen ab, den ruinösen Weinkeller in Unterretzbach so schnell wie möglich wieder zu verkaufen. Im Gegenzug gab er ihm sein Wort, ihn das nächste Mal auf einen Urlaub nach Italien mitzunehmen. Kaum war der Gips von Berners Bein entfernt worden, stand Burghardt mit einem »Dann aber los!«, mit dem Berner nicht gerechnet hatte, zwei Tage später vor der Wohnungstür des Kommissars, einen Koffer in der Hand. Das war der Moment, in dem Berner Paul Wagner anrief und in Kauf nahm, dass der im »Pizza-Expresss« auftauchen würde – was auch prompt geschah. Nachdem er ein absolutes Hawaii-Hemden-Verbot für Burghardt und ein großzügiges Tempolimit für Wagner erlassen hatte, war Berner seufzend in den Mazda MP3 geklettert und hatte sich in sein Schicksal gefügt. Bis zu einem Treffen mit einem Porsche GT2 auf der Autobahn vor Padua war alles gut gegangen... Danach kam der Süden rasend schnell näher, allen Protesten Berners zum Trotz. Keine drei Stunden später entdeckte Burghardt bei einer Rast einen fliegenden süditalienischen Händler und kleidete sich, wie er sagte, »endlich standesgemäß für den Urlaub« ein. Ab da trug Berner nur noch verspiegelte Sonnenbrillen und versuchte, unerkannt zu bleiben. Nach ihrer Rückkehr nach Wien machte sich Burghardt sofort daran, ein anderes Haus im Westen der Bundeshauptstadt zu suchen, bisher allerdings ohne Erfolg. Seinen Vorschlag, sich doch an der Haussuche von Anfang an zu beteiligen, lehnt Berner nach wie vor kategorisch als »potenziellen Angriff auf seine Gesundheit« ab.

Valerie Goldmann packte wenige Tage nach dem Ende des Abenteuers ihren Pilotenoverall in eine Reisetasche, kaufte sich ein Ticket für den nächsten Flug von Rom nach Tel Aviv und besuchte ihre Eltern. Sie bezog zur Freude ihrer Mutter ihr altes Mädchenzimmer und ging unverzüglich daran, den eigentlichen Grund ihrer Reise in die Realität umzusetzen. Nach einem Telefonat mit Oded Shapiro rief sie Major Esther Rubinstein an und fragte sie, ob und wann sie die F-15 Eagle fliegen könne. Drei Wochen lang zogen daraufhin die beiden Pilotinnen jeden Abend in Tel Aviv um die Häuser und widmeten sich tagsüber einem der schnellsten und wohl elegantesten Jets der Welt – mit höchster Genehmigung des israelischen Verteidigungsministeriums, bei dem der Geheimdienstchef zähneknirschend ein gutes Wort eingelegt hatte. Am Ende der aufregenden drei Wochen schenkte Esther Valerie den Pilotenoverall als Andenken. Er hängt nun in der Garderobe ihrer Wiener Wohnung, frisch gereinigt und einsatzbereit. Samuel Weinstein denkt jeden Tag über die Einreichung seines Versetzungsgesuchs nach Norwegen nach, um so viele Kilometer wie nur möglich zwischen sich und Major Goldmann zu bringen. Allein die Kälte und die kulinarische Einöde am Polarkreis halten ihn noch davon ab, seine Koffer zu packen.

Paolo Bertucci fand den Audi S3 auf einem Parkplatz vor seinem Haus abgestellt und den Wagenschlüssel in seinem Postkasten, als er aus dem Vatikan in seine Wohnung heimkam. Er nahm ein langes Bad, schaltete mit Genuss sein offizielles Handy ein und streifte aufatmend wieder die Soutane über. Als ihn wenig später ein Anruf des Heiligen Vaters erreichte, startete er gerade seine Vespa. In dem darauffolgenden langen Sechs-Augen-Gespräch in den päpstlichen Privatgemächern schilderte Bertucci dem Heiligen Vater und Außenminister Carlo Lamberti ausführlich seine Pläne. Als er von seinem ganz speziellen Vorhaben erzählte, lächelte Seine Heiligkeit und nickte. Wenige Tage später versteigerte der Advocatus Diaboli über ein internationales Auktionshaus den blauen Audi S3 mit der Unterschrift dreier Päpste – des weißen, des roten und des schwarzen Papstes – auf der Kühlerhaube zugunsten der Familien der drei Ermordeten. Mithilfe eines geheimen Fonds der Vatikanbank IOR verdreifachte ein anonymer Gönner die dabei erzielte Summe. Den symbolischen Scheck über fast 500 000 Euro überreichten vor laufenden Kameras der internationalen Medien zwei Sicherheitsleute in Zivil, die Scaglietti und Bertani zum Verwechseln ähnlich sahen... Drei Wochen später bat Paolo Bertucci den Heiligen Vater um seine Entlassung und zog zur Freude seiner Schwester zurück nach Como. Man kann den ehemaligen persönlichen Kurier des Papstes immer wieder auf ausgedehnten Spaziergängen rund um den Comer See antreffen. Oder gemeinsam mit seinem Neffen auf der Tribüne des FC Como Calzio, wo er nach wie vor kein Spiel seines Lieblingsklubs versäumt.

Ettore Scaglietti und sein Kollege **Davide Bertani** vom vatikanischen Geheimdienst Pro Deo fühlten sich überhaupt nicht wohl in ihrer Haut, als die Überreichung des Schecks von den meisten internationalen Fernsehstationen live übertragen wurde. Das eherne Gesetz des »im Schatten bleiben« war mit einem Mal außer Kraft gesetzt worden, aber den Anweisungen des Heiligen Vaters konnten sich auch die beiden Geheimdienstleute nicht widersetzen. Als Ettore Scaglietti eine Woche später bei einem sonntäglichen Mittagessen mit Freunden in einem römischen Szenelokal saß, wurde plötzlich die Tür aufgestoßen und zwei Vermummte stürmten herein. Sie liefen, ohne zu zögern, zum Tisch Scagliettis, zogen schwere Pistolen mit Schalldämpfer und erschossen den Geheimdienstchef aus kürzester Distanz. Dann verschwanden sie genauso schnell, wie sie gekommen waren. Die erstarrten Gäste des Lokals konnten der Polizei keine brauchbare Beschreibung der Täter liefern. Eine Stunde später ruderte ein Boot auf einem bekannten Badesee in der Nähe Roms in Richtung Ufer. Als es an Davide Bertani vorbeiglitt, der zum Schwimmen vor die Tore der Hauptstadt gefahren war und das kühle Nass genoss, schoss ihm einer der beiden Insassen des Bootes in den Kopf und drückte Bertani unter Wasser. Die kleine gelbe Plastikbadeente, die er unmittelbar danach aufs Wasser setzte, wurde wenige Tage später von einem kleinen Jungen gefunden und nach Hause mitgenommen. Sie schwimmt heute in einer Badewanne in einer Wohnung im römischen Stadtteil Monte Mario. Allein die Aufschrift »Caesarea« an den Seiten der kleinen Ente kann sich bis heute niemand erklären.

Schwester Barbara erinnerte sich nach ihrer Rückkehr aus Turin an nichts mehr. Sie war überzeugt, nach einer interessanten und abwechslungsreichen Studienreise mit Georg Sina ins Waldviertel heimgekehrt zu sein. Nachdem sie endlich (und mit viel Mühe) davon überzeugt werden konnte, dass ihr Onkel Benjamin wieder ganz gesund war und ihre Pflege nicht mehr benötigte, kehrte sie zurück in ihr Kloster und an die Schule in der Friesgasse. Sie leitete den Religionsunterricht in mehreren Klassen bis zu den Sommerferien. Zu Ferienbeginn packte sie plötzlich und gänzlich unvermittelt die Wanderlust. Sie setzte sich, von einer inneren Stimme getrieben, in den Zug, reiste nach St. Jean Pied de Port und pilgerte auf dem Jakobsweg durch Nordspanien nach Santiago de Compostela. Von den Pyrenäen bis in die weltberühmte Kathedrale brauchte sie dreiunddreißig Tage. Als sie den Schrein mit den Gebeinen des Heiligen berührte, liefen ihr Freudentränen über das Gesicht, so glücklich war sie über diesen gesegneten Zufall. Hatte sie doch genauso viele Tage für ihre Wanderung gebraucht, wie der Herr Jahre auf Erden verbracht hatte, bevor er wieder in den Himmel aufgefahren war …

Nachwort

Wenn ich heute, am Ende einer Trilogie, auf fast 1800 Seiten zurückblicke, dann bin ich immer wieder überrascht über die Dynamik und das Eigenleben, das viele unserer Figuren im Laufe der Zeit bekommen haben. Nehmen wir etwa Kommissar Berner, der am Beginn von »Ewig« eigentlich nur als erster Gegenpol zu Paul Wagner gedacht war. Es sollte eine kleine Nebenrolle sein, ein etwas desillusionierter Polizist, der trotzdem seine Aufgaben ernst nimmt und nicht lockerlässt. Wir hatten nicht vor, diesen Kommissar Berner in allen drei Büchern agieren zu lassen, und doch... kam alles ganz anders. Balthasar Jauerling ist ebenfalls einer jener Charaktere, der sich mit Nachdruck einen bedeutenden Platz in der Trilogie erkämpft hat. Wer sich an »Narr« und an den Zug der Geisteskranken durch Wien erinnert, der wird auch den ersten Auftritt des Leiters des Schwarzen Bureaus nicht vergessen. Und Jauerling war gekommen, um zu bleiben ...

Ich könnte noch mehrere Beispiele aus den letzten drei Büchern anführen, aber alle zeigen vor allem eines: Die Geschichten erzählen sich selbst, sie sind bereits da, schweben irgendwo im Raum, sitzen in den dunklen Ecken unserer Phantasie und entwickeln immer einen ganz eigenen Ablauf, wenn sie erzählt werden. Wir beginnen sie aufzuschreiben und dann, dann muss man nur mehr gut zuhören können ...

»Teufel« ist das dritte Buch mit Paul Wagner und Georg Sina, mit Eddy Bogner, den Kommissaren Berner und Burghardt und all den anderen. Sie sind uns im Laufe der Zeit ans Herz gewachsen, wie gute Freunde. Wenn man als Autor in der »schreibfaulen« Zeit wochen- und monatelang einen weiten Bogen um den PC macht, dann passiert es zumindest mir oft genug, dass Sina und Wagner gemeinsam mit Berner und Burghardt plötzlich neben mir auftauchen und mich vorwurfsvoll ansehen. So nach dem Grundsatz: »Ihr habt uns erschaffen, jetzt lasst uns auch etwas erleben!« Und dann setze ich mich wieder hin, krame das Blatt mit dem skizzierten Plot für das nächste Buch hervor und beginne zu schreiben. Denn – und das soll auch als Antwort auf die so oft gestellte Frage dienen – zu zweit schreiben ist wie ein Tennisspiel: Einer schlägt auf, und der andere retourniert den Ball. So geht es hin und her, bis an den Schluss der Geschichte und damit das Ende des Buches. Wann immer das auch kommt... Eines haben wir in der Zwischenzeit gelernt: Jede Geschichte hat ihren eigenen Rhythmus, ihre eigene Gesetzmäßigkeit, und man muss sich genug Zeit nehmen, sie zu erzählen.

Die Nachforschungen für unsere Bücher führen uns oft an die überraschendsten Plätze im In- und Ausland. Manchmal liegen sie entlang der Touristenrouten, und Tausende ziehen Tag für Tag an ihnen vorüber. Oft aber kommen wir in vergessene Orte, die in einer Art Dornröschenschlaf liegen und eine ganz besondere Faszination auf uns ausüben. Ob es die Grüfte der Kaiserpfalzen sind, grandiose Kirchen und Denkmäler, das unterirdische Berlin oder die engen Gassen von Turin, feuchte Höhlen und Gänge, abgelegene Friedhöfe oder kleine, verschlafene Ortschaften im Wein- und Waldviertel oder in der deutschen Provinz – stets ist es eine aufregende Entdeckungsreise, die uns neue Pfade betreten lässt, mit interessanten Menschen zusammenführt und die uns immer wieder eines vor Augen hält – Abenteuer warten überall, man muss nur ganz genau hinsehen.

Da gibt es dann Bilder, die im Gedächtnis haften bleiben, die sich geradezu eingravieren, und zwar – im Gegensatz zu vielen anderen, die schon bald wieder verblassen – in den lebhaftesten Farben. Eine dieser denkwürdigen Erinnerungen stammt aus dem späten Frühjahr 2010. In der Krypta des Quedlinburger Doms war die Winterkälte noch zu spüren, das gedämpfte, rötliche Licht beleuchtete romanische Pfeiler mit seltsamen Kapitellen, auf denen Ungeheuer, Dämonen und Teufel ihr Unwesen trieben. Es war totenstill, menschenleer und schon ein wenig unheimlich, als in der Mitte der Krypta ein lächelnder David Weiss aus der Gruft Heinrichs herausstieg, sich die Spinnweben aus dem Gesicht wischte und zufrieden in die Runde blickte.

Wie waren wir hierher, tief unter den mächtigen Dom von Quedlinburg gekommen?

Nun, die Idee zu »Teufel« wurde – einer langen Tradition folgend – vor fast zwei Jahren im Kaffeehaus geboren, doch diesmal in einem Berliner, gleich gegenüber dem Schloss Charlottenburg. Unser erster gemeinsamer Thriller »Ewig« war vor Kurzem erschienen, der Nachfolger »Narr« beschlossene Sache, und David hatte mich in Berlin besucht, wo ich gerade mal vier Monate wohnte. Einer ausgedehnten Stadtbesichtigung folgten Besuche in Kirchen und Museen, darunter auch ein Spaziergang durch das Schloss Charlottenburg, das David spontan zu seinem »Lieblingsschloss« erkor. Die Ausstellung im Ostflügel beschäftigte sich damals mit dem ehemaligen Hausherrn des Schlosses, ein Teil davon drehte sich jedoch um einen geheimnisvollen Magier, der David sofort faszinierte. Wir suchten uns also ein Café gleich gegenüber, bestellten zwei Cappuccino und dann zwei weitere, begannen ein erstes Netz zu knüpfen und daraus eine Geschichte zu weben, die Paul Wagner und Georg Sina wieder einmal quer durch Europa schicken sollte …

Je länger wir darüber diskutierten, umso abenteuerlicher und phantastischer wurde der Plot. Was wäre, wenn …? Es wurde langsam dunkel, wir machten uns auf den Heimweg und waren bereits mitten in der Geschichte. Aber da war ja noch »Narr« zu schreiben – und so beschlossen wir, die Jagd nach der wohl größten Reliquie der Christenheit erst einmal aufzuschieben.

Doch im Frühjahr 2010 war es so weit: Wir gingen wieder auf Recherche, neugierig und offen für alles, was wir herausfinden würden. Je tiefer wir in die Materie eindrangen, desto abenteuerlicher wurden die Tatsachen. Wie so oft nahm unsere Recherche eine überraschende Wendung nach der anderen. Die Suche sollte uns durch halb Europa führen, aber wir begannen die Reise in der deutschen Kaiserpfalz am Rande des Harz. Und so kamen wir in die kalte Krypta nach Quedlinburg, durften dank einer hilfsbereiten Mitarbeiterin des Museums das in den Boden eingelassene Metallgitter der Gruft öffnen, eine Leiter aufstellen, und dann verschwand mein Koautor in der Begräbnisstätte zwischen den Särgen, bewaffnet mit einer Kamera und viel Neugierde … und »Teufel« nahm seinen Lauf.

Wir sind, wie David Weiss es bereits in seinem Nachwort zu »Narr« geschrieben hat, Geschichte(n)-Erzähler. Fest verankert in der Tradition jener Männer, die früher einmal auf den Marktplätzen von Isfahan oder Samarkand gesessen sind, inmitten einer ständig wachsenden Schar von aufmerksamen Zuhörern, die Abend für Abend wiederkamen, um unter einem samtschwarzen Sternenhimmel die Fortsetzung der Geschichte zu hören. Genau das ist es, was wir wollen – Menschen unterhalten, sie zum Nachdenken bringen, sie atemlos der Handlung folgen lassen und sie vielleicht dazu bewegen, auf eigene Faust diesem oder jenem nachzugehen. Wir können oft nur den Anstoß liefern zu persönlicher Neugier und der Lust an der eigenen Entdeckungsreise. Sonst hätten alle unsere Bücher weit über tausend Seiten und wir bald keinen Verlag mehr... Hier möchte ich auch gleich einen großen Dank an unsere Lektorin Tanja Frei aussprechen, in der wir von der ersten Stunde an eine kongeniale Partnerin gefunden haben, die den ganzen Weg mit uns gegangen ist, sich mit uns freut, mit uns leidet und, wenn es sein muss, mit unerbittlicher Härte den Finger in die Wunde legt: »Da habt ihr was übersehen, dazu hab ich eine Menge Fragen, das kann so nicht stimmen – und wo sind die neuen Seiten?«

Ich hoffe, sie ändert sich nie ...

Die Geschichten, von denen wir nun hier die dritte erzählt haben, sind stets eine Mischung aus Realität und Fiktion, sollen unsere Leser in Versuchung führen – die Grenzen zwischen Phantasie und wirklicher Welt verschwimmen lassen. Alles kann, aber nichts muss so gewesen sein.

Alle Orte, an denen unsere Protagonisten ihre Abenteuer bestehen, sind real und genau so, wie wir sie beschreiben. Viele der Erlebnisse sind es auch. Himmler in Weiß im Quedlinburger Dom, das verschwundene Geheimarchiv des Vatikans, der versunkene Baum auf der Ringstraße, die Satanskulte im Kloster Lucedio – alles das hat es gegeben, wir haben es nur miteinander verwoben.

Als unser erster Thriller »Ewig« sozusagen noch druckfrisch in den Bücherläden lag, waren die ersten Leser bereits in Wien unterwegs, das Buch in Händen, und entdeckten jeder für sich die Welt des Wissenschaftlers Georg Sina und des Reporters Paul Wagner, das Drachenviereck oder den Sarkophag Friedrichs III. Wer jemals in die Eisarena von Chemnitz fährt, über den Heldenberg bummelt oder die Fassade der Technischen Universität hochblickt, der wird alles so vorfinden, wie wir es beschrieben haben. Das »Tre Galline« gibt es genauso wie Schloss Wetzdorf, das Pestkreuz in Nussdorf oder den geheimen Raum unter der Fahrbahn des Rennwegs vor der Schule »Sacré Coeur« in Wien.

Auch was die Historie betrifft, die Vergangenheit, recherchieren wir akribisch und verändern nichts, nur weil es dann in unsere Geschichte passen würde. Ganz im Gegenteil. Selbst als phantasievolle Erzähler bewegen wir uns auf dem soliden Boden der Tatsachen. Das wird auch immer so bleiben, dafür bürgen der Wissenschaftler David Weiss und der Journalist Gerd Schilddorfer. Wir verknüpfen diese Realität mit Urban Legends, mit unserem Einfallsreichtum und der Geschichte, die wir erzählen wollen – und diese ausgewogene Mischung macht unsere Bücher aus.

Wir würden uns also freuen, wenn Sie selbst auf Entdeckungsreise gehen, Ihre Umgebung mit anderen Augen sehen und vielleicht das eine oder andere Abenteuer erleben würden. Dann wäre unser Ziel erreicht. Das war von Anfang an unser Bestreben, und es hat sich auch nach diesem dritten Buch nichts daran geändert.

Es bleibt mir also nur mehr, mich bei allen jenen zu bedanken, die mit uns seit »Ewig« in der Welt von Paul Wagner und Georg Sina unterwegs sind, bei unseren Lesern, dass sie uns die Treue halten, bei unseren Familien und Freunden, dass sie uns noch immer ertragen, wenn wir wieder einmal völlig losgelöst vom Alltagsgeschehen in unsere eigene Welt abgetaucht sind, bei Sascha Keil vom Verein »Berliner Unterwelten«, dass er noch immer mit Engelsgeduld Bunker und geflutete Gänge für uns öffnet, und last but not least bei meinem Koautor, mit dem ich in der Zwischenzeit bereits vier Bücher geschrieben habe. Wie schnell doch die Zeit vergeht!

Gerd Schilddorfer
Berlin, im Mai 2011

Robert Harris

»Robert Harris ist ohne Frage der beste englische Thrillerautor.« *The Times*

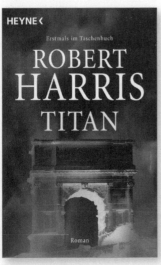

978-3-453-43547-6

Vaterland
978-3-453-07205-3

Enigma
978-3-453-11593-4

Pompeji
978-3-453-47013-2

Aurora
978-3-453-43209-3

Imperium
978-3-453-47083-5

Ghost
978-3-453-40614-8

Angst
978-3-453-43713-5

Leseproben unter: **www.heyne.de**

HEYNE ‹